R & L

Donna Woolfolk Cross

Die Päpstin

Roman

Aus dem Amerikanischen
von Wolfgang Neuhaus

Rütten & Loening
Berlin

Titel der Originalausgabe
Pope Joan

ISBN 3-352-00551-6

2. Auflage 1998

Einbandgestaltung Preuße & Hülpüsch Grafik-Design
nach einem Gemälde von Bernardino Betti
Druck und Binden Clausen & Bosse, Leck
Printed in Germany

PROLOG

Es war am siebenundzwanzigsten Tag des Wintarmanoth im Jahre unseres Herrn 814, im härtesten Winter seit Menschengedenken.

Hrotrud, die Hebamme des Dorfes Ingelheim, kämpfte sich durch den Schnee zum Haus des Dorfpriesters. Eine Windböe fegte zwischen den Bäumen hindurch, krallte ihre eisigen Finger in Hrotruds Körper und drang durch die Löcher und Flicken ihrer dünnen Wollkleidung. Der Waldweg war von hohen Schneewehen bedeckt; bei jedem Schritt sank Hrotrud fast bis zu den Knien ein. Eine Schneekruste hatte sich über ihren Brauen und Lidern gebildet; immer wieder wischte sie sich übers Gesicht, um den Weg sehen zu können. Die Hände und Füße schmerzten ihr vor Kälte, obwohl sie mehrere Stofflappen darumgewickelt hatte.

Ein Stück voraus erschien ein verschwommener schwarzer Fleck auf dem Pfad. Es war eine tote Krähe. Selbst diese zähen Aasfresser starben in diesem bitterkalten Winter. Sie verhungerten, weil die Kadaver dermaßen hart gefroren waren, daß sie mit den Schnäbeln das Fleisch nicht lospicken konnten. Hrotrud schauderte und schritt schneller aus.

Bei Gudrun, der Frau des Dorfpriesters, hatten die Wehen eingesetzt, einen Monat früher als erwartet. *Da hat sich das Kleine ja eine schöne Zeit ausgesucht,* ging es Hrotrud voller Bitterkeit durch den Kopf. *Allein letzten Monat habe ich fünf Kinder zur Welt gebracht, und keins von ihnen hat länger als eine Woche gelebt.*

Ein Schwall windgepeitschten Schnees blendete Hrotrud, und für einen Moment verlor sie den spärlich markierten Weg aus den Augen. Entsetzen stieg in ihr auf. Schon mehr als ein Dorfbewohner war ums Leben gekommen, weil er bei einem solchen Wetter die Orientierung verloren hatte und bis zur völligen Erschöpfung im Kreis umhergeirrt war, manchmal nur ein paar Schritt von seinem Haus entfernt. Hrotrud zwang sich, stehenzubleiben und zu warten, während der Schnee um sie herum toste und wirbelte und sie mit einer vollkommen konturlosen Landschaft aus reinem Weiß umgab. Als der Sturmwind endlich nachließ, konnte Hrotrud nur noch mit Mühe die Umrisse des Weges erkennen. Sie setzte sich wieder in Bewegung. Der Schmerz in den Händen und Füßen war verschwunden; sie waren jetzt völlig taub vor Kälte. Hrotrud wußte, was das bedeuten mochte; aber sie konnte es sich nicht leisten, groß darüber nachzudenken. Es war wichtig, die Ruhe zu bewahren.

Ich darf nicht an die Kälte denken.

Sie rief sich das Bild des Anwesens ins Gedächtnis, auf dem sie aufgewachsen war: eine *casa*, ein herrschaftliches Haus mit gut sechs Hektar fruchtbarem Ackerland. Das Haus war gemütlich und warm gewesen, mit festen Wänden aus dicken Balken – viel schöner als die Häuser der Nachbarn, deren Wände aus schlichten, mit Lehm verfugten Holzlatten bestanden. Im Herd, der sich in Mitte des Hauses befand, hatte ein großes Feuer gelodert, und der Rauch, der kräuselnd aufgestiegen war, zog durch eine Öffnung in der Decke zum Himmel empor. Hrotruds Vater hatte ein kostbares Wams aus Otternfell über seinem *bliaud* aus feinem Leinen getragen, und ihre Mutter besaß Bänder aus Seide für ihr langes schwarzes Haar. Hrotrud selbst hatten zwei Überkleider mit weiten Ärmeln gehört, und ein warmer Mantel aus feinster Wolle. Sie konnte sich noch daran erinnern, wie kuschelig und weich der teure Stoff sich auf ihrer Haut angefühlt hatte.

Und dann hatte alles ein so schnelles Ende gefunden. Zwei Dürresommer und eine verheerende Frostperiode hatten die Ernten vernichtet. Überall verhungerten die Menschen; in Thüringen hatte es angeblich Fälle von Kannibalismus gegeben. Durch den umsichtigen Verkauf des Familienbesitzes hatte Hrotruds Vater die Familie eine Zeitlang vor dem Hungern bewahrt. Hrotrud hatte geweint, als der Vater ihr den wollenen Mantel fortnahm. Damals hatte sie sich nichts Schlimmeres vorstellen können, als ihren Mantel abgeben zu müssen. Hrotrud lächelte trotz der Eiseskälte. Damals war sie acht Jahre alt gewesen und hatte die Schrecknisse und Grausamkeiten dieser Welt noch nicht gekannt.

Erneut wühlte sie sich durch eine hohe Schneewehe und wehrte sich gegen ein zunehmendes Schwindelgefühl. Sie hatte seit mehreren Tagen nichts gegessen. *Aber*, sagte sie sich, *wenn alles gutgeht, bekomme ich heute abend ein Festessen. Falls der Dorfpriester zufrieden mit mir ist, wird er mir sogar Speck als Bezahlung mit auf den Nachhauseweg geben*. Der Gedanke verlieh ihr neue Kraft.

Hrotrud gelangte auf eine Lichtung. Dicht voraus konnte sie die konturlosen Umrisse einer großen Hütte sehen: das Grubenhaus des Dorfpriesters. Hier, auf der Lichtung, lag der Schnee höher, da nun das schützende Dach fehlte, das die Bäume gebildet hatten. Doch Hrotrud kämpfte sich unbeirrt weiter, wühlte sich mit ihren kräftigen Schenkeln und Armen voran, von der Gewißheit erfüllt, bald in Sicherheit zu sein.

An der Tür angelangt, klopfte sie einmal; dann trat sie unaufgefordert ein, ohne zu warten. Es war zu kalt, um auf standesgemäße Höflichkeiten Rücksicht zu nehmen. Dann stand sie blinzelnd in der Dunkelheit des Raumes. Das einzige Fenster des Grubenhauses war der Winterkälte wegen mit Brettern vernagelt, und das einzige Licht stammte vom Herdfeuer sowie mehreren rauchenden Talglichtern, die dort an verschiedenen Stellen standen. Nach kurzer Zeit gewöhnten Hrotruds Augen sich an das Licht, und sie sah zwei Jungen, die in der Nähe des Herdfeuers beieinander saßen.

»Ist das Kind schon da?« fragte sie.

»Noch nicht«, antwortete der ältere der beiden Jungen.

Hrotrud murmelte ein kurzes Dankgebet an den heiligen Kosmas, den Schutzpatron der Hebammen. Mehr als einmal war sie um ihre Bezahlung betrogen worden, weil das Kind ein bißchen zu früh gekommen war, so daß sie ohne einen *denarius* für all die Mühe, die sie auf sich genommen hatte, wieder nach Hause gehen mußte.

Am Herdfeuer wickelte sie sich die gefrorenen Lappen von Händen und Füßen und stieß einen erschreckten Schrei aus, als sie die kränkliche, blauweiße Farbe der Haut sah. *Heilige Mutter, laß nicht zu, daß der Frost mir die Hände und Füße nimmt.* Für eine verkrüppelte Hebamme hatten die Dorfbewohner nur noch wenig Verwendung. Elias, der Schuhmacher, hatte auf diese Weise seinen Broterwerb verloren. Auf dem Rückweg von Mainz war er von einem Schneesturm überrascht worden. Seine Fingerkuppen waren binnen einer Woche schwarz geworden und dann abgefallen. Seither kauerte er halb verhungert und zerlumpt neben den Kirchentüren und erbettelte sich sein tägliches Brot von mildtätigen Mitmenschen.

Hrotrud schüttelte zornig den Kopf, als sie nun ihre tauben Finger und Zehen rieb und massierte, wobei die beiden Jungen ihr schweigend zuschauten. Der Anblick der Knaben erfüllte Hrotrud mit Zuversicht. *Es wird eine leichte Geburt,* sagte sie sich und versuchte, die Gedanken an den armen Elias zu vertreiben. *Schließlich habe ich Gudrun schon von diesen beiden Jungen entbunden, ohne daß es Probleme gab.* Der ältere mußte jetzt beinahe sechs Winter zählen; er war ein untersetzter Knabe, auf dessen Gesicht ein Ausdruck wacher Intelligenz lag. Sein jüngerer, pausbäckiger, dreijähriger Bruder schaukelte vor und zurück, wobei er mißmutig am Daumen lutschte. Beide Jungen besaßen den dunklen Teint und das fast schwarze Haar ihres Vaters; keiner von beiden hatte das außergewöhnliche, weißgoldene Haar seiner sächsischen Mutter Gudrun geerbt.

Hrotrud konnte sich erinnern, wie die Männer im Dorf Gudruns Haar angestarrt hatten, als der Dorfpriester sie von einer seiner Missionsreisen nach Sachsen mitbrachte. Zuerst hatte es für ziemlichen Wirbel gesorgt, daß ein Priester sich eine Frau genommen hatte. Einige Leute sagten, es würde gegen das Gesetz verstoßen; denn der Kaiser habe eine Verordnung erlassen, die es Männern der Kirche untersagte, sich Frauen zu nehmen. Andere jedoch erklärten, so könne es nicht sein; denn es liege ja auf der Hand, daß ein Mann ohne Frau allen Arten sündhafter Verlockungen und verderbten Lastern ausgesetzt wäre. Schaut euch die Mönche von Bobbio an, sagten diese Leute, die mit ihrer Unzucht und ihren Saufgelagen Schande über die Kirche bringen. Und daß der Dorfpriester ein nüchterner, hart arbeitender Mann war, stand für die Bewohner Ingelheims außer Frage.

Im Zimmer war es warm. Neben der großen Feuerstelle lagen, hoch aufgestapelt, dicke Scheite Birken- und Eichenholz, und in gewaltigen Schwaden stieg der Rauch zu dem Loch im Strohdach empor. Wenngleich nur eine bessere Hütte, war das Grubenhaus ein gemütliches Heim. Die Wände bestanden aus festen Holzbalken; die Fugen zwischen den Balken waren mit einer dicken Schicht aus Stroh und Lehm abgedichtet, die Wind und Kälte draußen hielt. Das einzige Fenster war mit kurzen, dicken Eichenbrettern vernagelt – eine zusätzliche Schutzmaßnahme gegen die *nordostroni,* die klirrend kalten, winterlichen Nordostwinde. Das Haus war sogar groß genug, daß man es in drei getrennte Bereiche unterteilen konnte: in einem befanden sich die Schlafstätten des Dorfpriesters und seiner Frau; in einem weiteren waren die Tiere zum Schutz vor der strengen Kälte untergebracht – Hrotrud hörte das leise Scharren und Kratzen der Hufe zu ihrer Linken –; und schließlich gab es den eigentlichen Wohn- und Arbeitsraum, in dem die Familie beisammensaß, in dem die Mahlzeiten eingenommen wurden, und in dem die Kinder schliefen. Vom Bischof abgesehen, dessen Haus aus Stein errichtet war, besaß niemand in Ingelheim ein schöneres Zuhause.

Als das Gefühl in Hrotruds Glieder zurückkehrte, begannen sie zu jucken und zu pochen. Sie betastete ihre Finger: Sie waren rauh und trocken, doch die bläuliche Farbe der Haut wich allmählich einem gesunden und kräftigen Rot. Hrotrud seufzte vor Erleichterung und nahm sich vor, dem heiligen Kosmas zum Dank eine Opfergabe darzubringen. Hrotrud blieb noch einige Minuten am Feuer stehen und genoß dessen Wärme; dann – nachdem sie den beiden Jungen aufmunternd zugenickt und ihnen auf die Schultern geklopft hatte – eilte sie um die Trennwand herum, hinter der die Frau auf sie wartete, die in den Wehen lag.

Gudrun war auf ein Lager aus Torf gebettet, das mit frischem Stroh bestreut war. Der Dorfpriester, ein dunkelhaariger Mann mit dichten, buschigen Augenbrauen, die ihm einen ständigen Ausdruck von Strenge verliehen, saß ein Stück entfernt. Er begrüßte Hrotrud durch ein Kopfnicken; dann wandte er seine Aufmerksamkeit wieder dem großen, in Holz gebundenen Buch zu, das auf seinem Schoß lag. Hrotrud hatte dieses Buch schon bei früheren Besuchen in diesem Haus bemerkt, doch sein Anblick erfüllte sie stets aufs neue mit Ehrfurcht. Es war eine Abschrift der heiligen Bibel und das einzige Buch, das Hrotrud jemals gesehen hatte. Wie auch die anderen Dorfbewohner, konnte Hrotrud weder lesen noch schreiben. Dennoch wußte sie, daß dieses Buch ein kostbarer Schatz war, viel mehr Gold-*solidi* wert, als alle Dorfbewohner zusammen in einem Jahr verdienten. Der Dorfpriester hatte das Buch aus seiner Heimat England mitgebracht, wo Bücher nicht so selten waren wie im Frankenreich.

Als Hrotrud ihre Patientin untersuchte, erkannte sie sofort, daß es sehr schlecht um Gudrun bestellt war. Ihr Atem ging flach, ihr Puls raste bedrohlich schnell, und ihr ganzer Körper war gedunsen und aufgebläht. Hrotrud erkannte diese Zeichen. Sie durfte keine Zeit mehr verlieren. Sie griff in ihren Beutel und nahm eine bestimmte Menge Taubendung heraus, den sie im letzten Herbst mühsam gesammelt hatte. Sie ging zum Herd zurück, warf den Dung ins Feuer und beobachtete zufrieden, wie der dunkle Qualm aufstieg und die Luft von bösen Geistern reinigte.

Sie mußte den Schmerz lindern, damit Gudrun sich entspannen und das Kind zur Welt bringen konnte. Hrotrud beschloß, zu diesem Zweck Bilsenkraut zu benutzen. Sie holte ein kleines, getrocknetes Bündel der winzigen, gelben, purpurn geäderten Blumen hervor, legte sie in einen Mörser aus gebranntem Ton und zerstampfte sie geschickt zu Pulver, wobei sie bei dem stechenden Geruch, der dabei entstand, die Nase rümpfte. Dann gab sie das Pulver in einen Becher mit kräftigem Rotwein und brachte ihn Gudrun zum Trinken.

»Was willst du ihr denn da geben?« fragte der Dorfpriester, der unvermittelt hinter Hrotrud erschienen war.

Hrotrud zuckte zusammen; sie hatte beinahe vergessen, daß der Mann bei ihnen war. »Die Wehen haben Eure Frau geschwächt. Dieses Mittel wird ihren Schmerz lindern und es dem Kinde erleichtern, aus dem Mutterleib hervorzukommen.«

Die Dorfpriester machte ein düsteres Gesicht. Er nahm Hrotrud das Bilsenkraut aus der Hand, umrundete die Trennwand und warf das Kraut ins Herdfeuer, wo es zischend verbrannte. »Du versündigst dich gegen Gott, Weib.«

Hrotrud konnte es nicht fassen. Da hatte es sie Wochen anstrengender Suche gekostet, um diese kleine Menge der kostbaren Medizin zu sammeln, und nun so etwas! Sie wandte sich dem Dorfpriester zu und wollte ihrem Zorn Luft machen, hielt dann aber inne, als sie den harten, kalten Blick in seinen Augen sah.

»›Zur Frau sprach der Herr: Viel Mühsal bereite ich dir, sooft du schwanger wirst. Unter Schmerzen sollst du Kinder gebären‹«, sagte er und klopfte zur Bekräftigung seiner Worte mit der Hand auf den Einband des Buches. »So steht es geschrieben. Eine solche Medizin ist gottlos!«

Hrotrud wurde von wildem Zorn gepackt. An *ihrer* Medizin gab es nichts Gottloses. Sprach sie nicht jedesmal, wenn sie eine Pflanze aus der Erde zog, neun Vaterunser? Aber sie hatte nicht die Absicht, ein Streitgespräch mit dem Dorfpriester zu führen. Er war ein einflußreicher Mann. Ein Wort von ihm über ihre ›gottlosen‹ Praktiken, und sie mußte ihren Beruf aufgeben und betteln gehen.

Gudrun stöhnte, als eine neuerliche Schmerzwoge sie durchflutete. *Also gut,* dachte Hrotrud. Wenn der Dorfpriester ihr die Benutzung des Bilsenkrauts nicht erlaubte, mußte sie eben etwas anderes versuchen. Sie ging zu ihrem Beutel und nahm ein langes Stück Stoff heraus, das so zurechtgeschnitten war, daß es der wahren Körpergröße Jesu Christi entsprach. Mit raschen, geschickten Bewegungen band Hrotrud das Tuch um Gudruns Unterleib. Als sie Gudrun dabei auf die Seite drehte, stöhnte die Schwangere erneut. Jede Bewegung bereitete ihr Schmerzen; aber dagegen konnte man nun mal nichts tun. Hrotrud nahm ein Päckchen aus ihrem Beutel, das zum Schutz gegen Beschädigungen sorgfältig in ein Stück Seide eingewickelt war. Im Innern des Päckchens befand sich eine von Hrotruds Kostbarkeiten – das Sprungbein eines Kaninchens, das an Weihnachten getötet worden war. Sie hatte es sich letzten Winter von einer der Jagdgesellschaften des Kaisers erbettelt. Mit äußerster Sorgfalt schabte Hrotrud drei hauchdünne Stückchen ab und legte sie der Schwangeren auf die Zunge.

»Kaue ganz langsam«, wies sie Gudrun an, die mit einem schwachen Kopfnicken reagierte. Hrotrud setzte sich zurück und wartete. Aus dem Augenwinkel beobachtete sie den Dorfpriester, der weiterhin in dem Buch las, die Stirn in tiefer Konzentration gefurcht, so daß seine buschigen Augenbrauen sich über der Nasenwurzel beinahe berührten.

Wieder stöhnte Gudrun und wand sich vor Schmerzen, doch der Dorfpriester blickte nicht einmal auf. *Er ist ein kalter Mann,* ging es Hrotrud durch den Kopf. *Trotzdem muß er Feuer in den Lenden haben, sonst hätte er Gudrun nicht zur Frau genommen.*

Wie lange war es jetzt her, daß der Dorfpriester diese sächsische Frau mit nach Ingelheim gebracht hatte? Zehn Winter? Elf? Nach fränkischen Maßstäben war Gudrun schon damals nicht mehr jung gewesen – sechsundzwanzig oder siebenundzwanzig vielleicht –; aber wunderschön mit ihrem langen, weißgoldenen Haar und den blauen Augen der *alienigenae*. Gudrun hatte ihre ganze Familie bei dem Massaker in Verden an der Aller verloren. Tausende von Sachsen waren an jenem Tag lieber gestorben, als die Wahrheit Unseres Herrn Jesus

Christus als ihren Glauben anzunehmen. *Verrückte Barbaren,* dachte Hrotrud. *Das wäre mir nicht passiert.* Sie hätte auf alles geschworen, auf das zu schwören man von ihr verlangt hätte – und so würde sie es auch heute noch halten, sollten die Barbaren jemals wieder über das Frankenreich hinwegfegen. Sie würde auf sämtliche fremden und schrecklichen Götter schwören, die von diesen Schlächtern angebetet wurden. Was machte das schon aus? Wer wußte denn, was im Innern eines Menschen *wirklich* vor sich ging? Eine Hebamme und Kräuterfrau behielt nicht nur ihre Geheimnisse, sondern auch ihre Meinung für sich.

Das Feuer war inzwischen heruntergebrannt. Es flackerte und sprühte Funken. Hrotrud ging zum Holzstapel, der in einer Zimmerecke stand, suchte zwei große Scheite Birkenholz heraus, und legte sie auf den Herd. Sie beobachtete, wie die Scheite prasselnd Feuer fingen und die Flammen um das Holz herum in die Höhe leckten. Dann begab Hrotrud sich wieder zu Gudrun, um nach der Schwangeren zu sehen.

Es war eine gute halbe Stunde vergangen, seit Gudrun die abgemeißelten Stückchen vom Kaninchenknochen zu sich genommen hatte, doch ihr Zustand war unverändert. Selbst diese starke Medizin hatte nicht gewirkt. Die Schmerzen blieben, unberechenbar und hartnäckig, und Gudrun wurde immer schwächer.

Hrotrud seufzte müde. Offensichtlich mußte sie zu stärkeren Mitteln greifen.

Der Dorfpriester lehnte brüsk ab, als Hrotrud ihm erklärte, daß sie bei der Geburt seine Hilfe bräuchte.

»Laß die Frauen aus dem Dorf holen«, sagte er gebieterisch.

»Äh ... das ist unmöglich, Herr. Wer sollte die Frauen holen?« Hrotrud hob die Hände, um ihre Worte zu unterstreichen. »Ich kann nicht fort, denn Eure Frau braucht mich. Euren ältesten Sohn können wir auch nicht schicken. Er scheint zwar ein kräftiger Bursche zu sein; aber bei einem solchen Wetter könnte er sich verirren, und dann wär's aus mit ihm. Ich hätte mich beinahe selbst verlaufen.«

Unter seinen dunklen, buschigen Brauen hervor starrte der Dorfpriester Hrotrud düster an. »Also gut«, sagte er. »Dann gehe ich selbst.« Als er sich aus dem Stuhl erhob, schüttelte Hrotrud ungeduldig den Kopf.

»Das nützt nichts. Bis Ihr zurück seid, ist es zu spät. Wenn Ihr wollt, daß Eure Frau und das Kind überleben, brauche ich *Eure* Hilfe, und zwar rasch.«

»*Meine* Hilfe? Hast du den Verstand verloren, Weib? Das«, er wies mit allen Anzeichen von Abscheu auf das Bett, »ist Sache der Frauen. Schlecht und unrein. Ich habe nichts damit zu tun.«

»Dann wird Eure Frau sterben.«

»Das liegt in Gottes Hand, nicht in der meinen.«

Hrotrud zuckte die Achseln. »Mir soll's egal sein. Aber Ihr werdet Schwierigkeiten haben, zwei Kinder ohne Mutter großzuziehen.«

Der Dorfpriester starrte Hrotrud an. »Warum sollte ich dir glauben? Die beiden Jungen hat sie auch zur Welt gebracht, ohne daß es Komplikationen gab. Meine Gebete haben ihr Kraft gegeben. Du kannst gar nicht wissen, ob die Gefahr besteht, daß sie stirbt.«

Das war zuviel. Priester oder nicht – daß der Mann ihre Fähigkeiten als Hebamme in Frage stellte, konnte sie nicht hinnehmen. »*Ihr* wißt gar nichts«, sagte sie mit scharfer Stimme. »Ihr habt sie Euch ja nicht einmal angesehen. Geht und schaut sie Euch jetzt an, und dann sagt mir, ob sie sterben wird oder nicht.«

Der Dorfpriester ging zur Liegestatt und blickte auf seine Frau hinunter. Ihr schweißnasses Haar klebte auf der Haut, die eine gelblich-weiße Farbe angenommen hatte. Um die stumpfen, tief eingesunkenen Augen lagen dunkle Ringe. Wäre nicht ihr schwaches, unregelmäßiges Atmen gewesen, hätte man Gudrun für tot halten können.

»Nun?« fragte Hrotrud mit drängender Stimme.

Der Dorfpriester fuhr zu ihr herum. »Um Himmels willen, Weib! Warum hast du die anderen Frauen nicht sofort mit hierhergebracht?«

»Wie Ihr selbst gesagt habt, Herr, hat Eure Frau die beiden Söhne ohne die geringsten Schwierigkeiten geboren. Ich hatte keinen Grund, diesmal damit zu rechnen. Außerdem – wer wäre bei einem solchen Wetter schon bis hierhergekommen?«

Der Dorfpriester ging zur Feuerstelle und schritt vor den flackernden Flammen nervös auf und ab. Schließlich blieb er stehen. »Was soll ich tun?«

Hrotrud lächelte breit. »Oh, nur sehr wenig, Herr, nur sehr wenig.« Sie führte ihn wieder zur Liegestatt. »Zuerst einmal helft mir, sie hochzuheben.«

Sie nahmen Gudrun in die Mitte, packten sie unter den Armen und zogen sie hoch. Gudruns Körper war schwer und gedunsen; doch gemeinsam schafften es Hrotrud und der Dorfpriester, sie auf die Beine zu stellen. Schwankend taumelte Gudrun gegen ihren Mann. Der Dorfpriester war kräftiger, als Hrotrud geglaubt hatte. Das war gut so, denn gleich würde sie alle seine Kräfte brauchen.

»Wir müssen das Ungeborene in die richtige Lage bringen. Wenn ich die Anweisung gebe, dann hebt sie hoch, so hoch Ihr nur könnt. Und schüttelt sie ganz fest.«

Der Dorfpriester nickte; Entschlossenheit kerbte seine Mundwinkel. Gudrun hing wie ein totes Gewicht zwischen ihm und Hrotrud; der Kopf war ihr auf die Brust gesunken.

»Eins, zwei – *hoch!*« rief Hrotrud. Sie zerrten Gudrun an den Armen in die Höhe und schüttelten sie auf und nieder. Die Ärmste kreischte und versuchte, sich aus dem Griff zu befreien. Schmerz und Angst verliehen ihr ungeahnte Kräfte; Hrotrud und ihr Helfer mußten sich sehr mühen, Gudrun zu bändigen. *Hätte er mir doch bloß erlaubt, ihr das Bilsenkraut zu geben!* dachte Hrotrud. *Dann würde sie inzwischen so gut wie nichts mehr spüren.*

Rasch ließen sie Gudrun herunter, doch sie wehrte sie weiterhin und schrie pausenlos. Hrotrud erteilte dem Dorfpriester einen zweiten Befehl, und wieder packten sie Gudrun, hoben sie hoch und schüttelten sie auf und ab; dann legten sie die Frau auf die Liegestatt. Halb bewußtlos lag sie da und murmelte in ihrer Barbaren-Muttersprache unverständliche Dinge. *Gut,* dachte Hrotrud. *Wenn ich schnell mache, ist alles vorüber, bevor sie wieder richtig bei Sinnen ist.*

Hrotrud schob die Hand in Gudruns Unterleib und suchte mit tastenden Fingern nach der Öffnung der Gebärmutter. Sie fand die Stelle und fühlte, daß sie von den langen Stunden nutzloser, ergebnisloser Wehen verkrampft und geschwollen war. Mit dem Nagel des rechten Zeigefingers, den sie sich zu diesem Zweck besonders lang hatte wachsen lassen, zerrte Hrotrud an dem widerspenstigen Gewebe. Gudrun stöhnte auf; dann wurde ihr Körper vollkommen schlaff. Warmes Blut strömte Hrotrud über die Hand, den Arm hinunter und aufs

Bett. Dann, endlich, spürte sie, wie die Öffnung sich erweiterte. Mit einem leisen Jubelschrei griff Hrotrud sanft hinein und bekam den Kopf des Ungeborenen zu fassen. Ganz vorsichtig drückte sie ihn hinunter.

»Packt ihre Schultern und drückt sie in meine Richtung«, wies Hrotrud den Dorfpriester an, dessen Gesicht nun ziemlich bleich geworden war. Dennoch gehorchte er: Hrotrud spürte, wie der Druck stärker wurde, als die Kraft des Mannes zu der ihren hinzukam. Nach einigen Minuten konnte sie fühlen, wie das Ungeborene sich bewegte. Beharrlich zog Hrotrud an dem winzigen Leib, vorsichtig darauf bedacht, die weichen Knochen an Kopf und Hals nicht zu verletzen. Endlich erschien der Kopf des Kindes, von dichtem, nassem Haar bedeckt. Behutsam zog Hrotrud den Kopf aus dem Leib der Mutter; dann drehte sie den Körper ein wenig zur Seite, um zuerst der linken, dann der rechten Schulter den Durchgang zu ermöglichen. Ein letzter kräftiger Ruck, und der kleine nasse Körper glitt in Hrotruds wartende Hände.

»Ein Mädchen«, verkündete die Hebamme. »Und ein gesundes und kräftiges obendrein, so wie's aussieht«, fügte sie hinzu, nahm mit Zufriedenheit den kräftigen Schrei des Neugeborenen zur Kenntnis und betrachtete wohlgefällig die rosige Haut.

Sie wandte sich dem Dorfpriester zu – und blickte in dessen mürrisches Gesicht.

»Ein Mädchen«, sagte er abfällig. »Also war alles für die Katz.«

»So etwas solltet Ihr nicht sagen, Herr.« Hrotrud hatte plötzlich Angst, daß der Dorfpriester ihr aus Enttäuschung weniger Lebensmittel als Lohn geben könnte. »Das Kind ist kräftig und gesund. Gott hat ihr das Leben geschenkt, auf daß sie Eurem Namen Ehre mache.«

Der Dorfpriester schüttelte den Kopf. »Sie ist eine Strafe Gottes. Eine Strafe für meine Sünden – und die ihren.« Er zeigte auf Gudrun, die regungslos dalag. »Wird sie überleben?«

»Ja.« Hrotrud hoffte, daß ihre Stimme sich überzeugt anhörte. Sie konnte es sich nicht leisten, daß der Dorfpriester auf den Gedanken kam, womöglich gleich zweimal enttäuscht zu werden. Sie hoffte immer noch, heute abend ein saftiges Stück Fleisch zwischen die Zähne zu bekommen.

Außerdem bestanden ja *tatsächlich* begründete Aussichten, daß Gudrun überlebte. Sicher, es war eine schwere Geburt gewesen. Nach einer solchen Tortur erkrankten viele Frauen an Fieber und Auszehrung. Doch Gudrun war stark, und Hrotrud würde sie mit einer Wundsalbe aus Fuchsfett und Beifuß behandeln. »Ja«, wiederholte sie mit fester Stimme. »Wenn es Gottes Wille ist, wird sie überleben.« Hinzuzufügen, daß Gudrun wahrscheinlich nie mehr Kinder bekommen konnte, hielt Hrotrud nicht für erforderlich.

»Na, wenigstens das«, sagte der Dorfpriester. Er trat ans Bett und blickte auf Gudrun hinunter. Dann streichelte er ihr sanft über das weißgoldene Haar, das jetzt dunkel vom Schweiß war. Für einen Augenblick glaubte Hrotrud, der Dorfpriester würde seine Frau küssen. Dann aber veränderte sich plötzlich sein Gesichtsausdruck; er blickte ernst, ja zornig drein.

»Per mulierem culpa successit«, sagte er. »Durch eine Frau entstand die Sünde.« Er ließ Gudrun die schweißnasse Haarsträhne auf die Stirn fallen und trat zurück.

Hrotrud schüttelte den Kopf. Was war das denn für ein Spruch? *Irgendwas aus dem heiligen Buch, kein Zweifel.* Der Domherr war wirklich ein seltsamer Mann; aber das sollte ihr egal sein, dem Himmel sei Dank. Sie machte sich eilig daran, Gudruns Körper von Blut und Fruchtwasser zu säubern, damit sie sich noch bei Tageslicht auf den Nachhauseweg machen konnte.

Gudrun schlug die Augen auf und sah den Dorfpriester neben dem Bett stehen. Der Anflug eines Lächelns gefror ihr auf den Lippen, als sie den Ausdruck in seinen Augen sah.

»Was ist, mein Gemahl?« fragte sie zögernd.

»Ein Mädchen«, erwiderte der Dorfpriester mit kalter Stimme und gab sich gar nicht erst die Mühe, sein Mißfallen zu verbergen.

Gudrun nickte; dann kehrte sie das Gesicht der Wand zu. Der Dorfpriester drehte sich um und wollte gehen, hielt dann aber kurz inne und warf einen Blick auf das Neugeborene, das bereits sicher und behaglich auf seiner strohgedeckten Pritsche lag.

»Johanna. Sie soll den Namen Johanna tragen«, verkündete er und verließ abrupt das Zimmer.

1.

Ganz in der Nähe des Grubenhauses grollte Donner, und das kleine Mädchen erwachte. Es bewegte sich in seinem Bett und suchte die Wärme und Behaglichkeit, die von den Körpern seiner schlafenden älteren Brüder ausgingen. Dann fiel es dem Mädchen wieder ein: die Brüder waren fort.

Regen prasselte; Donner krachte. Ein heftiges Frühlingsgewitter tobte und erfüllte die Nachtluft mit dem süßsauren Geruch feuchter, frisch gepflügter Erde. Der Regen trommelte laut auf das Dach der Hütte des Dorfpriesters, doch das dicht verwobene Strohdach hielt das Innere trocken, sah man von den ein, zwei Stellen in den Zimmerecken ab, in denen das Wasser sich sammelte, um dann in dicken, schweren Tropfen träge auf den festgestampften, lehmigen Fußboden zu klatschen.

Der Wind frischte auf, und eine Eiche, die neben der Hütte stand, begann unrhythmisch gegen die Wände zu klopfen. Der Schatten ihrer Äste fiel ins Zimmer. Das Mädchen betrachtete gebannt, wie die riesenhaften dunklen Finger an den Bettkanten zu zerren schienen. Dann griffen sie plötzlich gierig nach dem Kind, und es schrak zurück.

Mama! dachte das kleine Mädchen ängstlich und öffnete den Mund, um die Mutter zu rufen, hielt dann aber inne. Falls es ein Geräusch machte, würde die drohende schwarze Hand es packen und zerquetschen. Das Mädchen lag wie erstarrt da, beobachtete voller Entsetzen das Zucken der Blitze und brachte weder den Mut noch die Willenskraft auf, sich zu bewegen. Dann aber reckte es voller Entschlossenheit das kleine Kinn vor. Es *mußte* getan werden; also *würde* Johanna es tun. Sie bewegte sich mit größter Langsamkeit und nahm nicht für einen Moment den Blick vom Feind, als sie aus dem Bett kroch. Ihre Füße spürten die kalte Oberfläche des Fußbodens, und dieses vertraute Gefühl gab dem Mädchen Sicherheit.

Dennoch wagte es kaum zu atmen, als es sich in Richtung der Trennwand bewegte, hinter der seine Mutter lag und schlief. Ein Blitz zuckte auf; die Finger des Ungeheuers bewegten sich wieder, wurden länger, packten nach Johanna. Mit Mühe unterdrückte sie einen Schrei, und vor Anstrengung schmerzte ihr die Kehle. Sie zwang sich, nicht wild loszurennen, sondern sich langsam und vorsichtig zu bewegen.

Sie hatte ihr Ziel fast erreicht, als plötzlich eine Salve von Donnerschlägen über ihr krachte. Im selben Moment wurde sie von irgend etwas berührt, das hinter ihr stand. Sie kreischte; dann warf sie sich herum, flitzte hinter die Trennwand und kippte dabei den Stuhl um, auf den sie sich geflüchtet hatte.

In diesem Teil des Hauses war es dunkel und still; das kleine Mädchen hörte nur das regelmäßige Atmen seiner Mutter. Am Geräusch konnte es erkennen, daß die Mutter tief und fest schlief, zumal das Poltern des Stuhles sie nicht geweckt hatte. Rasch ging das Mädchen zum Bett, hob die Wolldecke an und kroch schnell darunter.

Gudrun lag auf der Seite; ihre Lippen waren leicht geöffnet. Das Mädchen kuschelte sich an den Körper der Mutter und spürte die wohltuende Wärme und Weichheit ihrer Haut durch das dünne Hemdkleid aus Leinen.

Gudrun gähnte und drehte sich im Halbschlaf auf die Seite. Von der Berührung geweckt, schlug sie die Augen auf und blickte schläfrig auf das Kind. Dann erwachte sie vollends und umarmte ihre Tochter.

»Johanna«, schimpfte sie leise, wobei ihre Lippen das weiche Haar des Mädchens berührten. »Du solltest längst schlafen, mein Kleines.«

Hastig sprudelte Johanna ihre Geschichte hervor und erzählte der Mutter mit hoher, vor Anspannung atemloser Stimme von der Riesenhand.

Gudrun hörte zu, tätschelte und streichelte ihre Tochter, drückte sie an sich und sprach mit leiser Stimme beruhigend auf sie ein, wobei sie ihr sanft mit den Fingerspitzen übers Gesicht strich, das in der Dunkelheit nur schemenhaft zu erkennen war. Hübsch ist sie nicht, dachte Gudrun reuevoll. Äußerlich kommt sie zu sehr nach *ihm,* mit seinem dicken Hals und den breiten Kiefern. Johannas kleiner Körper war jetzt schon untersetzt und stämmig; ganz anders als der der hochgewachsenen, anmutigen Menschen von Gudruns Volk. Doch das

Kind hatte gute Augen, groß und ausdrucksvoll und von kräftiger Farbe: grün, mit dunkelgrauen Rauchringen im Zentrum der Pupillen. Zärtlich nahm Gudrun eine Strähne von Johannas Haar zwischen die Finger und betrachtete es, erfreute sich an seinem Schimmer – weißgolden, sogar in der Dunkelheit. *Mein Haar*, dachte sie stolz. Nicht das dicke schwarze Haar ihres Mannes oder das seines grausamen dunklen Inselvolkes. *Mein Kind*. Sanft wickelte sie Johannas Haarsträhne um den Zeigefinger und lächelte. *Wenigstens dieses Kind ist meins.*

Durch die Aufmerksamkeiten ihrer Mutter beruhigt, entspannte sich Johanna. In spielerischer Nachahmung zupfte sie an Gudruns langem Zopf, bis er sich löste und die Fülle des weißblonden Haares ihr über die Schultern fiel. Staunend betrachtete Johanna die schimmernde Pracht, die sich wie flüssiges Gold auf der Tagesdecke aus dunkler Wolle ausbreitete. Noch nie hatte Johanna das Haar ihrer Mutter offen gesehen. Der Vater bestand darauf, daß sie es stets sorgfältig geflochten trug, verborgen unter einer Kappe aus grobem Leinen. Das Haar einer Frau, sagte der Dorfpriester, ist das Netz, in dem der Teufel die Seele eines Mannes fängt. Und Gudruns Haar war außergewöhnlich schön – lang und weich und von makelloser, weißgoldener Farbe, ohne jeden Hauch von Grau, obwohl sie nun schon eine alte Frau war, die vierzig Winter erlebt hatte.

»Warum sind Matthias und Johannes fortgegangen?« fragte Johanna unvermittelt. Ihre Mutter hatte es ihr schon mehrere Male gesagt; doch Johanna wollte es noch einmal hören.

»Du weißt warum. Dein Vater hat sie auf seine Missionsreise mitgenommen.«

»Warum durfte ich nicht auch mitgehen?«

Gudrun seufzte geduldig. Das Kind war so wißbegierig, so voller Fragen. »Matthias und Johannes sind Jungen«, sagte sie. »Eines Tages werden sie Priester sein, genau wie dein Vater. Du bist ein Mädchen; deshalb hast du mit solchen Dingen nichts zu tun.« Als Gudrun erkannte, daß Johanna mit dieser Antwort nicht zufrieden war, fügte sie hinzu: »Außerdem bist du noch viel zu jung.«

Johanna rief entrüstet: »Im Wintarmanoth war ich schon vier!«

Gudruns Augen blitzten vor Erheiterung, als sie in das rundliche Kleinmädchengesicht blickte. »Ach ja, das hatte ich ganz vergessen. Du bist ja schon ein großes Mädchen. Vier Jahre! Das hört sich schon sehr erwachsen an.«

Johanna lag still da, als die Mutter ihr übers Haar streichelte. Dann fragte sie: »Was sind eigentlich Heiden?« Ihr Vater und ihre Brüder hatten sich vor ihrer Abreise ziemlich ausgiebig über ›Heiden‹ unterhalten. Johanna verstand nicht genau, was ein Heide war; sie hatte allerdings genug aufgeschnappt, um zu wissen, daß es etwas sehr Schlimmes sein mußte.

Gudruns Körper spannte sich an. Dieses Wort besaß Zauberkräfte. Die einmarschierenden Soldaten hatten es im Munde geführt, als sie Gudruns Zuhause geplündert und ihre Freunde und Familienangehörigen abgeschlachtet hatten. Die dunklen, grausamen Soldaten des fränkischen Kaisers Karl. ›Magnus‹, nannten die Leute ihn nun, da er tot war. ›Carolus Magnus.‹ Karl der Große. Würden die Menschen ihn immer noch so nennen, fragte sich Gudrun, wenn sie miterlebt hätten, wie seine Soldaten sächsischen Müttern die Säuglinge aus den Armen gerissen, sie herumgeschleudert und ihre Köpfe an Steinen zerschmettert hatten, die schon rot vom Blut anderer unschuldiger Kinder waren? Gudrun zog die Hand von Johanna fort und drehte sich auf den Rücken.

»Was ein Heide ist, mußt du deinen Vater fragen«, sagte sie.

Johanna wußte nicht, was sie falsch gemacht hatte, doch sie hörte die seltsame Härte in der Stimme ihrer Mutter und erkannte, daß sie ins eigene Bett zurückgeschickt wurde, falls es ihr nicht gelang, den Fehler auszubügeln. Rasch sagte sie: »Erzähl mir noch einmal von den alten Göttern.«

»Das kann ich nicht. Dein Vater mag es nicht, wenn ich dir solche Märchen erzähle.« Die Worte waren zum Teil eine Frage, zum Teil eine Feststellung.

Johanna wußte, was zu tun war. Feierlich legte sie sich beide Hände aufs Herz und sprach den heiligen Eid genau so, wie ihre Mutter es sie gelehrt hatte. Beim geheiligten Namen von Thor dem Donnerer gelobte Johanna ewige Verschwiegenheit.

Gudrun lachte und zog das Mädchen wieder an sich. »Also gut, du kleine Wachtel. Ich werde dir die Geschichte erzählen, weil du so nett zu fragen verstehst.«

Ihre Stimme war wieder warm, wehmütig und melodisch, als sie von den Göttern ihrer Kinderzeit in Sachsen erzählte, von Wotan und Thor und Freyja und all den anderen – bis Karls Armeen einmarschiert waren und mit Flamme und Schwert das Wort Christi gebracht hatten. Andächtig erzählte Gudrun von Asgard, der strahlenden Heimstatt der Götter, einem Ort mit goldenen und silbernen Schlössern, der nur erreicht werden konnte, wenn man Bifrost überquerte, die geheimnisvolle Brücke des Regenbogens, die von Heimdall dem Wächter behütet wurde, der niemals schlief und dessen Ohren so scharf waren, daß er sogar das Gras wachsen hören konnte. In Walhalla, dem schönsten aller Orte, wohnte Wotan, der Göttervater, auf dessen Schultern zwei Raben saßen: Hugin, der Gedanke, und Munin, die Erinnerung. Während die anderen Götter feierten, saß Wotan auf seinem Thron und grübelte darüber nach, was Gedanke und Erinnerung ihm erzählten.

Johanna nickte glücklich. Diesen Teil der Geschichte hörte sie am liebsten. »Erzähl mir von der Quelle der Weisheit«, bettelte sie.

»Obwohl er bereits sehr, sehr klug war«, erzählte Gudrun, »war Wotan stets auf der Suche nach immer mehr Wissen. Eines Tages ging er zur Quelle der Weisheit, die von Mimir dem Weisen bewacht wurde, und bat um einen Schluck aus dieser Quelle. ›Was gibst du mir dafür?‹ fragte Mimir. Wotan antwortete, daß Mimir sich wünschen könne, was immer sein Herz begehrt. ›Die Weisheit muß stets mit Schmerz erkauft werden‹, sagte Mimir. ›Wenn du einen Schluck von diesem Wasser haben möchtest, mußt du mit einem deiner Augen dafür bezahlen.‹«

Das Gesicht vor Aufregung gerötet, rief Johanna: »Und Wotan hat es getan, nicht wahr, Mama? Er hat es getan!«

Ihre Mutter nickte. »Obwohl es eine schwere Entscheidung war, erklärte Wotan sich einverstanden, eins seiner Augen herzugeben. Dann trank er von dem Wasser. Später gab er die Weisheit, die er auf diese Weise erlangt hatte, an die Menschen weiter.«

Mit großen, ernsten Augen schaute Johanna ihre Mutter an. »Hättest *du* das auch getan, Mama? Um weise zu sein? Um über alle Dinge Bescheid zu wissen?«

»Nur Götter treffen solche Entscheidungen«, erwiderte Gudrun, doch als sie den beharrlichen, fragenden Blick ihrer Tochter sah, gab sie schließlich zu: »Nein. Ich hätte zu große Angst gehabt.«

»Ich auch«, sagte Johanna nachdenklich. »Aber ich würde es tun *wollen*. Ich würde wissen wollen, was die Quelle mir erzählen kann.«

Gudrun lächelte auf das kleine, entschlossene Gesicht hinunter. »Aber es würde dir wahrscheinlich gar nicht gefallen, was du von der Quelle erfahren würdest. Bei meinem Volk gibt es ein Sprichwort. ›Das Herz eines weisen Mannes ist nur selten froh.‹«

Johanna nickte, obwohl sie den Sinn dieser Worte nicht richtig verstanden hatte. »Und jetzt erzähl mir von dem Baum«, sagte sie und kuschelte sich wieder eng an ihre Mutter.

Und Gudrun beschrieb Irminsul, die Weltesche. Der Baum hatte im heiligsten aller sächsischen Wälder gestanden, an der Quelle der Lippe. Gudruns Volk hatte diesen Baum verehrt; doch er war von den Armeen Kaiser Karls gefällt worden.

»Es war ein wunderschöner Baum«, erzählte Gudrun, »und so hoch, daß niemand den Wipfel sehen konnte. Der Baum ...«

Sie hielt inne. Johanna spürte plötzlich, daß noch jemand im Raum war. Sie hob den Kopf. Ihr Vater stand im Türeingang.

Gudrun setzte sich im Bett auf. »Mein liebster Gemahl«, sagte sie erstaunt. »Ich habe dich erst in vierzehn Tagen zurückerwartet.«

Der Dorfpriester gab keine Antwort. Er nahm eine Wachskerze vom Tisch in der Nähe der Tür, ging zum Herdfeuer und zündete die Kerze an den glühenden Scheiten an.

»Das Kind hatte Angst vor dem Donner«, sagte Gudrun nervös, als das Licht der Kerze sich ausbreitete. »Da habe ich mir gedacht, ich lenke es mit einer harmlosen Geschichte ab.«

»Harmlos!« Die Stimme des Dorfpriesters zitterte vor Anstrengung, als er sich mühte, seine Wut im Zaum zu halten. »Eine solche Gotteslästerung nennst du harmlos?« Mit zwei langen Schritten war er neben dem Bett, stellte die Kerze ab und zog mit einem Ruck die Decke zur Seite, so daß Mutter und Tochter im flackernden Licht der Flamme zu sehen waren. Johanna hatte die Arme um Gudruns Leib geschlungen und war halb von einem Vorhang aus langem, weißgoldenem Haar verdeckt.

Für einen Augenblick starrte der Dorfpriester fassungslos auf das Bild, das sich ihm bot, und betrachtete ungläubig Gudruns langes, gelöstes Haar. Dann übermannte ihn wilder Zorn. »Wie kannst du es wagen! Wo ich es dir ausdrücklich verboten habe!« Er packte Gudrun und wollte sie aus dem Bett zerren. »Heidnische Hexe!«

Johanna klammerte sich an ihre Mutter. Das Gesicht des Dorfpriesters lief dunkel an. »Scher dich fort, du Balg!« brüllte er. Johanna zögerte, hin und her gerissen zwischen Furcht und dem Verlangen, ihre Mutter irgendwie zu beschützen.

Hastig und drängend stieß Gudrun sie an. »Geh. Rasch. *Geh rasch!*«

Johanna löste sich von ihr, sprang auf den Fußboden und rannte los. An der Tür drehte sie sich um und sah, wie ihr Vater das Haar der Mutter packte, ihren Kopf brutal nach hinten drückte und sie auf die Knie zwang. Johanna lief los, wollte zur Mutter zurück. Doch vor Entsetzen blieb sie wie angewurzelt stehen, als sie sah, wie ihr Vater sein langes Jagdmesser mit dem Hirschhorngriff unter dem geschnürten Gürtel hervorzog.

»Forsachistu diabolae?« fragte er Gudrun auf Sächsisch, und seine Stimme war kaum mehr als ein Flüstern. Als sie nichts erwiderte, drückte er ihr die Messerspitze an die Kehle. »Sag die Worte«, zischte er drohend. *»Sag die Worte!«*

»Ec forsacho allum diaboles«, schluchzte Gudrun unter Tränen, doch in ihren Augen funkelte Trotz. »Wuercum und wuordum, thunaer ende woden ende saxnotes ende allum ...«

Vor Angst wie erstarrt, beobachtete Johanna, wie ihr Vater wieder Gudruns Haar packte, mit der einen Hand einen dicken Zopf bildete und mit der anderen Hand das Messer darüberzog. Es gab ein reißendes Geräusch, als die seidenen Strähnen durchtrennt wurden, und ein langes, dickes, weißgoldenes Haarbüschel fiel zu Boden.

Johanna schlug die Hand vor den Mund, um ein Schluchzen zu unterdrücken, warf sich herum und rannte los.

In der Dunkelheit prallte sie gegen eine Gestalt, die nach ihr griff. Sie kreischte vor Angst, als sie gepackt wurde. Die Hand des Ungeheuers! Die hatte sie vollkommen vergessen! Johanna wand sich, trommelte mit den kleinen Fäusten auf die Bestie ein und wehrte sich mit aller Kraft. Doch das Ungeheuer war riesengroß und hielt sie fest gepackt.

»Johanna! Was ist denn, Johanna? Ich bin's!«

Die Worte durchdrangen den Schleier aus Angst und Entsetzen. Es war ihr zehnjähriger Bruder Matthias, der gemeinsam mit dem Vater heimgekehrt war.

»Wir sind wieder zu Hause. Hör endlich auf, um dich zu schlagen, Johanna! Es ist alles gut! *Ich* bin's.« Johanna streckte einen Arm aus und spürte die glatte Oberfläche des Brustkreuzes, das Matthias stets trug. Dann ließ sie sich erleichtert gegen ihn sinken.

Einige Zeit später saßen sie zusammen in der Dunkelheit und lauschten den leisen, ratschenden Lauten, mit denen das Messer des Vaters das lange Haar ihrer Mutter abtrennte. Einmal hörten sie, wie Gudrun vor Schmerz aufschrie. Matthias fluchte laut, und wie als Antwort erklang ein Schluchzen aus dem Bett, auf dem sich Johannas jüngerer, achtjähriger Bruder Johannes unter den Decken versteckt hatte.

Endlich verstummten die gräßlichen Laute. Nach einer kurzen Pause erklang die murmelnde Stimme des Dorfpriesters. Er betete. Johanna spürte, wie Matthias sich entspannte. Es war vorüber. Sie schlang die Arme um den Hals des älteren Bruders und weinte. Er hielt sie fest und wiegte sie sanft.

Nach einer Weile blickte sie zu ihm auf.

»Vater hat Mama eine Heidin genannt.«

»Ja.«

»Aber das ist sie nicht«, sagte Johanna zögernd, »oder doch?«

»Sie *war* es.« Als er den Ausdruck entsetzten Unglaubens auf dem Gesicht der kleinen Schwester sah, fügte er rasch hinzu: »Vor langer Zeit. Sie ist es längst nicht mehr. Aber was sie dir vorhin erzählt hat, waren Geschichten von den Heiden.«

Johanna hörte zu weinen auf, denn diese Information war höchst interessant.

»Du kennst doch das erste Gebot, nicht wahr?«

Johanna nickte und zitierte gehorsam: »Du sollst keine anderen Götter neben mir haben.«

»Ja. Das bedeutet, daß es die Götter gar nicht gibt, von denen Mama erzählt hat, und daß es Sünde ist, von ihnen zu sprechen.«

»Hat Vater sie deshalb ...?«

»Ja«, unterbrach Matthias die kleine Schwester. »Mama mußte zum Wohle ihrer Seele bestraft werden. Und sie hat ihrem Ehemann nicht gehorcht, und auch das ist ein Verstoß gegen Gottes Gesetz.«

»Warum?«

»Weil es so in der Heiligen Schrift steht«, erwiderte Matthias und zitierte: »›Denn der Gatte ist der Beherrscher des Weibes; deshalb sollen die Weiber sich in allen Dingen dem Manne unterwerfen.‹«

»Warum?«

»Wa- warum?« Matthias war perplex. Diese Frage hatte ihm noch niemand gestellt. »Na ja, ich nehme an, weil ... weil Frauen von Natur aus den Männern unterlegen sind. Männer sind größer, stärker und klüger.«

»Aber ...«, setzte Johanna zur Erwiderung an, wurde jedoch von ihrem Bruder unterbrochen.

»Das waren vorerst genug Fragen, Schwesterchen. Du müßtest längst im Bett sein. Komm jetzt.« Er trug sie zum Bett und legte sie neben Johannes, der bereits in tiefem Schlaf lag.

Wie immer war Matthias lieb zu ihr gewesen. Um ihm seine Freundlichkeit zu danken, schloß Johanna die Augen, deckte sich zu und tat so, als würde sie schlafen.

Doch sie war viel zu aufgeregt, als daß sie hätte schlafen können. Sie lag in der Dunkelheit und spähte auf den leise schnarchenden Johannes, dessen Kinnlade schlaff herunterhing; der Mund stand offen.

Er ist schon acht Jahre alt und kann immer noch nichts aus dem Buch der Psalmen aufsagen. Johanna war erst fünf, doch sie kannte die ersten zehn Psalmen bereits auswendig.

Folglich war Johannes nicht so klug wie sie. Aber er war ein Junge und hätte klüger sein *müssen*. Wie konnte Matthias sich so sehr irren? fragte sich Johanna. Er wußte doch alles, und später wurde er Priester, wie ihr Vater.

Johanna lag wach in der Dunkelheit und ließ sich diese Dinge wieder und wieder durch den Kopf gehen.

Bei Anbruch der Morgendämmerung schlief sie ein, doch ihr Schlaf war ruhelos, und sie wurde von Träumen über gewaltige Kriege zwischen eifersüchtigen und zornigen Göttern heimgesucht. Der Engel Gabriel persönlich kam mit einem Flammenschwert vom Himmel, um mit Thor und Freyja den Kampf zu wagen. Die Schlacht war wild und schrecklich, doch am Ende wurden die falschen Götter zurückgeschlagen, und Gabriel stand triumphierend vor den Toren des Paradieses. Sein Flammenschwert war verschwunden; in seiner Hand funkelte ein kurzes Jagdmesser mit Hirschhorngriff.

2.

Der hölzerne Griffel bewegte sich schnell und bildete Buchstaben und Worte im weichen gelben Wachs der Schreibtafel. Aufmerksam blickte Johanna ihrem Bruder Matthias über die Schulter, während dieser die Lektion des heutigen Tages niederschrieb. Dann und wann hielt er inne und wedelte mit einer Kerzenflamme über die Schreibtafel, damit das Wachs nicht zu schnell hart wurde.

Johanna schaute Matthias sehr gern bei der Arbeit zu. Mit dem spitzen Holzgriffel drückte er Furchen in das formlose Wachs, die in Johannas Augen eine geheimnisvolle Schönheit besaßen. Nur zu gern hätte sie verstanden, für welchen Buchstaben jedes Zeichen stand. Wie stets verfolgte sie auch diesmal voller Aufmerksamkeit alle Bewegungen des Griffels, als wollte sie den Schlüssel finden, der ihr die Bedeutung enthüllte, die sich hinter der Gestalt der verschiedenen Linien im Wachs verbarg.

Matthias legte den Griffel zur Seite, lehnte sich im Stuhl zurück und rieb sich die Augen. Johanna nutzte die Gelegenheit, beugte sich über das Schreibpult und zeigte auf eins der Worte.

»Was hat das hier zu bedeuten?«

»Geronimus. So hieß einer der großen Kirchenväter.«

»Geronimus«, wiederholte Johanna langsam. »Das hört sich so ähnlich wie mein eigener Name an.«

»Weil einige Buchstaben dieselben sind«, erwiderte Matthias lächelnd.

»Zeig sie mir.«

»Lieber nicht. Es würde Vater nicht gefallen, wenn er's herausfände.«

»Das glaube ich nicht«, bettelte Johanna. »Bitte, Matthias. Ich möchte es so gern wissen. Zeig es mir. Bitte, bitte.«

Matthias zögerte. »Also gut. Was kann es schon schaden,

wenn ich's dir beibringe, deinen Namen zu schreiben. Es könnte dir sogar von Nutzen sein, wenn du eines Tages verheiratet bist und deinen eigenen Haushalt führen mußt.«

Er legte die Hand auf die der Schwester und half ihr, die Buchstaben ihres Namens ins Wachs zu ritzen: J-O-H-A-N-N-A, mit einem schön geschwungenen ›A‹ am Schluß.

»Gut. Und jetzt versuch es allein.«

Johanna packte den Griffel ganz fest, brachte ihre Finger in die seltsame, unbequeme Schreibhaltung und zwang sie, jene Schriftzeichen zu bilden, die sie zuerst vor dem geistigen Auge formte. Einmal stampfte sie vor Zorn und Enttäuschung mit dem Fuß auf, als sie den Griffel nicht in die gewünschte Richtung führen konnte.

»Langsam, kleine Schwester, langsam«, beruhigte Matthias sie. »Du bist erst fünf. In diesem Alter ist es nicht so leicht, schreiben zu lernen. Ich kann mich gut daran erinnern; ich habe auch mit fünf Jahren angefangen. Laß dir Zeit, dann geht es zum Schluß ganz wie von selbst.«

Am nächsten Tag stand Johanna sehr früh auf und ging nach draußen. In der weichen Erde um den Viehpferch herum malte sie mit dem Finger immer wieder bestimmte Buchstaben, bis sie sicher war, es richtig gemacht zu haben. Dann rief sie stolz Matthias zu sich, damit er ihr Werk bewundern konnte.

»Oh! Das ist sehr gut, kleine Schwester! Wirklich, ich muß schon sagen, daß du ...« Abrupt hielt er inne und murmelte schuldbewußt: »Aber wenn Vater das hier sieht, wird es ihm ganz und gar nicht gefallen.« Mit der Schuhsohle glättete er die Erde und verwischte die Buchstaben, die Johanna geschrieben hatte.

»Nein, Matthias! Nein!« Johanna versuchte, ihren Bruder fortzuziehen. Von dem Lärm gestört, begannen die Schweine mit einem Grunzkonzert.

Matthias beugte sich herunter, um die Schwester zu umarmen. »Mach dir nichts draus, Johanna. Sei nicht traurig.«

Sie fing an zu weinen. »Ab-aber du hast ge-gesagt, daß meine Bu-buchstaben schön sind!«

»Das sind sie auch.« Matthias mußte staunen, *wie* schön sie waren. Schöner als die seines Bruders Johannes, und der war drei Jahre älter als die kleine Schwester. Wäre Johanna kein Mädchen gewesen, hätte Matthias ihr gesagt, daß sie eines Tages ein guter Schreiber werden könne. Aber es war besser, einem Kind keine derart wirren Gedanken in den Kopf zu setzen. »Ich konnte die Buchstaben nicht stehen lassen, weil Vater sie nicht sehen durfte. Deshalb hab' ich sie fortgewischt.«

»Wirst du mir noch mehr Buchstaben beibringen, Matthias?«

»Ich habe dir schon mehr gezeigt, als ich dir hätte zeigen sollen.«

»Bitte!« bettelte sie, und in ihren graugrünen Augen schimmerten Tränen. »Vater wird's schon nicht herausfinden. Ich werde es ihm nie erzählen, ich versprech's. Und wenn ich fertig bin, werde ich die Buchstaben ganz gründlich fortwischen. Ja?« Sie blickte ihm in die Augen und wünschte sich ganz fest, er möge zustimmen.

Mit reuevoller Erheiterung schüttelte Matthias den Kopf. Seine kleine Schwester war hartnäckig; das mußte man ihr lassen. Er wischte ihr eine Träne von der Wange. »Also gut«, willigte er ein. »Aber denk daran. Wir müssen das Geheimnis für uns behalten.«

Bald darauf wurde es eine Art Spiel zwischen ihnen beiden. Sobald sich die Gelegenheit bot – was längst nicht so oft der Fall war, wie Johanna es sich gewünscht hätte –, zeigte Matthias ihr, wie man Buchstaben in den Boden zeichnete. Johanna war eine eifrige Schülerin, und wenngleich er sich der möglichen Folgen bewußt war, konnte Matthias sich ihrer Begeisterung nicht entziehen. Auch er liebte das Lernen, und Johannas Eifer rührte ihm das Herz.

Doch selbst er war schockiert, als Johanna eines Tages mit der riesigen, in Holz gebundenen Bibel zu ihm kam, die dem Vater gehörte.

»Was tust du da?« rief er. »Bring das Buch zurück! Du hättest es niemals anrühren dürfen!«

»Bring mir das Lesen bei.«

»*Was?*« Ihre Hartnäckigkeit war erstaunlich. »Also wirklich, kleine Schwester, jetzt verlangst du aber zuviel von mir.«

»Warum?«

»Na ja ... zum einen ist das Lesen sehr viel schwieriger, als bloß das Abc zu lernen. Ich bezweifle, daß du es jemals schaffen wirst.«

»Warum sollte ich's nicht schaffen? Du hast es doch auch geschafft.«

Er lächelte nachsichtig. »Ja. Aber ich bin ein Mann.« Das

stimmte allerdings nicht ganz, denn Matthias war nicht einmal dreizehn Jahre alt. Aber in gut einem Jahr, wenn er vierzehn wurde, würde er wirklich ein Mann sein. Doch es gefiel ihm, diesen Anspruch jetzt schon zu erheben. Außerdem kannte seine kleine Schwester den Unterschied sowieso nicht.

»Ich *kann* es schaffen. Ich weiß, daß ich's kann.«

Matthias seufzte. Diese Sache würde ihm noch Kopfzerbrechen bereiten. »Es ist nicht nur die Frage, ob du es schaffen kannst, Johanna. Es ist gefährlich, und wider die Natur, daß ein Mädchen lesen und schreiben kann.«

»Die heilige Katharina konnte es auch. Der Bischof hat's in seiner Predigt gesagt, erinnerst du dich nicht? Er sagte, sie wurde ihrer Weisheit und ihrer Gelehrsamkeit wegen geliebt.«

»Das ist etwas anderes. Sie war eine Heilige. Du bist bloß ein ... Mädchen.«

Daraufhin schwieg Johanna. Matthias war froh, bei ihrem kleinen Disput so leicht und rasch gesiegt zu haben; er wußte, wie dickköpfig seine Schwester sein konnte. Er streckte die Hand nach der Bibel aus.

Johanna wollte sie ihm gerade reichen, als sie die Hand plötzlich wieder zurückzog. »Warum ist Katharina eine Heilige?« fragte sie.

Matthias hielt inne, die Hand noch immer nach der Bibel ausgestreckt. »Sie war eine Märtyrerin, die für den Glauben gestorben ist. Der Bischof hat's in seiner Predigt gesagt, erinnerst du dich nicht?« Er konnte nicht widerstehen, ihr wie ein Papagei nachzuplappern.

»Warum hat man sie zu Tode gemartert?«

Matthias seufzte. »Sie hat Kaiser Maxentius und fünfzig seiner klügsten Philosophen bei einem Streitgespräch besiegt, indem sie durch eine unwiderlegbare Argumentation bewiesen hat, daß ihr Entschluß rechtens war, sich vom Heidentum abzukehren und Gott als den Schöpfer der Welt und Christus, seinen Sohn, als Erlöser anzuerkennen. Dafür wurde sie bestraft. Und jetzt komm, kleine Schwester, gib mir das Buch.«

»Wie alt war Katharina, als sie das getan hat?«

Was für seltsame Fragen dieses Kind stellte! »Ich möchte jetzt nicht mehr darüber reden«, sagte Matthias verärgert. »Gib mir jetzt endlich das Buch!«

Sie wich zurück und drückte die Bibel fest an sich. »Katharina war alt, als sie nach Alexandria gegangen ist, um mit den klügsten Philosophen des Kaisers ihr Streitgespräch zu führen, nicht wahr?«

Matthias fragte sich, ob er ihr das Buch entwinden sollte. Nein, lieber nicht. Dabei könnte sich der zerbrechliche Einband lösen. Und dann steckten sie beide in größeren Schwierigkeiten, als ihnen lieb sein konnte. Da war es schon besser, weiter zu reden und Johannas Fragen zu beantworten, so dumm und kindisch sie auch sein mochten, bis Johanna des Spiels müde war.

»Sie war dreiunddreißig, hat der Bischof gesagt. Genauso alt wie Jesus Christus bei der Kreuzigung.«

»Als die heilige Katharina den Kaiser besiegte – wurde sie da für ihre Gelehrsamkeit schon so sehr bewundert, wie der Bischof gesagt hat?«

»Offensichtlich«, erwiderte Matthias herablassend. »Wie sonst hätte sie die klügsten Männer des ganzen Landes bei einem solchen Streitgespräch übertrumpfen können?«

»Dann«, Johannas kleines Gesicht strahlte vor Triumph, »muß sie das Lesen gelernt haben, *bevor* sie eine Heilige wurde. Als sie bloß ein Mädchen war. So wie ich!«

Für einen Moment war Matthias sprachlos, hin und her gerissen zwischen Zorn und Erstaunen. Dann lachte er laut. »Du kleiner Teufelsbraten!« sagte er gutmütig. »Darauf also wolltest du hinaus. Ich muß schon sagen, du hast ein beachtliches Talent, Diskussionen zu führen, das steht fest.«

Da gab sie ihm die Bibel und lächelte erwartungsvoll.

Matthias nahm ihr das Buch aus der Hand und schüttelte den Kopf. Was für ein seltsames Wesen sie war. So wißbegierig, so entschlossen und so selbstsicher. Sie war ganz anders als Johannes und alle Kinder, denen er je begegnet war. In ihrem Kleinmädchengesicht strahlten die Augen einer weisen alten Frau. Kein Wunder, daß die anderen Mädchen im Dorf nichts mit ihr zu tun haben wollten.

»Also gut, kleine Schwester«, sagte er schließlich. »Heute fängst du an, das Lesen zu lernen.« Er sah die freudige Erwartung in ihren Augen und beeilte sich, ihre Vorfreude zu dämpfen. »Aber erhoffe dir nicht zuviel. Es ist viel schwieriger, als du glaubst.«

Johanna warf dem Bruder die Arme um den Hals. »Ich hab' dich lieb, Matthias.«

Matthias befreite sich aus ihrer Umarmung, schlug das Buch auf und sagte schroff: »Hier fangen wir an.«

Johanna beugte sich über das Buch und nahm den durchdringenden Geruch nach Pergament und Holz wahr, als Matthias auf den Absatz zeigte. »Das Evangelium des Johannes, Kapitel eins, Vers eins. *In principio erat verbum et verbum erat apud Deum et verbum erat Deus.* – Im Anfang war das Wort, und das Wort war bei Gott, und das Wort war Gott ...«

Der Sommer und Herbst dieses Jahres waren mild und fruchtbar; die Ernte war die beste, die es seit Jahren im Dorf gegeben hatte. Doch an Heilagmanoth fiel Schnee, und in eisigen Böen wehte ein kräftiger Wind aus dem Norden. Wieder wurde das Fenster des Grubenhauses zum Schutz gegen die Kälte mit Brettern vernagelt; der herangewehte Schnee türmte sich hoch an den Wänden, und die Familie blieb den größten Teil des Tages im Innern des Hauses. Für Johanna und Matthias wurde es zunehmend schwieriger, Zeit für ihre Unterrichtsstunden zu finden. An schönen Tagen ging der Dorfpriester noch immer seinem geistlichen Amt nach und nahm Johannes mit, während er Matthias seinen außerordentlich wichtigen Studien überließ. Sobald Gudrun in den Wald ging, um Feuerholz zu sammeln, eilte Johanna an das Schreibpult, an dem Matthias über seiner Arbeit saß, und schlug die Bibel an der Stelle auf, an der sie die vorherige Lektion beendet hatten. Auf diese Weise machte Johanna auch weiterhin rasche Fortschritte, so daß sie vor der Fastenzeit im nächsten Jahr beinahe das gesamte Buch des Johannes gemeistert hatte.

Eines Tages holte Matthias irgend etwas aus seinem Ranzen hervor und hielt es Johanna mit einem Lächeln hin. »Für dich, kleine Schwester.« Es war ein Medaillon aus Holz, an einer langen Kordel befestigt. Matthias legte Johanna die Kordel um den Hals, so daß das Medaillon auf ihrer Brust ruhte.

»Was ist das?« fragte Johanna neugierig, denn sie hatte nie zuvor einen Halsschmuck gesehen.

»Es ist für dich. Damit du es trägst, so wie jetzt.«

»Oh«, sagte sie und fügte dann, als ihr auffiel, daß noch etwas fehlte, hinzu: »Danke schön.«

Matthias lachte, als er ihre Verblüffung sah. »Schau dir mal die Vorderseite des Anhängers an.«

Johanna tat wie geheißen und entdeckte, daß auf der einen Seite des Medaillons die groben Umrisse eines Frauenkopfes eingeschnitzt waren. Es handelte sich um eine ziemlich unbeholfene Arbeit; Matthias war schließlich kein Schnitzer. Doch die Augen der Frau waren sorgfältig geformt und von bemerkenswerter Schönheit: Sie schauten den Betrachter mit einem Ausdruck wacher Intelligenz an.

»Und jetzt«, forderte Matthias sie auf, »schau dir die Rückseite an.«

Johanna drehte den Anhänger. In derben Buchstaben, die sich am Rand des Medaillons aneinanderreihten, las sie die Worte: ›Heilige Katharina von Alexandria.‹

Mit einem Jubelschrei drückte Johanna sich das Medaillon an die Brust. Sie wußte, was dieses Geschenk bedeutete. Auf seine Weise wollte Matthias ihr damit zu verstehen geben, wie hoch er ihre Fähigkeiten schätzte und wieviel ihre gemeinsame Arbeit ihm bedeutete. Für Johanna war es das schönste Geschenk, das sie je bekommen hatte. »Vielen Dank«, sagte sie noch einmal, und diesmal kam der Dank von Herzen. Johanna wußte nicht, was sie noch sagen sollte; deshalb beugte sie sich vor und gab dem Bruder einen Kuß.

Matthias lächelte sie an, und jetzt erst sah Johanna die dunklen Ringe um seine Augen. Er sah müde und erschöpft aus.

»Dir geht es doch gut, oder?« fragte sie besorgt.

»Aber natürlich!« erwiderte Matthias ein bißchen zu überzeugt und nachdrücklich. »Fangen wir mit dem Unterricht an, einverstanden?«

Doch er war nervös und nicht recht bei der Sache. Zum erstenmal entging es ihm, daß die Schwester einen Flüchtigkeitsfehler machte.

»Stimmt etwas nicht?« fragte Johanna.

»Nein, nein. Ich bin nur ein bißchen müde.«

»Sollen wir nicht lieber aufhören? Es macht mir nichts aus. Wir können morgen weitermachen.«

»Nein. Ich war mit den Gedanken woanders. Tut mir leid. Also, wo waren wir stehengeblieben? Ach, ja. Lies den letzten Abschnitt noch einmal. Und paß diesmal bei dem Verb auf. Es heißt *videat*, nicht *videt*.«

Als Matthias am nächsten Morgen erwachte, klagte er über Kopf- und Halsschmerzen. Gudrun brachte ihm einen Becher heißen Molkentrank aus gewürzter Milch und Wein, mit Gurkenkraut und Honig versetzt.

»Den Rest des Tages mußt du im Bett bleiben«, sagte sie.

»Der Junge von der alten Frau Wigbod hat Schüttelfrost und Fieber. Vielleicht bekommst du's auch.«

Doch Matthias lachte nur und sagte, es wäre keine solche Krankheit. Er stand auf und arbeitete mehrere Stunden an seinen Studien; dann bestand er darauf, nach draußen zu gehen und Johanna dabei zu helfen, die Weinreben zu beschneiden.

Am nächsten Morgen hatte er Fieber und Schluckbeschwerden. Selbst der Dorfpriester mußte zugeben, daß sein Sohn tatsächlich krank aussah.

»Heute bist du von deinen Studien befreit«, sagte er zu Matthias. Es war eine Ausnahmebewilligung, wie man sie noch nie von ihm gehört hatte.

Die Familie wandte sich mit der Bitte um Hilfe an das Kloster von Lorsch. Nach zwei Tagen erschien ein heilkundiger Mönch und untersuchte Matthias, schüttelte ernst den Kopf und murmelte irgend etwas vor sich hin. Zum erstenmal erkannte Johanna, daß der Zustand ihres Bruders möglicherweise ernst war. Der Gedanke war erschreckend. Der Mönch ließ Matthias reichlich zur Ader und setzte sein gesamtes Repertoire an Gebeten und gesegneten Amuletten ein. Doch an Mariä Verkündigung war Matthias' Zustand bedrohlich. Er war vom Fieber völlig benommen und wurde von dermaßen schrecklichen Hustenanfällen geschüttelt, daß Johanna sich die Ohren zuhielt, um es nicht mit anhören zu müssen.

Den ganzen Tag und die darauffolgende Nacht wachte die Familie am Krankenbett. Johanna kniete neben ihrer Mutter auf dem festgestampften Lehmfußboden. Die Veränderung in Matthias' Erscheinungsbild machte ihr schreckliche Angst. Sein Gesicht war dermaßen ausgezehrt, daß die Haut sich über den Knochen spannte und die vertrauten Züge zu einer entsetzlichen Fratze verzerrte, und unter der fiebrigen Rötung war ein beängstigender grauer Unterton zu erkennen.

Über ihnen, in der Dunkelheit, klang die monotone Stimme des Dorfpriesters hinaus in die Nacht, als er Gebete für die Errettung seines Sohnes sprach. *»Domine sancte, pater omnipotens, aeterne deus, qui fragilitatem conditionis nostrae infusa virtutis ...«*

Johanna nickte schläfrig.

»Nein!«

Bei dem klagenden Schrei ihrer Mutter erwachte sie schlagartig.

»Er ist tot! Matthias, mein Sohn!«

Johanna schaute auf das Bett. Nichts schien sich verändert zu haben. Matthias lag so regungslos da wie zuvor. Dann aber fiel ihr auf, daß seine Haut die fiebrige Röte verloren hatte; sie war vollkommen grau – die Farbe von Gestein.

Johanna nahm die Hand des Bruders. Sie war schlaff und schwer, aber nicht mehr so heiß wie zuvor. Johanna hielt sie ganz fest und drückte sie an ihre Wange. *Bitte, sei nicht tot, Matthias.* Wenn er tot war, würde sie nie mehr neben ihm und Johannes in dem großen Bett schlafen können; sie würde nie mehr erleben, wie er an seinem Schreibpult aus Fichtenholz saß, die Stirn vor Konzentration gefurcht, wenn er seine Texte studierte; sie würde nie mehr neben ihm sitzen, während seine Finger sich über die Seiten der Bibel bewegten und dann und wann innehielten, um Worte zu bezeichnen, die Johanna laut vorlesen sollte. *Bitte, sei nicht tot.*

Nach einer Weile schickten sie Johanna aus dem Zimmer, damit ihre Mutter und die Frauen des Dorfes Matthias' Körper waschen und in ein Leichenhemd aus Leinen kleiden konnten. Als die Frauen fertig waren, durfte Johanna wieder ans Bett kommen und ihrem Bruder die letzte Ehre erweisen. Von der unnatürlichen grauen Farbe seiner Haut abgesehen, hatte es den Anschein, als würde Matthias schlafen. Johanna stellte sich vor, daß er aufwachen würde, wenn sie ihn berührte; das seine Augen sich öffnen und sie so liebevoll und verschmitzt wie früher anschauen würden, so, als wäre alles nur Verstellung gewesen. Sie küßte ihn auf die Wange, wie die Mutter sie angewiesen hatte. Die Haut war kalt und seltsam hart, so wie Haut des toten Kaninchens, das Johanna erst letzte Woche aus dem Erdschuppen geholt hatte. Rasch zog sie den Kopf zurück.

Matthias gab es nicht mehr.

Nun würde es auch keine Unterrichtsstunden mehr geben.

Sie stand neben dem Viehpferch und betrachtete die Flecken dunkler Erde, die allmählich unter der schmelzenden Schneeschicht zum Vorschein kamen. Es war jenes Fleckchen Erde, in das Johanna ihre ersten Buchstaben gezeichnet hatte.

»Matthias«, flüsterte sie. Sie sank auf die Knie. Der feuchte Schnee durchdrang ihren wollenen Umhang, bis sie die Nässe auf der Haut spürte. Ihr war sehr kalt; aber sie konnte nicht zurück ins Haus. Erst mußte sie etwas erledigen. Mit dem Zeigefinger malte sie die vertrauten Buchstaben aus dem Johannesevangelium in den feuchten Schnee.

Ubi sum egos vos non potestis venire. »Dort, wo ich bin, könnt ihr nicht hingehen.«

»Wir alle werden Buße tun«, verkündete der Dorfpriester nach Matthias' Beisetzung, »um Vergebung für unsere Sünden zu bitten, die den Zorn Gottes auf unsere Familie herabbeschworen haben.« Er hieß Johanna und Johannes, sich in schweigendem Gebet auf das harte Brett zu knien, das als Familienaltar diente. Dort verharrten sie ohne Essen und Trinken den ganzen Tag bis zum Anbruch der Dunkelheit; dann endlich ließ der Vater sie gehen und erlaubte ihnen, im Bett zu schlafen, das jetzt, ohne Matthias, riesengroß und leer erschien. Johannes stöhnte vor Hunger. Mitten in der Nacht weckte Gudrun die Kinder, wobei sie warnend den Zeigefinger auf die Lippen legte. Der Dorfpriester war eingeschlafen. Rasch reichte Gudrun den Kindern ein paar Stücke Brot und eine Holzschale voller Ziegenmilch; weitere Nahrungsmittel hatte sie nicht aus der Speisekammer hinauszuschmuggeln gewagt, aus Angst, den Verdacht ihres Mannes zu erregen. Johannes schlang das Brot hinunter und war immer noch hungrig, worauf Johanna ihren Anteil mit ihm teilte. Als die Kinder gegessen hatten, nahm Gudrun die Holzschale und ging, wobei sie sich die wollenen Decken bis unters Kinn zog. Die Kinder kuschelten sich aneinander, um sich gegenseitig ein bißchen Wärme und Trost zu spenden, und schliefen rasch ein.

Mit dem ersten Tageslicht weckte der Dorfpriester die Kinder und schickte sie ohne Frühstück zum Altar, um dort ihre Buße fortzuführen. Der Morgen zog vorüber und die Mittagsstunde, und noch immer verharrten die Kinder auf den Knien.

Die Strahlen der Spätnachmittagssonne, die durch die Ritzen im vernagelten Fenster des Grubenhauses sickerten, fielen auf den Altar. Johanna stöhnte und versuchte, auf dem harten Brett des behelfsmäßigen Altars eine bequemere Körperhaltung einzunehmen. Ihr schmerzten die Knie, und ihr Magen knurrte. Sie versuchte mit aller Kraft, sich auf die Worte ihres Gebets zu konzentrieren. *Pater noster qui es in coelis, sanctificetur nomen tuum, adveniat regnum tuum ...*

Es hatte keinen Sinn. Es gab kein Entrinnen aus dieser

Situation. Johanna war müde und hungrig, und sie vermißte Matthias. Sie fragte sich, warum sie nicht weinte. Sie verspürte ein Druckgefühl in der Kehle und der Brust; aber die Tränen wollten nicht fließen.

Sie starrte auf das kleine hölzerne Kruzifix, das über dem Altar an der Wand hing. Der Dorfpriester hatte es aus seiner Heimat mitgebracht, aus England, als er zum erstenmal auf das Festland gekommen war und mit seiner Missionsarbeit bei den heidnischen Sachsen begonnen hatte. Von einem Künstler aus Northumbrien gefertigt, besaß die Christusgestalt eine größere dramatische Ausstrahlung und Detailgenauigkeit als die meisten französischen Arbeiten. Der Körper Jesu wand sich am Kreuz; die Gliedmaßen waren gestreckt; die Rippen traten hervor, und die untere Körperhälfte war seitlich verdreht, um die Todesqualen des Gekreuzigten zu unterstreichen. Sein Kopf war nach hinten gesunken, so daß der Adamsapfel deutlich hervortrat – eine seltsam beunruhigende Erinnerung an die Männlichkeit Jesu Christi. Das Holz wies tiefe Ätzspuren auf, die den Blutstrom aus den vielen Wunden Christi verdeutlichen sollten.

Doch trotz aller Ausdruckskraft war die Gestalt grotesk. Johanna wußte, daß sie angesichts des Opfers Christi von Liebe und Ehrfurcht erfüllt sein sollte; statt dessen fühlte sie sich von dem Anblick abgestoßen. Verglichen mit den schönen und starken Göttern ihrer Mutter sah diese Gestalt häßlich, zerbrochen und besiegt aus.

Neben Johanna begann ihr Bruder leise zu schluchzen. Tröstend ergriff sie seine Hand. Johannes nahm Bestrafungen schwer. Sie war stärker als er – und das wußte sie. Obwohl Johannes fast zehn Jahre alt war und sie noch nicht einmal sieben, hielt sie es für ganz natürlich, daß sie sich seiner annahm, ihn tröstete und beschützte, und nicht andersherum.

Johannes liefen Tränen über die Wangen. »Es ist so ungerecht«, sagte er.

»Nicht weinen.« Johanna hatte Angst, daß die Geräusche ihre Mutter auf den Plan rufen könnten, oder – schlimmer noch – ihren Vater. »Bald ist die Zeit der Buße vorbei.«

»Darum geht es doch gar nicht!« erwiderte er mit verletzter Würde.

»Um was geht es dann?«

»Du würdest es nicht verstehen.«

»Sag's mir.«

»Vater will bestimmt, daß ich Matthias' Aufgabe übernehme. Daß ich die Studien weiterführe. Ich weiß, daß er's will. Aber das kann ich nicht. Ich kann es nicht!«

»Vielleicht doch«, sagte Johanna, obwohl sie wußte, was ihrem Bruder so großen Kummer bereitete. Der Vater beschuldigte ihn der Trägheit und schlug ihn, wenn er bei seinen Studien keine Fortschritte machte; aber es war nicht Johannes' Schuld. Er versuchte, sein Bestes zu geben, doch sein Verstand arbeitete zu langsam. So war es immer schon gewesen.

»Nein«, beharrte Johannes. »Ich bin nicht so wie Matthias. Hast du gewußt, daß Vater ihn nach Aachen schicken wollte, um seine Aufnahme zu *scola palatina* zu erbitten?«

»Wirklich?« Johanna war erstaunt. Die Palastschule zu Aachen! Sie hatte gar nicht gewußt, daß der Vater mit Matthias so hochfliegende Pläne gehabt hatte.

»Und ich kann noch nicht einmal Donatus lesen. Vater hat gesagt, daß Matthias Donatus schon beherrscht hat, als er erst neun Jahre alt war, und ich bin zehn. Was soll ich tun, Johanna? Was soll ich nur tun?«

»Na ja ...« Johanna versuchte, sich eine Antwort einfallen zu lassen, um den Bruder zu beruhigen, doch die Anstrengungen der letzten zwei Tage hatten Johannes in einen Zustand apathischer Furcht versetzt.

»Er wird mich schlagen. Ich weiß, er wird mich schlagen.« Jetzt begann Johannes laut zu weinen und zu jammern. *»Ich will aber nicht geschlagen werden!«*

Stirnrunzelnd erschien Gudrun im Türeingang. Nach einem nervösen Blick in den Raum hinter ihr eilte sie zu Johannes hinüber. »Hör auf. Möchtest du, daß Vater kommt? Hör sofort auf, sag ich dir!«

Unbeholfen robbte Johannes vom Altar, warf den Kopf in den Nacken und plärrte. Als hätte er die Worte seiner Mutter gar nicht gehört, weinte er herzzerreißend, wobei ihm die Tränen über die heißen, rotgefleckten Wangen liefen.

Gudrun packte Johannes' Schultern und schüttelte ihn. Sein Kopf ruckte heftig vor und zurück; seine Augen waren geschlossen, und sein Mund stand offen. Johanna hörte das scharfe Klicken der Zähne, als seine Kiefer aufeinanderschlugen. Verdutzt öffnete Johannes die Augen und blickte die Mutter an.

Gudrun umarmte ihn und zog ihn an sich. »Du wirst jetzt nicht mehr weinen. Um deiner Schwester willen – und um meinetwillen – darfst du nicht mehr weinen. Alles wird gut, mein Sohn. Aber dann mußt du jetzt ruhig sein.« Sie wiegte den Jungen, besänftigte ihn und wies ihn gleichzeitig zurecht.

Johanna beobachtete die Szene nachdenklich. Sie erkannte die Wahrheit in den Worten ihres Bruders. Johannes war kein besonders kluges Kind. Nie und nimmer konnte er in Matthias' Fußstapfen treten.

Doch ihr Gesicht rötete sich vor Erregung, als ein plötzlicher Gedanke sie mit der Kraft der göttlichen Offenbarung durchfuhr.

»Was ist mit dir, Johanna?« Gudrun hatte den eigenartigen Ausdruck auf dem Gesicht ihrer Tochter gesehen. »Ist dir nicht gut?« Gudrun war besorgt, denn die bösen Geister, die das Fieber brachten, suchten ein bestimmtes Haus für längere Zeit heim, wie sie wußte.

»Nein, Mama. Aber ich habe eine Idee. Eine wundervolle Idee!«

Gudrun seufzte ergeben. Dieses Mädchen steckte voller Ideen, die sie allerdings nur in Schwierigkeiten brachten.

»Ja?«

»Vater wollte, daß Matthias zur Aachener Palastschule geht.«

»Ich weiß.«

»Und jetzt möchte er, daß Johannes an Matthias' Stelle die Schule besucht. Deshalb weint Johannes, Mama. Er weiß, daß er es nicht schaffen kann, und er hat Angst, daß Vater wütend auf ihn ist.«

»Ich weiß. Und?« fragte Gudrun verwirrt.

»*Ich* könnte zu der Schule gehen, Mama. Ich könnte Matthias' Studien weiterführen.«

Für einen Augenblick war Gudrun zu schockiert, als daß sie hätte antworten können. *Ihre* Tochter, ihr kleines Mädchen, das Kind, das sie am liebsten hatte – der einzige Mensch, dem sie die Sprache und die Geheimnisse ihres Volkes anvertraut hatte – ausgerechnet *dieses* Kind wollte die heiligen Bücher der christlichen Eroberer studieren? Es schmerzte Gudrun tief, daß Johanna so etwas auch nur in Erwägung zog.

»Was für ein Unsinn!« sagte sie.

»Ich kann hart arbeiten«, beharrte Johanna. »Ich lese gern, und ich lerne gern. Ich kann es schaffen. Und dann braucht

Johannes nicht dorthin zu gehen, wo er's doch nicht möchte.« Johannes, der den Kopf noch immer an die Brust der Mutter gedrückt hielt, gab einen gedämpften Schluchzer von sich.

»Aber du bist ein Mädchen. Solche Dinge sind nichts für dich«, sagte Gudrun abweisend. »Außerdem würde dein Vater es niemals gutheißen.«

»Aber Mama! Das war früher. Die Dinge haben sich geändert. Siehst du das denn nicht? Vielleicht denkt Vater jetzt anders darüber.«

»Ich verbiete dir, mit deinem Vater über diese Sache zu reden. Offensichtlich hat es dich und deinen Bruder wirr im Kopf gemacht, daß ihr auf Essen und Schlafen verzichten mußtet. Sonst würdest du nicht solchen Unsinn reden.«

»Aber wenn ich ihm nur zeigen dürfte, daß ich ...«

»Schluß jetzt! Ich will nichts mehr davon hören!« Gudruns Stimme klang endgültig.

Johanna verstummte. Sie griff in ihre Tunika und umklammerte das Medaillon mit den Bildnis der heiligen Katharina, das Matthias ihr geschnitzt hatte. *Ich kann Latein lesen, und Johannes kann es nicht,* dachte sie hartnäckig. *Warum sollte es eine Rolle spielen, daß ich ein Mädchen bin?*

Sie ging zur Bibel, die auf dem kleinen hölzernen Schreibpult lag, hob das Buch in die Höhe, spürte sein Gewicht und das vertraute Gefühl des rauhen Einbands. Der Geruch nach Holz und Pergament, den sie so eng mit Matthias in Verbindung brachte, ließ sie an ihre gemeinsame Arbeit denken, an alles, was er sie gelehrt hatte, und alles, was er sie noch hatte lehren wollen. *Vielleicht, wenn ich Vater zeige, was ich gelernt habe ... vielleicht erkennt er dann, daß ich es schaffen kann.* Wieder einmal spürte sie, wie eine Woge der Erregung in ihr aufstieg. *Aber es könnte Ärger geben. Vielleicht wird Vater sehr wütend.* Und der Zorn ihres Vaters ängstigte Johanna; sie war oft genug von ihm geschlagen worden, um seine Zornesausbrüche und die Kraft seiner Wut zu kennen und zu fürchten.

Unschlüssig stand sie da und betastete gedankenversunken die glatte Oberfläche des hölzernen Einbands der Bibel. Dann, einem impulsiven Entschluß folgend, schlug sie das Buch auf – und blickte auf die ersten Seiten des Johannesevangeliums, jenes Textes, den Matthias sie zuerst zu lesen gelehrt hatte. *Das ist ein Zeichen,* ging es Johanna durch den Kopf.

Ihre Mutter hatte ihr den Rücken zugekehrt und hielt Johannes in den Armen, dessen Schluchzer zu einem trostlosen, verzweifelten Schluckauf abgeklungen waren. *Jetzt ist die beste Gelegenheit.* Johanna nahm die aufgeschlagene Bibel und ging mit ihr in den angrenzenden Raum.

Ihr Vater saß gebeugt auf einem Stuhl, den Kopf gesenkt, die Hände vors Gesicht geschlagen. Er bewegte sich nicht, als Johanna auf ihn zutrat. Von plötzlicher Angst erfüllt, blieb sie stehen. Die Idee war lächerlich, unmöglich; Vater würde niemals seine Einwilligung erteilen. Johanna wollte den Raum schon wieder verlassen, als ihr Vater die Hände vom Gesicht nahm und den Kopf hob. Johanna stand vor ihm, die aufgeschlagene Bibel in den Händen.

Ihre Stimme war nervös und zittrig, als sie zu lesen begann: *»In principio erat verbum et verbum erat apud Deum et verbum erat Deus.«*

Es gab keine Unterbrechung, kein Stocken. Johanna las weiter, und je länger sie las, desto zuversichtlicher wurde sie. »Alle Dinge wurden von Gott gemacht; und ohne ihn ist nichts, das gemacht wurde. In ihm war das Leben, und das Leben war das Licht der Menschen. Und das Licht leuchtete in der Dunkelheit, und die Dunkelheit begriff es nicht.« Die Schönheit und Macht dieser Worte erfüllten sie, geleiteten sie und gaben ihr Kraft.

Schließlich gelangte sie zum Ende. Johannas Gesicht war vor Stolz und Aufregung gerötet; sie wußte, sie hatte ihre Sache gut gemacht. Sie blickte auf und sah, wie ihr Vater sie anstarrte.

»Ich kann lesen. Matthias hat es mir beigebracht. Wir haben es geheim gehalten; deshalb hat niemand davon gewußt.« Atemlos sprudelte sie die Worte hervor. »Ich kann dich zu einem stolzen Mann machen, Vater. Ich weiß, daß ich es kann. Gib mir die Erlaubnis, Matthias' Studien weiterzuführen, und ich ...«

»*Du!*« Die Stimme ihres Vaters bebte vor Zorn. »Du warst es!« Anklagend richtete er den Zeigefinger auf Johanna. »*Du* warst diejenige! *Du* hast den Zorn Gottes auf uns herabbeschworen. Du widernatürliche Kreatur! Du Wechselbalg! *Du hast deinen Bruder ermordet!*«

Johanna stockte der Atem. Mit erhobenem Arm kam der Dorfpriester auf sie zu. Johanna ließ die Bibel fallen und warf sich herum, wollte entfliehen, doch er packte sie, zerrte sie herum und schmetterte ihr die Faust mit solcher Wucht auf die Wange, daß sie durchs Zimmer geschleudert wurde, mit dem Rücken an die gegenüberliegende Wand prallte und sich heftig den Kopf stieß.

Dann stand ihr Vater über ihr. Johanna krümmte sich in Erwartung eines weiteren Schlages. Nichts geschah. Augenblicke vergingen; dann hörte sie, wie ihr Vater erstickte Laute von sich gab, die rauh und heiser aus seiner Kehle aufstiegen. Johanna erkannte, daß er weinte. Noch nie hatte sie ihren Vater weinen sehen.

»Johanna!« Gudrun kam herbeigeeilt und warf einen raschen, furchtsamen Blick auf ihren Mann. »Was hast du getan, Kind?« Sie kniete sich neben Johanna nieder und entdeckte die Prellung unter dem rechten Auge, die rasch anschwoll. Gudrun achtete darauf, daß ihr Körper sich schützend zwischen Johanna und ihrem Mann befand. »Was habe ich dir gesagt?« flüsterte sie. »Du dummes Mädchen. Sieh nur, was du getan hast!« Dann fügte sie mit kräftigerer Stimme hinzu: »Geh zu deinem Bruder. Er braucht dich.« Sie half Johanna auf und drängte sie rasch hinaus.

Der Dorfpriester beobachtete seine Tochter mit düsteren Blicken, als sie zur Tür ging.

»Denk nicht mehr an das Mädchen, mein Gemahl«, sagte Gudrun beschwichtigend. »Sie ist unwichtig. Und gib dich nicht der Verzweiflung hin, denn du hast noch einen anderen Sohn.«

3.

Es war im Aranmanoth, dem Monat der Getreidernte, im Spätsommer ihres neunten Lebensjahres, als Johanna zum erstenmal Aeskulapius begegnete. Auf dem Weg nach Mainz, wo er an der dortigen *scola,* der Domschule, eine Stelle als Lehrmeister antreten sollte, hatte er am Grubenhaus des Dorfpriesters von Ingelheim eine Rast eingelegt.

»Seid willkommen, Herr, seid willkommen!« begrüßte Johannas Vater den Gast hocherfreut. »Wir danken Gott, daß Ihr sicher und wohlbehalten eingetroffen seid. Ich hoffe, die Reise war nicht zu anstrengend.« Er verbeugte sich dienstbeflissen und führte Aeskulapius durch die Tür. »Kommt herein und erfrischt Euch. Gudrun! Bring Wein! Mit Eurem Besuch erweist Ihr uns und unserem bescheidenen Heim eine große Ehre, Herr.« Dem Gebaren ihres Vaters konnte Johanna entnehmen, daß Aeskulapius ein Gelehrter von beträchtlichem Ansehen und Rang sein mußte.

Er war Grieche und nach byzantinischer Mode gekleidet. Sein *chlamys* aus feinem weißem Leinen besaß als Verschluß eine schlichte Brosche aus Metall; darüber trug er einen langen blauen Umhang mit silbernem Saum. Sein eingeöltes Haar war kurz geschnitten wie bei einem Bauern und straff nach hinten aus der Stirn gekämmt. Und anders als Johannas Vater, der seinen Bart gestutzt, nach Art der fränkischen Kirchenleute trug, hatte Aeskulapius einen langen Vollbart, der so weiß war wie sein Haar.

Als der Vater nach Johanna rief, den Ankömmling zu begrüßen, erlebte sie eine Anwandlung von Schüchternheit. Verlegen stand sie vor dem fremden Mann und hielt den Blick gesenkt, starr auf das komplizierte Flechtwerk seiner Sandalen gerichtet. Dann, endlich, hatte der Dorfpriester ein Nachsehen und schickte Johanna hinaus, ihrer Mutter bei der Zubereitung des Abendessens zu helfen.

Als sich später alle an den Tisch im Wohnraum setzten, sagte der Dorfpriester zu Aeskulapius: »Wir haben die Gewohnheit, aus der Bibel zu lesen, bevor wir die Mahlzeiten einnehmen. Würdet Ihr uns die Ehre erweisen und heute Abend den Segensspruch vortragen?«

»Aber gewiß«, sagte Aeskulapius lächelnd. Behutsam schlug er das holzgebundene Buch auf und blätterte vorsichtig die brüchigen, pergamentenen Seiten um. »Der Text stammt von Ecclesiastes. ›*Omnia tempus habent, et momentum suum cuique negotio sub caelo ...*‹«

Nie zuvor hatte Johanna jemanden so wunderschön Latein reden hören. Aeskulapius' Aussprache war ungewöhnlich: Er reihte die Worte nicht aneinander, wie es bei der gallischen Sprechweise üblich war; statt dessen war bei ihm jedes einzelne Wort rund und betont, wie ein Tropfen klaren Regenwassers. »Denn für alles gibt es eine Jahreszeit, und unter Gottes Himmel hat jedes Ding auf Erden seine Zeit. Es gibt eine Zeit des Gebärens; eine Zeit des Sterbens; eine Zeit des Pflanzens und eine Zeit zu pflücken, was gepflanzt worden ist; es gibt eine Zeit zu töten, und eine Zeit zu heilen; eine Zeit des Niederreißens, und eine Zeit des Aufbaus.« Johanna hatte ihren Vater diesen Absatz viele Male lesen hören, doch bei Aeskulapius hörte sie eine Schönheit heraus, die sie nie zuvor darin vermutet hätte.

Als er geendet hatte, schlug Aeskulapius das Buch zu. »Ein prächtiger Band«, sagte er anerkennend zum Dorfpriester. »Von kunstvoller Hand geschrieben. Ihr müßt ihn aus England mitgebracht haben; wie mir gesagt wurde, blühen dort noch die Künste der Buchmacherei. Heutzutage findet man nur noch selten eine Handschrift, die so frei von grammatischen Sprachwidrigkeiten ist.«

Der Dorfpriester errötete vor Freude. »In der Bibliothek zu Lindisfarne gab es viele solcher Bände. Dieser hier wurde mir vom Bischof anvertraut, als er mich zur Missionsarbeit in Sachsen auserwählte.«

Das Essen war ausgezeichnet; es war die üppigste Mahlzeit, welche die Familie je einem Gast bereitet hatte. Es gab ein knusprig gebratenes, mit Salz gewürztes Lendenstück vom Schwein, dazu gekochten Dinkel und rote Bete, scharfen grünen Käse und Scheiben von dem dunklen Brot, das frisch in den glühenden Holzscheiten im Herd gebacken worden war. Der Dorfpriester schenkte fränkisches Bier aus, würzig, dunkel und dickflüssig wie Suppe. Nachher aßen sie geröstete Mandeln und süße gebratene Äpfel.

»Köstlich«, sagte Aeskulapius am Ende des Mahls. »Es ist lange her, daß ich so gut gegessen habe. Seit meiner Abreise aus Byzanz habe ich kein so wohlschmeckendes Schweinefleisch mehr genossen.«

Gudrun war erfreut. »Es liegt daran, daß wir unsere eigenen Schweine halten und sie mästen, bevor sie geschlachtet werden. Das Fleisch der Schweine aus dem Schwarzwald dagegen ist zäh und unappetitlich.«

»Erzählt uns von Konstantinopel!« bat Johannes voller Begeisterung. »Stimmt es, daß die Straßen dort mit kostbaren Steinen gepflastert sind und daß flüssiges Gold aus den Brunnen sprudelt?«

Aeskulapius lachte. »Das nicht gerade. Aber Byzanz bietet in der Tat einen herrlichen Anblick.« Johanna und ihr Bruder lauschten mit offenem Mund, als der Besucher ihnen nun die Stadt am Bosporus beschrieb, die sich auf einem hohen Vorgebirge ausbreitete – mit ihren Bauwerken aus Marmor, von Kuppeln aus Gold und Silber gekrönt, die sich mehrere Stockwerke hoch erhoben und über dem Hafen am Goldenen Horn aufragten, in dem Schiffe aus der ganzen Welt vor Anker lagen. In dieser Stadt war Aeskulapius geboren, und hier hatte er seine Jugend verbracht. Dann war er zur Flucht gezwungen worden, als seine Familie in einen religiösen Streit mit Basileus verwickelt wurde – ein Streit, der irgend etwas mit der Zerstörung von Heiligenbildern zu tun gehabt hatte. Johanna verstand nicht, was damit gemeint war, wohl aber ihr Vater, denn er nickte mit ernster Mißbilligung, als Aeskulapius schilderte, wie man seine Familie verfolgt hatte.

Dann wandte das Gespräch sich theologischen Fragen zu, und die sich sträubende Johanna und ihr Bruder wurden in jenen Teil des Hauses gebracht, in dem die Eltern schliefen; als geehrter Gast sollte Aeskulapius das große Bett in der Nähe des Herdes für sich ganz allein bekommen.

»Bitte, bitte, darf ich nicht bleiben und zuhören?« bettelte Johanna ihre Mutter an.

»Nein. Es wird höchste Zeit, daß du ins Bett kommst. Außerdem erzählt unser Gast jetzt keine Geschichten mehr. Und diese Gelehrtengespräche dürften dich kaum interessieren.«

»Aber ...«

»Schluß jetzt, Kind. Ab ins Bett. Morgen früh brauche ich deine Hilfe. Dein Vater möchte, daß wir seinem Besucher ein weiteres Festmahl bereiten.« Sie seufzte und fügte murmelnd hinzu: »Wenn noch mehr solche Gäste kommen, müssen wir bald am Hungertuch nagen.« Sie bettete die Kinder auf die strohgedeckte Pritsche, küßte die beiden und ging.

Johannes schlief rasch ein. Johanna aber lag wach und versuchte zu hören, was die Stimmen auf der anderen Seite der dicken hölzernen Trennwand sagten. Schließlich wurde die Neugier so stark, daß Johanna vom Strohlager stieg und über die Trennwand hinwegkroch. Auf der anderen Seite kniete sie nieder und spähte aus der Dunkelheit dorthin, wo ihr Vater und Aeskulapius am Herdfeuer saßen und sich unterhielten. Es war bitterkalt; die Wärme der Flammen reichte nicht bis zu dem kleinen Mädchen. Außerdem trug Johanna nur ein dünnes Hemdkleid aus Leinen. Sie schauderte, zog aber nicht einmal in Betracht, wieder ins Bett zu gehen; sie *mußte* hören, was Aeskulapius sagte.

Das Gespräch hatte sich der Mainzer Domschule zugewandt, und Aeskulapius fragte den Dorfpriester soeben: »Könnt Ihr mir etwas über die dortige Bibliothek sagen?«

»O ja«, erwiderte der Dorfpriester, offensichtlich erfreut darüber, daß ihm diese Frage gestellt worden war. »Ich habe dort viele Stunden verbracht. Die Bibliothek umfaßt eine hervorragende Sammlung von Bänden, mehr als fünfundsiebzig alte Codices.«

Aeskulapius nickte höflich, wenngleich er nicht beeindruckt zu sein schien. Johanna aber konnte sich so viele Bücher an ein und demselben Ort gar nicht vorstellen.

Der Dorfpriester sagte: »Es gibt dort Abschriften von Isidor von Sevillas *Etymologiarum*, und von Salvianus' *De gubernatore dei*. Außerdem die vollständigen *Commentarii* des Geronimus mit herrlich kunstvollen Illustrationen. Und Ihr findet dort ein ganz besonders schönes Exemplar des *Hexameron* meines Landmannes Aelfric.«

»Gibt es dort auch Abschriften der Werke des Plato?«

»Plato?« Der Dorfpriester war schockiert. »Bestimmt nicht. Seine Schriften sind kein angemessenes Studium für einen Christen.«

»Ach, meint Ihr? Dann meßt Ihr Platos Werk über die Logik keine Bedeutung bei?«

»Ich finde, es gehört ins Trivium, in den niederen Teil der freien Künste«, erwiderte der Dorfpriester unbehaglich, »und es ist allenfalls als Hilfsmittel beim Studium *wirklich* wertvoller Schriften wie denen des Boethius von Nutzen. Der Glaube gründet sich auf die Autorität der Heiligen Schrift und nicht auf die Beweise der Logik. Mitunter erschüttern die Menschen ihren Glauben lediglich aus närrischer Neugierde.«

»Ich verstehe, was Ihr meint.« Aus Aeskulapius' Worten sprach eher Höflichkeit als Zustimmung. »Aber vielleicht könnt Ihr mir dann folgende Frage beantworten: Wie kommt es, daß der Mensch zu vernünftigem Denken fähig ist?«

»Das vernünftige Denken ist der Funke des göttlichen Wesens im Menschen. ›Gott schuf also den Menschen als sein Abbild; als Abbild Gottes schuf er ihn.‹«

»Ihr versteht Euch ausgezeichnet darauf, die Heilige Schrift auszulegen. – Demnach würdet Ihr mir zustimmen, daß die Fähigkeit zum vernünftigen Denken von Gott gegeben ist?«

»Ganz gewiß.«

Johanna kroch näher heran, kam aus den Schatten hervor, die von der Trennwand geworfen wurden. Sie wollte nicht versäumen, was Aeskulapius als nächstes sagte.

»Weshalb fürchtet Ihr Euch dann, den Glauben im Licht der Vernunft zu betrachten? Und was ist Logik anderes als streng vernunftbestimmtes Denken? Gott selbst hat uns die Vernunft gegeben. Wie könnte sie uns da von ihm wegführen?«

Johanna hatte ihren Vater noch nie so unbehaglich dreinschauen sehen. Er war Missionar und dafür ausgebildet, aus der Bibel zu lesen und zu predigen, doch im verbalen Schlagabtausch bei logischen Streitgesprächen war er nicht geschult. Er öffnete den Mund, um zu antworten; dann schloß er ihn wieder.

»Ist es nicht gar so«, fuhr Aeskulapius fort, »daß das *Fehlen* des Glaubens die Menschen dazu bringt, sich vor der Prüfung eines Sachverhalts durch logisches Nachdenken zu fürchten? Falls die Bestimmung zweifelhaft ist, muß der Weg voller Furcht sein. Ein fester Glaube braucht keine Furcht; denn falls es Gott gibt, kann die Vernunft uns nur zu ihm führen. *Cogito, ergo Deus est,* sagte der heilige Augustin. *Ich denke; also gibt es Gott.*«

Johanna folgte dem Gespräch dermaßen gespannt, daß sie alles um sich herum vergaß und bei Aeskulapius' Bemerkung voller bewunderndem Begreifen einen leisen, erstaunten Ruf ausstieß. Ihr Vater blickte scharf zu der Trennwand hinüber, und Johanna zog sich hastig in die Schatten zurück, wartete und wagte kaum zu atmen, bis sie wieder das Stimmengemurmel hörte. Dann kroch sie zurück zur strohgedeckten Pritsche, auf der Johannes lag und leise schnarchte.

Noch lange Zeit, nachdem die Gespräche der Männer verstummt waren, lag Johanna wach in der Dunkelheit. Sie fühlte sich unglaublich beschwingt und frei, als wäre ein drückendes Gewicht von ihr genommen. Matthias' Tod war nicht *ihre* Schuld gewesen. Ihr Verlangen nach Wissen, ihr Wunsch zu lernen hatten ihn nicht das Leben gekostet – mochte ihr Vater sagen, was er wollte. Heute abend, als sie Aeskulapius zuhörte, hatte Johanna entdeckt, daß ihre Liebe zum Wissen weder sündhaft noch wider die Natur war, sondern eine unmittelbare Folge der dem Menschen von Gott geschenkten Fähigkeit, logisch und vernunftbestimmt zu denken. *Ich denke; also gibt es Gott.* Im Herzen spürte Johanna die Wahrheit, die in diesem Zitat lag.

Aeskulapius' Worte hatten ein Licht in ihrer Seele entfacht. *Vielleicht kann ich morgen mit ihm reden,* ging es ihr durch den Kopf. *Vielleicht bekomme ich die Möglichkeit, ihm zu zeigen, daß ich lesen kann.*

Diese Aussicht war so aufregend, daß Johanna an nichts anderes mehr denken konnte. Erst im Morgengrauen schlief sie ein.

Am nächsten Morgen wurde Johanna in aller Frühe von der Mutter in den Wald geschickt, um Eicheln und Bucheckern als Futter für die Schweine zu sammeln. Da Johanna so schnell wie möglich zum Haus und zu Aeskulapius zurückkehren wollte, beeilte sie sich, ihre Arbeit zu erledigen. Doch der Boden des herbstlichen Waldes war von einer dicken Schicht abgefallener Blätter bedeckt, so daß das Schweinefutter schwer zu finden war. Aber Johanna konnte erst zurück, wenn sie den Weidenkorb gefüllt hatte.

Als sie schließlich wieder zum Haus gerannt kam, rüstete Aeskulapius zur Weiterreise.

»Oh, und ich hatte gehofft, Ihr erweist uns die Ehre und eßt mit uns zu Mittag«, sagte der Dorfpriester. »Eure Gedanken über das Geheimnis der Heiligen Dreifaltigkeit haben mich sehr interessiert, und ich hätte gern noch länger mit Euch darüber gesprochen.«

»Sehr freundlich von Euch, aber ich muß heute abend in Mainz sein. Der Bischof erwartet mich, und ich brenne darauf, meine neuen Pflichten an der *scola* zu übernehmen.«

»Natürlich, natürlich«, sagte der Domherr und fügte nach einer Pause hinzu: »Aber Ihr erinnert Euch gewiß an unser Gespräch über den Jungen. Würdet Ihr noch so lange bleiben, um bei seiner Lektion zuzuschauen?«

»Es ist die kleinste Gefälligkeit, die ich einem so großzügigen Gastgeber erweisen kann«, erwiderte Aeskulapius mit einstudierter Höflichkeit.

Johanna nahm ihr Strickzeug und setzte sich in einen Stuhl in nächster Nähe, wobei sie versuchte, einen so unscheinbaren Eindruck wie möglich zu machen, damit der Vater sie nicht fortschickte.

Ihre Sorgen waren unbegründet. Die Aufmerksamkeit des Dorfpriesters war ausschließlich auf Johannes gerichtet. Er hoffte, Aeskulapius mit dem ›umfassenden Wissen‹ des Jungen zu beeindrucken, und er begann die Lektion, indem er Johannes über die Sprachlehre befragte, wobei er sich an der Grammatik des Donatus orientierte. Das war ein Fehler; denn die Sprachlehre war Johannes' schwächstes Fach. Wie nicht anders zu erwarten, war seine Vorstellung kläglich: Er verwechselte den Ablativ mit dem Dativ, verpfuschte die Verben und erwies sich zum Schluß als vollkommen unfähig, auch nur einen Satz grammatisch richtig zu analysieren. Aeskulapius beobachtete das Ganze ernst, schweigend und mit gefurchter Stirn.

Das Gesicht vor Verlegenheit gerötet, zog der Dorfpriester sich nun auf sicheres Gelände zurück. Er begann mit dem Rätselkatechismus des großen Alkuin, in dem Johannes gründlich gedrillt worden war. Im ersten Teil des Katechismus machte der Junge seine Sache auch ganz gut:

»Was ist ein Jahr?«

»Ein Karren mit vier Rädern.«

»Welche Pferde ziehen ihn?«

»Die Sonne und der Mond.«

»Wie viele Paläste hat das Jahr?«

»Zwölf.«

Zufrieden über den bescheidenen Erfolg, wagte der Dorfpriester sich zu schwierigeren Teilen des Katechismus vor. Johanna hatte Angst vor dem, was nun kam; denn sie sah, daß Johannes kurz davor stand, in Panik auszubrechen.

»Was ist Leben?«

»Die Freude der Gesegneten, das Leid der Traurigen, und ... und ...« Johannes verstummte.

Aeskulapius rutschte unruhig auf dem Stuhl hin und her. Johanna schlug die Augen zu, konzentrierte sich auf die Worte und versuchte, Johannes durch die schiere Kraft ihres Willens dazu zu bringen, sie auszusprechen.

»Ja?« hakte der Dorfpriester nach. »Und was noch?«

Johannes' Gesicht leuchtete auf, als es ihm einfiel. »Und die Suche nach dem Tod!«

Der Dorfpriester nickte knapp. »Und was ist der Tod?«

Es hatte keinen Sinn. Daß er bei der vorletzten Frage beinahe versagt hätte – und die wachsende Unzufriedenheit seines Vaters – machten Johannes' letzte Hoffnungen zunichte und brachten ihn endgültig aus der Fassung. Er konnte sich an gar nichts mehr erinnern. Sein Gesicht verzog sich; Johanna sah, daß er jeden Augenblick in Tränen auszubrechen drohte. Sein Vater starrte ihn düster an, während Aeskulapius den Jungen mit mitleidigen Augen betrachtete.

Johanna hielt es nicht mehr aus – die Qualen des Bruders, der Zorn des Vaters und die peinliche Demütigung Johannes' vor den Augen Aeskulapius' waren zuviel für sie. Bevor sie wußte, was sie tat, platzte sie heraus: »Der Tod ist ein unausweichliches Geschehnis, eine ungewisse Pilgerreise, die Tränen der Lebenden und der Dieb aller Menschen.«

Ihre Worte trafen die beiden Männer und den Jungen wie ein Keulenschlag. Die drei hoben gleichzeitig den Blick; auf ihren Gesichtern spiegelte sich eine Skala unterschiedlichster Gefühle wider. Bei Johannes war es Verdruß; bei ihrem Vater Zorn und bei Aeskulapius Verwunderung. Der Dorfpriester fand als erster die Sprache wieder.

»Wie kannst du es wagen!« fuhr er Johanna an; dann erinnerte er sich an Aeskulapius und fügte hinzu: »Wäre unser Gast nicht bei uns, würde ich dir eine ordentliche Tracht Prügel verpassen. So aber muß deine Bestrafung noch warten. Und jetzt gehe mir aus den Augen.«

Johanna erhob sich aus dem Stuhl und kämpfte darum, die Fassung zu wahren, bis sie zur Tür des Grubenhauses hinaus war und sie hinter sich zuzog. Dann lief sie los, so schnell sie konnte, und rannte den ganzen Weg bis zum Adlerfarn, der am Waldrand wuchs. Dort warf sie sich zu Boden.

Sie hatte das Gefühl, vor Schmerz vergehen zu müssen. Wie schrecklich und ungerecht, vor den Augen des einzigen Menschen, den sie beeindrucken wollte, auf diese Weise herabgesetzt zu werden. *Das ist ungerecht! Johannes wußte die Antwort nicht, aber ich. Warum hätte ich da schweigen sollen?*

Lange Zeit saß sie da und beobachtete, wie die Schatten der Bäume länger wurden. Ein Rotkehlchen flatterte neben ihr zu Boden und begann auf der Suche nach Würmern zwischen den Blättern zu picken. Als es einen Wurm entdeckt hatte, streckte das Tierchen die Brust heraus und stolzierte in einem kleinen Kreis umher, die Beute im Schnabel. *Es ist genau wie ich,* dachte Johanna mit einem Anflug von Selbstironie. *Genauso aufgeplustert vor Stolz, daß es schon an Hochmut grenzt.* Und Johanna wußte, daß Hochmut eine Sünde war – sie war deswegen oft genug ausgeschimpft worden -; doch sie konnte nichts dagegen tun, daß sie sich im Recht fühlte. *Ich bin klüger als Johannes. Warum soll er dann studieren und lernen dürfen, ich aber nicht?*

Das Rotkehlchen flog davon. Johanna beobachtete, wie es zu einem winzigen flatternden Punkt aus Farbe zwischen den Bäumen wurde. Sie betastete das hölzerne Medaillon mit dem Bildnis der heiligen Katharina, das sie um den Hals trug, und dachte an Matthias. Er hätte jetzt bei ihr gesessen, hätte mit ihr geredet und ihr alles erklärt, so daß sie hätte verstehen können. Sie vermißte ihn so sehr.

Du hast ihn ermordet, hatte Vater gesagt. Ein vertrautes Gefühl der Übelkeit stieg in Johannas Innerm auf, als sie daran dachte. Dennoch rebellierte ihr Geist dagegen. Sie *war* hochmütig. Sie wollte mehr als das, was Gott für eine Frau vorgesehen hatte. Aber warum sollte Gott Matthias für *ihre* Sünden bestrafen? Das ergab keinen Sinn.

Was war in ihrem Innern, daß sie ihre sinnlosen Träume nicht aufgab – Träume, die sich niemals verwirklichen ließen? Jeder sagte ihr, daß ihr Wunsch zu lernen unnatürlich sei. Dennoch dürstete es Johanna nach Wissen, und sie sehnte sich danach, die riesige Welt der Gedanken und Ideen zu erforschen, die gelehrten Menschen zugänglich war. Die anderen Mädchen im Dorf interessierten sich nicht für solche Dinge. Sie waren es zufrieden, die Zeit durchzuhalten, die eine heilige Messe dauerte, ohne daß sie ein einziges Wort verstanden. Sie akzeptierten, was ihnen gesagt wurde, und schauten nicht nach vorn. Sie träumten von einem guten Ehemann – womit sie einen Mann meinten, der sie freundlich behandelte und sie nicht prügelte–, und einem kleinen Stück Ackerland; sie spürten kein inneres Verlangen, das sie über die sichere und vertraute Welt des Dorfes hinausführte. Sie waren für Johanna so unerklärlich, wie Johanna es für sie war.

Warum bin ich anders? fragte sie sich. *Was stimmt nicht mit mir?*

Hinter ihr erklangen Fußschritte, und eine Hand berührte sie an der Schulter. Es war Johannes.

Eingeschnappt sagte er: »Vater hat mich geschickt. Er möchte mit dir reden.«

Johanna nahm die Hand des Bruders. »Es tut mir leid, was vorhin geschehen ist.«

»Du hättest den Mund halten müssen. Du bist nur ein Mädchen.«

Angesichts seiner schroffen Worte fiel es ihr nicht leicht, doch sie mußte sich bei Johannes entschuldigen, weil sie ihn vor ihrem Gast blamiert hatte.

»Ja, es war falsch. Verzeih mir.«

Johannes versuchte, die Fassade verletzten Stolzes aufrechtzuerhalten, schaffte es aber nicht. »Also gut, ich verzeihe dir«, gab er nach. »Immerhin ist Vater jetzt nicht mehr auf *mich* wütend. Tja – komm, und sieh selbst.«

Er zog sie vom klammen Erdboden hoch und half ihr, die Blätter und die feuchten Stücke Adlerfarn von ihrer Kleidung abzuklopfen. Dann gingen sie Hand in Hand zur Hütte zurück.

An der Tür schob Johannes die Schwester vor sich her. »Geh du vor«, sagte er. »Schließlich möchten sie dich sehen.«

Sie? Johanna fragte sich, was er damit meinte, hatte aber keine Gelegenheit mehr, sich zu erkundigen, denn sie stand bereits ihrem Vater und Aeskulapius gegenüber, die vor dem Herdfeuer warteten.

Johanna trat auf die Männer zu und blieb unterwürfig vor ihnen stehen. Auf dem Gesicht des Vaters lag ein seltsamer Ausdruck, so, als hätte er irgend etwas Saures verschluckt. Er grunzte und bedeutete Johanna, vor Aeskulapius hinzutreten, der sie bereits zu sich winkte. Er nahm Johannas Hände in die seinen und schaute ihr mit einem forschenden Blick ins Gesicht. »Du beherrschst die lateinische Sprache?« fragte er.

»Ja, Herr.«

»Wie hast du dieses Wissen erlangt?«

»Ich habe immer zugehört, Herr, wenn mein Bruder seine Stunden hatte.« Johanna konnte sich die Reaktion des Vaters auf diese Enthüllung vorstellen. Sie schlug die Augen nieder. »Ich weiß, ich hätte es nicht tun dürfen.«

»Welches Wissen hast du dir sonst noch angeeignet?« erkundigte sich Aeskulapius.

»Ich kann lesen, Herr, und ein bißchen schreiben. Mein Bruder Matthias hat es mich gelehrt, als ich noch klein war.« Aus den Augenwinkeln sah Johanna, wie im Gesicht ihres Vaters Zorn aufloderte.

»Zeig es mir.« Aeskulapius schlug die Bibel auf, suchte nach einem Abschnitt und hielt Johanna dann das Buch hin, wobei er mit dem Finger auf die Stelle zeigte, die er für sie ausgesucht hatte. Es war das Gleichnis vom Senfkorn aus dem Lukasevangelium. Johanna begann zu lesen, wobei sie über die ersten lateinischen Worte stolperte – es war eine Weile her, seit sie das letzte Mal aus dem Buch gelesen hatte. *»Quomodo assimilabimus regnum Dei aut in qua parabola ponemus illud?* – Wem ist das Reich Gottes ähnlich, womit soll ich es vergleichen?« Ohne zu Zögern fuhr sie fort und las bis zum Ende: »Darauf sagte er: Es ist wie ein Senfkorn, das ein Mann in seinem Garten in die Erde steckte; es wuchs und wurde zu einem Baum, und die Vögel des Himmels nisteten in seinen Zweigen.«

Johanna hörte zu lesen auf. In der plötzlichen Stille konnte sie das leise Rascheln des Herbstwindes hören, der über das Strohdach des Hauses wehte.

Schließlich fragte Aeskulapius leise: »Was du da eben gelesen hast – verstehst du, was es bedeutet?«

»Ich glaube schon.«

»Erkläre es mir.«

»Es bedeutet, daß der Glaube wie ein Senfkorn ist. Man pflanzt ihn im Herzen ein, genauso wie ein Same im Garten gepflanzt wird. Wenn man den Samen des Senfkorns hegt und pflegt, wird ein wunderschöner Baum daraus wachsen. Wenn man seinen Glauben hegt und pflegt, wird man das himmlische Königreich erlangen.«

Aeskulapius zupfte sich am Bart. Ihm war nicht anzusehen, ob er mit Johannas Antwort zufrieden war. Hatte sie die Worte falsch ausgelegt?

»Oder ...« Ihr fiel eine andere Erklärung ein.

»Ja?« Aeskulapius hob die Brauen.

»Es könnte bedeuten, daß die *Kirche* wie ein Samenkorn ist. Die Kirche hat klein angefangen; sie ist im Dunkeln gewachsen, und nur Christus und die zwölf Apostel haben sich um sie gekümmert. Aber dann ist die Kirche zu einem riesigen Baum herangewachsen. Ein Baum, dessen Schatten über die ganze Erde fällt.«

»Und die Vögel, die in den Zweigen nisten?« fragte Aeskulapius.

Johanna dachte rasch nach. »Sie sind die Gläubigen, die Errettung in der Kirche finden, genauso wie die Vögel in den Zweigen des Baumes Schutz finden.«

Noch immer war der Ausdruck auf Aeskulapius' Gesicht nicht zu deuten. Wieder zupfte er sich ernst am Bart. Johanna beschloß, noch einen dritten Versuch zu unternehmen.

»Oder ...« Sie dachte gründlich darüber nach, während sie bereits nach den richtigen Worten suchte. »Das Senfkorn *könnte* für Jesus Christus stehen. Christus war wie ein Same, als man seinen Körper in der Höhle zu Grabe trug, und wie ein Baum, als er auferstanden und zum Himmel gefahren ist.«

Aeskulapius wandte sich dem Dorfpriester zu. »Habt Ihr das gehört?«

Der Dorfpriester verzog das Gesicht. »Sie ist bloß ein Mädchen. Ich bin sicher, sie wollte sich nicht erdreisten ...«

»Das Senfkorn als Symbol des Glaubens, der Kirche und Christi«, sagte Aeskulapius. »*Allegoria, moralis, anagoge.* Eine klassische Bibelauslegung über die Dreifaltigkeit. Mit ziemlich schlichten Worten ausgedrückt, gewiß, aber dennoch – es ändert nichts daran, daß diese Auslegung so umfassend ist wie die des großen Gregor selbst. Und das ohne jeden Unterricht! Es ist kaum zu glauben! Das Kind zeigt eine außerordentliche Geistesschärfe. Ich werde sie unterrichten. Ich werde ihr Tutor sein.«

Johanna war wie benommen. Träumte sie? Beinahe hatte sie Angst zu glauben, daß dies alles wirklich geschah.

»Natürlich nicht an der *scola*«, fuhr Aeskulapius fort, »denn das würde man ihr nicht gestatten. Aber ich werde es so einrichten, daß ich alle zwei Wochen hierherkommen kann. Und ich werde ihr Bücher besorgen, damit sie in der Zwischenzeit ihren Studien nachgehen kann.«

Doch der Dorfpriester war ganz und gar nicht einverstanden. Einen solchen Ausgang hatte er sich nicht erhofft. »Das ist ja alles schön und gut«, sagte er gereizt, »aber was ist mit dem Jungen?«

»Ach ja, der Junge. Tja, ich fürchte, er zeigt keine Begabung, die darauf hoffen läßt, daß ein Gelehrter aus ihm wird. Bei entsprechender weiterer Ausbildung kann er es vielleicht zu einem Geistlichen niederen Ranges bringen. Das Gesetz unserer heiligen Mutter Kirche verlangt ja lediglich, daß er Lesen und Schreiben beherrscht und die korrekte Form der Sakramente kennt. Aber weiter würde ich bei dem Jungen nicht nach vorn schauen. Die *scola* ist nichts für ihn.«

»Ich glaube, ich kann meinen Ohren nicht mehr trauen! Ihr wollt das Mädchen unterrichten, nicht den Jungen?«

Aeskulapius zuckte die Achseln. »Das Mädchen hat Begabung, der Junge nicht. Es kann keine andere Entscheidung geben.«

»Eine Frau als Gelehrter!« Der Dorfpriester war empört. »Sie soll die Heilige Schrift und die Wissenschaften studieren, während ihr Bruder übergangen wird? Das werde ich nicht zulassen. Entweder Ihr unterrichtet beide oder keinen.«

Johanna hielt den Atem an. Sie war der Erfüllung ihres Traumes so nahe gekommen. Wurde jetzt alles grausam zunichte gemacht? Das durfte nicht sein! Sie murmelte ein Gebet vor sich hin; dann hielt sie plötzlich inne. Vielleicht wollte Gott die ganze Sache nicht so recht gefallen. Johanna griff unter ihre Tunika und umfaßte das Medaillon der heiligen Katharina. *Ihr* würde es gefallen, und *sie* würde Johannas glühenden Wunsch nach Wissen verstehen. *Bitte,* betete sie schweigend, *mach, daß Aeskulapius mein Lehrer wird. Dann werde ich dir ein schönes Opfer bringen. Aber, bitte, nimm mir diese Gelegenheit nicht fort.*

Aeskulapius blickte ungeduldig drein. »Ich habe Euch doch gesagt, daß der Junge sich nicht fürs Studium eignet. Ihn zu lehren wäre Zeitverschwendung.«

»Dann ist die Entscheidung gefallen«, erwiderte der Dorfpriester zornig. Johanna beobachtete fassungslos, wie er sich aus dem Stuhl erhob.

»Einen Augenblick«, sagte Aeskulapius. »Eure Entscheidung ist unumstößlich, wie ich sehe.«

»Ja.«

»Also gut. Das Mädchen läßt alle Anzeichen eines überragenden Verstandes erkennen. Bei entsprechender Ausbildung kann sie es sehr weit bringen. Eine solche Gelegenheit möchte ich nicht ungenutzt lassen. Da Ihr darauf beharrt, werde ich beide unterrichten, das Mädchen und den Jungen.«

Hörbar stieß Johanna den Atem aus. »Danke«, sagte sie und meinte damit gleichermaßen die heilige Katharina und Aeskulapius. Sie versuchte, ihrer Stimme einen ruhigen Klang zu geben. »Ich werde so hart arbeiten, daß ich mich Eures Vertrauens würdig erweise.«

Aeskulapius schaute sie an. In seinen Augen spiegelte sich eine scharfe und wache Intelligenz. *Wie ein inneres Feuer,* dachte Johanna. Ein Feuer, das die Wochen und Monate erleuchten sollte, die vor ihr lagen.

»Das wirst du bestimmt«, sagte er. Unter seinem dichten weißen Bart war der Anflug eines Lächelns zu erkennen. »O ja, das wirst du bestimmt.«

4.
ROM

Im gewölbten marmornen Innern des Lateranpalastes war es nach der sengenden Hitze in den Straßen Roms wohltuend kühl. Nachdem die riesigen hölzernen Türen der päpstlichen Residenz hinter Anastasius zugeschwungen waren, stand der zehnjährige Junge blinzelnd da: für einen Augenblick kam er sich im Halbdunkel des Patriarchums wie ein Blinder vor. Instinktiv griff er nach der Hand seines Vaters; dann aber erinnerte er sich der Worte seiner Mutter und zog den Arm wieder zurück.

»Steh gerade und halte dich nicht an deinem Vater fest«, hatte sie an diesem Morgen zu Anastasius gesagt, als sie über sein Erscheinungsbild schimpfte. »Du bist jetzt zehn Jahre alt. Da wird es langsam Zeit, daß du lernst, die Rolle eines Mannes zu spielen.« Sie zerrte an seinem edelsteinbesetzten Gürtel und zog ihn in die richtige Lage. »Und schaue jedem, der dich anspricht, fest in die Augen. Dein Familienname ist unübertroffen; du hast es nicht nötig, demütig zu sein.«

Nun, da er sich dieser Worte erinnerte, zog Anastasius die Schultern zurück und streckte den Kopf in die Höhe. Er war klein für sein Alter – eine ständige Quelle des Kummers für den Jungen –; deshalb versuchte er stets, seinem Körper eine Haltung zu verleihen, daß er so groß wie nur möglich erschien. Allmählich gewöhnten sich seine Augen an das schummrige Licht, und er schaute sich neugierig um. Es war sein erster Besuch im Lateran, der majestätischen Residenz des Papstes und der Sitz aller Macht in Rom. Anastasius war beeindruckt. Das Innere des Palasts war so gewaltig wie sein Äußeres. Der Lateran war ein riesiges Bauwerk, in dem sich die Kirchenarchive befanden, die Schatzkammer, Dutzende von Andachtsräumen, Tricliniae und Kapellen, darunter die Privatkapelle der Päpste, die Sancta Sanctorum. Vor Anastasius, an einer Wand der Großen Halle, hing eine riesige *mappa mundi*, eine mit Anmerkungen versehene Wandkarte, auf der die ganze Welt abgebildet war, und zwar in ihrer tatsächlichen Form: als flache Scheibe, die von den Meeren umgeben war. Die drei Erdteile – Asien, Afrika und Europa – wurden durch die gewaltigen Flüsse Tanais und Nil sowie durch das Mittelmeer voneinander getrennt. Genau im Mittelpunkt der Erde befand sich die Heilige Stadt Jerusalem, die im Osten an das irdische Paradies grenzte. Anastasius betrachtete die Karte. Seine Aufmerksamkeit richtete sich auf riesige freie Flächen, geheimnisvoll und beängstigend, die an den Rändern der Karte zu sehen waren, dort, wo die Scheibe der Erde endete und die Düsternis begann.

Ein Mann kam herbei. Er trug die weiße seidene Dalmatika, die ihn als Angehörigen des päpstlichen Stabes kennzeichnete. »Ich überbringe Euch die Grüße und den Segen unseres allerheiligsten Vaters, Papst Paschalis«, sagte er.

»Möge ihm ein langes Leben beschieden sein, auf daß wir uns weiterhin an den Früchten seiner segensreichen Führung erfreuen dürfen«, erwiderte Anastasius' Vater.

Jetzt, da die erforderlichen Formalitäten ausgetauscht waren, entspannten die beiden Männer sich.

»Nun, Arsenius?« fragte der Vertraute des Papstes. »Wie geht es Euch? Ich nehme an, Ihr seid gekommen, um mit Theodorus zu sprechen.«

Anastasius' Vater nickte. »Ja. Um alles Erforderliche für die Ernennung meines Neffen Cosmas zum *arcarius* in die Wege zu leiten.« Er senkte die Stimme, als er vorwurfsvoll hinzufügte: »Das Geld ist schon vor Wochen bezahlt worden. Ich kann mir wirklich nicht erklären, weshalb die Ernennung sich so lange hinausgezögert hat.«

»Theodorus war in letzter Zeit sehr beschäftigt. Es gab da einen häßlichen Disput, was den Besitz des Klosters zu Farfa betrifft, müßt Ihr wissen. Dem Heiligen Vater hat die Entscheidung des kaiserlichen Hofes in dieser Sache sehr mißfallen.« Er beugte sich vor und fügte mit verschwörerischer Flüsterstimme hinzu: »Und es hat ihm noch mehr mißfallen, daß Theo für den Kaiser Partei ergriffen hat. Es ist durchaus möglich, daß Theo jetzt nicht mehr allzu viel für Euch tun kann. Seid darauf gefaßt.«

»Der Gedanke ist mir auch schon gekommen.« Anastasius' Vater zuckte die Achseln. »Aber Theo ist noch immer der *primicerius*, und das Geld wurde bereits bezahlt, wie ich schon sagte.«

»Wir werden sehen. Erst einmal ...«

Das Gespräch verstummte abrupt, als ein zweiter Mann, ebenfalls in eine weiße Dalmatika gekleidet, zu ihnen herüberkam. Anastasius stand dicht genug an der Seite seines Vaters, um zu spüren, wie dessen Rücken sich leicht spannte. »Möge der Segen des Heiligen Vaters mit Euch sein, Sarpatus«, sagte Anastasius' Vater.

»Und mit Euch, mein lieber Arsenius, und mit Euch«, erwiderte der Ankömmling. Sein Mund war eigenartig schief. »Oh, Lucian«, sagte er und wandte sich an den anderen Mann, »Ihr wart gerade so sehr ins Gespräch mit Arsenius vertieft. Habt Ihr irgendwelche interessanten Neuigkeiten? Dann würde ich sie liebend gern hören.« Er gähnte gekünstelt. »Seit der Abreise des Kaisers ist das Leben hier so langweilig.«

»Nein, Sarpatus, selbstverständlich gibt es keine Neuigkeiten. Denn gäbe es welche, hätte ich sie Euch längst schon erzählt«, erwiderte Lucian nervös. Zu Anastasius' Vater sagte er: »Nun denn, Arsenius, ich muß jetzt gehen und mich um meine Aufgaben kümmern.« Er verbeugte sich, machte auf dem Absatz kehrt und ging rasch davon.

Sarpatus schüttelte den Kopf. »In letzter Zeit ist Lucian ziemlich reizbar. Ich möchte bloß wissen, warum.« Er blickte Anastasius' Vater forschend an. »Na ja, es spielt keine Rolle. Wie ich sehe, seid Ihr heute in Begleitung.«

»Ja. Darf ich Euch meinen Sohn Anastasius vorstellen? Er wird bald die Prüfung für die Stelle eines *lector* ablegen.« Mit Betonung fügte er hinzu: »Sein Onkel Theo ist besonders stolz auf ihn. Deshalb habe ich meinen Jungen heute zu unserem Treffen mit hierhergenommen.«

Anastasius verbeugte sich. »Der Segen des Herrn sei mit Euch«, sagte er förmlich, so, wie man es ihn gelehrt hatte.

Der Mann lächelte. Dabei verzerrte sein ohnehin schiefer Mund sich noch mehr.

»Erstaunlich! Der Junge spricht ausgezeichnet Latein. Meinen Glückwunsch, Arsenius. Er wird sich als Bereicherung erweisen ... es sein denn, er besitzt einen so bedauernswerten Mangel an Urteilsvermögen wie sein Onkel.« Der Mann kam jeder Erwiderung zuvor, indem er rasch fortfuhr: »Ja, ein wirklich netter Junge, Wie alt ist er?« Die Frage war an Anastasius' Vater gerichtet.

Anastasius antwortete: »Ich bin kurz nach Advent zehn geworden.«

»Was du nicht sagst! Du siehst jünger aus.« Er tätschelte Anastasius' Kopf.

In dem Jungen wuchs die Abneigung gegenüber dem Fremden. Er reckte sich so gerade, wie er nur konnte, schob das Kinn vor und sagte: »Und ich glaube, das Urteilsvermögen meines Onkels kann so schlecht nicht sein. Wie hätte er es sonst zum *primicerius* bringen können?«

Warnend drückte Anastasius' Vater den Arm des Jungen, doch seine Augen blickten anerkennend, und auf seinen Lippen lag der Hauch eines Lächelns. Der Fremde starrte Anastasius an, und irgend etwas - Erstaunen? Zorn? - spiegelte sich in seinen Augen. Anastasius hielt dem Blick des Mannes gelassen stand. Erst nach einer ganzen Weile drehte der Mann den Kopf zur Seite, nahm den Blick vom Jungen und wandte seine Aufmerksamkeit wieder dessen Vater zu.

»Was für eine Treue und Anhänglichkeit der Familie gegenüber! Wirklich rührend. Tja, dann laßt uns hoffen, daß die Meinung des Jungen sich als so korrekt erweist wie sein Latein.«

Ein lautes Geräusch lenkte aller Aufmerksamkeit zur gegenüberliegenden Seite der Halle, als dort schwere Türen geöffnet wurden.

»Ah! Da kommt unser *primicerius* ja auch schon. Dann werde ich Euch jetzt nicht länger stören.« Sarpatus verbeugte sich kunstvoll und zog sich zurück.

Stille senkte sich über die Versammlung, als Theodorus in den Saal kam, begleitet von seinem Schwiegersohn Leo, der vor kurzem in das Amt eines Nomenklators erhoben worden war, dessen Aufgabe darin bestand, Theodorus die Namen jener Personen zu nennen, die ihm vorgestellt wurden, und seinen Gästen die Plätze anzuweisen. Theodorus blieb kurz im Türeingang stehen und wechselte ein paar Worte mit einigen Klerikern und Adeligen, die in der Nähe standen. In seiner rubinroten seidenen Dalmatika und dem goldenen Gürtel seines Priestergewandes war Theodorus der mit Abstand am prächtigsten gekleidete Mann der Versammlung. Er liebte schöne Stoffe und besaß einen Hang zur Prachtentfaltung, was sein Äußeres betraf; eine Eigenschaft, die Anastasius bewunderte.

Nachdem er die förmlichen Begrüßungen beendet hatte, ließ Theodorus den Blick durch die Halle schweifen. Dann sah er Anastasius und dessen Vater, lächelte und kam durch die Halle zu ihnen herüber. Als er näher kam, zwinkerte er Anastasius zu, und seine rechte Hand bewegte sich zu einer Falte in seiner Dalmatika. Anastasius grinste, denn er wußte, was diese Bewegung zu bedeuten hatte. Theodorus liebte Kinder und hatte stets einige besondere Leckerbissen dabei, um sie zu verteilen. Was mag es heute sein? fragte sich Anastasius, dem vor Vorfreude das Wasser im Munde zusammenlief. Eine kandierte Feige? Ein Bonbon? Oder vielleicht sogar ein Stück kremiges Marzipan, mit gezuckerten Mandeln und Walnüssen gefüllt?

Anastasius' Aufmerksamkeit war so fest auf die Falte in Theodorus' Dalmatika gerichtet, daß er die anderen Männer zuerst gar nicht sah. Rasch kamen sie – es waren drei – von hinten heran; einer drückte Theodorus die Hand vor den Mund und zerrte ihn zurück. Anastasius hielt es für eine Art Possenspiel. Lächelnd schaute er seinen Vater an und wollte um eine Erklärung bitten – und dann tat sein Herz einen Sprung, als er die Angst in dessen Augen sah. Er wandte den Blick wieder nach vorn und sah, wie Theodorus sich loszureißen versuchte. Theodorus war ein großer, schwerer Mann, doch gegen diese Übermacht war er hoffnungslos unterlegen. Die Angreifer umringten ihn, hielten seine Arme fest und zerrten ihn zu Boden. Die Vorderseite von Theodorus' rubinroter Dalmatika wurde zerrissen; die kostbare Seide hing in gezackten Fetzen herab und gewährte den Blick auf Theodorus' nackte weiße Haut. Einer der Angreifer krallte die Hand in Theodorus' dichtes schwarzes Haar und drückte den Kopf des Opfers nach hinten. Anastasius sah das Funkeln von Stahl. Ein Schrei ertönte, und dann schien Theodorus' Gesicht in einer Fontäne aus roter Farbe zu explodieren.

Anastasius zuckte zusammen, als der feine rote Nieselregen ihn im Gesicht traf. Er hob die Hand, rieb sie über Kinn und Wangen und schaute wie betäubt auf die geröteten Finger. Es war Blut. Auf der gegenüberliegenden Seite des Saales rief jemand irgend etwas. Anastasius sah, wie Theodorus' Schwiegersohn Leo unter einer Gruppe von Angreifern verschwand.

Die Männer ließen von Theodorus ab, und er fiel nach vorn auf die Knie. Dann hob er den Kopf, und Anastasius schrie vor Entsetzen. Das Gesicht sah fürchterlich aus. Blut quoll aus den Höhlen hervor, in denen Theodorus' Augen gewesen waren; es rann ihm über die Wangen auf die Schultern und strömte vom Kinn über die Brust.

Anastasius drückte das Gesicht an die Hüfte seines Vaters. Dann spürte er dessen große Hände auf den Schultern und hörte die Stimme – stark, fest und kein bißchen schwankend. »Nein«, sagte Anastasius' Vater. »Du kannst dich nicht verstecken, mein Sohn.« Die Hände packten den Jungen fester, stießen ihn nach vorn, drehten ihn wieder herum zu dem schrecklichen Anblick unmittelbar vor ihm.

»Sieh hin«, befahl die Stimme. »Beobachte und lerne. Das ist der Preis, den man für den Mangel an Gerissenheit und Gewandtheit entrichten muß. Theodorus bezahlt nun dafür, daß er seine Treue zum Kaiser so deutlich gezeigt hat.«

Anastasius stand wie erstarrt, als er beobachtete, wie die Angreifer Theodorus und Leo zur Mitte der Halle zerrten. Einige Male stolperten sie und wären beinahe auf den gefliesten Boden gestürzt, der glitschig von Blut war. Theodorus rief irgend etwas, doch die Worte waren nicht zu verstehen. Als sein blutüberströmtes Antlitz sich bewegte, da er den Mund öffnete, sah es noch gräßlicher aus.

Die Männer zwangen Theodorus und Leo auf die Knie und drückten ihnen die Köpfe nach vorn. Dann hob einer der Angreifer ein langes Schwert über Leos Nacken und ließ die Klinge blitzschnell herabsausen, um ihm den Kopf abzuschlagen. Doch Theodorus' Hals war dick, und er wehrte sich immer noch; der Mann mußte drei-, viermal zuschlagen, bis der Kopf des Opfers über den Boden rollte.

Zum erstenmal sah Anastasius, daß die Angreifer das weiße Kreuz der päpstlichen Miliz auf der Kleidung trugen. »Vater!« stieß er hervor. »Das sind die Wachen! Die Wachen der päpstlichen Miliz!«

»Ja.« Der Vater zog Anastasius an sich.

Der Junge wehrte sich gegen einen aufkeimenden Anfall von Hysterie. »Aber warum? Warum, Vater? Warum haben sie das getan?«

»Weil sie den Befehl dazu hatten.«

»Den Befehl?« fragte Anastasius und versuchte trotz seiner Benommenheit, eine Erklärung dafür zu finden. »Aber wer sollte denn einen solchen Befehl erteilen?«

»Wer? Oh, mein Sohn, *denk nach.*« Das Gesicht seines Vater war aschgrau, doch seine Stimme war fest, als er antwortete.

»Du mußt lernen, deinen Verstand zu gebrauchen; dann wird *dir* ein solches Schicksal niemals widerfahren. Und jetzt denk darüber nach: Wer hat die Macht in den Händen? Wer ist imstande, solche Befehle zu erteilen?«

Anastasius stand sprachlos da. Der Verdacht, der in seinem Innern aufkeimte, war so schrecklich, so ungeheuerlich, daß es ihm den Atem verschlug.

»Ja.« Jetzt lagen die Hände seines Vaters wieder sanft auf den Schultern des Jungen. »Wer anders«, sagte er, »als der Papst.«

5.

»Nein, nein, *nein.*« In Aeskulapius' ungeduldiger Stimme lag ein Beiklang von Resignation. »Du mußt die Buchstaben viel kleiner machen. Siehst du, wie deine Schwester ihre Lektionen niederschreibt?« Er tippte mit dem Finger auf Johannas schriftliche Arbeit. »Du mußt mehr Respekt vor dem Pergament bekommen, mein Junge – man braucht ein ganzes Schaf, um einen Folianten herzustellen. Würden die Mönche in Andernach die Buchstaben über die Seiten verstreuen, wie du es tust, wären die Herden Austriens binnen eines Monats aufgebraucht.«

Johannes warf seiner Schwester einen vorwurfsvollen Blick zu. »Das ist zu schwer für mich«, sagte er. »Das schaffe ich nicht.«

Aeskulapius seufzte. »Also gut. Geh wieder an deine Schreibtafel zurück und mach dort weiter. Wenn du gelernt hast, die Hand besser zu führen, werden wir's noch einmal mit dem Pergament versuchen.« Er wandte sich Johanna zu. »Hast du Ciceros *de inventione* durchgearbeitet?«

»Ja, Herr«, erwiderte Johanna.

»Dann nenne mir die sechs Fragen, die man stellen muß, um die Umstände des menschlichen Handelns eindeutig beweisbar zu bestimmen.«

Johanna antwortete, ohne zu zögern: »*Quis, quid, quomodo, ubi, quando, cur.* – Wer, was, wie, wo, wann, warum.«

»Gut. Und nun bezeichne mir die rhetorischen *constitutiones.*«

»Cicero nennt vier verschiedene *constitutiones*: den Disput über die Tatsache, den Disput über die Definition, den Disput über die Natur des Handelns, und den ...«

Ein dumpfer Laut ertönte, als Gudrun die Tür auftrat und hereinkam, gebeugt vom Gewicht der zwei schweren hölzernen Wassereimer, die sie schleppte, die Hände um die

Tragegriffe gekrampft. Johanna stand auf, um der Mutter zu helfen, doch Aeskulapius legte ihr die Hand auf die Schulter und drückte sie in den Stuhl zurück.

»Und? Weiter?«

Johanna zögerte, den Blick noch immer auf die Mutter gerichtet.

»Mach weiter, Kind.« Der Klang von Aeskulapius' Stimme ließ erkennen, daß er keinen Ungehorsam dulden würde.

Johanna beeilte sich, zu antworten. »Den Disput über die Rechtsprechung.«

Aeskulapius nickte zufrieden. »Mache mir eine Zeichnung des dritten *status*. Zeichne sie auf dein Pergament und fertige sie so an, daß es sich lohnt, sie aufzubewahren.«

Gudrun machte sich drinnen zu schaffen. Sie entfachte ein Feuer, kochte das Wasser im Topf auf und deckte den Tisch für das bevorstehende nachmittägliche Essen. Dabei schaute sie ein-, zweimal mißmutig über die Schulter.

Johanna verspürte einen Anflug von Schuldgefühl, zwang sich aber, ihre Aufmerksamkeit wieder auf die Arbeit zu richten. Diese Zeit war kostbar – Aeskulapius kam schließlich nur alle zwei Wochen –, und die Studien waren Johanna wichtiger als alles andere.

Doch es war schwer, unter der Last des mütterlichen Mißfallens zu lernen und zu arbeiten. Offensichtlich entging Gudruns Haltung auch Aeskulapius nicht; doch führte er ihre Ablehnung darauf zurück, daß der Unterricht Johanna davon abhielt, ihren häuslichen Arbeiten nachzukommen. Johanna aber kannte den wirklichen Grund für Gudruns Unmut: Ihre Studien waren ein Verrat an jener Welt, die sie allein mit der Mutter teilte – die Welt der Sachsengötter und der uralten Geheimnisse dieses Volkes. Indem Johanna die lateinische Sprache lernte und christliche Texte studierte, entfremdete sie sich der einen Hälfte ihres Selbst, ihrer Herkunft, und verbündete sich mit jenen Dingen, die ihre Mutter haßte wie sonst nichts auf der Welt: dem christlichen Gott, der ihre Heimat und ihre Familie zerstört hatte. Und – was noch wichtiger war –, Johanna verbündete sich mit dem Dorfpriester, der für dies alles stand.

In Wahrheit aber beschäftigte Johanna sich vor allem mit vorchristlichen, klassischen Texten. Aeskulapius bewunderte und schätzte die ›heidnischen‹ Schriften des Cicero, Seneca, Lucanus und Ovid, die von den meisten Gelehrten seiner Zeit als Irrlehren und Ketzerei betrachtet wurden. Er lehrte Johanna, Griechisch zu lesen und sich mit den uralten Texten des Menander und Homer zu beschäftigen, deren Dichtkunst der Dorfpriester schlichtweg als ›heidnische Blasphemie‹ betrachtete. Johanna dagegen hatte sich noch nie die Frage gestellt, ob Homers Texte mit den Grundsätzen der christlichen Lehre vereinbar waren oder nicht. Aeskulapius hatte sie gelehrt, die gedankliche Klarheit und den Stil zu schätzen – und eben darin zeigte sich Gott; denn Homers Werke waren von göttlicher Schönheit.

Johanna hätte dies alles gern ihrer Mutter erklärt; doch sie wußte, daß es nichts geändert hätte. Ob Homer oder Beda Venerabilis, ob Cicero oder der heilige Augustinus – in Gudruns Augen waren diese Gelehrten und ihre Werke ein und dasselbe: *Sie waren nicht sächsisch;* etwas anderes zählte nicht.

Johannas Gedanken waren abgeschweift, und ihre Konzentration hatte nachgelassen, so daß ihr die Hand ausrutschte und die Feder einen häßlichen Klecks auf dem Pergament hinterließ. Als sie den Blick hob, sah sie, daß Aeskulapius sie mit seinen durchdringenden dunklen Augen musterte.

»Macht nichts, Kind.« Seine Stimme war unerwartet sanft; für gewöhnlich reagierte er schroff auf Flüchtigkeitsfehler und Gedankenlosigkeit. »Es spielt keine Rolle. Fang hier noch einmal von vorn an.«

Die Einwohner Ingelheims hatten sich um den Dorfteich versammelt und unterhielten sich aufgeregt. Heute fand eine Hexenprobe statt; ein Ereignis, das bei jedem Zuschauer Mitleid und Neugier, Erregung und wohlige Entsetzensschauer hervorrief – eine willkommene Abwechslung im tristen Alltagseinerlei des dörflichen Lebens.

»*Benedictus*«, sagte der Dorfpriester, als er das Wasser des Teiches segnete.

Hrotrud versuchte zu fliehen, doch zwei Männer packten sie und zerrten sie zu der Stelle zurück, wo der Dorfpriester stand, der mißbilligend die Stirn runzelte, so daß seine dichten dunklen Brauen einander fast berührten. Hrotrud fluchte und wehrte sich, als ihre Peiniger ihr die geschundenen Hände mit Stoffstreifen aus Leinen auf den Rücken fesselten, so daß sie vor Schmerz aufschrie.

»*Maleficia*«, murmelte irgend jemand in der Zuschauermenge, der unweit von Johanna und Aeskulapius stand, so daß die beiden ihn hören konnten. »Möge der heilige Barnabas uns vor dem bösen Blick beschützen!«

Aeskulapius schwieg; er schüttelte nur bekümmert und mitleidig den Kopf.

Er war am Morgen dieses Tages in Ingelheim eingetroffen, um Johanna und ihrem Bruder die vierzehntäglichen Unterrichtsstunden zu erteilen. Doch der Dorfpriester hatte es Aeskulapius verweigert, sofort mit den Lektionen zu beginnen; er hatte darauf bestanden, daß sie zuerst die Verhandlung gegen Hrotrud miterlebten, der einstigen Hebamme des Dorfes, die der Hexerei beschuldigt wurde.

»Denn wenn du diesem heiligen Tribunal zuschaust, wirst du mehr über die Wege des Herrn erfahren als aus irgendwelchen alten heidnischen Schriften«, hatte der Dorfpriester zu Johanna gesagt, dabei aber mit scharfem Blick Aeskulapius in die Augen geschaut.

Johanna gefiel es zwar nicht, den Unterricht aufzuschieben; aber sie war neugierig auf die Verhandlung gegen Hrotrud. Sie fragte sich, wie es wohl sein würde; noch nie hatte sie erlebt, wie jemand einer Hexenprobe unterzogen wurde. Aber es tat Johanna leid, daß es dabei um Hrotrud ging. Sie mochte diese alte Frau; denn sie war ehrlich und keine Scheinheilige. Stets war sie aufrichtig zu Johanna gewesen, hatte das Mädchen immer freundlich behandelt und sich nie über sie lustig gemacht, wie so viele andere Dorfbewohner. Gudrun hatte Johanna erzählt, wie geschickt Hrotrud damals geholfen hatte, sie zur Welt zu bringen – eine zermürbende Tortur, wenn man Gudrun glauben durfte. Sie behauptete sogar, sie und Johanna wären damals gestorben, wäre Hrotrud nicht gewesen.

Als Johanna nun den Blick über die Menge der Dorfbewohner schweifen ließ, wurde ihr mit einem Mal klar, daß Hrotrud zweifellos den meisten Zuschauern, die sich heute hier eingefunden hatten, auf die Welt geholfen hatte – auf jeden Fall denjenigen, die älter als sechs Winter waren. Doch wenn man nach den Blicken urteilte, mit denen die Leute Hrotrud nun anstarrten, würde man nie darauf schließen können, um welche Personen es sich handelte. Hrotrud war für diese Leute zu einem Ärgernis geworden, zu einer Belastung für ihre christliche Mildtätigkeit und Nächstenliebe; denn seit die Gicht Hrotruds Finger steif gemacht und ihre Hände in Krallen verwandelt hatte, so daß sie sich ihren Lebensunterhalt nicht mehr als Hebamme verdienen konnte, hatte sie, der Not gehorchend, von den Almosen ihrer Mitmenschen leben müssen – und von dem bißchen Geld, das sie sich in letzter Zeit durch den Verkauf von Heilkräutern und Zaubertränken nach eigenen Rezepten dazuverdient hatte.

Doch ihr Wissen um solche Mittel war Hrotrud letztendlich zum Verhängnis geworden: Ihre Fähigkeit, wirksame Heiltränke gegen Schlaflosigkeit, Zahnschmerzen, Bauchweh und Kopfschmerzen zu mischen, war den schlichten Dorfbewohnern wie die reinste Hexerei erschienen.

Nachdem er das Wasser gesegnet hatte, wandte der Dorfpriester sich Hrotrud zu. »Weib! Du weißt, welchen Verbrechens du beschuldigt wirst. Willst du deine Sünden freiwillig gestehen, um der Errettung deiner unsterblichen Seele willen?«

Nachdenklich musterte Hrotrud ihn aus den Augenwinkeln. »Wenn ich gestehe, werdet Ihr mich dann freilassen?«

Der Dorfpriester schüttelte den Kopf. »Das ist nach der Heiligen Schrift ausdrücklich verboten. ›Eine Hexe sollst du nicht am Leben lassen.‹« Um seine Autorität zu unterstreichen, fügte er hinzu: »Buch Exodus, Kapitel zweiundzwanzig, Vers siebzehn.« Er wandte sich wieder Hrotrud zu: »Aber wenn du gestehst, wirst du einen gottgefälligen Tod sterben, und einen raschen noch dazu, und du wirst dir durch diesen Tod den unermeßlichen Lohn des Himmels erwerben.«

»Nein!« erwiderte Hrotrud trotzig. »Ich bin eine gute Christenfrau und keine Hexe, und wer etwas anderes behauptet, ist ein schmutziger Lügner!«

»Hexe! Du wirst für alle Ewigkeit im Feuer der Hölle brennen! Wie kannst du Beweise leugnen, wenn du sie mit eigenen Augen zu sehen vermagst?« Hinter dem Rücken zog der Dorfpriester einen schmutzigen Leinengürtel hervor, in den eine Reihe derber, dicker Knoten geknüpft waren. Blitzschnell schlug er mit dem Gürtel nach Hrotrud, die zusammenzuckte und zurückwich.

»Habt ihr gesehen, wie sie erschrocken ist?« flüsterte jemand, der in Johannas Nähe stand. »Sie ist schuldig, das steht fest, und sie muß verbrannt werden!«

Bei einer so plötzlichen Bewegung wäre jeder andere auch erschrocken, dachte Johanna. *Das ist ganz gewiß kein Beweis für ihre Schuld.* Doch sie schwieg.

Der Dorfpriester hielt den Gürtel in die Höhe, damit die Menge ihn betrachten konnte. »Dieser Gürtel gehört Arno, dem Müller. Und wißt ihr, was geschehen ist? Vor vierzehn Tagen ist dieser Gürtel verschwunden. Und kaum war er fort, mußte Arno sich mit schrecklichen Leibschmerzen zu Bett legen!«

Die Gesichter der Menge blickten ernst. Niemand konnte Arno besonders leiden, zumal man ihn verdächtigte, beim Abwiegen des Getreides mit den Gewichten zu betrügen. »Was ist das tapferste Ding auf der Welt?« lautete ein Scherz, den die Leute dieser Gegend sich teils belustigt, teils aus Zorn erzählten. »Arnos Hemd, denn es packt Tag für Tag einen Dieb bei der Gurgel.«

Doch die Erkrankung des Müllers war auch Anlaß zu ernster Besorgnis im Dorf und der Umgegend. Wenn Arnos Arbeitskraft ausfiel, konnte kein Getreide mehr zu Mehl gemahlen werden; denn laut Gesetz war es jedem Dörfler untersagt, seine eigene Getreideernte auch selbst zu mahlen.

»Vor zwei Tagen«, fuhr der Dorfpriester fort, und seine Stimme war so düster wie der Blick, mit dem er Hrotrud musterte, »wurde dieser Gürtel in einem Gebüsch unweit der Hütte gefunden, in der diese Frau wohnt.«

Erschrecktes Gemurmel erhob sich, unterbrochen von vereinzelten schrillen Schreien: »Hexe!« – »Zauberin!« – »Verbrennt sie!«

Der Dorfpriester drehte sich zu Hrotrud um. »Du hast den Gürtel gestohlen und die Knoten hineingeflochten, um deinen Anrufungen des Bösen mehr Kraft zu verleihen. Denn dieser Gürtel gehört deinem Opfer, und deine Anrufungen galten dem Satan, auf daß er Arno mit den Leibschmerzen plage, die ihn an den Rand des Todes gebracht haben!«

»Das ist nicht wahr!« rief Hrotrud empört und zerrte wild an den Fesseln, die sie hielten. »So was hab' ich nicht getan! Ich habe diesen Gürtel noch nie gesehen! Ich habe noch nie ...«

Ungeduldig gab der Dorfpriester den Männern ein Zeichen, die Hrotrud daraufhin wie einen Sack Hafer packten, einige Male vor und zurück schwangen und sie dann mit aller Kraft fortschleuderten. Hrotrud schrie vor Furcht und Zorn, als sie durch die Luft segelte und mit lautem Klatschen genau in die Mitte des Dorfteiches fiel.

Johanna und Aeskulapius wurden hin und her geschubst,

als die Gaffer sich nach vorn drängten, damit sie auch ja nichts verpaßten. Falls die gefesselte Hrotrud zur Oberfläche des Teiches aufstieg und auf ihm trieb, hatte das vom Dorfpriester gesegnete Wasser sie zurückgewiesen, womit Hrotrud als Zauberin und Hexe entlarvt und auf der Stelle verbrannt wurde. Ging sie jedoch unter, war ihre Unschuld bewiesen, und sie war gerettet.

In gespanntem Schweigen blieben aller Blicke auf die Oberfläche des Dorfteichs geheftet. Von jener Stelle, an der Hrotrud ins Wasser gestürzt war, liefen Wellen in konzentrischen Kreisen zum Ufer. Ansonsten regte sich nichts; das Wasser blieb vollkommen unbewegt.

Der Dorfpriester stieß ein schnaufendes Geräusch aus und gab den Männern ein Zeichen, die daraufhin sofort ins Wasser sprangen und auf der Suche nach Hrotrud in die Tiefe tauchten.

»Hrotrud ist der gegen sie erhobenen Anklagen nicht schuldig«, verkündete der Dorfpriester. »Gelobet sei Gott der Herr.«

Bildete Johanna es sich nur ein, oder sah ihr Vater tatsächlich enttäuscht aus?

Wieder und wieder tauchten die Männer in den Teich, doch ohne Erfolg. Dann, endlich, durchstieß einer von ihnen die Wasseroberfläche, Hrotrud in den Armen. Ihre Glieder waren schlaff, das Gesicht bleich und aufgedunsen. Der Mann trug sie zum Ufer des Teichs und legte sie dort nieder. Die alte Frau rührte sich nicht. Der Mann beugte sich tief über sie, lauschte auf den Herzschlag.

Nach wenigen Augenblicken setzte der Mann sich auf. »Sie ist tot«, verkündete er.

Gemurmel erhob sich in der Menge.

»Höchst bedauerlich«, sagte der Dorfpriester. »Aber sie ist in Unschuld gestorben. Unschuldig des Verbrechens, dessen sie angeklagt wurde. Gott nimmt die Seinen zu sich; er wird es ihr vergelten und ihrer Seele den ewigen Frieden schenken.«

Die Dorfbewohner zerstreuten sich. Einige gingen zu Hrotruds Leichnam und betrachteten ihn neugierig; andere schlenderten in kleinen Gruppen davon und unterhielten sich angeregt, wenn auch mit gedämpften Stimmen.

Johanna und Aeskulapius gingen schweigend zurück zum Grubenhaus. Johannas Inneres war in Aufruhr. Der Tod Hrotruds schmerzte sie schrecklich. Jetzt schämte sie sich, daß sie vorher so gespannt gewesen war, wie eine Hexenprobe vor sich ging. Andererseits hätte Johanna nie damit gerechnet, daß Hrotrud dabei ihr Leben ließ. Sie war ganz bestimmt keine Hexe gewesen, natürlich nicht; deshalb hatte Johanna fest darauf vertraut, daß Gott Hrotruds Unschuld beweisen würde.

Und das hatte er ja auch.

Aber warum hatte er sie dann sterben lassen?

Johanna sprach dieses Thema erst an, nachdem sie im Grubenhaus den Unterricht wiederaufgenommen hatten. Mitten beim Schreiben senkte sie den Griffel und fragte plötzlich: »Warum hat Gott das getan?«

»Vielleicht hat er's gar nicht getan«, erwiderte Aeskulapius, der sofort begriffen hatte, worauf Johanna anspielte.

Sie starrte ihn an. »Wollt Ihr damit sagen, so etwas kann gegen Gottes Willen geschehen?«

»Wahrscheinlich nicht. Der bedauerliche Fehler dürfte auch eher auf die Art und Weise der Verhandlung als auf die Beschaffenheit des göttlichen Willens zurückzuführen sein.«

Johanna dachte über diese Bemerkung nach. Schließlich erwiderte sie: »Mein Vater würde jetzt sagen, daß man Hexen seit Hunderten von Jahren so und nicht anders auf die Probe gestellt hat.«

»*Da* hätte er allerdings recht.«

Nach kurzem Nachdenken sagte Johanna: »Aber daß man es schon seit langer Zeit so macht, bedeutet ja nicht zwangsläufig, daß diese Art der *Verhandlung* richtig ist, nicht wahr?« Sie blickte Aeskulapius an. »Wie sähe eine bessere Methode aus?«

»Das«, gab er zur Antwort, »wirst du mir gleich sagen.«

Johanna seufzte. Aeskulapius und ihr Vater waren grundverschiedene Männer. Aeskulapius war sogar anders, als der verständige Matthias es gewesen war; denn er weigerte sich mitunter, Johanna zu antworten und bestand statt dessen darauf, daß sie selbst den richtigen Weg zur Antwort ergründete. Johanna zupfte sich behutsam an der Nasenspitze, wie sie es oft tat, wenn sie über ein Problem nachdachte.

Natürlich! Sie mußte blind gewesen sein, daß sie nicht sofort darauf gekommen war. Cicero und seine Schrift *de inventione* – bis jetzt war es lediglich ein Gedankengebäude gewesen, ein rhetorisches Schmuckstück, eine Übung für den Verstand.

»Die Fragen, die die Umstände des menschlichen Handelns eindeutig beweisbar bestimmen!« sagte Johanna aufgeregt. »Wie hätten diese Fragen bei der Verhandlung gegen Hrotrud gestellt werden können?«

»Erklär du es mir«, verlangte Aeskulapius.

»*Quid:* Tatsache ist, daß es einen Gürtel gibt, in dem sich dicke Knoten befinden. Daraus folgt – *quis:* Jemand hat die Knoten in den Gürtel gemacht. Frage: Wer hat sie hineingemacht und den Gürtel dann ins Gebüsch neben Hrotruds Hütte geworfen? *Quomodo:* Wie ist Arno der Gürtel überhaupt weggenommen worden? *Quando, ubi:* Wann und wo wurde der Gürtel weggenommen? Hat jemand Hrotrud tatsächlich mit diesem Gürtel gesehen?« *Cur:* Weshalb hätte Hrotrud Arno etwas Böses antun sollen? Johanna redete vor Aufregung schneller, als ihr klar wurde, welche Erklärungsmöglichkeiten dieser Gedankengang eröffnete. »Man hätte Zeugen aufrufen und sie befragen können. Auch Hrotrud und Arno ... man hätte auch die beiden vernehmen können. Ihre Antworten und die der Zeugen hätten Hrotruds Unschuld beweisen können. Und ...«, schloß Johanna reumütig, »sie hätte nicht zu sterben brauchen, um diesen Beweis zu erbringen.«

Sie bewegten sich auf gefährlichem Boden, und sie wußten es beide. Schweigend saßen sie beieinander. Johanna war überwältigt von der Größe des gedanklichen Konzepts, das ihr so schlagartig deutlich geworden war: Die Anwendung der Logik auf die göttliche Offenbarung; die Möglichkeit einer Gerechtigkeit auf Erden, bei der die Postulate des christlichen Glaubens durch logisch bestimmte Überlegungen geleitet wurden und der Glaube durch die Kraft der Vernunft Unterstützung fand.

Aeskulapius sagte: »Es wäre wohl besser, wir erwähnen deinem Vater gegenüber nichts von diesem Gespräch.«

Das Fest des heiligen Bertin war gerade vorüber. Die Tage wurden kürzer, und damit auch – notwendigerweise – Aeskulapius' Unterricht. Die Sonne stand schon tief am Himmel, als Aeskulapius sich am Ende eines Unterrichtstages erhob.

»So, Kinder. Das reicht für heute.«

»Darf ich jetzt gehen?« fragte Johannes. Aeskulapius winkte ihm, das Zimmer zu verlassen, und der Junge sprang vom Stuhl und stürmte durch die Tür.

Reumütig lächelte Johanna ihren Lehrer an. Es war ihr peinlich, daß ihrem Bruder der Unterricht so offensichtlich mißfiel. Aeskulapius war oft ungeduldig, was Johannes betraf, und manchmal war er streng zu ihm. Der Junge war aber auch ein langsamer und unwilliger Schüler. »Das schaffe ich nie!« jammerte er stets, kaum daß er auf ein neues Problem stieß. Manchmal hätte Johanna ihn am liebsten geschüttelt und ihn angeschrien: »Versuch es! Versuch es wenigstens! Woher willst du wissen, daß du es nicht schaffst, wenn du es nicht wenigstens versuchst!«

Nachher machte Johanna sich solcher Gedanken wegen stets Vorwürfe. Johannes konnte ja nichts dafür, daß er so langsam war. Außerdem – wäre er nicht gewesen, hätte es in den vergangenen zwei Jahren keine einzige Unterrichtsstunde von Aeskulapius gegeben, und ein Leben ohne Unterricht war für Johanna unvorstellbar geworden.

Kaum hatte Johannes den Raum verlassen, sagte Aeskulapius ernst: »Ich muß dir etwas sagen. Mir wurde mitgeteilt, daß meine Dienste an der *scola* nicht mehr gebraucht werden. Ein anderer Gelehrter, ein Franke, hat sich um die Stelle als Lehrmeister beworben, und der Bischof hält ihn für geeigneter als mich.«

Johanna konnte es nicht fassen. »Das kann doch nicht sein! Wer ist dieser Mann? Es ist völlig unmöglich, daß er soviel weiß wie Ihr!«

Aeskulapius lächelte. »Dieses Lob zeugt von Treue, aber nicht von Klugheit. Ich habe den Mann kennengelernt. Er ist ein hervorragender Gelehrter, und seine Interessengebiete decken sich besser als die meinen mit den Lehren, die an dieser *scola* verbreitet werden.« Als er sah, daß Johanna seine Worte nicht begriffen hatte, fügte er hinzu: »Es gibt einen Ort für die Art von Wissen, das wir gemeinsam angestrebt haben, Johanna, und dieser Ort befindet sich nicht im Innern einer Kathedrale. Denk immer daran, was ich dir jetzt sage, und sei auf der Hut: manche Gedanken sind gefährlich.«

»Ich verstehe«, erwiderte Johanna, obwohl sie kein Wort verstand. »Aber ... aber was werdet Ihr jetzt tun? Wovon werdet Ihr leben?«

»Ich habe einen Freund in Athen, einen Landsmann. Er hat es als Händler zu einigem Erfolg gebracht. Er möchte, daß ich der Privatlehrer seiner Kinder werde.«

»Ihr wollt uns verlassen?« Johanna konnte nicht glauben, was er sagte.

»Mein Freund ist ein reicher Mann. Sein Angebot ist großzügig. Und mir bleibt kaum eine andere Wahl, als anzunehmen.«

»Soll das heißen, Ihr geht nach Athen?« Es war so schrecklich weit fort. »Wann werdet Ihr abreisen?«

»In einem Monat. Wärst du nicht gewesen und hätte unsere gemeinsame Arbeit mir nicht soviel Freude gemacht, wäre ich schon abgereist.«

»Aber ...« In Johannas Kopf wirbelten die Gedanken wild umher. Sie versuchte verzweifelt, sich irgend etwas einfallen zu lassen, um dieses schreckliche Ereignis abzuwenden. »Ihr könntet hier wohnen ... hier, bei uns. Ihr könntet als unser Tutor arbeiten, als Johannes' und mein Lehrer. Dann könnten wir jeden Tag Unterricht halten!«

»Das ist unmöglich, mein Kleines. Dein Vater besitzt kaum genug Geld, sich und seine Familie über den Winter zu bringen, und das weißt du. An eurem Tisch und Herd ist kein Platz für einen Fremden. Außerdem muß ich an einen Ort, an dem ich meine eigenen Studien weiterführen kann. Der Zugang zur Bibliothek der Kathedrale ist mir nicht mehr gestattet.«

»Geht nicht fort.« Trauer stieg in Johanna auf wie eine greifbare Substanz und bildete einen harten Knoten in ihrer Kehle. Den Tränen nahe, wiederholte sie: »Bitte, geht nicht fort.«

»Ich muß gehen, mein liebes Mädchen. Auch wenn ich ehrlich und aufrichtig möchte, es wäre anders.« Zärtlich streichelte er Johannas weißgoldenes Haar. »Dich zu lehren hat auch mich vieles gelehrt. Eine Schülerin wie dich werde ich nie wieder bekommen. Du hast einen unglaublich scharfen Verstand, Johanna. Er ist ein Wunder, ein Geschenk Gottes, und du darfst ihn niemals verleugnen.« Er schaute sie bedeutungsvoll an. »Wie hoch der Preis dafür auch sein mag.«

Johanna wagte nicht zu sprechen, aus Furcht, ihre Stimme könnte ihre Gefühle verraten.

Aeskulapius nahm ihre Hand in die seine. »Sei nicht traurig. Du wirst deine Studien bald fortsetzen können. Ich werde alles in die Wege leiten. Ich weiß noch nicht, wie oder wo oder bei wem du lernen wirst – aber ich werde dafür sorgen, daß es so sein wird. Dein Verstand ist zu kostbar, als daß man ihn brachliegen lassen dürfte. Wir werden die richtigen Senfkörner finden und einsäen, auf daß später einmal wunderschöne Bäume des Geistes daraus wachsen, das verspreche ich dir.« Er packte ihre Hand fester. »Du kannst dich auf mich verlassen.«

Nachdem er gegangen war, rührte Johanna sich nicht von ihrem kleinen Schreibpult. Sie saß allein in der zunehmenden Dunkelheit, bis ihre Mutter mit Holzscheiten für den Herd hereinkam.

»Oh, seid ihr fertig?« sagte Gudrun. »Gut! Dann komm und hilf mir, das Feuer zu entfachen.«

Am Tag seiner Abreise kam Aeskulapius ein letztes Mal zu Johanna, in seinen langen blauen Reiseumhang gekleidet. Er hielt ein Paket in den Händen, das in Leinen gewickelt war.

»Das ist für dich, Johanna«, sagte er und drückte ihr das Paket in die Arme.

Johanna legte es zu Boden und wickelte die Streifen aus Leinen ab. Als sie dann sah, was das Paket enthielt, verschlug es ihr den Atem. Es war ein Buch, auf morgenländische Art zwischen Holzdeckel gebunden, die mit Leder bespannt waren.

»Dieses Buch hat mir gehört«, sagte Aeskulapius. »Ich habe es vor einigen Jahren selbst kopiert. Es sind die Werke des Homer – die erste Hälfte ist die griechische Originalfassung und die zweite Hälfte die Übersetzung ins Lateinische. Das Buch wird dir helfen, dein Wissen über diese Sprachen zu bewahren und zu mehren, bis du deine Studien wieder aufnehmen kannst.«

Johanna war sprachlos. Ein eigenes Buch! Eine solche Vergünstigung wurde für gewöhnlich nur Mönchen oder hervorragenden Gelehrten von höchstem Rang zuteil. Johanna schlug das Buch auf und betrachtete Zeile um Zeile von Aeskulapius' überaus gleichmäßiger Handschrift. Die Buchstaben und Worte füllten die Seiten mit unaussprechlicher Schönheit. Aeskulapius beobachtete Johanna, und in seinen Augen lag ein Ausdruck wehmütiger Zärtlichkeit.

»Vergiß nicht, Johanna. Vergiß niemals.«

Er breitete die Arme aus. Sie kam zu ihm, und zum erstenmal umarmten sie sich. Lange Zeit standen sie da, das Mädchen und der Mann, und Aeskulapius' hohe, breite Gestalt barg die kleine und zierliche Johannas. Als sie sich schließlich trennten, war Aeskulapius' blauer Umhang feucht von den Tränen Johannas.

Sie schaute nicht zu, als er davonritt. Sie blieb da, wo er sie verlassen hatte, hielt das Buch in den Armen und packte es so fest, daß ihre Hände schmerzten.

Johanna wußte, daß der Vater ihr nicht erlauben würde, das Buch zu behalten. Er hatte ihre Studien nie gutgeheißen, und nun, da Aeskulapius fort war, gab es niemanden mehr, der den Dorfpriester daran hindern konnte, seinen Willen durchzusetzen. Deshalb versteckte Johanna das Buch, nachdem sie es behutsam wieder mit den Leinenstreifen umwickelt hatte. Dann verbarg sie es unter der dicken Strohschicht auf ihrer Seite des Bettes, das sie mit Johannes teilte.

Sie brannte darauf, mit dem Lesen zu beginnen, die Wörter zu sehen und mit dem geistigen Ohr wieder die wundervolle Schönheit dieser Dichtkunst zu hören. Aber es war zu gefährlich; normalerweise hielt sich im Innern oder in der Nähe des Grubenhauses stets jemand auf, und Johanna hatte Angst, das Buch könnte entdeckt werden. Doch eines Tages, als der Zeitpunkt ihr geeignet erschien, riskierte sie es. Sie holte das Buch aus seinem Versteck und brachte es nahe ans Fenster zum Licht. Sie hörte nicht, wie ihr Bruder zurückkam, bis er plötzlich die Tür aufstieß. Es war ein knappes Entrinnen: In ihrer Hast, das Buch zu verstecken, zerriß Johanna eine der Seiten. Tagelang betrauerte sie den Schaden.

Die einzige Gelegenheit zum ungestörten Lesen bot sich in der Nacht. Wenn alle schliefen, konnte sie lesen, ohne befürchten zu müssen, daß plötzlich jemand erschien. Aber sie brauchte Licht – ein bißchen Öl oder besser noch eine Kerze. Die Familie bekam von der Kirche aber nur zwei Dutzend Kerzen im Jahr – der Dorfpriester weigerte sich, Kerzen aus dem Sanktuarium zu nehmen –, und diese wurden sorgfältig aufbewahrt. Es war unmöglich für Johanna, die Kerzen unbemerkt zu benutzen. Doch im Lagerschuppen der Kirche gab es einen großen Vorrat an Wachs, das die Bewohner Ingelheims jedes Jahr an die Kirche liefern mußten. Wenn Johanna sich ein bißchen davon besorgte, konnte sie sich ihre eigene Kerze fertigen.

Es war nicht einfach, doch schließlich gelang es ihr, genug Wachs zu stibitzen, um sich eine kleine Kerze zu drehen, wobei sie einen Leinenfaden als Docht verwendete. Es war eine behelfsmäßige Lichtquelle, denn die Flamme war kaum mehr als ein Flackern; aber das Licht war hell genug zum Lesen.

In der ersten Nacht war Johanna vorsichtig. Sie wartete noch lange Zeit, nachdem die Eltern in ihr Bett hinter der Abtrennung gegangen waren und sie das Schnarchen des Dorfpriesters hörte; dann erst wagte sie sich zu rühren. Sie schlüpfte aus dem Bett, leise und wachsam wie ein Rehkitz und vorsichtig darauf bedacht, Johannes nicht zu wecken, der neben ihr lag. Er schlief tief und fest, den Kopf unter den Decken vergraben. Behutsam zog Johanna das Buch aus seinem Versteck im Stroh hervor und trug es zu ihrem kleinen Schreibpult aus Fichtenholz in der entfernten Ecke des Raumes. Dann ging sie mit der Kerze zum Herd und zündete sie in den glühenden Holzscheiten an.

Nachdem sie zum Schreibpult zurückgekehrt war, hielt sie die Kerze nahe an das Buch. Das Licht war schwach und flackerte unregelmäßig, doch mit einiger Mühe konnte Johanna die Zeilen aus schwarzer Tinte entziffern. Die kleinen, regelmäßigen Buchstaben tanzten verlockend und einladend im flackernden Licht. Kurz hielt Johanna inne und genoß den Augenblick. Dann blätterte sie die Seite um und begann zu lesen.

Die warmen Tage und kalten Nächte des Wintarmanoth, des Monats der Weinlese, zogen rasch vorüber. Die strengen *nordostroni*-Winde kamen früher als gewöhnlich und jagten in heftigen, klirrend kalten Böen aus Nordosten über das Land. Wieder einmal wurde das Fenster des Grubenhauses vernagelt, doch die eisigen Winde fuhren durch die Ritzen und Spalten. Damit es im Haus warm blieb, mußten sie das Herdfeuer den ganzen Tag brennen lassen, so daß das Grubenhaus von rußigem Rauch erfüllt war.

Jede Nacht, nachdem die Familie schlief, stand Johanna auf und studierte stundenlang in schummrigem Licht den Text, bis die Kerze schließlich heruntergebrannt war, so daß Johanna voller Ungeduld warten mußte, bis sie sich genug Wachs aus dem Lagerschuppen der Kirche besorgt hatte, um sich eine neue Kerze zu drehen. Als sie ihre nächtlichen Lesestunden endlich wieder aufnehmen konnte, trieb sie sich selbst unerbittlich voran. Sie las das ganze Buch durch und begann sofort wieder von vorn. Diesmal studierte sie die komplizierten Beugungen der Verben und schrieb umständlich Beispiele auf ihre Tafel, bis sie die Konjugationen auswendig beherrschte. Ihre

Augen waren gerötet, und ihr Kopf schmerzte von der anstrengenden Arbeit bei dem schlechten Licht, doch der Gedanke, mit ihren Studien aufzuhören, wäre ihr niemals gekommen. Johanna war glücklich.

Das Fest des heiligen Kolumban Ende November kam und ging vorüber, und noch immer hörte Johanna kein Wort, erhielt keine Nachricht über irgendwelche Vereinbarungen, die Aeskulapius der formellen Weiterführung ihrer Ausbildung wegen getroffen hatte. Doch Johanna glaubte fest daran, daß ihr alter Lehrer sein Versprechen halten würde. Solange sie das Buch von ihm besaß, gab es keinen Grund zur Verzweiflung. Irgendwann und irgendwo würde sie weiterstudieren, Neues lernen, Fortschritte machen. Ganz bestimmt würde sich bald irgend etwas tun. Vielleicht kam ein Tutor ins Dorf und erkundigte sich nach ihr, oder sie wurde gar zum Bischof gerufen, wo man ihr dann mitteilte, daß sie in die *scola* aufgenommen würde.

Nach und nach ließ Johannas Wachsamkeit nach. Jede Nacht fing sie ein bißchen früher zu lesen an. Mitunter wartete sie nicht einmal mehr, bis sie ihren Vater schnarchen hörte. Und als sie ein bißchen Wachs auf ihr Schreibpult verspritzte, merkte sie es nicht einmal.

Eines Nachts wollte sie sich mit einem besonders schwierigen und interessanten Problem der Satzlehre beschäftigen. Voller Ungeduld, endlich anfangen zu können, setzte sie sich an ihr Schreibpult, kaum daß die Eltern zu Bett gegangen waren. Sie hatte erst ein paar Minuten gearbeitet, als sie hinter der Abtrennung einen gedämpften Laut hörte.

Rasch blies Johanna die Kerze aus und saß reglos wie ein Stein in der Dunkelheit. Sie lauschte angespannt, spürte ihren heftigen Pulsschlag in der Kehle.

Einige Augenblicke verrannen. Kein weiteres Geräusch ertönte. Sie mußte es sich vorhin eingebildet haben. Erleichterung durchströmte sie wie eine Woge aus wohliger Wärme. Dennoch ließ sie längere Zeit verstreichen, bis sie es wagte, sich vom Schreibpult zu erheben, zum Herd zu gehen, die Kerze wieder anzuzünden und sich erneut ans Pult zu setzen.

Ein kalter Windstoß fuhr durch die Ritzen und ließ die Kerzenflamme heller erstrahlen, so daß sie einen kleinen Kreis aus Licht um das Schreibpult warf. Am Rande dieses Kreises – dort, wo das Licht mit dem Schatten verschmolz – sah Johanna ein Paar Füße.

Die Füße ihres Vaters.

Der Dorfpriester trat aus der Dunkelheit hervor. Instinktiv versuchte Johanna, das Buch vor ihm zu verstecken, doch es war zu spät.

Sein grobes Gesicht, vom flackernden Kerzenschein von unten beleuchtet, sah gräßlich aus, furchterregend.

»Was tust du so verstohlen in der Nacht? Und was ist das dort auf dem Tisch?«

Johannas Stimme war nur noch ein Flüstern. »Ein Buch.«

»Ein Buch!« Er starrte es an, als könnte er seinen Augen nicht trauen. »Wie bist du daran gekommen? Und was tust du damit?«

»Ich lese darin. Es ... es gehört mir. Aeskulapius hat es mir geschenkt. Es ist meins.«

Der wuchtige Schlag ihres Vaters traf Johanna völlig unerwartet ins Gesicht und schleuderte sie vom Stuhl. Wie ein Häuflein Elend lag sie da; der lehmige Fußboden war kühl an ihrer Wange.

»Sooo? Dein Buch? Du unverschämtes Balg! *Ich* bin der Herr in diesem Hause!«

Johanna stützte sich auf einen Ellbogen und beobachtete hilflos, wie ihr Vater sich über das Buch beugte und im trüben Licht mit blinzelnden Augen versuchte, den Text zu entziffern. Dann, nach einigen Sekunden, ging ein plötzlicher Ruck durch seine Gestalt, und er bekreuzigte sich über dem Schreibpult Johannas. »Jesus Christus, bewahre uns vor dem Bösen.« Ohne den Blick von dem Buch zu nehmen, winkte er Johanna zu sich. »Komm her.«

Johanna mühte sich auf die Beine. Sie war benommen, und in ihren Ohren vernahm sie ein schmerzhaftes Klingeln. Langsam ging sie zum Vater hinüber.

»Dies ist nicht die Sprache der heiligen Mutter Kirche.« Er zeigte auf die Seite, die aufgeschlagen vor ihm lag. »Was haben diese Zeichen zu bedeuten? Gib mir eine ehrliche Antwort, Kind, wenn deine unsterbliche Seele dir etwas bedeutet!«

»Das ist Dichtkunst, Vater.« Trotz ihrer Angst und des Schmerzes verspürte Johanna eine Aufwallung von Stolz ob ihres Wissens. Sie wagte es nicht, hinzuzufügen, daß die Verse von Homer stammten, den ihr Vater als gottlosen Heiden betrachtete. Der Dorfpriester beherrschte kein Griechisch. Falls er nicht die zweite Hälfte des Buches aufschlug und den lateinischen Text las, würde er vielleicht gar nicht bemerken, was Johanna getan hatte.

Der Dorfpriester legte dem Mädchen beide Hände auf den Kopf. Er besaß die kräftigen, derben Pranken eines Bauern, und seine Finger waren so groß und lang, daß sie den Kopf Johannas vollkommen umspannten und bis tief in die Stirn reichten. »*Exorcisizo te, creatura malis, in nomine dei patris omnipotentis.*« Seine Hände packten kräftiger zu, drückten Johannas Kopf so fest, daß sie vor Angst und Schmerz aufschrie.

Gudrun erschien in der Tür. »Bei allen Heiligen, mein Gatte, was ist geschehen? Was tust du mit dem Kind? Hör auf, ich flehe dich an!«

»Sei still!« brüllte der Dorfpriester. »Das Kind ist besessen! Der Dämon in ihrem Innern muß ausgetrieben werden.« Der Druck seiner Hände nahm weiter zu, bis Johanna das Gefühl hatte, die Augen würden ihr platzen.

Gudrun packte den Arm ihres Mannes. »Hör auf! Sie ist nur ein Kind! Hör endlich auf! Oder willst du sie in deinem Wahnsinn umbringen?«

Der furchtbare Druck verschwand abrupt, als der Dorfpriester seinen Griff löste. Er wirbelte herum, und mit einem einzigen wilden Schlag schleuderte er Gudrun bis auf die gegenüberliegende Seite des Raumes. »Fort mit dir!« donnerte er. »Jetzt ist nicht die rechte Zeit für weibische Schwäche! Ich habe das Mädchen dabei ertappt, wie es des Nachts bösen Zauber wirkte! Mit dem Buch einer Hexe! Sie ist besessen!«

»Nein, Vater, nein!« schrie Johanna. »Das ist keine Hexerei! Das ist Dichtkunst! Verse, geschrieben in griechischer Sprache! Es ist nichts Böses! Ich schwöre es!«

Er streckte die Hand nach Johanna aus, doch sie duckte sich unter seinem Arm hinweg und war mit drei, vier raschen Schritten hinter ihm. Er drehte sich um und stapfte auf sie zu. In seinen Augen loderte eine tödliche Drohung.

Er würde sie umbringen.

»Vater! Schau dir die zweite Hälfte an! Die zweite Hälfte des Buches! Sie ist in Latein geschrieben! Du wirst es sehen! Es ist in Latein!«

Der Dorfpriester zögerte. Rasch stürzte Gudrun zum Pult, nahm das Buch und brachte es ihm. Er schaute es nicht einmal an. Er starrte auf Johanna, einen nachdenklichen Ausdruck auf dem düsteren Gesicht.

»Bitte, Vater. Wirf einen Blick in den zweiten Teil des Buches. Diesen Text kannst auch du lesen. Es ist keine Hexerei!«

Der Dorfpriester nahm Gudrun das Buch aus der Hand. Sie rannte zum Pult, holte die Kerze und hielt sie so nahe an die Buchseite, daß er die Schrift lesen konnte. Der Dorfpriester beugte sich nieder, um das Buch zu betrachten. Seine Stirn war in tiefer Konzentration gerunzelt, so daß die dichten dunklen Brauen sich fast berührten.

Johanna redete verzweifelt auf ihn ein. »Ich habe gelernt. Ich habe nachts in dem Buch gelesen, damit keiner etwas merkt. Ich wußte, du würdest es nicht gutheißen, Vater.« Sie war bereit, alles zu sagen, alles zu gestehen – Hauptsache, er glaubte ihr. »Es ist von Homer. Die Ilias. Homers Verse über den Trojanischen Krieg. Es ist keine Hexerei, Vater«, sie begann zu schluchzen, »keine ... Hexerei.«

Der Dorfpriester hörte ihr gar nicht zu. Er las konzentriert, die Augen dicht über der Seite, wobei seine Lippen lautlos die Worte bildeten. Nachdem er eine Zeitlang gelesen hatte, schaute er auf.

»Gelobet sei Gott der Herr. Es ist keine Zauberei. Aber es ist das Werk eines gottlosen Heiden und deshalb eine Versündigung gegen den Herrn.« Er schaute Gudrun an. »Schüre das Feuer. Diese Scheußlichkeit muß vernichtet werden.«

Johanna holte keuchend Luft. Das Buch verbrennen? Aeskulapius' wunderschönes Buch, das er ihr geschenkt hatte?

»Vater, das Buch ist wertvoll! Es würde viel Geld einbringen. Wir könnten es verkaufen und einen guten Preis dafür erzielen, oder ...« – ihre Gedanken drehten sich wild im Kreis – »... oder du könntest es dem Bischof geben als Geschenk für die Dombibliothek.«

»Verderbtes Kind! Du bist so tief in der Sünde versunken, daß es ein Wunder des Herrn ist, daß du noch nicht darin ertrunken bist. Diese Abscheulichkeit ist kein passendes Geschenk für den Bischof – noch für jede andere gottesfürchtige Seele.«

Gudrun ging in die Ecke, in der das Holz gelagert wurde, und suchte mehrere kleine Scheite heraus. Wie betäubt beobachtete Johanna, was geschah. Sie mußte eine Möglichkeit finden, das Schreckliche zu verhindern. Wenn doch nur der furchtbare Kopfschmerz nachließe! Dann könnte sie besser nachdenken.

Gudrun stocherte in den Holzscheiten und rüttelte die glühende Asche glatt, um die frischen Scheite darauflegen zu können.

Und das Buch.

»Halt. Warte noch«, wandte der Dorfpriester sich plötzlich an seine Frau. »Laß das Feuer.« Anerkennend betastete er die Seiten des Buches. »Das Mädchen hat recht. Pergament ist ein kostbarer Stoff, und dieses hier könnte einem guten Zweck zugeführt werden.« Er legte das Buch auf den Tisch und verschwand im angrenzenden Raum.

Was hatte er damit gemeint? Johanna schaute ihre Mutter an, doch diese zuckte hilflos mit den Achseln. Unmittelbar zu ihrer Linken saß Johannes aufrecht im Bett, von dem Lärm längst erwacht. Furcht lag in seinen großen runden Augen, mit denen er auf Johanna starrte.

Der Dorfpriester kam zurück. Er hielt etwas Langes, Schimmerndes in der rechten Hand. Es war sein Jagdmesser mit dem Hirschhorngriff. Wie immer erfüllte der Anblick des Messers Johanna mit einem schrecklichen, verwirrenden Gefühl des Entsetzens. Das verschwommene Bild einer fast vergessenen Erinnerung blitzte für einen Augenblick am Rande ihres Bewußtseins auf. Dann war es verschwunden, bevor sie sich darauf besinnen konnte, was es gewesen war.

Ihr Vater setzte sich an das kleine Schreibpult. Er drehte das Messer in einen schiefen Winkel, so daß die scharfe Klinge leicht angeschrägt auf der Buchseite lag; dann schabte er an dem feinen Pergament. Einer der Buchstaben auf der Seite verschwand. Der Dorfpriester stieß ein zufriedenes Schnaufen aus.

»Es funktioniert. Ich habe so etwas schon einmal gesehen – ein einziges Mal, im Kloster von Corvey. So bekommt man die Pergamentseiten sauber und kann sie noch einmal benutzen. Komm her«, er winkte Johanna herrisch zu sich, »und schab Seite für Seite sauber. Das ganze Buch.«

Das also sollte ihre Strafe sein. Durch ihre Hand sollte das kostbare Buch vernichtet werden. Ihre Hand würde das verbotene Wissen auslöschen – zusammen mit all ihren Hoffnungen.

In den Augen des Dorfpriesters funkelte boshafte, erwartungsvolle Freude.

Mit hölzernen Bewegungen nahm Johanna das Messer und

setzte sich ans Schreibpult. Dann hielt sie die Waffe so, wie sie es beim Vater gesehen hatte, und rieb die Klinge langsam über die Buchseite.

Nichts geschah.

»Es geht nicht.« Hoffnungsvoll blickte Johanna auf.

»Du mußt es anders machen.« Der Dorfpriester legte die Hand auf die der Tochter, drückte sie nach unten und vollführte mit der Klinge eine leichte Bewegung zur Seite. Ein weiterer Buchstabe verschwand. »Versuch es noch einmal.«

Johanna dachte an Aeskulapius, an die langen, ungezählten Arbeitsstunden, die er für dieses Buch aufgewendet hatte, und an das Vertrauen, das er in sie gesetzt hatte, als er ihr das Buch schenkte. Die Seite verschwamm, und die Schrift wurde undeutlich, als ihr Tränen in die Augen stiegen.

»Bitte. Ich bringe das nicht übers Herz. Bitte, Vater.«

»Du hast Gott durch deinen Ungehorsam beleidigt, Tochter. Zur Strafe wirst du Tag und Nacht arbeiten, bis jede einzelne Seite von ihrem unchristlichen Inhalt gereinigt ist. Bis du diese Aufgabe erfüllt hast, wirst du nur Wasser und Brot bekommen. Ich werde derweil zu Gott beten, daß er dir deine schwere Sünde vergeben mag.« Er zeigte auf das Buch. »Fang an.«

Johanna legte das Messer auf die Buchseite und schabte mit der Klinge so, wie der Vater es ihr gezeigt hatte. Einer der Buchstaben zerbröckelte, verblaßte, und verschwand schließlich. Johanna bewegte das Messer weiter; noch ein Buchstabe wurde ausgelöscht. Dann noch einer. Und noch einer. Bald darauf war das ganze Wort verschwunden, und nur noch die rauhe, abgeschürfte Oberfläche des Pergaments war zu sehen.

Johanna führte die Klinge zum nächsten Wort. *Aletheia*, lautete es. *Wahrheit.* Johanna hielt inne; ihre Hand schwebte über dem Wort.

»Mach weiter.« Die Stimme ihres Vaters war streng, herrisch.

Wahrheit. Die gerundeten, schwarzen Konturen der so wundervoll gleichmäßigen Buchstaben hoben sich kräftig auf dem blassen Pergament ab.

In Johannas Innerem stieg wilder, flammender Widerwille auf. All ihr Kummer, ihre nächtlichen Ängste und Sorgen wichen mit einem Mal der überwältigen Gewißheit: *Das muß nicht sein!*

Sie legte das Messer nieder. Langsam schaute sie auf, wappnete sich, dem Blick ihres Vaters zu begegnen. Was sie in seinen Augen las, ließ sie schaudern.

»Nimm das Messer.« Die Drohung in seiner Stimme war unüberhörbar.

Johanna wollte etwas erwidern, brachte aber keinen Laut hervor; die Kehle war ihr wie zugeschnürt.

»Nimm das Messer.«

Sie schüttelte den Kopf. *Nein.*

»Dann werde ich dich lehren, die Qualen der Hölle zu fürchten, Tochter der Eva. – Bring mir die Gerte.«

Johanna ging in eine Ecke des Raumes und nahm die lange schwarze Rute, die ihr Vater bei solchen Gelegenheiten benutzte.

»Mach dich bereit«, sagte der Dorfpriester.

Johanna kniete sich vor dem Herd auf den Fußboden. Langsam, denn ihre Hände zitterten, öffnete sie ihren grauen Wollmantel, streifte ihre Tunika aus Leinen ab und entblößte die nackte Haut ihres Rückens.

»Beginne mit dem Vaterunser.« Die Stimme des Dorfpriesters war ein dumpfes Grollen, das aus allen Richtungen gleichzeitig zu kommen schien.

»Vater unser, der du bist im Himmel ...«

Der erste Schlag traf Johanna genau zwischen die Schulterblätter. Die dünne Gerte schnitt ins Fleisch und jagte einen glühenden Speer aus Schmerz durch ihren Körper, bis er mit einem grellen Blitz in ihrem Kopf explodierte.

»Geheiligt werde dein Name ...«

Der zweite Schlag war noch schmerzhafter. Johanna biß sich in den Arm, um ihre Qualen nicht laut hinauszuschreien. Ihr Vater hatte sie schon öfters verprügelt, aber so noch nie – nicht mit so brutaler, rücksichtsloser, erbitterter Wut.

»Dein Reich komme ...«

Beim dritten Schlag fuhr die Gerte tief ins aufgeplatzte Fleisch. Blut schoß hervor. Johanna wurde schwarz vor Augen. Sie spürte, wie ihr die warme Feuchtigkeit über den Rücken und die Hüften hinunterlief.

»Dein Wille geschehe ...« Der Schock des viertes Hiebes riß Johannas Kopf in den Nacken. Sie sah, wie ihr Bruder das Geschehen vom Bett aus gebannt beobachtete. Doch auf seinem Gesicht lag ein seltsamer Ausdruck. War es Furcht? Neugier? Mitleid?

»Im Himmel wie auf ...« Erneut zischte die Gerte herab. Im Bruchteil einer Sekunde – noch bevor der Schmerz Johanna wie eine Feuerlohe durchraste, so daß sie instinktiv die Augen schloß – erkannte sie den Ausdruck auf dem Gesicht ihres Bruders. Es war Frohlocken.

»... wie auf Erden ... Unser ... täglich Brot ... gib uns heute ...« *Ssst.* Wieder ein Schlag, bei dem ihr schwarz vor Augen wurde. Der wievielte Hieb war es? Johannas Sinne waren in hellem Aufruhr. Mehr als fünf Schläge hatte sie noch nie hinnehmen müssen.

Ssst. Irgendwo in der Ferne hörte Johanna jemanden schreien.

»... und vergib uns ... vergib uns ...« Ihre Lippen bewegten sich, doch sie brachte kein Wort mehr hervor.

Ssst.

Mit dem letzten Rest an Geisteskraft, der ihr geblieben war, begriff Johanna plötzlich. Diesmal würde es niemals enden. Diesmal würde ihr Vater nicht aufhören. Diesmal würde er so lange weitermachen, bis er sie totgeschlagen hatte.

Ssst.

Das Schrillen in ihren Ohren steigerte sich zu einem unerträglichen Crescendo. Dann, plötzlich, gab es nichts mehr als Stille und gnädige Dunkelheit.

6.

Tagelang war die Geschichte von Johannas Prügelstrafe im Dorf in aller Munde. Der Dorfpriester hatte die eigene Tochter mit der Gerte so schrecklich zugerichtet, daß es sie um ein Haar das Leben gekostet hätte, erzählte man sich; der Dorfpriester hätte das Mädchen tatsächlich totgeschlagen, hätten die Schreie seiner Frau nicht die Aufmerksamkeit einiger Dorfbewohner erregt. Es hatte dreier kräftiger Männer bedurft, um den Dorfpriester von dem Kind fortzuzerren.

Doch es lag nicht an der Grausamkeit der Schläge, daß die Leute über diese Sache redeten. Solche Dinge waren an der Tagesordnung. Hatte der Hufschmied nicht seine Frau zu Boden geschlagen und ihr so lange ins Gesicht getreten, bis sämtliche Knochen gebrochen waren, weil er ihre Nörgeleien satt hatte? Das arme Wesen war für den Rest seines Lebens entstellt; aber dagegen konnte man nun mal nichts machen. Ein Mann war Herr im eigenen Hause, und niemand stellte diese Tatsache in Frage. Das einzige Gesetz, das der unumschränkten Herrschaft des Mannes gewisse Grenzen setzte, wenn es um Strafen ging, die er als angemessen betrachtete, beschränkte die Größe des Knüppels, den er beim Austeilen besagter Strafen benutzen durfte. Und der Dorfpriester hatte ja nicht mal einen Knüppel benutzt, bloß eine Gerte.

Nein, was die Bürger Ingelheims viel mehr interessierte war die Tatsache, daß der Dorfpriester die Beherrschung verloren hatte. Ein derart gewalttätiger Ausbruch war bei einem Mann Gottes etwas Unerwartetes, ja, Unziemliches, und deshalb – was Wunder – zerrissen die Leute sich die Mäuler darüber. Seit der Dorfpriester die sächsische Frau zu sich an Tisch und Bett geholt hatte, war nichts vorgefallen, über das man im Dorf so viel und so gern getuschelt hatte. Es war schon eine seltsame, lustige Sache. In kleinen Gruppen standen die Leute beisammen, tuschelten und hielten abrupt inne, wenn der Dorfpriester vorüberkam.

Johanna wußte nichts von alledem. Nachdem der Vater sie verprügelt hatte, durfte auf sein Geheiß einen ganzen Tag lang niemand auch nur in ihre Nähe. Deshalb lag Johanna die Nacht und den ganzen darauffolgenden Tag bewußtlos in der Hütte. Schmutz vom zertrampelten Fußboden setzte sich auf ihrer aufgeplatzten Haut und dem zerfetzten Fleisch fest. Als Gudrun endlich die Erlaubnis erhielt, sich um ihre Tochter zu kümmern, hatten die Wunden sich entzündet, und in Johannas Körper breitete sich ein gefährliches Fieber aus.

Gudrun pflegte ihre Tochter aufopferungsvoll. Wie sehr sie sich wünschte, Hrotrud würde noch leben! Sie hätte gewußt, was zu tun wäre. Gudrun wusch Johannas Wunden mit frischem Wasser aus und legte ihr Tücher auf, die sie mit starkem Wein getränkt hatte. So behutsam sie konnte, um dem Mädchen keine weiteren Verletzungen zuzufügen, zog sie dann die Tücher ab und bestrich das rohe Fleisch vorsichtig mit einer kühlenden Salbe aus Maulbeerblättern.

Daran ist nur dieser Grieche schuld, ging es Gudrun voller Bitterkeit durch den Kopf, als sie heiße Milch mit Wein und Gewürzen kochte und sie Johanna einflößte, indem sie den Kopf des bewußtlosen Mädchens anhob und ihr den Heiltrank behutsam in den Mund träufelte. *Dem Kind ein Buch zu geben und ihr nutzlose Gedanken in den Kopf zu setzen war unverantwortlich!* Johanna war ein Mädchen, und deshalb hatte sie mit Bücherwissen nichts zu schaffen. Das Kind ist dazu bestimmt, bei mir zu bleiben, bei der Mutter, dachte Gudrun zornig – bei der *sächsischen* Mutter -, um die verborgenen Geheimnisse und die Sprache meines Volkes zu lernen, auf daß Johanna später einmal die Freude und der Trost meines Alters ist.

Möge die Stunde verflucht sein, als der Grieche den Fuß über die Schwelle dieses Hauses setzte. Möge der Zorn der Götter ihn treffen!

Doch trotz allen Schmerzes hatte es Gudrun mit Stolz erfüllt, als sie miterlebte, welche Tapferkeit das Kind an den Tag gelegt hatte. Johanna hatte ihrem Vater mit der heldenhaften Kraft ihrer sächsischen Ahnen die Stirn geboten. Auch sie selbst, Gudrun, war einst stark und mutig gewesen. Doch die langen Jahre der Demütigungen und des Lebens in einem fremden Land hatten ihr den Kampfeswillen geraubt, langsam, aber unaufhaltsam. *Wenigstens,* dachte sie stolz, *ist mein Blut mir treu geblieben. Und deshalb hat meine Tochter die Kraft und den Mut meines Volkes geerbt.*

Sie hielt inne, streichelte Johanna über die Kehle und half ihr auf diese Weise, den Heiltrank zu schlucken. *Werde gesund, meine kleine Wachtel, dachte sie. Werde gesund, und komm zu mir zurück.*

Am frühen Morgen des neunten Tages ging das Fieber herunter. Johanna erwachte. Sie hatte Schmerzen, war aber wieder bei vollem Bewußtsein. Sie sah, daß Gudrun sich über sie beugte.

»Mama?« Johannas Stimme klang heiser und fremd in den eigenen Ohren.

Ihre Mutter lächelte. »Also bist du endlich doch noch zu mir zurückgekehrt, kleine Wachtel. Eine Weile hatte ich schon Angst, ich hätte dich verloren.«

Johanna versuchte, sich aufzusetzen, hatte aber nicht die Kraft und fiel wieder auf das Strohlager. Schmerz durchzuckte sie und brachte die Erinnerung zurück.

»Das Buch?«

Gudrun verzog das Gesicht. »Dein Vater hat die Seiten saubergeschabt und deinem Bruder den Auftrag erteilt, irgendwelchen neumodischen Unsinn darauf zu schreiben.«

Also gab es das Buch nicht mehr.

Johanna fühlte sich unsagbar schwach. Sie war krank; sie wollte schlafen.

Gudrun hielt ihr eine Holzschüssel hin, die mit einer dampfenden Flüssigkeit gefüllt war. »Du mußt jetzt essen, damit du wieder zu Kräften kommst. Hier, ich habe dir eine Brühe gekocht.«

»Nein.« Johanna schüttelte müde den Kopf. »Ich möchte keine Brühe.« Und sie wollte auch nicht wieder zu Kräften kommen. Sie wollte sterben. Was gab es denn noch, für das zu leben sich gelohnt hätte? Sie würde sich nie aus den engen Grenzen Ingelheims befreien können. Das Leben hier hielt sie umschlossen, wie in einer Falle, und es gab keine Hoffnung auf ein zukünftiges Entkommen.

»Du mußt ein bißchen essen«, drängte Gudrun. »Und während du ißt, singe ich dir eins von den alten Liedern vor.«

Johanna wandte das Gesicht ab.

»Überlasse Dinge wie Bücher der Dummheit der Priester. Wir haben unsere eigenen Geheimnisse, nicht wahr, meine kleine Wachtel? Wir werden sie wieder miteinander teilen, so, wie es früher gewesen ist.« Zärtlich streichelte sie Johanna über die Stirn. »Aber zuerst mußt du wieder gesund werden. Deshalb mußt du ein bißchen von der Brühe essen. Es ist ein sächsisches Rezept; es sind starke Heilkräuter darin.«

Sie hielt dem Mädchen den Holzlöffel an die Lippen. Johanna war zu schwach, als daß sie Widerstand hätte leisten können; deshalb ließ sie zu, daß die Mutter ihr ein bißchen von der Brühe in den Mund tröpfelte. Sie schmeckte gut; sie war dick und warm und wohltuend. Wider Willen fühlte Johanna sich ein kleines bißchen besser.

»Meine kleine Wachtel ... mein Süßes ... mein Schatz.« Gudruns Stimme liebkoste Johanna sanft und zärtlich. Sie tauchte den Holzlöffel in die dampfende Brühe und hielt ihn Johanna hin, die diesmal von selbst aß.

Gudruns Stimme hob und senkte sich mit den süßen, beschwingten Klängen einer alten sächsischen Melodie. Von dem Lied und den Zärtlichkeiten der Mutter umhüllt, sank Johanna langsam in einen heilenden Schlaf.

Als das Fieber verschwunden war, wurde Johannas starker junger Körper rasch gesund. Binnen zweier Wochen war sie wieder auf den Beinen. Ihre Wunden verheilten sauber; allerdings war es offensichtlich, daß sie für den Rest ihres Lebens gezeichnet bleiben würde. Gudrun klagte über die Narben – lange dunkle Streifen, die Johannas Rücken in eine häßliche Flickendecke mit gezackten Rändern verwandelt hatte –, doch Johanna kümmerte es nicht. Sie kümmerte kaum noch etwas. Die Hoffnung war verschwunden. Sie lebte; mehr aber auch nicht.

Die ganze Zeit verbrachte Johanna mit ihrer Mutter. Sie stand bei Tagesanbruch auf und half ihr, die Schweine und Hühner zu füttern, die Eier einzusammeln, schwere Eimer Wasser aus dem Bach zu holen und Holz für das Herdfeuer zu sammeln. Später standen sie Seite an Seite und bereiteten die Mahlzeiten für den Tag vor.

Eines Tages kneteten sie gemeinsam schweren Brotteig; ihre Finger formten geschickt die Laibe – Hefe und andere Treibmittel wurden in diesem Teil des Frankenreichs selten verwendet –, als Johanna plötzlich fragte: »Warum hast du ihn geheiratet?«

Die unerwartete Frage brachte Gudrun ein wenig aus der

Fassung. Nach einigen Augenblicken sagte sie: »Du kannst dir nicht vorstellen, wie es für uns gewesen ist, als Karolus' Armeen kamen.«

»Ich weiß, was sie deinem Volk angetan haben, Mama. Und gerade deshalb begreife ich nicht, warum du nach alledem mit dem Feind weggegangen bist – mit *ihm*.«

Gudrun erwiderte nichts.

Ich habe sie beleidigt, dachte Johanna. *Jetzt wird sie es mir nicht mehr sagen.*

»Es war Winter«, begann Gudrun zögernd, »und wir hatten schrecklichen Hunger; denn die christlichen Soldaten hatten nicht nur unsere Häuser, sondern auch unser Getreide verbrannt.« Sie blickte an Johanna vorbei, als würde sie ein fernes Bild betrachten. »Wir aßen alles, was wir fanden – Wurzeln, Disteln, selbst die unverdauten Samen im Dung der Tiere. Wir standen kurz vor dem Verhungern, als dein Vater und weitere Missionare eintrafen. Sie waren anders als die anderen; sie trugen keine Schwerter oder sonstige Waffen, und sie behandelten uns wie Menschen, nicht wie Vieh. Sie gaben uns Nahrungsmittel als Gegenleistung für unser Versprechen, ihnen zuzuhören, wenn sie das Wort des christlichen Gottes predigten.«

»Sie haben Nahrung gegen den Glauben eingetauscht?« sagte Johanna. »Das ist aber eine jämmerliche Art und Weise, die Seelen der Menschen zu gewinnen.«

»Ich war jung und für Eindrücke empfänglich. Vor allem aber war ich halb tot vor Hunger, Elend und Angst. Ihr christlicher Gott muß größer und stärker sein als alle unsere Götter zusammen, dachte ich. Wie sonst hätten die Franken uns besiegen können? Dein Vater hat sich meiner ganz besonders angenommen. Er habe große Hoffnungen, was mich angeht, sagte er; denn obwohl ich als Heidin geboren sei, besäße ich die Fähigkeit, den wahren Glauben zu begreifen. Aber so, wie er mich anschaute, wußte ich, daß er mich begehrte. Als er mich dann fragte, ob ich mit ihm fortgehen wollte, habe ich ja gesagt. Für mich war es die einzige Hoffnung auf ein Weiterleben in einer Welt, die gestorben war.« Ihre Stimme sank zu einem Flüstern herab. »Es dauerte nicht lange, bis mir klar wurde, was für einen schrecklichen Fehler ich begangen hatte.«

Ihre Augen waren rot umrandet und schwammen in Tränen. Johanna umarmte sie. »Nicht weinen, Mama.«

»Du mußt aus meinem Fehler lernen«, sagte Gudrun heftig, »damit dir nicht das gleiche passiert. Wenn du heiratest, gibst du alles auf – nicht nur deinen Körper, auch deinen Stolz, deine Unabhängigkeit, sogar dein Leben. Verstehst du? *Verstehst* du?« Sie packte Johannas Arm und schaute sie mit einem drängenden, verzweifelten Blick an. »Falls du jemals glücklich sein möchtest, dann merk dir meine Worte, Tochter: *Gib dich niemals einem Mann hin.*«

Über die narbige Haut auf Johannas Rücken lief ein Schauder, als sie an den Schmerz dachte, den die Schläge des Vaters ihr bereitet hatten. »Das werde ich nicht tun, Mama«, versprach sie feierlich, »das werde ich niemals tun.«

Im Ostarmanoth, als die Tiere auf die Weiden getrieben wurden und die warmen Frühlingswinde die Erde streichelten, wurde die Eintönigkeit des Alltags durch die Ankunft eines Fremden unterbrochen. Es war an einem Donnerstag – Thors Tag nannte Gudrun ihn noch immer, wenn der Dorfpriester nicht in der Nähe war– und in der Ferne war das Grollen dieses sächsischen Gottes zu vernehmen, während Johanna und Gudrun gemeinsam im Garten arbeiteten. Johanna jätete Unkraut und trat Maulwurfshügel nieder, während Gudrun ihr folgte, die Furchen zog und die Erdklumpen mit einem dicken Eichenknüttel zerstampfte. Bei den Arbeiten sang Gudrun Lieder aus ihrer Heimat und erzählte Sagen über die alten Götter. Als Johanna auf Sächsisch antwortete, lachte Gudrun vor Freude. Johanna hatte gerade eine Reihe fertig, als sie den Blick hob und sah, wie Johannes über das Feld zu ihnen gerannt kam. Warnend klopfte sie der Mutter auf den Arm. Kaum sah Gudrun ihren Sohn, erstarben ihr die sächsischen Worte auf den Lippen.

»Rasch!« Johannes war vom Laufen außer Atem. »Vater möchte, daß ihr zum Haus kommt. Beeilt euch! Er wartet schon!« Er zerrte Gudrun am Arm.

»Sachte, Johannes«, ermahnte sie den Jungen. »Du tust mir weh. Was ist denn los? Stimmt irgend etwas nicht?«

»Ich weiß nicht.« Noch immer zog Johannes die Mutter am Ärmel. »Vater hat irgendwas von einem Besucher gesagt. Ich weiß nicht, wer es ist. Aber beeilt euch. Vater sagt, er gibt mir ein paar Ohrfeigen, wenn ich euch nicht auf der Stelle zu dem Mann bringe.«

Der Dorfpriester erwartete sie an der Tür des Grubenhauses und winkte sie ins Innere. »Das wurde aber auch Zeit«, sagte er.

Gudrun musterte ihn kühl. Ein winziger Funke des Zorns blitzte in den Augen des Dorfpriesters; wichtigtuerisch richtete er sich zu seiner vollen Größe auf. »Ein Abgesandter ist auf dem Wege. Vom Bischof von Dorstadt.« Er hielt inne, um seine Worte einwirken zu lassen. »Bereite ihm ein angemessenes Mahl. Ich werde den Abgesandten in der Kathedrale treffen und dann mit ihm hierherkommen.«

Gudrun und Johanna schauten sich an.

»Beeil dich, Weib! Der Gesandte wird bald eintreffen.« Damit wandte er sich um, verließ das Haus und schlug die Tür hinter sich zu.

Gudruns Gesicht war starr und ausdruckslos. »Fang du mit der Gemüsesuppe an«, sagte sie zu Johanna. »Ich gehe inzwischen ein paar Eier holen.«

Johanna goß Wasser aus dem Eichenholzeimer in den großen eisernen Topf, den die Familie zum Kochen benutzte; dann stellte sie den Topf über das Herdfeuer. Aus einem wollenen Sack, der nach dem langen Winter fast leer war, nahm sie ein paar Handvoll getrockneter Gerste und warf sie in den Topf. Erstaunt bemerkte Johanna, daß ihre Hände vor Aufregung zitterten. Es war lange her, seit sie das letzte Mal irgend etwas empfunden hatte.

Ein Abgesandter des Bischofs! Ob es irgend etwas mit ihr zu tun hatte? Hatte Aeskulapius nach so langer Zeit doch noch eine Möglichkeit gefunden, daß sie, Johanna, ihre Studien weiterführen konnte?

Sie schnitt eine Scheibe vom gepökelten Schweinefleisch ab und gab es in den Topf. Nein, sagte Johanna sich. Das ist unmöglich. Seit Aeskulapius' Abreise ist fast ein Jahr vergangen. Hätte er irgend etwas für mich tun können, hätte ich es schon längst erfahren. Gib dich keinen falschen Hoffnungen hin! Das ist gefährlich.

Denn schon einmal hatte die Hoffnung sie beinahe vernichtet. Noch einmal wollte sie eine solche Dummheit nicht begehen.

Trotzdem konnte sie ihre Aufregung nicht verbergen, als eine Stunde später die Tür geöffnet wurde. Ihr Vater trat herein, gefolgt von einem dunkelhaarigen Mann, der vollkommen anders war, als Johanna ihn sich vorgestellt hatte. Der Mann besaß die wettergegerbten, derben Gesichtszüge eines *colonus*, eines Bauern, und sein Auftreten war das eines Soldaten, nicht das eines bischöflichen Gesandten. Sein Umhang, der die Insignien des Bischofs von Dorstadt trug, war von der Reise zerknittert und staubig.

»Ich hoffe, Ihr gebt uns die Ehre und eßt mit uns zu Mittag.« Johannas Vater zeigte auf den Topf, der brodelnd auf dem Herd stand.

»Danke, aber ich kann nicht.« Der Mann redete ›thiudisc‹ oder Theodisk – Deutsch, die Sprache der gemeinen Leute –, und nicht das Latein der Gebildeten; dies war eine weitere Überraschung. »Ich habe die anderen Männer der Eskorte an einem Treffpunkt draußen vor Mainz zurückgelassen, an einer Wegkreuzung. Der Waldweg hierher ist zu eng für zehn Männer mit Pferden, und außerdem geht es zu langsam voran. Deshalb bin ich das letzte Stück hierher allein geritten. Ich muß noch heute abend wieder bei den Männern sein; morgen früh machen wir uns auf die Rückreise nach Dorstadt.« Er zog eine Pergamentrolle aus seinem Reisetornister und reichte sie dem Dorfpriester. »Von seiner Eminenz, dem Bischof von Dorstadt.«

Behutsam erbrach der Dorfpriester das Siegel; das steife Pergament knisterte, als er das Schriftstück entrollte. Gespannt beobachtete Johanna ihren Vater, als dieser blinzelnd versuchte, die Schrift zu entziffern. Langsam las er das Dokument vom Anfang bis zum Ende; dann fing er wieder von vorn an, als würde er nach einer Stelle suchen, die er beim erstenmal nicht richtig verstanden hatte. Schließlich blickte er auf, die Lippen vor Zorn zusammengepreßt.

»Was hat das zu bedeuten? Mir wurde gesagt, die Botschaft hätte mit mir zu tun!«

»So ist es doch auch, heiliger Herr.« Der Mann lächelte. »Insofern Ihr der Vater dieses Kindes seid. Oder nicht?«

»Über meine Arbeit hat der Bischof nichts zu sagen?«

Der Mann zuckte die Achseln. »Ich weiß nur eins, heiliger Herr. Daß ich das Kind zur *scola* in Dorstadt bringen soll – so, wie's in dem Brief steht.«

Von einer plötzlichen Woge aus Gefühlen erfaßt, stieß Johanna einen Schrei aus. Gudrun eilte zu ihr hinüber und legte schützend die Arme um sie.

Der Dorfpriester zögerte, während er den Fremden musterte. Dann traf er abrupt seine Entscheidung. »Also gut. Es stimmt, daß es eine ausgezeichnete Gelegenheit für das Kind ist. Allerdings wird es ohne meine Hilfe sehr schwer für ihn werden.« Er wandte sich Johannes zu. »Pack deine Sachen und mach schnell. Morgen reitest du mit dem Gesandten des Herrn Bischof nach Dorstadt, um an der dortigen *scola* deine Studien zu beginnen, so, wie der Bischof es befohlen hat.«

Johanna holte tief Atem. *Johannes* wurde zum Studium an die Domschule gerufen? Wie konnte das sein?

Der Fremde schüttelte den Kopf. »Mit allem Respekt, heiliger Herr, aber ich glaube, ich sollte ein Mädchen nach Dorstadt bringen, keinen Jungen. Ein Mädchen mit Namen Johanna.«

Johanna löste sich aus der Umarmung ihrer Mutter. »Ich bin Johanna.«

Der Abgesandte des Bischofs drehte sich zu ihr um. Der Dorfpriester aber trat rasch zwischen die beiden.

»Unsinn! Der Bischof hat meinen Sohn Johannes an die *scola* bestellt. Johannes – Johanna. *Lapsus calami.* Ein Ausrutscher der Schreibfeder. Ein kleiner Fehler des bischöflichen Amanuensis, mehr nicht. So etwas geschieht häufig, selbst unter den besten Schreibgehilfen.«

Der Abgesandte blickte unschlüssig drein. »Ich weiß nicht ...«

»Gebraucht Euren Verstand, Mann. Was sollte der Bischof mit einem Mädchen an der *scola* anfangen?«

»Das kam mir auch seltsam vor«, gab der Mann zu.

Johanna wollte Einspruch einlegen, doch Gudrun zog sie zurück und legte ihr warnend einen Finger auf die Lippen.

»Mein Sohn hingegen«, fuhr der Dorfpriester fort, »hat die Heilige Schrift studiert, seit er ein Säugling war. Trage unserem verehrten Gast etwas aus der Offenbarung des Johannes vor, mein Sohn.«

Johannes erblaßte und begann zu stammeln: *»Acopa ... Apocalypsis Jesu Christi quo ... quam illi deum palam fa ... facere servis ...«*

Der Fremde bedeutete dem Jungen ungeduldig, mit der Stotterei aufzuhören. »Das ist sehr schön; aber wir haben keine Zeit. Wir müssen sofort aufbrechen, wenn wir den Treffpunkt mit meinen Kameraden noch vor Anbruch der Dunkelheit erreichen wollen.« Unsicher ließ er den Blick von Johannes zu Johanna schweifen. Dann schaute er Gudrun an.

»Wer ist diese Frau?«

Der Dorfpriester räusperte sich. »Eine sächsische Heidin. Seit langer Zeit ringe ich darum, ihre Seele den Klauen ihrer Götzen zu entreißen und der barmherzigen Hand Jesu Christi zuzuführen.«

Der Abgesandte des Bischofs schaute Gudrun in die blauen Augen, betrachtete ihre schlanke Gestalt und das weißgoldene Haar, das unter ihrer weißen Leinenkappe hervorschaute. Er lächelte – ein breites, wissendes, häßliches Lächeln. Dann wandte er sich direkt an sie.

»Seid Ihr die Mutter dieser Kinder?«

Gudrun nickte schweigend. Der Dorfpriester errötete.

»Was sagt Ihr denn zu dieser Sache? Möchte der Bischof den Jungen zu sich holen oder das Mädchen?«

»Respektloser Kerl!« Der Dorfpriester war außer sich vor Wut. »Ihr wagt es, das Wort eines ergebenen Dieners des Herrn anzuzweifeln?«

»Beruhigt Euch, heiliger Mann«, erwiderte der Fremde, wobei er eine besondere Betonung auf das Wort *heilig* legte. »Ich muß Euch offenbar an die Pflichten erinnern, die Ihr der Autorität schuldet, die *ich* vertrete.«

Der Dorfpriester starrte dem Abgesandten des Bischofs finster in die Augen, während sein Gesicht dunkelrot anlief.

Wieder wandte der Fremde sich an Gudrun. »Ist es nun der Junge, oder ist es das Mädchen?«

Johanna spürte, wie Gudrun die Arme fester um sie schloß und sie an sich zog. Eine lange Pause des Schweigens trat ein. Dann hörte Johanna die Stimme der Mutter hinter sich, melodiös und wohlklingend und erfüllt von den breiten sächsischen Vokalen, die Gudrun noch immer unverkennbar als Fremde kennzeichneten. »Es ist der Junge, den Ihr holen sollt«, sagte Gudrun. »Nehmt ihn.«

»Mama!« Entsetzt über diesen unerwarteten Verrat, brachte Johanna nur diesen einen fassungslosen Aufschrei hervor.

Der Abgesandte des Bischofs nickte zufrieden. »Dann wäre die Sache ja geregelt.« Rasch ging er zur Tür und sagte über die Schulter: »Ich muß mich um mein Pferd kümmern. Macht den Jungen so schnell wie möglich reisefertig.«

»Nein!« Johanna versuchte, den Gesandten aufzuhalten,

doch Gudrun hielt sie fest und flüsterte ihr auf Sächsisch zu: »Glaub mir, kleine Wachtel, es ist nur zu deinem Guten. Das verspreche ich dir.«

»Nein!« rief Johanna und wollte sich aus der Umarmung Gudruns befreien. Es war alles eine Lüge. Aeskulapius hatte sein Versprechen eingelöst und beim Bischof ein gutes Wort für *sie* eingelegt; da war Johanna sicher. Er hatte sie nicht vergessen; er hatte eine Möglichkeit gefunden, daß sie weitermachen konnte, was sie gemeinsam begonnen hatten: das Streben nach Wissen. Es war nicht Johannes, der an die *scola* berufen wurde, sondern sie. Das alles war ein Irrtum!

»Nein!« Johanna wand sich mit aller Kraft, kam frei und rannte geradewegs zur Tür. Der Dorfpriester streckte die Hand nach ihr aus, doch sie entkam ihm. Dann war sie draußen und rannte hinter dem Gesandten her, so schnell sie konnte. Hinter ihr, in der Hütte, hörte sie ihren Vater schreien; dann erwiderte ihre Mutter irgend etwas mit erhobener Stimme, bevor sie in heftiges Schluchzen ausbrach.

Johanna holte den Mann in dem Augenblick ein, als er zu seinem Pferd gelangte. Sie zerrte an seinem Umhang, und der Fremde schaute sie an. Aus den Augenwinkeln sah Johanna, wie ihr Vater sich ihnen näherte.

Es blieb nicht mehr viel Zeit. Ihre Botschaft mußte überzeugend und unmißverständlich sein.

»*Magna est veritas et praevalebit*«, sagte sie. Es war ein Zitat, das nur Personen kennen konnten, die mit den Schriften der Kirchenväter sehr gut vertraut waren. »Groß ist die Wahrheit, und sie wird siegen.« Der Fremde war ein Mann des Bischofs, ein Mann der Kirche; er würde das Zitat kennen und verstehen, was Johanna damit meinte. Und daß sie es kannte, daß sie Latein beherrschte, würde beweisen, daß der Bischof *sie* als Schülerin in die *scola* berief.

»*Lapsus calami non est*«, fuhr Johanna auf Latein fort. »Es ist kein Schreibfehler. Ich bin Johanna; ich bin diejenige, die Ihr sucht.«

Der Mann schaute sie freundlich an. »Hm? Was möchtest du mir sagen, meine Kleine? Ich wollte, ich könnte eure Sprache sprechen.« Er streichelte sie unter dem Kinn. »Aber es tut mir leid, mein Kind. Ich kann leider kein Wort Sächsisch. Ich wünschte mir allerdings, ich könnte es – jetzt, wo ich deine Mutter gesehen habe.« Er griff in einen Beutel, den er an den

Sattel gebunden hatte, und zog eine kandierte Dattel hervor. »Hier hast du etwas Süßes.«

Johanna starrte die Dattel an. Der Mann hatte kein Wort verstanden. Ein Mann im Dienst der Kirche, ein Gesandter des Bischofs, und er beherrschte kein Latein. Wie war das möglich?

Dicht hinter Johanna erklangen die Schritte des Vaters. Dann legten seine Arme sich schmerzhaft um ihren Leib; sie wurde in die Höhe gehoben und zum Haus zurückgetragen.

»Laß mich los!« schrie sie, doch die riesige Hand des Vaters legte sich auf ihre Nase und ihren Mund und drückte so fest zu, daß sie keine Luft mehr bekam. Verzweifelt strampelte sie und wand sich. Im Innern der Hütte ließ der Dorfpriester sie los, und Johanna fiel zu Boden und rang keuchend nach Atem. Der Dorfpriester hob die Fäuste.

»Nein!« Plötzlich stand Gudrun zwischen ihnen. »Du rührst sie nicht an.« In ihrer Stimme lag ein Klang, den Johanna nie zuvor gehört hatte. »Oder ich erzähle die Wahrheit.«

Der Dorfpriester starrte sie ungläubig an. Johannes erschien im Türeingang; er trug einen Leinensack bei sich, in dem er seine Habseligkeiten verstaut hatte.

Gudrun wies mit einer Kopfbewegung auf den Jungen. »Unser Sohn braucht deinen Segen für die Reise.«

Lange Zeit erwiderte der Dorfpriester Gudruns festen Blick. Dann, ganz langsam, wandte er das Gesicht dem Sohn zu.

»Knie nieder, Johannes.«

Der Junge gehorchte. Der Dorfpriester legte ihm die rechte Hand auf den gesenkten Kopf. »Herrgott im Himmel, der du einst Abraham aufgerufen hast, sein Heim zu verlassen, und der du ihn beschützt hast auf allen seinen Wegen, in deine Hände legen wir das Leben dieses Jungen.«

Ein dünner Streifen der Spätnachmittagssonne fiel durchs Fenster und ließ Johannes' dunkles Haar in einem goldenen Schimmer erstrahlen.

»Wir bitten dich, beschütze ihn und gib ihm alle Dinge, die seine Seele und sein Körper brauchen ...« Die Stimme des Dorfpriesters wurde zu einem monotonen Singsang, während er sein Gebet sprach.

Johannes hielt den Kopf gesenkt, hob jedoch die Augen und begegnete dem Blick seiner Schwester. Auf dem Gesicht des Jungen lag ein verängstigter, ja, verzweifelter Ausdruck, und das Flehen in seinen Augen sprach Bände. *Er möchte gar nicht gehen,* erkannte Johanna plötzlich. Natürlich! Weshalb hatte sie es nicht schon vorher gesehen? *Weil du keinen Augenblick an Johannes' Gefühle gedacht hast,* gab sie sich selbst die Antwort. *Er hat Angst. Er kann den Anforderungen an einer Domschule nicht gerecht werden, und das weiß er.*

Wenn ich doch nur mit ihm gehen könnte!

In ihrem Innern nahm ein wagemutiger Plan Gestalt an.

»... und wenn seines Lebens Pilgerreise vorüber ist«, beendete der Dorfpriester sein Gebet, »möge er wohlbehütet und sicher im Himmelreich eintreffen, durch Christus unseren Herrn. Amen.«

Nach dem Segen erhob sich Johannes. Dumpf und schicksalergeben wie ein Opferlamm vor der Schlachtung ließ er die Umarmungen seiner Mutter und die letzten Ermahnungen seines Vaters über sich ergehen. Doch als Johanna zu ihm kam und ihn umarmte, klammerte er sich an sie und begann zu schluchzen.

»Hab keine Angst«, murmelte sie verschwörerisch.

»Das reicht«, sagte der Dorfpriester. Er legte seinem Sohn den rechten Arm um die Schulter und führte ihn zur Tür. »Paß auf, daß das Mädchen drinnen bleibt«, befahl er Gudrun, und dann waren sie verschwunden. Die Tür schwang zu, und der Riegel schloß sich mit einem dumpfen Knall.

Johanna rannte zum Fenster und schaute hinaus. Sie sah, wie Johannes hinter dem Gesandten des Bischofs aufs Pferd stieg; seine schlichte Tunika aus Wolle bildete einen deutlichen Kontrast zum satten Rot des Umhangs, den der Fremde trug. Der Dorfpriester stand in der Nähe; seine dunkle, untersetzte Gestalt zeichnete sich deutlich gegen das zarte, knospende Grün der frühlingshaften Landschaft ab. Mit einem letzten Abschiedsruf ritten der Fremde und Johannes davon.

Johanna wandte sich vom Fenster ab. Gudrun stand in der Mitte des Zimmers und beobachtete sie.

»Kleine Wachtel ...«, begann sie zögernd.

Johanna ging an ihr vorbei, als gäbe es sie gar nicht. Sie nahm ihr Strickzeug und setzte sich neben den Herd. Sie mußte nachdenken, sich vorbereiten. Ihr blieb nicht viel Zeit, und alles mußte sehr sorgfältig durchdacht sein.

Es würde schwierig werden, wahrscheinlich sogar lebensgefährlich. Der Gedanke ängstigte Johanna; aber es spielte keine Rolle. Mit einer Gewißheit, die wunderbar und erschreckend zugleich war, wußte sie, was sie zu tun hatte.

Das ist nicht gerecht, ging es Johannes durch den Kopf. Mürrisch saß er hinter dem Abgesandten des Bischofs auf dem Pferderücken und starrte düster die bischöflichen Insignien auf dem tiefroten Umhang des Mannes an. *Ich möchte nicht auf die Domschule.* Johannes haßte den Vater, daß er ihn dazu gezwungen hatte. Er griff in seine Tunika und suchte nach dem Gegenstand, den er heimlich in dem Kleidungsstück versteckt hatte, bevor er das Haus verließ. Seine Finger berührten den glatten Griff des Messers – Vaters Jagdmesser mit dem Hirschhorngriff, eines seiner Schätze.

Ein kaum merkliches, rachsüchtiges Lächeln umspielte Johannes' Lippen. Vater würde vor Wut toben, wenn er entdeckte, daß sein Messer verschwunden war. Egal. Bis dahin würde er, Johannes, schon viele Meilen von Ingelheim entfernt sein, und sein Vater konnte nichts dagegen tun. Es war nur ein kleiner Triumph; doch in seiner Not und der Trostlosigkeit seiner Lage klammerte Johannes sich verzweifelt daran fest.

Warum hat er Johanna nicht geschickt? fragte der Junge sich voller Zorn, und bittere Vorwürfe stiegen in ihm auf. *Es ist alles ihre Schuld!* sagte er sich. Johannas wegen hatte er, ihr älterer Bruder, damals schon mehr als zwei Jahre lang den Unterricht Aeskulapius' mitmachen müssen, dieses strengen alten Mannes, der so versessen auf die klassische Bildung war. Und nun – als hätte das noch nicht gereicht –, wurde er an *Johannas* Stelle auf die Domschule nach Dorstadt geschickt. O ja, der Bischof hatte sie an die Schule rufen lassen; da gab es für Johannes gar keinen Zweifel. Es *mußte* Johanna sein. *Sie* war die klügere; *sie* beherrschte Griechisch und Latein; *sie* konnte die Werke des Augustinus lesen, während er noch nicht einmal das Buch der Psalmen gemeistert hatte.

Das alles hätte er ihr verzeihen können – und noch einiges mehr. Schließlich war sie seine Schwester. Aber eins konnte er Johanna nicht vergeben: Sie war der Liebling der Mutter. Johannes hatte die beiden oft genug belauscht, wenn sie auf Sächsisch tuschelten, wenn sie sangen und lachten und scherzten, um dann schlagartig zu verstummen und ernst zu werden, sobald er das Zimmer betrat. Sie glaubten, er hätte sie nie gehört; aber da irrten sie sich.

Mit ihm, Johannes, hatte die Mutter nie Sächsisch gesprochen. *Warum nicht?* fragte er sich wohl zum tausendsten Mal voller Bitterkeit. *Glaubt sie, ich würde es Vater erzählen? Das würde ich niemals tun – für nichts auf der Welt, egal, was er mit mir anstellt; nicht einmal, wenn er mich schlagen würde.*

Es ist nicht gerecht, dachte er noch einmal. *Warum zieht Mutter Johanna mir vor? Ich bin ihr Sohn, und wie jedermann weiß, ist ein Sohn viel mehr wert als eine nutzlose Tochter.*

Zumal Johanna selbst für ein Mädchen geradezu eine Schande war. Sie war eine schreckliche Näherin, die nur halb so gut stricken und sticken und weben konnte wie andere Mädchen in ihrem Alter. Und dann war da ihre Leidenschaft fürs Bücherwissen. Als Mädchen! So etwas war wider die Natur, wie jedermann wußte. Selbst Mutter erkannte, daß da irgend etwas nicht in Ordnung war. Die anderen Kinder im Dorf machten sich ständig über Johanna lustig. Es war peinlich, sie als Schwester zu haben. Wäre es Johannes möglich gewesen, hätte er mit Freuden auf seine Schwester verzichtet.

Kaum hatte er diesen Gedanken vollendet, verspürte er leichte Gewissensbisse. Johanna war immer lieb und nett zu ihm gewesen, war für ihn eingetreten, wenn Vater wütend gewesen war, ja, sie hatte sogar seine Arbeit übernommen, wenn er irgend etwas nicht begriffen hatte. Und er war dankbar für Johannas Hilfe gewesen – sie hatte ihn oft genug vor einer Tracht Prügel bewahrt –; aber gleichzeitig ärgerte er sich darüber. Es war demütigend. Schließlich war er der ältere Bruder. *Er* war derjenige, der sich um sie hätte kümmern und ihr helfen müssen, nicht umgekehrt.

Und nun saß er Johannas wegen hinter diesem fremden Mann und ritt an einen Ort, den er nicht kannte, und in ein Leben, das er nicht wollte. Er stellte sich sein Leben an der Domschule vor ... den ganzen Tag in irgendeinem tristen Zimmer gefangen, umgeben von Stapeln langweiliger alter Bücher ...

Warum konnte Vater nicht verstehen, daß er, Johannes, nicht an die *scola* wollte? *Ich bin nicht Matthias. Ich werde niemals ein guter Schüler sein. Mich interessiert das alles nicht!* Johannes wollte weder Gelehrter noch Priester werden, sondern Krieger, ein Soldat in der kaiserlichen Armee, der Schlachten schlug, um die heidnischen Horden zu unterwerfen. Der alte Ulfert, der Sattler, hatte Johannes auf diese Idee gebracht. Ulfert war mit Graf Hugo im Heer von Kaiser Karl gegen die

Sachsen zu Felde gezogen. Was für wundervolle Geschichten der alte Mann erzählen konnte, wenn Johannes in seiner Werkstatt saß und lauschte. Dann waren die Werkzeuge, die neben Ulfert auf der Bank lagen, eine Zeitlang vergessen, und seine Augen strahlten bei der Erinnerung an den großen Sieg. »Wie die Drosseln, die im Herbst in die Weinberge einfallen und an den Trauben picken«, Johannes erinnerte sich so genau an jedes Wort, als hätte der alte Ulfert es gerade erst gesprochen, »so sind wir über das Land des Feindes gekommen, ein frommes Lied auf den Lippen, und haben die heidnischen Horden aufgestöbert, die sich in den Wäldern und Sümpfen versteckten und sich in Gräben verbargen, Männer und Frauen und Kinder gleichermaßen. Es gab nicht einen von uns, dessen Schild und Schwert an jenem Tag nicht rot von Blut gewesen ist! Als die Sonne versank, gab es unter den Feinden keine lebende Seele mehr, die nicht ihren Götzen abgeschworen und auf den Knien dem wahren Glauben des einen Gottes die ewige Treue versprochen hätte.« Dann hatte der alte Ulfert sein Schwert geholt, das er aus der toten Hand eines gefallenen Heiden gewunden hatte, dessen Körper noch warm gewesen war. Der Griff war mit kristallenen Gemmen besetzt und funkelte in den Farben des Regenbogens, und die Klinge war von einem strahlenden Gelb. Im Unterschied zu fränkischen Schwertern, die aus Eisen geschmiedet wurden, war dieses Schwert aus Gold gefertigt – ein minderwertiges Material für ein Schwert, erklärte der alte Ulfert, so daß es diesen Waffen an der Härte und Schärfe der fränkischen Schwerter mangele. Doch ihre Schönheit könne man nicht leugnen.

Der alte Mann hatte recht. Johannes' Herz hatte beim Anblick der wundervollen Waffe höher geschlagen. Dann hatte der alte Ulfert ihm das Schwert hingehalten, und der Junge hatte es ergriffen und sein Gewicht gespürt, und wie wundervoll ausgewogen es war. Johannes' Hand paßte um den gemmenverzierten Griff, als wäre das Schwert für ihn geschmiedet worden. Er schwang die Waffe über den Kopf, und die Klinge durchschnitt mit einem unregelmäßigen, sirrenden Laut die Luft, der in perfektem Einklang mit dem Rhythmus von Johannes' Herzschlag zu sein schien. In diesem Augenblick hatte er gewußt, daß er der geborene Krieger war.

Es gab Gerüchte, selbst jetzt noch, daß im Frühling ein neuer Feldzug unternommen werden sollte. Vielleicht würde

Graf Hugo wieder dem Ruf des Kaisers Folge leisten und ein Heer ausheben. Falls dem so war, wollte Johannes dabei sein – egal, was sein Vater dazu sagte. Im nächsten Frühjahr war er vierzehn und damit im Mannesalter; viele Soldaten waren in diesem Alter in den Krieg gezogen; manche waren sogar noch jünger gewesen. Sollte es zum Feldzug kommen, würde Johannes dabeisein; falls nötig, wollte er davonlaufen.

Aber das wurde jetzt natürlich schwierig, denn er würde ja in der *scola* in Dorstadt sein, fast abgeschlossen von der Welt. Würde die Nachricht, daß man ein neues Heer aushebt, überhaupt bis in die stillen Studierzimmer vordringen? fragte sich Johannes. Und falls ja – kann ich dann aus der Domschule entkommen?

Der Gedanke war beängstigend, und Johannes verdrängte ihn rasch. Statt dessen erweckte er seinen liebsten Tagtraum zum Leben: Er befand sich in einer Schlacht, in vorderster Linie, und die silbernen Banner des Herzogs schimmerten dicht vor ihm und zogen ihn voran. Johannes trieb die zerstreuten Reste der geschlagenen heidnischen Armee und die Weiber und Kinder aus ihren Dörfern vor sich her. Sie flohen vor ihm, verzweifelt und verängstigt, und das lange, weißgoldene Haar der Frauen flatterte im Wind. Er machte sie nieder, indem er sein Langschwert mit großem Geschick führte; er verstümmelte und tötete, gnadenlos, erbarmungslos, bis sie sich ihm unterwarfen, ihre Blindheit bereuten und die freudige Bereitschaft zeigten, sich fortan vom Licht Gottes leiten zu lassen.

Johannes' Mundwinkel hoben sich zu einem schwachen Lächeln, während das stetige Trommeln der Pferdehufe von ihrem raschen Vorankommen auf dem Waldweg kündete, über den sich allmählich die abendliche Dunkelheit senkte.

Ein sirrendes Geräusch ertönte, gefolgt von einem lauten, dumpfen Schlag.

»Aaah!« Der Bote des Bischofs schrie auf und wurde nach hinten geschleudert. Seine Schulter prallte Johannes vor die Brust und riß ihn aus dem Schlaf.

»He!« rief der Junge erbost – und dann sah er auch schon, wie der Mann zur Seite sank. Das Gewicht seines schweren, schlaffen Körpers, der zu Boden fiel, zog Johannes mit vom Pferderücken, zerrte ihn mit unwiderstehlicher Kraft aus dem Sattel.

Zusammen fielen sie zu Boden. Johannes prallte auf den Körper des Mannes, der nach dem Sturz regungslos liegenblieb. Als der Junge die Hand ausstreckte, um sich in die Höhe zu stemmen, schlossen seine Finger sich um etwas Langes, Rundes und Glattes.

Es war ein Pfeilschaft, am hinteren Ende gelb gefiedert. Die Spitze des Geschosses hatte sich tief in die Brust des Mannes gebohrt.

Johannes erhob sich. Seine Sinne waren aufs äußerste gespannt. Hinter einem dicken Baum auf der gegenüberliegenden Seite des Waldwegs kam ein Mann in zerlumpter Kleidung hervor. In der Hand hielt er einen Bogen, und auf dem Rücken trug er einen Köcher voller gelbgefiederter Pfeile.

Will er mich auch ermorden?

Der Mann kam auf Johannes zu. Der Junge schaute sich gehetzt um und suchte nach einem Fluchtweg. In diesem Teil des Waldes standen die Bäume sehr dicht; falls er rannte, konnte er dem Angreifer vielleicht entkommen.

Doch der Zerlumpte hatte ihn beinahe erreicht. Jedenfalls war er nahe genug, daß Johannes die Mordlust in den Augen des Fremden sehen konnte ...

Johannes versuchte, loszurennen, doch es war zu spät. Der Mann packte den Arm des Jungen. Johannes wehrte sich, doch der Fremde war einen Kopf größer als er und von gewaltigem Körperbau. Er hielt den Jungen fest und hob ihn mühelos ein Stück in die Höhe, so daß Johannes' Zehen gerade noch den Erdboden berührten.

Plötzlich fiel dem Jungen das Messer ein. Mit der freien Hand griff er in seine Tunika; hektisch tasteten seine Finger nach dem Hirschhorngriff, berührten ihn, packten ihn. Johannes zog das Messer hervor und stach mit einer blitzschnellen, fließenden Bewegung zu. Er jubelte innerlich auf, als er spürte, wie die Klinge sich tief ins Fleisch des Mannes grub und am Knochen abglitt; dann zog Johannes das Messer heraus, wobei er es tückisch drehte. Der Mann fluchte, ließ Johannes los und griff nach seiner verwundeten Schulter.

Johannes rannte in den Wald. Dornige Zweige zerrten an seiner Kleidung und zerkratzten ihm Gesicht und Hals, doch unbeirrt flüchtete der Junge weiter. Trotz des Mondlichts war es unter dem dichten Baldachin der Bäume stockfinster. Johannes warf einen Blick über die Schulter und sah, daß er verfolgt wurde. Im gleichen Augenblick prallte er gegen eine Buche mit tiefhängenden Ästen. Er verbiß sich den Schmerz, sprang in die Höhe, bekam den niedrigsten Ast zu fassen, und kletterte, so schnell er konnte, den Baum hinauf, wobei sein geschmeidiger, biegsamer junger Körper sich rasch in die Höhe wand. Er hielt erst inne, als die Äste und Zweige so dünn und zerbrechlich wurden, daß sie sein Gewicht nicht mehr tragen konnten. Dann wartete er.

Bis auf das leise Rascheln der Blätter war kein Geräusch zu vernehmen. Zweimal rief eine Eule, die ihre nächtliche Jagd begann; ihr Schrei hallte gespenstisch durch die Dunkelheit. Plötzlich hörte Johannes schwere Schritte auf dem Waldboden unter ihm; Zweige knackten; Unterholz krachte. Johannes packte das Messer und hielt den Atem an. Er war froh, daß er einen schlichten braunen Umhang trug, dessen Farbe mit der abendlichen Dunkelheit verschmolz.

Die Schritte kamen näher und näher. Johannes konnte das abgehackte, unregelmäßige Atmen des Mannes hören.

Die Schritte verstummten genau unter ihm.

Johanna trat aus der stillen Dunkelheit des Grubenhauses hinaus in die mondhelle Nacht. Um sie herum ragten gespenstisch die Umrisse vertrauter Gegenstände auf, von den Schatten verzerrt. Johanna schauderte, als sie sich Geschichten von den *Waldmenschen* ins Gedächtnis rief, bösen Geistern und Trollen, die in der Nacht ihr Unwesen trieben. Sie zog sich ihren Umhang aus grober grauer Hanffaser enger um den Körper und glitt in die Schatten. Dann suchte sie die im Wechselspiel von silbernem Mondlicht und tiefer Schwärze veränderte Landschaft nach dem Beginn des Weges ab, der durch den Wald führte. Das Licht war hell – es war eine sternklare Nacht, und in zwei Tagen war Vollmond –, so daß Johanna schon nach wenigen Augenblicken die alte Buche erkennen konnte, die ein Blitz gespalten hatte. An dieser Stelle begann der Weg. Rasch rannte sie über die Wiese dorthin.

An Waldrand blieb Johanna stehen. Zwischen den Bäumen war es stockfinster; nur hier und da sickerten silberne Strahlen Mondlicht zwischen den Ästen und Zweigen hindurch und bildeten ein blasses Geflecht auf dem Boden des Waldes. Johanna schaute zum Grubenhaus zurück. In helles Mondlicht getaucht und umgeben von den Wiesen und Viehpferchen, sah es fest und warm und vertraut aus. Johanna dachte an ihr gemütliches Bett und an die Decken, die vermutlich noch warm von ihrem Körper waren. Sie dachte an ihre Mutter, der sie nicht einmal auf Wiedersehen gesagt hatte. Sie machte einen Schritt auf das Haus zu, ihr Zuhause; dann hielt sie inne. Alles, was zählte, alles, was sie wollte, lag in der anderen Richtung.

Sie drang in den Wald ein. Die Bäume schlossen sich über ihrem Kopf. Der Weg war mit Felsbrocken und Gestrüpp übersät, doch Johanna bewegte sich rasch voran. Bis zum Treffpunkt der Bischofsgesandten waren es noch über *fünfzehn Meilen,* und sie wollte vor Anbruch der Morgendämmerung dort sein.

Johanna konzentrierte sich darauf, eine gleichmäßige Geschwindigkeit beizubehalten. Es war nicht leicht; denn in der Dunkelheit geriet sie schnell an den Wegrand, wo Äste und Sträucher an ihrer Kleidung und in ihrem Haar zerrten. Der Weg wurde zunehmend unebener. Mehrmals trat sie auf Felsstücke oder Wurzeln, die aus dem Boden ragten. Einmal stürzte sie und scheuerte sich Hände und Knie auf.

Nach mehreren Stunden begann der Himmel sich über dem Dach aus Bäumen allmählich aufzuhellen. Die Morgendämmerung brach an. Johanna war erschöpft, doch sie schritt noch schneller aus; halb ging sie, halb rannte sie über den Waldweg. Sie *mußte* ihr Ziel erreichen, bevor die Männer des Bischofs mit Johannes aufbrachen. Sie *mußte* es einfach schaffen.

Plötzlich verhakte sich ihr Fuß an irgend etwas. Johanna geriet ins Taumeln und versuchte, das Gleichgewicht zu wahren, doch sie war zu schnell gelaufen und fiel zu Boden, wobei sie den Sturz unbeholfen mit den Armen abfing.

Dann lag sie regungslos da. Der harte Aufprall hatte ihr für einen Augenblick den Atem geraubt, und ihr rechter Arm schmerzte, wo ein scharfer Zweig ihn zerkratzt hatte; ansonsten aber schien sie unverletzt zu sein. Sie stemmte sich auf in eine sitzende Haltung.

Neben ihr lag ein Mann. Er hatte ihr den Rücken zugekehrt. Schlief der Fremde? Nein. Dann wäre er aufgewacht, als Johanna über seinen Körper gestolpert war. Sie berührte den Mann an der Schulter, und er rollte auf den Rücken. Der Mann war kein vollkommen Fremder. Es war der Abgesandte des Bischofs. Der Blick aus seinen erloschenen Augen ruhte starr auf Johannas Gesicht; der Mund des Toten stand weit offen, und das Gesicht war zu einer Grimasse des Grauens verzerrt. Sein prächtiger Umhang war zerfetzt und blutig. Der Mittelfinger seiner linken Hand fehlte.

Johanna sprang auf. »Johannes!« rief sie und ließ den Blick über den umliegenden Waldrand und den Erdboden schweifen. Sie hatte schreckliche Angst davor, was sie erblicken *könnte.*

»Hier.« In der Dunkelheit war schwach ein Flecken blasser Haut zu sehen.

»Johannes!« Sie rannte zu ihm und umarmte ihn. Eine Zeitlang standen die Geschwister schweigend da, hielten einander fest.

»Warum bist du hier?« fragte Johannes schließlich. »Ist Vater mit dir gekommen?«

»Nein. Ich erkläre es dir später. Bist du verletzt? Was ist geschehen?«

»Wir wurden angegriffen. Von einem Wegelagerer. Ich glaube, er hatte es auf den goldenen Ring des Bischofsgesandten abgesehen. Ich saß hinter ihm, als der Pfeil ihn traf.«

Johanna sagte nichts, hielt den Bruder nur noch fester umklammert

Er machte sich aus ihren Armen frei. »Aber ich habe mich selbst verteidigt. Jawohl, das hab' ich!« In seinen Augen funkelte eine seltsame Erregung. »Als der Kerl mich packen wollte, da habe ich ihm dies hier gegeben!« Er hielt das Jagdmesser des Vaters in die Höhe. »Ich glaube, ich habe ihn an der Schulter erwischt. Jedenfalls hat es ihn lange genug aufgehalten, daß ich entkommen konnte!«

Johanna starrte auf die Klinge, die dunkel und stumpf von geronnenem Blut war. »Vaters Messer.«

Johannes' Gesicht nahm einen mürrischen Ausdruck an. »Ja. Ich hab's mir genommen. Warum auch nicht. Schließlich wollte *er* ja unbedingt, daß ich fortgehe. Ich selbst wäre lieber zu Hause geblieben.«

»Schon gut«, sagte Johanna hastig. »Steck es jetzt fort. Wir müssen uns beeilen, wenn wir vor Tagesanbruch am Treffpunkt der Männer des Bischofs sein wollen.«

»Am Treffpunkt? Aber jetzt brauche ich doch gar nicht mehr nach Dorstadt. Nach dem, was geschehen ist ...«, er wies mit dem Kopf in die Richtung, wo der ermordete Gesandte lag, »... kann ich wieder nach Hause.«

»Nein, Johannes. *Denk nach.* Vater weiß jetzt, daß der Bischof dich an die Domschule holen möchte. Da wird er niemals erlauben, daß du zu Hause bleibst. Er wird irgendeine Möglichkeit finden, dich zur *scola* zu schicken, selbst wenn er dich persönlich dorthin bringen müßte. Außerdem«, Johanna zeigte auf das Messer, »wird er längst entdeckt haben, daß du ihm die Waffe weggenommen hast, wenn wir nach Hause kommen.«

Johannes blickte verwirrt drein. Offensichtlich waren ihm diese Gedanken noch gar nicht gekommen.

»Es wird schon alles gut. Ich bleibe bei dir, Johannes, und ich werde dir helfen.« Sie zupfte am Ärmel seines Umhangs. »Komm.«

Hand in Hand setzten die Geschwister unter dem aufhellenden Himmel den Weg zum Treffpunkt fort, an dem die restlichen Männer des bischöflichen Reitertrupps warteten.

7.

Sie gelangten an die Weggabelung, als die Sonne noch tief am Himmel stand, doch die Männer des Bischofs waren bereits wach und warteten ungeduldig auf die Rückkehr ihres Kameraden. Als Johanna und ihr Bruder erzählten, was geschehen war, wurden die Männer mißtrauisch. Sie nahmen Johannes' Jagdmesser mit dem Hirschhorngriff und untersuchten es sorgfältig. Johanna flüsterte ein Dankgebet, daß sie daran gedacht hatte, die Waffe in einem Bach gründlich zu säubern und sämtliche Blutspuren zu beseitigen. Dann ritten die Männer in den Wald, um den Leichnam ihres Gefährten zu bergen, wobei sie Johanna und Johannes mitnahmen. Als die Leute des Bischofs den gelbgefiederten Pfeil entdeckten, der aus dem Körper des Toten ragte, fanden sie die Geschichte bestätigt, die die Kinder ihnen erzählt hatten. Aber was sollten sie mit dem Leichnam ihres Kameraden anfangen? Es war unmöglich, ihn den ganzen Weg nach Dorstadt mitzuführen; denn die Reise dauerte vierzehn Tage, und die Frühlingssonne hatte bereits Kraft und schien warm vom Himmel. Schließlich beerdigten die Männer ihren Gefährten im Wald und stellten ein grob gezimmertes Holzkreuz am Grab auf. Johanna sprach ein Gebet, das die Leute des Bischofs tief beeindruckte; denn wie ihr toter Gefährte beherrschten sie kein Latein.

Da sie damit gerechnet hatten, ein Mädchen zu eskortieren, wußten die Männer zu Anfang nicht so recht, was sie mit Johannes anfangen sollten. Johanna beharrte standhaft darauf, von ihrem Bruder begleitet zu werden, und da den Gesandten des Bischofs durch den Mord an ihrem Kameraden ein Mann fehlte, willigten sie schließlich ein.

Es war eine beschwerliche Reise nach Dorstadt, zumal die Männer der Eskorte es eilig hatten, nach Hause zu kommen, so daß sie jeden Tag lange und hart ritten. Doch die Beschwernisse der Reise machten Johanna nichts aus; sie war fasziniert von der Landschaft, die sich ständig veränderte, und von der neuen Welt, die sich jeden Tag vor ihr auftat. Endlich war sie frei – frei von Ingelheim und den Zwängen und Beengtheiten ihres dortigen Lebens. Sie ritt mit der gleichen Freude, voller Neugier und Staunen, durch stille kleine Dörfer wie durch große, geschäftige Städte. Johannes hingegen wurde immer mürrischer, da es an ausreichend Nahrung und Muße fehlte. Johanna versuchte, ihn zu besänftigen, doch seine schlechte Stimmung wurde durch die beinahe mütterliche Besorgtheit der Schwester nur noch schlechter.

Zur Mittagszeit des zehnten Tages erreichten sie den Bischofspalast – müde, schmutzig und sattelwund. Der Kammerherr warf einen mißbilligenden Blick auf die beiden schmutzigen Kinder in ihrer speckigen, abgerissenen Bauernkleidung und erteilte sofort den Befehl, Johanna und ihren Bruder zu baden und beiden saubere Sachen zu besorgen, bevor ihnen die Erlaubnis erteilt werden dürfe, vor den Bischof zu treten.

Für Johanna, die an Katzenwäschen in dem kleinen Bach gewöhnt war, der hinter dem Grubenhaus vorüberplätscherte, war das Bad ein außerordentliches Erlebnis. Im Bischofspalast gab es Badezimmer im *Innern*, sogar mit geheiztem Wasser! Von einem solchen Luxus hatte Johanna noch nie gehört. Sie blieb fast eine Stunde in dem warmen Bad, während Dienstmägde sie abschrubbten, bis ihre Haut gerötet war und brannte. Johannas Rücken jedoch wuschen die Frauen mit äußerster Behutsamkeit, wobei sie beim Anblick der gezackten Narben mitleidig mit den Zungen schnalzten. Dann wuschen sie Johannas Haar und flochten die lange, weißgoldene Pracht zu zwei schimmernden Zöpfen, die nach vorn über Schultern und Brust hingen und Johannas Gesicht umrahmten. Schließlich brachten die Frauen ihr eine neue Tunika aus grünem Leinen. Der Stoff war so weich und das Gewebe so fein, daß Johanna kaum glauben konnte, daß es von Menschenhand gemacht war.

Als sie angezogen war, brachten die Dienstmägde ihr einen goldgerahmten Spiegel. Johanna nahm ihn, schaute hinein und – erblickte das Gesicht einer Fremden. Sie hatte ihre eigenen Züge noch nie so deutlich betrachten können – nur in verschwommenen, verzerrten Bruchstücken, als Abbild im trüben Wasser des Dorfteichs. Johanna konnte es kaum fassen, mit welcher Schärfe und Deutlichkeit dieser Spiegel das

Bild ihres Gesichts wiedergab. Sie hielt sich den Spiegel näher vor die Augen und begutachtete sich mit kritischem Blick.

Hübsch war sie nicht; aber das wußte sie längst. Sie besaß weder die hohe blasse Stirn, noch das schön geformte Kinn, noch die zierliche, zerbrechliche Gestalt, die von fahrenden Musikanten besungen und von Liebhabern bevorzugt wurde. Sie hatte ein frisches, gesundes, jungenhaftes Aussehen. Ihre Stirn war zu niedrig, ihr Kinn zu fest und ihre Schultern zu gerade, als daß man sie als hübsch hätte bezeichnen können. Doch ihr Haar – das Haar ihrer Mutter – war wundervoll, und sie hatte schöne Augen: tiefliegend, von graugrüner Farbe, und umrahmt von dichten Wimpern. Johanna zuckte die Achseln und legte den Spiegel zur Seite. Der Bischof hatte sie nicht herbestellt, damit sie herausfand, ob sie hübsch war oder nicht.

Johannes wurde ins Zimmer geführt, nicht minder prächtig als seine Schwester in eine Tunika und einen Umhang aus blauem Leinen gekleidet. Die beiden Kinder wurden zum Kammerherrn geführt.

»So ist's schon besser«, sagte der Mann und betrachtete die Geschwister anerkennend. »Viel besser. Nun denn – folgt mir.«

Sie gingen einen langen Flur hinunter, dessen Wände mit riesigen Bildteppichen bedeckt waren, herrlich gearbeitet und mit Gold- und Silberfaden durchwirkt.

Vor Nervosität schlug Johanna das Herz bis zum Hals. Jetzt würde sie dem Bischof gegenübertreten! *Ob ich es wohl schaffe, seine Fragen zu beantworten? Ob er mich an der Domschule aufnimmt?*

Von einem Moment auf den anderen fühlte Johanna sich unsicher und alldem nicht mehr gewachsen. Sie versuchte, sich auf irgend etwas anderes zu konzentrieren als auf die fremde Umgebung, doch ihr Verstand war vollkommen leer. Sie dachte an Aeskulapius und an das Vertrauen, das er in sie setzte, indem er diese Audienz ermöglicht hatte, und ihr Magen verkrampfte sich.

Vor einer gewaltigen, doppelflügeligen Eichentür blieben sie stehen. Aus dem dahinterliegenden Raum erklangen lautes Stimmengewirr und das Klappern von Tellern. Der Kammerherr nickte dem Pagen zu, der an einer Seite der Tür stand, worauf der Mann die schweren Türflügel aufschwingen ließ.

Johanna und ihr Bruder betraten den dahinter liegenden Saal – und blieben abrupt stehen, starrten mit offenem Mund umher. Ungefähr zweihundert Personen hatten sich im Saal versammelt; sie saßen an langen Tischen, die üppig mit den köstlichsten Speisen gedeckt waren. Platten, mit verschiedenen Sorten gebratenen und gerösteten Wildfleischs belegt – Kapaune, Wildgänse, Moorhühner und Lendenstücke vom Hirsch und vom Wildschwein –, standen auf den Tischen bunt durcheinander, jedoch in bequemer Reichweite der Speisenden, die große Stücke von dem zarten Fleisch mit den Fingern abrissen, es sich in den Mund stopften, herunterschlangen und sich die Lippen dann an den Ärmeln abwischten. In der Mitte des größten Tisches – bereits zur Hälfte verzehrt, aber noch immer zu erkennen – lag der gewaltige Kopf eines gebratenen Ochsen in einer Pfütze aus Fett und Saucen. Außerdem gab es Fleischbrühe, Pasteten, Gemüsesuppen, Walnüsse, Feigen, Datteln, weißen und roten Konfekt, Kuchen, Gebäck und andere Süßigkeiten, die Johanna nicht kannte. Noch nie im Leben hatte sie so viele Speisen an ein und demselben Ort gesehen.

»Ein Lied! Ein Lied!« Zinnbecher wurden rhythmisch und beharrlich auf die Tischplatten gehämmert. »Na los, Widukind, ein Lied!« Ein hochgewachsener, hellhäutiger junger Mann wurde von seinen Nachbarn aufmunternd angestoßen und erhob sich lachend.

> »*Ik gihorta dat seggen*
> *dat sih urhettun aenon moutin,*
> *Hiltibrant enti Hadubrant ...*«

Johanna war erstaunt. Der junge Mann sang sein Lied auf Theodisk, der Sprache des gemeinen Volkes – der Dorfpriester hätte sie als ›Sprache der Heiden‹ bezeichnet -, und nicht auf Latein.

> »Ich hörte sagen,
> daß sich die Herausforderer einzeln trafen,
> Hildebrand und Hadubrand,
> zwischen zwei beiden Heeren ...«

Die Männer erhoben sich, fielen ein und hielten ihre Becher in die Höhe.

> »... Sohn und Vater sahen nach ihrem Panzer,
> schlossen ihr Kettenhemd, gürteten ihr Schwert
> über ihre Brünnenringe, die beiden Helden,
> als sie zum Kampf anritten ...«

Ein seltsames Lied für die Tafel eines Bischofs! Johanna blickte verstohlen auf Johannes; der aber hörte gespannt zu, und seine Augen strahlten vor Erregung.

Mit einem donnernden Jubelschrei beendeten die Männer das Lied. Laut rumpelte und scharrte Holz über den Fußboden, als die Feiernden mit den Stühlen wieder an die langen, aus Brettern gezimmerten Tische rückten.

Mit einem verschmitzten Lächeln erhob sich nun ein anderer Mann. »Ich habe gehört«, rief er mit lauter Stimme, »wie sich in einer Ecke des Saales etwas aufrichtete, und ... na?« Erwartungsvoll hielt er inne.

»Jawohl! Ein Rätsel!« brüllte jemand, und die Menge grölte beifällig. »Stelle uns ein Rätsel, Haido! Ja! Laß es uns hören!«

Der Mann namens Haido wartete, bis der Lärm verebbt war.

»Ich habe gehört, wie sich in einer Ecke des Saales etwas aufrichtete«, wiederholte er dann und fuhr fort: »Größer wurde es, und es schwoll an, und feucht war's. Die stolze Maid ergreift dies knochenlose Wunder mit den Händen ...«

Wissendes Kichern erhob sich unter den Gästen.

»... und streichelt es zärtlich und knetet es sanft, auf daß es weiter wachse und größer werde und ihr Lust und Freude bereite.« Haidos Augen blitzten vor Vergnügen, als er den Blick durch den Saal schweifen ließ. »Was ist das?«

»Guck dir zwischen die Beine!« rief jemand. »Dann findest du die Antwort. Auch wenn sie bestimmt ein wenig dürftiger ausfällt, als du es dir erhofft hast!« Diesem Zwischenruf folgten donnerndes Gelächter und ein Hagel verschiedenster obszöner Gesten von fast allen Tischen. Johanna beobachtete das Treiben fassungslos. *Das* war die Residenz des *Bischofs*?

»Falsch!« rief Haido fröhlich in den Saal. »Es ist nicht, was ihr alle meint!«

»Dann sag uns die richtige Antwort! Die Antwort! Die Antwort!« Wieder riefen die Gäste an den Tischen rhythmisch und hämmerten dazu mit ihren Trinkbechern im Takt.

Haido wartete einen Augenblick, um die Spannung zu erhöhen.

»Es ist Hefeteig!« rief er dann triumphierend und setzte sich, während eine weitere Woge Gelächter durch den Saal brandete.

Als das Lachen allmählich verebbte, sagte der Kammerherr zu den Geschwistern: »Kommt mit.« Dann führte er Johanna und ihren Bruder auf die gegenüberliegende Seite des Saales, wo der erhöhte Lehrertisch, die Speisetafel des Bischofs, auf einem Podium stand. Der Bischof saß auf einem reich bestickten Sitzkissen in der Mitte, immer noch kichernd. Er war in kostbare Seide gekleidet, die jedoch mit Fettspritzern und Weintropfen gesprenkelt war.

Bischof Fulgentius sah ganz anders aus, als Johanna ihn sich vorgestellt hatte. Er war ein großer, stiernackiger Mann; die Haare auf seiner dicken Brust und die massigen, muskulösen Schultern schimmerten durch seinen dünnen Seidenumhang. Er hatte den gewaltigen Schmerbauch und das gerötete Gesicht eines Mannes, der mit leidenschaftlicher Freude dem Wein und dem Essen zusprach. Als Johanna und Johannes näher kamen, beugte der Bischof sich zur Seite und hielt ein blutrotes Stück Konfekt an die Lippen einer drallen Frau, die neben ihm saß. Die Frau nahm einen Bissen von der Süßigkeit; dann flüsterte sie dem Bischof etwas ins Ohr, und beide lachten.

Der Kammerherr räusperte sich. »Die Männer sind mit dem Kind aus Ingelheim eingetroffen, Eminenz.«

Der Bischof schaute seinen Bediensteten mit fragenden Blicken an. »Was? Kind? Welches Kind?«

»Das, nach dem Ihr habt schicken lassen, Eure bischöfliche Gnaden. Die Anwärterin für die Domschule, die Euch empfohlen wurde. Von dem Grie- ...«

»Ach, ja.« Der Bischof winkte ungeduldig ab. »Jetzt fällt's mir wieder ein.« Er legte der dicken Frau den Arm um die Schultern, während er Johanna und Johannes musterte. »Was ist das, Widukind? Sehe ich schon doppelt?«

»Nein, bischöfliche Gnaden. Der Dorfpriester von Ingelheim hat seinen Sohn ebenfalls geschickt. Die beiden Kinder sind heute eingetroffen und wollten nicht getrennt werden.«

»Aha.« Das Gesicht des Bischofs strahlte vor Erheiterung. »Was sagt man dazu? Ich verlange eins, und ich bekomme zwei. Wenn der Kaiser doch ebenso großzügig wäre wie diese Geistlichen vom Lande!«

Der Tisch erbebte vor Gelächter. Einige Rufe ertönten; darunter: »Hört, hört!« und: »Amen!«

Der Bischof streckte den Arm aus und riß das Bein eines Brathähnchens ab. Dann sagte er zu Johanna: »Bist du wirklich die kleine Gelehrte, als die du mir angekündigt und empfohlen wurdest?«

Johanna zögerte; sie wußte nicht, was sie auf diese seltsam formulierte Frage erwidern sollte. Schließlich sagte sie: »Ich habe fleißig studiert, Eminenz.«

»Pah! Studiert!« schnaubte der Bischof und nahm einen Bissen vom Hähnchenbein. »An der Domschule wimmelt es von Dummköpfen, die angeblich studieren, aber rein gar nichts wissen. – Was weißt *du*, Kind?«

»Ich kann lesen und schreiben, Eminenz.«

»Welche Schrift? Theodisk oder Latein?«

»Theodisk, Latein und Griechisch.«

»Griechisch? Höre sich das einer an! Sogar unser hochgeschätzter Odo kann kein Griechisch. Stimmt's, Odo?« Der Bischof grinste einen schmalgesichtigen Mann an, der ein paar Stühle entfernt saß.

Odos Mund verzog sich zu einem humorlosen Lächeln. »Es ist eine heidnische Sprache, Eminenz. Eine Sprache von Götzendienern und Häretikern.«

»Sehr richtig, sehr richtig.« Die Stimme des Bischofs klang spöttisch. »Alles, was Odo sagt, ist richtig. Odo hat immer recht. Nicht wahr, Odo?«

Der Angesprochene verzog das Gesicht. »Ihr wißt sehr genau, Eminenz, daß ich Euren letzten ... wunderlichen Einfall nicht gutheiße. Es ist gefährlich – und noch dazu wider den göttlichen Willen – eine Frau in die Domschule aufzunehmen.«

Von einem der hinteren Tische rief eine Männerstimme: »So, wie sie aussieht, ist sie noch keine Frau.« Wieder brandete eine Woge von Gelächter durch den Saal, begleitet von schlüpfrigen Bemerkungen.

Eine brennende Röte stieg Johanna von der Kehle bis in die Wangen. Wie konnten diese Leute sich im Beisein des Bischofs derart benehmen?

Der Lärm legte sich allmählich, und der Mann, den der Bischof mit Odo angeredet hatte, fuhr fort: »Außerdem ist es sinnlos, eine Frau an der *scola* aufzunehmen. Frauen sind von Natur aus nur in sehr begrenztem Maße fähig, logische Schlüsse zu ziehen.« Er streifte Johanna mit einem abfälligen Blick; dann schaute er den Bischof wieder an. »Ihre natürlichen Körpersäfte sind kalt und feucht und von daher für eine nennenswerte Hirntätigkeit ungeeignet, zumal die brauchbaren Teile des weiblichen Hirns ohnehin winzig klein sind.

Frauen sind nicht imstande, höhere Begriffe oder gar gedankliche Konzepte spiritueller und moralischer Natur zu begreifen.«

Johanna starrte den Mann an.

»Ich habe diese Meinung bereits des öfteren gehört«, sagte der Bischof. Er lächelte Odo mit dem Gesichtsausdruck eines Mannes an, der sich köstlich amüsierte. »Aber wie erklärt Ihr Euch dann die gelehrten Errungenschaften dieses Mädchens? Ihre Kenntnis des Griechischen, zum Beispiel? Eine Sprache, die nicht einmal Ihr, der *Lehrmeister* Odo« – er dehnte die Worte genüßlich – »beherrscht.«

»Sie hat sich dieser Fähigkeit *gebrüstet*; aber einen Beweis haben wir nicht zu sehen oder zu hören bekommen«, sagte Odo eingeschnappt. »Ihr seid leichtgläubig, Eminenz. Die angeblichen Griechischkenntnisse dieses Mädchens könnten erlogen sein. Reine Erfindung, als unser griechischer Freund uns von ihren Fähigkeiten berichtet hat, um uns zu imponieren.«

Das war zuviel. Zuerst beleidigte dieser abscheuliche Mann sie, und jetzt wagte er es auch noch, Aeskulapius anzugreifen! Johanna setzte bereits zu einer heftigen Erwiderung an, als sie den mitleidigen und zugleich warnenden Blick eines rothaarigen Ritters auffing, der neben dem Bischof saß.

Tu's nicht, gab der Mann ihr ohne Worte zu verstehen. Johanna zögerte. Sie war verdutzt, diese Botschaft in den tiefblauen Augen des Ritters so deutlich gelesen zu haben. Er wandte sich dem Bischof zu und flüsterte ihm irgend etwas ins Ohr. Der Bischof nickte, beugte sich vor und sagte zu dem schmalgesichtigen Mann: »Also gut, Odo. Stellt sie auf die Probe.«

»Eminenz?«

»Stellt das Mädchen auf die Probe. Findet heraus, ob sie für den Unterricht an der Domschule geeignet ist.«

»*Hier,* Eminenz? Das scheint mir nicht der angemessene Ort und die richtige Zeit zu ...«

»Hier und jetzt, Odo. Was spricht dagegen? Wir alle werden von diesem Beispiel der Gelehrsamkeit profitieren.«

Der Mann namens Odo runzelte die Stirn. Er wandte sich Johanna zu. Sein schmales Gesicht zielte wie eine Axt auf sie.

»*Quincunque vult.* Was bedeutet das?«

Johanna war erstaunt. Eine so leichte Frage? Vielleicht war

es eine Falle. Genau! Wahrscheinlich versuchte dieser Mann, sie in Sicherheit zu wiegen, um dann erbarmungslos zuzuschlagen. Vorsichtig erwiderte sie: »Das ist der Lehrsatz, der besagt, daß die drei Personen der Dreifaltigkeit kosubstantiell sind. Die Zweinaturenlehre. Daß Jesus Christus so vollkommen göttlich ist, wie er vollkommen menschlich gewesen ist.«

»Woher stammt dieser Lehrsatz?«

»Er wurde auf dem ersten Konzil in Nicäa aufgestellt.«

»*Confessio Fidei.* Was ist das?«

»Das ist der falsche und schädliche Lehrsatz« – Johanna wußte, was sie sagen mußte; Aeskulapius hatte sie in dieser Frage ausdrücklich zur Vorsicht gemahnt –, »der besagt, daß Christus vor allem ein menschliches Wesen war, und erst in zweiter Linie göttlicher Natur. Wobei die Göttlichkeit Christi wiederum dadurch entstanden sein soll, daß er von seinem Vater adoptiert wurde.« Sie betrachtete Odos Gesicht, doch es war nichts darin zu lesen. *»Filius non proprius, sed adoptivus«*, fügte Johanna sicherheitshalber hinzu.

»Erkläre uns, weshalb das eine Irrlehre und Häresie ist.«

»Wenn Jesus Christus durch einen Akt der Gnade der Sohn Gottes wäre und nicht von Natur aus, müßte er sich dem Vater unterwerfen. Doch so zu denken ist Ketzerei und eine Schändlichkeit« – Johanna zitierte genau aus dem Gedächtnis –, »weil der Heilige Geist nicht nur dem Vater entspringt, sondern auch dem Sohne; es gibt nur einen Sohn, und dieser ist kein angenommener Sohn, *›in ultraque natura proprium eum et non adoptivum filium dei confitemur‹*.«

Die Leute am Tisch schnippten beifällig mit den Fingern. *»Litteratissima!«* rief jemand durch den Saal.

»Sie ist ein erstaunliches kleines Ding, nicht wahr?« murmelte eine Frauenstimme dicht hinter Johanna, nur einen Hauch zu laut.

»Tja, Odo«, sagte der Bischof im Plauderton. »Was meint Ihr dazu? Hatte der Grieche recht, was das Mädchen angeht, oder nicht?«

Odo sah aus, als hätte er einen kräftigen Schluck Essig getrunken. »Wie es scheint, besitzt das Mädchen einiges Wissen über die orthodoxe Theologie. Aber dieses Wissen als solches beweist noch gar nichts.« Er sprach in herablassendem Tonfall, als würde er über ein anderes Kind reden. »Bei einigen Frauen ist – wie auch bei manchen Tieren – die Fähigkeit zur Nachahmung besonders hoch entwickelt, und dies erlaubt es ihnen, sich die Worte der Männer einzuprägen, sie zu wiederholen und auf diese Weise den Anschein der Gelehrsamkeit zu erwecken. Aber diese Fähigkeit zur Nachahmung darf nicht mit der wahren Vernunft verwechselt werden, die ihrem ganzen Wesen nach eine rein männliche Eigenschaft ist. Denn, wie allgemein bekannt«, Odos Stimme wurde fester und bekam einen autoritären, herrischen Beiklang, denn nun bewegte er sich auf vertrautem Boden, »ist die niedere Stellung der Frau gegenüber dem Manne angeboren.«

»Warum?« Johanna kam das Wort über die Lippen, noch ehe ihr bewußt geworden war, überhaupt etwas gesagt zu haben.

Odos schmallippiger Mund verzog sich zu einem häßlichen Lächeln. Er sah aus wie der Fuchs, der das Kaninchen in die Enge getrieben hat. »Deine Unwissenheit, Kind, offenbart sich schon in dieser Frage. Denn der heilige Paulus selbst hat es als unumstößliche Wahrheit befunden, daß Frauen dem Manne unterlegen sind, was den körperlichen Entwurf, die Rangfolge und die Willenskraft anbelangt.«

»Was den körperlichen Entwurf, die Rangfolge und die Willenskraft anbelangt?« wiederholte Johanna.

»Jaaa.« Odo sprach langsam und betont, als würde er zu einem geistig zurückgebliebenen Kind reden. »Was den körperlichen Entwurf angeht, weil Gott den Adam zuerst schuf und die Eva später; was die Rangfolge betrifft, weil die Eva erschaffen wurde, um dem Adam als Gesellin und Gespielin zu dienen, und was die Willenskraft anbelangt, weil die Eva der Verführung durch den Teufel nicht widerstehen konnte und von dem Apfel aß.«

Die an den Tischen Versammelten nickten zustimmend. Auf dem Gesicht des Bischofs lag ein ernster Ausdruck. Dem rothaarigen Ritter, der neben ihm saß, waren seine Gedanken nicht anzusehen.

Odo grinste hämisch. Johanna verspürte ein Gefühl tiefer Abneigung gegenüber diesem fuchsgesichtigen Mann. Für einen Augenblick stand sie schweigend da und zupfte sich an der Nase.

»Wie kann«, sagte sie schließlich, »die Frau dem Mann im körperlichen Entwurf unterlegen sein? Denn weil Gott sie als zweite schuf, hat er sie aus Adams Rippe gemacht, wohingegen Adam aus feuchtem Lehm geknetet wurde.«

An einigen Tischen im hinteren Teil der Halle erklang beifälliges Kichern.

»Und was die Rangfolge angeht«, die Worte sprudelten aus Johanna hervor, während ihr der Kopf vor Gedanken schwirrte, als sie die logische Kette ihrer Argumentation zusammenfügte, »sollte die Frau dem Mann vorgezogen werden, weil Eva innerhalb des Paradieses erschaffen wurde, Adam aber außerhalb.«

Erneut wurden Gemurmel und Gekicher unter den Zuhörern laut. Das Grinsen auf Odos Gesicht verrutschte leicht.

Johanna fand ihre Argumentationskette zu interessant, als daß sie groß darüber nachgedacht hätte, ob es besser gewesen wäre, den Mund zu halten. »Und was die Willenskraft betrifft, sollte die Frau als dem Mann *überlegen* betrachtet werden« – das war ein starkes Stück; aber nun gab es kein Zurück mehr –, »denn Eva aß aus Liebe zum Wissen und zum Lernen von dem Apfel, während Adam nur davon aß, weil Eva ihn gefragt hat, ob er ein Stück haben will.«

Schockiertes Schweigen im Saal. Odos blasse Lippen waren vor Zorn fest zusammengepreßt. Der Bischof starrte Johanna an, als könne er nicht glauben, was er da gerade gehört hatte.

Sie war zu weit gegangen.

Manche Gedanken sind gefährlich.

Aeskulapius hatte Johanna gewarnt, doch sie hatte sich so sehr in das Streitgespräch verwickeln lassen, daß sie den Rat ihres Lehrers vergessen hatte. Aber dieser Mann, dieser Odo, war so sehr von sich selbst eingenommen – und so versessen darauf, sie, das kleine Mädchen, vor dem Bischof zu demütigen –, daß sie nicht hatte an sich halten können. Johanna wußte, daß sie nun ihre Chance vertan hatte, auf die Domschule aufgenommen zu werden, doch sie war fest entschlossen, diesem widerlichen kleinen Mann nicht die Genugtuung zu verschaffen, ihren Schmerz und Kummer genießen zu können. Mit emporgerecktem Kinn stand Johanna vor dem hohen Tisch, und in ihren Augen funkelte Trotz.

Die Stille im Saal dehnte sich schier endlos. Aller Augen waren auf den Bischof gerichtet, dessen abschätzender Blick noch immer auf Johanna ruhte. Dann kam – langsam, sehr langsam – ein tiefer, rollender Laut über seine Lippen, und sein Schmerbauch hüpfte auf und ab.

Der Bischof lachte.

Die dralle Frau neben ihm kicherte nervös. Dann explodierte der Saal in einem Ausbruch von Geräuschen. Die Leute grölten und jubelten, hämmerten auf die Tischplatten und lachten; sie lachten so heftig, daß ihnen die Tränen über die Wangen strömten, so daß sie sie mit den Ärmeln abwischten. Johanna schaute auf den rothaarigen Ritter. Er grinste breit. Ihre Blicke trafen sich, und er zwinkerte Johanna zu.

»Nun, mein lieber Odo«, sagte der Bischof, als er wieder zu Atem gekommen war, »jetzt werdet Ihr's wohl zugeben müssen. Das Mädchen hat Euch überlistet!«

Odo bedachte den Bischof mit einem giftigen Blick. »Was ist mit dem Jungen, Eminenz? Möchtet Ihr, daß ich auch ihn auf die Probe stelle?«

»Nein, nein. Wir nehmen ihn ebenfalls, weil das Mädchen so sehr an ihm hängt. Wir nehmen sie beide! Ich muß gestehen, daß die Erziehung des Mädchens offenbar ein bißchen ...« – er suchte nach dem passenden Begriff – »... unorthodox gewesen ist. Aber sie ist höchst belebend. Genau das, was die *scola* braucht! Tja, Odo, Ihr habt soeben zwei neue Schüler bekommen. Gebt gut auf sie acht!«

Entsetzt starrte Johanna den Bischof an. Was hatte er damit gemeint? Konnte es sein, daß dieser scheußliche kleine Kerl ihr Lehrer an der Domschule war? Der Mann, der sie unterrichten würde?

Was hatte sie nur verbrochen!

Odo spähte seine schmale Nase entlang auf den Bischof. »Ihr habt gewiß schon Vorkehrungen getroffen, Eminenz, was die Unterbringung dieses Kindes angeht, oder irre ich mich? In den Unterkünften der Jungen kann sie ja nicht wohnen.«

»Äh ... die Unterbringung.« Der Bischof zögerte. »Wartet einmal. Ich ...«

»Das Mädchen kann bei mir wohnen, Eminenz«, wurde er von dem rothaarigen Ritter unterbrochen. »Meine Gemahlin und ich haben zwei Töchter, die das Mädchen mit Freuden aufnehmen würden. Sie wäre eine gute Gefährtin für meine Gisla.«

Johanna betrachtete den Ritter. Er war ein Mann in der Blüte seines Lebens, vielleicht fünfundzwanzig Jahre alt, kräftig gebaut, stattlich und ansehnlich, mit hohen Wangenknochen und einem gepflegten Vollbart. Sein dichtes Haar, das in der

Tat einen ungewöhnlichen roten Farbton besaß, war in der Mitte gescheitelt und fiel ihm in dichten Locken bis auf die Schultern. Seine unglaublich blauen Augen blickten klug und gütig.

»Ausgezeichnet, Gerold.« Der Bischof klopfte ihm freundschaftlich auf den Rücken. »Damit wäre dann alles geregelt. Das Mädchen wird bei Euch wohnen.«

Ein Diener kam mit einem Servierbrett voller Süßigkeiten herbei. Beim Anblick der kandierten Leckerbissen, die von geschmolzener Butter trieften, wurden Johannas Augen groß.

Der Bischof lächelte. »Nach eurer langen Reise seid ihr bestimmt hungrig, Kinder. Kommt her zu mir, und setzt euch.« Er rückte näher zu der drallen Frau neben ihm und schuf auf diese Weise Platz zwischen sich und dem rothaarigen Ritter.

Johanna und Johannes umrundeten den Tisch und setzten sich. Der Bischof höchstpersönlich trug ihnen Süßigkeiten auf. Johannes schlang sie gierig herunter; er nahm große Bissen vom klebrigen Zuckerkuchen, so daß der Puderzucker einen weißen Schnäuzer über seiner Oberlippe bildete.

Dann wandte der Bischof seine Aufmerksamkeit der drallen Frau neben ihm zu. Sie tranken aus demselben Becher und lachten und kicherten. Der Bischof streichelte ihr übers Haar und brachte ihre kunstvolle Frisur in Unordnung. Johanna knabberte an einem Honigkuchen, schaffte ihn aber nicht, zumal er übelkeiterregend süß war. Sie sehnte sich danach, fort von diesem Ort zu sein, von dem Lärm, den unbekannten Menschen und dem seltsamen Benehmen des Bischofs.

Der rothaarige Ritter namens Gerold wandte sich an Johanna. »Du hast einen langen Tag hinter dir. Möchtest du gehen?«

Johanna nickte. Als Johannes sah, daß die beiden sich erhoben, nahm er rasch einen letzten großen Bissen Kuchen und stand ebenfalls auf.

»Nein, Sohn.« Gerold legte Johannes die Hand auf die Schulter. »Du bleibst hier.«

»Ich möchte aber mit meiner Schwester gehen«, sagte Johannes wehleidig.

»Dein Platz ist hier bei den anderen Jungen. Wenn die Mahlzeit beendet ist, wird der Kämmerer dir dein Quartier zeigen.«

Johannes erbleichte, beherrschte sich aber und erwiderte nichts.

»Das ist ein interessantes Stück.« Gerold zeigte auf das Messer mit dem Hirschhorngriff, das Johannes um die Hüfte geschnallt trug. »Darf ich es mal sehen?«

Der Junge zog das Messer unter dem Gürtel hervor und reichte es Gerold. Der drehte und wendete es und betrachtete bewundernd das Griffstück. Die Klinge funkelte und spiegelte das flackernde Licht der Fackeln an den Wänden des Saales. Johanna mußte daran denken, wie die Klinge im Kerzenlicht des Grubenhauses geschimmert hatte, bevor sie sich ins Pergament des Buches von Aeskulapius fraß und die Schrift vernichtete, verzehrte, auslöschte.

»Ein schönes Stück. Roger hat ein Schwert, dessen Griff ähnlich gearbeitet ist. Roger!« rief Gerold einem jungen Burschen zu, der an einem Tisch in der Nähe saß. »Komm einmal her, und zeig diesem jungen Mann dein Schwert.«

Roger streckte ein langes eisernes Schwert mit kunstvoll gearbeitetem Griff vor.

Johannes betrachtete die Waffe ehrfürchtig. »Darf ich's mal anfassen?«

»Wenn du möchtest, darfst du es in die Hand nehmen.«

»Du bekommst ein eigenes Schwert«, sagte Gerold. »Und einen Bogen. Auch eine Lanze, falls du kräftig genug dafür bist. Erzähl es ihm, Roger.«

»Ja. Wir bekommen jeden Tag Unterricht in Waffenkunde und machen Kampfübungen.«

In Johannes' Augen spiegelten sich Erstaunen und Freude.

»Siehst du die kleine Kerbe? Hier, an der Seite der Klinge? Da hab' ich einen Schlag gegen das schwere Schwert des Waffenmeisters persönlich geführt!«

»Wirklich?« Johannes war fasziniert.

Gerold fragte Johanna: »Sollen wir gehen? Ich glaube, deinem Bruder wird es jetzt nichts mehr ausmachen, wenn wir ihn allein lassen.«

Am Türeingang blieb Johanna stehen und blickte zu Johannes zurück. Das Schwert quer auf dem Schoß, redete er lebhaft auf Roger ein. Johanna verspürte einen seltsamen Widerwillen, sich vom Bruder zu trennen. Sie mußte daran denken, daß sie beide häufiger Gegner als Freunde gewesen waren, doch der Bruder war Johannas einziges Bindeglied an zu

Hause – an eine Welt, die ihr vertraut war und die sie begreifen konnte. Ohne ihn war sie ganz allein.

Gerold war vorausgegangen und schritt den Flur hinunter. Er war ein sehr großer Mann, und seine langen Beine trugen ihn rasch davon. Johanna mußte kleine Laufschritte machen, um zu Gerold aufzuschließen.

Mehrere Minuten sprachen sie kein Wort. Dann, plötzlich, sagte Gerold: »Du hast deine Sache sehr gut gemacht. Beim Streitgespräch mit Odo, meine ich.«

»Ich glaube, er kann mich nicht leiden.«

»Das glaube ich allerdings auch. Odo wacht aufmerksam über seine Würde – so, wie ein Mann über seine Münzen wacht, wenn kaum noch welche übrig sind.«

Johanna blickte zu Gerold auf und lächelte ihn an. Sie mochte diesen Mann.

Sie folgte einer spontanen Regung und beschloß, sich ihm anzuvertrauen.

»Die Frau, die neben dem Bischof saß – war sie sein ... Eheweib?« Johanna brachte dieses Wort nur stockend hervor, so peinlich war ihr diese Frage. Fast ihr ganzes Leben lang war sie sich der schmachvollen Unschicklichkeit der Ehe ihrer Eltern bewußt gewesen, wenngleich auf kindliche Weise: Ohne über diese Sache reden zu können oder gar imstande zu sein, sie in vollem Umfang zu begreifen, hatte Johanna sie bis in ihr Inneres empfunden. Einmal hatte Aeskulapius ihr Unbehagen gespürt, was diese Sache betraf, und er hatte ihr gesagt, daß derartige Ehen bei der niederen Priesterschaft nichts Ungewöhnliches seien.

Aber bei einem Bischof ...

»Eheweib? Ach, du meinst Theda.« Gerold lachte. »Nein, mein Herr Bischof gehört nicht zu den Männern, die heiraten. Theda ist eine seiner Geliebten.«

Geliebte! Der Bischof hatte Geliebte!

»Du bist schockiert? Das brauchst du nicht zu sein. Fulgentius – mein Herr Bischof – ist kein Mann der frommen Gesinnung. Er hat Amt und Würden von seinem Onkel geerbt, seinem Vorgänger auf dem Bischofsstuhl. Fulgentius hat nie die Priesterweihe empfangen, und er versucht auch gar nicht erst, sich den Anschein von Tugendhaftigkeit zu geben, wie du gewiß bemerkt hast. Aber du wirst schon noch erkennen, daß er ein tüchtiger Mann in seinem Amt ist und ein guter Mann dazu. Er bewundert die Gelehrsamkeit, wenngleich er selbst kein Gelehrter ist. Aber es war Fulgentius, der die hiesige Domschule gegründet hat.«

Gerold hatte nüchtern und sachlich zu Johanna gesprochen – nicht wie ein Erwachsener zu einem Kind, sondern wie zu jemandem, von dem man weiß, daß er versteht. Das gefiel Johanna. Doch was Gerold gesagt hatte, war beängstigend. War es mit dem Bischofsamt vereinbar, ein solches Leben zu führen? Immerhin war ein Bischof ein Fürst der Kirche. Durfte ein Bischof Geliebte haben? Alles war so anders, als Johanna erwartet hatte.

Sie gelangten an das äußere Tor des Bischofspalasts. Pagen, in Gewänder aus roter Seide gekleidet, ließen die gewaltigen Flügel aus Eiche aufschwingen, und das flackernde Licht aus dem fackelerhellten Gang fiel nach draußen in die Dunkelheit.

»Komm«, sagte Gerold. »Du wirst dich besser fühlen, wenn du eine Nacht geschlafen hast.« Rasch ging er zu den Stallungen.

Unsicher folgte Johanna ihm hinaus in die kalte Nacht.

»Da ist es!« Gerold wies zur linken Seite hinüber, und Johanna folgte mit dem Blick der Richtung seines ausgestreckten Armes. In der Ferne konnte sie die dunklen Umrisse mehrerer Gebäude erkennen, die sich vor einem Himmel abzeichneten, der vom Mondlicht erhellt wurde. »Dort ist Villaris, mein Heim – und nun auch das deine, Johanna.«

Selbst in der Dunkelheit bot Villaris einen prachtvollen Anblick. Die Umgegend beherrschend, lagen die Gebäude in einem kleinen Wäldchen auf der Kuppe eines Hügels. Johanna blickte staunend auf die Burganlage. Villaris sah riesengroß aus. Es umfaßte vier hohe Gebäude aus dicken Holzbohlen, die durch eine Reihe von Höfen und durch wundervolle überdachte Säulengänge miteinander verbunden waren. Gerold und Johanna ritten durch die dicke Palisade aus Eiche, die den Haupteingang schützte, und kamen an mehreren Außengebäuden vorbei: einer Kochstube, einer Bäckerei, einem Stall, einem Getreidespeicher und zwei Scheunen. Auf einem kleinen Vorhof stiegen sie von den Pferden, und Gerold legte die Zügel seines Tieres in die wartenden Hände des Stallmeisters. Fackeln aus Harz, die in regelmäßigen Abständen angebracht waren, erhellten ihren Weg, als sie einen langen, fensterlosen Gang hinunterschritten, an dessen Wänden lange Reihen schimmernder Waffen hingen: lange Schwerter, Speere, Armbrüste und die kurzen, schweren, einseitig geschliffenen Schwerter, die von den gefürchteten fränkischen Fußsoldaten bevorzugt wurden.

Gerold und Johanna gelangten auf einen zweiten, größeren Hof, der von überdachten Säulengängen umgeben war, und gingen darüber hinweg in die Wohnhalle des Hauptgebäudes – eine großer, hoher Raum, der mit reich verzierten Wandteppichen geschmückt war. In der Mitte der Halle stand die schönste Frau, die Johanna je gesehen hatte, von ihrer Mutter abgesehen. Doch während Gudrun hochgewachsen war, mit weißblondem Haar und heller Haut, war diese Frau klein und zierlich, mit pechschwarzem Haar und großen, stolzen dunklen Augen, die sich auf Johanna richteten und sie mit einem Ausdruck musterten, der deutliches Mißfallen zeigte.

»Was hat das zu bedeuten?« fragte die Frau unvermittelt, als Gerold und Johanna näher kamen.

Gerold beachtete ihre schroffe Frage nicht. Statt dessen sagte er: »Johanna, das ist meine Frau Richild, Markgräfin zu Villaris und Herrin dieses Anwesens. Richild, darf ich dir Johanna von Ingelheim vorstellen? Sie ist heute eingetroffen, um ihre Studien an der *scola* aufzunehmen.«

Johanna machte den unbeholfenen Versuch eines Hofknickses, den Richild mit verächtlichem Blick zur Kenntnis nahm, bevor sie sich wieder an Gerold wandte. »Sie soll auf die Domschule gehen? Soll das ein Scherz sein?«

»Fulgentius hat sie aufgenommen. Für die Dauer ihrer Studienzeit wird Johanna hier auf Villaris wohnen.«

»Hier?«

»Sie kann sich ein Bett mit Gisla teilen. Gisla könnte zur Abwechslung mal eine vernünftige Gefährtin gebrauchen.«

Die anmutigen schwarzen Augenbrauen Richilds hoben sich, und sie blickte herablassend auf Johanna. »Sie sieht wie eine *colona* aus den finstersten Wäldern des Nordens aus.«

Johanna errötete angesichts der Beleidigung, ein Bauerntrampel zu sein.

»Du vergißt dich, Richild!« ermahnte Gerold seine Frau mit Schärfe in der Stimme. »Johanna ist Gast in diesem Hause.«

Richild zog die Nase hoch. »Nun ja«, sie betastete prüfend

den Stoff des neuen grünen Leinenumhangs, den Johanna trug, »immerhin scheint sie sauber zu sein.« Mit herrischer Geste gab sie einem Diener ein Zeichen. »Führe sie ins Schlafgemach.« Dann eilte sie ohne ein weiteres Wort aus der Halle.

Bald darauf lag Johanna neben der schnarchenden Gisla (die nicht einmal aufgewacht war, als Johanna neben sie unter die Decke kroch) auf einer weichen Strohmatratze im Schlafgemach im Obergeschoß und fragte sich, wie es ihrem Bruder ergehen mochte. Neben wem schlief Johannes jetzt wohl? Vorausgesetzt, er konnte überhaupt schlafen. Sie jedenfalls bekam kein Auge zu; in ihrem Kopf wirbelten beängstigende Gedanken und Gefühle umher. Sie sehnte sich nach der vertrauten Umgebung, nach zu Hause und besonders nach ihrer Mutter. Sie wollte in die Arme genommen und liebkost und ›kleine Wachtel‹ genannt werden. Sie hätte nicht klammheimlich davonlaufen sollen, ohne ein Wort des Abschieds. Gudrun hatte sie verleugnet, als der Gesandte des Bischofs gekommen war; daran gab es nichts zu deuteln. Doch Johanna wußte, daß ihre Mutter es aus einem Übermaß an Liebe getan hatte – weil sie es nicht ertragen konnte, ihre Tochter fortgehen zu sehen. Nun sah sie, Johanna, ihre Mutter vielleicht nie mehr wieder. Sie hatte die Gelegenheit zur Flucht blindlings beim Schopf gepackt, ohne über die möglichen Folgen nachzudenken. Es war klar, daß sie nie mehr nach Hause zurückkehren konnte. Der Vater würde sie ihres Ungehorsams wegen totschlagen. Jetzt gehörte sie hierher, in diesen seltsamen, freudlosen Landstrich, und hier mußte sie nun bleiben, sei es zum Guten oder zum Schlechten.

Mama, dachte Johanna, während sie in die bedrohliche, beängstigende Finsternis des unbekannten Zimmers starrte, und eine einzelne Träne rann ihr über die Wange.

8.

Im Klassenzimmer – einem kleinen Raum mit steinernen Wänden, der an die Dombibliothek angrenzte – blieb es selbst an diesem warmen Frühlingsnachmittag kühl und feucht. Johanna liebte diese Kühle und den kräftigen Geruch nach Pergament, der schwer in der Luft lag: Es war eine Verlockung, die riesigen Bestände an Büchern zu erforschen, die sich gleich hinter der nächsten Tür befanden.

Ein großes Gemälde bedeckte die vordere Wand des Klassenzimmers. Es war das Bild einer Frau, die in weite, wallende Gewänder gekleidet war, wie die Griechen sie trugen. In der linken Hand hielt die Frau eine Schere, in der rechten eine Peitsche. Die Frau war das Sinnbild des Wissens; ihre Schere sollte alle Irrlehren und falschen Glaubenssätze abschneiden, und ihre Peitsche diente zur Ermahnung fauler Schüler und sollte sie zu fleißigem Lernen anhalten. Die Augenbrauen der Frau standen dicht beieinander, und ihre Mundwinkel waren nach unten gebogen, was ihrem Gesicht einen strengen Ausdruck verlieh. Die dunklen Augen starrten von der Wand herunter und schienen den Betrachter direkt anzuschauen – mit einem unnachgiebigen, herrischen Blick. Odo hatte das Gemälde in Auftrag gegeben, kurz nachdem er seine Stelle als Lehrer an der Domschule angetreten hatte.

Bos mugit, equus hinnit, asinus rudit, elefans barrit ...

Auf der linken Seite des Klassenzimmers trugen die weniger fortgeschrittenen Schüler diesen Vers in monotonem Sprechgesang vor, um die einfachen Verbformen zu üben.

Kühe muhen, Pferde wiehern, Esel schreien, Elefanten brüllen ...

Odo bewegte rhythmisch die Hände auf und ab und gab auf diese Weise den Takt des Sprechgesangs an. Derweil schweifte sein geübter Blick durchs Klassenzimmer und überwachte die Arbeit seiner anderen Schüler.

Ludovic und Ebbo kauerten dicht beieinander über einem

der Psalmen. Sie sollten ihn auswendig lernen, doch die Neigung ihrer Köpfe ließ erkennen, daß sie sich unterhielten, statt sich mit ihrer Aufgabe zu beschäftigen. Ohne daß seine rechte Hand beim Dirigieren des Sprechgesangs auch nur einen Takt ausließ, hieb Odo den beiden Jungen mit einem langen Schlagstock kräftig auf die Hinterköpfe. Sie schrien auf, beugten sich wieder über ihre Pulte und saßen da wie Sinnbilder der Arbeitsamkeit.

Johannes saß an einem Pult in der Nähe und beschäftigte sich mit einem alphabetischen Verzeichnis. Er hatte sichtlich große Schwierigkeiten. Er las langsam, formte mit peinlicher Genauigkeit jeden Vokal und Konsonanten mit den Lippen und hielt oft inne, um sich verwirrt am Kopf zu kratzen, wenn er auf irgendein unbekanntes Wortmuster gestoßen war.

Auch Johanna, die von den anderen Schülern getrennt saß – die Jungen wollten nichts mit ihr zu tun haben –, befaßte sich eingehend mit der Aufgabe, die Odo ihr gestellt hatte, und versah ein Werk über das Lebens des heiligen Antonius mit Kommentaren. Sie arbeitet rasch und präzise; ihre Schreibfeder wanderte voller Sicherheit und Genauigkeit über das Pergament. Die Konzentration des Mädchens war vollkommen.

Odo sagte kurz angebunden: »Das reicht für heute. Diese Gruppe ...«, er zeigte auf die Novizen, »kann gehen. Die anderen bleiben auf ihren Plätzen, bis ich mir ihre Arbeiten angeschaut habe.«

Aufgeregt erhoben sich die Novizen und verließen das Klassenzimmer so schnell, wie die Schicklichkeit es gerade noch erlaubte. Die anderen Schüler legten ihre Griffel und Schreibfedern nieder und schauten Odo erwartungsvoll an. Alle waren darauf bedacht, so rasch wie möglich nach draußen in den warmen Frühlingsnachmittag entlassen zu werden.

Johanna blieb am Schreibpult sitzen, über ihre Arbeit gebeugt.

Odo runzelte die Stirn. Der Eifer des Mädchens hatte ihn zugegebenermaßen in Erstaunen versetzt. Wieder einmal zuckte seine Hand instinktiv zur Rute; doch bislang hatte Johanna ihm keinen Anlaß gegeben, ihr eine Tracht Prügel zu verpassen. Sie schien tatsächlich lernen zu wollen.

Odo ging zu Johannas Schreibpult und trat demonstrativ dicht an sie heran. Jetzt erst hielt Johanna in ihrer Arbeit inne und hob den Kopf. Auf ihrem Gesicht spiegelten sich Verblüffung und – war das möglich? – Enttäuschung.

»Habt Ihr mich aufgerufen, Herr? Dann bitte ich um Entschuldigung. Ich war so sehr in meine Arbeit vertieft, daß ich Euch nicht gehört habe«, sagte Johanna höflich.

Sie spielt ihre Rolle gut, ging es Odo durch den Kopf. *Aber ich lasse mich nicht täuschen.* O ja, sie tat so, als hätte sie Achtung und Respekt vor ihm, wann immer er sie anredete; doch Odo konnte die Wahrheit in ihren Augen lesen: In ihrem Innern verspottete sie ihn und machte sich über ihn lustig. Das durfte er nicht hinnehmen!

Er beugte sich vor und schaute sich Johannas Arbeit an, wobei er schweigend die pergamentenen Seiten durchblätterte.

»Deine Hand«, sagte er, »ist noch nicht sicher genug. Hier ... und hier ...«, er tippte mit seinem langen weißen Zeigefinger auf das Pergament, »... und hier hast du deine Buchstaben nicht rund genug geschrieben. Welche Erklärung hast du für eine so schlampige Arbeit, Kind?«

Schlampige Arbeit! Johanna war empört. Sie hatte soeben zehn Seiten Text mit Kommentaren versehen – weitaus mehr, als jeder andere Schüler es in der doppelten Zeit vermocht hätte. Zudem waren ihre Anmerkungen sauber geschrieben und vollständig – selbst Odo versuchte gar nicht erst, dies zu bestreiten. Johanna hatte das Aufblitzen in seinen Augen gesehen, als er einen Absatz überflogen und den stilsicheren und eleganten Gebrauch des Konjunktivs bemerkt hatte.

»Was ist?« drängte Odo. Er wollte den Widerstand dieses Mädchens herausfordern, wollte erreichen, daß sie ihm eine schroffe Antwort gab. *Diese überhebliche, widernatürliche Kreatur.* Odo wußte, daß dieses Mädchen die Absicht hatte, die gottgewollte Ordnung des Universums zu verletzen, indem es die rechtmäßige Autorität des Mannes gegenüber dem Weib zu untergraben versuchte. *Nun mach schon,* drängte er Johanna in Gedanken. *Sag, was du denkst.*

Denn falls sie das tat, hatte Odo sie dort, wo er sie haben wollte ...

Johanna bemühte sich, ihre Gefühle unter Kontrolle zu halten. Sie wußte, was Odo vorhatte. Doch wie sehr er sie auch reizen mochte, sie würde ihm nicht in die Falle gehen. Sie würde ihm nicht den Gefallen tun und ihm einen Grund liefern, sie von der Domschule zu verweisen. Mit ausdrucksloser

Stimme erwiderte Johanna: »Ich habe keine Entschuldigung, Herr.«

»Sehr schön«, sagte Odo. »Zur Strafe für deine Gleichgültigkeit wirst du aus dem ersten Brief an Timotheus den Abschnitt zwei, Verse elf bis vierzehn, fünfundzwanzigmal in *schöner* Handschrift niederschreiben, bevor du das Klassenzimmer verläßt.«

Heißer Zorn loderte in Johannas Innerem auf. Dieser widerliche, kleingeistige Mann! Wenn sie ihm doch nur ins Gesicht sagen könnte, was sie von ihm dachte.

»Ja, Herr.« Johanna hielt den Blick gesenkt, so daß Odo ihre Gedanken nicht lesen konnte.

Odo war enttäuscht. Na ja, sagte er sich. Auf Dauer wird dieses Mädchen das nicht durchhalten. Ihr Stolz und ihre Gefühle konnten nicht bis ins Unendliche verletzt werden. Früher oder später – und bei diesem Gedanken mußte er lächeln – würde sie ihrem Zorn nachgeben. Und dann war der Augenblick seines Triumphs gekommen.

Er ließ Johanna an ihrem Pult sitzen und wandte sich der Überprüfung seiner anderen Schüler zu.

Johanna seufzte und nahm die Schreibfeder auf. Erster Brief an Timotheus, Abschnitt zwei, Verse elf bis vierzehn. Johanna kannte die Textstelle ziemlich gut; es war nicht das erste Mal, daß Odo diese Strafe verhängte. Es handelte sich um Zitate des heiligen Paulus: »Eine Frau soll sich still und in aller Unterordnung belehren lassen. Daß eine Frau lehrt, erlaube ich nicht, auch nicht, daß sie über ihren Mann herrscht; sie soll sich still verhalten. Denn zuerst wurde Adam erschaffen und danach Eva. Und nicht Adam wurde verführt, sondern die Frau ließ sich verführen und übertrat das Gebot.«

Johanna war mit mehr als der Hälfte ihrer Strafarbeit fertig, als sie zum erstenmal spürte, daß irgend etwas nicht stimmte. Sie blickte auf. Odo war verschwunden. Die Jungen standen dicht beisammen an der Tür und unterhielten sich. Das war seltsam. Normalerweise stürmten sie aus dem Klassenzimmer, sobald der Unterricht zu Ende war. Johanna beobachtete die Jungen wachsam. Johannes stand am Rande der kleinen Gruppe und hörte den anderen zu. Ihre Blicke trafen sich, und Johannes lächelte und winkte seiner Schwester.

Sie erwiderte das Lächeln und wandte sich wieder der Arbeit zu. Doch das kaum merkliche Prickeln einer düsteren Vorahnung durchrieselte sie, so daß die Härchen in ihrem Nacken sich aufstellten. Hatten die Jungen irgend etwas vor? Oft quälten sie Johanna oder machten sich über sie lustig – natürlich unternahm Odo nichts dagegen –, und wenngleich Johanna sich an die Ablehnung und die oft bösen Streiche gewöhnt hatte, fürchtete sie sich noch immer davor.

Hastig schrieb sie die letzten Zeilen und stand auf, um das Klassenzimmer zu verlassen. Die Jungen standen immer noch an der Tür. Johanna wußte, daß sie auf ihr Opfer warteten. Entschlossen reckte sie das Kinn vor. Egal, was die Jungen mit ihr vorhaben mochten – sie würde es über sich ergehen lassen und dann schnellstmöglich durch die Tür hinaus flüchten.

Johanna nahm ihren Umhang vom hölzernen Haken in der Nähe der Tür, wobei sie die Jungen geflissentlich nicht beachtete. Dann streifte sie sich den Umhang über, befestigte ihn sorgfältig am Hals, wandte sich zur Tür und zog sich die Kapuze über.

Im selben Augenblick spürte sie irgend etwas Schweres, Nasses auf dem Kopf. Sofort zerrte sie an der Kapuze und wollte sie abstreifen, doch sie saß fest. Die klebrige Nässe lief ihr langsam den Kopf hinunter. Johanna hob die Hände und betastete die zähe Masse, betrachtete ihre Finger und sah, daß sie mit einer dicken, schleimigen Substanz überzogen waren. *Gummiarabikum*. Ein in Unterrichtszimmern und klösterlichen Scriptorien häufig benutztes Material, das man mit Essig und Holzkohle vermischte, um Tinte daraus herzustellen. Johanna wischte die Hand an ihrem Umhang ab, doch das *Gummiarabikum* klebte so fest, daß sie die Finger nicht mehr vom Stoff lösen konnte. Verzweifelt zerrte sie wieder mit der freien Hand an der Kapuze und schrie auf, als sie schmerzhaft an den Haarwurzeln riß.

Ihr Schrei rief eine Lachsalve bei den Jungen hervor. Mit schnellen Schritten ging Johanna zur Tür. Die Gruppe teilte sich, als sie näher kam, und die Jungen bildeten zu beiden Seiten eine Reihe.

»*Lusus naturae!*« verspotteten sie das Mädchen. »Laune der Natur!«

In der Mitte einer der beiden Reihen sah Johanna ihren Bruder. Er lachte mit den anderen und rief ihr ebenfalls Schmähungen und Beleidigungen zu. Ihre Blicke trafen sich; Johannes errötete und schaute weg.

Unbeirrt ging Johanna weiter. Zu spät sah sie den Blitz aus blauem Stoff, der über den Fußboden zuckte. Sie stolperte, stürzte unbeholfen und fiel schwer auf die Seite.

Johannes, durchfuhr es sie. *Er hat mir ein Bein gestellt.*

Sie rappelte sich auf und stöhnte, als ein glühender Schmerz durch ihre rechte Körperseite jagte. Der eklige Schleim, der unter ihrer Kapuze hervorquoll, strömte ihr übers Gesicht. Sie riß die Hände los und versuchte zu verhindern, daß der Gummi ihr in die Augen lief, doch es war vergeblich. Die Masse kroch langsam über die Augenbrauen auf ihre Lider, verklebte die Wimpern und blendete das Mädchen beinahe.

Lachend drangen die Jungen auf sie ein, schubsten sie hin und her und versuchten, sie noch einmal zu Fall zu bringen. Johanna hörte die Stimme ihres Bruders aus denen der anderen heraus; er schlug auf sie ein, rief ihr Schimpfworte zu. Durch den dicken trüben Film, der Johannas Augen bedeckte, drehte das Klassenzimmer sich schwindelerregend um sie herum, in Mustern aus Licht und Farbe, die sich ständig veränderten. Johanna konnte nicht einmal mehr die Tür ausmachen.

Sie spürte, wie ihr die Tränen kamen.

O nein! dachte sie entschlossen. Genau darauf legten die Jungen es an – sie wollten Johanna am Boden sehen, weinend und um Gnade winselnd; sie wollten erleben, wie sie Schwäche zeigte, damit sie sich über die weibische Feigheit eines kleines Mädchens lustig machen konnten.

Da können sie lange warten. Den Gefallen werde ich ihnen nicht tun.

Schwankend hielt Johanna sich auf den Beinen und wehrte sich gegen die Tränen. Doch diese Demonstration von Selbstbeherrschung und tapferem Widerstandswillen stachelte die Jungen nur noch mehr an, und ihre Schläge wurden härter. Der größte der Jungen hämmerte Johanna mit aller Kraft die Fäuste in den Nacken. Der Hieb ließ sie taumeln, und verzweifelt kämpfte sie darum, das Gleichgewicht zu halten.

Dann, plötzlich, rief eine Männerstimme irgend etwas aus der Ferne. Kam Odo doch noch, um diesem grausamen Spiel ein Ende zu machen?

»Was geht hier vor?«

Diesmal erkannte Johanna, wer es war. Gerold. In seiner Stimme lag ein Beiklang, wie Johanna ihn nie zuvor gehört hatte. Die Jungen ließen so plötzlich von ihr ab, daß sie beinahe wieder gestürzt wäre.

Dann lag Gerolds Arm auf ihrer Schulter und hielt sie fest. Dankbar lehnte Johanna sich an ihn.

»Bernhar«, wandte Gerold sich an den größten Jungen, der Johanna die Fäuste in den Nacken geschlagen hatte. »Habe ich nicht erst letzte Woche beobachtet, wie du bei den Waffenübungen versucht hast, aus der Reichweite von Erics Schwert zu bleiben? So ängstlich und verzweifelt, daß du keinen einzigen Hieb führen konntest? Aber wie ich sehe, hast du wenigstens keine derartigen Schwierigkeiten, wenn ein wehrloses Mädchen dein Gegner ist.«

Bernhar stammelte eine Erklärung, doch Gerold schnitt ihm das Wort ab.

»Was du sagen möchtest, kannst du Seiner Eminenz, dem Bischof, sagen. Er wird nach dir schicken lassen, sobald er von dieser Sache hier erfährt. Und das wird er – noch heute.«

Die Stille, die sich daraufhin ausbreitete, war vollkommen. Gerold hob Johanna auf. Trotz ihrer Benommenheit spürte sie mit leiser Verwunderung die gewaltige Kraft seiner Arme und seiner Schultern. Er war so hochgewachsen und schlank, daß sie ihm eine solche Kraft gar nicht zugetraut hätte. Sie neigte den Kopf zur Seite, so daß die widerliche, schleimige Masse, die ihr Gesicht bedeckte, Gerolds Umhang nicht besudelte.

Auf halbem Weg zu seinem Pferd wandte Gerold sich noch einmal zu den Jungen um. »Ach ja, noch etwas. Was ich gesehen habe, Freunde, genügt mir, um zu erkennen, daß dieses Mädchen tapferer ist als ihr alle zusammen. Und klüger noch dazu.«

Wieder spürte Johanna, wie ihr Tränen in die Augen stiegen. Bis auf Aeskulapius hatte sich niemand so für sie eingesetzt und so nette Dinge über sie gesagt.

Gerold war ... anders.

Die Knospe einer Rose wächst im Dunkeln. Sie weiß nichts von der Sonne, doch sie reckt sich furchtlos in die Finsternis, die sie umgibt, bis die Hülle schließlich birst, bis die Rose erblüht und ihre Blätter im Licht entfaltet.

Ich liebe ihn.

Der Gedanke kam plötzlich und war gleichermaßen verwirrend wie unerwartet. Was mochte das bedeuten? Sie konnte und durfte sich nicht in Gerold verlieben. Er war ein

Adeliger, ein reicher und mächtiger Markgraf, und sie war bloß die Tochter eines Dorfpriesters. Er war ein erwachsener Mann von fünfundzwanzig Wintern, und Johanna wußte, daß er sie noch als Kind betrachtete, obwohl sie fast dreizehn war und bald schon eine erwachsene Frau sein würde.

Außerdem hatte Gerold eine Gattin.

Johannas Gedanken und Gefühle waren in wildem Aufruhr.

Gerold hob sie auf sein Pferd und stieg hinter ihr in den Sattel. Die Jungen standen schweigend an der Tür, nun wieder dicht beieinander, und wagten nicht zu sprechen. Johanna kuschelte sich in Gerolds Arme, spürte seine Kraft, nahm sie in sich auf.

»Und nun«, sagte Gerold, gab dem Pferd die Sporen und brachte es in einen langsamen Galopp, »werde ich dich nach Hause bringen.«

9.

Markgraf Gerold, der *grafio vir inluster* dieser entlegenen nordöstlichen Grenzmark des kaiserlichen Imperiums, spornte seinen neuen Fuchshengst zum Galopp, als er sich dem kleinen Waldstück auf der Hügelkuppe näherte, auf der Villaris stand, seine Burganlage. In Erwartung des warmen Stalles und des frischen Heus reagierte das Pferd bereitwillig auf die Aufforderung seines Reiters. Neben Gerold ritt Osdag, der Jagddiener, dessen Tier nun ebenfalls raumgreifender ausschritt, obgleich das Gewicht des erlegten Hirsches, der auf dem Rücken des Pferdes festgebunden war, das Tier ein Stück zurückfallen ließ.

Es war ein guter Jagdtag gewesen. Aus einer Laune heraus war Gerold heute nur mit zwei seiner Schweißhunde und mit Osdag als Begleiter ausgeritten, obwohl eine Jagdpartie üblicherweise sechs oder mehr Männer umfaßte. Doch sie hatten Glück gehabt; schon nach kurzer Zeit waren sie auf die Fährte des Wildes gestoßen, die Osdag mit geübtem Blick prüfend betrachtet hatte. »Ein Hirsch nach dem fünften Jahr«, stellte er fest, »und ein großer noch dazu.« Sie hatten die Fährte des Tieres fast eine Stunde lang verfolgt, bis sie den Hirsch schließlich auf einer kleinen Lichtung gesichtet hatten. Gerold setzte sein Jagdhorn aus Elfenbein an die Lippen und blies eine Reihe leiser, gleichmäßiger Laute, und die Schweißhunde machten sich hechelnd auf die Verfolgungsjagd.

Es war nicht leicht gewesen, den Hirsch mit nur zwei Mann zu stellen, doch schließlich hatten sie ihn in die Enge getrieben, und Gerold erlegte das Tier durch einen raschen Stoß mit dem Speer. Wie Osdag vorhergesagt hatte, war es ein prächtiger und großer Hirsch; in Anbetracht des herannahenden Winters würde sein Fleisch eine willkommene Bereicherung des Speisezettels auf Villaris sein.

Ein Stück voraus entdeckte Gerold Johanna, die mit überkreuzten Beinen im Gras saß. Gerold schickte Osdag voraus zu den Ställen und ritt zu dem Mädchen hinüber. Im zurückliegenden Jahr hatte er eine so tiefe Beziehung zu Johanna entwickelt, daß er jedesmal darüber staunen mußte, wenn es ihm zu Bewußtsein kam. Johanna war ein eigenartiges Kind; da gab es nichts zu deuteln. Sie war oft allein, und sie war zu ernst für ihr Alter. Aber sie hatte ein gutes Herz und einen dermaßen scharfen Verstand, daß Gerold ihn bewunderte und überaus faszinierend fand.

Nachdem er bis in die Nähe der Stelle geritten war, an der Johanna so regungslos wie eins der Reliefs am Eingangsportal des Domes saß, schwang er sich aus dem Sattel und führte seinen Fuchshengst am Zügel weiter. Das Mädchen war so tief in Gedanken versunken, daß Gerold bis auf drei Meter an sie herankam, bevor sie ihn bemerkte. Als sie ihn sah, sprang sie auf und errötete, wie Gerold erheitert feststellte. Johanna war nicht zur Täuschung und Verstellung fähig – ein Charakterzug, den Gerold sehr anziehend fand; denn er war so vollkommen anders als ... als das, was er gewöhnt war. Und es war nicht zu übersehen, daß Johanna sich auf mädchenhafte Weise in ihn verliebt hatte.

»Du warst in Gedanken«, sagte er.

»Ja.« Sie kam näher, um den Fuchs zu streicheln und zu bestaunen. »Läßt er sich leicht reiten?«

»Sehr leicht. Es ist ein wundervolles Tier.«

»O ja.« Johanna streichelte die schimmernde Mähne des Fuchses. Sie besaß einen ausgezeichneten Pferdeverstand und konnte gut mit den Tieren umgehen; vermutlich war es darauf zurückzuführen, daß sie mit Pferden und anderen Tieren aufgewachsen war. Soweit Gerold in Erfahrung hatte bringen können, lebte Johannas Familie in so ärmlichen Verhältnissen, wie sie für *coloni* typisch waren, obwohl ihr Vater als Dorfpriester in Diensten der Kirche stand.

Das Pferd stubste die Nase an Johannas Ohr, und sie lachte vor Belustigung und Freude. Ein attraktives Mädchen, dachte Gerold, auch wenn niemals eine Schönheit aus ihr wird. Ihre großen, klugen Augen saßen zu tief, ihr Kiefer war zu breit und kräftig, und die geraden, starken Schultern verliehen ihr ein jungenhaftes Aussehen, das durch ihr kurzes, weißgoldenes Haar unterstrichen wurde, das allmählich nachwuchs und Johanna gerade erst bis zu den Ohren reichte.

Nach dem Zwischenfall an der Domschule hatten sie Johanna das Haar vollkommen abschneiden und bis auf die Kopfhaut rasieren müssen; anders konnte das *Gummiarabikum*, das jede Strähne hoffnungslos verklebt hatte, nicht entfernt werden.

»Woran denkst du?«

»Oh. Bloß an eine Sache, die heute an der Domschule passiert ist.«

»Erzähl mir davon.«

Sie schaute ihn an. »Stimmt es, daß die Jungen der weißen Wölfin tot geboren werden?«

»Bitte?« Gerold war Johannas mitunter seltsame Fragen zwar gewöhnt; aber diese war noch seltsamer als üblich.

»Johannes und die anderen Jungen haben sich darüber unterhalten. Es soll eine Jagd auf den weißen Wolf stattfinden. Den im Wald von Annapes.«

Gerold nickte. »Ich habe von diesem Wolf gehört. Ein Weibchen. Ein gefährliches Tier. Sie jagt allein, hält sich von jedem Rudel fern und kennt keine Furcht. Erst letzten Winter hat sie eine Gruppe von Reisenden angegriffen und sich ein kleines Kind geholt, bevor jemand auch nur die Hand heben konnte, um die Wölfin abzuwehren. Sie ist trächtig, heißt es. Ich nehme an, die Wölfin soll erlegt werden, bevor sie die Jungen zur Welt bringt, nicht wahr?«

»Ja. Johannes und die anderen sind ganz aufgeregt, weil Ebbo erzählt hat, sein Vater habe ihm versprochen, ihn auf die Jagd mitzunehmen.«

»Ach?«

»Aber Odo hat heftig dagegen protestiert. Er will persönlich dafür sorgen, daß die Jagd gar nicht erst stattfindet. Ein weißer Wolf ist ein heiliges Tier, hat er gesagt. Eine lebendige Manifestation der Auferstehung Christi.«

Skeptisch hob Gerold die Augenbrauen.

Johanna fuhr fort: »Die Jungen eines weißen Wolfes werden tot geboren, hat Odo gesagt. Der Vater muß die Kleinen binnen dreier Tage zum Leben erwecken, indem er sie ableckt. Es ist ein so seltenes und heiliges Wunder, sagte Odo, daß kein Mensch es je gesehen hat.«

»Und was hast du dazu gesagt?« fragte Gerold. Er kannte Johanna inzwischen gut genug, um zu wissen, wann sie sich zu Wort gemeldet hatte und wann nicht.

»Ich habe ihn gefragt, wie man von diesem Wunder wissen kann, wenn es noch nie jemand gesehen hat.«

Gerold lachte laut auf. »Ich gehe jede Wette ein, daß unserem braven Schulmeister diese Frage ganz und gar nicht gefallen hat.«

»Stimmt. Sie ist nicht statthaft, hat er gesagt. Und unlogisch noch dazu. Denn obwohl kein Mensch die Auferstehung Christi mit eigenen Augen gesehen hat, zweifelt niemand daran, daß sie stattgefunden hat.«

Gerold legte Johanna die Hand auf die Schulter. »Mach dir nichts daraus, Kind.«

Für kurze Zeit trat Stille ein, so, als würde Johanna abwägen, ob sie noch irgend etwas sagen sollte oder nicht. Schließlich schaute sie Gerold forschend an, und auf ihrem jungen Gesicht lag ein Ausdruck von tiefem Ernst. »Wie *können* wir uns denn sicher sein, daß die Auferstehung sich tatsächlich ereignet hat? Wo doch niemand sie beobachtet hat?«

Vor Schreck fuhr Gerold so heftig zusammen, daß er an den Zügeln riß. Der Fuchs tänzelte erschrocken. Gerold legte ihm die Hand auf die rostbraune Flanke, um ihn zu beruhigen.

Wie die meisten Adeligen in diesem nördlichen Teil des Kaiserreiches – Männer, die während der Regierungszeit des alten Kaisers Karl, der an bestimmten überkommenen Bräuchen festgehalten hatte, zu erwachsenen Männern geworden waren – war Gerold nur im weitesten Sinne ein Christ. Er besuchte die Messe, gab Almosen und achtete auf die Einhaltung der Sonntage, der kirchlichen Feste und der christlichen Gebräuche. Er befolgte jene Lehren der Kirchendoktrin, die ihm bei der Ausübung seiner herrschaftlichen Rechte und Pflichten nicht ins Gehege kamen; die übrigen aber beachtete er gar nicht erst.

Doch Gerold verstand den Lauf der Dinge, und er erkannte eine Gefahr, wenn er sie vor sich hatte.

»Du hast diese Frage doch nicht etwa Odo gestellt?«

»Doch. Warum nicht?«

»Um Himmels willen!« Das konnte Ärger geben. Gerold mochte Odo nicht, diesen kleinen, engstirnigen und intoleranten Mann. Und eine solche Frage hätte Odo genau jene Art von Waffe in die Hand gegeben, die er brauchte, um Bischof Fulgentius in Verlegenheit zu bringen und Johannas Verweis von der Domschule zu erzwingen. Oder – Gerold konnte den bloßen Gedanken nicht ertragen – sogar noch Schlimmeres.

»Was hat er gesagt?«

»Er hat mir keine Antwort gegeben. Er war sehr wütend und ... er hat mich ermahnt.« Sie errötete.

Gerold stieß erleichtert den Atem aus. »Was hast du denn erwartet? Du bist alt genug, um zu wissen, daß es bestimmte Fragen gibt, die man nicht stellen darf.«

»Warum nicht?« Johannas große graugrüne Augen, die so viel tiefer und klüger blicken konnten als die anderer Kinder, waren forschend auf ihn gerichtet. *Die Augen einer Heidin*, ging es Gerold durch den Kopf. *Augen, die dieses Mädchen weder vor Gott noch vor irgendeinem Menschen niederschlagen würde.* Was mochten diese Augen alles gesehen haben, daß sie so ernst und wissend geworden waren? Der Gedanke ängstigte ihn.

»Warum nicht?« fragte Johanna noch einmal.

»Weil ... manche Fragen ... stellt man einfach nicht. Deshalb.« Ihre Beharrlichkeit ärgerte ihn und brachte ihn aus dem Konzept. Manchmal war die Intelligenz des Mädchens, die ihre körperliche Entwicklung in so unglaublichem Maße übertraf, geradezu beängstigend.

Für einen Moment flackerte irgend etwas – Schmerz? Oder war es Zorn? – in ihren Augen auf; dann verbarg sie das Gefühl in ihrem Innern. »Ich sollte wieder ins Haus gehen. Die Wandteppiche für die Wohnhalle sind bald fertig, und deine Frau kann vielleicht meine Hilfe gebrauchen.« Mit hoch erhobenem Kopf wandte sie sich zum Gehen.

Gerolds Zorn verrauchte so rasch, daß er vor Belustigung beinahe laut aufgelacht hätte. So viel verletzte Würde in einem so jungen und kleinen Persönchen! Der bloße Gedanke, daß Richild bei der Arbeit an den Wandteppichen Johannas Hilfe in Anspruch nehmen könnte, war absurd. Mehr als einmal hatte Richild sich wegen Johannas Unbeholfenheit mit der Nadel bei ihrem Mann beklagt; Gerold selbst hatte die verzweifelten Bemühungen des Mädchens beobachtet, ihre widerspenstigen Finger zum Gehorsam zu zwingen, und er hatte die kläglichen Ergebnisse ihrer Bemühungen gesehen.

»Nun sei nicht gleich beleidigt«, sagte er. »Wenn du's auf der Welt zu etwas bringen möchtest, mußt du mehr Geduld mit deinen Nächsten aufbringen.«

Sie warf ihm einen schrägen Blick zu und überdachte, was er gesagt hatte; dann legte sie den Kopf in den Nacken und lachte. Es war ein wundervolles Geräusch – melodisch, volltönend, durch und durch ansteckend. Gerold war wie verzaubert. Das Mädchen konnte dickköpfig und leicht reizbar sein; aber sie hatte ein warmes Herz und einen gesunden Humor.

Sanft legte Gerold die Hand unter Johannas Kinn. »Ich wollte nicht grob zu dir sein«, sagte er. »Aber manchmal überraschst du mich einfach zu sehr. Was bestimmte Dinge angeht, bist du so klug – und so dumm, was andere Dinge betrifft.«

Sie setzte zu einer Erwiderung an, doch Gerold legte ihr einen Finger auf die Lippen. »Ich weiß die Antwort auf deine Frage auch nicht. Aber ich weiß, daß die Frage als solche gefährlich ist. Viele Leute würden einen solchen Gedanken als Ketzerei betrachten. Weißt du, was das bedeutet, Johanna?«

Sie nickte ernst. »Das ist eine Beleidigung Gottes.«

»Ja. Ja, das stimmt. Aber es ist noch mehr als das. Es könnte das Ende deiner Hoffnungen bedeuten, Johanna. Das Ende deiner Zukunft. Sogar das Ende deines Lebens. Ich ... habe so etwas einmal erlebt.«

Da. Er hatte es gesagt. Die graugrünen Augen betrachteten ihn so fest und vertrauensvoll wie zuvor; nur lag jetzt ein fragender Ausdruck darin. Nun gab es kein Zurück mehr. Nun mußte er ihr alles erzählen.

»Vor vier Wintern wurde eine Gruppe Reisender zu Tode gesteinigt. Nicht weit von hier, auf den Feldern, die an den Dom angrenzen. Zwei Männer, eine Frau und ein Junge, der nicht viel älter war, als du es jetzt bist.«

Gerold war ein gestählter Soldat, ein Veteran der Feldzüge des Kaisers gegen die barbarischen Abodriten im Osten, doch bei der Erinnerung an diese vier Menschen überlief ihn eine Gänsehaut. Der Tod, selbst der schrecklichste Tod, konnte für Gerold keine Überraschungen mehr parat haben. Doch als er damals bei der Steinigung zuschaute, hatte er sich vor sich selbst geschämt. Die beiden Männer waren unbewaffnet gewesen, und die anderen ... Sie alle waren einen qualvollen Tod gestorben. Die Frau und der Junge hatten am längsten leiden müssen, da die Männer versucht hatten, sie mit ihren Körpern abzuschirmen.

»Gesteinigt?« Johannas Augen wurden groß. »Aber warum?«

»Sie waren Langobarden, Mitglieder der Sekte des Sabellus. Sie waren unterwegs nach Aachen und hatten das Pech, durch diese Gegend zu kommen, kurz nachdem ein Hagelschauer die Weinberge verwüstet hatte. Es dauerte nicht einmal eine

Stunde, und die gesamte Ernte war vernichtet. In solchen Zeiten suchen die Leute nach den Ursachen für ihr Unglück, nach einem Sündenbock. Als sie sich damals nach Schuldigen umgeschaut haben, da sahen sie diese Reisenden ... Fremde, und noch dazu von zweifelhafter Gesinnung. *Tempestarii*, so hat man sie genannt. Man beschuldigte sie, den Hagelschauer durch einen Zauber bewirkt zu haben. Fulgentius hat versucht, die Leute zu verteidigen. Doch sie wurden verhört, und man befand ihre Gedanken als ketzerisch. Gedanken, Johanna«, er schaute sie mit ruhigem Blick an, »die nicht allzuweit von der Frage entfernt sind, die du heute Odo gestellt hast.«

Johanna schwieg und schaute mit leerem Blick in die Ferne. Auch Gerold sagte nichts; er ließ dem Mädchen Zeit, das Gehörte in sich aufzunehmen.

»Aeskulapius hat einmal etwas Ähnliches zu mir gesagt«, murmelte Johanna schließlich. »Daß manche Ideen gefährlich sind.«

»Dann war er ein kluger Mann.«

»Ja.« Der Ausdruck in ihren Augen wurde weich, als sie an ihren alten Lehrer zurückdachte. »Ich werde vorsichtiger sein.«

»Gut.«

»Ja.« Sie schaute ihn an. »Dann sag es mir jetzt: Woher *wissen* wir denn nun, daß die Geschichte von der Auferstehung stimmt, wo niemand dabei war?«

Gerold lachte hilflos. »Du«, er zerwühlte ihr kurzes, weißgoldenes Haar, »bist unverbesserlich.« Als er bemerkte, daß sie immer noch auf eine Antwort wartete, fügte er hinzu: »Also gut. Ich werde dir sagen, wie ich darüber denke.«

Ihre Augen erstrahlten vor gespanntem Interesse. Wieder mußte Gerold lachen.

»Aber nicht jetzt. Erst einmal muß jemand sich um Pistis kümmern. Komm vor der Vesper zu mir. Dann werden wir uns unterhalten.«

Deutlich war die Bewunderung in Johannas Augen zu erkennen. Gerold streichelte ihre Wange. Sie war kaum mehr als ein Kind; aber er konnte es nicht mehr verleugnen, daß sie sein Innerstes bewegte. Nun ja, sein Ehebett war kalt genug – weiß Gott –, um sich der Wärme einer so unschuldigen Zuneigung zu erfreuen, ohne das Gewissen allzusehr zu belasten.

Wieder stupste der Fuchs Johanna an. »Ich habe einen Apfel«, sagte sie. »Darf ich ihn Pistis geben?«

Gerold nickte. »Er hat sich eine Belohnung verdient. Er hat seine Sache heute gut gemacht. Eines Tages wird er ein erstklassiges Jagdpferd sein, oder ich müßte mich schon sehr irren.«

Johanna schob die Hand in ihren Ranzen, holte einen kleinen, grünroten Apfel hervor und hielt ihn dem Fuchs hin, der ihn behutsam zwischen die Lippen nahm, um ihn dann gierig hinunterzuschlingen. Als Johanna die Hand zurückzog, sah Gerold irgend etwas blutrot schimmern. Sie bemerkte, daß er es gesehen hatte, und versuchte, die Hand hinter dem Rücken zu verstecken, doch Gerold nahm sie und hielt sie ins Licht. Eine tiefe Furche aus aufgeplatzter Haut, rohem Fleisch und getrocknetem Blut verlief quer über die weiche Handfläche, so gerade, wie mit dem Lineal gezogen.

»Odo?« fragte Gerold mit ruhiger Stimme.

»Ja.« Johanna stöhnte leise auf, als er sanft die Wundränder betastete. Offensichtlich hatte Odo die Rute mehr als einmal benutzt, und noch dazu mit großer Wucht; die Wunde war tief und mußte sofort behandelt werden, um einer Entzündung vorzubeugen und zu verhindern, daß sich Fäulnis darin festsetzte.

»Wir müssen uns sofort darum kümmern. Geh zum Haus zurück; ich treffe dich dort.« Es kostete Gerold ziemliche Mühe, seine Stimme ruhig zu halten, und er staunte über die Kraft seiner Empfindungen. Johannas unbedachte und gefährliche Bemerkung über die Auferstehung Christi! Unbestreitbar hatte Odo im Rahmen seiner Rechte als Lehrer und Erzieher gehandelt, als er das Mädchen züchtigte. Wahrscheinlich war es sogar das Beste für Johanna gewesen, daß Odo sie geschlagen hatte; denn auf diese Weise hatte er seinem Zorn Luft gemacht, und die Wahrscheinlichkeit, daß er die Angelegenheit weiter verfolgte, wurde dadurch geringer.

Dennoch ließ der Anblick der Wunde lodernde, unkontrollierte Wut in Gerolds Innerem aufflammen. Am liebsten hätte er Odo mit bloßen Fäusten die Seele aus dem Leib geprügelt.

»Es ist nicht so schlimm, wie es aussieht.« Johannas kluge, wache Augen waren auf Gerolds Gesicht gerichtet, und sie beobachtete ihn aufmerksam.

Noch einmal betrachtete er die Wunde. Sie war tief und verlief genau über dem mittleren, empfindlichsten Teil der Handfläche. Jedes andere Kind hätte geweint und vor Schmerzen geschrien. Johanna aber hatte kein Wort gesagt – nicht einmal, als er sie gefragt hatte.

Es war gerade erst einige Wochen her, als sie ihr das völlig verklebte Haar hatten abschneiden müssen; damals hatte Johanna geschrien und gekämpft wie ein Sarazene. Gerold hatte sie später gefragt, weshalb sie sich so heftig gewehrt habe. Johanna konnte keine bessere Erklärung anbieten als: »Mir hat das Geräusch angst gemacht, als die Schere sich durch mein Haar fraß.«

Ein seltsames Mädchen, da gab es gar keinen Zweifel. Vielleicht, sagte sich Gerold, findest du sie deshalb so faszinierend.

»Vater!« Dhuoda, Gerolds jüngste Tochter, kam herangestürmt. Sie rannte den Hang des baumbestandenen Hügels hinunter, so schnell ihre kurzen Beine sie zu tragen vermochten. Johanna und Gerold warteten, bis das Mädchen heran war. Dhuoda keuchte, und ihr Gesicht war gerötet vom schnellen Laufen. »Vater!« Auffordernd hob sie die Arme, und Gerold packte sie und schwang sie in die Höhe und im Kreis herum, wobei Dhuoda begeistert kreischte, bis Gerold sie schnaufend wieder zu Boden setzte.

Aufgeregt, mit gerötetem Gesicht, zupfte Dhuoda ihn am Ärmel. »Vater! Komm und schau es dir an! Lupa hat fünf Junge bekommen. Darf ich eins für mich behalten, Vater? Darf ich's mit ins Bett nehmen?«

Gerold lachte. »Na, das werden wir schon noch sehen. Aber zuerst ...«, er hielt Dhuoda fest, denn sie wollte bereits vorauslaufen und den Hügel hinauf zu den Stallungen rennen, »... zuerst bringst du Johanna zum Haus. Ihre Hand ist verletzt. Jemand muß sich darum kümmern.«

»Ihre Hand? Zeig mal«, verlangte Dhuoda, worauf Johanna mit einem reumütigen Lächeln die Hand ausstreckte.

»Oooaaah!« Vor Entsetzen und Faszination riß Dhuoda die Augen auf, als sie die Wunde betrachtete. »Wie ist das denn passiert?«

»Das kann Johanna dir auf dem Rückweg erzählen«, sagte Gerold ungeduldig. Der Anblick der Wunde gefiel ihm nicht; je eher sich jemand darum kümmerte, desto besser. »Beeil dich jetzt und tu, was ich dir gesagt habe.«

»Ja, Vater.« Dhuoda wandte sich mitfühlend an Johanna. »Tut es *sehr* weh?«

»Nicht so schlimm, als daß ich nicht vor dir am Tor sein könnte!« sagte Johanna und stürmte los.

Dhuoda kreischte vor Freude und flitzte hinter ihr her. Lachend rannten die beiden Mädchen den Hügel bis zur Burganlage hinauf.

Gerold beobachtete sie mit einem Lächeln, doch in seinen Augen lag ein sorgenvoller Ausdruck.

Der Winter kam ins Land und prägte sich Johanna unauslöschlich ein, denn sie wurde zur Frau. Sie war jetzt dreizehn und hätte damit rechnen müssen; dennoch war sie überrascht vom plötzlichen Anblick des dunkelbraunen, eingetrockneten Blutflecks auf ihrem Unterkleid und dem Leinenumhang sowie vom krampfartigen, ziehenden Schmerz im Unterleib. Johanna wußte sofort, was es war – sie hatte ihre Mutter und die Frauen in Gerolds Haushalt oft genug darüber reden hören, und sie hatte gesehen, wie sie jeden Monat ihre Leinenbinden auswuschen. Johanna sprach mit einer Dienerin, die sich sofort aufmachte, einen Stapel sauberer Binden aus Leinen zu holen, und die Johanna dabei wissend zuzwinkerte.

Johanna war die Sache zuwider. Nicht der Schmerz und die Umstände, die es mit sich brachte, sondern die Vorstellung, was mit ihr geschah. Sie fühlte sich ohnehin vom eigenen Körper verraten; er schien sich jetzt beinahe von Woche zu Woche umzuformen und neue, ungewohnte Konturen anzunehmen. Als die Jungen auf der Domschule immer öfter zotige Bemerkungen über ihre sprießenden Brüste machten, schnürte Johanna sie mit einem Streifen Stoff fest zusammen. Es war eine schmerzhafte Angelegenheit, doch die Wirkung war die Sache wert. Solange Johanna zurückdenken konnte, war ihr Geschlecht die Quelle ihres Leides und ihrer Verzweiflung gewesen, und sie war entschlossen, sich so lange wie möglich gegen diese aufkeimenden sichtbaren Beweise ihrer Weiblichkeit zur Wehr zu setzen.

Der Wintarmanoth brachte klirrenden Frost, der das Land wie eine erbarmungslose Faust gepackt hielt. Es war so kalt, daß einem beim bloßen Atmen die Zähne schmerzten. Wölfe und andere Raubtiere kamen aus den Wäldern hervor und strichen näher um den Ort herum als je zuvor; ohne zwingenden Grund wagten sich nur wenige Bewohner Dorstadts ins Freie.

Gerold drängte Johanna, vorerst auf den Besuch der Domschule zu verzichten, doch sie ließ sich nicht davon abbringen. Jeden Morgen, den Sonntag ausgenommen, zog sie ihren dicken wollenen Umhang an und gürtete ihn zum Schutz gegen den Wind fest um die Taille; dann schlug sie die Kapuze hoch und ging die fünf Kilometer bis zum Dom in der Ortsmitte Dorstadts. Als die heftigen, frostigen Winde des Hornung kamen, des Februar, und die Kälte in eisigen Böen über die Straßen jagte, ließ Gerold jeden Tag ein Pferd satteln, brachte Johanna morgens zur *scola* und holte sie am Nachmittag wieder ab.

Wenngleich Johanna ihren Bruder jeden Tag in der Domschule sah, redete er kein Wort mehr mit ihr. Mit seinen Studien ging es immer noch jämmerlich langsam voran, doch Johannes' Geschick im Umgang mit dem Schwert und dem Speer hatte ihm die Achtung der anderen Jungen eingebracht, und in ihrer Gesellschaft blühte er sichtlich auf. Johannes wollte sein neugewonnenes Zugehörigkeitsgefühl nicht dadurch gefährden, indem er sich zu einer Schwester bekannte, die eine Belastung und Peinlichkeit darstellte. Er ging ihr aus dem Weg und wandte sich ab, wann immer sie sich näherte.

Auch die Mädchen im Ort hielten Abstand zu ihr. Sie betrachteten Johanna mit Argwohn, beteiligten sie nicht an ihren Spielen und erzählten ihr nicht den neuesten Klatsch und Tratsch. Sie war eine seltsame Laune der Natur – männlich, was ihren Verstand betraf und weiblich, was den Körper anging; deshalb zählte sie weder so recht zu den Mädchen noch zu den Jungen. Es war, als würde sie einem dritten, formlosen und unbestimmten Geschlecht angehören.

Sie war allein. Sie hatte niemanden. Ausgenommen Gerold, natürlich. Aber Gerold genügte. Johanna war schon glücklich, wenn sie nur in seiner Nähe war, mit ihm redete, lachte und über Dinge sprach, über die sie sich mit niemandem sonst auf der Welt unterhalten konnte.

An einem kalten Wintertag, nachdem Johanna und Gerold von der Domschule gekommen waren, winkte er ihr.

»Komm«, sagte er. »Ich möchte dir etwas zeigen.«

Er führte Johanna über die gewundenen Gänge und Flure bis in seine Schreibstube und zu der kleinen Truhe, in der er seine Papiere aufbewahrte. Er nahm einen langen rechteckigen Gegenstand heraus und reichte ihn Johanna.

Ein Buch! Ziemlich alt und an den Rändern eingerissen, aber noch heil. In schönen goldenen Lettern stand der Titel auf dem hölzernen Einband: *De Rerum Natura.*

Johanna konnte es kaum fassen. Das große Werk des Lukretius! Aeskulapius hatte oft von der Bedeutung dieses Buches gesprochen. Angeblich existierte nur eine einzige Abschrift, die wachsam und wohlbehütet in der großen Bibliothek des Klosters zu Lorsch aufbewahrt wurde. Und nun gab Gerold ihr so selbstverständlich ein Exemplar dieses Werkes, als würde es sich um ein Stück Brot am Frühstückstisch handeln.

»Aber wie ...?« Verwundert blickte sie ihn an.

»Was niedergeschrieben ist, kann man kopieren«, antwortete er mit einem verschwörerischen Lächeln. »Sofern man dafür bezahlt. Viel bezahlt in diesem Fall. Der Abt hat ziemlich hohe Forderungen gestellt. Er habe wenige Kopisten zur Verfügung, sagte er. Und es hat tatsächlich länger als zehn Monate gedauert, bis die Arbeit fertig war. Aber hier ist das Buch. Und es ist jeden *denarius* wert, den ich dafür bezahlt habe.«

Mit strahlenden Augen betastete Johanna den Einband. Während der vielen Monate, die sie nun schon die Domschule besuchte, hatte sie nie die Erlaubnis bekommen, mit einem Text wie diesem zu arbeiten. Odo gestattete ihr keinerlei Zugang zu den großen klassischen Werken, die in der Dombibliothek aufbewahrt wurden; Johanna durfte lediglich die geistlichen Schriften studieren – die einzigen Texte, die für ihren ›schwachen und leicht zu beeindruckenden weiblichen Verstand geeignet‹ seien, wie Odo sich ausdrückte. Es war schrecklich und bedrückend für Johanna gewesen, hilflos hinnehmen zu müssen, daß die kostbarsten Wissensschätze ihr verschlossen blieben. Und Gerold hatte dies gespürt; er schien immer zu wissen, was sie dachte oder fühlte. Wie konnte sie ihn da *nicht* lieben?

»Nur zu«, sagte er. »Lies es. Und wenn du abends fertig bist, dann kommst du zu mir, und wir reden über die Abschnitte, die du gelesen hast. Es wird dich sehr interessieren, was Lukretius alles zu berichten hat.«

Vor Erstaunen riß Johanna die Augen auf. »Dann hast du ...?«

»Ja. Ich habe das Buch gelesen. Überrascht dich das so sehr?«

»Ja. Ich wollte sagen ... nein ... aber ...« Johannas Wangen röteten sich, als sie stammelnd nach einer Antwort suchte. Sie hatte nicht gewußt, daß Gerold die lateinische Sprache beherrschte. Nur sehr wenige Adelige und wohlhabende Männer konnten überhaupt lesen und schreiben. Es war die Aufgabe des Haushofmeisters – eines schreibkundigen, gelehrten Mannes – die Bücher zu führen und den erforderlichen Briefwechsel zu erledigen. Natürlich war Johanna davon ausgegangen ...

Gerold lachte, sichtlich erheitert über ihre Verlegenheit. »Schon gut. Du konntest es ja nicht wissen. Ich habe einige Jahre an der *scola palatina* studiert, als der alte Kaiser Karl noch lebte.«

»An der *scola palatina*!« Der Name hatte einen legendären Klang. Kaiser Karls Palastschule hatte einige der größten Geister seiner Zeit hervorgebracht. Der große Alkuin persönlich hatte dort gelehrt.

»Ja. Mein Vater hat mich dorthin geschickt. Er wollte, daß ich Gelehrter werde. Das Studium war hochinteressant, und es hat mir Freude gemacht; aber ich war noch sehr jung und einfach nicht dafür geschaffen, mein Leben auf Studierstuben zu verbringen. Als der Kaiser dann Männer zu den Waffen rief, um gegen die Awaren zu Felde zu ziehen, habe ich mich seinem Heer angeschlossen, obwohl ich erst dreizehn war. Ich war mehrere Jahre fort und wär's wahrscheinlich immer noch; aber dann starb mein älterer Bruder, und ich wurde nach Hause gerufen, um das Erbe von Villaris anzutreten.«

Johanna betrachtete Gerold voller Staunen. Er war ein Gelehrter! Ein Mann, der lesen und schreiben konnte! Sie hätte es sich längst denken müssen. Schon die Art und Weise, wie er mit ihr über ihre Studien redete, ließ deutlich erkennen, daß er ein gebildeter Mann war.

»Jetzt aber los mit dir.« Liebevoll scheuchte er Johanna fort. »Ich weiß, daß du es nicht mehr erwarten kannst. Bis zum Abendessen hast du noch eine Stunde Zeit. Aber daß du mir auf die Glocke achtest!«

Johanna stürmte die Treppe hinauf in den Schlafraum, den sie sich mit Dhuoda und Gisla teilte. Sie ging zum Bett, schlug das Buch auf und begann zu lesen, langsam und bedächtig, wobei sie jedes Wort genoß. Hin und wieder hielt sie inne, um sich eine besonders elegante Wendung oder ein besonders scharfsinniges Argument einzuprägen. Als mit der zunehmenden Dämmerung das Licht im Zimmer schwand, zündete Johanna sich eine Kerze an und blätterte weiter.

Sie las und las, vergaß darüber die Zeit und hätte das

Abendessen vollkommen versäumt, hätte Gerold nicht einen Diener hinaufgeschickt, Johanna nach unten zu holen.

Die Wochen zogen rasch vorüber und waren angefüllt mit der aufregenden gemeinsamen Arbeit Johannas und Gerolds. Jeden Morgen nach dem Erwachen fragte Johanna sich ungeduldig, wie sie es bis nach der Vesper aushalten sollte, wenn das Abendessen und die dazu gehörigen Andachten, Gebete und Lobgesänge endlich vorüber waren und sie und Gerold das Studium des Lukretius wieder aufnehmen konnten.

De rerum natura war eine Offenbarung – ein Wunder von einem Buch, so reich an Wissen und Weisheit. Um die Wahrheit zu entdecken, hatte Lukretius an einer Stelle geschrieben, müsse man lediglich die Welt der Natur beobachten. Dieser Gedanke war zu Lukretius' Zeiten vollkommen vernünftig gewesen, doch *Anno Domini* 827 war er ungewöhnlich, ja, sogar revolutionär. Dennoch war es eine Philosophie, die auf Johanna und Gerold, die beide einen Hang zum Praktischen besaßen, große Anziehungskraft ausübte.

Im Grunde lag es sogar an Lukretius, daß Gerold die weiße Wölfin fing.

Eines Tages, als Johanna von der Domschule nach Hause kam, fand sie Villaris in hellem Aufruhr vor. Die Haushunde bellten sich die Kehlen heiser; im Pferch preschten die Pferde wild an den Gatterstangen vorbei im Kreis umher, und über das gesamte Anwesen hallten aufeinanderfolgende, furchterregende, ohrenbetäubende Heullaute hinweg.

In der Mitte des Haupthofes entdeckte Johanna schließlich den Gegenstand der allgemeinen Aufregung. Es war eine große weiße Wölfin, die sich verzweifelt wehrte und sich immer wieder mit wilder Wut gegen die hölzernen Stangen eines rechteckigen Käfigs mit offenem Boden warf. Obwohl die Stangen aus dicker Eiche waren, knackten und ächzten sie unter den zornigen Angriffen der wilden Bestie. Gerold und seine Männer umstanden in angespannter Wachsamkeit den Käfig, die Bogen schußbereit und die Lanzen erhoben, falls es der Kreatur gelingen sollte, sich aus ihrem Gefängnis zu befreien. Gerold bedeutete Johanna zurückzubleiben. Als Johanna der Wölfin in die seltsamen, rosafarbenen Augen blickte, in denen nackter Haß loderte, hoffte sie inständig, die Käfigstangen mögen den Angriffen standhalten.

Nach einer Weile ermüdete die Wölfin und stand schließlich hechelnd da; den Kopf gesenkt, auf wackeligen Beinen, starrte sie die Männer an. Gerold senkte seinen Speer und kam zu Johanna herüber.

»Jetzt werden wir Odos Theorie überprüfen«, sagte er.

Zwei Wochen lang hielten die beiden bei der Wölfin Wache, entschlossen, die Geburt der Jungen zu beobachten, falls möglich. Doch nichts geschah. Die Wölfin saß schmollend in ihrem Käfig und ließ keine Anzeichen einer bevorstehenden Geburt erkennen. Johanna und Gerold bezweifelten schon, daß das Tier überhaupt schwanger war, als unvermittelt die Wehen einsetzten.

Es geschah, als Johanna Wache hatte. Abwechselnd strich die Wölfin von einer Seite des Käfigs zur anderen; dann wieder legte sie sich zu Boden und wälzte sich hin und her, als könnte sie nicht die richtige Ruhestellung finden. Schließlich schnaufte sie und grub das Maul und die Hinterpfoten in den Boden, während ihr Leib sich zu heben und zu senken begann. Johanna rannte los, um Gerold zu holen. Sie fand ihn im Haupthaus, wo er sich mit Richild unterhielt. Wie ein Wirbelwind stürmte Johanna auf die beiden los und verzichtete auf die üblichen Höflichkeiten. »Komm rasch! Es hat angefangen!«

Gerold erhob sich sofort. Richild runzelte die Stirn und schien irgend etwas sagen zu wollen, doch sie durften keine Zeit verschwenden. Johanna wirbelte herum und rannte den überdachten Säulengang entlang, der auf den Haupthof führte. Gerold, der kurz stehengeblieben war, um sich eine Laterne zu nehmen, folgte Johanna dichtauf. Weder der Mann noch das Mädchen sahen den Ausdruck auf Richilds Gesicht, als sie den beiden hinterherschaute.

Als sie auf den Haupthof gelangten, plagte die Wölfin sich schwer. Johanna und Gerold beobachteten, wie eine kleine Pfote erschien, dann noch eine und dann ein winziger, makelloser Kopf. Schließlich, nach einer letzten Kraftanstrengung der Wölfin, glitt ein kleiner, feuchter dunkler Körper ins Stroh, das auf den Käfigboden gestreut war, und blieb dann regungslos liegen.

Johanna und Gerold mühten sich, in der Dunkelheit im Käfig etwas zu erkennen. Das neugeborene Junge rührte sich immer noch nicht; sein nasses Fell lag so dicht am Körper an, daß man kaum erkennen konnte, an welchem Ende der Kopf und an welchem der Schwanz war. Gerold hob die Laterne und drückte sie gegen die Käfigstangen, damit mehr Licht ins Innere fiel. Das Neugeborene schien nicht zu atmen, während die Wölfin wieder schwer zu keuchen begann. Offenbar kam bald ein zweites Junges. Wieder beobachteten sie angestrengt, doch das winzige Wesen rührte sich nicht, noch gab es irgendein Lebenszeichen von sich.

Johanna warf Gerold einen verzweifelten, fragenden Blick zu. Stimmte es tatsächlich? Würde das Junge leblos liegenbleiben und darauf warten, daß sein Vater kam, es ableckte und auf diese Weise zum Leben erweckte? Hatte Odo doch recht?

Falls dem so war, hatten sie das Junge getötet; denn sie hatten die Mutter und das Kleine hierhergeholt – weit fort vom Vater, der es ins Leben gerufen hätte.

Noch einmal stieß die Wölfin ein gequältes Geräusch aus; dann glitt ein zweiter kleiner Körper aus ihrem Leib und landete halb auf dem ersten. Der Aufprall erschreckte und schmerzte das Erstgeborene; es zuckte und wand sich und stieß einen leisen, protestierenden Schrei aus.

»Sieh nur!« Johanna und Gerold stießen sich an, zeigten in gemeinsamem Überschwang auf die beiden Kleinen und lachten voller Zufriedenheit über den Ausgang ihres ›Experiments‹.

Die zwei Jungen taumelten auf wankenden Beinchen zur Mutter, um gesäugt zu werden, noch während ein drittes Kleines zur Welt kam.

Gemeinsam beobachteten Johanna und Gerold das Werden dieser kleinen neuen Familie. Ihre Hände suchten einander in der Dunkelheit, berührten sich und verschränkten sich in gegenseitigem Verstehen.

Nie im Leben hatte Johanna sich einem Menschen so nahe gefühlt.

»Wir haben euch bei der Vesper vermißt.« Richild stand unter dem Dach des Säulengangs und blickte Gerold und Johanna mißbilligend entgegen. »Heute ist der Abend des heiligen Norbert.« Sie starrte Gerold an. »Hast du das vergessen? Du gibst ein schlechtes Beispiel, wenn du als Herr dieses Anwesens bei den Andachten fehlst.«

»Ich mußte mich um etwas anderes kümmern«, sagte Gerold mit frostiger Stimme.

Richild setzte zu einer Erwiderung an, doch die aufgeregte Johanna kam ihr zuvor.

»Wir haben zugeschaut, wie die weiße Wölfin Junge bekommen hat! Es stimmt nicht, was die Leute erzählen! Die Kleinen werden nicht tot geboren!« verkündete sie voller überschwenglicher Freude. »Lukretius hatte recht!«

Richild blickte das Mädchen an, als hätte es den Verstand verloren.

»Für alle Dinge in der Natur gibt es eine Erklärung«, fuhr Johanna fort. »Versteht Ihr denn nicht? Die Jungen wurden lebend geboren. Es gibt dabei keine Beziehung zum Übernatürlichen. Genau wie Lukretius gesagt hat!«

»Was für wirre, gottlose Dinge redest du da? Hast du Fieber, Kind?«

Gerold trat rasch zwischen sie. »Geh zu Bett, Johanna«, sagte er über die Schulter. »Es ist spät.« Dann nahm er Richild mit festem Griff beim Arm und führte sie mit Nachdruck ins Haus.

Johanna blieb, wo sie war, und lauschte Richilds Stimme, die schrill und keifend durch die stille Abendluft schnitt.

»Das kommt davon, wenn man das Mädchen Dinge lehrt, die sein Begriffsvermögen übersteigen. Du mußt endlich aufhören, sie in ihrem unnatürlichen Streben auch noch zu unterstützen, Gerold!«

Langsam ging Johanna zurück auf ihre Schlafkammer.

Sie töteten die weiße Wölfin, nachdem ihre Jungen entwöhnt waren. Die Wölfin war gefährlich. Sie hatte bereits ein kleines Kind angegriffen und davongeschleppt, und ein Tier, das einen Menschen getötet hatte, konnte man – wie einen Mörder – nicht einfach wieder freilassen. Das letztgeborene Junge starb; es war ein kränkliches kleines Geschöpf, das nur wenige Tage überlebte. Doch die anderen beiden wuchsen und gediehen und wurden zu kräftigen, lebhaften Jungtieren, an deren spielerischen Possen sich Johanna und Gerold erfreuten. Eins der beiden Tiere hatte ein braun und grau geflecktes Fell – typisch für die Waldwölfe in diesem Teil des Frankenreiches. Gerold machte Bischof Fulgentius dieses Tier zum Geschenk, der mit der Zeit ein boshaftes Vergnügen daran fand, das Tier bei jeder passenden und unpassenden Gelegenheit dem Odo vorzuführen. Das andere Junge, das Erstgeborene, besaß das schneeweiße Fell seiner Mutter und hatte einzigartige opaleszierende Augen. Dieses Tier behielten sie auf Villaris. Johanna und Gerold nannten ihn ›Lukas‹, zu Ehren des Lukretius, und ihre gemeinsame Zuneigung zu diesem energiegeladenen, verspielten Jungen ließen die Bande, die sich zwischen ihnen entwickelten, noch fester werden.

10.

In St. Denis fand ein Jahrmarkt statt! Diese Nachricht war sensationell. Im gesamten Kaiserreich hatte seit mehr Jahren kein Volksfest oder Jahrmarkt stattgefunden, als die meisten Leute zählen konnten. Doch einige von den ganz Alten – Burkhard der Müller zum Beispiel – konnten sich an eine Zeit erinnern, als es im Frankenreich jedes Jahr zwei oder gar drei große Jahrmärkte gegeben hatte. Jedenfalls behaupteten die Alten dies, obwohl man es kaum glauben mochte. Und falls es stimmte, wäre es ohnehin in der guten alten Zeit gewesen, als Kaiser Karl – Gott hab ihn selig – noch in den besten Jahren gewesen war, als man noch für die Instandhaltung von Straßen und Wegen und Brücken gesorgt hatte, und als noch keine Diebe und Räuber und Scharlatane ihr Unwesen trieben. Vor allem hatten damals noch keine Normannen – möge Gott sie der ewigen Verdammnis anheimfallen lassen! – mit ihren überfallartigen, grausamen Raubzügen das Land in Furcht und Schrecken versetzt. Heutzutage war das Reisen zu gefährlich, als daß man noch einträgliche Jahrmärkte hätte veranstalten können. Kein Kaufmann ging das Risiko ein, seine kostbaren Waren über unsichere Straßen zu befördern; ebensowenig waren die Leute bereit, um eines Vergnügens willen ihr Leben auf einer Reise aufs Spiel zu setzen.

Trotzdem – in St. Denis sollte ein Jahrmarkt stattfinden. Und wenn nur die Hälfte von dem stimmte, was der Herold berichtete, der diese Neuigkeit überbrachte, gab es dort wunderbare Dinge zu sehen. Kaufleute aus Byzanz, die exotische Gewürze, Seide und Brokat verkauften; venezianische Händler in Umhängen aus Pfauenfedern und geprägtem Leder; friesische Sklavenhändler, die ihre menschliche Ware – Sachsen und Slawen – feilboten; Langobarden aus dem Norden mit Säcken voller Salz, die in den Bäuchen von Schiffen gestapelt waren, deren leuchtend orangefarbenen Segel die Tierkreiszeichen trugen. Und es gäbe alle Arten von Unterhaltung, berichtete der Herold: Seiltänzer und Akrobaten, Geschichtenerzähler und Jongleure, sogar Hunde und Bären, die auf der Bühne auftraten.

Allerdings lag St. Denis nicht in der Nähe von Dorstadt, sondern war ungefähr hundertundfünfzig Meilen entfernt, was eine Reise von zwei Wochen über holperige Straßen und reißende Flüsse bedeutete. Aber davon ließ sich diesmal niemand entmutigen. Jeder, der sich ein Pferd oder ein Maultier oder auch nur ein Pony beschaffen konnte, machte sich auf die Reise.

Gerolds Gefolge war riesig, wie es sich für einen Markgrafen geziemte. Fünfzehn seiner *fideles* ritten mit – gut bewaffnete Gefolgsleute –, sowie mehrere seiner Diener, die sich um die Familie zu kümmern hatten. Auch Johanna war dabei; und als besondere Geste der Höflichkeit – Johanna war sicher, daß es Gerolds Idee gewesen war – wurde auch ihr Bruder Johannes eingeladen, mit auf die Reise zu gehen. Richilds Vorbereitungen waren peinlich genau gewesen; sie hatte sich große Mühe gegeben, dafür zu sorgen, daß es ihnen an nichts mangelte, was für die Bequemlichkeit und Sicherheit auf der Reise vonnöten war. Seit Tagen waren nunmehr Karren und Wagen auf den Haupthof der Burganlage gerollt und mit Reiseproviant und Waren aller Art beladen worden.

Am Morgen der Abreise herrschte auf Villaris hektisches Treiben. Stallburschen eilten umher und fütterten und beluden die Packpferde; der Koch und die Küchenjungen schwitzten an dem großen Herd, dessen hoher Kamin riesige Rauchwolken ausstieß; der Hufschmied arbeitete fieberhaft an seiner Esse und hämmerte die letzten Hufeisen, Nägel und Zubehörteile für die Wagen in Form. Die verschiedensten Geräusche vermischten sich zu einem lärmenden Durcheinander: Über das Hämmern und Klopfen, Rasseln und Rumpeln hinweg riefen Dienerinnen mit schrillen Stimmen einander Anweisungen zu, um die tieferen Rufe und die grellen Pfiffe der Stallburschen und Handwerker zu übertönen; Kühe muhten und stampften auf, als sie hastig gemolken wurden; zu schwer bepackte Esel schrien lautstark ihren Protest hinaus. Hufe, Pfoten, Schuhe, Stiefel und Wagenräder wirbelten eine dünne Staubwolke vom hartgebackenen Boden auf; sie stieg in die Luft und schwebte rötlichbraun in einem schimmernden Frühnebel, der im klaren morgendlichen Frühlingssonnenschein erstrahlte.

Johanna wartete im Haupthof, beobachtete die letzten Vorbereitungen für die Reise und staunte über die hektischen Aktivitäten. Lukas tänzelte um sie herum, die Ohren gespitzt; in seinen opaleszierenden Augen strahlte erwartungsvolle Erregung. Auch der nunmehr sechs Monate alte Wolf ging mit auf die Reise, denn er hatte sich so sehr an Johanna gewöhnt, daß eine Trennung ›gar nicht in Frage kam‹, wie Gerold kategorisch erklärt hatte.

Johanna lachte und streichelte Lukas und genoß das Gefühl des weichen weißen Fells unter ihren Händen, während der junge Wolf ihr über die Wange leckte und sich dann auf die Hinterpfoten setzte und Johanna beäugte, das Maul aufgerissen, so, als würde auch er lachen.

»Hast du nichts Besseres zu tun, als herumzustehen und zu gaffen?« ertönte eine schroffe Stimme. »Mach dich nützlich und geh dem Küchenmeister zur Hand!« Richild schubste Johanna in Richtung der Kochstube, wo der Küchenmeister seine mehlgepuderten, müden Hände ausschlackerte. Er war bereits die ganze Nacht auf den Beinen und hatte Brot und Brötchen, Kuchen und Plätzchen für die Reisegesellschaft gebacken.

Am Vormittag war der Haushalt aufgeladen. Der Hofkaplan sprach ein kurzes Gebet, daß Gott den Reisenden sicheres Geleit geben möge; dann zog die Prozession der Wagen und Pferde langsam vom Hof und auf die Straße. Johanna fuhr im vordersten Wagen mit, hinter Gerold und seinen Männern, zusammen mit Richild, Gisla und Dhuoda sowie den drei Mädchen aus Dorstadt, die als Dienerinnen der drei Damen mit von der Partie waren. Richild und die Mädchen wurden auf den harten Holzsitzen durchgeschüttelt, als die Wagenräder über die unebene, von Schlaglöchern übersäte Straße hüpften und sprangen. Lukas trottete neben dem Wagen her und hielt ein wachsames Auge auf Johanna, so, als würde er sich Sorgen machen, sie könnte sich verletzen. Johanna schaute nach vorn und sah Johannes inmitten der Männergruppe reiten. Im Herrensitz saß er lässig auf dem Rücken einer schönen Rotschimmelstute.

Ich sitze genauso gut auf einem Pferd wie er, dachte Johanna. Gerold hatte viele Stunden damit verbracht, sie das Reiten und den Umgang mit Pferden zu lehren, und mittlerweile war Johanna eine geschickte Reiterin.

Als hätte er Johannas musternde Blicke gespürt, drehte Johannes sich um und bedachte die Schwester mit einem wissenden Lächeln, vertraulich und boshaft zugleich. Dann trieb er sein Pferd mit den Hacken in einen leichten Galopp und ritt neben Gerold. Sie wechselten einige Worte miteinander; Gerold legte den Kopf in den Nacken und lachte.

Johanna verspürte einen scharfen Stich der Eifersucht. Was konnte Johannes sagen – oder wissen –, das Gerold so sehr erheiterte? Sie hatten nichts gemeinsam. Gerold war ein gebildeter Mann, ein Gelehrter. Johannes aber wußte so gut wie nichts über die Philosophie oder die Wissenschaft. Dennoch ritt er jetzt neben Gerold, unterhielt sich mit ihm, lachte mit ihm, während sie, Johanna, auf diesem unbequemen, rumpelnden Wagen hinter ihnen herzockeln mußte.

Weil sie ein Mädchen war. Nicht zum erstenmal verfluchte Johanna den Schicksalsschlag, dem weiblichen Geschlecht anzugehören.

»Es ist unhöflich, so zu starren, Johanna.«

Richilds dunkle Augen betrachteten sie verächtlich.

Johanna riß den Blick von Gerold los. »Es tut mir leid, Herrin.«

»Laß die Hände gefaltet im Schoß liegen«, ermahnte Richild sie, »und halte die Augen gesenkt, wie es sich für eine anständige Dame gehört.«

Gehorsam befolgte Johanna Richilds Anweisungen.

»Ein gebührliches Auftreten«, fuhr Richild fort, »ist für eine Dame eine höhere Tugend als die Fähigkeit, lesen zu können. Das wüßtest du, wärst du vernünftig erzogen worden.« Für einen Moment blickte sie Johanna kühl an; dann wandte sie ihre Aufmerksamkeit wieder ihrer Stickerei zu.

Johanna betrachtete Richild aus den Augenwinkeln. Sie war unbestreitbar eine Schönheit. Blaß, asketisch, mit schmalen, hängenden Schultern entsprach sie dem modischen Ideal der Zeit. Sie hatte einen hellen, reinen Teint, eine ausgesprochen hohe Stirn und ein zartes Gesicht, das von üppigen, dichten schwarzen Locken umrahmt wurde. Ihre Augen mit den langen dunklen Wimpern waren von einem so tiefen Braun, daß sie beinahe schwarz aussahen. Johanna verspürte einen scharfen Stich des Neides. Was das Äußere betraf, hatte Richild alles, was Johanna nicht besaß.

»Komm, du mußt uns helfen, eine Entscheidung zu treffen.«

Gisla, die ältere der beiden Töchter, blickte Johanna strahlend an. »Welches von meinen Kleidern soll ich beim Hochzeitsfest tragen? Was meinst du?« Sie kicherte aufgeregt.

Gisla war vierzehn, knapp ein Jahr älter als Johanna, und bereits dem Markgrafen Hugo versprochen, einem neustrischen Adeligen aus dem westlichen Frankenreich. Gerold und Richild waren erfreut darüber, denn es war eine vorteilhafte Verbindung. Die Hochzeit war für den Winnemanoth geplant, in ungefähr sechs Monaten.

»Ach, Gisla, du hast so viele schöne Sachen«, sagte Johanna. Und das stimmte. Johanna hatte über die Größe von Gislas Garderobe gestaunt – sie besaß so viele Gewänder, daß sie zwei Wochen lang jeden Tag ein anderes tragen konnte, wenn sie wollte. In Ingelheim besaß ein Mädchen nur eine einzige Tunika – wenn es Glück hatte, aus festem Wollstoff –, die es sorgsam pflegte; denn das Kleidungsstück mußte viele Jahre halten. »Markgraf Hugo wird dich in jedem deiner Kleider wunderschön finden, da bin ich ganz sicher.«

Wieder kicherte Gisla. Sie war ein gutherziges, jedoch ein bißchen einfältiges Mädchen, das jedesmal in nervöses Gekichere ausbrach, wenn der Name des Mannes genannt wurde, der ihr versprochen war.

»Nein, nein«, sagte sie atemlos. »So leicht kommst du mir nicht davon. Also, hör zu. Mutter meint, ich soll das Blaue tragen; aber ich finde das Gelbe schöner. Was meinst du? Aber gib mir eine vernünftige Antwort!«

Johanna seufzte. Sie mochte Gisla trotz ihrer Oberflächlichkeiten und Albernheiten. Seit Johannas erster Nacht auf Villaris, als Gerold sie als verängstigtes, erschöpftes Mädchen vom Bischofspalast mit nach Hause nahm, hatten sie und Gisla in einem Bett geschlafen. Gisla hatte sie herzlich aufgenommen und war stets freundlich zu ihr gewesen – und dafür würde Johanna ihr immer dankbar sein. Dennoch konnte sie nicht leugnen, daß es mitunter anstrengend war, mit Gisla zu reden, denn die Interessen des Mädchens galten ausschließlich den drei Themen Kleider, Essen und Männer. In den letzten paar Wochen hatte Gisla unaufhörlich über die Hochzeit geredet, und allmählich ging sie damit allen auf die Nerven.

Johanna lächelte und versuchte, Gisla gefällig zu sein. »Ich finde, du solltest das blaue Kleid tragen. Es paßt zur Farbe deiner Augen.«

»Das Blaue? Wirklich?« Gisla furchte die Brauen. »Aber das Gelbe hat vorn den schönen Spitzenbesatz.«

»Stimmt. Also dann doch lieber das Gelbe.«

»Andererseits ... das Blaue paßt *wirklich* zur Farbe meiner Augen. Vielleicht sollte ich doch das Blaue nehmen. Ja. Ich glaub' schon. Oder doch nicht? Was glaubst du?«

»*Ich* glaube, ich kriege gleich einen Schreikrampf, wenn du nicht endlich von dieser dummen Hochzeit aufhörst«, sagte Dhuoda. Sie war inzwischen neun Jahre alt und verärgert darüber, daß ihre ältere Schwester in den vergangenen Wochen im Mittelpunkt der allgemeinen Aufmerksamkeit gestanden hatte. »Wen interessiert es schon, welche Farbe dein blödes Kleid hat!«

Richild blickte von ihrer Stickerei auf. »Diese Bemerkung ist einer Dame nicht würdig, Dhuoda!« ermahnte sie ihre jüngere Tochter streng.

»Tut mir leid«, wandte Dhuoda sich kleinlaut an Gisla. Doch kaum schaute Richild weg, streckte sie der älteren Schwester, die Dhuoda gutmütig anlächelte, die Zunge heraus.

»Und was dich angeht, Johanna«, sagte Richild, »steht es dir nicht zu, eine Meinung zu äußern. Gisla wird die Sachen tragen, die *ich* für geeignet halte.«

Johanna errötete angesichts dieser Zurechtweisung, sagte aber nichts.

»Markgraf Hugo ist ein so hübscher junger Mann!« meldete sich Bertha zu Wort, eine der Dienstmägde. Sie war ein rotwangiges Mädchen von nicht mehr als sechzehn Wintern und stand erst seit kurzem in Richilds Diensten. Erst einen Monat zuvor war Bertha für eine Magd eingestellt worden, die an Typhus gestorben war. »In seinem Umhang und den Handschuhen aus Hermelin sieht er einfach wunderschön aus. Und dann erst auf seinem Roß!«

Gisla kicherte entzückt. Dieserart ermutigt, fuhr Bertha fort: »Und so, wie er Euch anschaut, junge Herrin, dürfte es wohl keine Rolle spielen, welche Farbe Euer Kleid hat. Wenn erst die Hochzeitsnacht gekommen ist, wird er's Euch sehr schnell ausziehen.«

Sie lachte hell und freute sich über ihren Scherz. Gisla kicherte. Die anderen auf dem Wagen saßen in erstarrtem Schweigen da, die Blicke auf Richild gerichtet.

Richild legte ihre Stickerei zur Seite. In ihren dunklen

Augen loderte Zorn. »Was hast du da gesagt?« fragte sie mit bedrohlich leiser Stimme.

»Äh ... nichts, Herrin«, stammelte Bertha.

»Ach, Mutter, ich glaube nicht, daß sie es so gemeint hat, wie du jetzt ...« Vergeblich versuchte Gisla, den Ausbruch zu verhindern.

»Derbheit und Unflätigkeit! Das werde ich in meinem Beisein nicht dulden!«

»Es tut mir leid, Herrin«, sagte Bertha kleinlaut. Doch immer noch lächelte sie leicht; denn sie glaubte nicht, daß Richild wirklich so wütend sein könnte.

Richild bedeutete Bertha, die Rückseite des Wagens zu öffnen. »Raus.«

»Aber ... Herrin!« stieß Bertha schluchzend hervor, die jetzt erst erkannte, wie sehr sie sich geirrt hatte.

»Raus!« Richild war unerbittlich. »Als Strafe für deine Ungezogenheit und Respektlosigkeit wirst du den Rest des Weges zu Fuß gehen.«

Bis St. Denis waren es mehr als einhundertfünfzig Meilen – eine mörderisch lange Strecke. Reumütig starrte Bertha auf ihre Füße, die in groben Rehlederschuhen mit Hanfsohle steckten. Das Mädchen tat Johanna leid. Ihre Bemerkung war dumm und unbedacht gewesen; aber Bertha war jung und noch neu in den Diensten der Familie, und sie hatte ganz gewiß nicht beleidigend sein wollen.

»Und beim Laufen wirst du laut das Paternoster beten.«

»Ja, Herrin«, antwortete Bertha schicksalergeben. Sie kletterte aus dem Wagen, trottete hinterdrein und rezitierte dabei langsam auf Latein: *»Pater noster qui es in coelis ...«* Sie sprach in einem eigenartigen Singsang, bei dem die falschen Worte besonders hervorgehoben wurden. Johanna war sicher, daß Bertha keine Ahnung hatte, was sie da sagte.

Richild wandte sich wieder ihrer Stickerei zu. Ihr schwarzes Haar schimmerte im Sonnenlicht, als sie den Kopf über das Kleid beugte. Ihre Lippen waren fest zusammengepreßt, und ihre Augen blickten kalt und hart vor Zorn, als sie die Nadel durch den dicken Stoff drückte.

Sie ist eine unglückliche Frau, dachte Johanna. Das war nicht leicht zu verstehen. Schließlich war sie schön, geachtet und wohlhabend, und vor allem: Sie war mit einem Mann wie Gerold verheiratet. Ja, auch ihre Hochzeit war von den Eltern vereinbart worden, doch viele dieser Ehen erwiesen sich als glücklich. Bei Richild und Gerold war dies offensichtlich nicht der Fall. Sie schliefen in getrennten Betten und hatten seit Jahren keinen ehelichen Verkehr mehr gehabt, falls man dem Klatsch der Dienerschaft glauben konnte.

»Möchtest du gern reiten?« Gerold, der seinen Fuchshengst neben den Wagen gelenkt hatte, blickte lächelnd auf Johanna hinunter. In der rechten Hand hielt er die Zügel von Boda, einer lebhaften braunen Stute, die Johanna besonders gern hatte, wie er wußte.

Johanna errötete. Es war ihr peinlich, worüber sie soeben nachgegrübelt hatte. Sie war so sehr in Gedanken vertieft gewesen, daß sie gar nicht bemerkt hatte, wie Gerold zurückgeritten war, um Boda aus der Herde der Ersatzpferde herauszuholen, und mit der Stute zum Wagen kam.

»Sie soll mit den Männern reiten?« Richild machte ein düsteres Gesicht. »Das wäre unschicklich.«

»Unsinn!« erwiderte Gerold. »Das macht gar nichts. Außerdem möchte das Mädchen gern reiten. Stimmt's, Johanna?«

»Ich ... ich ...«, stammelte sie verlegen und unschlüssig; denn zum einen wäre sie gern geritten, zum anderen aber war sie darauf bedacht, die zornige Richild nicht noch mehr zu verärgern.

Gerold hob eine Braue. »Aber wenn du lieber im Wagen fahren möchtest, dann ...«

»Nein!« sagte Johanna rasch. »Bitte, ich möchte sehr gern auf Boda reiten.« Sie erhob sich, stand auf dem schwankenden Wagen und streckte die Arme aus. Gerold lachte, beugte sich zur Seite, schlang ihr den Arm um die Hüfte, schwang sie in die Höhe und setzte sie vor sich in den Sattel. Dann, indem er die Pferde dicht beieinander hielt, hob er Johanna zur Seite und auf den Rücken Bodas.

Johanna setzte sich im Sattel zurecht. Vom Wagen aus schauten Gisla und Dhuoda erstaunt zu, während Richild ihren Mann und das Mädchen mit zorniger Mißbilligung beobachtete. Gerold schien es nicht zu bemerken. Johanna trieb Boda zu einem langsamen Galopp und ritt rasch nach vorn zu den Männern. Die geschmeidigen, rhythmischen Bewegungen der Stute waren ein Genuß, verglichen mit der Fahrt auf dem rüttelnden und schüttelnden Wagen. Lukas rannte neben dem Pferd her, den Schwanz hoch erhoben; auf seinem Maul schien ein Lachen zu liegen, das eine beinahe ebenso große Freude widerspiegelte, wie Johanna sie empfand.

Sie lenkte die Stute neben das Pferd ihres Bruders, der seine Mißbilligung kaum verbergen konnte. Johanna lachte, und ihre trübe Stimmung verflog. Der Weg nach St. Denis würde doch nicht so lang werden.

Ohne Schwierigkeiten überquerten sie die Brücke über den Rhein. Sie war breit und fest und gehörte zu den soliden Brücken, die während der Regierungszeit Kaiser Karls errichtet worden waren. Zudem wurde die Rheinbrücke vom Landesherrn instand gehalten. Doch die Überquerung der Maas, deren Ufer sie am achten Tag der Reise erreichten, erwies sich als Problem. Die dortige Brücke war so sehr verfallen, daß man sie nicht mehr wiederaufbauen konnte. Die Planken waren verrottet; an zwei, drei Stellen waren sie in den Fluß gestürzt und bildeten breite Lücken, so daß eine Überquerung völlig unmöglich war. Irgend jemand hatte eine behelfsmäßige Brücke errichtet, indem er mehrere Holzboote in einer Reihe nebeneinander vertäut hatte; man konnte den Fluß überqueren, indem man von einem Boot ins andere stieg. Doch bei so vielen Personen, Pferden und mit Waren beladenen, schweren Karren und Wagen nützte diese Brücke aus Booten nichts. Gerold und zwei seiner Männer ritten das Ufer entlang nach Süden und suchten nach einer Stelle, an der man den Fluß durchqueren konnte. Nach einer Stunde kehrten sie zurück und berichteten, daß sie zwei Meilen entfernt eine günstige Furt entdeckt hätten, dort, wo der Fluß breiter und dadurch niedriger wurde.

Also brach die Reisegruppe wieder auf. Die Karren sprangen und hüpften wild über das dichte Unterholz, das entlang des Ufers wuchs, und die Frauen hielten sich mit beiden Händen an den seitlichen Bracken der Wagen fest, damit sie nicht hinausgeschleudert wurden. Bertha ging noch immer zu Fuß, und ihre Lippen bewegten sich in fortwährendem Gebet. Die Hanfsohlen ihrer Schuhe waren bereits durchgelaufen, und das Mädchen hatte zu humpeln angefangen; ihre Zehen waren geschwollen, die Fußsohlen zerschnitten und blutig. Doch Johanna bemerkte, daß Bertha hin und wieder verstohlene Seitenblicke auf Richild und deren Töchter warf, und es schien dem Mädchen ein wenig Genugtuung zu verschaffen, daß die Insassen des Wagens heftig hin und her geschleudert wurden.

Schließlich erreichten sie die Furt. Gerold und einige seiner Männer ritten zuerst ein Stück in den Fluß hinein, um die Tiefe und die Beschaffenheit des Untergrunds zu erkunden. Das Wasser wirbelte und schäumte um die Beine ihrer Pferde; in der Strommitte stieg es bis zu den Säumen ihrer Tuniken, um dann in Richtung des gegenüberliegenden Ufers allmählich wieder flacher zu werden.

Gerold kam zurückgeritten und bedeutete den anderen, mit der Überquerung zu beginnen. Ohne zu zögern, ritt Johanna in den Fluß, dicht gefolgt von Lukas, der ins Wasser sprang und mit sicheren, zuversichtlichen Bewegungen losschwamm. Nach einem Augenblick des Zauderns folgten Johannes und die anderen.

Das kalte Wasser der Maas umspülte Johannas Beine. Sie holte scharf Luft, als die kalte Nässe ihre Kleidung bis auf die Haut durchdrang. Hinter ihr rollten die Wagen langsam zum Fluß hinunter, um sich im Wasser zu heben, zu schwimmen und von den Maultieren langsam vorangezogen zu werden. Richild und die Mädchen saßen in der Mitte des vordersten Wagens, sichtlich erleichtert über diese unerwartete, wenngleich nur vorübergehende Erlösung von den Unbilden der holperigen Straße. Hinter dem Wagen kämpfte Bertha sich durch das eiskalte Wasser, das ihr fast bis zu den Schultern reichte, und versuchte, den Anschluß zum Gefährt nicht zu verlieren.

Als Johanna einen Blick nach hinten warf, sah sie, daß Bertha Schwierigkeiten hatte. Sie trieb ihr Pferd zu dem Mädchen; denn die Stute konnte sie beide problemlos ans andere Ufer tragen. Johanna war kaum mehr zwei, drei Meter von Bertha entfernt, als das Mädchen plötzlich verschwand; es glitt so schnell unter die Wasseroberfläche, als hätte jemand sie an den Füßen in die Tiefe gezogen. Johanna zügelte die Stute. Für einen schrecklichen Augenblick wußte sie nicht, was sie tun sollte; dann trieb sie das Pferd voran und auf die konzentrischen, sich ausbreitenden Kreise zu, die sich auf der Wasseroberfläche gebildet hatten und jene Stelle bezeichneten, an der Bertha versunken war.

»Bleib hier!« Gerolds Hand packte plötzlich die Zügel und hielt die Stute zurück. Er brach einen langen Ast von einer überhängenden Birke ab, stieg vom Pferd und ging langsam zum Ufer zurück, wobei er mit dem Ast im Flußbett stocherte. Eine Armlänge von der Stelle entfernt, an der Bertha verschwunden war, stolperte er und wäre beinahe gestürzt, als der Zweig plötzlich tief im Wasser versank.

»Ein Loch!« Hastig streifte Gerold seinen Umhang ab und tauchte unter.

Mit einem Mal breitete sich allgemeine Verwirrung aus. Rufe ertönten. »Unser Herr ist fort!« Gerolds Männer, die nicht beobachtet hatten, was geschehen war, ritten ziellos im Fluß umher, riefen einander Anweisungen zu und schlugen mit Stöcken auf die Wasseroberfläche.

Johanna erschrak. Gerold war dort unten, unsichtbar für seine Leute; er konnte von einem Pferdehuf getroffen und verletzt werden. Warum erkannten die Männer das nicht?

»Hört auf!« rief Johanna, doch niemand schenkte ihr Beachtung. Sie ritt zu Egbert, dem obersten Gefolgsmann Gerolds, und zerrte ihn wild am Arm. »Aufhören!« sagte sie.

Verwirrt und verärgert wollte Egbert das Mädchen abschütteln, doch Johannas Blick ließ ihn innehalten. »Sagt den Leuten, sie sollen sofort aufhören. Sie machen es nur noch schlimmer.« Egbert rief den anderen zu, die Pferde zu zügeln und zu ihm zu kommen. Dann ritten sie zu der Stelle, die Johanna ihnen bezeichnete und an der sich das Loch im Flußbett befand. Dort verharrten sie alle in ängstlicher Erwartung.

Eine Minute verging. Hinter ihnen gelangten die ersten Wagen bereits ans gegenüberliegende Ufer und fuhren rumpelnd an Land. Johanna bemerkte es nicht. Ihre Blicke waren wie gebannt auf jene Stelle gerichtet, an der Gerold untergetaucht war.

Die Angst ließ ihre Handflächen feucht werden, und ihre Hände rutschten über die Zügel. Die Fuchsstute spürte die Nervosität; sie wieherte und bockte. Lukas legte den Kopf in den Nacken und heulte.

Deus Misereatur, betete Johanna. *Lieber Gott, hab Erbarmen! Nimm jedes Opfer, das du willst, wenn du nur diesen Mann rettest!*

Zwei Minuten.

Es dauerte zu lange! Gerold müßte längst an die Oberfläche gekommen sein, um Luft zu holen.

Johanna schwang sich aus dem Sattel und ließ sich ins kalte Wasser gleiten. Sie konnte nicht schwimmen, dachte aber gar nicht daran. Hoch spritzte das Wasser auf, als sie zum Loch im Flußbett rannte. Vor ihr sprang Lukas wild vor und zurück und versuchte, ihr den Weg zu versperren, doch Johanna drängte sich an ihm vorbei, von einem einzigen Gedanken beherrscht: Du mußt zu Gerold, ihn aus der Tiefe ziehen, ihn retten ...

Sie war noch zwei Schritte von dem Loch entfernt, als vor ihr plötzlich ein Schwall Wasser gischtend in die Höhe schoß. Mit einem gewaltigen Sprung kam Gerold an die Oberfläche. Nach Atem ringend stand er da; das lange, nasse rote Haar klebte ihm am Kopf.

»Gerold!« Johannas heller, klarer Freudenschrei übertönte sogar die Jubelrufe der Männer. Gerold wandte sich ihr zu und nickte. Dann holte er tief Luft, um noch einmal zu tauchen.

»Da! Seht nur!« Der Maultierkarrenfahrer des ersten Wagens wies mit dem ausgestreckten Arm flußabwärts.

Ein länglicher blauer Gegenstand war am anderen Ufer zu erkennen, der sich sanft mit den Wellen hob und senkte. Berthas Umhang war blau.

Johanna, Gerold und die Männer stiegen wieder auf die Pferde und ritten flußab. Im Uferschilf, zwischen abgebrochenen Ästen und Trümmerstücken, die ans Ufer gespült worden waren, trieb Bertha auf dem Rücken im Wasser. Ihre schlaffen Arme und Beine waren weit ausgestreckt, und auf ihrem toten, starren Gesicht lag ein letzter schrecklicher Ausdruck von Hilflosigkeit und Angst.

»Hebt sie auf«, wandte Gerold sich mit schroffer Stimme an seine Männer. »Wir bringen sie zur Kirche in Prüm, damit sie eine anständige Beerdigung bekommt.«

Johanna begann heftig zu zittern. Sie konnte den Blick nicht von Bertha nehmen. Jetzt, im Tod, sah sie Matthias erschreckend ähnlich: die fahle, graue Haut; die halbgeschlossenen Augen; der schlaffe Mund.

Plötzlich lagen Gerolds Arme um Johanna. Sanft drehte er ihren Kopf zur Seite, drückte ihn an seine Schulter. Johanna schloß die Augen und klammerte sich an Gerold fest. Die Männer stiegen von den Pferden und sprangen klatschend ins Wasser; Johanna hörte das leise Rascheln des Uferschilfs, als sie Berthas Leichnam daraus befreiten und in die Höhe hoben.

»Du bist mir vorhin ins Wasser gefolgt, nicht wahr?« flüsterte Gerold, den Mund dicht an Johannas Ohr. Seine Stimme klang verwundert, als wäre ihm dies gerade erst bewußt geworden.

»Ja.« Johanna nickte, ohne den Kopf von seiner Schulter zu nehmen.

»Kannst du denn schwimmen?«

»Nein«, gab sie zu und spürte, wie Gerolds Arm sich fester um ihre Schultern legte, als sie gemeinsam am Flußufer standen.

Hinter ihnen trugen die Männer Berthas Leichnam behutsam zum Wagen. Der Hofgeistliche schritt neben ihnen her; den Kopf gesenkt, sprach er Gebete für das tote Mädchen. Richild dagegen betete nicht. Statt dessen starrte sie zu Johanna und Gerold hinüber, den Kopf hoch erhoben.

Schließlich löste Johanna sich aus Gerolds Umarmung.

»Was ist?« In seinem Blick lagen Zuneigung und Sorge.

Richild beobachtete die beiden noch immer.

»N-nichts.«

Gerold hob den Kopf, folgte Johannas Blick. »Ah.« Sanft strich er ihr eine Strähne weißgoldenen Haares aus der Stirn. »Sollen wir uns wieder zu den anderen gesellen?«

Johanna nickte, und Seite an Seite gingen sie zu den Wagen. Dort verließ Gerold sie, um sich mit dem Hofgeistlichen darüber zu besprechen, wie sie Berthas Leiche nach Prüm bringen sollten.

Sofort rief Richild Johanna zu: »Für den Rest der Reise bleibst du im Wagen, Johanna. Hier bei uns bist du sicherer.«

Widerspruch war zwecklos. Johanna stieg in den Wagen.

Derweil legten die Männer Berthas Leichnam behutsam auf einen der hintersten Wagen, wobei sie erst einmal Säcke zur Seite schieben mußten, um Platz zu schaffen. Eine Hausdienerin, eine ältere Frau, schrie auf und warf sich weinend über die tote Bertha. Wahrscheinlich war sie eine Verwandte des Mädchens.

Die Frau begann mit der traditionellen Totenklage. Die anderen warteten in respektvollem, verlegenem Schweigen. Als die Klage endete, ging der Hofgeistliche nach einer angemessenen Wartezeit zu der Frau und redete mit leiser Stimme auf sie ein. Die Frau hob den Kopf; ihre Augen, von Schmerz und Trauer erfüllt, wandten sich Richild zu.

»Ihr!« schrie die Frau. »Das wart Ihr, Herrin! Ihr habt sie getötet! Sie war ein liebes Mädchen, meine Bertha, und sie wäre Euch eine gute Dienerin gewesen! Berthas Tod ist Eure Schuld, Herrin. Eure Schuld!«

Zwei von Richilds Gefolgsleuten packten die Frau mit grobem Griff und zerrten sie rasch fort. Noch immer schrie sie Richild Verwünschungen zu.

Der Hofgeistliche ging zu Richild herüber. Voller nervösen Unbehagens knetete er sich die Hände. »Sie ist Berthas Mutter. Die arme Frau muß vor Trauer den Verstand verloren haben. Natürlich war der Tod des Kindes ein Unfall. Ein tragischer Unfall.«

»Es war kein Unfall, Wala«, entgegnete Richild streng. »Es war Gottes Wille.«

Wala erbleichte. »Gewiß. Natürlich.« Als Richilds Hofgeistlicher, als privater ›Hauspriester‹, stand Wala im Rang nur um weniges höher als ein gewöhnlicher halbfreier *colonus;* falls er Richilds Zorn auf sich zog, konnte sie ihn auspeitschen lassen oder – schlimmer noch – ihn davonjagen und der Armut und dem Hunger preisgeben. »Es war Gottes Wille. Ja, natürlich, Gottes Wille, Herrin, ganz gewiß.«

»Geh jetzt und rede mit der Frau, denn ihr Kummer war so schrecklich, daß er ihre Seele bestimmt in tödliche Gefahr gebracht hat.«

»Oh, Herrin!« Wala hob seine langen weißen Hände zum Himmel. »Welch göttliche Milde! Welche Güte! Welch eine Barmherzigkeit!«

Mit einer ungeduldigen Handbewegung scheuchte Richild den Priester fort, und er eilte davon. Er sah wie ein Mann aus, den man vom Galgenstrick befreit hatte, kurz bevor die Falltür sich öffnete.

Gerold erteilte den Befehl, weiterzuziehen, und die Prozession bewegte sich wieder voran; die Wagen holperten über die Uferböschung und auf die Straße nach St. Denis. Ganz am Schluß des Zuges, im letzten Wagen, wurden die Schreie der Mutter Berthas allmählich zu einem unablässigen, herzzerreißenden Schluchzen. Dhuodas Augen waren tränenfeucht, und sogar Gisla wirkte bedrückt; ihre beständige gute Laune war verschwunden. Nur Richild schien vollkommen unbeeindruckt. Johanna betrachtete sie abschätzend. Kann jemand seine wahren Gefühle so gut verbergen? fragte sie sich. Oder ist Richilds Inneres wirklich so kalt, wie es den Anschein hat? Lastet der Tod des Mädchens denn kein bißchen auf ihrem Gewissen?

Richild schaute Johanna an, und diese wandte die Augen ab, damit Richild ihre Gedanken nicht lesen konnte.

Gottes Wille?

Nein, Herrin.

Dein Befehl.

Der erste Tag des Jahrmarkts war in vollem Gange. Die Besucher strömten durch das riesige eiserne Tor, das aufs große freie Feld vor der Abtei von St. Denis führte: Bauern in zerlumpten *bandelettes* und Hemden aus grobem Leinen; Edle und *fideli* in seidenen Tuniken und mit goldenen Bandeliers; ihre Gemahlinnen in elegante, pelzverbrämte Umhänge gewandet und mit edelsteinbesetztem Kopfschmuck; Langobarden und Aquitanier in ihren exotischen gebauschten Pantalons und Stiefeln. Nie zuvor hatte Johanna ein derart seltsames und riesiges Gemisch aus Menschen der verschiedensten Volksstämme gesehen.

Auf dem Feld drängten sich dicht an dicht die Stände der Händler, die ihre Waren in einem leuchtend bunten Wirrwarr aus Farben und Formen zur Schau stellten. Es gab Umhänge und Mäntel aus purpurner Seide; wunderschöne, kostbare Pelze; Pfauenfedern; Wamse aus geprägtem Leder; seltene Delikatessen wie Mandeln und Rosinen; alle Arten von Heilkräutern und Gewürzen; Perlen und Gemmen, Silber und Gold. Und immer noch kamen neue Waren durch die Tore – sei es auf hoch beladenen Wagen, sei es als große, verschnürte Packen, die von den ärmeren Händlern auf dem Rücken getragen wurden und so schwer waren, daß die Träger unter der Last beinahe zusammenbrachen. Mehr als einer dieser Händler würde in der nächsten Nacht kein Auge zutun, weil seine überbeanspruchten Muskeln zu sehr schmerzten. Doch auf diese Weise sparte er sich die hohen Mautgebühren – das *rotitacum* und das *saumaticum* –, die für Waren erhoben wurden, die auf Karren, Wagen oder von Lasttieren in die Stadt gebracht wurden.

Als sie durch das Tor hindurch waren, sagte Gerold zu Johanna und Johannes: »Streckt die Hände aus.« Dann legte er den beiden je einen silbernen *denarius* auf die Handfläche. »Geht vernünftig damit um.«

Johanna starrte auf die silberglänzende Münze. *Denarii* hatte sie erst ein- oder zweimal zu Gesicht bekommen, und das auch nur von weitem; denn in Ingelheim wurde der Warenverkehr durch Tauschhandel getätigt; selbst das Einkommen ihres Vaters – der Zehnte, den die Bauern und Handwerker der Gemeinde an die Kirche entrichten mußten – war in Form von Lebensmitteln, Stoffen, Holz und anderem erstattet worden.

Ein ganzer *denarius*! Für Johanna war es ein unvorstellbares Vermögen.

Sie schlenderten die schmalen, überfüllten Durchgangswege zwischen den Ständen hinunter. Überall um sie herum priesen Verkäufer lautstark ihre Waren an; Kunden feilschten temperamentvoll um die Preise, und Darsteller jeder Art – Tänzer, Jongleure, Akrobaten, Bären- und Affendompteure – führten ihre Künste vor. Lachen und Geschrei, Schimpfen und Scherzen und der Lärm der unzähligen Marktschreier, der Streitenden und Feilschenden, die sich in hundert verschiedenen Sprachen und Dialekten unterhielten, umgab sie von allen Seiten.

In diesem Menschengewimmel konnte man leicht verlorengehen. Johanna nahm die Hand ihres Bruders – zu ihrem Erstaunen protestierte er nicht – und hielt sich dicht an Gerolds Seite. Lukas blieb stets hinter ihnen; wie immer unzertrennlich von Johanna. Schon bald wurde die kleine Gruppe von Richild und den anderen getrennt, die langsamer gingen. Vor der ersten Reihe der Stände blieben sie auf halber Strecke stehen und warteten, daß die anderen zu ihnen aufschlossen. Ein Stück zu ihrer Linken stand eine Frau, die zwei Händler anschrie, die an beiden Enden einer Bahn aus Leinen zerrten, welche neben einer hölzernen Meßlatte lag, die genau eine Elle lang war.

»Hört auf!« rief die Frau. »Ihr Dummköpfe! Ihr streckt ja den Stoff!« Es sah tatsächlich so aus, als wollten die beiden Männer die Bahn aus Leinen auseinanderreißen. Offensichtlich hatten sie die Absicht, möglichst wenig Stoff für möglichst viel Geld zu verkaufen.

Ein Stück voraus ertönten Rufe und Gelächter von einer Menge, die um eine kleine, freie, kreisförmige Fläche herumstand.

»Komm weiter.« Johannes zerrte die Schwester am Arm. Sie zögerte, denn sie wollte Gerold nicht allein lassen. Doch Gerold sah, wohin Johannes wollte, und er gab den Geschwistern einen freundschaftlichen Schubs in diese Richtung.

Als die beiden sich der Menge näherten, die um den kleinen Kreis herumstand, erhob sich wieder lautes Geschrei. Johanna sah, wie im Innern des Kreises ein Mann auf die Knie stürzte und sich an die Schulter griff, als würde sie schmerzen. Rasch erhob der Mann sich wieder, und nun konnte Johanna sehen, daß er den kurzen, dicken Ast einer Birke in einer Hand hielt.

Ein zweiter, ähnlich bewaffneter Mann stand in dem Ring. Die beiden Burschen umkreisten einander und schwangen ihre Knüttel mit wilder, entschlossener Hingabe. Ein eigenartiges, schrilles Quietschen ertönte, als plötzlich ein blutüberströmtes Schwein in panischer Verzweiflung zwischen den beiden Männern hin und her rannte, wobei seine kurzen, dicken Beine immer wieder über den Boden rutschten. Die Männer ließen ihre Knüttel auf das Tier niedersausen, doch ihr Opfer wehrte sich entschlossen: Der Mann, der vorhin zu Boden gestürzt war, schrie laut auf, als das Schwein ihm den Kopf zwischen die Beine rammte. Wieder brüllte die Menge vor Lachen.

Auch Johannes lachte herzhaft, und seine Augen leuchteten vor Interesse. Er zupfte einen kleinen, pockennarbigen Bauern, der neben ihm stand, am Ärmel. »Was geschieht da?« fragte Johannes aufgeregt.

Der Mann blickte den Jungen grinsend an. Die narbigen Löcher in seiner Haut wurden breiter, als sie sich spannte. »Na, hör mal«, sagte er, »die sind hinter'm Schwein her, Junge. Siehste das denn nicht? Und wer von beiden das Vieh erschlägt, darf's mit nach Hause nehmen, für die Speisekammer.«

Seltsam, ging es Johanna durch den Kopf, als sie die beiden Männer beobachtete, die um den Siegespreis kämpften. Sie schwangen die Knüppel zwar mit aller Kraft, doch die Schläge waren halbherzig und ungenau; die Männer trafen öfter den anderen oder ließen den Knüppel durch leere Luft sausen, als daß sie das unglückliche Schwein trafen. Und es war irgend etwas Eigenartiges am Äußeren des Mannes, der Johanna zugewandt war. Sie schaute genauer hin und sah dort, wo seine Pupillen hätten sein müssen, milchiges Weiß. Dann wandte auch der zweite Mann Johanna das Gesicht zu; seine Augen sahen normal aus, wäre da nicht dieser leere und ausdruckslos nach vorn gerichtete Blick gewesen.

Die Männer waren blind.

Ein weiterer Schlag traf ins Ziel, und der Mann mit den milchig-weißen Augen taumelte zur Seite und preßte die Hände an den Kopf. Johannes sprang in die Höhe, klatschte begeistert und rief und lachte wie alle anderen in der Menge. In seinen Augen funkelte eine seltsame Erregung.

Johanna wandte sich ab.

»Psst! Junge Dame!« rief eine Stimme ihr zu. Auf der anderen Seite des Durchgangs sah Johanna einen Verkäufer stehen. Der Mann winkte ihr, und sie ließ den lachenden und schreienden Johannes bei den anderen Zuschauern des widerlichen Kampfes und ging zum Stand des Händlers, vor dem ein langer Tisch mit religiösen Gegenständen aufgestellt war. Johanna sah Kreuze aus Holz, Medaillons aller Art und mit den verschiedensten Bildern und Beschriftungen sowie die Reliquien mehrerer Heiliger, die in dieser Gegend besonders verehrt wurden: eine Haarsträhne vom heiligen Willibrord; einen Fingernagel vom heiligen Romarik; zwei Zähne von der heiligen Waldetrudis und einen Fetzen Stoff vom Umhang der jungfräulichen Märtyrerin Genoveva.

Der Mann nahm ein Fläschchen aus seiner ledernen Schäfertasche.

»Wißt Ihr, was da drinnen ist?« Seine Stimme war so leise, daß Johanna ihn bei dem Lärm ringsum kaum verstehen konnte. Sie schüttelte den Kopf.

»Ein paar Tropfen Milch.« Die Stimme des Mannes wurde noch leiser und verschwörerischer. »Von der heiligen jungfräulichen Mutter Gottes.«

Johanna konnte es nicht fassen. Was für eine unvorstellbare Kostbarkeit! Aber was hatte sie hier auf diesem Markt zu suchen? So etwas gehörte in ein großes Kloster oder in einen Domschatz.

»Macht einen *denarius*«, sagte der Mann.

Einen *denarius*! Johanna betastete die Silbermünze, die sie in ihrem Ranzen verstaut hatte. Der Mann hielt ihr das Fläschchen hin, und Johanna nahm es; seine Oberfläche war kühl in ihrer Hand. Ganz kurz sah sie ein Bild vor ihrem geistigen Auge: Der Ausdruck auf Odos Gesicht, wenn sie mit einem solchen Geschenk für den Dorstädter Domschatz nach Hause kam.

Der Händler lächelte, streckte die Hand aus und schnippte auffordernd mit den Fingern, um Johanna die Münze zu entlocken.

Johanna zögerte. Weshalb verkaufte der Mann eine derartige Kostbarkeit für eine so geringe Summe? Die Reliquie war ein Vielfaches wert. Manche Abtei oder mancher Domherr hätte ein Vermögen dafür gegeben; denn ein so heiliger Gegenstand hätte Pilger angelockt und einen Wallfahrtsort begründet.

Johanna nahm den Verschluß von dem Fläschchen und spähte hinein. Es war ungefähr halbvoll. Sie konnte die bleiche

Oberfläche der Milch sehen, die glatt und blauweiß im Sonnenlicht schimmerte. Kurz entschlossen schob Johanna den kleinen Finger ins Fläschchen und tauchte die Fingerspitze in die milchige Flüssigkeit. Dann schaute sie auf; der Blick aus ihren wachen, klugen Augen schweifte über den Verkaufsstand und dessen nähere Umgebung. Johanna lachte, setzte das Fläschchen an die Lippen und trank.

Der Mann schrie leise auf. »Hast du den Verstand verloren?« fragte er mit wutverzerrtem Gesicht.

»Köstlich«, sagte Johanna, drückte den Verschluß wieder auf das Fläschchen und reichte es dem Mann zurück. »Meine besten Empfehlungen an Eure Ziege.«

»Himmel noch mal! Du ... du ...«, stammelte der Mann, der vor Zorn und Enttäuschung offenbar keine Worte fand. Für einen Augenblick sah es so aus, als wollte er um den Verkaufsstand herumkommen und auf Johanna losgehen, als plötzlich ein tiefes Knurren ertönte: Lukas, der bis dahin still neben Johanna gesessen hatte, stellte sich vor dem Mädchen auf. In seinen Augen loderte es gefährlich, und drohend hatte er die scharfen Zähne gefletscht.

»Was ... ist das?« fragte der Reliquienhändler.

»Das«, sagte eine Stimme hinter Johanna, »ist ein Wolf.«

Die Stimme gehörte Gerold. Während des Wortwechsels Johannas mit dem Verkäufer hatte er sich leise genähert. Jetzt stand er lässig da, die Arme vor der Brust verschränkt, das rechte Bein vor das linke geschlagen, doch in seinen Augen lag eine deutliche Warnung. Der Verkäufer wandte sich ab und murmelte irgend etwas Unverständliches vor sich hin. Gerold legte Johanna den Arm um die Schultern und führte sie davon, nachdem er Lukas herbeigerufen hatte, der immer noch vor dem Ladentisch stand und den Verkäufer anknurrte. Doch auf Gerolds Ruf kam er herbeigerannt.

Gerold schwieg. Schweigend gingen sie über den Jahrmarkt, wobei Johanna schneller ausschreiten mußte, um mit dem großen Mann mithalten zu können.

Er ist wütend, ging es ihr durch den Kopf, und ihre gehobene Stimmung erlosch so plötzlich wie ein ersticktes Herdfeuer.

Und was die Sache noch schlimmer machte: Johanna wußte, daß Gerold recht hatte. Sie war leichtsinnig gewesen, als sie den Händler herausgefordert hatte. Hatte sie Gerold nicht versprochen, vorsichtig zu sein? Warum mußte sie bloß immer irgendwelche Dinge in Frage stellen? Warum konnte sie es nicht begreifen: *Manche Gedanken sind gefährlich.*

Vielleicht bin ich ein unverbesserlicher Dummkopf.

Dann hörte sie ein tiefes, rollendes Geräusch: Gerold lachte leise.

»Der Gesichtsausdruck des Mannes, als du das Fläschchen an die Lippen gesetzt und es ausgetrunken hast ...! Diesen Gesichtsausdruck werde ich nie im Leben vergessen!« Er zog Johanna an sich und umarmte sie voller Wärme. »Ach, Johanna, du bist mein kostbarster Schatz! Aber sag mal – woher hast du eigentlich gewußt, daß in dem Fläschchen nicht tatsächlich Milch von der heiligen Jungfrau Maria war?«

Johanna grinste, erleichtert darüber, daß er nicht zornig war. »Ich war von Anfang an mißtrauisch. Denn wäre das Ding wirklich heilig gewesen, warum hat der Mann es dann so billig verkauft? Und weshalb hatte er seine Ziege hinter dem Stand so angebunden, daß niemand sie sehen konnte? Wenn er sie durch einen Tauschhandel bekommen hat, gäbe es doch keinen Grund, das Tier zu verstecken. Also mußte es irgendwie mit der Milch zu tun haben.«

»Stimmt. Aber das Zeug wirklich zu *trinken* ...« Wieder brach Gerold in Gelächter aus. »Du mußt noch mehr gewußt haben als nur diese Sache mit der Ziege.«

»Ja. Als ich den Verschluß vom Fläschchen genommen hatte, da habe ich gesehen, daß die Milch noch nicht geronnen und vollkommen frisch war, als wäre sie heute morgen erst gemolken worden. Die Milch der Jungfrau Maria aber wäre mehr als achthundert Jahre alt.«

»Oh, ja.« Gerold lächelte, die Brauen gehoben. Er stellte Johanna auf die Probe: »Nun ja, vielleicht liegt es an der Heiligkeit der Milch, daß sie rein und unverdorben geblieben ist.«

»Das könnte sein«, gab sie zu. »Aber als ich den Finger hineingesteckt habe, war sie immer noch warm! Eine so heilige Flüssigkeit mag vielleicht nicht verderben – aber weshalb sollte sie achthundert Jahre lang warm bleiben?«

»Gut beobachtet und ein scharfer logischer Schluß«, sagte Gerold anerkennend. »Nicht einmal Lukretius hätte es besser machen können.«

Johanna strahlte. Wie sehr es ihr gefiel, Gerold zu beeindrucken! Sie waren nun fast am Ende der langen Reihe von Marktständen angelangt, wo das große Holzkreuz des heiligen

Denis die Grenzen des Jahrmarktsgeländes anzeigte und über den stillen Frieden der Mönche der dortigen Abtei wachte. Unweit des Kreuzes hatten die Pergamentverkäufer ihre Stände errichtet.

»Schau!« Gerold entdeckte sie zuerst und eilte hinüber, um die Ware zu begutachten. Sie war von sehr hoher Qualität. Besonders das Vellum, das feinste aller Pergamentsorten, war von außergewöhnlicher Güte: die Innenseite des Leders war makellos glatt und von reinerem Weiß, als Johanna es jemals gesehen hatte; die Außenseite war, wie üblich, von weißgelber Farbe. Doch die winzigen Löcher, die das herausgerissene Kalbshaar hinterlassen hatte, waren so klein, daß man sie mit bloßem Auge kaum sehen konnte.

»Was für eine Freude es machen muß, auf so schönen Blättern zu schreiben«, murmelte Johanna und betastete das Pergament ehrfürchtig.

Sofort rief Gerold einen der Händler zu sich. »Gebt mit vier Bogen«, sagte er zu dem Mann. Johanna stieß hörbar ihren Atem aus. Vier Bogen! Das reichte, um einen ganzen Codex darauf zu schreiben!

Während Gerold die Ware bezahlte, wandte Johanna ihre Aufmerksamkeit einigen zerfledderten Seiten Pergament zu, die achtlos verstreut auf dem hinteren Teil des Standes lagen. Die Ränder der Seiten waren eingerissen und ungleichmäßig, und es war noch – wenn auch sehr schwach – die Schrift darauf zu sehen, die an einigen Stellen von häßlichen braunen Flecken bedeckt wurde. Johanna beugte sich vor, um das Geschriebene zu lesen. Kaum hatte sie begonnen, als sich ihr Gesicht vor Erregung rötete.

Kaum hatte der Händler Johannas Interesse bemerkt, kam er herübergeeilt.

»So jung und schon ein so gutes Auge für ein günstiges Geschäft«, sagte der Händler schmeichlerisch. »Die Blätter sind alt, wie Ihr seht, mein Fräulein; aber sie sind noch gut zu gebrauchen. Schaut her!«

Bevor Johanna etwas sagen konnte, nahm der Händler ein langes flaches Werkzeug und schabte es rasch übers Pergament, wobei er mehrere Zeilen der uralten Schrift entfernte.

»Hört auf!« sagte Johanna mit schriller Stimme; denn sie mußte an ein anderes Stück Pergament denken, und an ein anderes Messer. »Bitte, hört auf!«

Der Händler schaute sie verwundert an. »Ihr braucht Euch keine Sorgen zu machen, mein Fräulein. Das ist bloß heidnisches Geschreibsel.« Stolz zeigte er auf die abgeschabte Seite. »Seht Ihr? Rein und glatt, so daß man sofort darauf schreiben kann.« Er hob das Werkzeug, um seine Geschicklichkeit noch einmal zu demonstrieren, doch Johanna hielt die Hand des Mannes fest.

»Ich gebe Euch einen *denarius* für diese Seiten«, sagte sie knapp.

Der Mann spielte den Entrüsteten. »Aber sie sind drei *denarii* wert. Mindestens!«

Johanna nahm die Münze aus ihrem Ranzen und hielt sie dem Händler hin. »Ich gebe Euch einen *denarius*«, wiederholte sie. »Mehr habe ich nicht.«

Der Händler zögerte und musterte abschätzend ihr Gesicht. »Also gut«, sagte er schließlich gereizt. »Nehmt die Seiten.«

Johanna warf ihm die Münze hin und schob die uralten Pergamentblätter rasch zusammen, bevor der Mann es sich anders überlegen konnte. Dann rannte sie zu Gerold.

»Sieh nur!« sagte sie aufgeregt.

Gerold betrachtete die Seiten. »Ich kann die Buchstaben nicht entziffern.«

»Es ist auf Griechisch geschrieben«, erklärte Johanna. »Und es ist sehr alt. Ich glaube, es ist ein technischer Text. Siehst du das Schaubild?« Sie hielt Gerold eine der Seiten hin, und er betrachtete die Zeichnung.

»Scheint eine hydraulische Vorrichtung zu sein.« Sein Interesse war geweckt. »Faszinierend. Könntest du mir den Text übersetzen?«

»Ja.«

»Sehr gut. Dann kann ich diese Vorrichtung vielleicht nachbauen.«

Sie lächelten sich an; gemeinsame Verschwörer bei einem wundervollen neuen Plan.

»Vater!« Gislas Stimme übertönte den Lärm der Menge. Gerold drehte sich um und hielt nach dem Mädchen Ausschau. Er war einen Kopf größer als alle Leute um ihn herum; sein dichtes Haar glänzte rotgolden in der Sonne. Johannas Herz schlug schneller, als sie ihn betrachtete. *Du bist mein kostbarster Schatz,* hatte er gesagt. Sie drückte die alten Pergamentseiten an sich, während sie Gerold betrachtete und diesen wunderschönen Augenblick für immer festzuhalten versuchte.

»Vater! Johanna!« Gisla tauchte in der Nähe auf. Sie stieß und schubste sich einen Weg durch die Menge. Einer der Diener folgte ihr, mit Waren bepackt. »Ich habe euch schon überall gesucht!« ermahnte Gisla die beiden in gespieltem Zorn; dann schaute sie Johanna an. »Was hast du da?« fragte sie.

Johanna wollte es erklären, doch Gisla winkte ab. »Ach, ich sehe schon, wieder eins von deinen dummen alten Büchern. Aber schaut euch mal an, was *ich* entdeckt habe«, fügte sie schwärmerisch hinzu, nahm eine mehrfarbige Stoffbahn von den Armen des Dieners und rollte sie ab. »Für mein Hochzeitskleid. Ist das nicht *ideal*?«

Der Stoff schimmerte und glänzte. Johanna betrachtete ihn genauer und sah, daß feine Gold- und Silberfäden darin eingewirkt waren.

»Das ist ja erstaunlich«, sagte sie aufrichtig.

Gisla kicherte. »Ich weiß!« Ohne auf eine Erwiderung zu warten, packte sie Johanna beim Arm und ging zu einem Stand ein Stück voraus. »Sieh nur«, sagte sie. »Eine Sklavenversteigerung. Komm, schauen wir's uns an!«

»Nein.« Johanna riß sich los und blieb stehen. Sie hatte gesehen, wie die Sklavenhändler durch Ingelheim gekommen waren; ihre menschliche Fracht war mit dicken Seilen aneinandergefesselt. Viele Sklaven waren Sachsen gewesen, wie Johannas Mutter.

»Nein«, sagte sie noch einmal und rührte sich nicht von der Stelle.

»Nun hab dich doch nicht so«, sagte Gisla. »Es sind doch bloß Heiden. Sie haben keine Gefühle. Jedenfalls keine wie wir.«

Johanna ging nicht darauf ein. »Ich möchte wissen, was da drin ist«, sagte sie statt dessen, darauf bedacht, Gisla vom Sklavenmarkt abzulenken. Sie führte Gisla zu einer kleinen Bude am Ende der Reihe, die von den Ständen gebildet wurde. Die Bude war dunkel und fest verschlossen; keine Ritze war zwischen den Brettern zu entdecken. Lukas umkreiste die kleine Hütte und beschnüffelte neugierig die Wände.

»Wie seltsam«, sagte Gisla.

In der hellen Nachmittagssonne, umgeben von lärmenden Menschenmengen, war die kleine, stille dunkle Bude in der Tat eine Absonderlichkeit. Johanna, deren Neugierde geweckt war, klopfte vorsichtig gegen die verschlossenen Läden eines winzigen Fensters.

»Kommt herein«, erklang eine kratzige Stimme aus dem Innern. Gisla zuckte erschreckt zusammen, wich aber nicht zurück. Die beiden Mädchen gingen zur Seitenwand der Hütte und drückten vorsichtig die Brettertür auf, die quietschend und ächzend nach innen schwang, so daß die Sonnenstrahlen schräg ins düstere Innere der Hütte fielen.

Die Mädchen traten ein. Ein seltsamer Geruch lag in der Luft, durchdringend und süß, wie der Geruch von gegorenem Honig. In der Mitte der abgedunkelten Hütte saß mit überkreuzten Beinen eine winzige Gestalt – eine alte Frau, schlicht in einen weiten, dunklen Umhang gekleidet. Sie schien unglaublich alt zu sein, vielleicht siebzig Winter oder mehr. Die Haare waren ihr ausgefallen – nur auf dem Scheitel waren noch einige weiße, dünne Strähnen zu sehen –, und sie wackelte unablässig mit dem Kopf, als hätte sie Schüttelfrost. Doch ihre Augen leuchteten lebhaft im Halbdunkel und betrachteten Johanna und Gisla mit durchdringenden, abschätzenden Blicken.

»Hübsche kleine Tauben«, krächzte die Frau. »So hübsch und so jung. Was wollt ihr von der alten Balthild?«

»Wir wollten bloß wissen ... wie ... was ...«, stammelte Johanna, als sie nach einer Erklärung suchte. Sie war ein wenig verängstigt; denn der Blick der alten Frau war beunruhigend.

»Wir wollten wissen, was es hier zu kaufen gibt«, vollendete Gisla tapfer den Satz.

»Was es hier zu kaufen gibt? Was es hier zu kaufen gibt?« sagte die alte Frau und lachte krächzend. »Etwas, das ihr haben wollt, aber nie bekommen werdet.«

»Und was ist das?« fragte Gisla.

»Etwas, das euch schon gehört – nur wißt ihr's nicht.« Die Alte grinste die Mädchen mit ihrem zahnlosen Mund an. »Etwas, das man nicht bezahlen und trotzdem kaufen kann.«

»Was *ist* das?« fragte Gisla ungeduldig und mit Schärfe in der Stimme, denn sie war der Rätsel überdrüssig.

»Die Zukunft.« Die Augen der alten Frau funkelten im Halbdunkel. »Deine Zukunft, meine kleine Taube. Alles, was sein wird und noch nicht ist.«

»Oh! Dann seid Ihr Wahrsagerin!« Gisla klatschte in die Hände, erfreut darüber, das Rätsel gelöst zu haben. »Wieviel kostet es, wenn Ihr in die Zukunft schaut?«

»Einen *solidus*.«

Einen *solidus*! Das war der Preis für eine gute Milchkuh, oder zwei kräftige Schafböcke!

»Zu teuer.« Gisla war jetzt in ihrem Element, wirkte selbstsicher und zuversichtlich; eine gewiefte Kundin, die darauf aus war, ein gutes Geschäft zu machen.

»Einen *obolus*«, bot sie der alten Frau an.

»Fünf *denarii*«, konterte die Alte.

»Zwei. Einen für jede von uns.« Gisla nahm die Münzen aus ihrem Ranzen und hielt sie in der ausgestreckten Hand, damit die alte Frau sie sehen konnte.

Die Alte zögerte; dann nahm sie die Münzen und bedeutete den Mädchen, sich neben sie auf den Fußboden zu setzen. Sie nahmen Platz, und die alte Frau nahm Johannas kräftige junge Hände zwischen ihre zitternden Finger und richtete ihren seltsamen, beunruhigenden Blick auf sie. Lange Zeit sagte die Alte nichts; dann begann sie zu sprechen.

»Du bist, was du nicht sein wirst, Wechselbalg; was du werden wirst ist anders, als du bist.«

Daraus konnte niemand schlau werden – es sei denn, die Alte wollte damit lediglich sagen, daß Johanna bald eine erwachsene Frau sein würde. Aber weshalb hatte die Alte sie als ›Wechselbalg‹ bezeichnet?

»Du strebst nach dem Verbotenen«, fuhr Balthild fort. Johanna zuckte vor Erstaunen zusammen, und die alte Frau verstärkte den Griff ihrer Hände. »Ja, Wechselbalg, ich kann in dein Innerstes schauen. Du wirst nicht enttäuscht. Macht und Größe werden dein – viel mehr, als du's dir erträumen kannst. Doch auch Schmerz und Kummer werden dir zuteil – schlimmer, als du's dir vorzustellen vermagst.«

Balthild ließ Johannas Hände fallen und wandte sich Gisla zu, die Johanna zuzwinkerte und mit einer Miene anblickte, die besagte: »*Das* ist ein Spaß, nicht wahr?«

»Du wirst bald heiraten. Einen reichen Mann«, sagte Balthild.

»Ja!« rief Gisla und kicherte. »Aber ich habe Euch nicht dafür bezahlt, daß Ihr mir sagt, was ich schon weiß, alte Frau. Wird meine Ehe glücklich sein?«

»Nicht glücklicher als die meisten Ehen, aber auch nicht unglücklicher«, sagte Balthild, worauf Gisla den Blick in gespielter Verzweiflung an die Decke der Hütte richtete.

»Eine Ehefrau, die wirst du wohl, aber niemals eine Mutter.« Balthild redete in einem seltsamen Sprechgesang und schwang im Rhythmus der Worte vor und zurück. Ihre Stimme war plötzlich klar und melodisch.

Gislas Lächeln schwand. »Soll das heißen, ich bin unfruchtbar?«

»Leer und dunkel liegt deine Zukunft vor dir.« Balthilds Stimme erhob sich zu einem klagenden Heulen. »Schmerz wirst du erleiden und Verzweiflung und Angst.«

Gisla saß wie angewurzelt da, regungslos wie ein Kaninchen, das vom Blick der Schlange gebannt wird.

»Das reicht jetzt!« Johanna riß Gislas Hände aus den Fingern der alten Frau. »Komm mit«, sagte sie. Gisla gehorchte, sanftmütig wie ein Lämmchen.

Draußen vor der Hütte brach Gisla in Tränen aus.

»Glaub doch nicht an diesen Unsinn«, besänftigte Johanna sie. »Die alte Frau ist nicht mehr bei Verstand. Sie redet Unsinn. Außerdem stimmt es sowieso nicht, was Wahrsager prophezeien.«

Doch Gisla war untröstlich; sie weinte und weinte. Schließlich führte Johanna sie zu den Ständen, an denen es Süßigkeiten gab; dort kauften die Mädchen sich kandierte Feigen und schlangen sie hinunter, bis sie sich ein bißchen besser fühlten.

Als sie Gerold an diesem Abend von ihrem Erlebnis erzählten, reagierte er wütend.

»Was ist das? Hexerei? Johanna und Gisla – ihr führt mich morgen zu dieser Hütte. Ich werde diesem alten Weib, das jungen Mädchen Angst einjagt, einige passende Worte sagen. Und du, Gisla, gibst keinen Pfifferling auf den Unsinn, den die Alte dir erzählt hat, hörst du? Warum seid ihr überhaupt zu einer Wahrsagerin gegangen?« Mit vorwurfsvoller Miene schaute er Johanna an. »Ich hätte gedacht, daß wenigstens *du* es besser weißt.«

Johanna nahm den Tadel widerspruchslos hin. Dennoch – ein Teil von ihr *wollte* an Balthilds wahrsagerische Kräfte glauben. Hatte die alte Frau nicht gesagt, sie würde Johannas geheimsten Wunsch kennen? Falls Balthild in diesem Fall recht hatte, dann *würde* sie, Johanna, zu Macht und Größe gelangen – ungeachtet der Tatsache, daß sie ein Mädchen war, und ganz egal, wie andere Leute über diese Weissagung denken mochten.

Doch wenn Balthild recht hatte, was Johannas Zukunft betraf, dann hatte sie auch recht, was *Gislas* zukünftiges Schicksal anging.

Als sie am nächsten Tag noch einmal zu der Hütte gingen, war sie leer. Und niemand konnte sagen, wohin die alte Frau gegangen war.

Im Winnemanoth wurde Gisla mit dem Grafen Hugo verheiratet. Es gab jedoch einige Schwierigkeiten, einen passenden Tag zu finden, der den sofortigen Vollzug der Ehe erlaubte. Die Kirche untersagte alle ehelichen Beziehungen an jedem Mittwoch, Freitag und Sonntag – wie auch während der letzten vierzig Tage vor Ostern, während der ersten acht Tage nach Pfingsten, während der letzten fünf Tage vor jeder heiligen Kommunion sowie an den Tagen vor allen großen Kirchenfesten und an den Bittagen. Somit war Geschlechtsverkehr an insgesamt etwa zweihundertundzwanzig Tagen des Jahres untersagt. Berücksichtigte man dies – und nahm dann noch die Zeitspanne hinzu, die wegen Gislas Monatsblutung wegfiel –, blieben nicht mehr allzu viele Tage übrig, die eine Eheschließung mit unmittelbar darauffolgender Hochzeitsnacht erlaubten. Doch schließlich einigte man sich auf den 24. Tag des Monats; ein Datum, das allen Beteiligten zupaß kam – bis auf Gisla, die es gar nicht erwarten konnte, bis die Feiern begannen.

Dann, endlich, war der große Tag gekommen. Die gesamte Dienerschaft stand noch vor Tagesanbruch auf, um sich um Gisla zu kümmern und sie für die Hochzeit fertigzumachen. Zuerst half man ihr in ihre langärmelige gelbe Untertunika aus Leinen. Darüber zog sie das Kleid an, das aus dem gold- und silberdurchwirkten, bunten Stoff geschneidert war, den sie auf dem Jahrmarkt in St. Denis gekauft hatte. Das Kleid fiel in anmutigem Faltenwurf von den Schultern bis auf den Boden. Dann wurde ihr ein schwerer Gürtel um die Hüfte geschlungen, der mit ›Glückssteinen‹ besetzt war: Achaten, um das Fieber abzuwehren; Kreide zum Schutz gegen den bösen Blick; Blutjaspis zur Förderung der Fruchtbarkeit und Jaspis, um eine leichte und sichere Kindsgeburt zu bewirken. Zum Schluß befestigten die Dienerinnen einen zarten, wunderschön gearbeiteten Schleier aus Seide in Gislas Haar, der sich bis zum Boden bauschte, über ihre Schultern fiel und ihr rotbraunes Haar vollkommen verdeckte. Als Gisla schließlich in ihrem vollständigen Hochzeitskleid dastand – und sich kaum bewegen oder gar hinsetzen konnte, aus Angst, die Pracht zu zerknittern –, sah sie in Johannas Augen wie ein exotisches Federvieh aus: ein seltsamer Truthahn vielleicht – gefüllt, dressiert und fertig zum Anschneiden.

Nicht mit mir, schwor Johanna sich. Sie wollte niemals heiraten, wenngleich sie in sechs Monaten vierzehn Jahre alt wurde – ein mehr als heiratsfähiges Alter. In drei Jahren würde sie bereits als alte Jungfer gelten. Doch in Johannas Augen war es unverständlich, ja, unglaublich, daß Mädchen in ihrem Alter so versessen aufs Heiraten waren; denn mit der Ehe ging eine Frau eine unauflösliche Bindung ein, die sie von einem Tag auf den anderen praktisch zur Leibeigenen machte. Ein Ehemann hatte die vollkommene Herrschaftsgewalt über seine Frau und ihre Kinder, ihren Besitz, ja, ihr Leben. Nachdem sie die Tyrannei ihres Vaters erduldet hatte, wollte Johanna nie wieder einem Mann eine solche Macht über sich in die Hand geben.

Gisla dagegen – dieses liebe, einfältige Geschöpf, das sie nun einmal war – ging mit leidenschaftlicher Begeisterung in die Ehe. Immer wieder errötete sie, lächelte sie, kicherte sie. Graf Hugo, prächtig anzuschauen in seiner Tunika und dem hermelinverbrämten Umhang, wartete am heiligen Portal des Domes auf Gisla. Sie nahm seine dargebotene Hand und stand dann stolz neben ihrem Zukünftigen, während Wido, der Haushofmeister von Villaris, öffentlich verkündete, wieviel Landbesitz und wie viele Diener, Tiere und sonstigen Güter Gisla als Mitgift in die Ehe einbrachte. Dann zog die Hochzeitsgesellschaft in den Dom, wo Fulgentius vor dem Altar wartete, um die feierliche Hochzeitsmesse zu lesen.

Was Gott verbunden hat, soll der Mensch nicht lösen: »*Quod Deus conjunxit homo non separet.*« Die lateinischen Worte kamen reichlich holperig über Fulgentius' Lippen, denn bevor er – schon recht spät im Leben – Amt und Würden eines Bischofs geerbt hatte, war er Soldat gewesen. Mit dem Studium der Heiligen Schrift und des Latein hatte er reichlich spät und ziemlich nachlässig begonnen, so daß ihm der richtige Gebrauch der lateinischen Sprache wohl für immer verschlossen bleiben würde.

»*In nomine Patria et Filia ...*« Johanna zuckte zusammen, als Fulgentius diesen Segen sprach; denn er hatte die Deklinationen durcheinandergewürfelt. Statt »im Namen des Vaters und des Sohnes und des Heiligen Geistes« hatte Fulgentius »im Namen des Vaterlandes und der Tochter ...« gesagt.

Als Fulgentius mit diesem Teil der Messe fertig war, wandte er sich mit offensichtlicher Erleichterung vom Latein ab und dem Theodisk zu.

»Möge diese Frau«, sagte er, »so lieblich sein wie Rachel, so gläubig wie Sarah und so fruchtbar wie Leah.« Sanft legte er Gisla die Hand auf den Kopf. »Möge sie viele Söhne hervorbringen und dem Hause ihres Gatten Ehre machen.«

Johanna sah, wie Gislas Schultern zuckten, und sie wußte, daß die Freundin ein Kichern unterdrückte.

»Möge sie das Verhalten eines Hundes annehmen, der sein Herz und sein Auge stets bei seinem Herrn hat; und selbst wenn sein Herr ihn schlägt oder mit Steinen nach ihm wirft, folgt der Hund ihm nach und wackelt freudig mit dem Schwanze.« Das kam Johanna ein bißchen stark vor, doch Fulgentius betrachtete Gisla mit einem gütigen, ja, liebevollen Ausdruck; er hatte offenbar nicht die Absicht gehabt, Gisla zu beleidigen. »Und wenn schon der Hund«, fuhr Fulgentius fort, »so sollte erst recht ein Weib, und dies aus besseren und triftigeren Gründen, dem Ehemann seine tiefste, makelloseste und unverbrüchlichste Liebe und Treue entgegenbringen.«

Er wandte sich Graf Hugo zu. »Möge dieser Mann so tapfer sein wie David, so klug wie Salomo, und so stark wie Samson. Mögen seine Ländereien in gleichem Maße wachsen wie sein Vermögen und die Schar seiner Söhne. Möge er seiner Frau ein gerechter Herr sein und ihr nie eine härtere Strafe zukommen lassen, als ihr zusteht. Möge er noch erleben dürfen, wie seine Söhne seinem Namen Ehre machen.«

Nach diesen bewegenden Worten des Bischofs tauschte das Brautpaar die Eheversprechen. Zuerst sprach Graf Hugo die Worte; dann streifte er Gisla einen Ring aus byzantinischem Türkis über den Ringfinger, durch den bekanntlich jene Ader verläuft, die zum Herzen führt.

Dann war Gisla an der Reihe. Inmitten der anderen Gäste im Dom stand Johanna und hörte zu, wie Gisla ihr Eheversprechen gab. Ihre Stimme war hoch und klar und glücklich; keine Schatten fielen auf ihre reine Seele, und ihre Zukunft war gesichert.

Was hält die Zukunft für mich *bereit?* fragte sich Johanna.

Sie konnte nicht ewig an der *scola* studieren – höchstens noch weitere drei Jahre. Johanna gab sich ihrem liebsten Tagtraum hin und stellte sich vor, wie sie als Lehrerin an einer der großen, bedeutenden Domschulen unterrichtete – in Reims, zum Beispiel, oder gar an der *scola palatina* –, und wie sie ihre Zeit damit verbrachte, das Wissen aller Zeitalter zu erkunden, gemeinsam mit Menschen, die einen ebenso wißbegierigen, von Forscherdrang getriebenen Geist besaßen wie sie selbst. Der Tagtraum war unfaßbar schön – wie jedesmal.

Aber das würde bedeuten, daß du Villaris verlassen mußt – und damit Gerold, ging es ihr durch den Kopf, und wie jedesmal schmerzte dieser Gedanke sie zutiefst.

Daß sie eines Tages von Villaris fort mußte, war Johanna klar. Doch im Laufe der letzten Monate hatte sie diesen Gedanken beiseite geschoben und war es zufrieden gewesen, in der Gegenwart zu leben und die Freude und das Glück zu genießen, jeden Tag mit Gerold zusammenzusein.

Johanna schaute zu ihm hinüber, ließ den Blick auf ihm ruhen. Sein Profil war fest und dennoch fein geschnitten, seine Gestalt hochgewachsen und gerade, und sein rotes Haar fiel ihm dicht und gelockt bis auf die Schultern.

Er ist der schönste Mann, den ich je gesehen habe, dachte Johanna – nicht zum erstenmal.

Als hätte er ihre Gedanken gelesen, drehte Gerold sich zu ihr um. Ihre Blicke trafen sich. Irgend etwas in seiner Miene – ein flüchtiger Ausdruck von Zärtlichkeit und Weichheit – durchrieselte Johanna bis in ihr Innerstes. Dann, binnen eines Augenblicks, war der Ausdruck verschwunden, noch bevor Johanna sich dessen bewußt geworden war; doch immer noch lag die Wärme auf Gerolds Gesicht.

Ich mache mir unnötige Sorgen, sagte sich Johanna. *Jetzt braucht ja noch gar nichts entschieden zu werden.*

Drei Jahre waren eine lange Zeit.

In drei Jahren konnte sehr viel geschehen.

Als Johanna in der nächsten Woche von der Domschule nach Hause kam, sah sie Gerold im Säulengang stehen und auf sie warten.

»Komm mit.« Sein Tonfall ließ erkennen, daß er eine Überraschung auf Lager hatte. Er winkte ihr und setzte sich in Richtung des äußeren Tores in Bewegung. Durch die Umzäunung der Burganlage gelangten sie in ein Waldstück auf dem Hügelhang und erreichten einige Zeit später eine Lichtung am Fuß des Hügels, in deren Mitte sich eine kleine Hütte befand, die in der Art eines Grubenhauses erbaut war. Das Gebäude war nicht mehr bewohnt und dermaßen verfallen, daß man es nicht mehr herrichten konnte. Doch einst mußte es das behagliche Heim eines Freien gewesen sein; denn die Wände aus lehmverkleidetem Flechtwerk waren dick und fest, und die Tür war aus massiver Eiche. Das Bauwerk erinnerte Johanna an das Haus ihrer Eltern in Ingelheim, wenngleich dieses Grubenhaus hier viel kleiner war, und sein Strohdach war verrottet und wies Löcher auf.

Johanna und Gerold machten vor der Eingangstür des kleinen Bauwerks halt. »Warte hier«, sagte Gerold. Johanna beobachtete neugierig, wie er das Gebäude einmal umrundete und dann wieder neben ihr stehenblieb.

»Und nun siehe und staune«, sagte er mit gespieltem Ernst, hob die Arme über den Kopf und klatschte dreimal laut in die Hände.

Nichts geschah. Johanna schaute Gerold fragend an. Der große Mann blickte erwartungsvoll auf die Hütte. Offensichtlich sollte irgend etwas passieren. Aber was?

Mit einem lauten, knarrenden Geräusch schwang die schwere Eichentür auf – zuerst ganz langsam, dann immer schneller. Doch hinter der Tür war nur finstere Leere zu sehen. Johanna strengte die Augen an. Nein, es war niemand darin. Die Tür hatte sich von selbst bewegt!

Fassungslos starrte Johanna auf die Eichentür. Ein Dutzend Fragen schossen ihr durch den Kopf, doch die naheliegendste drängte sich in den Vordergrund.

»Wie ...?« fragte sie.

In gespielter Andächtigkeit blickte Gerold zum Himmel. »Ein Wunder.«

Johanna schnaubte.

Gerold kicherte. »Na gut. Dann eben Hexerei.« Er blickte sie herausfordernd an; offensichtlich machte die Sache ihm Spaß.

Johanna nahm die Herausforderung an. Sie marschierte zur Tür und betrachtete sie eingehend. »Kannst du sie wieder zumachen?«

Erneut hob Gerold die Arme und klatschte dreimal in die Hände; nach einer Pause quietschte und ächzte die Tür und begann sich wieder zu bewegen; diesmal schwang sie an den Angeln langsam nach innen. Johanna ging hinter dem Türblatt her, während es sich bewegte, und nahm es genauestens in Augenschein. Die schweren Eichenbretter waren glatt und fest zusammengefügt; an der Tür war nichts Ungewöhnliches zu sehen; ebensowenig an dem schlichten Handgriff aus Holz. Johanna inspizierte die Türangeln. Es waren vollkommen normale Angeln aus Eisen. Es war zum Haareraufen! Ihr wollte beim besten Willen keine Erklärung einfallen, weshalb die Tür sich bewegt hatte.

Nun war die Tür wieder fest verschlossen. Es war ein Rätsel.

»Nun?« Gerolds tiefblaue Augen strahlten vor Erheiterung.

Johanna zögerte. Sie wollte das Spiel Gerolds wegen nicht beenden. Doch was sollte sie anderes tun?

Gerade als sie ihre Niederlage eingestehen wollte, hörte sie einen leisen, beständigen, andauernden Laut, der von irgendwo über ihr kam. Zuerst konnte sie das Geräusch nicht einordnen; es war zwar vertraut, aber seltsam fehl am Platze.

Dann erkannte sie es. Wasser. Es war das Geräusch von tröpfelndem Wasser.

»Die hydraulische Vorrichtung!« stieß Johanna aufgeregt hervor. »Die auf der alten Handschrift vom Jahrmarkt in Saint Denis! Du hast diese Apparatur nachgebaut!«

Gerold lachte. »Ich habe sie umgebaut, genauer gesagt. Denn die Vorrichtung sollte zum Pumpen von Wasser dienen, nicht dazu, Türen zu öffnen und zu schließen.«

»Wie funktioniert sie?«

Gerold zeigte ihr den Mechanismus, der sich gleich unter dem verfallenen Dach des Hauses befand, gut zehn Fuß von der Tür entfernt. Deshalb war die Vorrichtung nicht zu sehen gewesen. Dann demonstrierte er Johanna das komplizierte System aus Hebeln und Rollen, Flaschenzügen und Gegengewichten, das an der Innenseite der Tür an zwei eisernen Stangen befestigt war – auf eine so geschickte Art und Weise, daß es kaum zu sehen war. Gerold hatte die Vorrichtung in Betrieb gesetzt, als er um die Hütte herumgegangen war und dabei an einem Seil gezogen hatte.

»Erstaunlich!« sagte Johanna, nachdem Gerold es ihr erklärt hatte. »Zeig es mir bitte noch mal.« Nun, da sie verstand, wie die Vorrichtung funktionierte, wollte Johanna sie noch einmal in Betrieb sehen.

»Das geht nicht«, sagte Gerold. »Da müßte ich zuvor neues Wasser herbeischaffen.«

»Dann laß es uns holen«, erwiderte Johanna. »Wo stehen die Eimer?«

Gerold lachte. »Du bist unverbesserlich!« Er zog sie an sich und umarmte sie liebevoll. Seine Brust war fest und breit, seine Arme stark. Johanna hatte das Gefühl, ihr Innerstes würde vor Wonne zerfließen.

Abrupt ließ er sie los. »Also gut, dann komm«, sagte er heiser. »Die Eimer stehen da drüben.«

Sie gingen mit den leeren Eimern zu einem kleinen Fluß, der eine Viertelmeile entfernt war, füllten sie, schleppten sie zurück zur Hütte und leerten sie in einen Behälter; dann gingen sie wieder zum Fluß, um noch mehr Wasser zu holen. Dreimal unternahmen sie diesen Fußmarsch. Beim drittenmal war beiden ein bißchen schwindelig. Die Sonne schien warm; die Luft war voller Frühlingsversprechen, und die beiden waren wie verzaubert – voller gespannter Erwartung, was ihr Vorhaben betraf und voller Glück, in Gesellschaft des anderen zu sein.

»Gerold!« rief Johanna, die bis zu den Knien im kalten Wasser des Flusses stand. »Sieh doch!« Als er sich zu ihr umdrehte, schwang sie übermütig den Eimer, bespritzte Gerold und durchnäßte die Vorderseite seiner Tunika.

»Du kleine Hexe!« rief er grollend.

Er füllte seinen Eimer randvoll und übergoß Johanna, was sie ihm prompt heimzahlte und er wiederum ihr. So standen sie eine Zeitlang im Fluß, umgeben von funkelnder Gischt und benommen von Glück und Übermut. Dann wurde Johanna von einem Schwall Wasser aus Gerolds Eimer getroffen, als sie sich gerade niederbeugte, um den ihren zu füllen. Aus dem Gleichgewicht gebracht, rutschte sie aus und stürzte. Das kalte Wasser des Flusses schlug über ihr zusammen, umströmte sie, und für einen winzigen Augenblick wurde sie von Entsetzen gepackt; denn sie konnte auf dem schlüpfrigen, steinigen Flußbett mit den Füßen keinen Halt finden.

Dann spürte sie Gerolds Arme um ihren Körper, spürte, wie sie hochgehoben und auf die Füße gestellt wurde.

»Ich habe dich, Johanna. Ich habe dich schon.« Seine Stimme, ganz dicht an ihrem Ohr, war sanft und beruhigend. Johanna spürte, wie ihr ganzer Körper im Takt und Tonfall dieser Stimme mitschwang. Sie umarmte Gerold ganz fest. Die nasse Kleidung der beiden klebte aneinander und verschmolz ihre Leiber in scheinbar eindeutiger Intimität.

»Ich liebe dich«, sagte sie schlicht. »Ich liebe dich.«

»Oh, mein wunderbares, liebstes Mädchen«, murmelte Gerold, und dann lagen seine Lippen auf den ihren, und sie erwiderte den Kuß, und ihrer beider Leidenschaft wurde von Gefühlen entfacht und geschürt, die lange zurückgehalten worden waren und sich nun gewaltsam Bahn brachen.

Die Luft schien in Johannas Ohren zu summen. *Gerold*, dachte sie. *Gerold*.

Keiner der beiden bemerkte, daß jemand sie aus einem kleinen Wäldchen dicht unterhalb der Hügelkuppe beobachtete.

Odo war unterwegs nach Heristal gewesen, um seinen Onkel zu besuchen, einen der frommen Brüder in der dortigen Abtei, als sein Maultier durch Zufall von der Straße abkam, da es einem langgezogenen, natürlichen Beet aus besonders saftigen Kräutern und Klee folgte, die auf einer Seite der Straße wuchsen und in ein kleines Waldstück führten. Odo fluchte auf das Tier, zerrte an den Zügeln und schlug es mit der Weidengerte; doch das Maultier war störrisch und ließ sich nicht umstimmen. Odo hatte keine andere Wahl, als die Straße zu verlassen und sich dem Willen des Tieres zu beugen. Seufzend hob er den Blick, schaute den Hügelhang hinunter und sah es.

Eine gelehrte Frau ist niemals keusch. Worte des heiligen Paulus. Oder des heiligen Geronimus? Es spielte keine Rolle. Jedenfalls hatte Odo stets an die Richtigkeit dieser Behauptung geglaubt, und nun sah er den Beweis mit eigenen Augen ...

Odo tätschelte dem Maultier den Hals. *Heute abend bekommst du eine Extraportion Futter,* versprach er dem Tier in Gedanken, überdachte diesen Entschluß dann aber und änderte ihn rasch wieder. Futter war teuer; außerdem hatte das Tier ohnehin nur als Werkzeug Gottes gedient.

Odo eilte zurück zur Straße, von der sein Maultier abgebogen war. Sein eigentlicher Auftrag mußte nun warten. Zuerst einmal mußte er nach Villaris, das sich nur ein kurzes Stück die Straße hinauf befand.

Bald darauf ragten die Dächer und Türme der Burganlage vor Odo auf. Er kam durch das Tor in der Umzäunung und wurde von einem Wachtposten begrüßt. Hastig erwiderte Odo den Gruß. »Bringt mich zur Gräfin Richild«, sagte er. »Ich muß sie sofort sprechen.«

Gerold löste Johannas Arme, die seinen Hals umschlungen hielten, und trat zurück. »Komm«, sagte er, und seine Stimme schwankte vor Gefühlen. »Wir müssen zurück.«

Schwindelig vor Liebe und Glück, trat Johanna auf ihn zu, um ihn noch einmal zu umarmen.

»Nein.« Diesmal war Gerolds Stimme fest. »Ich muß dich jetzt nach Hause bringen ...«, er lächelte wehmütig, »solange ich noch den Willen dazu aufbringen kann.«

Johanna blickte ihn benommen an. »Du ... willst mich nicht?« Sie senkte den Kopf, bevor er antworten konnte.

Sanft umfaßte Gerold ihr Kinn und zwang sie, ihm in die Augen zu schauen. »Ich will dich mehr, als ich je eine Frau gewollt habe.«

»Dann verstehe ich nicht, weshalb ...«

»Gütiger Himmel, Johanna. Ich bin ein Mann mit allen Begierden eines Mannes. Du solltest mich nicht reizen und es uns beiden nur unnötig schwermachen.« Seine Stimme hörte sich beinahe zornig an. Als er die Tränen in ihren Augen glitzern sah, wurde sein Tonfall sanfter. »Was möchtest du denn, Johanna? Daß ich dich zu meiner Geliebten mache? Ich würde dich hier und jetzt lieben, wenn ich wüßte, daß es dich glücklich macht ... und daß es dir Glück *bringt*. Aber es würde deinen Untergang heraufbeschwören. Siehst du das denn nicht?«

Der Blick aus Gerolds tiefblauen Augen hielt den ihren gefangen. Er war so gutaussehend, daß es Johanna den Atem raubte. Sie wollte nur eins: daß er sie wieder in die Arme nahm.

Gerold streichelte ihr weißgoldenes Haar. Johanna setzte zum Sprechen an, doch ihre Stimme brach. Ihr war beinahe übel vor Scham und Enttäuschung, und sie holte tief Luft und versuchte, ihr aufgewühltes Inneres zu beruhigen.

»Komm.« Gerold nahm zärtlich ihre Hand, und sie erhob keinen Widerspruch, als er sie vom Flußufer fort und den Hügelhang hinauf bis auf die Straße führte. Schweigend, Hand in Hand, gingen sie das trostlose Wegstück bis nach Villaris.

11.

Die edle Richild, Markgräfin zu Villaris«, verkündete der Ausrufer, als Richild in hoheitsvoller Haltung die Empfangshalle des Bischofspalastes betrat.

»Euer Eminenz.« Sie verbeugte sich anmutig.

»Seid willkommen, Richild«, sagte Fulgentius. »Welche Neuigkeiten bringt Ihr mir von Eurem Gatten? Es ist ihm auf der Reise doch nicht etwa ein Unglück zugestoßen? Möge Gott es verhüten!«

»Es ist nichts dergleichen geschehen, Eminenz.« Richild war froh, daß Fulgentius' Gedanken so leicht zu durchschauen waren. Natürlich mußte er sich fragen, aus welchem Grund sie diese Reise unternommen hatte. Und der Gedanke an ein Unglück war naheliegend. Gerold war seit nunmehr fünf Tagen fort; in dieser Zeit konnte ihm auf den gefährlichen Straßen irgendeine Katastrophe widerfahren sein.

»Wir haben keine Nachricht darüber bekommen, daß es irgendwelche Schwierigkeiten gibt, Eminenz, und wir rechnen auch nicht damit. Gerold hat zehn Mann bei sich, gut bewaffnet und mit reichlich Proviant versehen. Außerdem wird er auf den Straßen kein Wagnis eingehen. Schließlich ist er im Auftrag des Kaisers auf Reisen.«

»Wir haben davon gehört. Er ist als *missus* unterwegs – nach Westfalen, nicht wahr?«

»Ja. Um einen Streit über die Bezahlung von *wergeld* zu schlichten. Außerdem sind auf der Reise einige kleinere Eigentumsfragen zu klären. Mein Gatte wird einen Monat oder länger fort sein.« *Lange genug,* dachte Richild. *Ich habe reichlich Zeit.*

Sie sprachen kurz über einige Dinge, die Bistum und Markgrafschaft betrafen – die Getreideknappheit an der Mühle; die Reparatur des Kirchendaches und die zufriedenstellend hohe Zahl der Kälber in diesem Frühjahr. Richild war sorgsam darauf bedacht, die Regeln der Höflichkeit zu beachten – aber mehr auch nicht. *Schließlich stamme ich aus einer edleren Familie als er,* sagte sie sich. *Da kann ich es ihn auch ein wenig spüren lassen, bevor ich den eigentlichen Grund meines Besuchs zur Sprache bringe.* Offensichtlich schöpfte Fulgentius keinen Verdacht. Um so besser. An diesem Tag war der Überraschungsangriff Richilds Verbündeter.

Schließlich hielt sie den geeigneten Zeitpunkt für gekommen. »Ich habe Euch aufgesucht, um Eure Hilfe in einer häuslichen Angelegenheit zu erbitten.«

Erfreut und geehrt ob dieses Vertrauens, schaute Fulgentius sie an. »Es ist mir ein Vergnügen, Euch zu helfen, edle Richild. Welcher Art ist Euer Problem?«

»Es geht um das Mädchen. Johanna. Sie ist kein Kind mehr; sie ist ...«, Richild wählte ihre Worte mit Bedacht, »sie ist zur Frau geworden. Deshalb geziemt es sich nicht für sie, noch länger unter unserem Dach zu wohnen.«

»Ich verstehe«, sagte Fulgentius, wenngleich offensichtlich war, daß er keine Ahnung hatte, was Richild meinte. »Tja, ich glaube, in diesem Fall sollten wir eine andere Unterkun- ...«

»Ich habe bereits für eine günstige und dauerhafte Möglichkeit gesorgt, die Zukunft des Mädchens zu sichern«, unterbrach Richild den Bischof. »Als Gattin des Sohnes von Bodo, dem Hufschmied. Er ist ein netter und stattlicher junger Mann. Und eines Tages, wenn sein Vater stirbt, wird er die Schmiede übernehmen. Bodo hat keine anderen Söhne.«

»Das verwundert mich, das muß ich schon sagen«, erwiderte Fulgentius. »Hat das Mädchen denn Andeutungen gemacht, eine Ehe mit dem jungen Mann betreffend?«

»Die Entscheidung darüber liegt nicht bei ihr. Aber Bodos Sohn ist eine weitaus bessere Partie, als ihr eigentlich gebührt. Ihre Familie ist so arm, wie *coloni* es nun einmal sind, und ihre seltsame Art hat ihr einen gewissen ... Ruf eingebracht.«

»Mag sein«, erwiderte der Bischof freundlich. »Aber das Mädchen scheint sehr an ihren Studien zu hängen. Und wenn sie erst mit dem Sohn des Hufschmieds verheiratet ist, kann sie die Domschule nicht mehr besuchen.«

»Das ist der Grund meines Kommens. Da Ihr, Eminenz, beschlossen habt, das Mädchen an die *scola* zu holen, müßt Ihr auch Eure Einwilligung geben, sie von der Schule zu entlassen.«

»Ich verstehe«, sagte Fulgentius noch einmal, obwohl ihm die ganze Angelegenheit noch immer nicht ganz klar war. »Und was hält Euer Gemahl von dieser Regelung?«

»Er weiß noch nichts davon. Die Gelegenheit hat sich erst kürzlich ergeben.«

»Ah, ich verstehe.« Fulgentius blickte erleichtert drein. »Dann werden wir auf die Rückkehr Markgraf Gerolds warten. Gewiß besteht bei dieser Sache keine Notwendigkeit zur Eile, oder?«

Richild ließ sich nicht beirren. »Leider doch. Es kann sein, daß diese Gelegenheit nur für kurze Zeit besteht. Der junge Mann sträubt sich ... wie es scheint, hat er ein Auge auf eines der Mädchen aus dem Ort geworfen ... aber ich habe selbstverständlich dafür gesorgt, daß eine Ehe mit Johanna für den jungen Mann sehr viel vorteilhafter wäre. Sein Vater und ich haben uns bereits geeinigt, was die Mitgift angeht. Der Junge ist jetzt bereit, die Wünsche des Vaters zu erfüllen. Allerdings ist er noch sehr jung und wankelmütig, so daß die Möglichkeit besteht, daß er seine Meinung ändert. Insofern wäre eine möglichst baldige Hochzeit anzuraten.«

»Trotzdem ...«

»Ich möchte Euch daran erinnern, Eminenz, daß ich die Herrin von Villaris bin und daß dieses Mädchen in meine Obhut gegeben wurde. Ich bin durchaus imstande, diese Entscheidung auch während der Abwesenheit meines Gatten zu fällen. Um freiheraus zu sprechen – Gerolds ... Zuneigung zu Johanna trübt sein Urteilsvermögen, sobald es um dieses Mädchen geht.«

»Ich verstehe«, murmelte Fulgentius – und diesmal verstand er wirklich nur zu gut.

Rasch sagte Richild: »Mein Anliegen gründet sich ausschließlich auf finanziellen Erwägungen, damit Ihr mich recht versteht! Gerold hat ein kleines Vermögen ausgegeben, um Bücher für das Mädchen zu erwerben – eine unnütze Ausgabe, ja, eine Verschwendung. Denn das Mädchen hat ja keine Aussichten, eine Gelehrte zu werden. Aber irgend jemand muß sich um ihre Zukunft kümmern, und das habe ich getan. Ihr seid doch auch der Meinung, daß ich eine gute Partie für sie gefunden habe, nicht wahr?«

»Ja«, gab Fulgentius zu.

»Gut. Dann seid Ihr also bereit, das Mädchen von der Domschule zu entlassen?«

»Ich bitte um Vergebung, edle Richild, aber diese Entscheidung muß ich bis zur Rückkehr des Herrn Markgrafen aufschieben. Doch ich versichere Euch, daß ich die Angelegenheit gründlich mit Eurem Gemahl besprechen werde. Wie auch mit dem Mädchen. Obwohl Ihr eine gute Partie für Johanna gefunden habt, wie Ihr es ausdrückt, mißfällt mir der Gedanke, daß sie diese Ehe möglicherweise gegen ihren Willen eingeht. Doch falls die geplante Ehe sich für alle Beteiligten als günstig erweist, werden wir rasch handeln, sobald Euer Gemahl zurück ist.«

Richild setzte zu einer Erwiderung an, doch Fulgentius kam ihr zuvor. »Ich weiß, daß Ihr der Meinung seid, die Ehe sollte schnellstmöglich vereinbart, wenn nicht gar geschlossen werden. Aber vergebt mir, edle Richild, wenn ich dem nicht zustimmen kann. Einen Monat zu warten, oder auch zwei, dürfte wohl keine Rolle spielen.«

Erneut versuchte Richild zu widersprechen, doch wieder schnitt Fulgentius ihr das Wort ab. »Meine Entscheidung ist unumstößlich. Weitere Diskussionen in dieser Angelegenheit sind zwecklos.«

Richilds Wangen brannten angesichts dieser Zurechtweisung. *Dieser überhebliche Narr!* dachte sie wütend. *Für wen hält er sich, mir Befehle zu erteilen? Meine Familie hat schon in Königspalästen gewohnt, als seine Ahnen noch die Äcker bestellt haben!*

Sie betrachtete ihn von oben bis unten. »Also gut, Eminenz. Wenn dies Eure Entscheidung ist, muß ich mich ihr beugen.« Sie streifte ihre Reithandschuhe über, als würde sie sich für den Heimritt bereit machen.

»Übrigens«, ihre Stimme klang noch immer beiläufig, »habe ich vor kurzem einen Brief von meinem Vetter Sigismund bekommen, dem Bischof von Utrecht.«

Auf Fulgentius' Gesicht zeigten sich Achtung und Respekt, wie Richild zufrieden feststellte. »Ein bedeutender Mann. Ein sehr bedeutender Mann.«

»Ihr wißt bestimmt schon, daß er die Synode leiten wird, die in diesem Sommer in Aachen zusammenkommt?«

»Ich hab' davon gehört, ja.«

Nun, da Richild ihn nicht mehr bedrängte, war Fulgentius' Gehaben von gewohnter Herzlichkeit.

»Dann habt Ihr vielleicht auch davon gehört, welches der wichtigste Gegenstand der Gespräche auf dieser Synode sein wird?«

»Nein, aber ich würde es sehr gern erfahren«, erwiderte Fulgentius lächelnd. Offensichtlich ahnte er nicht, worauf sie hinauswollte.

»Es geht um bestimmte ... Unregelmäßigkeiten« – behutsam stellte Richild die Falle auf – »in der Führung des Bischofsamtes.«

»Unregelmäßigkeiten?«

Fulgentius verstand nicht, was sie meinte. Da mußte sie sich schon deutlicher ausdrücken.

»Mein Vetter hat die Absicht, die Frage aufzuwerfen, inwieweit die Bischöfe ihre Gelübde einhalten. Insbesondere ...«, sie blickte ihm fest in die Augen, »... das Keuschheitsgelübde.«

Fulgentius wich alle Farbe aus dem Gesicht. »Wirklich?«

»Offenbar möchte mein Vetter dieser Synode einen wichtigen und richtungweisenden Charakter verleihen. Er hat umfassende Informationen über die fränkischen Bischöfe gesammelt – Informationen, die er für äußerst beunruhigend hält. Doch über die Bischöfe in diesem Teil des Reiches weiß er nicht so gut Bescheid. Deshalb muß er sich auf Berichte aus den jeweiligen Bistümern stützen. In seinem Brief bittet er mich ausdrücklich, ihm dahingehende Informationen über *Eure* Amtsführung zukommen zu lassen ... Eminenz.« Sie sprach seinen Titel mit unüberhörbarer Verachtung aus und sah zufrieden, wie er zusammenzuckte.

»Ich wollte meinem Vetter umgehend antworten«, fuhr sie mit kühler Stimme fort, »aber die Einzelheiten, was die Verlobung des Mädchens angeht, haben meine Zeit zu sehr in Anspruch genommen. Offen gestanden, haben die Vorbereitungen für die Hochzeit es mir bis jetzt unmöglich gemacht, meinem Vetter überhaupt zu antworten. Aber nun, da die Hochzeitsfeier verschoben wird, sieht die Sache natürlich ganz anders aus ...« Sie verstummte, ließ ihre Worte einwirken.

Fulgentius saß wie vom Donner gerührt da, schweigend und vollkommen regungslos. Doch tief in seinen schläfrigen, schwerlidrigen Augen leuchtete ein winziger, jedoch unübersehbarer Funke der Furcht auf.

Richild lächelte.

Johanna saß auf einem Felsblock, von Sorge und Trauer erfüllt. Vor ihr lag Lukas; er legte ihr den Kopf in den Schoß und blickte aus seinen ausdrucksvollen, opaleszierenden Augen zu ihr auf.

»Du vermißt ihn auch, nicht wahr, mein Junge?« sagte Johanna und kraulte zärtlich das weiße Fell des jungen Wolfes.

Sie war jetzt fast allein; nur Lukas war ihr geblieben. Gerold war seit mehr als einer Woche fort. Johanna vermißte ihn so sehr, daß es sie selbst verwunderte; die Sehnsucht nach Gerold verursachte ihr körperlichen Schmerz. Sie konnte die Hand genau auf jene Stelle legen, wo das Stechen in der Brust am stärksten war. *Herzeleid*, ging es ihr durch den Kopf.

Sie wußte, weshalb Gerold fortgereist war. Nach dem, was am Ufer des kleinen Flusses zwischen ihnen beiden geschehen war, hatte er für eine Weile fortgehen *müssen*. Sie mußten eine Zeitlang getrennt sein, damit die Leidenschaft sich abkühlte und sie beide wieder klaren Kopf bekamen. Johannas Verstand akzeptierte diese Notwendigkeit, ihr Herz aber lehnte sich dagegen auf.

Warum? fragte sie sich zum tausendsten Mal. *Warum muß es gerade so sein?* Richild liebte Gerold ebensowenig wie er sie.

Sie grübelte, führte Diskussionen mit sich selbst, zermarterte sich das Hirn darüber, warum es so war, *wie* es war, und weshalb es vielleicht sogar so am besten sein mochte; doch zum Schluß gelangte sie immer wieder zu einer unumstößlichen Erkenntnis, die alles andere verblassen ließ: Sie liebte Gerold.

Johanna schüttelte den Kopf, wütend auf sich selbst. Wenn Gerold stark genug war, diese lange Reise zu ihrem Besten zu unternehmen – durfte sie sich dann dem Selbstmitleid hingeben? Nein. Was nun mal nicht zu ändern war, mußte man halt irgendwie ertragen. Johanna konzentrierte sich auf eine neue Hoffnung, eine neue Lösung dieser Probleme: Wenn Gerold heimkehrte, sollten die Dinge anders aussehen. Dann wollte sie sich damit zufriedengeben, in seiner Nähe sein zu können, mit ihm scherzen und lachen zu können, wie sie es immer schon getan hatten ... früher. Sie würden wie Lehrer und Schülerin sein, wie Priester und Nonne, Bruder und Schwester. Sie, Johanna, würde jede Erinnerung an seine Umarmung aus ihrem Gedächtnis verbannen, und die Sehnsucht, noch einmal seine Lippen auf den ihren zu spüren ...

Wido, Gerolds Haushofmeister, tauchte plötzlich neben ihr auf. »Meine Herrin möchte mit dir reden.«

Johanna folgte Wido durch das Tor in der Palisade auf den Eingangshof. Lukas trottete an ihrer Seite. Als sie auf den

Haupthof gelangten, zeigte Wido auf Lukas: »Der Wolf darf nicht mit.«

Richild mochte Hunde nicht und hatte verboten, Tiere ins Haus zu lassen, obwohl es in anderen herrschaftlichen Anwesen so gang und gäbe war. Lukas gegenüber hegte Richild eine besondere Abneigung, weil er Johannas und Gerolds Liebling war.

Johanna befahl Lukas, sich hinzulegen und auf dem Hof auf sie zu warten.

Dann führte ein Wachtposten sie durch die überdachten Säulengänge in die Haupthalle des Wohngebäudes, in der es von Bediensteten wimmelte, die damit beschäftigt waren, das nachmittägliche Mahl vorzubereiten. Johanna bahnte sich einen Weg zu Gerolds Schreibstube, in der Richild auf sie wartete. Schlagartig verebbte der Lärm, der in der Haupthalle herrschte.

»Ihr habt nach mir geschickt, Herrin?«

»Setz dich.« Johanna ging zu einem Sessel in der Nähe, doch Richild bedeutete ihr mit einer herrischen Geste, auf einem Holzstuhl Platz zu nehmen, der hinter einem kleinen Schreibpult stand.

»Ich werde dir einen Brief diktieren.«

Wie alle adeligen Damen in diesem Teil des Reiches konnte Richild weder lesen noch schreiben. Für gewöhnlich diente ihr Wala, der Hofgeistliche von Villaris, als Schreiber. Auch Wido, der Haushofmeister, beherrschte das Lesen und Schreiben und war Richild in dieser Kunst manchmal zu Diensten.

Warum hat sie dann nach mir geschickt?

Ungeduldig trat Richild mit dem Fuß auf. Mit geübtem Blick betrachtete Johanna die Schreibfedern, die auf dem Pult lagen, und suchte sich die spitzeste heraus. Sie nahm sich ein Blatt Pergament, tauchte die Feder ins Tintenfaß und nickte Richild zu.

»Von Richild, Markgräfin zu Villaris ...«, begann sie zu diktieren.

Johanna schrieb schnell und schwungvoll. Das Kratzen des Federkiels erfüllte die steinerne Stille der Schreibstube.

»... an den Dorfpriester von Ingelheim. – Frommer Herr. Eurer Tochter ...«

Johanna schaute auf. »Ein Brief an meinen Vater?«

»Mach weiter«, befahl Richild in einem Tonfall, der erkennen ließ, daß sie keine Fragen dulden würde. »Frommer Herr. Eurer Tochter Johanna, die inzwischen fast vierzehn Jahre zählt und deshalb in heiratsfähigem Alter ist, wird die Fortführung ihrer Studien an der hiesigen Domschule untersagt.«

Johannas Hand zitterte plötzlich so heftig, daß ihr um ein Haar die Schreibfeder entfallen wäre.

»Als Vormund Eurer Tochter, der stets auf ihr Wohlergehen bedacht ist«, fuhr Richild fort, wobei sie vorgab, Johannas Entsetzen nicht bemerkt zu haben, »habe ich dafür gesorgt, daß sie eine Ehe mit Iso schließen kann, die ihr eine gesicherte Zukunft bescheren wird; denn Iso ist der Sohn des Hufschmieds dieser Stadt, eines wohlhabenden Mannes. Die Hochzeit findet in zwei Tagen statt. Die Bedingungen des Eheabkommens lauten wie folgt ...«

Johanna sprang auf, wobei sie den Stuhl umstieß. »Warum tut Ihr das?«

»Weil ich es so will.« Ein kleines, boshaftes Lächeln umspielte Richilds Lippen. »Und weil ich es kann.«

Sie weiß es, ging es Johanna durch den Kopf. *Sie weiß über Gerold und mich Bescheid.* Sie spürte, wie ihr das Blut brennend heiß ins Gesicht stieg – so plötzlich und heftig, als würde ihre Haut in Flammen stehen.

»Ja«, sagte Richild, als hätte sie Johannas Gedanken erraten. »Gerold hat mir von dieser jämmerlichen kleinen Episode am Ufer des Flusses erzählt.« Sie lachte freudlos; offensichtlich genoß sie dieses grausame Spiel. »Hast du wirklich geglaubt, die unbeholfenen Küsse eines Bauerntrampels würden ihm gefallen? Als er mir davon erzählt hat, haben wir den ganzen Abend darüber gelacht!«

Johanna war zu schockiert, als daß sie auch nur ein Wort hätte hervorbringen können.

»Du bist erstaunt? Das solltest du nicht sein. Glaubst du etwa, du wärst die einzige gewesen? Meine Liebe, du bist lediglich die letzte Perle in Gerolds langer Halskette aus Eroberungen. Du hättest ihn nicht so ernst nehmen dürfen.«

Woher weiß sie, was zwischen uns gewesen ist? Hat Gerold es ihr wirklich erzählt? Johanna war plötzlich kalt, als hätte eine eisige Böe sie gepackt.

»Ihr kennt ihn nicht«, sagte sie standhaft.

»Ich bin seine Gemahlin, du unverschämtes Gör!«

»Ihr liebt ihn nicht.«

»Nein«, gab sie zu. »Aber vor allem möchte ich von der nichtsnutzigen Tochter eines *colonus* nicht beschämt und in Verlegenheit gebracht werden.«

Johanna versuchte, ihr aufgewühltes Inneres zu beruhigen und wieder einen kühlen Kopf zu bekommen. »Ohne Bischof Fulgentius' Zustimmung könnt Ihr mich nicht von der Domschule verweisen lassen. Schließlich hat er mich an die *scola* geholt.«

Richild hielt Johanna ein Blatt Pergament hin, das Fulgentius' Siegel trug.

Hastig überflog Johanna das Schriftstück; dann las sie es ein zweites Mal, langsam und bedächtig, um sich zu überzeugen, daß sie sich nicht geirrt hatte. Nein, es gab keinen Zweifel. Fulgentius hatte ihr die Weiterführung der Studien an der Domschule untersagt. Neben Fulgentius' Siegel trug das Dokument Odos Unterschrift. Johanna konnte sich vorstellen, welche Freude es Odo gemacht hatte, dieses Schriftstück zu unterzeichnen.

Als sie Johanna beim Lesen beobachtete, verspürte Richild ein Hochgefühl wie schon lange nicht mehr. Endlich mußte dieses überhebliche kleine Gör erkennen, wie unbedeutend es war. »Jede weitere Diskussion ist überflüssig«, sagte Richild. »Und jetzt setz dich, und schreib den Brief an deinen Vater fertig.«

»Gerold wird Euch das nicht erlauben«, erwiderte Johanna trotzig.

»Dich mit dem Sohn des Hufschmieds zu verheiraten war *seine* Idee, du dummes Balg!«

Johanna dachte rasch nach. »Wenn es wirklich Gerolds Idee war, wieso hat er es mir vor seiner Abreise dann nicht selbst gesagt?«

»Gerold ist zu weichherzig. Das war immer schon sein Fehler. Er brachte es nicht über sich, es dir zu sagen. Ich habe so etwas schon des öfteren erlebt ... mit deinen Vorgängerinnen. Jedesmal hat Gerold mich gebeten, die Sache in die Hand zu nehmen. Und das habe ich auch in deinem Fall getan.«

»Ich glaube Euch nicht.« Johanna wich zurück, kämpfte gegen die Tränen. »Ich glaube Euch nicht.«

Richild seufzte. »Die Sache ist abgemacht. Würdest du jetzt *endlich* den Brief fertig schreiben, oder muß ich Wala zu mir kommen lassen?«

Johanna wirbelte herum und stürmte aus dem Zimmer. Bevor sie in die Haupthalle gelangte, hörte sie das Klingeln von Richilds Glocke, mit der sie ihren Hauskaplan zu sich rief.

Lukas wartete an der Stelle, an der Johanna ihn allein gelassen hatte. Sie ließ sich neben dem Tier auf die Knie fallen. Liebevoll drückte Lukas seinen Körper an den des Mädchens und legte ihr seinen großen Kopf auf die Schulter. Seine aufrichtige, tröstende Zuneigung half Johanna, ihr aufgewühltes Inneres halbwegs zu beruhigen.

Ich muß die Ruhe bewahren. Richild legt es nur darauf an, daß ich die Beherrschung verliere.

Sie mußte nachdenken und überlegen, was jetzt zu tun war. Doch immer noch wirbelten ihre Gedanken im Kreis und endeten allesamt stets an einem Punkt.

Gerold.

Wo mag er jetzt sein?

Falls er auf Villaris gewesen wäre, hätte Richild nicht so handeln können. *Es sei denn, sie hat die Wahrheit gesagt. Es sei denn, es war wirklich Gerolds Idee, sie mit dem Sohn des Hufschmieds zu verheiraten.*

Doch Johanna schob diesen verräterischen Gedanken beiseite. Gerold liebte sie; er würde niemals zulassen, daß sie gegen ihren Willen mit einem Mann verheiratet wurde, den sie nicht einmal kannte.

Und es bestand immer noch die Möglichkeit, daß Gerold rechtzeitig heimkehrte, um diese Sache zu verhindern. Vielleicht konnte er ...

Nein. Sie durfte ihre Zukunft nicht an einen seidenen Faden hängen. Johannas von Schock und Schmerz getrübter Verstand war klar genug, um wenigstens das zu erkennen.

Gerold kommt erst in einigen Wochen nach Hause. Die Hochzeit aber soll in zwei Tagen stattfinden.

Sie mußte sich selbst aus dieser Lage befreien. Sie würde es niemals schaffen, diese Ehe einzugehen, die gar keine war.

Bischof Fulgentius. Ich muß zu ihm, muß mit ihm reden, muß ihn davon überzeugen, daß die Hochzeit nicht stattfinden darf.

Johanna war sicher, daß Fulgentius das Dokument nicht frohen Herzens unterzeichnet hatte. Durch Dutzende kleiner, freundlicher Aufmerksamkeiten hatte der Bischof erkennen lassen, daß er Johanna mochte und daß er sich über ihre Leistungen an der Domschule freute – insbesondere, da sie dem allseits unbeliebten Odo ein solcher Dorn im Auge war.

Richild muß Fulgentius auf irgendeine Weise in die Hand bekommen haben, daß er dieser Sache zugestimmt hat.

Falls Johanna die Gelegenheit bekam, mit dem Bischof zu reden, konnte sie ihn vielleicht dazu bringen, die Hochzeit abzusagen ... oder sie wenigstens bis zu Gerolds Heimkehr aufzuschieben.

Aber vielleicht möchte der Bischof mich gar nicht empfangen. Schließlich hatte Richild ihn dazu bewegt, Johanna von der Domschule zu verweisen und sie mit einem ihr unbekannten jungen Mann zu verheiraten. Irgend etwas stimmte da nicht. Und deshalb würde Fulgentius sich weigern, Johanna zu empfangen. Vielleicht sogar, weil es ihm *peinlich* war. Vermutlich würde er ablehnen, wenn sie um eine Audienz ersuchte.

Johanna kämpfte ihre Ängste nieder und zwang sich, logisch zu denken. *Fulgentius wird morgen das Hochamt lesen. Er wird am Schluß der Prozession zur Kathedrale reiten. Irgendwo unterwegs trete ich vor ihn hin. Wenn es sein muß, werfe ich mich ihm zu Füßen. Es ist mir egal. Er* wird *anhalten und mich anhören; ich werde ihn schon irgendwie dazu bringen.*

Sie schaute Lukas an. »Ob das klappt, Lukas? Und ob es reicht, um mich zu retten?«

Der Wolf legte mit fragendem Blick den Kopf auf die Seite, als würde er versuchen, das Gesagte zu begreifen. Es war eine Eigenart, die Gerold stets aufs neue erheiterte. Johanna umarmte den weißen Wolf und barg das Gesicht im dichten Fell um seinen Hals.

Zuerst kamen die bischöflichen Beamten in Sicht. Sie bewegten sich gemessenen Schrittes in würdevoller Prozession zum Dom. Ihnen folgten die Diakone und Subdiakone, allesamt zu Pferde und in prächtigen Gewändern. Unter ihnen befand sich Odo, gekleidet in einen schlichten braunen Umhang; auf seinem schmalen Gesicht lag ein verächtlicher, hochmütiger Ausdruck. Als sein Blick auf Johanna fiel, die sich in der Gruppe der Bettler und Bittsteller aufhielt, die auf den Bischof warteten, verzogen seine dünnen Lippen sich zu einem boshaften Lächeln.

Schließlich erschien der Bischof, in ein Gewand aus weißer Seide gekleidet; er saß auf einem prächtigen Roß, das mit einer purpurnen Schabracke bedeckt war. Unmittelbar hinter ihm ritten die höchsten Würdenträger des bischöflichen Palastes: der Schatzmeister; der Vorsteher der Kleiderkammer sowie der Almosenpfleger. Die Prozession hielt, als von beiden Seiten zerlumpte Bettler auf die Würdenträger eindrangen und im Namen des heiligen Stephan, des Schutzpatrons der Bedürftigen, laut nach milden Gaben riefen. Lustlos verteilte der Almosenpfleger Münzen unter den Bettelnden.

Johanna huschte rasch dorthin, wo sich der Bischof befand, dessen Pferd ungeduldig mit den Hufen scharrte.

Sie fiel auf die Knie. »Eminenz, hört meine Bitte ...«

»Ich kenne deinen Fall«, unterbrach der Bischof Johanna, ohne sie dabei anzuschauen. »Und ich habe meine Entscheidung bereits gefällt. Ich werde mir deine Bitte nicht anhören.«

Er spornte sein Pferd an, doch Johanna sprang auf, packte das Zaumzeug und hielt das Tier fest. »Diese Ehe würde meinen Untergang bedeuten, Eminenz.« Sie redete schnell, aber mit leiser Stimme, so daß niemand anders sie hören konnte. »Falls es Euch nicht möglich ist, die Hochzeit zu verhindern – könnt Ihr sie dann nicht wenigstens für einen Monat aufschieben?«

Fulgentius machte Anstalten, sein Pferd voranzutreiben, doch Johanna hielt entschlossen das Zaumzeug fest. Rasch kamen zwei Wächter herbei; sie hätten das Mädchen davongezerrt, doch mit einer Handbewegung gebot der Bischof ihnen Einhalt.

»Gebt mir vierzehn Tage Zeit!« bettelte Johanna. »Ich flehe Euch an, Eminenz, gebt mir wenigstens vierzehn Tage!« Dann war ihre innere Kraft endgültig erschöpft, und sie begann zu schluchzen.

Fulgentius war ein Mann mit vielen Fehlern und Schwächen, doch hartherzig war er nicht. Der Ausdruck seiner Augen wurde weich, als Mitleid in ihm aufkeimte. Er beugte sich im Sattel zur Seite und streichelte über Johannas weißgoldenes Haar.

»Ich kann dir nicht helfen, Kind. Du mußt dich in dein Schicksal ergeben. Wir haben dir eine Zukunft bereitet, wie Gott sie für jede gesunde Frau vorgesehen hat.« Er beugte sich noch tiefer hinunter und flüsterte: »Ich habe Erkundigungen über den jungen Mann einziehen lassen, der dein Ehegatte wird. Er ist ein netter und stattlicher Bursche; dein Los zu tragen wird dir nicht allzu schwerfallen, glaub mir.«

Er gab den Wachen ein Zeichen, die Johannas Hände daraufhin vom Zaumzeug losrissen und das Mädchen zurück in die Menge stießen. Vor ihr bildete sich eine Gasse. Als Johanna hindurchging und versuchte, ihre Tränen zu verbergen, hörte sie die Stadtbewohner tuscheln und leise lachen.

Im hinteren Teil der Menge sah sie Johannes. Sie ging in seine Richtung, doch er wich zurück.

»Bleib mir vom Leibe!« rief er wütend. »Ich hasse dich!«

»Warum? Was habe ich getan?«

»Du weißt genau, was du getan hast!«

»Was ist denn los, Johannes? Was ist geschehen?«

»Ich muß Dorstadt verlassen!« rief er. »Wegen dir!«

»Ich verstehe nicht ...«

»Odo hat zu mir gesagt: ›Du gehörst nicht hierher‹.« Johannes ahmte die näselnde Stimme des Schulmeisters nach. »›Du hast nur deiner Schwester wegen hier bleiben dürfen.‹«

Johanna blickte den Bruder fassungslos an. Sie war so sehr mit ihrer eigenen Zwangslage beschäftigt gewesen, daß sie noch gar nicht an die Konsequenzen für Johannes gedacht hatte. Er war ein schlechter Schüler, der die Domschule nur ihres geschwisterlichen Verhältnisses wegen hatte besuchen dürfen. Jetzt, da sie gehen mußte, würde auch Johannes gehen müssen.

»Ich habe diese Hochzeit nicht gewollt, Johannes.«

»Du hast mir immer schon alles verdorben! Und jetzt tust du's schon wieder!«

»Hast du denn nicht gehört, was der Bischof vorhin zu mir gesagt hat?«

»Es interessiert mich nicht! Das alles ist deine Schuld! Immer war alles Schlimme deine Schuld!«

Johanna konnte seinen Zorn nicht recht begreifen. »Dir gefällt das Bücherstudium doch gar nicht. Was kümmert es dich da, ob sie dich von der Domschule schicken oder nicht?«

»Du verstehst es nicht.« Er ließ den Blick über Johanna hinweg auf jemand anderen schweifen. »Du hast es nie verstanden.«

Johanna drehte sich um und sah die Jungen von der Domschule dicht beisammenstehen. Einer zeigte auf sie und flüsterte den anderen irgend etwas zu, worauf sich gedämpftes Lachen erhob.

Also wissen sie es schon, ging es Johanna durch den Kopf.

Natürlich wissen sie's. Odo würde niemals auf Johannes' Gefühle Rücksicht nehmen. Voller Mitgefühl betrachtete Johanna ihren Bruder. Es mußte schwer, fast unerträglich für ihn sein, ihretwegen von seinen Freunden getrennt zu werden. Johannes hatte sich oft mit den anderen Jungen gegen sie verbündet, doch Johanna wußte warum: Ihr Bruder hatte immer nur akzeptiert werden wollen, hatte dazugehören wollen, mehr nicht.

»Für dich, Johannes, wird alles wieder gut«, sagte sie besänftigend. »Es steht dir jetzt frei, wieder nach Hause zu gehen.«

»Ich und frei?« Johannes lachte humorlos. »So frei wie ein Mönch!«

»Was meinst du damit?«

»Ich soll ins Kloster nach Fulda gehen! Vater hat dem Bischof die entsprechende Bitte geschickt, als wir hierher an die Domschule kamen. Falls ich auf der *scola* versage, sollte ich ins Kloster zu Fulda geschickt werden!«

Das also war die Ursache für Johannes' Zorn. Denn sobald er der Bruderschaft erst einmal anvertraut worden war, konnte er sie nicht mehr verlassen. Dann würde nie ein Soldat aus ihm werden, der im kaiserlichen Heer ritt, wie er es sich erträumt hatte.

»Vielleicht gibt es doch noch einen Ausweg«, sagte Johanna. »Wir könnten ein Bittgesuch beim Bischof machen. Wenn wir gemeinsam zu ihm gehen, wird er vielleicht ...«

Johannes starrte sie düster an; um seinen Mund zuckte es, als er nach Worten suchte, die deutlich genug waren, seinen Gedanken Ausdruck zu verleihen. »Ich ... ich wünschte, du wärst nie geboren!« stieß er hervor, drehte sich um und rannte davon.

Niedergeschlagen machte Johanna sich auf den Rückweg nach Villaris.

Sie saß am Ufer des Flusses, an dem Gerold und sie sich erst vierzehn Tage zuvor umarmt hatten. Seitdem war eine Ewigkeit vergangen. Johanna blickte zur Sonne empor; es waren nur noch gut zwei Stunden bis zur Sext. Morgen um diese Zeit – zur Mittagsstunde – würde sie die Gattin des Iso sein, Sohn des Hufschmieds von Dorstadt.

Es sei denn ...

Sie betrachtete die Baumreihe, die den Waldrand begrenzte. Dorstadt lag inmitten dichter, ausgedehnter Wälder. Man konnte sich tagelang, sogar wochenlang darin verstecken, ohne entdeckt zu werden. Und Gerold kam in frühestens zwei Wochen nach Hause. *Kannst du so lange im Wald überleben?* fragte sich Johanna.

Der Wald war gefährlich; es gab dort wilde Eber und Auerochsen und ... Wölfe. Johanna dachte an die Kraft und die wilde Wut von Lukas' Mutter, als sie gegen die Käfigstangen gesprungen war, wobei ihre scharfen Zähne im Mondlicht gefunkelt hatten.

Ich werde Lukas mitnehmen, sagte sich Johanna. *Er wird mich beschützen, und er kann mir bei der Jagd helfen.* Der junge Wolf war bereits ein tüchtiger Jäger von Kaninchen und anderen kleinen Wildtieren, die es zu dieser Jahreszeit reichlich gab.

Und Johannes? dachte sie. *Was ist mit Johannes?* Sie konnte nicht einfach fortlaufen, ohne ihm zu sagen, wohin sie gegangen war.

Er kann mit mir kommen! Natürlich! Das war die Lösung ihrer *beider* Probleme. Sie würden sich im Wald verstecken und auf Gerolds Heimkehr warten. Gerold würde alles wieder ins Lot rücken – nicht nur für Johanna, sondern auch für ihren Bruder.

Sie mußte Johannes nur irgendwie Bescheid sagen. Sie mußte sich mit ihm darauf einigen, daß sie sich noch heute abend an einer bestimmten Stelle im Wald trafen. Er mußte seinen Speer, seinen Bogen und seinen Köcher mitbringen.

Es war ein verzweifelter Plan. Aber Johanna war verzweifelt.

Sie traf Dhuoda im Schlafraum. Obwohl erst elf Jahre alt, war Gerolds jüngste Tochter bereits gut entwickelt. Die Ähnlichkeit mit ihrer Schwester Gisla war nicht zu übersehen. Dhuoda begrüßte Johanna aufgeregt. »Ich hab's vorhin erst gehört! Morgen ist dein Hochzeitstag!«

»Nicht, wenn ich es verhindern kann«, erwiderte Johanna geradeheraus.

Dhuoda mußte staunen. Gisla hatte gar nicht schnell genug heiraten können! »Ist der Mann denn so alt?« Ihr Gesicht verzog sich in kindlichem Entsetzen. »Hat er keine Zähne mehr? Oder hat er die Krätze?«

»Nichts von alledem.« Johanna mußte lächeln. »Wie mir gesagt wurde, ist er jung und stattlich.«

»Aber warum sagst du dann ...«

»Ich habe jetzt keine Zeit, es dir zu erklären, Dhuoda«, unterbrach Johanna sie drängend. »Ich bin gekommen, dich um einen Gefallen zu bitten. Kannst du ein Geheimnis für dich behalten?«

»Oh, ja!« Neugierig beugte Dhuoda sich vor.

Johanna zog ein zusammengerolltes Stück Pergament aus ihrem Ranzen. »Dieser Brief ist für meinen Bruder. Bringe ihn zu Johannes an die Domschule. Ich würde ja selbst gehen, aber ich werde in den Frauengemächern erwartet. Ich soll dort eine neue Tunika für die Hochzeit anprobieren. – Tust du mir den Gefallen?«

Dhuoda starrte die Pergamentrolle an. Wie ihre Mutter und ihre Schwester konnte auch sie nicht lesen und schreiben.

»Was steht denn drin?«

»Das kann ich dir nicht sagen, Dhuoda. Aber es ist wichtig. Sehr wichtig.«

»Eine Geheimbotschaft!« Ihr Gesicht glühte vor Aufregung.

»Es sind fünf Kilometer bis zur Domschule. Wenn du dich beeilst, kannst du zu Mittag, in zwei Stunden, wieder hier sein.«

Dhuoda schnappte sich die Pergamentrolle. »Ich schaffe es noch schneller!«

Das Mädchen eilte über den Haupthof der Burganlage, stets darauf bedacht, den Dienern und Handwerkern aus dem Weg zu gehen, die wie immer um diese Tageszeit den Hof mit Leben und Lärm erfüllten. Dhuoda war aufgeregt. Eine geheime Botschaft zu überbringen – was für ein Abenteuer! Sie spürte das glatte, kühle Pergament in den Händen und wünschte sich, sie könnte lesen, was darauf geschrieben stand. Daß Johanna lesen und schreiben konnte, erfüllte Dhuoda mit Respekt.

Der geheimnisvolle Botengang war für das Mädchen eine willkommene Abwechslung im langweiligen Alltagseinerlei auf Villaris. Außerdem freute sie sich, Johanna helfen zu können. Johanna war immer nett zu ihr gewesen; stets nahm sie sich die Zeit, Dhuoda alle möglichen interessanten Dinge zu erklären. Sie war ganz anders als Mama, die häufig übellaunig und kurz angebunden war.

Das Mädchen hatte beinahe die Palisade erreicht, als es einen Ruf hörte.

»Dhuoda!«

Mamas Stimme. Dhuoda lief weiter, als hätte sie die Mutter nicht gehört, doch als sie durch das Tor in der Umzäunung wollte, packte der Wachtposten das Mädchen und hielt es fest.

Dhuoda drehte sich zu ihrer Mutter um, die näher kam.

»Dhuoda! Wo willst du hin?«

»Nirgends.« Hastig versuchte das Mädchen, die Pergamentrolle hinter dem Rücken zu verstecken. Richild fiel die plötzliche Bewegung auf, und ihr Mund verzerrte sich, als ein Verdacht in ihr aufkeimte.

»Was ist das?«

»N-nichts«, stammelte Dhuoda.

»Gib es mir.« Herrisch streckte Richild die Hand aus.

Dhuoda zögerte. Wenn sie der Mutter das Pergament gab, würde sie das Geheimnis verraten, das Johanna ihr anvertraut hatte. Doch falls sie es der Mutter nicht gab ...

Richild starrte ihre Tochter finster an. In ihren dunklen Augen war zu erkennen, wie sich in ihrem Innern heißer Zorn aufstaute.

Als Dhuoda in diese Augen blickte, erkannte sie, daß sie keine Wahl hatte.

In der letzten Nacht vor ihrer Hochzeit sollte Johanna auf Richilds Geheiß in dem kleinen Aufwärmzimmer schlafen, das an ihre eigene Schlafkammer angrenzte – ein Privileg, das für gewöhnlich nur kranken Kindern oder bevorzugten Bediensteten zuteil wurde. Es sei eine Geste der besonderen Ehrerbietung gegenüber der angehenden Ehefrau, wie Richild sich ausdrückte, doch Johanna war sicher, daß Richild sie auf diese Weise lediglich unter genauer Beobachtung halten wollte. Egal. Sobald Richild schlief, konnte Johanna genauso schnell aus diesem Zimmer schlüpfen wie aus dem Schlafraum.

Ermentrude, eine der Dienerinnen, kam mit einem Holzbecher mit warmem, gewürztem Rotwein in das kleine Zimmer. »Von Gräfin Richild«, sagte sie schlicht. »Euch zu Ehren an diesem besonderen Abend.«

»Ich möchte es nicht.« Johanna winkte ab. Von einem Feind nahm sie keine Gefälligkeiten entgegen.

»Aber die Herrin hat mir befohlen, bei Euch zu bleiben,

während Ihr den Wein trinkt, und dann den Becher in die Küche zu bringen.« Ermentrude war ängstlich darauf bedacht, alles richtig zu machen; denn sie war erst zwölf und neu in der gräflichen Dienerschaft.

»Dann trink den Wein selbst«, sagte Johanna gereizt. »Oder gieße ihn auf den Fußboden. Richild wird nie davon erfahren.«

Ermentrudes Miene hellte sich auf. Dieser Gedanke war ihr gar nicht gekommen. »Ja, Fräulein. Danke, Fräulein.« Sie wandte sich zum Gehen.

»Warte noch«, rief Johanna ihr nach, denn sie hatte es sich doch anders überlegt. Der Becher war randvoll, und der Wein süß und schwer; er schimmerte im gedämpften Licht des Zimmers. Falls Johanna die nächsten zwei Wochen im Wald überleben wollte, mußte sie jede Nahrung zu sich nehmen, die sie bekommen konnte, ob fest oder flüssig. Sie konnte sich keine närrischen Gesten des Stolzes leisten. Johanna nahm den Becher und trank den warmen Wein in hastigen Zügen. Um ihre Lippen herum bildete sich ein roter Rand, und der Wein hinterließ einen seltsam säuerlichen Geschmack auf der Zunge. Sie wischte sich den Mund mit dem Ärmel ab; dann reichte sie Ermentrude den Becher, und das Mädchen verließ eilig das Zimmer.

Johanna blies die Kerze aus, legte sich im Dunkeln aufs Bett und wartete. Die große Federmatratze war wunderbar weich – ein Gefühl, das Johanna nicht kannte; denn sie war an den dünnen Belag aus Stroh auf ihrem Bett oben in der Schlafkammer gewöhnt. Sie wünschte sich, Richild hätte sie in ihrem eigenen Bett schlafen lassen, neben Dhuoda. Sie hatte Dhuoda nicht mehr gesehen, seit das Mädchen die Nachricht zur Domschule gebracht hatte; den ganzen Nachmittag hatte sie in Richilds Gemächern verbracht, von der Außenwelt abgeschnitten, umsorgt und umhegt von den Dienerinnen, die sich um ihr Hochzeitskleid kümmerten und die Kleidung sowie jene persönlichen Gegenstände auswählten, die Johanna als Mitgift in die Ehe bringen sollte.

Hatte Dhuoda Johannes die Mitteilung überbracht? Johanna konnte nicht sicher sein; sie mußte sich darauf verlassen. Sie würde auf der Waldlichtung auf Johannes warten, und falls er nicht kam, würden sie und Lukas sich allein auf den Weg machen.

Im angrenzenden Zimmer hörte Johanna das langsame,

tiefe Atmen Richilds. Sie wartete noch eine Viertelstunde, um auch ganz sicher sein zu können, daß Richild schlief; dann schlüpfte sie leise unter den Decken hervor.

Sie trat durch die Tür in Richilds Kammer. Richild lag regungslos da; ihr Atem ging tief und gleichmäßig. Johanna glitt die Wand entlang und zur Tür hinaus.

Kaum hatte sie das Zimmer verlassen, schlug Richild die Augen auf.

Johanna bewegte sich geräuschlos durch die Hallen und über die Säulengänge, bis sie an die frische Luft auf dem Haupthof gelangte. Ihr war ein bißchen schwindlig, und sie holte tief Atem.

Alles war ruhig. Ein einzelner Wachtposten saß neben dem Tor, mit dem Rücken zur Mauer, den Kopf auf der Brust, schnarchend. Johannas Schatten – erschreckend groß und verzerrt – fiel über den vom Mondlicht erhellten Hof. Sie bewegte die Hand, und eine furchteinflößende, riesige Schattenhand vollzog die Bewegung gleichzeitig mit.

Leise pfiff Johanna nach Lukas. Der Wachtposten schnarchte laut auf und bewegte sich im Schlaf. Lukas kam nicht. Johanna setzte sich in Bewegung. Sie hielt sich stets im Schatten, als sie zu dem Winkel des Hofes ging, an dem Lukas für gewöhnlich schlief. Noch einmal zu pfeifen wagte Johanna nicht. Das Risiko, den Wachtposten zu wecken, war zu groß.

Plötzlich schien sich der Boden unter ihren Füßen zu bewegen. Schwindelgefühl und Übelkeit stiegen in ihr auf, und sie mußte sich an einem Pfosten festhalten. *Bei allen Heiligen, mir darf jetzt nicht schlecht werden!*

Johanna wehrte sich gegen den Übelkeitsanfall, als sie den Hof überquerte. Auf der gegenüberliegenden Seite entdeckte sie Lukas. Der junge Wolf lag auf der Seite; seine opaleszierenden Augen starrten blicklos in die Dunkelheit, und die Zunge hing ihm schlaff aus dem Maul. Johanna beugte sich nieder, um das Tier zu berühren – und spürte die Kälte des Körpers unter dem weichen weißen Fell. Scharf und keuchend holte sie Luft und richtete sich auf. Ihr Blick fiel auf ein halbgegessenes Stück Fleisch, das in der Nähe am Boden lag. Benommen starrte Johanna darauf. Eine Fliege ließ sich auf dem blutigen Fleischstück nieder, kroch darüber hinweg, saugte das Blut auf, flog wieder in die Höhe und kreiste für kurze

Zeit in unregelmäßigen Bahnen durch die Luft. Plötzlich fiel sie zu Boden. Ihre Beine zuckten; dann rührte sie sich nicht mehr.

Mit einemmal war ein lautes Summen in Johannas Ohren. Die Luft um sie herum schien auf und ab zu wogen. Taumelnd wich Johanna zurück, machte kehrt und wollte losrennen, doch wieder hob sich der Erdboden, verschob sich, bewegte sich – und kam dann plötzlich auf sie zu.

Die kräftigen Arme, die sie packten, in die Höhe hoben und zurück ins Haus trugen, spürte Johanna schon nicht mehr.

Das rhythmische Quietschen der Wagenräder war eine melancholische Begleitmusik zum Pochen der Pferdehufe, als der Wagen rumpelnd über die Straße zum Dom rollte und Johanna zur Hochzeitsmesse brachte.

Man hatte sie an diesem Morgen wachrütteln müssen; lange Zeit war sie zu benommen gewesen, als daß ihr bewußt gewesen wäre, was eigentlich geschah. Wie betäubt hatte sie dagestanden, als die Dienerinnen um sie herumscharwenzelten, ihr das Hochzeitskleid anzogen und ihr Haar richteten.

Nun aber ließ die Wirkung der Droge allmählich nach, und Johanna erinnerte sich. *Es war der Wein,* ging es ihr durch den Kopf. *Richild hat irgend etwas in den Wein getan.* Johanna dachte an Lukas, wie er kalt und tot auf dem nächtlichen Hof gelegen hatte, und Tränen stiegen ihr in die Augen. Er war vollkommen sinnlos gestorben, ohne Trost, ohne Beistand, einsam und allein. Johanna konnte nur hoffen, daß er nicht lange gelitten hatte. Es mußte Richild eine verderbte Freude bereitet haben, das Fleisch zu vergiften; sie hatte den jungen Wolf schon immer gehaßt, weil er die enge Bindung repräsentiert hatte, die zwischen Johanna und Gerold bestand.

Auch Richild saß in einem Wagen und fuhr dicht vor Johanna. Sie war in eine prächtige Tunika aus schimmernder blauer Seide gekleidet; ihr schwarzes Haar war so gekämmt, daß es sich elegant um ihren Kopf wand, und es wurde von einem silbernen, mit Smaragden besetzten Diadem gehalten. Richild war wunderschön.

Warum, fragte Johanna sich benommen, *hat sie mich nicht auch getötet?*

Als sie in dem Wagen saß, der sie dem Dom immer näher brachte, krank am Körper und am Herzen, fern von Gerold und ohne Hoffnung auf ein Entkommen, wünschte Johanna sich, Richild hätte es getan.

Die Wagenräder ratterten geräuschvoll über die unebenen Pflastersteine auf dem Domvorplatz; dann wurden die Pferde mit den Zügeln zum Stehen gebracht. Sofort erschienen zwei von Richilds Gefolgsleuten neben dem Wagen. Mit kunstvoller Unterwürfigkeit halfen sie Johanna hinunter.

Vor dem Dom hatte sich eine riesige Menschenmenge versammelt. Es war das Fest der ersten Märtyrer der Stadt Rom, ein hoher kirchlicher Feiertag; außerdem fand Johannas Hochzeitsgottesdienst statt, und die ganze Stadt hatte sich zu diesen beiden Anlässen versammelt.

Vorn in der Menge erblickte Johanna einen hochgewachsenen, rotgesichtigen, starkknochigen Jungen, der verlegen neben seinen Eltern stand. Der Sohn des Hufschmieds. Johanna erkannte seinen mißmutigen Gesichtsausdruck und sah, daß der Junge niedergeschlagen den Kopf gesenkt hielt. *Er möchte mich nicht zur Frau. Genauso wenig wie ich ihn zum Ehemann möchte. Weshalb sollten wir dann heiraten?*

Der Vater stieß den Jungen an; er ging auf Johanna zu und hielt ihr die Hand hin, und Johanna ergriff sie. Dann standen die beiden Seite an Seite, während Wido, Gerolds und Richilds Haushofmeister, die Liste der Gegenstände verlas, die Johanna als Mitgift in die Ehe brachte.

Johanna schaute zum Wald hinüber. Jetzt war es ihr unmöglich, loszurennen und sich in den Wäldern zu verstecken. Die Menge umringte sie, und Richilds Gefolgsleute standen dicht neben ihr und behielten sie wachsam im Auge.

Johanna entdeckte Odo in der Menge. Um ihn herum hatten sich die Jungen von der Domschule versammelt; wie üblich, flüsterten sie auch diesmal miteinander. Doch Johannes war nicht bei ihnen. Johanna ließ den Blick über die Zuschauer schweifen und sah ihren Bruder abseits an einer Seite der Menge stehen, unbeachtet von seinen Freunden. Sie beide waren jetzt allein; sie hatten nur noch einander. Johannas Blick suchte den ihres Bruders, suchte Trost in seinen Augen – und bot ihm Trost an. Erstaunlicherweise schaute Johannes nicht weg, sondern erwiderte ihren Blick; auf seinem Gesicht war deutlich der Schmerz zu erkennen.

Sie waren sich lange Zeit fremd gewesen. Doch in diesem

Augenblick waren sie zum erstenmal eins, Bruder und Schwester, verbunden in gegenseitigem Verstehen. Johanna hielt den Blick auf ihren Bruder gerichtet; sie wollte dieses zarte, zerbrechliche Band nicht zerreißen lassen.

Der Haushofmeister verstummte. Die Menge wartete gespannt. Der Sohn des Hufschmieds führte Johanna in den Dom. Richild und ihre Bediensteten folgten dem Brautpaar; dann kamen die Stadtbewohner.

Fulgentius wartete am Altar. Als Johanna und der Junge auf ihn zu gingen, bedeutete er ihnen, Platz zu nehmen. Zuerst sollte der kirchliche Festtag gefeiert werden; dann erst die Hochzeitsmesse.

»Omnipotens sempiterne Deus qui me peccatoris ...« Wie immer, sprach Fulgentius ein haarsträubendes Latein; diesmal aber nahm Johanna kaum Notiz davon. Der Bischof bedeutete einem Altardiener, das Offertorium vorzubereiten, und begann mit dem Opfergebet. *»Suscipe sanctum Trinitas ...«* Neben Johanna senkte der Sohn des Hufschmieds demutsvoll den Kopf. Auch Johanna versuchte zu beten; sie schloß die Augen und formte mit den Lippen die Worte des Gebets, doch es war nur eine äußere Geste, eine leere Hülle ohne Substanz. In ihrem Innern war nichts als Leere.

Fulgentius vermischte das Wasser mit dem Wein. *»Deus qui humanae substantiae ...«*

Mit einem lauten Krachen flogen die Türen des Domes auf. Fulgentius unterbrach seinen Kampf mit der lateinischen Sprache und starrte fassungslos zum Eingang des Gotteshauses. Johanna reckte den Hals und versuchte, die Quelle dieser beispiellosen Störung auszumachen. Doch die Besucher des Gottesdienstes versperrten ihr die Sicht.

Dann aber sah sie es. Eine riesige Kreatur – menschenähnlich, jedoch größer als ein Mensch – stand im Kircheneingang; ein gewaltiger dunkler Umriß im hellen Gegenlicht dieses strahlenden Frühsommertages. Der Schatten des Wesens fiel ins schummrige Innere des Domes. Das Gesicht war seltsam ausdruckslos und schimmerte in metallenem Glanz; die Augen lagen so tief in den dunklen Höhlen, daß Johanna sie nicht erkennen konnte. Zu beiden Seiten des Schädels ragte ein goldenes Horn hervor.

Irgendwo in der Menge der Gläubigen schrie eine Frau.

Wotan, dachte Johanna. Schon vor langer Zeit hatte sie den

Glauben an die Götter jenes Volkes aufgegeben, dem ihre Mutter entstammte – aber dort stand er, der alte germanische Gott, genau so, wie Johannas Mutter ihn beschrieben hatte. Und mit riesigen Schritten kam er über den Mittelgang auf sie zu ...

Ist er gekommen, um mich zu retten? fragte Johanna sich in einer Mischung aus Hoffnung und Entsetzen.

Als das Wesen näher kam, erkannte Johanna, daß sein metallenes Gesicht und die Hörner zu einer Maske gehörten; sie waren Teil eines kunstvollen Schlachthelms. Das Ungetüm war ein Mensch, kein Gott. Am Hinterkopf – dort, wo der Helm endete – sah Johanna langes goldenes Haar, das bis auf die Schultern fiel.

»Normannen!« brüllte jemand.

Der Eindringling setzte seinen Vormarsch fort, ohne auch nur einen Schritt innezuhalten. Als er den Altar erreichte, hob er ein schweres, doppelschneidiges Breitschwert und ließ es mit furchtbarer Wucht auf den kahlgeschorenen Kopf eines der Priester niedersausen, der dem Bischof als Assistent zur Seite stand. Der tonsierte Schädel des Mannes wurde in zwei Hälften gespalten; eine Blutfontäne schoß aus der tiefen Kluft empor.

Dann brach das nackte Chaos aus. Überall um Johanna herum schrien und kreischten die Menschen und stießen einander zur Seite, um schnellstmöglich ins Freie zu gelangen. Johanna wurde von der Menge mitgerissen; sie war so fest zwischen den schubsenden, stoßenden Körpern eingeklemmt, daß ihre Füße den Kontakt zum Boden verloren. Die entsetzten, fliehenden Stadtbewohner schwappten wie eine Woge aus menschlichen Leibern in Richtung Kirchenportal – um dann abrupt stehenzubleiben.

Der Ausgang wurde von einem weiteren Eindringling versperrt, der ebenso wie der erste in voller Rüstung dastand, als wollte er sich in die Schlacht stürzen. Mit dem einzigen Unterschied, daß dieser zweite Mann statt eines Schwerts eine Axt trug.

Die Menge schwankte unschlüssig. Johanna hörte Rufe von draußen; dann kamen weitere Normannen – mindestens ein Dutzend – durch die Türen in den Dom gestürmt; mit heiseren Schreien schwangen sie riesige eiserne Äxte über den Köpfen.

Die Stadtbewohner gerieten in wilde Panik und kletterten

übereinander hinweg, um aus der Reichweite der mörderischen Waffen zu gelangen. Irgend jemand stieß Johanna grob von hinten, so daß sie zu Boden stürzte. Sie spürte, wie Füße auf ihren Rücken trampelten, ihr in die Seiten stießen, und sie warf die Arme hoch, um ihren Kopf zu schützen. Jemand stampfte wuchtig auf ihre rechte Hand, und Johanna schrie vor Schmerz auf: »Mama! Hilf mir! Mama!«

Sie kämpfte verzweifelt, sich aus dem Knäuel aus menschlichen Leibern zu befreien, und kroch zur Seite, bis sie auf ein freies Stück gelangte. Als sie zum Altar schaute, sah sie Fulgentius, umringt von Normannen. Er schlug mit dem großen Holzkreuz, das hinter dem Altar gehangen hatte, auf die Angreifer ein; offenbar hatte der Bischof das Kreuz von der Wand gerissen. Jetzt schwang er es mit wilder Wut, während seine Angreifer vor und zurück sprangen und versuchten, mit den Schwertern nach Fulgentius zu schlagen. Doch es gelang ihnen nicht, in seinen Verteidigungskreis vorzudringen. Während Johanna hinsah, versetzte Fulgentius einem Normannen einen so wuchtigen Hieb mit dem Kreuz, daß der Mann durchs halbe Kirchenschiff geschleudert wurde.

Johanna erhob sich, ging wankend durch den Lärm und den Rauch – war ein Feuer ausgebrochen? – und suchte nach Johannes. Um sie herum waren Gebrüll und Rufe, Stöhnen und Wimmern, Schreie des Schmerzes und Entsetzens. Der Boden war naß von Blut und übersät mit umgestürzten Stühlen und regungslosen Körpern.

»Johannes!« rief sie. Hier war der Rauch dichter; ihre Augen brannten, und sie konnte nicht klar sehen. »Johannes!« Bei dem Lärm vermochte sie kaum die eigene Stimme zu hören.

Schwere Schritte im Rücken und der Windstoß, der ihr über den Rücken wehte, warnten Johanna. Sie reagierte instinktiv und warf sich zur Seite. Die Schwertklinge des Normannen, die nach ihrem Kopf gezielt hatte, riß eine tiefe Wunde in ihre Wange. Der Hieb schleuderte Johanna zu Boden, wo sie sich in schrecklichen Qualen krümmte, die Hände vor das blutige Gesicht geschlagen.

Der Normanne stand über ihr. Durch die Schlitze in seiner häßlichen Maske blickten seine funkelnden blauen Augen mit mörderischer Wut auf das Mädchen hinunter. Johanna kroch zurück und versuchte zu entkommen, konnte sich aber nicht schnell genug bewegen.

Der Normanne hob sein Schwert zum tödlichen Schlag. Johanna beschirmte den Kopf mit den Armen und wandte das Gesicht ab.

Der Schlag kam nicht. Johanna öffnete die Augen und sah, wie ihrem Angreifer das Schwert aus den Händen fiel. Blut lief ihm aus den Mundwinkeln über das Kinn, als er langsam zu Boden sank. Hinter ihm stand Johannes. Er hielt den langen Hirschhorngriff des Messers umklammert, das dem Vater gehörte. Die Klinge war rot von Blut, und Johannes' Augen funkelten in einem seltsamen Hochgefühl.

»Ich hab' ihn genau ins Herz getroffen! Hast du gesehen? Der Kerl hätte dich getötet!«

Jetzt erst schlug das Entsetzen wie eine schwarze Woge über Johanna zusammen. »Sie werden uns alle umbringen!« rief sie und klammerte sich an den Bruder. »Wir müssen fort von hier! Wir müssen uns verstecken!«

Er hörte ihr gar nicht zu. »Ich hab' vorhin schon einen von den Burschen erwischt! Er ist mit einer Axt auf mich losgegangen, aber ich bin darunter weggetaucht und hab' ihm die Kehle aufgeschlitzt.«

In verzweifelter Eile hielt Johanna nach einem Versteck Ausschau. Ein paar Schritt voraus befand sich ein reich verzierter Altaraufsatz; die Vorderseite bestand aus dicken Brettern, die mit vergoldeten Schnitzereien verziert waren, die Szenen aus dem Leben des heiligen Germanus zeigten. Der Altaraufsatz war hohl, und drinnen mußte gerade genug Platz sein, um ...

»Rasch!« rief sie Johannes zu. »Komm mit!« Sie packte den Ärmel seiner Tunika und zog ihn mit sich, hinunter auf den Fußboden. Dann bedeutete sie ihm, ihr zu folgen, und kroch zu einer Seite des Altaraufsatzes. Ja! Da war eine Öffnung, gerade groß genug, um sich hindurchzuzwängen.

Im Innern war es dunkel. Nur ein schmaler Lichtstreifen fiel durch einen Spalt an der Vorderseite, dort, wo zwei Bretter nachlässig zusammengefügt worden waren. Johanna kauerte sich in die hinterste Ecke und zog die Beine an, um Platz für ihren Bruder zu schaffen. Doch er kam nicht. Johanna kroch zur Öffnung zurück und spähte hinaus.

Einige Schritte entfernt sah sie ihn. Er stand über die Leiche des Normannen gebeugt, den er getötet hatte, und zerrte an der Kleidung des Mannes, als wollte er ihn zur Seite heben, um an irgend etwas heranzukommen.

»Johannes!« rief sie. »Komm her zu mir! Schnell!«

Er starrte sie mit funkelnden Augen an – ein erschreckender, beinahe irrer Blick –, während er weiterhin an der Kleidung des Toten zerrte. Aus Angst, ihr kostbares Versteck zu verraten, wagte Johanna es nicht, ihren Bruder noch einmal zu rufen.

Plötzlich stieß Johannes einen Jubelschrei aus und richtete sich auf, das Schwert des Normannen in der Hand. Verzweifelt winkte Johanna ihn zu sich. Doch Johannes hob das Schwert zu einem spöttischen Salut und rannte davon.

Soll ich ihm folgen? Johanna zwängte die Schultern durch die Öffnung.

Irgend jemand – ein Kind? – schrie ganz in der Nähe; es war ein langgezogener und schriller Schrei, der schrecklich durchs Kirchenschiff hallte und dann abrupt verstummte. Erneut stieg Furcht in Johanna auf, und sie zog sich wieder tiefer in den Schutz des Altaraufsatzes zurück. Am ganzen Körper zitternd, drückte sie das rechte Auge an den Spalt zwischen den beiden Brettern und spähte hindurch, hielt nach Johannes Ausschau.

Unmittelbar vor dem Spalt tobte ein Zweikampf. Johanna hörte das Klirren von Metall auf Metall, erhaschte einen kurzen Blick auf gelben Stoff und sah das Schimmern eines zum Schlag erhobenen Schwertes. Mit einem dumpfen Laut fiel ein Körper zu Boden. Die Kampfgeräusche verlagerten sich auf die rechte Seite des Kircheninnern, so daß Johanna plötzlich freie Sicht durch das gesamte Kirchenschiff bis zum Eingang des Domes hatte. Vor den schweren, spaltweit geöffneten Türen lagen ungezählte Leichen in ihrem Blut.

Die Normannen trieben ihre überlebenden Opfer vom Eingangsportal zurück und auf die rechte Seite des Domes.

Der Weg nach vorn war für Johanna frei.

Jetzt, sagte sie sich. *Lauf zur Eingangstür.* Doch sie war vor Entsetzen wie gelähmt und konnte sich nicht von der Stelle rühren.

Ein Mann erschien am Rand von Johannas engem Sichtfeld. Seine Kleidung hing in Fetzen herunter, und er sah dermaßen verwirrt und verängstigt aus, daß Johanna ihn zuerst gar nicht erkannte. Der Mann war Odo. Er schleppte sich in Richtung Eingangsportal und zog dabei das linke Bein nach. In den Armen, fest an die Brust gedrückt, hielt er die große Bibel vom Hochaltar.

Odo hatte den Eingang fast erreicht, als zwei Normannen ihm in den Weg traten. Er wandte sich den Angreifern zu und hielt die Bibel in die Höhe, als wollte er böse Geister abwehren. Ein wuchtiger Hieb mit einem schweren Schwert durchschlug das Buch, und die Klinge drang Odo tief in die Brust. Für einen Augenblick stand er verwundert da, als könnte er nicht begreifen, was geschehen war, die beiden Hälften der Bibel in den verkrampften Händen. Dann kippte er nach hinten und rührte sich nicht mehr.

Johanna zuckte vom Sichtschlitz zurück in die Dunkelheit des Altaraufsatzes. Um sie herum erklangen die Schreie der Sterbenden. In einer Ecke zusammengekauert, barg sie den Kopf in den Armen, während ihr rasender Herzschlag ihr in den Ohren dröhnte.

Die Schreie waren verstummt.

Johanna hörte die Zurufe der Normannen in ihrer kehligen Sprache. Dann erklang das laute Krachen von splitterndem Holz. Zuerst begriff Johanna nicht, was geschah; dann erkannte sie, daß die Normannen den Dom seiner Schätze beraubten. Die Männer lachten und grölten; sie waren in Hochstimmung.

Sie brauchten nicht lange, um den Dom zu plündern. Nach einer Weile hörte Johanna, wie sie davonzogen, ächzend und stöhnend unter der Last ihrer Beute, bis ihre Stimmen in der Ferne verebbten.

Stocksteif saß Johanna in der Finsternis des Altaraufsatzes und lauschte angestrengt. Alles war still. Langsam tastete sie sich zur lichterhellten Öffnung vor und streckte zögernd und vorsichtig den Kopf hindurch.

Der Dom lag in Trümmern. Bänke waren umgestürzt und Vorhänge von den Wänden gerissen; Statuen lagen zerbrochen auf dem Boden. Von den Normannen war nichts mehr zu sehen.

Schaudernd sah Johanna Berge von Leichen, von den Mördern achtlos aufeinandergeworfen. Nur ein paar Meter entfernt – am Fuße der Stufen, die hinauf zum Altar führten – lag Fulgentius mit ausgebreiteten Armen und Beinen neben dem großen Holzkreuz. Es war zersplittert, und der zerbrochene Querbalken war naß von Blut. Neben dem toten Fulgentius lagen die Leichen zweier Normannen; ihre Schädel waren eingeschlagen, wie die zerschmetterten eisernen Helme erkennen ließen.

Vorsichtig schob Johanna sich vor, bis ihr Kopf und die Schultern aus dem Altaraufsatz ragten.

Auf der gegenüberliegenden Seite des Kirchenschiffs bewegte sich irgend etwas. Johanna zuckte zurück, fort aus dem Licht.

Es sah aus, als würde ein Kleiderbündel sich bewegen. Dann löste es sich von dem Berg aus Erschlagenen.

Jemand hatte überlebt!

Eine junge Frau. Sie hatte Johanna den Rücken zugewandt. Für einen Moment stand sie schwankend da; dann taumelte sie zu den Ausgangstüren am Domportal.

Ihr goldenes Kleid war zerfetzt und blutig, und ihr Haar – von der Haube losgerissen – fiel ihr in rotbraunen Wogen bis über die Schultern.

Gisla!

Johanna rief ihren Namen, und Gisla drehte sich um, kam mit unsicheren Schritten zum Altaraufsatz.

Draußen vor dem Dom erklang plötzlich eine Lachsalve aus rauhen Männerkehlen.

Gisla hörte das Gelächter und wirbelte herum, wollte die Flucht ergreifen, doch es war zu spät. Eine Gruppe Normannen kam durch die Tür. Mit grölenden Jubelrufen stürzten die Männer sich auf Gisla, packten sie und hoben sie hoch über ihre Köpfe.

Sie trugen Gisla zu einem freien Bereich neben dem Altar, packten sie an Hand- und Fußgelenken, drückten sie auf den Boden und hielten ihre Arme und Beine gespreizt. Gisla wand sich verzweifelt, um sich zu befreien. Der größte der Männer zog ihr das Kleid bis übers Gesicht hoch, fetzte ihr die Unterkleidung vom Leibe und legte sich auf sie. Gisla schrie. Der Mann packte grob ihre Brüste. Die anderen lachten und feuerten ihn an, als er Gisla vergewaltigte.

Johanna schluchzte auf und schlug sich die Hand vor den Mund, um den Laut zu ersticken.

Der hochgewachsene Normanne ließ von Gisla ab und machte einem seiner Kumpane Platz. Gisla lag schlaff und regungslos da. Einer der Männer packte ihr Haar und zerrte daran, so daß sie vor Schmerz zusammenzuckte.

Dann machte ein dritter Mann sich über sie her, und ein

vierter; schließlich ließen sie Gisla achtlos liegen und gingen zu mehreren Jutesäcken hinüber, die neben der Eingangstür aufgestapelt waren. Es klingelte metallisch, als die Männer sich die Säcke über die Schultern warfen; offenbar waren sie mit weiteren Kostbarkeiten aus dem geplünderten Domschatz gefüllt.

Dieser Säcke wegen waren die Mörder zurückgekommen ...

Bevor sie den Dom verließen, schlenderte einer zu Gisla hinüber, packte ihren noch immer schlaffen, widerstandslosen Körper und warf ihn sich wie einen Sack Getreide über die Schulter.

Dann gingen die Männer zur entfernten Tür hinaus.

Tief im Innern des Altaraufsatzes verborgen, hörte Johanna nur noch die schaurige, hallende Stille des Domes.

Das Licht, das durch die schmalen Ritzen in der vorderen Bretterwand des Altaraufsatzes fiel, warf lange Schatten. Seit Stunden hatte Johanna keinen Laut mehr vernommen. Schließlich bewegte sie sich und kroch vorsichtig durch die schmale Öffnung des Altaraufsatzes ins Freie.

Der Hochaltar stand noch immer, wenngleich die Goldverkleidungen heruntergerissen waren. Johanna lehnte sich an den Altar und starrte auf die Szenerie um sie herum. Ihr Hochzeitskleid war blutbespritzt. War es ihr eigenes Blut? Sie wußte es nicht. In ihrer aufgeschlitzten Wange pochte der Schmerz. Wie betäubt, mit schwankenden Schritten und suchendem Blick, ging sie zwischen den Erschlagenen umher.

In einem Berg aus Leichen in der Nähe des Domportals entdeckte sie den Hufschmied und seinen Sohn. Sie hielten einander umschlungen, als wollte der eine den anderen beschützen. Das Gesicht des Jungen sah in der kalten, unbewegten Blässe des Todes alt und eingefallen aus. Erst wenige Stunden zuvor hatte er neben Johanna im Dom gestanden, hochgewachsen und rotwangig, voller Leben und jugendlicher Kraft. *Jetzt wird es keine Hochzeit mehr geben,* ging es Johanna durch den Kopf. Gestern noch hätte dieser Gedanke sie mit tiefer Freude und Erleichterung erfüllt; nun aber empfand sie nur betäubende Leere. Sie ließ den Jungen bei seinem Vater und setzte ihre Suche fort.

Sie fand Johannes in einer Ecke des Kirchenschiffes. Seine Hand hielt noch immer den Griff des Normannenschwerts umklammert. Ein fürchterlicher Schlag hatte seinen Hinterkopf zertrümmert, doch auf seinem Gesicht hatte dieser gewaltsame Tod keine Spuren hinterlassen. Seine blauen Augen waren geöffnet und blickten klar und friedlich, und auf seinen Lippen schien der Hauch eines Lächelns zu liegen.

Er war den Soldatentod gestorben.

Taumelnd rannte Johanna zur Tür und stieß sie auf. Das Türblatt schwang schief und knarrend nach außen; die Angeln waren von den Äxten der Normannen zerschmettert worden. Sie stürmte ins Freie und blieb keuchend stehen, atmete die duftende, frische Luft in tiefen Zügen, füllte ihre Lungen damit und reinigte ihr Innerstes von dem Gestank nach Blut und Tod.

Die Landschaft war seltsam leblos. Kräuselnd und träge stieg schwarzer Rauch zum Himmel auf – von Schutthaufen, die heute morgen noch Häuser, Scheunen und Ställe gewesen waren, die um den Dom herum gestanden hatten.

Dorstadt lag in Trümmern.

Nichts rührte sich. Niemand hatte überlebt. Sämtliche Stadtbewohner hatten sich des Feiertages und der Hochzeit wegen im Dom versammelt, um die Messe zu hören.

Johanna blickte nach Osten. Über den Bäumen, die ihr die Sicht versperrten, stiegen dunkle Rauchpilze empor und verdüsterten den Himmel.

Villaris.

Die Normannen hatten es niedergebrannt.

Johanna setzte sich auf den Erdboden und barg das Gesicht in den Händen, ohne auf den Schmerz an ihrer aufgeschlitzten Wange zu achten.

Gerold.

Sie brauchte ihn so sehr. Er mußte sie in den Armen halten, ihr Trost zusprechen, die Welt wieder erkennbar machen. Als Johanna mit tränennassen Augen den Horizont absuchte, rechnete sie beinahe damit, Gerold plötzlich erscheinen zu sehen, wie er auf Pistis herangeritten kam, wobei sein langes rotes Haar wie ein Banner im Wind flatterte.

Ich muß auf ihn warten. Falls er heimkommt und mich nicht findet, wird er davon ausgehen, daß die Normannen mich mitgenommen haben, so, wie die arme Gisla.

Aber hier kann ich nicht bleiben. Ängstlich ließ sie den Blick über die Ruinen und die zerstörte Landschaft schweifen. Von den Normannen war nichts zu sehen. Waren sie verschwunden? Oder würden sie zurückkehren und nach weiteren Möglichkeiten für Plünderungen Ausschau halten?

Und wenn sie mich dann finden?

Sie hatte erlebt, daß eine schutzlose Frau keine Gnade von ihnen erwarten durfte.

Wo konnte sie sich verstecken? Johanna ging zu den Bäumen hinüber, die den Rand des Waldes markierten, der die Stadt umgab. Zuerst ging sie langsam; dann rannte sie. Ihr Atem ging in schluchzenden Stößen; bei jedem Schritt rechnete sie damit, von hinten gepackt und grob herumgedreht zu werden, um in die grauenhafte, metallene Maske eines Normannen zu blicken. Als Johanna in den Schutz der Bäume gelangte, warf sie sich zu Boden.

Eine lange Zeit war vergangen, als sie sich schließlich dazu zwang, sich aufzusetzen. Die Dunkelheit rückte näher. Der Wald um sie herum war bereits düster und bedrohlich. Sie hörte das Rascheln von Blättern in der Nähe und zuckte vor Angst zusammen.

Vielleicht waren die Normannen gar nicht weit von hier; möglicherweise hatten sie irgendwo in diesen Wäldern ihr Lager aufgeschlagen.

Sie mußte versuchen, aus Dorstadt zu entkommen und Gerold irgendwie eine Nachricht zukommen zu lassen, wohin sie sich geflüchtet hatte.

Aber wohin soll ich gehen?

Mama. Johanna sehnte sich nach ihrer Mutter; aber nach Hause konnte sie nicht. Ihr Vater hatte ihr nicht verziehen. Falls sie jetzt nach Ingelheim zurückkehrte und dem Vater die Nachricht vom Tod seines letzten verbliebenen Sohnes brachte, würde er Rache an ihr üben, seine Wut an ihr auslassen. Das stand fest.

Wenn ich doch bloß kein Mädchen wäre. Wenn ich doch bloß ...

Sie würde sich für den Rest ihres Lebens an diesen Augenblick erinnern und sich fragen, welche Macht des Guten oder Bösen ihre Gedanken geleitet hatte. Aber jetzt war nicht die Zeit, darüber nachzugrübeln. Es war eine Chance. Vielleicht gab es keine weitere mehr.

Die blutrote Sonne stand schon tief über dem Horizont. Sie mußte rasch handeln.

Johanna fand ihren Bruder noch so vor, wie sie ihn verlassen hatte – im Innern des Domes, regungslos im Dämmerlicht. Sein Körper war schlaff und widerstandslos, als sie ihn auf die Seite drehte. Die Leichenstarre hatte noch nicht eingesetzt.

»Verzeih mir«, flüsterte sie, als sie Johannes' Umhang öffnete.

Als sie fertig war, bedeckte sie den Leichnam des Bruders mit ihrem verschmutzten, zerrissenen Hochzeitskleid. Dann drückte sie ihm sanft die Augen zu, bettete ihn gerade auf den Rücken und legte ihm die gefalteten Hände auf die Brust. Schließlich erhob sie sich und bewegte die Arme in alle Richtungen, um sich an das Gewicht und das Gefühl der neuen Kleidung zu gewöhnen. Sie war gar nicht so anders als die ihre, stellte Johanna fest; nur an den Handgelenken war sie ein bißchen enger. Sie betastete das Messer mit dem Hirschhorngriff, das sie unter Johannes' Gürtel hervorgezogen hatte.

Vaters Messer. Es war alt; der einst weiße Griff war angedunkelt und gesplittert, doch die Klinge war scharf.

Johanna ging zum Altar. Dort band sie ihre Haube los, schüttelte ihr weißgoldenes Haar aus und senkte den Kopf, daß es sich über die glatte, steinerne Oberfläche des Altars ergoß. Im Dämmerlicht sah das Haar fast weiß aus.

Johanna hob das Messer.

Langsam, sorgfältig begann sie zu schneiden.

Bei Einbruch der Dunkelheit trat die Gestalt eines jungen Mannes aus der Tür des verwüsteten Domes und ließ den Blick aus scharfen, graugrünen Augen über die Landschaft schweifen. Am Himmel, an dem bereits die ersten Sterne funkelten, ging der Mond auf.

Hinter den Trümmern der Häuser schimmerte die östliche Straße wie poliertes Silber in der zunehmenden Dunkelheit.

Verstohlen glitt die Gestalt aus dem Schatten des Domes. Keine lebende Seele beobachtete, wie Johanna die Straße hinuntereilte, in Richtung des großen Klosters zu Fulda.

12.

Der Versammlungssaal war überfüllt, und es herrschte ein solcher Lärm, daß man sein eigenes Wort kaum verstehen konnte. Aus der ganzen Umgegend des kleinen westfälischen Dorfes waren die Versammelten angereist, manche über viele Meilen hinweg, um den *mallus* mitzuerleben. Die Leute standen Schulter an Schulter, schubsten und rempelten einander und scharrten dabei das frische Schilf zur Seite, das auf dem hartgestampften Lehmboden verstreut worden war, wobei die im Laufe vieler Jahre mit Bier, Fett, Spucke und tierischen Exkrementen getränkte Erde wieder zum Vorschein kam, die sich darunter befand, so daß die ranzigen, übelkeiterregenden Ausdünstungen in die heiße, feuchte Luft im Versammlungssaal stiegen. Doch niemand schenkte dem Gestank viel Beachtung; in fränkischen Wohn- und Versammlungsgebäuden war man derartiges gewöhnt. Außerdem war die Aufmerksamkeit der Menge auf den großen, rothaarigen friesischen Markgrafen gerichtet, der als *missus* gekommen war, um Gericht zu halten und im Namen des Kaisers seine Urteile zu fällen.

Gerold wandte sich an Frambert, einen der sieben *scabini*, die ihm für diese Aufgabe zugeteilt worden waren. »Wie viele sind es heute noch?« fragte er. Der *mallus* hatte im Morgengrauen begonnen; jetzt war es früher Nachmittag. Seit acht Stunden saßen sie nun schon bei den Streitfällen zu Gericht. Hinter dem hohen Tisch, an dem Gerold saß, wachten seine Gefolgsleute aufmerksam über ihre Schwerter. Er hatte zwanzig seiner besten Männer mitgebracht – für alle Fälle. Seit dem Tod Kaiser Karls befand das Reich sich in einem Zustand wachsender innerer Unordnung, und es wurde immer gefährlicher, das Amt eines kaiserlichen *missus* auszuüben. Mitunter begegneten die reichen und mächtigen Adeligen – Männer, die es nicht gewöhnt waren, daß man in ihrem Herrschaftsbereich ihre Autorität in Frage stellte – den *missi* mit unverhohlener Feindseligkeit. Doch die besten Gesetze waren nichts wert, wenn man sie nicht durchsetzen konnte; aus diesem Grunde hatte Gerold so viele Männer mit auf die Reise genommen – obwohl dies bedeutete, daß er Villaris mit nur einer Handvoll Verteidigern hatte zurücklassen müssen. Doch die festen hölzernen Palisaden des Anwesens waren ein ausreichender Schutz gegen die umherstreifenden Diebesbanden und Briganten, die in Gerolds Grafschaft seit vielen Jahren die einzige nennenswerte Bedrohung für den Frieden und die Sicherheit dargestellt hatten.

Frambert warf einen prüfenden Blick auf die Liste der Kläger, deren Namen auf mehreren Streifen Pergament von je zwanzig Zentimeter Breite geschrieben standen; die einzelnen Streifen waren an den oberen und unteren Rändern zusammengenäht und bildeten eine Rolle von insgesamt etwa fünfzehn Meter Länge.

»Heute sind es noch drei, Herr«, beantwortete Frambert Gerolds Frage.

Gerold seufzte schwer. Er war müde und hungrig, und ihm ging die Geduld aus, sich mit dem schier endlosen Strom unbedeutender Beschuldigungen, Gegenklagen und Beschwerden zu beschäftigen. Er wünschte, er wäre wieder auf Villaris, bei Johanna.

Johanna. Wie sehr er sie vermißte. Ihre rauchige Stimme, ihr tiefes, melodisches Lachen, ihre faszinierenden graugrünen Augen, die ihn mit so viel Wissen und so viel Liebe betrachteten. Aber er durfte nicht an sie denken. Deshalb hatte er sich ja einverstanden erklärt, das Amt eines *missus* zu übernehmen – um räumliche Entfernung zwischen sich und Johanna zu schaffen und Zeit zu bekommen, die Kontrolle über die Kraft der Gefühle wiederzuerlangen, die sich in seinem Innern gebildet hatten – eine Kraft, die zum Schluß unbeherrschbar geworden war.

»Ruft den nächsten Fall auf, Frambert«, befahl Gerold und sperrte die abschweifenden, störenden Gedanken aus.

Frambert hob die Pergamentrolle und las, um das Gemurmel der Menge zu übertönen, mit lauter Stimme:

»Abo klagt seinen Nachbarn Hunald an, dieser habe ihm widerrechtlich und ohne angemessene Entschädigung sein Vieh weggenommen.«

Gerold nickte wissend. Eine derartige Sachlage war ihm nur allzu geläufig. In diesen Zeiten, da die wenigsten Menschen des Lesens und Schreibens kundig waren, gab es kaum einen Haus- und Grundbesitzer, der über sein Land und sein Vieh Buch führen konnte. Und da es solche Unterlagen nicht gab, war allen Arten von Diebstahl und Betrug Tür und Tor geöffnet.

Hunald – ein großer Mann mit rotem, frischem Gesicht, der sich protzig in scharlachrotes Leinen gekleidet hatte – trat vor, um Abos Anklage zurückzuweisen.

»Das Vieh gehört mir. – Bring die Reliquie her!« befahl er einem seiner Knechte und zeigte auf eine kleine Truhe. Dramatisch stellte er sich damit in Pose und deklamierte: »Ich bin unschuldig! Das schwöre ich vor Gott und auf diese heiligen Knochen!«

»Knochen hin, Knochen her – es sind meine Kühe, Markgraf Gerold, und das weiß Hunald ganz genau«, widersprach Abo, ein kleiner Mann in schlichter Kleidung, die in krassem Kontrast zu der seines Widersachers stand – wie auch sein ruhiges und sachliches Auftreten. »Hunald mag schwören, was er will; an der Wahrheit wird es nichts ändern.«

»Du wagst es, Gottes Urteil in Frage zu stellen, Abo?« ereiferte sich Hunald. In seiner Stimme lag ein wohl abgewogenes Maß an frommer Entrüstung, doch Gerold entging nicht der leise Beiklang von Triumph. »Ihr habt es gehört, edler Herr Graf! Das ist Gotteslästerung!«

»Habt Ihr irgendeinen Beweis, daß das Vieh Euch gehört?« fragte Gerold, an Abo gewandt.

Diese Frage war höchst ungewöhnlich; im Frankenreich gab es kein Gesetz, bei dem man sich auf Zeugen oder Beweise stützen konnte. Hunald starrte Gerold düster an. Was hatte dieser fremde friesische Markgraf eigentlich im Sinn?

»Beweis?« Die Frage war so unerwartet gekommen, daß Abo für einen Moment nachdenken mußte. »Tja, nun ... Bertha – das ist mein Weib, müßt Ihr wissen ... kann jedes der Tiere beim Namen nennen. Und meine vier Kinder können's auch; sie kennen die Kühe ihr Leben lang. Sie können sogar sagen, welche Tiere zornig werden, wenn sie gemolken werden, und welche lieber Klee statt Gras fressen.« Er hielt kurz inne; dann fiel ihm noch etwas ein. »Bringt mich zu den Tieren; dann werde ich sie rufen. Sie kommen sofort herbei, Ihr werdet schon sehen; denn sie kennen den Klang meiner Stimme und die Berührung meiner Hand.« In Abos Augen leuchtete ein winziger Funke Hoffnung.

»Unsinn!« polterte Hunald. »Soll dieses Gericht das gedankenlose, unbedachte Tun stumpfsinniger Viecher vor den Augen des Allmächtigen und den heiligen Gesetzen des Himmels als Beweis gelten lassen? Ich verlange ein gerechtes Urteil durch den Eid vor dem Allmächtigen. – Bring mir die Truhe mit den heiligen Gebeinen, auf daß ich schwören kann! Möge Gott mich auf der Stelle erschlagen, wenn ich lüge!«

Gerold strich sich über den Bart und dachte nach. Hunald war der Beklagte; ihm stand das Recht zu, den Eid zu fordern. Gott würde ihm nicht gestatten, mit einer heiligen Reliquie in den Händen einen falschen Schwur abzulegen. Jedenfalls besagte es so das Gesetz.

Der Kaiser maß solchen Schwüren großen Wert bei; Gerold aber hatte da seine Zweifel. Ganz bestimmt gab es Menschen, denen die handfesten Reichtümer dieser Welt wichtiger waren als die gestaltlosen, stofflosen und unbestimmten Schrecken des Jenseits; Menschen, die nicht zögern würden, eine Lüge als Wahrheit zu beeiden. *Wenn ich's recht bedenke, würde auch ich es tun,* dachte Gerold, *falls der Preis hoch genug ist.* Wenn es zum Beispiel darum ginge, die Menschen zu schützen, die er liebte, würde Gerold auf eine ganze Wagenladung Reliquien schwören, daß eine Lüge der Wahrheit entsprach.

Johanna. Wieder entstand ihr Bild vor seinem geistigen Auge, und er mußte alle Willenskraft aufbieten, um es zu verdrängen. Wenn die Arbeit dieses Tages getan war, hatte er genug Zeit für private Gedanken.

»Edler Herr«, sagte Frambert Gerold leise ins Ohr, »ich kann mich für Hunald verbürgen. Er ist ein braver Mann, ein großzügiger Mann, und die Klage, die gegen ihn erhoben wird, ist falsch.«

Unter der Tischplatte, wo niemand in der Menge es sehen konnte, befingerte Frambert einen prächtigen Ring: ein wunderschöner Amethyst, in Silber gefaßt. Frambert drehte den Ring so auffällig unauffällig um den Mittelfinger, daß Gerold ihn im Sonnenlicht funkeln sah.

»O ja, er ist ein *sehr* großzügiger Mann.« Frambert streifte den Ring vom Finger. »Hunald hat mich gebeten, Euch auszurichten, daß dieser Ring Euch gehört. Als kleine Geste der

Dankbarkeit für Eure Unterstützung.« Ein kaum merkliches, zögerndes Lächeln umspielte Framberts Mundwinkel.

Gerold nahm den Ring. Es war eine herrliche Arbeit – die schönste, die er je gesehen hatte. Er betastete den Stein, die glatte Oberfläche des Silbers; er staunte über das Gewicht und bewunderte die Kunstfertigkeit des Goldschmieds. »Danke, Frambert«, sagte er mit Nachdruck. »Das wird mir die Urteilsfindung erleichtern.«

Aus Framberts Lächeln wurde ein breites, verschwörerisches Grinsen.

Gerold wandte sich an Hunald. »Ihr wollt Euch dem Urteil Gottes unterwerfen?«

»O ja, Herr«, erwiderte Hunald voller Zuversicht; denn er hatte den Austausch des Ringes zwischen Frambert und Gerold beobachtet. Der Knecht mit den Reliquienkästchen trat vor, doch Gerold winkte ihn zurück und erklärte:

»Dann werden wir Gottes Urteil durch das *judicium aquae ferventis* ermitteln.«

Hunald und Abo blickten fragend drein; wie alle anderen im Versammlungssaal waren auch sie der lateinischen Sprache nicht mächtig.

»Kesselfang«, übersetzte Gerold.

»Kesselfang?« Hunald erbleichte. Daran hätte er im Traum nicht gedacht. Eine Leidensprobe durch kochendes Wasser war eine wohlbekannte Methode zur Wahrheitsfindung; doch in diesem Teil des Kaiserreiches war sie seit Jahren nicht mehr angewendet worden.

»Bringt den Topf«, befahl Gerold.

Für einen Augenblick herrschte verdutztes Schweigen; dann erhob sich chaotisches Stimmengewirr im Versammlungssaal, und hektische Aktivität brach aus. Mehrere *scabini* stürmten nach draußen, um in den Häusern in der Nähe nach Töpfen zu suchen, in denen dann Wasser aufgekocht wurde. Einige Minuten darauf kamen die Männer mit einem großen, gußeisernen Kessel zurück, der ungefähr hüfthoch war und in dem sich bereits brühheißes Wasser befand. Der Kessel wurde auf den Herd in der Mitte des Versammlungssaales gestellt; das Feuer hatte man bereits entfacht, und das Wasser sprudelte und dampfte.

Gerold nickte zufrieden. Angesichts Hunalds Talent zur Bestechung, hätte es allerdings auch ein kleinerer Topf getan.

Hunald machte ein düsteres Gesicht. »Ich protestiere, Graf

Gerold!« Zorn und Angst hatten ihn offenbar gleichgültig gemacht, was Frömmigkeit betraf; denn er fügte hinzu: »Was ist mit dem Ring, verdammt noch mal?«

»Genau daran habe ich gedacht, Hunald.« Gerold hielt den Ring in die Höhe, daß alle ihn sehen konnten; dann warf er ihn in den großen Kessel. »Auf Vorschlag des Beklagten soll dieser Ring das Instrument sein, das uns Gottes Urteilsspruch kundtut.«

Hunald schluckte schwer. Der Ring war klein und glatt; es würde höllisch schwer sein, ihn schnell genug aus dem kochenden Wasser zu nehmen, ohne sich schlimme Verbrühungen zuzuziehen. Doch Hunald konnte dieser Wahrheitsprobe nun nicht mehr entgehen, ohne seine Schuld zu gestehen und Abo seine Kühe zurückzugeben – und die waren mehr als siebzig *solidi* wert.

Hunald verfluchte den fremden Markgrafen, der auf so unerklärliche Weise immun gegen den Austausch kleiner Gefälligkeiten war, was Hunalds bisherige Erfahrungen mit den kaiserlichen *missi* vollkommen über den Haufen warf. Dann nahm er einen tiefen Atemzug und steckte den Arm ins Wasser.

Sein Gesicht verzerrte sich vor Schmerz, als das kochende Wasser ihm die Haut verbrühte. Mit hektischen Bewegungen suchte er auf der Jagd nach dem Ring den Boden des Kessels ab. Ein wütendes Heulen entstieg seiner Kehle, als der Ring ihm durch die Hand glitt. Seine schmerzgepeinigten Finger zuckten, tasteten, fuhren wild umher und – *Deo Gratias!* – schlossen sich um den Ring. Hunald zog den Arm aus dem Wasser und hielt das Schmuckstück in die Höhe.

»Aaaaah.« Ein Stöhnen durchlief die Zuschauermenge, als sie Hunalds Arm sah. Jetzt schon bildeten sich Blasen und Brandwunden auf der glutroten Haut.

»Vierzehn Tage«, verkündete Gerold, »sollen der Zeitraum für das Urteil Gottes sein.«

In der Menge gab es Bewegung, doch kein Laut des Widerspruchs erhob sich. Jeder hatte den Urteilsspruch begriffen: Falls die Wunden an Hunalds Hand und Arm binnen zweier Wochen verheilten, war seine Unschuld bewiesen, und das Vieh gehörte ihm. Falls keine Heilung eintrat, hatte er sich des Diebstahls schuldig gemacht, und das Vieh wurde seinem rechtmäßigen Besitzer Abo zurückgegeben.

Was Gerold betraf, bezweifelte er, daß die Wunden in so

kurzer Zeit heilten. Aber genau das war seine Absicht gewesen; denn für ihn stand so gut wie fest, daß Hunald sich des Verbrechens schuldig gemacht hatte. Und falls Hunalds Wunden tatsächlich in dem eingeräumten Zeitraum verheilen sollten – nun ja, dann würde die Leidensprobe dafür sorgen, daß er es sich in Zukunft zweimal überlegte, bevor er seinem Nachbarn das Vieh stahl. Es war eine unzuverlässige und grobe Form der Rechtsprechung; aber mehr gaben die Gesetze nun einmal nicht her, und es war immer noch besser als gar nichts. *Lex dura, sed lex.* Die kaiserlichen Statuten waren die einzigen Säulen, die in diesen Zeiten innerer Unordnung einen Rest von Rechtsstaatlichkeit trugen; fielen auch sie, mochte Gott allein wissen, welche Stürme über das Land jagten und die Schwachen und Mächtigen gleichermaßen hinwegfegten.

»Rufe den nächsten Fall auf, Frambert.«

»Aelfric beschuldigt Fulrad, ihm nicht das rechtmäßig zustehende Blutgeld zu bezahlen.«

Dieser Fall schien ziemlich eindeutig zu sein. Fulrads Sohn Tenbert, ein Junge von sechzehn Jahren, hatte ein junges Mädchen ermordet, eine von Aelfrics *colonae*. Das Verbrechen als solches stand nicht zur Verhandlung, nur die Höhe des Blutgeldes. Die Gesetze, das *wergeld* betreffend, waren für jeden Bürger des kaiserlichen Reiches genau festgelegt und hingen von dessen Stand, von den Eigentumsverhältnissen, dem Alter und dem Geschlecht ab.

»Es war ihre eigene Schuld«, sagte Tenbert, ein großer, schlaksiger junger Bursche mit fleckiger Haut und einem mürrischen Gesichtsausdruck. »Und sie war bloß eine *colona*. Sie hätte sich nicht so wild gegen mich wehren sollen.«

»Er hat sie vergewaltigt«, erklärte Aelfric. »Er lief ihr zufällig über den Weg, als sie auf meinem Weinberg bei der Traubenlese war, und fand Gefallen an ihr. Sie war erst zwölf Winter jung; ein hübsches kleines Ding – aber immer noch ein Kind, wirklich; sie wußte nicht, um was es dem Burschen ging. Sie glaubte, er wollte ihr mit dem Messer oder sonst etwas ein Leid antun. Als sie sich ihm nicht freiwillig hingab, da hat er sie bewußtlos geschlagen.« Lautes, anhaltendes Gemurmel erhob sich in der Menge, und Aelfric hielt inne, um diese Reaktion auf Gerold einwirken zu lassen. »Sie starb tags darauf«, fuhr er schließlich fort, »blutig und zerschunden. Bis zuletzt rief sie nach ihrer Mutter.«

»Du hast keinen Grund, dich zu beklagen!« meldete sich Fulrad, Tenberts Vater, hitzig zu Wort. »Habe ich dir das *wergeld* nicht in der Woche darauf bezahlt? Fünfzig goldene *solidi*! Eine großzügige Summe! Dabei war das Mädchen nichts weiter als eine deiner hörigen Landarbeiterinnen!«

»Aber das Mädchen ist tot! Sie kann sich nicht mehr um meine Trauben kümmern. Und ihre Mutter, eine meiner besten Weberinnen, hat vor Kummer den Verstand verloren und ist zu nichts mehr zu gebrauchen. Ich fordere ein angemessenes *wergeld* – hundert goldene *solidi*.«

»Das ist eine Unverschämtheit!« Bittend wandte Fulrad sich Gerold zu, die Arme weit ausgebreitet. »Edler Herr! Von dem Geld, das wir Aelfric bezahlt haben, kann er sich zwanzig gute Milchkühe kaufen! Und die sind – wie jedermann weiß – viel mehr wert als ein erbärmliches Mädchen, dessen Mutter und ihr Webstock zusammen!«

Gerolds Gesicht war düster. Dieser Kuhhandel um das Blutgeld war abstoßend. Das Mädchen war ungefähr im gleichen Alter gewesen wie Gerolds Tochter Dhuoda. Schon der bloße Gedanke, daß dieser schäbige, unsympathische junge Kerl sie beschlief, war grotesk. Andererseits waren solche Dinge gang und gäbe – jede *colona*, die das Alter von vierzehn Jahren als Jungfrau erreichte, war ein Glückskind, oder häßlich oder beides. Gerold war nicht naiv; er kannte den Lauf der Dinge. Aber das hieß noch längst nicht, daß er ihn gutheißen mußte.

Ein großer, ledergebundener Codex, auf dessen Einband das kaiserliche Siegel in Gold geprägt war, lag vor Gerold auf dem Tisch. In diesem Folianten waren die uralten Gesetze des Kaiserreichs verzeichnet, die *Pactus Legis Salicae* ebenso wie die *Lex Salica Carolina;* letztere umfaßten die Änderungen und Zusätze des Gesetzbuches durch Kaiser Karl den Großen. Gerold kannte das Gesetz und brauchte das Buch nicht. Dennoch nahm er es, schlug es mit großer Geste auf und tat so, als würde er darin lesen; diese symbolische Handlung würde ihre Wirkung auf die prozeßführenden Parteien nicht verfehlen, zumal das Urteil, das Gerold fällen wollte, all seine Autorität erfordern würde.

»Der salische Codex besagt klar und deutlich, wie in einem solchen Fall zu verfahren ist«, erklärte er schließlich. »Einhundert *solidi* sind das angemessene *wergeld* für eine *colona*.«

Fulrad fluchte laut. Aelfric grinste.

»Das Mädchen war zwölf Jahre alt«, fuhr Gerold fort, »und hatte somit das gebärfähige Alter erreicht. Dem Gesetz entsprechend, muß das Blutgeld aus diesem Grunde auf dreihundert *solidi* in Gold erhöht werden.«

»Was?« rief Fulrad. »Hat das ehrenwerte Gericht den Verstand verloren?«

»Diese Summe«, fuhr Gerold unbeirrt fort, »soll wie folgt entrichtet werden: Zweihundert *solidi* gehen an Aelfric, und einhundert *solidi* an die Familie des Mädchens.«

Jetzt war es Aelfric, der zornig reagierte. »Hundert goldene *solidi* an ihre *Familie*?« sagte er fassungslos. »An *coloni*? Ich bin der Herr über den Grund und Boden und über alles Vieh und alle Menschen darauf. Von Rechts wegen gehört das *wergeld* für das Mädchen also mir!«

»Wollt Ihr mich ruinieren?« meldete sich nun wieder Fulrad zu Wort, der zu sehr in die eigenen Probleme vertieft war, als daß er sich am Zorn seines Widersachers hätte erfreuen können. »Dreihundert *solidi* in Gold sind fast schon das Blutgeld für einen Krieger! Oder einen Priester!« Angriffslustig ging er auf den Tisch zu, an dem Gerold saß. »Vielleicht sogar«, die Drohung in seiner Stimme war nicht zu überhören, »für einen Markgrafen?«

Ein kurzer Aufschrei des Entsetzens gellte durch den Versammlungssaal, als sich ein Dutzend von Fulrads Gefolgsleuten nach vorn drängten. Sie waren mit Schwertern bewaffnet, und sie sahen wie Männer aus, die mit diesen Waffen auch umgehen konnten.

Gerolds Leute rückten nun ebenfalls vor, die Hände an den halb gezogenen Schwertern, um sich zum Kampf zu stellen. Doch mit einer Handbewegung gebot Gerold ihnen, stehenzubleiben, und sprang auf.

»Im Namen des Kaisers«, rief er mit lauter Stimme, so stählern wie eine Schwertklinge, »ist das Urteil in dieser Sache gesprochen und rechtskräftig!« Der Blick aus seinen tiefblauen Augen war so stechend, daß Fulrad den Kopf senkte.

»Rufe den nächsten Fall auf, Frambert«, sagte Gerold.

Frambert gab keine Antwort. Er war vom Stuhl geglitten und hatte sich unter dem Tisch versteckt.

Mehrere Sekunden verstrichen in angespanntem Schweigen. Die Menge verharrte in atemloser Stille.

Gerold nahm wieder auf dem Stuhl Platz. Er machte einen

selbstsicheren, gelassenen Eindruck, doch seine rechte Hand schwebte nervös über dem Schwertgriff – so dicht, daß seine Fingerspitzen den kalten Stahl berührten.

Plötzlich, mit einem gemurmelten Fluch, machte Fulrad auf dem Absatz kehrt. Er packte Tenbert grob beim Arm und zerrte ihn zur Tür. Fulrads Männer folgten ihrem Herrn, und die Menge wich vor ihnen auseinander. Als sie zur Tür hinaus waren, hämmerte Fulrad dem Jungen mit aller Kraft die Faust an den Kopf. Tenberts Schmerzensschrei hallte durch den Versammlungssaal. Die Spannung löste sich, und die Menge brach in rauhes Gelächter aus.

Gerold lächelte düster. Falls er sich nicht sehr in Fulbert irrte, würde der seinem Sohn eine fürchterliche Tracht Prügel verabreichen. Vielleicht war es dem Burschen eine Lehre, vielleicht aber auch nicht. Doch wie es auch sein mochte – dem getöteten Mädchen würde es nichts mehr nützen. Aber ihre Familie würde einen Teil des *wergelds* bekommen, und mit diesem Geld konnten diese halbfreien *coloni* sich die Freiheit erkaufen und für sich, ihre verbliebenen Kinder und ihre Kindeskinder ein besseres Leben aufbauen.

Gerold gab seinen Männern ein Zeichen, und sie schoben ihre Schwerter zurück in die Scheiden und nahmen wieder hinter dem Richtertisch Aufstellung.

Frambert kroch unter dem Tisch hervor und setzte sich mit leicht angeknackster Würde auf seinen alten Platz. Sein Gesicht war blaß, und seine Stimme schwankte, als er den letzten Fall zur Verhandlung rief. »Ermoin der Müller und seine Frau klagen gegen ihre Tochter, sie habe vorsätzlich, wissentlich und gegen den ausdrücklichen Befehl der Eltern einen Sklaven zum Ehemann genommen.«

Wieder teilte sich die Menge, um ein älteres Paar durchzulassen. Beide waren grauhaarig, in feinstes Leinen gekleidet, würdevoll und vornehm – äußere Zeichen für Ermoins Erfolg in seinem Beruf. Ihnen folgte ein junger Mann, in die abgetragene, schmutzige Tunika eines Sklaven gekleidet; zum Schluß kam eine junge Frau nach vorn, schüchtern und mit züchtig gesenktem Kopf.

»Edler Herr.« Ermoin, der Vater des Mädchens, wandte sich sofort an Gerold, ohne einen entsprechenden Aufruf abzuwarten. »Vor Euch steht unsere Tochter Hildegard, die Freude unserer alternden Herzen, das einzige von unseren acht Kindern, das überlebt hat. Wir haben sie anständig und rücksichtsvoll erzogen, Markgraf Gerold – zu rücksichtsvoll, wie wir zu unserem Kummer erfahren mußten. Denn sie hat uns unsere liebevolle Zuneigung mit vorsätzlichem Ungehorsam und Undank vergolten.«

»Und welchen Urteilsspruch erwartet Ihr von diesem Gericht?« fragte Gerold.

»Liegt das nicht auf der Hand?« erwiderte Ermoin erstaunt. »Das Mädchen soll die Wahl treffen, was sonst? Die Spindel oder das Schwert. Unsere Tochter muß sich für eins von beiden entscheiden, wie das Gesetz es erlaubt.«

Gerolds Miene wurde ernst. In seiner Laufbahn als *missus* hatte er bei einem solchen Verfahren einmal den Vorsitz geführt, und er hatte weiß Gott nicht den Wunsch, ein zweites mitzuerleben.

»Wie Ihr vollkommen zutreffend bemerkt, erlaubt das Gesetz eine solche Vorgehensweise. Aber ich finde sie sehr hart. Insbesondere, wenn sie bei jemandem angewendet wird, der so liebevoll aufgezogen wurde, wie Ihr behauptet. Gibt es keine andere Möglichkeit?«

Ermoin wußte, worauf Gerold abzielte: Das sogenannte Manngeld konnte bezahlt werden, wodurch der junge Bursche aus der Sklaverei ausgekauft und zum Freien gemacht wurde.

»Nein, edler Herr.« Ermoin schüttelte heftig den Kopf.

»Also gut«, sagte Gerold resigniert. Offensichtlich führte kein Weg an der Probe vorbei. Die Eltern des Mädchens kannten das Gesetz und würden darauf beharren, diese widerliche Sache bis zu ihrem Abschluß durchzuführen.

»Schafft eine Spindel herbei«, befahl Gerold. »Warte, Hunric ...« Er winkte einem seiner Männer. »Borg mir dein Schwert.« Er wollte seine eigene Waffe nicht benutzen. Die Klinge hatte noch nie das Fleisch eines Wehrlosen zerschnitten, und so sollte es auch bleiben, solange Gerold dieses Schwert trug.

Eine Zeitlang warteten sie. Die Menge tuschelte und murmelte erwartungsvoll. Schließlich wurde in einem Haus in der Nähe eine Spindel entdeckt.

Das Mädchen hob den Kopf, als die Spindel in den Versammlungssaal gebracht und mitsamt einem Schemel aufgestellt wurde. Der Vater redete mit scharfer Stimme auf das Mädchen ein, und es schlug rasch die Augen nieder. Doch in diesem flüchtigen Moment hatte Gerold einen Blick auf ihr Gesicht werfen können. Es war wunderschön – große, karneolfarbene Augen; eine Haut wie Milch und Honig; dunkle Brauen und ein schön geschwungener Mund. Zum erstenmal konnte Gerold den Zorn ihrer Eltern verstehen: Ein so hübsches Mädchen hätte das Herz eines mächtigen Fürsten erobern und das Vermögen und Ansehen ihrer Familie mehren können.

Gerold legte eine Hand auf die Spindel; mit der anderen hob er das Schwert. »Falls Hildegard das Schwert wählt«, sagte er so laut, daß alle Versammelten es hören konnten, »dann wird ihr Gatte, der Sklave Romuald, durch dieses Schwert auf der Stelle den Tod finden. Wählt sie aber die Spindel, so wird sie selbst zur Sklavin.«

Es war eine schreckliche Wahl. Einmal hatte Gerold ein anderes Mädchen erlebt – nicht so hübsch, aber so jung wie Hildegard –, das die gleiche Entscheidung hatte treffen müssen. Sie hatte sich für das Schwert entschieden und zuschauen müssen, wie der Mann, den sie liebte, vor ihren Augen abgeschlachtet worden war. Aber was hätte sie tun können? Wer würde schon freiwillig die völlige Rechtlosigkeit wählen, die scheußliche Erniedrigung – nicht nur für sich selbst, sondern auch für die Kinder, Kindeskinder und alle zukünftigen Generationen?

Das Mädchen stand schweigend und bewegungslos da. Sie war nur leicht zusammengezuckt, als Gerold das Verfahren erklärt hatte.

»Begreift Ihr die Bedeutung der Wahl, die Ihr nun treffen müßt?« fragte Gerold sie sanft.

»Sie begreift es, Markgraf Gerold.« Ermoins Hand krallte sich fester um den Arm seiner Tochter. »Sie weiß genau, was sie tut.«

Das glaubte Gerold ihm nur zu gern. Er war sicher, daß Ermoin und seine Frau das Mädchen durch die schrecklichsten Drohungen und Flüche, vielleicht sogar Prügel dazu gebracht hatten, sich für das Schwert zu entscheiden.

Die Wächter, die zu beiden Seiten des jungen Mannes standen, packten seine Arme, um jeden Fluchtversuch zu verhindern. Der junge Bursche bedachte die Männer mit einem verächtlichen Blick. Er hatte ein interessantes Gesicht – dichte, dunkle Brauen; kräftiges, schwarzes, gewelltes Haar; kluge

Augen; ein schön geformtes Kinn; hohe Wangenknochen und eine schmale, gerade Nase. In seinen Adern schien Römerblut zu fließen.

Er mochte ein Sklave sein; aber er hatte Mut. Gerold gab den Wächtern ein Zeichen, den Jungen loszulassen.

»Nun denn, mein Kind«, sagte er zu dem Mädchen. »Entscheide dich.«

Der Vater flüsterte Hildegard irgend etwas ins Ohr. Sie nickte, und er ließ ihren Arm los und stieß sie nach vorn.

Sie hob den Kopf und blickte den jungen Mann an. Aus ihren Augen sprach eine so tiefe Liebe, daß es Gerold den Atem raubte.

»Nein!« Der Vater versuchte, das Mädchen aufzuhalten, doch es war zu spät. Ohne den Blick von ihrem Mann zu nehmen, ging das Mädchen zur Spindel, setzte sich auf den Schemel und begann, die Spindel zu drehen.

Am folgenden Tag, auf dem Heimritt nach Villaris, dachte Gerold über die Gerichtssitzung nach. Das Mädchen hatte alles geopfert – ihre Familie, ihr Vermögen, sogar ihre Freiheit. Die Liebe, die Gerold in ihren Augen gesehen hatte, entfachte seine Phantasie und bewegte sein Inneres auf eine Art und Weise, die er nicht verstand. Er wußte nur eins – mit einer Gewißheit, die alle Zweifel verdrängte: Auch er wollte diese Reinheit und Kraft der Gefühle verspüren, die alles andere blaß und bedeutungslos erscheinen ließ. Noch war es nicht zu spät für ihn. Er war erst siebenundzwanzig – nicht mehr jung vielleicht, aber immer noch im besten Mannesalter.

Seine Frau Richild hatte er nie geliebt; ebensowenig wie sie ihn liebte. Sie beide hatten sich von Anfang an einander nichts vorgemacht. Sie hatten eine Zeitlang fleischliche Lust verspürt, doch Liebe war nie im Spiel gewesen. Wenn Richild vor der Wahl stünde – so, wie das Mädchen gestern –, würde sie nicht einmal einen ihrer juwelenbesetzten Kämme für ihn, Gerold, hergeben. Ihre Hochzeit war nichts anderes als das sorgsam ausgehandelte Geschäft zweier einflußreicher Familien gewesen, eine Ehe zwischen Geld und Macht. So war es nun mal üblich, und bis vor kurzem hatte zumindest Gerold auch nicht mehr verlangt. Als Richild nach Dhuodas Geburt erklärt hatte, keine Kinder mehr zu wollen, hatte er diesen Wunsch akzeptiert – ohne das Gefühl, irgend etwas Wertvolles unwiederbringlich verloren zu haben. Es war für Gerold nicht schwierig gewesen, willige Gefährtinnen zu finden, mit denen er seine sexuelle Lust auch außerhalb des Ehebetts befriedigen konnte.

Jetzt aber hatte sich das alles verändert. Wegen Johanna. Er stellte sie sich vor: ihr dichtes, weißgoldenes Haar, das ihr Gesicht umrahmte; ihre klugen, wissenden graugrünen Augen, die ihr wahres Alter Lügen straften. Die Sehnsucht nach ihr, die noch stärker war als sein Begehren, ließ ihm das Herz in der Brust schmerzen. Einen Menschen wie Johanna hatte er nie zuvor gekannt. Ihr scharfer Verstand faszinierte ihn, und ihre Bereitschaft, Gedanken und Ideen in Frage zu stellen, die andere Menschen als selbstverständliche und unerschütterliche Wahrheiten betrachteten, erfüllte ihn beinahe mit Ehrfurcht. Mit Johanna konnte er reden wie mit niemandem sonst. Ihr konnte er alles anvertrauen, sogar sein Leben.

Es wäre ihm ein leichtes gewesen, sie zu seiner Geliebten zu machen – ihre letzte Begegnung am Flußufer hatte keine Zweifel daran gelassen. Untypischerweise hatte er seinem Verlangen nicht nachgegeben. Er wollte mehr als die bloße körperliche Vereinigung. Was dieses ›mehr‹ war, hatte er damals nicht gewußt.

Jetzt wußte er es.

Ich möchte, daß sie meine Frau wird.

Es würde schwierig sein – und zweifellos kostspielig –, sich von Richild zu trennen; aber das spielte keine Rolle für ihn.

Johanna soll meine Frau werden, wenn sie mich haben möchte.

Als Gerold diesen Entschluß erst einmal gefaßt hatte, überkam ihn ein Gefühl des Friedens. Er atmete tief durch, genoß die berauschenden, erregenden Düfte des frühsommerlichen Waldes und fühlte sich so glücklich und lebendig wie seit Jahren nicht mehr.

Sie waren Villaris schon sehr nahe. Eine dunkle Wolke hing tief und schwer in der Luft und verwehrte Gerold den Blick auf die Gebäude der Burganlage. Dort, wo Johanna war und auf ihn wartete ... ungeduldig trieb er sein Pferd in einen leichten Galopp.

Plötzlich stieg ihm ein unangenehmer Geruch in die Nase.

Rauch.

Die Wolke, die über Villaris schwebte, war Rauch.

Augenblicke später preschten Gerold und seine Begleiter in rücksichtslosem, wildem Galopp durch den Wald, achteten nicht auf die Zweige, die ihnen ins Gesicht peitschten und an Haar und Kleidung zerrten. Schließlich jagten ihre Pferde auf die Lichtung, und die Männer Rissen an den Zügeln und starrten fassungslos auf das Bild, das sich ihnen bot.

Villaris gab es nicht mehr.

Unter den träge wogenden Rauchschwaden waren geschwärzte Trümmerhaufen und Asche zu sehen. Mehr war von dem Heim nicht übrig, daß sie erst drei Wochen zuvor verlassen hatten.

»Johanna!« rief Gerold. »Dhuoda! Richild!« Hatten sie fliehen können, oder waren sie tot, irgendwo begraben unter den schwelenden Trümmerhaufen?

Gerolds Männer hatten sich bereits über das Gelände verteilt. Auf den Knien hockend, durchwühlten sie den Schutt und die Trümmer auf der Suche nach irgend etwas, das noch zu erkennen war – Kleiderfetzen, ein Schmuckstück, eine Kopfbedeckung. Einige Männer weinten hemmungslos, als sie die Trümmer durchwühlten, von der Angst erfüllt, jeden Augenblick das zu finden, nach dem sie suchten.

An einer Seite der verwüsteten Burganlage, unter einem Haufen geschwärzter Balken, erblickte Gerold plötzlich etwas, das ihm jede Hoffnung raubte.

Es war ein Fuß. Der Fuß eines Menschen.

Er rannte dorthin und zog die Balken zur Seite, zerrte am rauhen Holz, bis seine Hände bluteten, doch er bemerkte es gar nicht. Allmählich kam der Körper zum Vorschein, der von den Balken bedeckt gewesen war. Es war der Leichnam eines Mannes. Er war so schrecklich verbrannt, daß die Gesichtszüge kaum noch zu identifizieren waren. Doch an dem Amulett, das der Tote um den Hals trug, erkannte Gerold, daß es sich um Andulf handelte, einen der Wachtposten. In der rechten Hand hielt er ein Schwert. Gerold beugte sich nieder, um die Waffe an sich zu nehmen, doch die Hand des Toten hielt den Griff umklammert und hob sich mit. Die Hitze des Feuers hatte den Handgriff geschmolzen; Eisen, Knochen und verbranntes Fleisch waren zu einer festen Masse zusammengebacken.

Andulf war im Kampf gestorben. Aber gegen wen hatte er gekämpft? Oder gegen was? Gerold betrachtete die Landschaft mit dem geschulten Auge des Soldaten. Nirgends war ein Anzeichen für ein Lager zu sehen, und die Angreifer hatten keine Waffen oder sonstiges Material zurückgelassen, das einen Rückschluß auf die Geschehnisse erlaubt hätte. Der umliegende Wald lag still und bewegungslos im klaren Licht des Frühsommernachmittags.

»Herr!« Gerolds Männer hatten die Leichen zweier weiterer Wachtposten entdeckt. Wie Andulf, waren auch sie im Kampf gefallen und hielten die Waffen noch in den Händen. Die Entdeckung der Leichen entfachte den Eifer der Männer aufs neue, die Suche fortzusetzen, doch sie blieb ergebnislos. Kein weiterer Leichnam wurde gefunden, kein Hinweis auf den Verbleib der anderen Bewohner entdeckt.

Wo sind sie alle? Gerold und seine Männer hatten fast fünfzig Personen auf Villaris zurückgelassen – sie alle konnten nicht völlig spurlos verschwunden sein.

Gerold schlug das Herz bis zum Hals, als plötzlich neue Hoffnung in ihm aufkeimte. Vielleicht lebte Johanna noch. Sie *mußte* noch leben. Vielleicht war sie irgendwo in der Nähe, hatte sich im Wald versteckt ... oder sie war in die Stadt geflohen, zusammen mit den anderen!

Gerold schwang sich mit einem Satz auf Pistis' Rücken und rief seine Männer zusammen. Im Galopp ritten sie in die Stadt und verlangsamten das Tempo erst, als sie auf die leeren, verlassenen Straßen gelangten.

Gerold und seine Männer verteilten sich und erkundeten die stillen Häuser der Stadt, die wie ausgestorben wirkte. Gerold selbst ritt mit Worak und Amalwin zum Dom. Die schweren Eichentüren standen offen und hingen schief in den zerbrochenen Angeln. Wachsam stiegen die Männer von den Pferden und näherten sich dem Domportal, die Schwerter in den Fäusten. Als sie die Treppe zum Portal hinaufstiegen, rutschte Gerold auf irgend etwas Glattem aus. Pfützen aus geronnenem Blut hatten sich auf den abgewetzten Holzstufen gebildet, die von einem unablässig tröpfelnden Rinnsal gespeist wurden, das aus dem Innern des Domes kam.

Gerold trat ins Innere.

Für einen gnädigen Augenblick sah er nur Umrisse; denn nach dem hellen Tageslicht mußten seine Augen sich erst an das schummrige Licht gewöhnen. Dann klärte sich sein Blick.

Amalwin, der hinter ihm stand, übergab sich. Gerold

spürte, wie auch ihn Übelkeit packte, doch er schluckte schwer und kämpfte sie mit eisernem Willen nieder. Mit dem Ärmel bedeckte er Mund und Nase; dann ging er weiter vor ins Kircheninnere. Die vielen Leichen lagen so dicht beieinander, daß es kaum möglich war, einen Weg zwischen ihnen hindurch zu finden. Gerold hörte, wie Worak und Amalwin fluchten; er hörte das Geräusch seines eigenen, flachen Atems, doch er ging immer weiter und weiter, wie in einem Alptraum, und suchte sich einen Weg durch den gräßlichen Abfall aus menschlichen Leibern, ließ den Blick über die entstellten Gesichter schweifen.

Unweit des Hochaltars stieß er auf die Angehörigen seines Haushalts. Da waren Wala, der Hofgeistliche, und Wido, der Haushofmeister. In der Nähe lag Irminon, eine Kammerzofe; ihr lebloser Arm hielt noch immer ihr totes Töchterchen umklammert. Als Worak, Irminons Ehemann, die beiden erblickte, stieß er ein lautes Heulen aus, fiel vor ihnen auf die Knie und umarmte sie, drückte die Hände auf ihre Wunden und beschmierte sich mit ihrem Blut.

Gerold wandte sich ab. Sein Blick fiel auf einen vertrauten Schimmer: smaragdgrün und silbern. Richilds Diadem. Ihr Leichnam lag daneben, auf dem Rücken; ihr langes schwarzes Haar war wie ein Schleier über ihren Körper ausgebreitet. Gerold hob das Diadem auf und wollte es zurück an seinen Platz in Richilds Haar stecken, doch bei seiner Berührung drehte Richilds Kopf sich in einem völlig verrenkten Winkel zur Seite; dann fiel er zu Boden und rollte ein Stück über die steinernen Platten.

Entsetzt sprang Gerold zurück und trat dabei auf einen anderen Leichnam, so daß er beinahe gestürzt wäre. Gerold schaute zu Boden. Zu seinen Füßen lag Dhuoda. Ihr kleiner Körper war verdreht, als hätte sie noch versucht, dem Hieb des Angreifers auszuweichen. Mit einem tiefen Stöhnen ließ Gerold sich neben seiner Tochter auf die Knie fallen. Zärtlich berührte er sie, streichelte ihr weiches Haar und bettete sie so, daß sie bequemer lag. Dann küßte er sie auf die Wange, strich ihr mit der Hand über die erloschenen Augen und schloß die Lider. Es war alles verkehrt. Dhuoda hätte irgendwann *ihm* diese letzte Ehre erweisen sollen; aber nicht er seiner kleinen Tochter.

Voller düsterer Ahnungen und mit bleischweren Gliedern

erhob sich Gerold und nahm seine grausige Suche unter den Erschlagenen wieder auf. Johanna mußte hier irgendwo sein, bei den anderen Toten; er mußte sie finden.

Gerold durchquerte das Kirchenschiff, blickte in jedes der starren, toten Gesichter und erkannte in jedem einzelnen die vertrauten Züge eines Stadtbewohners, Nachbarn oder Freundes. Johanna aber fand er nicht.

Konnte es sein, daß sie wie durch ein Wunder entkommen war? Gerold wagte es kaum zu hoffen. Er nahm die Suche wieder auf.

»Herr! Herr!« riefen plötzlich drängende, laute Stimmen draußen vor dem Dom. Gerold erreichte den Haupteingang in dem Augenblick, als der Rest seiner Männer herangeritten kam.

»Normannen, Herr! Droben, an der Küste! Sie beladen ihr Schiff, und ...«

Doch Gerold war schon aus der Tür und rannte zu Pistis.

In halsbrecherischer Geschwindigkeit ritten sie zur Küste. Die Hufe ihrer Pferde trommelten auf dem harten Boden der Straße. Die Männer verschwendeten keinen Gedanken an einen möglichen Überraschungsangriff; Trauer und Wut peitschten sie voran, und sie sannen nur auf Rache.

Als sie um eine Biegung galoppierten, sahen sie ein langes, flachgebautes Schiff mit einem hoch emporragenden Bug; er war aus Holz gehauen und sah wie der riesige Kopf eines Drachens mit geöffnetem Maul und langen, gebogenen Zähnen aus. Die meisten Normannen waren bereits an Bord, doch eine Gruppe befand sich noch an der Küste, um das Schiff zu bewachen, während es mit den letzten Beutestücken beladen wurde.

Mit einem gewaltigen, donnernden Schlachtruf spornte Gerold Pistis an und hielt seinen Speer wurfbereit. Seine Männer folgten ihm dichtauf. Die unberittenen Normannen warfen sich schreiend zur Seite; einige stolperten, als sie versuchten, in Sicherheit zu kommen; andere gerieten unter die Pferdehufe und wurden zertrampelt. Gerold hob seinen Speer, dessen Spitze mit Widerhaken versehen war, und zielte auf den Normannen, der ihm am nächsten war, einen Riesen mit goldenem Helm und gelbem Bart. Der Hüne drehte sich um und riß seinen Schild hoch, und Gerolds Speer schmetterte dröhnend dagegen.

Plötzlich war die Luft von sirrenden Pfeilen erfüllt; die Normannen schossen auf die Angreifer. Pistis stieß ein grelles Wiehern aus; dann fiel er zu Boden. Aus einem Auge des Pferdes ragte ein gefiederter Schaft. Gerold hatte sich aus dem Sattel geworfen, noch bevor Pistis stürzte, kam aber unglücklich mit dem linken Fuß auf. Er zog sein Schwert und ging hinkend auf den gelbbärtigen Riesen los, der davonstapfte und sich mühte, Gerolds Speer aus seinem Schild zu ziehen. Gerold stellte den Fuß auf das Ende des Speeres, als dieser über den Boden schleifte, so daß dem Normannen der Schild aus der Hand gerissen wurde. Der Riese blickte Gerold verdutzt an und hob dann seine Axt, doch es war zu spät. Mit einem wuchtigen Schwertstoß traf Gerold ihn ins Herz. Ohne zu beobachten, wie der Gegner tot zu Boden fiel, wirbelte Gerold herum und streckte einen weiteren Normannen nieder, indem er ihm den Schädel spaltete. Das Blut des Mannes spritzte Gerold ins Gesicht, und er mußte sich über die Augen wischen, um wieder sehen zu können. Er befand sich nun im Zentrum des Schlachtgetümmels, hob sein Schwert, drang auf die Gegner ein und hieb blindlings um sich, mit wuchtigen, wilden Schlägen. Alle Trauer, alle Wut und aller Haß auf die Mörder brachen sich Bahn, und ein Gegner nach dem anderen sank von Gerolds Schwert getroffen zu Boden.

»Sie legen ab! Sie legen ab!« Die Rufe seiner Männer hallten in Gerolds Ohren; er blickte zur Küste und sah, wie das Drachenboot davonglitt; sein rotes Segel flatterte im Wind. Die Normannen ergriffen die Flucht.

Eine reiterlose braune Stute mit schwarzer Mähne tänzelte nervös auf der Stelle, nur ein paar Schritt entfernt. Gerold schwang sich in den Sattel. Das Tier sprang und bockte, doch Gerold konnte sich auf dem Pferderücken halten, die Fäuste fest an den Zügeln. Die braune Stute spürte die kräftige Hand des erfahrenen Reiters und beruhigte sich. Sofort preschte Gerold auf dem Pferd zur Küste. Er rief seinen Männern zu, ihm zu folgen; dann trieb er die Stute geradewegs ins Wasser. Vom Sattel des Pferdes baumelte ein unbenutzter Speer herab. Gerold packte ihn und schleuderte ihn mit solcher Wucht, daß es ihn um ein Haar nach vorn über den Hals des Tieres gerissen hätte. Der Speer zischte durch die Luft; die eiserne Spitze funkelte im Sonnenlicht. Dicht vor dem grinsenden Drachenmaul fuhr der Speer ins Wasser.

Hämisches Lachen klang vom Schiff herüber. In ihrer rauhen, kehligen Sprache riefen die Normannen dem Gegner spöttische Bemerkungen zu. Zwei von ihnen hoben ein goldenes Bündel in die Höhe, damit Gerold es sehen konnte – nur, daß es kein Bündel war, sondern eine Frau, die schlaff zwischen den kräftigen Armen der Männer hing. Eine junge Frau mit rotbraunem Haar ...

»Gisla!« brüllte Gerold gequält, als er seine Tochter erkannte. Was hatte sie in Dorstadt gewollt? Weshalb war sie nicht daheim bei ihrem Mann, in Sicherheit?

Benommen hob Gisla den Kopf. »Vater!« schrie sie. »Vaaateeer!« Ihr Schrei hallte in jeder Faser seines Seins wider.

Gerold spornte die braune Stute an, doch sie wieherte schrill, tänzelte zurück und weigerte sich, noch weiter in das tiefere, dunklere Wasser vorzudringen. Gerold schlug ihr die flache Seite des Schwertes auf die Hinterhand, um sie zum Gehorsam zu zwingen, erreichte damit aber nur, daß das Tier in Panik geriet; es bäumte sich wild auf, und die Hufe wirbelten durch die Luft. Ein weniger geübter Reiter wäre abgeworfen worden, doch Gerold hielt sich entschlossen auf dem Pferderücken und kämpfte darum, die Stute seinem Willen zu unterwerfen.

»Herr! Herr!« Gerolds Männer umringten ihn, packten das Geschirr des Pferdes und zerrten es mitsamt seinem Reiter zurück.

»Es ist hoffnungslos, Herr.« Grifo, der militärische Anführer von Gerolds Trupp, sprach die schreckliche Wahrheit mit fester Stimme aus. »Wir können nichts mehr für sie tun.«

Die roten Segel des Drachenschiffes hatten zu flattern aufgehört; nun blähten sie sich voll im Wind, während das Schiff rasch von der Küste fortglitt. Es gab keine Möglichkeit, die Normannen zu verfolgen; nirgends gab es Boote oder gar Schiffe. Außerdem hätten Gerold und seine Männer ohnehin nicht gewußt, wie man Segel setzt und navigiert. Die Kunst des Schiffbaus war selbst hier, im hohen Norden des Frankenreiches, längst in Vergessenheit geraten.

Wie betäubt ließ Gerold die Stute von Grifo ans Ufer führen. Noch immer hallte ihm Gislas Schrei in den Ohren. *Vaaateeer!* Sie war verloren – unrettbar und unwiderruflich. Es hatte zwar Berichte darüber gegeben, daß die Normannen auf ihren zunehmend häufigeren Beutezügen an der Küste des

Frankenreiches auch Mädchen und junge Frauen raubten, doch Gerold hätte nie geglaubt, nie damit gerechnet, daß auch hier ...

Johanna! Der Gedanke traf ihn mit der Wucht eines Schwerthiebes und nahm ihm den Atem. Die Normannen hatten auch sie mitgenommen! Gerold dachte fieberhaft nach; seine Gedanken überschlugen sich, als er noch einmal nach einer Möglichkeit suchte, die Räuber und Mörder zu verfolgen. Doch es gab keine. Diese Barbaren hatten Johanna und Gisla geraubt und würden sie unaussprechlichen Greueln aussetzen – und er konnte nichts, *gar nichts* tun, sie zu retten.

Gerolds Blick fiel auf einen der toten Normannen. Er schwang sich vom Rücken der Stute, riß dem Toten die langschäftige Axt aus der verkrampften Hand und schlug damit in blinder Wut auf den Leichnam ein. Bei jedem Schlag wurde der schlaffe Körper heftig geschüttelt; der goldene Helm rutschte dem Toten vom Kopf und enthüllte das noch bartlose Gesicht eines Jungen. Doch blindwütig schlug Gerold weiter zu, hob wieder und wieder die Axt und ließ sie niedersausen. Das Blut spritzte in alle Richtungen und tränkte Gerolds Kleidung.

Zwei seiner Männer setzten sich in Bewegung, um Gerold aufzuhalten, doch Grifo hielt sie zurück.

»Nein«, sagte er leise. »Laßt ihn.«

Wenige Augenblicke später schleuderte Gerold die Axt zur Seite, ließ sich auf die Knie fallen und schlug die Hände vors Gesicht. Warmes Blut bedeckte seine Finger und verklebte sie. Heftige Schluchzer, tief in der Kehle, ließen seinen Körper erbeben, und dann brachen die Dämme. Gerold weinte hemmungslos und ließ den Tränen freien Lauf.

13.
COLMAR
24. Juni 833
Das Lügenfeld

Anastasius zog die schweren Vorhänge am Zelt des Papstes zur Seite und schlüpfte hinein.

Gregor, der vierte Mann dieses Namens, der auf dem Thron des heiligen Petrus saß, betete noch immer. Er kniete auf den seidenen Kissen, die vor der kunstvoll geschnitzten Elfenbeinfigur Jesu Christi lagen, die in seinem Zelt den Ehrenplatz einnahm. Die Figur hatte die gefahrvolle Reise über die holperigen Straßen und die baufälligen Brücken, über die hohen, trügerisch gefährlichen Alpenpässe und durch reißende Flüsse ohne einen Kratzer überstanden. Selbst hier, in dem schmucklosen Zelt, das inmitten der fremden Landschaft des Frankenreiches aufgestellt war, schimmerte die Figur so rein und hell wie in der Sicherheit und Geborgenheit von Gregors Privatkapelle im Lateranpalast.

»Deus illuminatio mea, Deus optimus et maximus«, betete Gregor, dessen Gesicht von frommer Hingabe erfüllt war.

Anastasius, der den Papst stumm vom Eingang des Zeltes aus beobachtete, fragte sich: *War auch mein Glaube jemals so schlicht?* Vielleicht über eine kurze Zeitspanne hinweg: Als er ein kleiner Junge gewesen war. Doch seine Unschuld war an jenem Tag gestorben, als man seinen Onkel Theodorus im Lateranpalast vor seinen Augen ermordet hatte. »Sieh hin!« hatte sein Vater ihn damals ermahnt. »Beobachte und lerne.«

Anastasius hatte beobachtet, und er hatte gelernt – gelernt, wie man seine wahren Gefühle hinter der Maske höflichen Auftretens verbarg; gelernt, wie man intrigierte und bestach, belog und betrog, ja, sogar Verrat übte, falls nötig. Die Belohnung für dieses Wissen und diese Fähigkeiten war erfreulich gewesen. Mit neunzehn war Anastasius bereits *vestiarius* – der jüngste Mann, der jemals ein so hohes Amt erlangt hatte. Sein Vater Arsenius war sehr stolz auf den Sohn, und Anastasius hatte die Absicht, seinen Vater mit noch mehr Stolz zu erfüllen.

»Jesus Christus, gib mir die Klugheit, die ich am heutigen Tage brauche«, fuhr Gregor fort. »Zeige mir, wie ich diesen schrecklichen Krieg vermeiden und diese aufständischen Söhne des Kaisers mit ihrem Vater versöhnen kann.«

Weiß er nicht – selbst jetzt noch nicht –, was er heute verlieren könnte? Anastasius mochte es kaum glauben. Dieser Papst war wirklich ein ausgemachtes Unschuldslamm. Mit seinen neunzehn Jahren war Anastasius noch nicht einmal halb so alt wie der Heilige Vater, aber er wußte bereits viel mehr über die Welt als Papst Gregor.

Er ist für das Amt des Papstes ungeeignet, dachte Anastasius, und das nicht zum erstenmal. Gregor war ein frommer Mann, daran gab es keinen Zweifel; doch Frömmigkeit war eine Tugend, die oftmals überschätzt wurde. Gregor wäre besser für das Leben in einem Kloster geeignet gewesen als für das Amt des Papstes, das mitunter komplizierte politische Winkelzüge erforderlich machte, die Gregor niemals begreifen würde. Was hatte Kaiser Ludwig sich nur dabei gedacht, als er Gregor gebeten hatte, die lange Reise von Rom bis ins fränkische Reich zu unternehmen, um in dieser Krisensituation als Vermittler aufzutreten?

Anastasius hüstelte leise, um Gregor auf sich aufmerksam zu machen, doch der Papst war im Gebet versunken und blickte die Christusfigur mit einem Ausdruck tiefster Innigkeit an.

»Es wird Zeit, Heiligkeit.« Anastasius zögerte nicht, die Andacht des Papstes zu unterbrechen. Gregor betete jetzt seit mehr als einer Stunde, und der Kaiser wartete.

Verdutzt blickte Gregor sich um und hielt nach Anastasius Ausschau. Als er den jungen Mann sah, nickte er, bekreuzigte sich, stand auf und strich sich das glockenförmige weiße Meßgewand glatt, das er über der päpstlichen Dalmatika trug.

»Wie ich sehe, hat die Christusfigur Euch Kraft gegeben, Heiligkeit«, sagte Anastasius und half Gregor, das *pallium* anzulegen. »Auch ich habe ihre Kraft gespürt.«

»Ja. Die Figur ist wundervoll, nicht wahr?«

»In der Tat. Ein herrliches Werk. Besonders die Schönheit des Kopfes, der im Verhältnis zum Körper sehr groß ist. Er erinnert mich stets an Paulus' ersten Brief an die Korinther. ›Und der Kopf der Christenheit ist Gott.‹ Ein wundervoller Ausdruck des Gedankens, daß Christus in seiner Person sowohl die göttliche als auch die menschliche Natur in sich vereint.«

Ein anerkennendes Lächeln legte sich auf Gregors Gesicht. »Ich glaube, so treffend habe ich diesen Gedanken noch niemanden ausdrücken hören. Du bist ein guter *vestiarius,* Anastasius; und so, wie du deinen Glauben in Worte kleidest, ist er eine Quelle der Inspiration.«

Anastasius war hocherfreut. Ein solches päpstliches Lob konnte sich rasch in einer weiteren Beförderung niederschlagen – zum *nomenclator,* möglicherweise, oder vielleicht sogar zum *primicerius.* Er war noch sehr jung, gewiß, aber so hohe Ämter waren durchaus nicht unerreichbar. Im Grunde waren sie ohnehin nichts weiter als Stationen auf dem Weg zum alles überragenden Ziel in Anastasius' Leben: eines Tages selbst der Papst zu sein.

»Jetzt lobt Ihr mich aber zu sehr, Heiligkeit«, sagte Anastasius und hoffte, daß es sich bescheidener anhörte, als es gemeint war. »Nicht meinen unbedeutenden Worten gebührt Eure Anerkennung, sondern der vollendeten Ausführung der Skulptur.«

Wieder lächelte Gregor. »Das nenne ich wahre Demut und Bescheidenheit.« Stolz legte er dem jungen Mann die Hand auf die Schulter und fügte mit ernster Stimme hinzu: »Heute, Anastasius, verrichten wir die Arbeit Gottes.«

Forschend betrachtete Anastasius das Gesicht des Papstes. *Er hat keinen Verdacht geschöpft.* Offensichtlich glaubte Gregor noch immer, daß er durch seine Vermittlung einen Frieden zwischen dem Kaiser und seinen Söhnen bewirken konnte. Und offensichtlich wußte er immer noch nichts von den geheimen Abkommen, die Anastasius so vorsichtig und verstohlen geschlossen hatte, wobei er den ausdrücklichen Anweisungen seines Vaters gefolgt war.

»Morgen, wenn die Sonne aufgeht, wird dieses gepeinigte Land einen neuen Frieden sehen«, sagte Gregor.

Wie wahr, wie wahr, dachte Anastasius. *Allerdings wird dieser Friede ganz anders beschaffen sein, als du ihn dir vorstellst.*

Falls alles wie geplant verlief, würde der Kaiser morgen bei Sonnenaufgang feststellen, daß seine Truppen während der Nacht desertiert waren und ihn allein zurückgelassen hatten, verteidigungslos den Heeren seiner Söhne ausgeliefert. Alles war bereits abgesprochen, und auch die Bezahlung war schon erfolgt. Egal, was Gregor an diesem Tag sagen oder tun mochte – es spielte nicht mehr die geringste Rolle.

Doch es war wichtig, daß die päpstlichen Vermittlungsgespräche zunächst einmal geführt wurden, so, als wäre nichts geschehen. Die Verhandlungen mit Gregor würden das Mißtrauen des Kaisers weitgehend zerstreuen und seine Aufmerksamkeit genau zu dem Zeitpunkt ablenken, wenn alles darauf ankam.

Wahrscheinlich war es angebracht, Gregor ein bißchen zu ermutigen. »Was Ihr heute versuchen wollt, Heiligkeit, kann den Lauf der Welt zum Guten verändern«, sagte Anastasius. »Gott wird Euch und Eure Ziele mit Wohlgefallen betrachten.«

Gregor blickte den jungen Mann an. »Das hoffe ich, Anastasius. Das hoffe ich mehr als je zuvor.«

»Gregor den Friedensstifter wird man Euch nennen. Gregor den Großen!«

»Nein, Anastasius«, erwiderte der Papst tadelnd. »Falls ich heute Erfolg habe, dann war es Gottes Werk, und ich war nur sein Werkzeug. Die Zukunft dieses Reiches, von dem die Sicherheit Roms abhängt, steht heute auf dem Spiel. Bleiben der Friede gewahrt und das Reich bestehen, wäre dies allein der Gnade des Herrn zu verdanken.«

Gregors selbstloser Glaube kam Anastasius beinahe unfaßbar vor. Er betrachtete den Papst als eine seltsame Laune der Natur, so, als hätte er sechs Finger an einer Hand. Gregor war ein zutiefst bescheidener und demütiger Mann – andererseits hatte er allen Grund, bescheiden und demütig zu *sein,* wenn man seine Fähigkeiten berücksichtigte.

»Begleite mich zum Zelt des Kaisers«, sagte Gregor. »Ich möchte, daß du dabei bist, wenn ich mit ihm verhandle.«

Alles läuft wie geschmiert, ging es Anastasius durch den Kopf. Sobald diese Sache hier vorüber war, brauchte er nur noch nach Rom zurückzukehren und zu warten. Sobald Lothar erst an Stelle seines Vaters der neue gekrönte Herrscher war, würde er schon wissen, wie er Anastasius dessen Hilfe an diesem heutigen Tag vergelten konnte.

Gregor ging zum Zeltausgang. »Komm, es wird Zeit. Laß uns tun, was getan werden muß.«

Sie verließen das Zelt und gingen über das große Feld, das dicht an dicht von anderen Zelten bestanden war, über denen die Banner des kaiserlichen Heeres flatterten. Man konnte sich kaum vorstellen, daß dieses farbenprächtige, scheinbare Durcheinander morgen früh vollkommen verschwunden sein würde. Anastasius versuchte, sich den Ausdruck auf Ludwigs Gesicht vorzustellen, wenn der entmachtete Kaiser aus seinem Zelt trat und die riesigen, kahlen stillen Felder vor sich sah.

Sie kamen an den kaiserlichen Wachen vorüber und gelangten zum Zelt des Herrschers. Unmittelbar vor dem Eingang blieb Gregor stehen und murmelte ein letztes Gebet.

Anastasius beobachtete ungeduldig, wie Gregors volle, beinahe feminine Lippen lautlos die Worte des zwanzigsten Psalmes formten.

»... die einen sind stark durch die Wagen,
die anderen durch Rosse, wir aber sind stark
im Namen des Herrn, unsres Gottes.
Sie sind gestürzt und gefallen,
wir bleiben aufrecht und stehen.
Herr, verleihe dem König den Sieg!
Erhör uns am Tag, da wir rufen!«

Frommer Narr! In diesem Augenblick war Anastasius' Verachtung für den Papst so groß, daß es ihn erhebliche Mühe kostete, seiner Stimme einen respektvollen Beiklang zu geben.

»Sollen wir hineingehen, Heiligkeit?«

Gregor hob den Kopf. »Ja, Anastasius. Ich bin bereit.«

14.
FULDA

Im schattigen Mondlicht, das lange vor dem Einbruch der Morgendämmerung herrschte, stiegen die Mönche des Klosters zu Fulda die Treppen vom Dormitorium hinunter und gingen, schweigend und feierlich, in einer Reihe über den Innenhof der Kirche. Ihre grauen Umhänge verschmolzen nahtlos mit der Dunkelheit. In der vollkommenen Stille war das leise Klatschen ihrer schlichten Ledersandalen auf dem kalten Steinboden das einzige Geräusch; selbst die Vögel würden erst in einigen Stunden mit ihrem Gesang beginnen. Die Mönche betraten den Chorraum und bewegten sich mit einer Sicherheit, wie nur lange Gewohnheit sie hervorbringt, an ihre zugewiesenen Plätze, um die Vigilien zu feiern, die Morgenmesse.

Bruder Johannes Anglicus kniete gemeinsam mit den anderen nieder und rutschte mit unbewußten, geübten Bewegungen solange auf den Knien, bis er auf dem festgestampften Lehmfußboden die bequemste Körperhaltung gefunden hatte.

Domine labia mea aperties ... Die Mönche begannen mit der Morgenfeier, mit drei Psalmenlesungen samt Responsorien und Halleluja, Laudes, Apostellesung, Responsorium, Hymnus, Bibelvers, Evangelium und Bittgebet und noch einmal Lobgesängen – der Ablauf der *laudes* laut jenen Ordensregeln, die der heilige Benedikt dreihundert Jahre zuvor aufgestellt hatte.

Johannes Anglicus mochte diesen ersten Gottesdienst des Tages. Das unveränderliche Muster der Zeremonie ließ dem Geist genug Freiraum umherzuschweifen, während die Lippen ganz von selbst die vertrauten Worte formten. Einigen Brüdern sank bereits wieder der Kopf auf die Brust, doch Johannes Anglicus fühlte sich hellwach; all seine Sinne waren klar und geschärft in dieser kleinen, von flackerndem Kerzenlicht erhellten Welt, die von gewaltigen, Sicherheit gewährenden Wänden umgrenzt wurde.

Zu dieser nächtlichen Stunde empfand Johannes Anglicus das Gefühl der Zugehörigkeit zur klösterlichen Gemeinschaft besonders stark. Die krassen Unterschiede, die grelles Tageslicht hervorbrachte, das die Einzelpersönlichkeiten enthüllte, das die Vorlieben und Abneigungen erkennen ließ, die Sympathien und die Antipathien – all diese scharfen Konturen wurden von den gedämpften Schatten und dem volltönenden Gleichklang der Stimmen verwischt, die melodisch und gedämpft durch die stille Nachtluft klangen.

Te deum laudamus ... Mit den anderen Mönchen sang Johannes Anglicus das Halleluja. Die gesenkten, von Kapuzen bedeckten Köpfe waren einander so ähnlich, daß man sie ebensowenig unterscheiden konnte wie Samenkörner in einer Ackerfurche.

Doch Johannes Anglicus war anders als die anderen. Er gehörte nicht in diese erlesene Bruderschaft aus Gelehrten, Theologen, Denkern, Malern, Übersetzern und Kopisten. Aber dies war nicht auf eine unterlegene Kraft des Geistes oder des Willens zurückzuführen oder auf mangelnde Charakterstärke. Es lag an der Launenhaftigkeit des Schicksals, vielleicht auch am Willen eines grausamen und gleichgültigen Gottes, daß Johannes Anglicus ein Außenseiter war – unabänderlich und unwiderruflich. Er gehörte nicht zu den Brüdern des Klosters zu Fulda, weil Johannes Anglicus, geborene Johanna von Ingelheim, eine Frau war.

Vier Jahre waren vergangen, seit Johanna – in der Verkleidung ihres Bruders Johannes – an der Pforte des Klosters erschienen war. Ihres englischen Vaters wegen gaben die Mönche ihr den Beinamen »Anglicus«, und selbst unter dieser auserlesenen Schar von Künstlern und Gelehrten tat sie sich rasch durch ihre einzigartigen Geistesgaben hervor.

Genau jene Eigenschaften, die ihr als Frau Verachtung und Spott eingetragen hatten, wurden hier ohne Einschränkungen geachtet und geschätzt: Ihre Klugheit, ihre Kenntnisse der Heiligen Schrift, ihre rasche Auffassungsgabe, ihre Schlagfertigkeit und die logische Schärfe ihrer Gedanken bei gelehrten Disputen wurden zum Stolz der gesamten Bruderschaft. Im Kloster hatte Johanna die Möglichkeit, bis an die Grenzen ihrer Fähigkeiten vorzustoßen; hier schob man ihr keinen Riegel vor, sondern ermutigte sie sogar zum Studium. Unter den

Novizen wurde sie rasch zum *seniorus* ernannt, einem »älteren Bruder«. Dies wiederum verschaffte ihr größere Freiheiten, was den Zugang zur berühmten Bibliothek des Fuldaer Klosters betraf – einem gewaltigen Bestand von etwa dreihundertundfünfzig Codices, einschließlich einer wundervollen Sammlung von Werken klassischer Autoren, darunter Sueton, Tacitus, Vergil, Plinius und Marcellinus. Mit freudigem Entzücken durchforschte Johanna die sorgfältig geordneten Stapel aus Pergamentrollen. Wie es schien, war hier alles Wissen der Welt gesammelt, und dieses Wissen stand ihr uneingeschränkt offen.

Als Joseph, der Prior, Johanna eines Tages dabei antraf, wie sie eine wissenschaftliche Abhandlung des heiligen Chrysostomos las, erkannte er voller Erstaunen, daß sie der griechischen Sprache mächtig war – eine Fähigkeit, die keiner der anderen Brüder besaß. Joseph erzählte dem Abt Rabanus Maurus davon, der Johanna sofort mit der Aufgabe betraute, die kostbare Sammlung griechischer Abhandlungen über die Medizin zu übersetzen, die sich im Besitz des Klosters befand. Unter diesen Schriften befanden sich fünf der sieben Aphorismenbücher des Hippokrates, die vollständige *tetrabiblios* des Aetius sowie Fragmente der Werke des Oribasius und des Alexander von Tralles. Bruder Benjamin, der Arzt des Klosters, war von Johannas Arbeit dermaßen beeindruckt, daß er sie zu seinem Lehrling machte. Er brachte ihr bei, wie man die Pflanzen im Kräutergarten pflegte, wie man sie erntete und aufbewahrte und auf welche Weise man sich ihre verschiedenen Heilkräfte zunutze machte: Fenchel gegen Verstopfung; Senf gegen Husten; Kerbel gegen Hämorrhoiden; Absinth gegen Fieber – in Benjamins Garten wuchs gegen jedes erdenkliche Leiden, das den Menschen heimsuchen konnte, ein Heilkraut. Johanna half ihm, die verschiedenen Wickel und Umschläge, Aufgüsse und Abführmittel, Tränke und Pulver zu bereiten, die den wichtigsten Stützpfeiler klösterlicher Medizin bildeten, und sie begleitete ihn zum Spital, um sich um die Kranken zu kümmern. Es war eine faszinierende Arbeit, die Johannas analytischem Verstand und ihrem von Forscherdrang beseelten Geist entgegenkam. Ihre Tage waren geschäftig und ausgefüllt; neben ihren Studien und der Zeit, die sie bei Bruder Benjamin verbrachte, läutete siebenmal täglich die Klosterglocke und rief die Mönche zu Gebeten und Gottesdiensten.

Doch besonders die Stunden, die Johanna bei Bruder Benjamin verbrachte, gefielen ihr. Sie gefielen ihr sogar sehr. Denn Benjamin besaß eine innere Freiheit und Kraft, wie Johanna es bis jetzt bei keinem Menschen erlebt hatte.

»Vielleicht sollte ich es dir gar nicht erzählen, sonst schwillt dir vor Stolz der Kamm so sehr, daß dein Kopf nicht mehr unter die Kapuze paßt«, hatte der geschwätzige alte Hatto, der Pförtner, erst wenige Tage zuvor zu Johanna gesagt und sie dabei fröhlich angelächelt, damit sie erkannte, daß seine Worte scherzhaft gemeint waren. »Aber gestern habe ich gehört, wie der Vater Abt und Prior Joseph sich darüber unterhalten haben, daß du den schärfsten Verstand von uns allen besitzt und daß du diesem Kloster eines Tages sehr viel Ehre machen wirst.«

Die Worte der alten Wahrsagerin auf dem Jahrmarkt in St. Denis kamen Johanna in den Sinn: »Macht und Größe werden dein ...« Hatte die alte Frau *das* damit gemeint? »Wechselbalg«, hatte die Alte sie genannt und gesagt: »Du bist, was du nicht sein wirst, und was du werden wirst ist anders, als du bist.«

Was das angeht, hatte die alte Frau schon mal recht, ging es Johanna voller Bedauern durch den Kopf, wobei sie ihren Scheitel betastete und den haarlosen Kreis der Tonsur spürte, der von der dichten Fülle des weißblonden Haarkranzes fast verdeckt wurde. Ihr Haar – es war wie das Haar ihrer Mutter – war Johannas einzige Eitelkeit gewesen. Dennoch hatte sie es bereitwillig abschneiden lassen; denn ihre Mönchstonsur sowie die Narbe auf der Wange, die das Normannenschwert hinterlassen hatte, ließen die Maske der Männlichkeit glaubwürdiger erscheinen – eine Maskerade, von der Johannas Leben abhing.

Als sie ins Kloster nach Fulda gekommen war, hatte sie anfangs jeden Tag in ängstlicher Anspannung verbracht; denn damals wußte sie ja nicht, ob irgendein neuer, unbekannter und unerwarteter Aspekt des klösterlichen Alltagslebens plötzlich ihre wahre Identität enthüllen würde. Sie mühte sich nach besten Kräften, die Körperhaltung, die Mimik und das Gebaren eines Mannes anzunehmen, lebte aber in ständiger Furcht, ihr wahres Geschlecht durch Dutzende unmerklicher, unverdächtiger weiblicher Gesten zu verraten. Doch niemand schien etwas zu bemerken.

Glücklicherweise war das Leben in einem Benediktinerkloster sorgfältig darauf eingerichtet, die Würde und das Schamgefühl eines jeden Mitglieds der Mönchsgemeinschaft zu schützen, vom Abt bis zum niedersten Bruder. Der Körper, dieses Gefäß der Sünde, mußte so weit wie möglich verhüllt werden. Die langen, weiten Umhänge der Benediktiner boten Johanna die Möglichkeit, ihre weiblichen Körperformen zu kaschieren; dennoch schnürte sie sich – als zusätzliche Vorsichtsmaßnahme – mit dicken Streifen aus Leinentuch die Brüste fest zusammen. Die Bendiktinerregeln besagten ausdrücklich, daß die Brüder in ihrer Mönchskleidung schlafen mußten und selbst in den heißesten Nächten des Hochsommers, im Heuvimanoth, lediglich die Hände und Füße enthüllen durften. Bäder waren untersagt, ausgenommen für die Kranken. Selbst die *necessaria*, die Aborte, gewährten den Brüdern durch Trennwände zwischen den einzelnen Latrinen mit den kalten Steinsitzen ihre Privatsphäre.

Als Johanna auf dem Weg von Dorstadt nach Fulda in die Männerrolle geschlüpft war, hatte sie es sich außerdem zur Gewohnheit gemacht, ihre Monatsblutung mittels dicker Lagen aus trockenen, saugfähigen Blättern aufzunehmen; anschließend vergrub sie diese Blätter. Doch im Kloster erwies sich selbst die letztgenannte Vorsichtsmaßnahme als überflüssig: Johanna ließ die benutzten Blätter einfach in die tiefen, dunklen Löcher der *necessaria* fallen.

Jeder Mönch im Kloster zu Fulda hielt Johanna für einen jungen Mann. Sie machte die Erfahrung, daß keiner der Brüder sich auch nur einen Gedanken über das Geschlecht einer bestimmten Person machte, sobald der oder die Betreffende als Mann oder Frau akzeptiert worden war – zum Glück für sie. Denn hätte man ihre wahre Identität aufgedeckt, hätte dies mit Sicherheit ihren Tod bedeutet.

Diese Gewißheit hielt Johanna anfangs auch davon ab, den Versuch zu unternehmen, sich mit Gerold in Verbindung zu setzen. *So sehr* durfte sie niemandem vertrauen, daß sie ihn eine Nachricht an Gerold überbringen ließ. Und sie selbst konnte das Kloster nicht verlassen; als Novize wurde sie Tag und Nacht aufmerksam im Auge behalten.

Von Zweifeln geplagt, hatte sie in den ersten Wochen und Monaten des Nachts stundenlang auf ihrer schmalen Pritsche im Dormitorium wach gelegen. Selbst wenn es ihr gelang, sich mit Gerold in Verbindung zu setzen – wollte er sie haben? Als sie das letzte Mal zusammengewesen waren, an der leerstehenden Hütte am Flußufer, hatte sie sich Gerold angeboten; sie hatte von ihm geliebt werden wollen – Johanna errötete, als sie daran zurückdachte -, doch Gerold hatte sie zurückgewiesen. Später, auf dem Heimweg, war er in sich gekehrt und wortkarg gewesen, beinahe so, als wäre er wütend. Und anschließend hatte er die erste Gelegenheit beim Schopf gepackt, Villaris eine Zeitlang zu verlassen.

»Du hättest ihn nicht so ernst nehmen sollen«, hatte Richild damals gesagt. »Du bist lediglich die letzte Perle in Gerolds langer Halskette aus Eroberungen.« Stimmte das wirklich? Damals war es Johanna unvorstellbar erschienen; aber vielleicht hatte Richild ja die Wahrheit gesagt.

Es wäre verrückt, alles aufs Spiel zu setzen, sogar ihr Leben, nur um mit einem Mann Verbindung aufzunehmen, der sie gar nicht haben wollte, der sie wahrscheinlich nie gewollt hatte. Und trotzdem ...

Johanna war drei Monate im Kloster zu Fulda, als sie Zeugin eines Ereignisses wurde, das ihr half, eine schwierige Entscheidung zu treffen. Auf dem Weg zu den *cellae novicorum* war Johanna mit einer Gruppe anderer Novizen durch den Gemüsegarten geschlendert, als plötzlicher Lärm und Bewegung aller Aufmerksamkeit auf das Eingangstor gelenkt hatte. Johanna beobachtete, wie eine Eskorte Bewaffneter durch das Tor geritten kam, gefolgt von einer Dame in einem prachtvollen Gewand aus goldener Seide. Anmutig und gerade wie eine Marmorstatue saß die Frau im Sattel. Sie war wunderschön. Ihr zartes, blasses Gesicht wurde von einer Kaskade aus üppigem, hellbraunem Haar umrahmt, und in ihren dunklen, klugen Augen lag ein geheimnisvoller Ausdruck von Trauer.

»Wer ist diese Frau?« fragte Johanna fasziniert.

»Judith, die Gattin von Baron Waifar«, antwortete Bruder Rudolph, der die Aufsicht über die Novizen führte. »Eine gelehrte Frau. Man sagt, daß sie Latein in Wort und Schrift so gut beherrscht wie ein Mann.«

»*Deus nos salva.*« Ängstlich bekreuzigte sich Bruder Gailo. »Ist sie eine Hexe?«

»Ganz und gar nicht. Sie steht in dem Ruf tiefer Frömmigkeit. Sie hat sogar einen Kommentar zum Leben der Esther geschrieben.«

»Was für eine Scheußlichkeit«, sagte Bruder Thomas, einer der anderen Novizen. Thomas – ein unscheinbarer junger Mann mit rundem, pausbäckigem Gesicht, Kinngrübchen und schwerlidrigen Augen – nutzte jede Gelegenheit, seine überlegene Frömmigkeit und Tugendhaftigkeit hervorzuheben. »Ein schwerer Verstoß gegen die natürliche Ordnung. Was kann eine Frau von solchen Dingen schon wissen, wo sie doch von niederen Instinkten geleitet wird? Gewiß wird Gott sie für ihre Überheblichkeit bestrafen.«

»Das hat er schon«, erwiderte Bruder Rudolph, »denn der Baron braucht einen Erben, doch seine Frau ist unfruchtbar. Erst letzten Monat hatte sie wieder eine Totgeburt.«

Die vornehme Prozession zog bis vor die Klosterkirche. Johanna beobachtete, wie Judith vom Pferd stieg und sich mit ernster Würde dem Kircheneingang näherte, eine Kerze in der Hand.

»Du solltest nicht so starren, Bruder Johannes«, sagte Thomas tadelnd, der sich gern auf Kosten der anderen Novizen bei Bruder Rudolph lieb Kind machte. »Sobald eine Frau erscheint, sollte ein guter Mönch die Augen stets voller Keuschheit gesenkt halten.«

»Da hast du recht, Bruder«, erwiderte Johanna. »Aber eine Frau wie sie habe ich noch nie gesehen. Ein Auge ist blau und das andere braun.«

»Du solltest deine Sünden nicht durch Lügen vertuschen, Bruder Johannes. Beide Augen der Frau sind braun.«

»Das kannst du doch gar nicht wissen, Bruder«, erwiderte Johanna. »Es sei denn, du hast deine Augen nicht voller Keuschheit gesenkt, sondern hingeschaut.«

Die anderen Novizen brachen in Gelächter aus. Selbst Bruder Rudolph konnte sich ein Lächeln nicht verkneifen.

Thomas starrte Johanna zornig an. Sie hatte ihn zum Narren gemacht, und eine solche Beleidigung vergaß er nicht so schnell.

Die Aufmerksamkeit der Novizen wurde von Bruder Hildwin abgelenkt, dem Sakristan, der herbeigeeilt kam, um rasch zwischen Judith und dem Kircheneingang Aufstellung zu nehmen.

»Friede sei mit Euch, meine Tochter«, sagte er und benutzte dabei den fränkischen Dialekt.

»*Et cum spiritu tuo*«, gab Judith auf Latein zurück.

Hildwin wandte sich noch einmal an sie, wobei er besonderen Nachdruck auf den fränkischen Dialekt legte: »Falls Ihr Essen und Unterkunft möchtet, sind wir gern bereit, Euch und Eurem Gefolge beides zu gewähren. Kommt mit, ich führe Euch ins Haus für die vornehmen Gäste. Dann werde ich den ehrenwerten Abt von Eurer Ankunft in Kenntnis setzen. Gewiß wird er den Wunsch haben, Euch persönlich zu begrüßen.«

»Ihr seid sehr zuvorkommend, Vater, aber ich möchte keine *hospitalitas*«, erwiderte Judith erneut auf Latein. »Ich möchte nur in der Kirche diese Kerze entzünden, für mein totgeborenes Kind. Dann mache ich mich wieder auf den Weg.«

»Ach? Dann ist es als Sakristan meine Pflicht, Tochter, Euch davon in Kenntnis zu setzen, daß Ihr diese Kirche nicht betreten dürft, solange Ihr noch ...«, er suchte nach einem passenden Wort, »... unrein seid.«

Judith errötete, verlor aber nicht die Beherrschung. »Ich kenne dieses Gesetz, Vater«, sagte sie mit ruhiger Stimme, »aber mein Kind ist die vorgeschriebenen dreiunddreißig Tage tot.«

»Euer Kind war ein Mädchen, nicht wahr?« fragte Bruder Hildwin mit einem Hauch von Herablassung.

»Ja.«

»Dann währt die Zeitspanne der ... Unreinheit ... doppelt so lange. In diesem Fall dürft Ihr den heiligen Boden dieser Kirche also erst sechsundsechzig Tage nach der Geburt des Kindes betreten.«

»Wo steht das geschrieben? Von einem solchen Gesetz habe ich noch nie gelesen.«

»Noch *solltet* Ihr jemals davon lesen; denn Ihr seid eine Frau.«

Johanna fuhr angesichts der Dreistigkeit dieser Beleidigung zusammen. Mit der ganzen Kraft ihrer eigenen leidvollen Erfahrungen spürte sie die Schändlichkeit der Demütigung, die Judith hinnehmen mußte. Die Gelehrtheit dieser Frau, ihre Frömmigkeit, ihre Klugheit, ihre vornehme Herkunft waren in dieser Männerwelt null und nichtig. Der heruntergekommenste, ungebildetste und schmutzigste Bettler durfte diese Kirche betreten, um zu beten; Judith dagegen verwehrte man den Zutritt, weil sie »unrein« war.

»Kehrt nach Hause zurück, Tochter«, fuhr Bruder Hildwin fort, »und betet in Eurer eigenen Kapelle für das Seelenheil

Eures ungetauften Kindes. Was wider die natürliche Ordnung ist, verstößt gegen den Willen Gottes. Legt Schreibfeder und Pergament nieder und nehmt statt dessen Nadel und Zwirn, wie es einer Frau ansteht, und bereut Euren Hochmut. Dann nimmt Gott vielleicht die Last von Euch, die er Euch aufgebürdet hat.«

Die Röte auf Judiths Wangen breitete sich über ihr ganzes Gesicht aus. »Diese Beleidigung wird Folgen haben. Mein Gatte wird davon erfahren, das verspreche ich Euch, und es wird ihm ganz und gar nicht gefallen.« Doch Judiths Worte waren nichts als der Versuch, das Gesicht zu wahren; denn Baron Waifars weltliche Herrschaft besaß hier kein Gewicht, und das wußte Judith. Hocherhobenen Hauptes drehte sie sich um und ging zu ihrem Pferd.

Johanna trat aus der kleinen Gruppe der Novizen hervor.

»Gebt mir die Kerze, edle Dame«, sagte sie und streckte die Hand aus. »Ich werde sie für Euch anzünden.«

In Judiths wunderschönen dunklen Augen spiegelten sich Erstaunen und Mißtrauen zugleich. War das wieder ein Versuch, sie zu demütigen?

Für einen langen Augenblick standen die beiden Frauen sich gegenüber und schauten einander an. So unterschiedlich sie im Erscheinungsbild waren, so ähnlich waren sie sich geistig: Judith, zart und zerbrechlich in ihrer goldenen Tunika, ein Sinnbild weiblicher Schönheit; Johanna, die größere von beiden, jungenhaft und natürlich in ihrer schlichten Mönchskleidung.

Irgend etwas in den zwingenden graugrünen Augen, die so voller Kraft und Zuversicht blickten, veranlaßte Judith, die schlanke Kerze wortlos in Johannas ausgestreckte Hand zu legen. Dann stieg sie aufs Pferd und ritt mit ihren Begleitern durch das Tor.

Vor dem Altar zündete Johanna die Kerze an, wie sie es versprochen hatte.

Der Sakristan war außer sich vor Wut. »So eine Frechheit!« tobte er, und an diesem Abend wurde Johanna – zu Bruder Thomas' unendlicher Freude – ihres Vergehens wegen zum strengen Fasten verurteilt.

Nach diesem Vorfall unternahm Johanna den entschlossenen Versuch, jeden Gedanken an Gerold aus ihrem Innern zu verdrängen. Sie hatte erkannt, daß sie niemals glücklich sein würde, falls sie ihr Leben in der eingeengten Welt der Frauen führen mußte. Außerdem, so wurde ihr klar, war ihr Verhältnis zu Gerold nicht so beschaffen, wie sie geglaubt hatte. Damals, auf Villaris, war sie ein unerfahrenes, naives Kind gewesen, und ihre Liebe eine romantische Schwärmerei, aus Einsamkeit und Verlangen geboren. Und Gerold hatte sie bestimmt nicht geliebt, sonst hätte er sie nie und nimmer allein gelassen.

Gib dich niemals einem Mann hin. Die warnenden Worte ihrer Mutter, die Johanna im Überschwang ihrer kindischen Vernarrtheit vergessen hatte, kamen ihr wieder in den Sinn. Jetzt glaubte sie zu wissen, wie glücklich sie sich schätzen konnte, einem Schicksal wie dem ihrer Mutter entronnen zu sein.

Wieder und wieder redete Johanna sich dies alles ein – so lange, bis sie es glaubte.

15.

Die Mönche versammelten sich im Kapitelsaal und setzten sich, ihrer Rangfolge entsprechend – die sich auf die Dauer ihrer Zugehörigkeit zur Bruderschaft gründete – auf die *gradines*: Reihen steinerner Sitze, welche die Wände des Saales säumten. Die *congregatio*, die Versammlung aller Brüder, war das wichtigste Treffen der Klostergemeinschaft, sah man von den religiösen Zusammenkünften ab; denn hier wurde über die weltlichen Dinge der Bruderschaft entschieden: über Angelegenheiten der Amtsführung und geldliche Dinge, und es wurden Ernennungen und Streitfälle besprochen. Bei diesen Kapitelversammlungen erwartete man außerdem von jenen Brüdern, die auf irgendeine Weise gegen die Ordensregel verstoßen hatten, daß sie ihre Übertretungen beichteten und ihre Strafe entgegennahmen; andernfalls riskierten sie die Peinlichkeit, durch Ordensbrüder ihrer Übertretungen beschuldigt zu werden.

Johanna besuchte die *congregationes* stets mit einem Gefühl der Beklommenheit. Hatte sie durch ein unbedachtes Wort oder eine Geste ungewollt ihre wahre Identität verraten? Falls die Mönche entdeckt hatten, daß »Bruder« Johannes Anglicus eine Frau war, würde Johanna es auf einer solchen Versammlung erfahren.

Die Zusammenkunft begann mit der Lesung eines Kapitels aus der Ordensregel des heiligen Benedikt – der Benediktinerregel –, dem maßgeblichen Buch der klösterlichen Ordnung auf verwaltungsmäßigem und spirituellem Gebiet; es war ein kleines Bändchen von etwa einhundert Seiten Umfang. Die betreffenden Kapitel wurden vom Anfang bis zum Ende hintereinanderweg Stück verlesen, jeden Tag eines, so daß die Bruderschaft im Laufe eines Jahres die benediktinischen Regeln in ihrer Gesamtheit zu hören bekamen.

Nach dem Verlesen der Ordensregel und dem Segen fragte

Abt Rabanus: »Hat einer von euch irgendein Vergehen zu beichten, Brüder?«

Noch bevor der Abt geendet hatte, sprang Bruder Thedo auf und sagte: »Ich, Vater.«

»Und welchen Verstoß hast du begangen?« fragte Rabanus nach einem leisen Seufzer, denn Bruder Thedo war stets der erste, wenn es darum ging, sich selbst eines Vergehens zu bezichtigen.

»Ich habe beim *opus manuum* versagt und bin im Scriptorium eingeschlafen, Vater, als ich ein Kapitel aus einer Schrift über das Leben des heiligen Romuald kopiert habe.«

»Du bist eingeschlafen?« Abt Rabanus hob eine Braue. »Schon wieder?«

Ergeben senkte Thedo den Kopf.»Ich bin unwürdig und sündig, Vater. Bitte, verhängt die härteste aller Strafen über mich.«

Wieder seufzte Abt Rabanus. »Also gut. Als Buße wirst du zwei Tage lang vor der Kirche stehen.«

Die Mitbrüder lächelten oder kicherten leise. Bruder Thedo stand so oft vor der Klosterkirche, um Buße zu tun, daß man ihn beinahe schon als einen Teil der Außenfassade betrachten konnte, als eine lebende und atmende Säule aus fleischgewordener Reue.

Thedo war enttäuscht. »Ihr seid zu nachsichtig, Vater! In Anbetracht der Schwere meines Vergehens bitte ich Euch, mich eine Woche lang Buße stehen zu lassen.«

»Gott mag keinen Hochmut, Thedo, nicht einmal in Leid und Schmerz. Denke daran, wenn du ihn bittest, dir deine anderen Verfehlungen und Schwächen zu vergeben.«

Der Tadel traf ins Schwarze. Thedo errötete und setzte sich.

»Hat noch jemand eine Verfehlung zu beichten?« fragte der Abt.

Bruder Hunric erhob sich. »Ich bin zweimal zu spät zur Komplet gekommen.«

Abt Rabanus Maurus nickte. Ihm war Hunrics anfängliches Fehlen bei der Abendmesse nicht entgangen. Doch Hunric hatte sein Vergehen offen zugegeben und gar nicht erst versucht, es zu vertuschen oder in einer Ausrede Zuflucht zu suchen. Aus diesem Grunde kam er mit einer leichten Strafe davon.

»Von heute an bis zum Tag des heiligen Dennis wirst du Nachtwache halten«, sagte der Abt.

Bruder Hunric senkte den Kopf. Das Fest des heiligen Dennis war in zwei Tagen; die nächsten beiden Nächte mußte er also wach bleiben und beobachten, wie der Mond und die Sterne über den Himmel zogen, damit er den Beginn der achten Nachtstunde – oder zwei Uhr früh – so genau wie möglich bestimmen und die schlafenden Mitbrüder wecken konnte. Dann nämlich, mit der Feier der Vigilien – der Frühmesse – begann für die Mönche der neue Tag. Ohne solche Wachen war die strenge Einhaltung der nächtlichen Gottesdienste nicht möglich; denn die Sonnenuhr war die einzige Möglichkeit der Zeitmessung, und die konnte während der Nachtstunden naturgemäß nicht benutzt werden.

»Während deiner Wache«, fuhr Rabanus Maurus fort, »wirst du in einem Haufen Nesseln knien und fortwährend beten, auf daß du ständig an deine Nachlässigkeit erinnert und davon abgehalten wirst, deine Verfehlung durch sündhafte Müdigkeit noch weiter zu verschlimmern.«

»Ja, Vater Abt.« Bruder Hunric nahm die Strafe ohne Murren hin. Bei einem so schweren Verstoß hätte die Bestrafung noch viel härter ausfallen können.

Nun erhobenen sich mehrere Brüder nacheinander, um kleinere Vergehen zu beichten – das Zerbrechen von Geschirr im Refektorium zum Beispiel oder Fehler beim Kopieren im Scriptorium oder Nickerchen beim Gebet. Mit Demut nahmen sie ihre Strafen entgegen. Als er fertig war, legte Abt Rabanus eine kurze Pause ein, um sicher zu gehen, daß niemand mehr den Wunsch hatte, von sich aus ein Vergehen zu beichten. Dann fragte er: »Wurden noch irgendwelche Verletzungen der Ordensregeln begangen? Mögen nun diejenigen sprechen, die solche Verstöße bei anderen beobachtet haben – zum Wohle der Seelen ihrer Brüder.«

Diesen Teil der Zusammenkunft fürchtete Johanna am meisten. Als sie den Blick über die Reihen der Mönche schweifen ließ, fiel ihr Bruder Thomas auf. Aus seinen schwerlidrigen Augen starrte er sie mit einem Ausdruck unverhohlener Feindseligkeit an. Johanna rutschte nervös auf ihrem steinernen Sitz hin und her. *Will er mich irgendeines Vergehens beschuldigen?*

Doch Thomas machte keine Anstalten, sich zu erheben. Statt dessen stand Bruder Odilo auf. Er saß in der Reihe gleich hinter Thomas.

»Ich habe gesehen, wie Bruder Hugh sich am letzten Fasttag einen Apfel aus dem Obstgarten geholt und ihn gegessen hat.«

Erregt sprang Bruder Hugh auf. »Ich gebe zu, Vater Abt, daß ich den Apfel gepflückt habe; denn es war harte Arbeit, das Unkraut zu rupfen, und meine Glieder waren müde und schwach. Aber ich habe den Apfel *nicht* gegessen, ehrenwerter Vater! Ich habe nur einen kleinen Bissen davon genommen, um mich zu kräftigen, so daß ich mit der körperlichen Arbeit weitermachen konnte.«

»Die Schwäche des Fleisches beim *opus manuum* ist keine Entschuldigung für einen Verstoß gegen die Ordensregeln«, erwiderte Abt Rabanus streng. »Sie ist eine Probe, die von Gott auferlegt wurde, um den Geist der Gläubigen zu prüfen. Wie Eva, die Mutter der Sünde, hast du diese Probe nicht bestanden, Bruder Hugh – und das ist ein schweres Vergehen, vor allem, da du es nicht von selbst gebeichtet hast. Zur Strafe wirst du eine Woche lang fasten und bis zum Dreikönigstag auf alle Zubrote verzichten.«

Eine Woche hungern und keine Zubrote – jene kleinen, zusätzlichen Leckerbissen, mit denen das spartanische klösterliche Essen aus Grüngemüse, Hülsenfrüchten und hin und wieder Fisch ergänzt wurde – und das bis weit nach Weihnachten! Der Verzicht auf die Leckerbissen war eine besonders schwere Strafe, denn gerade in der Adventszeit, wenn die Gläubigen schuldbewußt auf das Wohl ihrer unsterblichen Seelen blickten, strömten aus der gesamten Umgegend Nahrungsmittelspenden ins Kloster: Honigkuchen und Plätzchen, Schinken, Speck und Eier und andere wundervolle Genüsse würden für kurze Zeit die Tische im Refektorium zieren. Bruder Hugh bedachte Bruder Odilo mit vernichtenden Blicken.

»Des weiteren«, fuhr Abt Rabanus Maurus fort, »wirst du, Bruder Hugh, dich heute abend vor Bruder Odilo zu Boden werfen und ihm voller Dankbarkeit und Demut die Füße waschen, um ihm zu vergelten, daß er in so brüderlicher Liebe auf dein spirituelles Wohl achtgegeben hat.«

Bruder Hugh senkte den Kopf. Er würde notgedrungen tun, was der Abt von ihm verlangte, doch Johanna bezweifelte, daß er es voller »Dankbarkeit und Demut« tat. Meist ist es leichter, dachte sie, eine Buße aufzuerlegen, als den Büßer von deren Notwendigkeit zu überzeugen.

»Gibt es noch weitere Vergehen, die offenbart werden müssen?« fragte Abt Rabanus. Als niemand sich meldete, fuhr er ernst fort: »Es bekümmert mich zutiefst, euch berichten zu müssen, daß einer unter uns ist, der sich der schlimmsten aller Sünden schuldig gemacht hat ... eines abscheulichen Verbrechens. Denn dieser Bruder ...«

Vor Schreck schlug Johanna das Herz bis zum Hals.

»... hat den heiligen Eid gebrochen, den er vor Gott dem Allmächtigen abgelegt hat.«

Bruder Gottschalk sprang auf.

»Es war der Eid meines Vaters, nicht der meine!« stieß er mit erstickter Stimme hervor.

Gottschalk war ein junger Mann, vielleicht drei oder vier Jahre älter als Johanna, mit lockigem schwarzem Haar und so tiefliegenden Augen, daß sie wie zwei dunkle Höhlen aussahen. Wie Johanna, war auch Gottschalk ein *oblatus*, der nicht aus freien Stücken ins Kloster gekommen war, sondern den die Familie in die klösterliche Obhut gegeben hatte. Gottschalk, Sohn eines sächsischen Adeligen, war bereits in frühester Kindheit ins Kloster von Fulda gekommen. Jetzt, als Erwachsener, wollte er die Bruderschaft verlassen.

»Es ist rechtens, wenn ein christlicher Mann seinen Sohn in die göttliche Obhut gibt«, sagte Abt Rabanus Maurus streng. »Gott dem Allmächtigen ein solches Geschenk wieder fortzunehmen, wäre eine unverzeihliche Sünde.«

»Ist es keine gleichermaßen unverzeihliche Sünde, einem Menschen ein Leben vorzuschreiben, das wider seine Natur und seinen Willen ist?«

»Falls ein Mensch, der Gott versprochen ist, sich diesem Willen nicht beugt, wird der Allmächtige sein Schwert schärfen«, sagte Abt Rabanus unheilschwanger, »den Abtrünnigen seiner gerechten Strafe zuführen und ihn der ewigen Verdammnis anheimfallen lassen.«

»Das ist kein Glaube, das ist Tyrannenherrschaft!« rief Gottschalk leidenschaftlich.

»Schande!« –»Sünder!« –»Schäm dich, Bruder!« Vereinzelte Rufe der Entrüstung erhoben sich über einen Chor aus Murmeln und Zischen.

»Dein Ungehorsam, mein Sohn, hat deine unsterbliche Seele in schreckliche Gefahr gebracht«, sagte Abt Rabanus düster. »Für eine solche Krankheit gibt es nur eine Heilmethode. Um mit den gerechten, wenngleich schrecklichen Worten des

Apostels zu sprechen: *Traitum eiusmodi hominem in interitum carnis, ut spiritus salvus sit in diem Domini* – ein solcher Mensch muß der Geißelung des Fleisches überantwortet werden, auf daß seine Seele am Tag des jüngsten Gerichts errettet werden mag.«

Auf ein Zeichen Rabanus' packten zwei *decani juniores* – Brüder, die für die klösterliche Disziplin verantwortlich waren – den jungen Mönch und stießen ihn in die Mitte des Kapitelsaales. Gottschalk wehrte sich nicht, als sie ihn auf die Knie zwangen und seinen Umhang in die Höhe zerrten, wobei sie sein Gesäß und den Rücken entblößten. Aus einer Ecke des Kapitelsaales holte Bruder Germar, der Dekan, eine dicke Rute aus Weidenholz, an deren einem Ende mehrere Stränge aus borstigem Seil befestigt waren, in die Knoten eingeflochten waren. Bruder Germar nahm hinter Gottschalk Aufstellung, hob die Geißel und ließ sie wuchtig auf den Rücken des jungen Mannes niedersausen. Das Klatschen des Schlages hallte überlaut durch die Stille des Saales, denn alle Versammelten waren verstummt.

Eine Gänsehaut lief Johanna über den narbigen Rücken. Das Fleisch hat sein eigenes Gedächtnis, und es ist weniger vergeßlich als das geistige Gedächtnis, so daß die Erinnerungen schärfer und schmerzlicher sind.

Immer wieder hob Bruder Germar die Geißel; immer härter schlug er zu. Gottschalk bebte am ganzen Körper, doch er preßte die Lippen zusammen, um Abt Rabanus nicht die Genugtuung zu geben, ihn bei jedem Schlag laut aufschreien zu hören. Wieder hob sich die Geißel, sauste herab, hob sich, sauste herab – und immer noch hielt Gottschalk durch und gab keinen Laut von sich.

Nach den üblichen sieben Schlägen senkte Bruder Germar die Geißel. Doch wütend bedeutete Abt Rabanus dem Dekan weiterzumachen. Mit einem erstaunten Blick gehorchte Bruder Germar.

Drei weitere Schläge folgten ... vier ... fünf; dann ertönte plötzlich ein schreckliches Knacken, als die Geißel auf Knochen traf. Gottschalk warf den Kopf in den Nacken und schrie – ein gellender, fürchterlicher und erschreckender Schrei, der aus seinem innersten Innern kam. Der grauenhafte Laut schallte durch den Kapitelsaal und ging in ein lautes Schluchzen über, das Gottschalks geschundenen Körper schüttelte.

Abt Rabanus nickte zufrieden und gab Bruder Germar ein Zeichen, die Geißelung zu beenden. Als Gottschalk hochgehoben und aus dem Saal geschleift wurde, erblickte Johanna für einen Moment etwas Weißes, das aus der blutroten Masse ragte, in die sein Rücken sich verwandelt hatte. Es war eine gebrochene Rippe, die Gottschalks Fleisch vollständig durchbohrt hatte.

Im Spital war es ungewöhnlich leer, denn der Tag war sonnig und warm, und man hatte die Alten und chronisch Kranken nach draußen gebracht, damit sie in den Genuß der heilenden Sonne kamen.

Bruder Gottschalk lag bäuchlings in seinem Krankenbett. Er war halb bewußtlos, und das Blut, das aus seinen offenen Wunden strömte, rötete die Laken. Bruder Benjamin, der Arzt, beugte sich über ihn und versuchte, die Blutungen mit Hilfe mehrerer Verbände aus Leinen zu stillen, doch sie waren bereits vollständig von Gottschalks Blut durchtränkt. Benjamin blickte auf, als Johanna ans Krankenbett trat.

»Gut, daß du gekommen bist. Gib mir ein paar Verbände vom Regal dort drüben.«

Johanna beeilte sich, die Anweisung zu befolgen. Bruder Benjamin wickelte Gottschalk die alten Verbände ab, warf sie zu Boden und legte neue auf. Nach kurzer Zeit waren auch sie blutdurchtränkt.

»Hilf mir, ihn anders zu betten«, sagte Benjamin. »So, wie er liegt, kann dieser Rippenknochen ihn das Leben kosten. Wir müssen die Rippe richten, oder er verblutet.«

Benjamin erklärte Johanna rasch, wie er vorgehen wollte. Als er geendet hatte, nickte sie und trat auf die andere Seite des Krankenbettes. Geschickt brachte sie die Hände so in Stellung, wie Bruder Benjamin sie angewiesen hatte; ein rascher Ruck nach vorn würde den Rippenknochen in die ursprüngliche Lage bringen.

»Vorsichtig jetzt«, sagte Benjamin. »Er ist zwar halb bewußtlos; aber *diesen* Schmerz wird er trotzdem spüren. Auf mein Kommando, Bruder. Eins, zwei – drei!«

Johanna zog, während Bruder Benjamin drückte. Ein Schwall frischen Bluts strömte über den Rücken des Verletzten; dann glitt der Rippenknochen unter die klaffende Wunde. Es war geschafft.

»Deo, juva me!« brüllte Gottschalk voller Qual und hob flehend den Kopf; dann umfing ihn gnädige Bewußtlosigkeit.

Mit Schwämmen saugten Johanna und Benjamin das Blut auf und säuberten Gottschalks Wunden.

»Also dann, Bruder Johannes. Was müssen wir als nächstes tun?« fragte Benjamin prüfend, nachdem sie Gottschalks Wunden gereinigt hatten.

Johanna antwortete nach kurzem Überlegen: »Eine Salbe auftragen ... aus Beifuß, würde ich sagen, mit ein wenig Flohkraut vermischt. Dann sollten wir mehrere Verbände mit Essig tränken und sie ihm als Heilpflaster auflegen.«

»Sehr gut.« Benjamin war zufrieden. »Aber wir sollten noch ein wenig Liebstöckel hinzugeben, zum Schutz gegen Entzündungen.«

Sie arbeiteten Seite an Seite, als sie nun das Heilmittel bereiteten. Der durchdringende, würzige Geruch nach frisch zerstampften Kräutern breitete sich um sie aus. Als die Verbände getränkt und fertig zum Auflegen waren, reichte Johanna sie Bruder Benjamin.

»Leg du sie ihm auf«, sagte der Arzt, trat zurück und beobachtete zufrieden, wie sein junger Lehrling die häßlichen Lappen zerfetzter Haut und die klaffenden Wunden fest zusammenpreßte, um anschließend geschickt die Verbände aufzulegen.

Schließlich trat Benjamin vor, um sich den Verletzten anzuschauen. Die Verbände saßen perfekt; Benjamin mußte zugeben, daß nicht einmal er es so gut gekonnt hätte. Doch ihm machte die Veränderung Sorgen, die mit Gottschalk vorgegangen war: Seine Haut – feucht und kalt bei der Berührung – war so weiß geworden wie frisch geschorene Wolle. Sein Atem ging flach, und obwohl sein Herz gefährlich schnell schlug, war der Puls kaum zu spüren.

Er stirbt, erkannte Bruder Benjamin voller Mitleid, und sofort durchzuckte ihn der Gedanke: *Der Vater Abt wird toben vor Zorn!* Rabanus Maurus hatte es mit der Bestrafung zu weit getrieben – und das wußte niemand besser als er selbst. Gottschalks Tod würde für Rabanus eine schlimme Schande bedeuten. Falls König Ludwig von diesem Vorfall hörte ... nicht einmal Äbte waren vor Tadel, ja, sogar Entlassung geschützt.

Bruder Benjamin überlegte fieberhaft, was er für Gottschalk noch tun konnte. In diesem Fall waren alle seine Arzneimittel nutzlos; denn solange der Patient ohne Bewußtsein war, konnte er kein Medikament zu sich nehmen, nicht einmal einen Schluck Wasser, um den Flüssigkeitsverlust auszugleichen.

Johannes Anglicus' Stimme riß Bruder Benjamin aus seinen Gedanken: »Soll ich im Herd ein Feuer anzünden und ein paar Steine heiß machen?«

Bruder Benjamin schaute seinen Lehrling verdutzt an. Im Winter, wenn die durchdringende Kälte zusätzlich an den Kräften der Kranken zehrte, war es eine altbewährte Heilmethode, Patienten mit heißen Steinen zu behandeln, die in Flanell gewickelt waren. Aber jetzt, an diesen letzten heißen Herbsttagen ...?

»Die Abhandlung des Hippokrates«, erinnerte Johanna ihren Lehrer. »Über die Behandlung von Wunden.« Sie hatte Benjamin ihre Übersetzung der brillanten Schrift des griechischen Arztes erst letzten Monat gegeben.

Bruder Benjamin furchte die Stirn. Ihm machte seine Arbeit Freude, und er war ein guter Arzt, berücksichtigte man das beschränkte medizinische Wissen seiner Zeit. Doch er zählte nicht zu den Menschen, die sich gern auf Neuland vorwagten; Benjamin fühlte sich wohler, wenn er an althergebrachten, bekannten und bewährten Heilmethoden festhalten konnte, statt sich mit neuen Ideen und Theorien auseinanderzusetzen.

»Der Schock, den Bruder Gottschalk durch die gewaltsame Verletzung erlitten hat ...«, fuhr Johanna fort, und in ihrer Stimme schwang ein klein wenig Ungeduld mit. »Laut Hippokrates kann dieser Schock einen Menschen töten, weil er einen alles durchdringenden Kälteschauer hervorruft, der sich aus dem Innern des Körpers ausbreitet ...«

Bruder Benjamin kratzte sich nachdenklich das Kinn. »Das stimmt. Ich habe es selbst erlebt, wie Männer nach Verletzungen ganz plötzlich gestorben sind, obwohl die Wunden als solche gar nicht tödlich gewesen sein konnten«, sagte er bedächtig. »*Deus vult,* sagte ich mir immer. Der Wille Gottes ...«

Das intelligente junge Gesicht Johannes Anglicus' strahlte vor Erwartung; in den graugrünen Augen lag die stumme Bitte, die Behandlungsmethode des Hippokrates anwenden zu dürfen.

»Also gut«, gab Bruder Benjamin schließlich nach. »Mach ein Feuer im Herd. Daß wir Bruder Gottschalk mit den heißen

Steinen Schaden zufügen, ist wohl nicht zu befürchten. Und vielleicht hilft es ihm ja wirklich. Vielleicht hat dieser heidnische Arzt recht.« Froh darüber, seinen von der Arthritis geplagten Beinen eine Pause gönnen zu dürfen, setzte er sich auf eine Bank, während sein energischer junger Lehrling durchs Spital eilte, ein Feuer entfachte und Steine auf einen Rost legte, um sie in den Flammen zu erhitzen.

Als die Steine heiß genug waren, wickelte Johanna sie in Tücher aus Flanell und legte sie behutsam um den Körper Gottschalks herum auf das Krankenbett. Zwei der größten Steine bettete sie ihm unter die Füße, so daß sie leicht erhöht lagen, wie Hippokrates es in seiner Abhandlung empfohlen hatte. Zuletzt legte sie dem Patienten eine dünne Wolldecke über, um die Wärme darunter zu speichern.

Nach kurzer Zeit begannen Gottschalks Lider zu zucken; er stöhnte und bewegte sich. Bruder Benjamin ging zum Krankenbett. Der erste Hauch einer gesunden Röte war auf Gottschalks Wangen zurückgekehrt, und sein Atem ging regelmäßiger. Eine rasche Überprüfung seines Pulsschlags ließ erkennen, daß sein Herz wieder kräftiger und langsamer schlug.

»Gelobet sei Gott der Herr!« Bruder Benjamin atmete erleichtert auf und lächelte Johannes Anglicus über das Bett hinweg an. *Er ist begnadet,* dachte Benjamin mit beinahe väterlichem Stolz, doch auch mit einem Hauch von Neid. Von Anfang an hatte der junge Mann überragende Geistesgaben gezeigt; deshalb hatte Benjamin darum gebeten, ihn unter seine Fittiche nehmen zu dürfen. Aber er hätte nie damit gerechnet, daß der Junge es in so kurzer Zeit so weit bringen würde. Bruder Benjamin hatte eine ganze Lebensspanne gebraucht, um sich sein Wissen und seine Fähigkeiten anzueignen; Johannes Anglicus hatte es in wenigen Jahren geschafft.

»Du hast heilende Hände, Bruder Johannes«, sagte Benjamin voller Wärme. »Heute hast du deinen alten Meister übertroffen. Bald kann ich dich nichts mehr lehren.«

»So etwas dürft Ihr nicht sagen«, erwiderte Johanna mit einem Anflug von Verärgerung, denn sie war stolz auf Benjamin. »Ich kann noch sehr viel von Euch lernen, und das wißt Ihr.«

Wieder stöhnte Gottschalk und verzerrte die spröden, rissigen Lippen.

»Der Schmerz kehrt zurück«, sagte Bruder Benjamin. Eilig mischte er einen Trank aus Rotwein und Salbei, in den er ein paar Tropfen Mohnsaft gab. Eine solche Mixtur zu bereiten erforderte größte Vorsicht und viel Erfahrung; denn was in kleinen Dosen unerträglichen Schmerz zu lindern vermochte, konnte sich bei zu hoher Dosierung als tödlich erweisen. Es hing allein vom Können des Arztes ab.

Als er fertig war, reichte Bruder Benjamin Johanna den randvoll gefüllten Becher. Sie ging zum Bett und bot Gottschalk den Heiltrank dar. Doch er stieß den Becher stolz zur Seite, wenngleich die plötzliche Bewegung ihn vor Schmerz aufschreien ließ.

»Trink das, Bruder«, ermahnte Johanna ihn sanft und hielt ihm den Becher an die Lippen. »Du mußt gesund werden, wenn du jemals deine Freiheit wiedererlangen möchtest«, fügte sie in verschwörerischem Flüsterton hinzu.

Gottschalk bedachte sie mit einem erstaunten Blick. Dann nahm er ein paar vorsichtige Schlucke, und schließlich trank er hastig und durstig, so wie ein Mann, der nach einem langen Marsch an einem heißen Sommertag an einen Brunnen gelangt.

Plötzlich erklang eine herrische Stimme hinter ihnen. »Setz deine Hoffnungen nicht auf Kräuter und Tränke.«

Johanna drehte sich um und sah den Abt, gefolgt von einer Gruppe von Brüdern. Sie stellte den Becher ab und erhob sich.

»Gott der Herr gibt den Menschen das Leben, und er allein schenkt ihnen Gesundheit. Nur Gebete können den Sünder genesen lassen.« Abt Rabanus Maurus gab den Brüdern ein Zeichen, und schweigend nahmen sie um das Bett herum Aufstellung.

»Sprecht mir nach«, sagte der Abt und betete für den Kranken. Die Brüder fielen ein; nur Gottschalk schwieg. Bewegungslos lag er da, die Augen wie im Schlaf geschlossen. Doch an seinem Atmen konnte Johanna erkennen, daß er wach war.

Sein Körper wird wieder gesund, dachte sie, *aber seine verwundete Seele nicht.*

Johanna fühlte mit dem jungen Mann. Sie hatte Verständnis für seine hartnäckige Weigerung, sich Rabanus' Tyrannei zu unterwerfen; denn nur zu gut erinnerte sie sich an ihren eigenen verzweifelten Kampf gegen den Vater.

»... gelobet sei Gott der Herr ...« Kräftig und volltönend

erhob sich die Stimme des Abtes über die der anderen Mönche.

Johanna fiel in die Lobpreisung ein, doch im Geiste galt ihr Dank ebenso Hippokrates, dem Heiden, dem Götzendiener, dessen Gebeine schon seit Hunderten von Jahren zu Staub zerfallen waren, als Christus geboren wurde, und dessen Weisheit und Wissen dennoch über diese gewaltige Zeitspanne hinweg ihre Gültigkeit bewahrt und einen der Söhne des christlichen Gottes geheilt hatte.

»Die Wunden verheilen sehr gut«, versicherte Johanna Bruder Gottschalk, nachdem sie ihm die Verbände abgenommen und seinen Rücken freigelegt hatte, den sie sich nun mit kundigem Blick anschaute. Seit dem Tag der Geißelung waren zwei Wochen vergangen; die gebrochene Rippe war bereits wieder zusammengewachsen, und auch die gezackten Wundränder verheilten glatt und sauber. Dennoch würde Gottschalk – wie auch Johanna – sein Leben lang die Zeichen seiner Bestrafung tragen.

»Danke, daß du dich so sehr um mich gekümmert hast, Bruder«, sagte Gottschalk. »Aber es wird alles noch einmal so kommen. Es ist nur eine Frage der Zeit, bis der Abt mich wieder geißeln läßt.«

»Du reizt ihn nur dann so sehr, wenn du deinen Trotz offen zeigst«, erwiderte Johanna.»Du mußt behutsamer vorgehen und deine Worte mit mehr Bedacht wählen.«

»Ich werde mich ihm mit aller Kraft entgegenstellen! Bis zum letzten Atemzug! Er ist schlecht und verderbt!« rief Gottschalk leidenschaftlich.

»Hast du schon mal daran gedacht, dem Kloster als Gegenleistung für die Freiheit deinen Anspruch auf den väterlichen Grundbesitz zu übertragen?« fragte Johanna. Ein *oblatus* wurde zumeist nicht aus eigenem Entschluß Mönch; die oft adeligen Eltern machten eine große Aufnahmeschenkung, in der Regel beträchtlichen Landbesitz. Trat der *oblatus* später aus dem Kloster aus, wurde ihm auch sein Land wieder zuerkannt.

»Glaubst du vielleicht, das hätte ich nicht schon längst getan?« erwiderte Gottschalk. »Aber der Abt hat es nicht auf das Land abgesehen, sondern auf mich. Auf meine Unterwerfung, genauer gesagt. Die Unterwerfung von Körper und Geist. Aber die wird er niemals bekommen, und wenn er mich töten läßt!«

Also war es ein Kampf des Willens zwischen den beiden Männern. Doch diesen Kampf konnte Gottschalk niemals gewinnen. Es war das beste, ihn aus dem Kloster zu schaffen, bevor etwas noch Schrecklicheres geschah.

»Auch ich habe bereits über dein Problem nachgedacht«, sagte Johanna. »Nächsten Monat findet in Mainz eine Synode statt. Alle Bischöfe der Kirche werden daran teilnehmen. Falls du eine Bittschrift verfaßt und um deine Entlassung ersuchst, würden die Bischöfe sich damit befassen – und ihrer Entscheidung müßte sich auch Abt Rabanus beugen.«

»Die Synode würde sich niemals gegen den großen Rabanus Maurus stellen«, sagte Gottschalk kläglich. »Er ist ein viel zu mächtiger Mann.«

»Es wäre nicht das erste Mal, daß die Entscheidung eines Abtes zurückgenommen wird«, widersprach Johanna. »Sogar Erzbischöfe haben sich schon beugen müssen. Es kommt hinzu, daß du ein gewichtiges Argument vorbringen kannst: Du wurdest als kleiner Junge ins Kloster gegeben, lange, bevor du ein verständiges Alter erreicht hattest. Ich habe in der Bibliothek nachgelesen und bei Geronimus mehrere Abschnitte entdeckt, die ein solches Argument stützen würden.« Johanna zog unter ihrem Mönchsgewand eine Pergamentrolle hervor. »Hier, sieh selbst – ich habe alles aufgeschrieben.«

Gottschalks dunkle Augen leuchteten auf, als er las. Dann schaute er Johanna aufgeregt an.»Das ist genial! Nicht einmal ein Rabanus Maurus kann so schlagkräftigen Argumenten etwas entgegensetzen!« Plötzlich verdüsterte sich sein Gesicht wieder. »Aber ... ich habe keine Möglichkeit, dies alles der Synode vorzubringen. Rabanus würde mir niemals die Erlaubnis erteilen, das Kloster zu verlassen, nicht einmal für einen Tag – und ganz gewiß nicht, um nach Mainz zu reisen.«

»Das kann Burchard, der Stoffhändler, für dich übernehmen. Seine Geschäfte führen ihn regelmäßig hierher ins Kloster. Ich kenne ihn gut; denn er kommt stets ins Spital, um ein Mittel für seine Frau zu besorgen, die häufig unter Kopfschmerz leidet. Er ist ein ehrlicher Mann. Du kannst ihm die Bittschrift anvertrauen. Er wird sie sicher nach Mainz bringen.«

Mißtrauisch fragte Gottschalk: »Warum tust du das alles für mich?«

Johanna zuckte die Achseln. »Jeder Mann sollte die Freiheit

haben, so zu leben, wie er leben möchte.« Und im stillen fügte sie hinzu: *Und eigentlich auch jede Frau.*

Alles lief wie geplant. Als Burchard zum Spital kam, um die Medizin für seine Frau zu holen, gab Johanna ihm die Bittschrift, die der Händler sicher in seiner Satteltasche verstaute.

Einige Wochen später bekam das Kloster unerwarteten Besuch von Otgar, dem Bischof von Trier. Nach der förmlichen Begrüßung im Eingangshof verlangte – und erhielt – der Bischof eine sofortige Audienz bei Abt Rabanus.

Die Nachricht, die der Bischof mitbrachte, war erstaunlich: Gottschalk war von seinem Eid entbunden. Es stand ihm frei, das Kloster von Fulda zu verlassen, wann immer er den Wunsch dazu hatte.

Gottschalk beschloß, das Kloster auf der Stelle zu verlassen. Er wollte keinen Augenblick länger als nötig unter Abt Rabanus' düsteren und vorwurfsvollen Blicken verbringen. Irgendwelche Habseligkeiten brauchte Gottschalk nicht zu packen: Obwohl er fast sein ganzes bisheriges Leben im Kloster verbracht hatte, gab es nichts, das er hätte mitnehmen können; ein Mönch durfte keinen persönlichen Besitz haben. Bruder Anselm, der Zellerar, packte Gottschalk einen Beutel mit Lebensmittelvorräten, so daß er die ersten Tage auf der Straße nicht zu hungern brauchte; aber das war auch schon alles.

»Wohin gehst du?« fragte Johanna.

»Nach Speyer«, erwiderte er .»Dort wohnt eine verheiratete Schwester von mir; ich kann eine Zeitlang bei ihr bleiben. Und dann ... ich weiß es nicht.«

Gottschalk hatte so lange und mit so wenig Hoffnung um seine Freiheit gekämpft, daß er gar nicht darüber nachgedacht hatte, was er damit anfangen sollte, falls er sie wirklich erlangte. Er hatte nie etwas anderes kennengelernt als das klösterliche Leben; dessen Sicherheit und geordneter Ablauf waren zu einem Teil seiner selbst geworden und ihm in Fleisch und Blut übergegangen. Johanna konnte die Angst und Unsicherheit in Gottschalks Augen erkennen, sosehr er sich auch dagegen wehrte.

Es fand keine Versammlung der Bruderschaft statt, um sich förmlich von Gottschalk zu verabschieden; Abt Rabanus hatte es verboten. Nur Johanna und einige andere Brüder, die um diese Stunde im Eingangshof ihr *opus manuum* verrichteten, die Handarbeit, sahen Gottschalk durch das Tor gehen, endlich als freier Mann. Johanna beobachtete, wie er die Straße hinunterging und wie seine hochgewachsene, schlanke Gestalt kleiner und kleiner wurde, bis sie schließlich am Horizont verschwand.

Ob er glücklich wurde? Johanna hoffte es. Doch irgendwie machte er den Eindruck eines Mannes, dem es bestimmt war, stets das zu begehren, was er nicht bekommen konnte, und der immer den steinigsten Weg für sich wählte. Johanna beschloß, für Gottschalk zu beten – wie auch für alle anderen traurigen und verängstigten Seelen, die allein über die Straßen ziehen mußten.

16.

An Allerseelen versammelten die Mönche sich auf dem Eingangshof des Klosters, um das *separatio leprosorum* zu begehen, das feierliche Ritual, mit dem die Leprakranken aus der Gesellschaft ausgestoßen wurden. In diesem Jahr waren in der Gegend um Fulda sieben solcher Unglücklicher entdeckt worden, vier Männer und drei Frauen, darunter ein Junge von nicht mehr als vierzehn Jahren, dem die schrecklichen Spuren dieser Krankheit noch kaum anzusehen waren; ein anderes Opfer war eine alte Frau, die bereits sechzig oder mehr Winter gesehen hatte und deren lidlose Augen, der lippenlose Mund und die fehlenden Finger das fortgeschrittene Stadium der Krankheit erkennen ließen. Alle sieben Opfer waren in schwarze Leichentücher gehüllt und auf den Eingangshof des Klosters getrieben worden, auf dem sie sich nun in einer elenden, mitleiderregenden kleinen Gruppe zusammendrängten.

Die Bruderschaft näherte sich den Kranken in einer feierlichen Prozession. Zuerst kam Abt Rabanus Maurus, stolz, in kerzengerader Haltung und sich der Würde seines Amtes bewußt; zu seiner Rechten ging Prior Joseph, zu seiner Linken Bischof Otgar. Ihnen folgten die Mönche, ihrer Rangordnung entsprechend, sowie die Novizen. Zwei Laienbrüder bildeten den Abschluß der Prozession. Sie schoben einen Karren vor sich her, der hoch mit Erde vom Friedhof beladen war.

»Hiermit untersage ich euch, irgendeine Kirche zu betreten, einen Laden, eine Mühle, einen Marktplatz oder sonst einen Ort, an dem Menschen sich versammeln«, wandte Abt Rabanus sich mit feierlichem Ernst an die Aussätzigen. »Ich untersage euch, die üblichen Straßen und Wege zu benutzen und euch einem Menschen zu nähern, ohne eure Glocke zu läuten und ihn auf diese Weise zu warnen. Ich untersage euch, Kinder zu berühren oder ihnen irgend etwas zu geben.«

Eine der Frauen brach in Tränen aus. Auf der Vorderseite ihrer abgetragenen wollenen Tunika waren in Höhe ihrer Brüste zwei dunkle Flecke zu sehen. *Eine Mutter, die noch stillt,* dachte Johanna bei sich. *Wo mag ihr Kind sein? Wer wird sich um das Kleine kümmern?*

»Ich untersage euch, in Gesellschaft anderer Menschen zu essen und zu trinken! Dies ist euch fortan nur unter Aussätzigen erlaubt, wie ihr es seid«, fuhr Abt Rabanus fort. »Des weiteren untersage ich euch, daß ihr euch jemals wieder das Gesicht, die Hände, die Füße und jeden Gegenstand, den ihr benutzt, in einem Fluß, einem Bach, einer Quelle oder einem Brunnen wascht. Ich untersage euch jede fleischliche Beziehung zu anderen Menschen, auch zu euren Gatten. Ich untersage euch, Kinder zu zeugen oder sie zu stillen.«

Das schmerzerfüllte Weinen der Frau wurde lauter, und die Tränen strömten über ihr von Geschwüren entstelltes Gesicht.

»Wie heißt du?« Mit kaum verhülltem Zorn wandte Abt Rabanus sich an die schluchzende Frau. Ihre unziemliche Zurschaustellung von Gefühlen störte den wohlgeordneten Ablauf der Zeremonie, mit der Rabanus den Bischof hatte beeindrucken wollen. Denn inzwischen war offensichtlich, daß Otgar nicht nur deshalb nach Fulda gekommen war, um die Botschaft zu überbringen, daß Gottschalk das Kloster verlassen dürfe: Der Bischof hatte außerdem den Auftrag, die Amtsführung Rabanus' zu beobachten und darüber zu berichten.

»Madalgis«, gab die Frau schluchzend zur Antwort. »Bitte, Herr, laß mich nach Hause; denn vier vaterlose Kleine warten auf ihr Abendbrot.«

»Der Himmel wird für die Unschuldigen sorgen. Du hast gesündigt, Madalgis, und deshalb hat Gott dich mit der Krankheit geschlagen«, erklärte Rabanus mit übertriebener Geduld, so, als würde er zu einem Kind reden. »Du solltest nicht weinen. Statt dessen solltest du Gott danken; denn im nächsten Leben brauchst du weniger Leid zu ertragen als in diesem.«

Madalgis starrte Rabanus fassungslos an, als könnte sie nicht glauben, was sie soeben gehört hatte. Dann brach sie wieder in Tränen aus und weinte lauter als zuvor; ihr Gesicht lief vom Hals bis zu den Haarwurzeln blutrot an.

Das ist ja seltsam, dachte Johanna.

Rabanus kehrte der Frau den Rücken zu.»*De profundis moribus...*«, begann er sein Gebet für die Toten. Die anderen Mönche fielen ein; ihre Stimmen vermischten sich zu einem tiefen, volltönenden und harmonischen Klang.

Johannas Lippen bildeten die Worte des Gebets mechanisch; ihre Augen ruhten voller gespannter Aufmerksamkeit auf Madalgis.

Als Rabanus Maurus das Gebet beendete, ging er zum letzten Teil der Zeremonie über, bei der die Aussätzigen, einer nach dem anderen, formell von der Welt der Lebenden abgesondert wurden. Rabanus stellte sich vor den ersten Kranken, den vierzehnjährigen, noch kaum vom Aussatz gezeichneten Jungen. »*Sis mortuus mundo, vivens iterum deo*«, sagte der Abt. »Magst du auch tot sein vor den Augen der Welt, so lebst du doch vor den Augen des Herrn.« Er gab Bruder Magenard ein Zeichen, worauf dieser einen kleinen Spaten in die Friedhofserde auf dem Schubkarren stach; dann schleuderte er die Erde auf den Jungen, die sich in seinem Haar und seiner Kleidung festsetzte.

Diese Zeremonie wurde fünfmal wiederholt und endete stets damit, daß Bruder Magenard die Friedhofserde auf den jeweiligen Kranken schleuderte. Als Madalgis an die Reihe kam, versuchte sie, fortzulaufen, doch die beiden Laienbrüder versperrten ihr den Weg. Rabanus blickte Madalgis finster an.

»*Sis mortuus mundo, vivens iterum ...*«

»Halt!« rief Johanna.

Abt Rabanus verstummte, und sämtliche Brüder blickten fassungslos in die Runde, um die Quelle dieser beispiellosen Störung ausfindig zu machen.

Dann ruhten aller Augen auf Johanna, als sie plötzlich zu Madalgis ging und sie rasch und fachkundig untersuchte. Schließlich wandte sie sich Abt Rabanus zu. »Diese Frau ist keine Aussätzige, ehrenwerter Abt.«

»Was sagst du da?« Rabanus mühte sich, seinen Zorn im Zaum zu halten, damit der Bischof nichts bemerkte.

»Die krankhaften Veränderungen sind nicht auf Aussatz zurückzuführen. Seht Ihr, wie ihre Haut sich rötet, weil sie vom Blut darunter gespeist wird? Diese Hauterkrankung ist nicht ansteckend und kann geheilt werden.«

»Wenn diese Frau keine Leprakranke ist, was hat ihre Geschwüre dann verursacht?« fragte Rabanus streng.

»Es kommen verschiedene Ursachen in Frage«, erwiderte Johanna. »Ohne genauere Untersuchung läßt es sich schwer sagen. Doch was auch der Grund sein mag, eins steht fest: Es ist keine Lepra.«

»Gott hat diese Frau mit den sichtbaren Malen der Sünde gezeichnet!« sagte Rabanus. »Wir dürfen uns dem Willen des Allmächtigen nicht widersetzen!«

»Sie ist gezeichnet, aber nicht vom Aussatz«, antwortete Johanna unbeirrt. »Gott hat uns das Wissen und die Fähigkeit verliehen, jene zu erkennen, die er auserwählt hat, die Last dieser Krankheit zu tragen. Würde es Gott gefallen, wenn wir den Todgeweihten einen Menschen zuweisen, den der Allmächtige selbst gar nicht dazu erwählt hat?«

Es war ein scharfsinniges Argument. Voller Zorn erkannte Rabanus, daß die anderen Mönche davon beeindruckt waren. »Und woher sollen wir wissen, daß du die Zeichen des göttlichen Willens richtig gedeutet hast?« konterte er. »Ist dein Stolz so groß, daß du deine Mitbrüder dafür opfern würdest? Denn falls du dich dieser Frau annehmen willst, muß sie ins Spital – und das wiederum würde bedeuten, daß du uns alle in Gefahr bringst!«

Die Worte des Abtes verursachten besorgtes Gemurmel unter den versammelten Mönchen. Von der ewigen Verdammnis und den unsäglichen Qualen der Hölle abgesehen, rief nichts so viel Abscheu, Furcht und Entsetzen hervor wie die Lepra.

Laut jammernd warf Madalgis sich Johanna zu Füßen. Sie hatte der Diskussion gelauscht, ohne ein Wort zu verstehen; denn Johanna und der Abt hatten Latein gesprochen. Doch Madalgis hatte bemerkt, daß Johanna sich für sie eingesetzt hatte – und daß die Waagschale sich wieder zu ihren Ungunsten neigte.

Johanna klopfte der Frau sanft auf die Schulter, um sie zu beruhigen und ihr Trost zu spenden. »Kein Bruder wird ein Wagnis eingehen müssen, ehrwürdiger Abt«, sagte sie zu Rabanus. »Nur ich allein. Mit Eurer Erlaubnis, Vater, begleite ich diese Frau nach Hause, stelle fest, woran sie erkrankt ist, und bringe ihr jene Arzneien, die zu ihrer Heilung erforderlich sind.«

»Du allein? Mit einer Frau?« In frömmlerischem Entsetzen hob Rabanus die Brauen. »Deine Absichten mögen lauter sein, Johannes Anglicus; aber du bist ein junger Mann und den Gefahren der fleischlichen Begierde ausgesetzt. Als dein geistlicher Vater gehört es zu meinen Pflichten, dich vor allen niederen Instinkten zu schützen.«

Johanna setzte zu einer heftigen Erwiderung an, schwieg dann aber voller hilflosen Zorns und Enttäuschung. Niemand war besser gegen die Verlockungen durch eine Frau geschützt als sie; aber sie hatte selbstverständlich keine Möglichkeit, sich Rabanus Maurus zu offenbaren, ohne ihr Leben aufs Spiel zu setzen und alles zunichte zu machen.

Hinter Johanna erklang Bruder Benjamins kratzige Stimme. »Ich könnte Bruder Johannes begleiten, ehrenwerter Abt.« Benjamin lächelte matt. »Ich bin zu alt, als daß die fleischliche Versuchung noch eine Gefahr für mich wäre. Und Ihr dürft Bruder Johannes ruhig vertrauen, Vater, wenn er behauptet, daß diese Frau keine Aussätzige ist. Wenn Johannes mit solcher Überzeugung spricht, irrt er sich niemals. Seine Fähigkeiten auf dem Gebiet der Heilkunst sind gewaltig.«

Johanna bedachte Benjamin mit einem dankbaren Blick. Madalgis klammerte sich an sie; ihr lautes Weinen hatte sich dank der tröstlichen Berührung durch Johanna in ein leises Schluchzen verwandelt.

Abt Rabanus zögerte. Am liebsten hätte er Johannes Anglicus zur Strafe für dessen dreisten Ungehorsam eine kräftige Tracht Prügel verabreichen lassen. Doch Bischof Otgar schaute zu, und Rabanus konnte es sich nicht erlauben, hartherzig und unnachgiebig zu erscheinen. »Also gut«, sagte er mürrisch. »Nach den Vespern darfst du, Bruder Benjamin, zusammen mit Bruder Johannes und dieser Sünderin das Kloster verlassen und tun, was im Namen Gottes getan werden kann, um ihre Krankheit zu heilen.«

»Danke, Vater«, sagte Johanna.

Rabanus streckte den rechten Arm zu Madalgis, Johanna und Benjamin aus und machte das Kreuzzeichen. »Möge Gott euch in seiner unendlichen Güte vor allem Übel bewahren.«

Das Maultier, das die Taschen mit den Arzneimitteln und der ärztlichen Ausrüstung trug, trottete bedächtig seines Weges, gleichgültig ob der verblassenden Sonne. Bis zu Madalgis' Hütte waren es noch gut acht Kilometer. Bei diesem schleppenden Tempo konnten die drei einsamen Pilger von Glück sagen, wenn sie ihr Ziel vor Anbruch der Dunkelheit erreichten. Ungeduldig trieb Johanna das Maultier an. Um ihr zu Willen zu sein, machte das Tier fünf, sechs rasche, aufeinanderfolgende Schritte, um dann wieder in seinen alten, gemächlichen Trott zurückzufallen.

Während sie dahinzogen, plapperte Madalgis mit jener nervösen Energie drauflos, wie sie häufig schrecklicher Angst entspringt. Johanna und Benjamin erfuhren ihre ganze traurige Geschichte. Trotz ihres abgerissenen Äußeren war Madalgis keine *colona,* sondern eine freie Frau, deren Ehemann Freibauer auf einem großen *mansus* gewesen war, der zwölf Hektar Ackerland umfaßt hatte. Nach seinem Tod hatte Madalgis versucht, ihre Familie durchzubringen, indem sie das Land ganz allein bewirtschaftete, doch dieses heldenhafte Unterfangen wurde von ihrem Nachbarn, dem Grundherren Rathold, abrupt beendet, denn Rathold hatte es auf die Hufe abgesehen, die fruchtbaren Boden besaß und gute Gewinne abwarf. So hatte Rathold dem Abt Rabanus von Madalgis' Bemühungen berichtet, worauf der Abt ihr unter Androhung der Exkommunikation untersagte, jemals wieder mit Pflug oder Hacke den Acker zu bearbeiten. »Eine Frau handelt unchristlich, wenn sie die Arbeit eines Mannes tut«, hatte er zu Madalgis gesagt.

Angesichts des drohenden Hungertods war Madalgis gezwungen gewesen, Haus und Hufe für einen Bruchteil ihres wirklichen Wertes an den Grundherren Rathold zu verkaufen; als Kaufpreis erhielt sie nur ein paar *solidi,* eine winzige Hütte sowie ein kleines Stück Wiese für ihre Kühe in einem Weiler unweit ihres einstigen *mansus.*

Madalgis hatte sich auf die Käseherstellung verlegt und die Früchte ihrer Arbeit gegen Lebensmittel und andere Gegenstände des täglichen Bedarfs eingetauscht, doch es war zu wenig zum Leben und zuviel zum Sterben für sie und ihre Kinder.

Kaum erblickte sie ihre Hütte, stieß Madalgis einen glücklichen Schrei aus, rannte voraus und verschwand im Innern der jämmerlichen Behausung. Johanna und Bruder Benjamin folgten Madalgis einige Minuten später in die Hütte und entdeckten die Frau inmitten einer ausgelassenen Schar kleiner Jungen und Mädchen; die Kinder kreischten und lachten glücklich, warfen sich der Mutter an den Hals und plapperten alle zugleich drauflos. Doch als die beiden Mönche die Hütte betraten, schrien die Kleinen erschreckt auf und drängten sich schützend um Madalgis. Offensichtlich hatten sie Angst, die Mutter könnte ihnen wieder fortgenommen werden. Doch Madalgis sprach zu den Kindern; kurz darauf kehrte das Lächeln auf die kleinen Gesichter zurück, und mit einer Mischung aus Neugier und Mißtrauen musterten sie die beiden Fremden.

Dann kam eine Frau in die Hütte, in jedem Arm einen Säugling. Respektvoll verbeugte sie sich vor den beiden Mönchen; dann eilte sie an ihnen vorbei und reichte Madalgis eins der Kleinkinder. Madalgis drückte es glückstrahlend an sich und gab ihm die Brust. Das Kleine saugte hungrig. Die Frau, die in die Hütte gekommen war, schien bereits älter zu sein – fünfzig oder mehr Jahre –, doch Johanna erkannte, daß ihr Gesicht von Kummer ausgezehrt und voller Sorgenfalten war, so daß die Frau viel älter aussah, als sie war. Johanna schätzte sie auf Ende zwanzig, Anfang dreißig.

Sie hat Madalgis' Kleines und ihren eigenen Säugling gestillt, dachte sie und betrachtete voller Mitgefühl die ungesunde Gesichtsfarbe der Frau, die flachen Brüste und den schlaffen Unterleib, die sich unter der schlichten Kleidung abzeichneten. Johanna hatte diese Symptome schon des öfteren gesehen: Die Frauen brachten ihr erstes Kind nicht selten mit dreizehn, vierzehn Jahren zur Welt, um dann in einem Zustand beinahe permanenter Schwangerschaft zu verbleiben und mit steter Regelmäßigkeit ein Kind nach dem anderen in eine triste Welt zu setzen. Es war durchaus nicht ungewöhnlich, daß eine Frau im Laufe ihres Lebens zwanzigmal und öfter schwanger war, wenngleich einige dieser Schwangerschaften aufgrund von Fehl- und Frühgeburten keine neun Monate währten. Wenn eine Frau in die Wechseljahre kam – falls ihr ein so langes Leben beschieden war; denn jede Geburt war für Mutter und Kind mit einem hohen Risiko verbunden – waren ihr Körper und ihr Geist erschöpft und ausgelaugt. Johanna nahm sich vor, für die unbekannte Frau ein Tonikum aus zerstampfter Eichenrinde und Salbei zu bereiten, um ihrem Körper zusätzliche Energie für den bevorstehenden Winter zuzuführen.

Madalgis sprach derweil zu ihrem ältesten Kind, einem hochaufgeschossenen Jungen von elf oder zwölf Jahren. Er lief zur Tür hinaus und kam Augenblicke später mit einem Laib Brot und einem Stück blaugeädertem Käse zurück in die Hütte. Er bot Johanna und Bruder Benjamin beides an. Der Arzt nahm ein Stück Brot, wies den offensichtlich schimmeligen Käse jedoch zurück. Auch Johanna war der Käse auf den ersten Blick zuwider, doch um dem Jungen eine Freude zu machen, brach sie ein winziges Stück davon ab und steckte es sich in den Mund. Zu ihrem Erstaunen schmeckte der Käse wundervoll – scharf, kräftig und erstaunlich würzig; viel besser als jeder Käse, der im Kloster zu Fulda auf die Tische im Refektorium kam.

»Hmmm! Das schmeckt ja herrlich!«

Der Junge grinste.

»Wie heißt du?« fragte Johanna ihn.

»Arn«, antwortete er schüchtern.

Beim Essen ließ Johanna den Blick in die Runde schweifen. Madalgis' Zuhause war eine kleine, fensterlose Kate, primitiv aus überkreuzten, rissigen Latten errichtet. Obwohl Wände und Decke mit Lehm verfugt und das ganze mit Stroh und Blättern zugestopft war, wehte der kalte Abendwind durch die Ritzen und wirbelte den Rauch, der vom Herdfeuer aufstieg, zu einer erstickenden Wolke auf. In einer Ecke befand sich ein winziger Pferch für Tiere; in spätestens einem Monat würde Madalgis ihre Kühe in die Hütte holen, wo sie den ganzen Winter verbrachten, so, wie es bei den Armen üblich war. Denn auf diese Weise schützten sie nicht nur ihr kostbares Vieh, sondern bekamen eine zusätzliche Heizquelle. Doch leider brachten die Tiere nicht nur ihre Körperwärme mit in die Behausungen, sondern auch Ungeziefer: Zecken, Flöhe, Läuse und eine ganze Schar anderer Schädlinge, die sich im Schilf des Fußbodenbelags und in den strohgedeckten Schlafpritschen einnisteten. Die meisten Armen waren am ganzen Körper von schmerzhaften Insektenstichen bedeckt – eine Tatsache, die in vielen fränkischen Kirchen ihren Niederschlag fand, deren Wände von Darstellungen des Hiob geziert wurden: Sein Körper war von Geschwüren bedeckt, und er kratzte sich mit einem Messer die wunden und entzündeten Stellen.

Einige Leute – Johanna vermutete, daß auch Madalgis dazu zählte – entwickelten mit der Zeit ungewöhnlich heftige Reaktionen auf Insektenstiche. Ihre Haut schwoll an, rötete sich und entzündete sich schließlich durch die rauhe, schmutzige Wollkleidung, bis es so schlimm wurde, daß die Schwellungen das Aussehen lepröser Geschwüre annahmen.

Doch die Dunkelheit brach herein, und Johanna mußte mit einer genauen Diagnose bis zum nächsten Tag warten. *Morgen,* sagte sie sich, als sie sich für die Nacht auf ein Strohlager bettete. *Morgen fangen wir an.*

Am nächsten Tag säuberten sie die kleine Hütte von oben bis unten. Das alte Reisig, mit dem der Fußboden bedeckt war, wurde hinausgeworfen; dann wurde der Boden vollkommen glatt und sauber gefegt. Die alten Schlafpritschen landeten im Feuer; aus frischem Stroh wurden neue angefertigt. Selbst das Strohdach der Hütte, das mit den Jahren zu faulen begonnen hatte und durchhing, wurde abgerissen und durch ein neues Dach ersetzt.

Als größtes Problem erwies es sich, Madalgis zum Baden zu überreden. Wie jeder andere, wusch sie sich regelmäßig die Hände, die Füße und das Gesicht, doch der Gedanke, den ganzen Körper zu reinigen, kam ihr seltsam, ja gefährlich vor.

»Ich werde mir eine Erkältung holen und sterben, wenn ich bade!« jammerte sie.

»Du wirst sterben, wenn du nicht badest«, erwiderte Johanna ungerührt.

Der kühlen und kurzen Tage des Heuvimanoth wegen war das Wasser in dem kleinen Bach, der hinter der armseligen Hütte plätscherte, für ein Bad zu kalt geworden. Benjamin und die beiden Frauen mußten das Wasser also eimerweise in die Hütte schaffen, über dem Herd erhitzen und in den Waschzuber gießen. Während die beiden Mönche Madalgis den Rücken zukehrten, stieg sie voller ängstlicher Beklommenheit in den Zuber; dann wusch sie ihren Körper mit Seife und Wasser.

Nach dem Bad zog Madalgis eine saubere neue Tunika an, die Johanna sich in weiser Voraussicht bei Bruder Konrad, dem Zellerar, besorgt hatte. Aus dickem, schwerem Leinen gefertigt, war die Tunika warm genug, um Madalgis als Winterkleidung zu dienen; außerdem war sie viel weicher als die kratzige rauhe Wolle.

Madalgis' Zustand besserte sich rasch, nachdem sie gebadet hatte und die Hütte vom Ungeziefer befreit und gereinigt war, so daß sie vor Sauberkeit glänzte. Die Entzündungen verschwanden, und die Geschwüre heilten ab. Madalgis war auf dem Weg der Genesung.

Bruder Benjamin war begeistert.»Du hast recht gehabt!« sagte er zu Johanna. »Es ist kein Aussatz! Wir müssen zurück ins Kloster und es den anderen beweisen!«

»Zeigt mir noch eins«, bettelte Arn.

Johanna lächelte ihn an. In den letzten Tagen hatte sie dem

Jungen die klassische Methode des Fingerrechnens beigebracht, die auf den großen Gelehrten Beda Venerabilis zurückging, und Arn hatte sich als gelehriger und fleißiger Schüler erwiesen.

»Zuerst mußt du mir zeigen, daß du noch weißt, was du bis jetzt gelernt hast. Was bedeutet das hier?« Sie hielt den kleinen Finger, den Ringfinger und den Mittelfinger ihrer Linken in die Höhe.

»Das sind Einheiten für die Einer«, sagte der Junge, ohne zu zögern. »Und das ...«, er zeigte auf Johannas linken Daumen und Zeigefinger,»... sind Einheiten für die Zehner.«

»Gut. Und an der rechten Hand?«

»Diese hier bedeuten Hunderter, und die hier Tausender.« Er hob die entsprechenden Finger, um seine Worte zu veranschaulichen.

»Also gut. Welche Zahlen möchtest du malnehmen?«

»Zwölf, denn so viele Jahre bin ich alt. Und ...«, er dachte einen Moment nach, »... dreihundertfünfundsechzig, denn so viele Tage hat das Jahr!« sagte er mit sichtlichem Stolz, zeigen zu können, was er außer Rechnen sonst noch gelernt hatte.

»Also zwölf mal dreihundertfünfundsechzig. Einen Augenblick ...«, Johannas Finger bewegten sich rasch, als sie das Ergebnis ausrechnete. »Das sind viertausenddreihundertundachtzig.«

Arn klatschte vor Freude in die Hände.

»Jetzt versuch du es«, sagte Johanna und führte die Berechnung noch einmal durch, langsamer diesmal, so daß der Junge die Möglichkeit hatte, jede ihrer Bewegungen nachzuahmen. Dann ließ sie ihn die Rechnung allein durchführen. »Sehr gut!« lobte sie ihn, als er es ohne Fehler geschafft hatte.

Arn grinste, erfreut über das Lob und begeistert von dem Spiel. Dann wurde sein rundes kleines Gesicht ernst. »Wie weit könnt Ihr damit kommen?« fragte er. »Geht das mit einem Hunderter und einem Tausender? Und einem Tausender und ... noch einem Tausender?«

Johanna nickte. »Du mußt nur deine Brust berühren. So. Siehst du? Das sind jedesmal zehn mal tausend. Und wenn du dich am Oberschenkel berührst, sind es hundert mal tausend. Also ...«, wieder bewegten sich ihre Finger, »tausend und einhundert mal zweitausend und dreihundert sind ... zwei Millionen fünfhundert und dreißigtausend!«

Vor Staunen riß Arn die Augen auf. Die Zahlen waren so gewaltig, daß er sie gar nicht begreifen konnte.

»Zeigt mir noch eine Aufgabe!« bettelte er. Johanna lachte. Es machte ihr Freude, den Jungen zu unterrichten, denn sein Wissensdurst war unstillbar. Arn erinnerte Johanna an sich selbst, als sie ein kleines Mädchen gewesen war. Was für eine Schande, dachte sie, daß dieser helle Funke der Intelligenz dazu verdammt ist, in der Finsternis der Unwissenheit zu erlöschen.

»Falls ich es einrichten kann«, sagte sie, »würdest du dann gern zur Klosterschule gehen? Du könntest dort weiterlernen – nicht bloß rechnen, sondern auch lesen und schreiben.«

»Lesen und schreiben?« fragte Arn fassungslos zurück. Diese außergewöhnlichen Fertigkeiten waren üblicherweise Priestern und mächtigen Fürsten vorbehalten und nicht für bettelarme kleine Jungen wie ihn gedacht. Besorgt fragte er: »Müßte ich dann Mönch werden?«

Johanna hätte am liebsten laut aufgelacht. Arn war in dem Alter, da Jungen ein starkes Interesse am anderen Geschlecht entwickelten; der Gedanke, ein Leben in Keuschheit führen zu müssen, war ihm sichtlich zuwider.

»Nein«, sagte Johanna. »Du würdest die Außenschule besuchen, an der Laienschüler unterrichtet werden. Aber dann müßtest du dein Zuhause verlassen und beim Kloster wohnen. Und es würde bedeuten, daß du hart lernen mußt; denn der Lehrmeister ist sehr streng. Möchtest du die Schule trotzdem besuchen, wenn ich es einrichten kann?«

Arn zögerte keinen Augenblick. »Oh, ja! Ja, bitte!«

»Also gut. Morgen kehren wir nach Fulda zurück. Dann werde ich mit dem Lehrmeister reden.«

»Endlich!« Bruder Benjamin atmete vor Erleichterung auf. Genau vor ihnen – dort, wo die steinige Straße sich mit dem Horizont vereinte – erhoben sich die kahlen grauen Mauern des Klosters zu Fulda; hinter der Abtei ragten die beiden Türme der Klosterkirche auf.

Die kleine Reisegruppe hatte die lange, ermüdende Strecke von Madalgis' Hütte bis hierher hinter sich gebracht, doch die feuchte, kalte Luft hatte Benjamins Rheuma verschlimmert, so daß jeder Schritt eine Qual für ihn war.

»Jetzt sind wir bald am Ziel«, sagte Johanna. »In einer

Stunde sitzt Ihr im Aufwärmzimmer, die Beine hoch gelegt und die Füße vor dem Herd.«

In der Ferne kündeten ein Hornstoß und laute Rufe vom Herannahen der Reisenden; niemand konnte sich unbemerkt und unangemeldet den Toren Fuldas nähern. Als Madalgis die Geräusche hörte, drückte sie nervös ihren Säugling an die Brust. Johanna und Bruder Benjamin hatten alles getan, Madalgis zur nochmaligen Reise zum Kloster zu bewegen, und sie hatte nur unter der Bedingung eingewilligt, diesmal von allen ihren Kindern begleitet zu werden.

Sämtliche Brüder hatten sich im Eingangshof des Klosters versammelt, um die Ankömmlinge zu begrüßen; feierlich hatten die Mönche, ihrer Rangordnung entsprechend, Aufstellung genommen. Ganz vorn stand Abt Rabanus, in würdevoller Haltung und mit schimmerndem silbernem Haar.

Ängstlich schreckte Madalgis bei seinem Anblick zurück und versteckte sich hinter Johanna.

»Tritt vor«, sagte Rabanus.

»Du brauchst keine Angst zu haben, Madalgis«, versicherte Johanna ihr. »Tu, was der Abt sagt.«

Madalgis trat vor und blieb zitternd inmitten der neugierigen, fremdartigen Versammlung stehen. Bei Madalgis' Anblick durchliefen erstauntes Raunen und Gemurmel die Reihen der Bruderschaft. Die häßlichen Geschwüre und Entzündungen waren bis auf einige trockene, abheilende Stellen verschwunden; die sonnengebräunte Haut in Madalgis' Gesicht und auf den Armen war wieder glatt und rein, wie frisch erblüht in der neu gewonnenen Gesundheit. Nun gab es keinen Zweifel mehr: Selbst der unerfahrenste Betrachter konnte erkennen, daß die Frau, die vor ihm stand, keine Aussätzige war.

»O Wunder! O Zeichen der göttlichen Gnade!« rief Bischof Otgar voller Ehrfurcht. »Wie Lazarus ist diese Frau von den Toten in die Welt der Lebenden zurückgekehrt!«

Nun drängten die Mönche sich um die Ankömmlinge und trieben die kleine Reisegruppe im Triumphzug zur Kirche.

Daß Johanna Madalgis geheilt hatte, wurde schlichtweg als Wunder betrachtet. Ganz Fulda stimmte in den Lobgesang auf Bruder Johannes Anglicus ein. Als Bruder Aldwin – ein älterer Mönch und einer der beiden Priester der Klostergemeinschaft – eines Nachts im Schlaf starb, gab es unter den Mönchen keinen Zweifel, wer sein Nachfolger werden sollte.

Abt Rabanus jedoch war anderer Meinung. Johannes Anglicus hatte für sein Empfinden eine zu respektlose, ja, anmaßende Art und war ihm nicht unterwürfig genug. Der Abt gab Bruder Thomas den Vorzug, der zwar nicht die überragenden Geistesgaben des Johannes Anglicus besaß, wie jedermann wußte, der aber sehr viel berechenbarer war – eine Eigenschaft, die Rabanus schätzte.

Doch Bischof Otgar mußte noch in die Rechnung mit einbezogen werden. Der Bischof wußte, daß Gottschalk bei der Geißelung beinahe ums Leben gekommen wäre, und dieser Vorfall warf ein schlechtes Licht auf Rabanus. Falls der Abt bei seiner Entscheidung, wer neuer Priester werden sollte, Johannes Anglicus zugunsten eines weniger befähigten Bruders überging, konnte dies weitere Fragen aufwerfen, was Rabanus' Amtsführung betraf. Und falls der König Schlechtes über ihn hörte, konnte es sein, daß er ihn als Abt ablösen ließ – ein undenkbarer Ausgang! Rabanus Maurus beschloß, bei der Wahl des Priesters Umsicht walten zu lassen – für den Augenblick jedenfalls.

Auf der Kapitelversammlung verkündete er: »Als euer geistiger Vater steht mir das Recht zu, aus euren Reihen einen Priester zu wählen. Nach vielen Gebeten und tiefer Selbstbesinnung habe ich mich für einen Bruder entschieden, der seiner großen Belesenheit und Gelehrsamkeit wegen hervorragend für dieses Amt geeignet ist: Bruder Johannes Anglicus.«

Beifälliges Gemurmel erhob sich in den Reihen der Bruderschaft. Johanna errötete vor Aufregung. *Ich bin Priesterin!* Sie konnte es kaum fassen, von nun an die heiligen Sakramente erteilen zu dürfen. Es war der Wunschtraum ihres Vaters gewesen, Matthias im Priesteramt zu sehen, und als Matthias starb, hatten alle seine Hoffnungen auf Johannes geruht. Was für eine Ironie des Schicksals, daß die Tochter ihm nun diesen Lebenstraum erfüllte!

Bruder Thomas, der auf der gegenüberliegenden Seite des Kapitelsaales saß, warf Johanna einen düsteren Blick zu. *Das Priesteramt steht mir zu,* dachte er verbittert. *Und Rabanus hatte sich für mich entschieden! Hat er das nicht erst vor wenigen Wochen gesagt?*

Doch alles hatte sich geändert, seit Johannes Anglicus die aussätzige Frau geheilt hatte. Es konnte einen rasend machen! Diese Madalgis war ein Nichts, ein Niemand, kaum mehr als eine Sklavin. Was machte es schon aus, ob sie ins Leprosarium kam, in das Spital für die Aussätzigen – und ob sie lebte oder starb?

Daß Johannes Anglicus den Siegespreis davontragen sollte, war eine bittere Pille. Von Anfang an hatte Thomas ihn gehaßt – Johannes' messerscharfen Verstand, seinen Humor und seine überlegene Schlagfertigkeit, die Thomas mitunter selbst zu spüren bekam; er hatte die Leichtigkeit gehaßt, mit der Johannes seine Lektionen gemeistert hatte. Thomas dagegen mußte sich abmühen. Er hatte sich schinden müssen, um die lateinische Sprache zu lernen und die Ordensregeln auswendig zu können. Doch was Thomas an geistiger Kraft fehlte, machte er durch Verbissenheit und das Bemühen wett, die äußeren Formen des Glaubens zu perfektionieren. Jedesmal, wenn Thomas seine Mahlzeiten beendete, achtete er sorgfältig darauf, sein Messer und die Gabel als Tribut an das heilige Kreuz Christi senkrecht auf den Tisch zu legen. Und niemals trank er seinen Wein auf einen Zug, wie die anderen, sondern nippte bedächtig daran, nahm immer nur ehrfurchtsvoll drei kleine Schluck hintereinander, als fromme Veranschaulichung des Wunders der Heiligen Dreifaltigkeit. Johannes Anglicus gab sich niemals auch nur die geringste Mühe, was solche demutsvollen Handlungen betraf.

Thomas starrte seinen Rivalen düster an, der mit seinem wunderschönen Heiligenschein aus weißgoldenem Haar beinahe wie ein Engel aussah. *Möge die Hölle ihn in ihrem ewigen Feuer verschlingen, wie auch den verfluchten Leib, der ihn hervorgebracht hat!*

Das Refektorium – der Speisesaal der Mönche – war ein großes, gut fünfzehn Meter breites und über dreißig Meter langes Gebäude mit Wänden aus behauenem Stein; das Bauwerk war deshalb so riesig, um allen dreihundertundfünfzig Mönchen, die zur Bruderschaft Fulda zählten, gleichzeitig Platz bieten zu können. Mit seinen sieben hohen Fenstern an der Süd- und den sechs Fenstern an der Nordseite, die während des ganzen Jahres das Sonnenlicht hindurchließen, zählte das Refektorium zu den freundlichsten Räumen im ganzen Kloster. Die breiten Holzbalken und die Pfetten – die Dachstuhlbalken, auf denen die Sparren auflagen, waren farbenfroh mit Szenen aus dem Leben des heiligen Bonifatius bemalt, dem Schutzheiligen Fuldas; die Bilder unterstrichen den Eindruck der Helligkeit und Weite, so daß der Raum jetzt, während der kurzen, kalten Tage des Winduminmanoth, ebenso freundlich wirkte wie im Sommer.

Es war zwölf Uhr, zur sechsten Stunde. Die Brüder hatten sich im Refektorium versammelt, um ihr Mittagessen zu sich zu nehmen, die erste der beiden täglichen Mahlzeiten; denn laut der Benediktinerregel war neben der einen Hauptmahlzeit am Mittag nur ein kalter Imbiß am Abend vorgesehen. Abt Rabanus saß an dem langen, U-förmigen Tisch, der sich in der Mitte der nach Osten gelegenen Wand befand. Rabanus wurde zur Rechten wie zur Linken von jeweils zwölf Mönchen flankiert, welche die Apostel Christi versinnbildlichten. Auf dem langen Brettertisch standen schlichte Teller mit Brot, Hülsenfrüchten und Käse. Mäuse huschten über den festgestampften lehmigen Fußboden, auf der verstohlenen Suche nach Brotkrumen und Speiseresten, die zu Boden gefallen waren.

Gemäß der Regel des heiligen Benedikt, nahmen die Brüder ihre Mahlzeiten stets schweigend ein. Dieses strenge Schweigegebot wurde nur vom Klingen metallener Messer und Becher sowie der Stimme des Lektors unterbrochen, der für diese Woche bestimmt worden war; er stand an der Kanzel und las aus den Psalmen oder aus dem Leben der Kirchenväter. »So, wie der sterbliche Körper irdische Speisen zu sich nimmt«, pflegte Abt Rabanus zu sagen, »soll die Seele sich an geistiger Nahrung laben.«

Das *regulum taciturnitis*, oder das Schweigegebot, war jedoch ein Ideal, das zwar von allen anerkannt, aber nur von wenigen befolgt wurde. Die Brüder hatten ein kunstvolles System der Zeichensprache ausgearbeitet – Gesten mit der Hand oder dem Gesicht –, das sie bei den Mahlzeiten benutzten. Auf diese Weise konnten regelrechte Gespräche geführt werden, besonders, wenn der Lektor – wie in dieser Woche – ein Langweiler war. Bruder Thomas las auf eine angestrengte, gekünstelte Weise, der es vollkommen an Leidenschaft mangelte und bei der die beschwingte Poesie der Psalmen nicht zum Tragen kam; Thomas war sich dieser Mängel durchaus bewußt und versuchte, sie durch Lautstärke wettzumachen, doch seine Stimme schmerzte seinen Mitbrüdern lediglich in den Ohren. Abt Rabanus bat Bruder Thomas häufig, bei Tisch zu lesen, wobei er ihn den besseren und erfahreneren Lektoren des Klosters vorzog; denn, wie Rabanus es ausdrückte: »Eine zu süße Stimme lädt die Dämonen dazu ein, ins Herz zu kommen.«

»Pssst.« Der gedämpfte Laut erregte Johannas Aufmerksamkeit. Sie schaute von ihrem Teller auf und sah, wie Bruder Adalgar ihr über den Tisch hinweg Zeichen gab.

Adalgar hielt vier Finger in die Höhe. Die Zahl bezeichnete ein Kapitel aus den Regeln des heiligen Benedikt, die ein häufig benutztes Instrument für diese Art der klösterlichen Verständigung waren, da sie Mißverständnissen und unnötiger Weitschweifigkeit vorbeugten.

Johanna rief sich die einleitenden Zeilen des vierten Kapitels ins Gedächtnis: *»Omnes supervenientes hospites tamquam Christus suscipiantur«,* lauteten die Worte. »Mögen alle, die da kommen, wie Christus empfangen werden.«

Johanna begriff sofort, was Bruder Adalgar damit meinte. Ein Besucher war nach Fulda gekommen – eine wichtige Persönlichkeit; sonst hätte Bruder Adalgar sich gar nicht erst die Mühe gemacht, den Besucher zu erwähnen. Im Kloster Fulda wurden täglich ein Dutzend und mehr Gäste empfangen, Reiche und Arme, Pilger in Pelzen, Bettler in Lumpen und müde Reisende, die zum Kloster kamen, weil sie sicher sein konnten, nicht abgewiesen zu werden, sondern einige Tage Ruhe, Unterkunft und Verpflegung zu bekommen, bevor sie sich wieder auf den Weg machten.

Johannas Neugier war geweckt. »Wer?« fragte sie, indem sie leicht die Brauen hob.

In diesem Moment gab Abt Rabanus das Zeichen, das Mahl zu beenden. Die Mönche erhoben sich gleichzeitig von den Bänken und nahmen in der Reihenfolge ihres Ranges Aufstellung. Als sie im Gänsemarsch das Refektorium verließen, wandte Bruder Adalgar sich noch einmal Johanna zu.

»Parens«, gab er ihr zu verstehen und zeigte nachdrücklich mit dem Finger auf sie. »Ein Elternteil *von dir.«*

Mit den bedächtigen Schritten und der heiteren, gelassenen Miene, wie sie einem Mönch des Klosters zu Fulda anstand, folgte Johanna den Brüdern aus dem Refektorium. Nichts in ihrer äußeren Erscheinung verriet ihre tiefe innere Erregung.

Konnte Bruder Adalgar tatsächlich recht haben? War einer ihrer Eltern nach Fulda gekommen? Aber wer? Die Mutter oder der Vater? Oder vielleicht beide? *Parens,* hatte Adalgar ihr stumm zu verstehen gegeben, was auf das männliche Geschlecht hindeutete. Demnach war ihr Vater ins Kloster gekommen. Doch er würde nicht damit rechnen, Johanna anzutreffen, sondern ihren Bruder Johannes. Der Gedanke erfüllte Johanna mit Schrecken. Falls der Vater den Schwindel entdeckte, würde er sie mit Sicherheit bloßstellen.

Vielleicht aber war die Wortwahl »parens« ohne Bedeutung. Bruder Adalgar beherrschte die lateinische Sprache nur mittelmäßig. Vielleicht ist Mutter nach Fulda gekommen, sagte sich Johanna. Und sie würde mein Geheimnis niemals verraten. Sie weiß bestimmt, daß eine solche Enthüllung mich das Leben kosten würde.

Mama. Zehn Jahre waren vergangen, seit Johanna sie das letzte Mal gesehen hatte, und ihre Trennung war unschön und schmerzhaft gewesen. Plötzlich wünschte Johanna sich mehr als alles andere, das vertraute, geliebte Gesicht Gudruns zu sehen; sie wollte die Mutter in den Armen halten und von ihr gehalten werden; sie wollte Gudrun wieder in der melodischen alten Sprache ihres Volkes sprechen hören.

Bruder Samuel, der für die Gäste zuständige *hospitarius,* fing Johanna ab, als sie das Refektorium verließ.

»Du bist heute Nachmittag von deinen Pflichten entbunden. Es ist jemand gekommen, der dich sehen möchte.«

Hin und her gerissen zwischen Furcht und Hoffnung, erwiderte Johanna nichts.

»Schau nicht so ernst drein, Bruder. Es ist ja nicht der Teufel gekommen, um sich deine unsterbliche Seele zu holen.« Bruder Samuel lachte herzhaft. Er war ein gutmütiger, väterlicher Mann, der gern scherzte und lachte. Jahrelang hatte Abt Rabanus ihn dieses Charakterzugs wegen gescholten und bestraft, hatte es dann aber schließlich aufgegeben und Samuel zum *hospitarius* ernannt; eine Aufgabe, für deren eher weltliche Pflichten – darunter die Begrüßung und Bewirtung der Gäste – Bruder Samuel hervorragend geeignet war.

»Dein Vater ist hier«, sagte Bruder Samuel fröhlich und erfreut darüber, Johanna eine so gute Nachricht überbringen zu können. »Er wartet im Garten, um dich zu begrüßen.«

Die Angst ließ Johannas Maske der Selbstbeherrschung zerbröckeln. Sie wich zurück und schüttelte den Kopf. »Ich möchte ihn nicht sehen. Ich ... ich kann nicht.«

Das Lächeln schwand von Bruder Samuels Lippen. »Na, hör

mal, Bruder, das kann doch nicht dein Ernst sein. Dein Vater hat die weite Reise von Ingelheim bis hierher auf sich genommen, um mit dir zu sprechen.«

Johanna mußte Bruder Samuel irgendeine Erklärung liefern. Sie dachte fieberhaft nach; dann sagte sie: »Es ... herrscht böses Blut zwischen uns. Wir ... haben uns gestritten, als ich ... von zu Hause fortgegangen bin.«

Bruder Samuel legte Johanna den Arm um die Schultern. »Aber das ändert nichts daran, daß er dein Vater ist und die weite Reise gemacht hat. Es ist ein Gebot der Nächstenliebe, mit ihm zu sprechen, und wenn's auch nur ein paar Worte sind.«

In diesem Fall konnte Johanna ihm nicht widersprechen, und so erwiderte sie nichts.

Bruder Samuel deutete ihr Schweigen als Zustimmung. »Komm. Ich führe dich zu ihm.«

»Nein!« Johanna streifte seinen Arm von ihren Schultern.

Bruder Samuel blickte sie verdutzt an. Auf diese Weise ging man mit dem *hospitarius* nicht um; immerhin zählte er zu den sieben Amtsträgern des Klosters, denen man Gehorsam schuldete.

»Deine Seele ist in Aufruhr, Bruder«, sagte Samuel scharf. »Du brauchst spirituelle Führung. Wir werden die Angelegenheit morgen in der Kapitelversammlung besprechen.«

Was kann ich nur tun? fragte Johanna sich verzweifelt. Es würde schwierig, wenn nicht gar unmöglich sein, die wahre Identität vor dem Vater zu verbergen. Doch eine Diskussion in der Kapitelversammlung käme ebenfalls einer Katastrophe gleich. Und es gab keine Entschuldigung für ihr Verhalten. Falls man sie des Ungehorsams bezichtigte, wie damals Gottschalk ...

»Verzeiht mir meinen Mangel an Mäßigung, *Nonnus«,* sagte sie zu Samuel und benutzte dabei die respektvolle Anrede gegenüber einem älteren Bruder. »Aber Ihr habt mich zu sehr überrascht, und in meiner Verwirrung habe ich nicht daran gedacht, Euch die gebührende Achtung entgegenzubringen. Ich bitte Euch demütigst um Nachsicht.«

Die respektvolle Entschuldigung fiel auf fruchtbaren Boden. Der strenge Ausdruck schwand aus Samuels Gesicht und verwandelte sich in ein Lächeln. Für ihn war die Sache damit erledigt; er war kein nachtragender Mensch.

»Ist schon gut, Bruder. Aber jetzt komm. Laß uns gemeinsam in den Garten gehen.«

Als sie vom Kreuzgang aus an den Viehställen, der Mühle und den Trockenöfen vorübergingen, schätzte Johanna rasch ihre Chancen ab. Als ihr Vater sie das letzte Mal gesehen hatte, war sie ein Mädchen von zwölf Jahren gewesen. In den darauffolgenden zehn Jahren hatte sie sich sehr verändert. Vielleicht würde ihr Vater sie ja doch nicht wiedererkennen. Vielleicht ...

Sie gelangten in den Garten mit seinen ordentlichen Reihen von Anzuchtbeeten – dreizehn insgesamt. Die Zahl war sorgfältig gewählt worden, um die Zusammenkunft Christi mit den zwölf Aposteln beim letzten Abendmahl zu symbolisieren. Jedes der leicht erhöht angelegten Anzuchtbeete war genau sieben Fuß breit; auch dies war wichtig, denn sieben stand für die Zahl der Gaben des Heiligen Geistes und versinnbildlichte die Ganzheit aller erschaffenen Dinge.

Im hinteren Teil des Gartens, zwischen den Beeten mit Gartenkresse und Kerbel, stand Johannas Vater. Er hatte ihnen den Rücken zugewandt. Sein kleiner, untersetzter Körper, der dicke Hals und die straffe Haltung kamen Johanna auf Anhieb vertraut vor. So tief es ging, zog sie den Kopf in die große Kapuze ihres Mönchsgewandes, so daß der schwere Stoff ihr weit in die Stirn hing und ihr Haar sowie einen Gutteil des Gesichts vollständig verdeckte.

Als er die Schritte hörte, drehte der Dorfpriester sich um. Sein dunkles Haar und die buschigen Brauen, die bei Johanna einst ein solches Entsetzen hervorgerufen hatten, waren vollständig grau geworden.

»*Deus tecum.*« Bruder Samuel gab Johanna einen aufmunternden Klaps auf den Rücken. »Gott sei mit dir.« Dann ließ er Vater und Tochter allein.

Zögernd, mit stockenden Schritten, kam Johannas Vater durch den Garten. Er war kleiner, als sie ihn in Erinnerung hatte. Erstaunt sah sie, daß er einen Gehstock benutzte. Als er näher kam, wandte Johanna sich ab und bedeutete ihm schweigend, ihr zu folgen. Sie führte ihn aus dem grellen, unbarmherzigen Licht der Mittagssonne in die fensterlose Kapelle, die an den Garten grenzte. Im Innern dieses kleinen Gotteshauses würde das Halbdunkel Johanna einen besseren Schutz gewähren.

Nachdem sie die Kapelle betreten hatte, wartete sie, bis ihr Vater sich auf eine der Bankreihen gesetzt hatte. Dann nahm sie selbst Platz und setzte sich an das andere Ende der Bankreihe, wobei sie ständig den Kopf gesenkt hielt, so daß der Vater ihr Profil nicht erkennen konnte.

»Pater noster qui es in coelis, sanctificetur nomen tuum ...« Ihr Vater begann das Vaterunser. Seine gefalteten Hände zitterten; offenbar war eine Schüttellähmung der Grund dafür. Seine Stimme war kraftlos geworden und schwankte leicht; es war die Stimme eines alten Mannes. Johanna fiel in sein Gebet ein, und ihrer beiden Worte hallten dumpf in der kühlen, winzigen Kapelle mit ihren steinernen Wänden.

Als sie das Gebet beendet hatten, saßen beide eine Zeitlang schweigend da.

»Mein Sohn«, sagte der Dorfpriester schließlich, »du hast dich gut gemacht. Der Bruder Hospitarius hat mir gesagt, daß du zum Priester ernannt werden sollst. Du hast unserer Familie Ehre gebracht – so, wie ich es einst von deinem Bruder erhofft hatte.«

Matthias. Johanna betastete das hölzerne Medaillon der heiligen Katharina, das Matthias ihr vor so langer Zeit geschenkt hatte und das sie ständig um den Hals trug.

Ihr Vater bemerkte die Handbewegung.»Meine Augen sind schwach geworden, Sohn. Was ist das für ein Medaillon? Ist es das deiner Schwester Johanna?«

Johanna ließ das Medaillon los und verfluchte im stillen ihre Unachtsamkeit; sie hätte daran denken müssen, das Medaillon versteckt zu halten.

»Ich habe es als Erinnerungsstück an mich genommen, als ... hinterher.« Johanna brachte es nicht fertig, über die Greuel zu sprechen, die sie bei dem Angriff der Normannen erlebt hatte.

»Ist deine Schwester gestorben, ohne daß sie ... geschändet wurde?«

Johanna hatte plötzlich das Bild Gislas vor Augen, wie sie vor Schmerz und Angst schrie, während die Normannen ihr einer nach dem anderen Gewalt antaten.

»Sie ist unberührt gestorben.«

»Deo gratias.« Der Dorfpriester bekreuzigte sich. »Dann war es Gottes Wille. Johanna war ein starrköpfiges und unnatürliches Kind. Nie hätte sie ihren Frieden mit der Welt gemacht. Es ist besser so.«

»Sie wäre anderer Meinung.«

Falls der Dorfpriester die Ironie in ihrer Stimme bemerkte, ließ er es sich nicht anmerken. »Johannas Tod hat deiner Mutter schreckliche Trauer bereitet.«

»Wie geht es meiner Mutter?«

Für einen langen Augenblick erwiderte der Dorfpriester nichts. Als er schließlich antwortete, war seine Stimme zittriger als zuvor.

»Sie ist fort.«

»Fort?«

»Zur Hölle gefahren«, sagte der Dorfpriester, »wo sie für alle Ewigkeit im Feuer brennen wird.«

»Nein.« Das plötzliche Begreifen schnürte Johanna beinahe die Kehle zu. »Nein.«

Nicht Mama mit ihrem wunderschönen Gesicht, den freundlichen Augen und den sanften Händen, die soviel Zärtlichkeit und Trost gespendet hatten – Mama, die sie geliebt hatte.

»Sie ist vor einem Monat gestorben«, fuhr der Dorfpriester fort, »ohne sich mit Christus ausgesöhnt und die Beichte abgelegt zu haben. Nein, zu ihren heidnischen Götzen hat sie gebetet! Als die Hebamme mir sagte, daß mein Weib sterben müsse, habe ich alles getan, was ich konnte, aber sie wollte das heilige Sterbesakrament nicht empfangen. Ich habe ihr die Hostie in den Mund geschoben, aber deine Mutter hat mich damit angespuckt.«

»Die Hebamme war bei ihr? Du willst damit doch nicht etwa sagen ...« Ihre Mutter war gut fünfzig Jahre und längst über das gebärfähige Alter hinaus. Nach Johanna hatte sie kein Kind mehr bekommen.

»Man hat mir nicht einmal erlaubt, sie auf dem Friedhof zu beerdigen. Nicht mit dem ungetauften Kind in ihrem Leib.« Er fing an zu weinen; tiefe, erstickte Schluchzer schüttelten seinen ganzen Körper.

Hat er sie doch geliebt? fragte sich Johanna. Ihr Vater hatte eine seltsame Art gehabt, seine Liebe zu zeigen – mit seinen wilden Zornesausbrüchen, seiner Grausamkeit und seiner Begierde, dieser selbstsüchtigen Begierde, die Gudrun letztendlich das Leben gekostet hatte.

Die Schluchzer des Dorfpriesters verstummten allmählich, und er begann das Totengebet zu sprechen. Diesmal fiel Johanna nicht ein. Leise, kaum zu vernehmen, sprach sie den heiligen Eid und rief den geheiligten Namen Thors des Donnerers an, genau so, wie ihre Mutter es sie vor langer Zeit gelehrt hatte.

Schließlich räusperte ihr Vater sich unbehaglich. »Da wäre noch eine Sache, Johannes. Die Mission in Sachsen ... meinst du ... ob die Brüder bei der Arbeit mit den Heiden wohl meine Hilfe gebrauchen könnten?«

Johanna war zutiefst erstaunt. »Und was ist mit deinen Aufgaben in Ingelheim?«

»Weißt du, in Ingelheim ist meine Stellung ... problematisch geworden. Das ... Unglück, das vor kurzem geschehen ist ... mit deiner Mutter ...«

Plötzlich begriff Johanna. Die Einschränkungen für verheiratete Priester, auf deren Einhaltung man während der Regierungszeit Karls des Großen nur halbherzig geachtet hatte, waren von seinem Sohn Ludwig, dem derzeitigen Herrscher, dessen religiöser Fanatismus ihm dem Beinamen »der Fromme« eingetragen hatte, erheblich verschärft worden. Auf der Synode, die kürzlich in Paris stattgefunden hatte, waren sowohl die Theorie als auch die Praxis des priesterlichen Zölibats erheblich untermauert worden. Gudruns Schwangerschaft, der sichtbare Beweis dafür, daß es dem Dorfpriester an Keuschheit mangelte, hätte zu keinem ungünstigeren Zeitpunkt eintreten können.

»Hast du deine Stellung verloren?« fragte Johanna.

Widerwillig nickte ihr Vater. »Aber, *deo volente,* ich habe die Kraft und das Können, Gottes Werk dennoch zu verrichten. Wenn du bei Abt Rabanus vielleicht ein gutes Wort für mich einlegen könntest ...?«

Johanna erwiderte nichts. Zu sehr war sie von Trauer, Zorn und Schmerz erfüllt; in ihrem Herzen war kein Platz mehr für Mitgefühl dem Vater gegenüber.

»Du gibst mir keine Antwort. Du bist stolz geworden, mein Sohn.« Er stand auf, und seine Stimme nahm wieder ein wenig von ihrem alten, herrischen Beiklang an. »Denke daran, daß ich es war, der dich an diesen Ort gebracht hat und dem du deine jetzige Stellung im Leben verdankst. Hoffart kommt vor dem Sturz, und Hochmut kommt vor dem Fall. Buch der Sprichwörter, Vers sechzehn.«

Heftig erwiderte Johanna: »Es ist gut für den Mann, keine Frau zu berühren. Erster Brief an die Korinther, Vers sieben.«

Ihr Vater hob den Gehstock, um Johanna damit zu schlagen, doch bei der Bewegung verlor er das Gleichgewicht und stürzte zu Boden. Johanna streckte die Hand aus, um ihm zu helfen. Er packte die Hand und zog sie zu sich hinunter, hielt sie ganz fest.

»Mein Sohn«, erklang seine bittende, tränenerstickte Stimme in Johannas Ohr, »mein Sohn. Verlasse mich nicht. Du bist alles, was ich noch habe.«

Angewidert riß Johanna sich los und wich so hastig vor ihm zurück, daß ihr die Kapuze vom Kopf rutschte und ihr Gesicht enthüllte. Hastig streifte Johanna sie wieder über, doch es war zu spät.

Auf dem Gesicht des Dorfpriesters lag ein Ausdruck fassungslosen Wiedererkennens. »Tochter der Eva, was hast du getan? Wo ist dein Bruder Johannes?«

»Er ist tot.«

»Tot?«

»Er wurde in der Kirche zu Dorstadt von Normannen erschlagen. Ich habe versucht, ihn zu retten, aber ...«

»Hexe! Schändliches Luder! Dämonin aus der Hölle!« Hastig bekreuzigte er sich.

»Vater, bitte, laß mich erklären ...«, bat Johanna verzweifelt. Sie mußte ihn beruhigen, bevor seine laute, erhobene Stimme die Aufmerksamkeit der Mitbrüder erregte.

Der Dorfpriester packte seinen Gehstock und kämpfte sich unbeholfen auf die Beine. Er zitterte am ganzen Körper. Johanna trat auf ihn zu und wollte ihm helfen, doch er stieß sie zurück und sagte anklagend: »Du hast schon deinen älteren Bruder getötet. Hättest du nicht wenigstens den jüngeren verschonen können?«

»Ich habe Johannes geliebt, Vater. Nie hätte ich ihm ein Leid angetan. Es waren die Normannen! Ohne Vorwarnung sind sie mit Schwertern und Äxten über uns hergefallen.« Sie schluckte schwer, um die Schluchzer zu ersticken, die ihr in der Kehle aufstiegen. Sie mußte weiterreden, mußte ihm erklären, wie es wirklich gewesen war. »Johannes hat zu kämpfen versucht, aber die Normannen haben jeden getötet, jeden. Sie ...«

Er wandte sich zur Tür. »Ich muß dem ein Ende machen. Ich muß dir Einhalt gebieten, bevor du noch mehr Unheil anrichtest.«

Sie packte seinen Arm. »Tu's nicht, Vater! Bitte! Man wird mich töten, wenn man erfährt, daß ich kein ...«

Wutentbrannt fuhr er zu ihr herum. »Teuflischer Wechselbalg! Wärst du doch im heidnischen Leib deiner Mutter gestorben, bevor sie dich zur Welt brachte!« Er versuchte, Johanna abzuschütteln, und sein Gesicht lief beängstigend rot an. »*Laß mich los!*«

Verzweifelt klammerte Johanna sich am Arm des Vaters fest. Falls er durch die Tür der Kapelle gelangte, war ihr Leben verwirkt.

»Bruder Johannes?« erklang eine Stimme aus dem Türeingang. Es war Bruder Samuel. Auf seinem gutmütigen Gesicht spiegelte sich Besorgnis. »Stimmt etwas nicht?«

Erschreckt löste sich Johannas Griff ein wenig. Sofort riß ihr Vater den Arm los und ging schwankend zu Bruder Samuel hinüber.

»Bringt mich zu Abt Rabanus. Ich muß ihm ... muß ihm ...« Plötzlich hielt er inne. Auf seinem Gesicht lag ein verwirrter, erstaunter Ausdruck.

Mit dem Dorfpriester war eine erschreckende Veränderung vor sich gegangen. Seine Haut hatte ein noch tieferes Rot angenommen, und sein Gesicht war eigenartig verzogen. Das Lid des rechten Auges war beinahe geschlossen, während das linke weit aufgerissen war, und der Mund war gräßlich verzerrt.

»Vater?« Zögernd trat Johanna auf ihn zu und streckte die Hand aus.

Er versuchte, sich auf sie zu stürzen. Sein rechter Arm zuckte wild, als hätte er ihn nicht mehr unter Kontrolle.

Entsetzt wich Johanna zurück.

Ihr Vater rief irgend etwas Unverständliches; dann kippte er nach vorn wie ein gefällter Baum.

Bruder Samuel rief nach Hilfe. Sofort erschienen fünf Mönche im Türeingang der Kapelle.

Johanna kniete neben ihrem Vater und hielt ihn in den Armen. Sein Kopf ruhte schwer und schlaff an ihrer Schulter; sein dünnes graues Haar ringelte sich zwischen ihren Fingern. Als Johanna ihm in die Augen blickte, sah sie schockiert, daß sich unversöhnlicher, boshafter Haß darin spiegelte.

Die Lippen seines gräßlich verzerrten Mundes bewegten sich, als er zu sprechen versuchte. »M ... m ... m ...«

»Nicht reden«, sagte Johanna leise. »Das macht es nur schlimmer. Für dich und für mich.«

Mit lodernder Wut starrte er sie an, und mit einer letzten, explosiven Kraftanstrengung spie er ein einziges Wort hervor. »*Mulier!*«

Weib!

Wild warf er den Kopf von einer Seite zur anderen; dann ging plötzlich ein Ruck durch seinen Körper; er lag regungslos da, und seine leeren Augen starrten ins Nichts.

Johanna beugte sich über ihn, um festzustellen, ob noch Atem über seine verzerrten Lippen kam, und ob an der Halsschlagader noch sein Puls zu fühlen war. Doch nach wenigen Augenblicken richtete sie sich auf und drückte ihm die Lider zu. »Er ist tot.«

Bruder Samuel und die anderen Mönche bekreuzigten sich.

»Ich glaube, er hat noch irgend etwas gesagt, bevor er starb, nicht wahr, Bruder Johannes?« fragte Samuel. »Hast du es verstanden?«

»Er ... hat die heilige Jungfrau Maria angerufen.«

Bruder Samuel nickte verständig. »Ein frommer Mann.« Er wandte sich den anderen zu. »Bringt ihn in die Kirche. Wir werden seinen Leichnam mit aller gebotenen Feierlichkeit für die Beisetzung vorbereiten.«

Terra es, terram ibis. Die Mönche nahmen mit den Händen Erde auf und warfen sie ins Grab; dunkle, feuchte Klumpen, die sich ungleichmäßig auf dem glatten Verputz des Sarges verteilten, in dem Johannas verstorbener Vater ruhte.

Er hatte sie sein Leben lang gehaßt. Selbst als sie ein kleines Mädchen gewesen war – noch bevor die Gefechtslinien zwischen ihnen gezogen waren –, hatte Johanna ihm kaum mehr entlocken können als eine widerwillige, griesgrämige Duldung ihrer Existenz. Für ihren Vater war sie nie mehr als ein dummes, nichtsnutziges Mädchen gewesen.

Dennoch war Johanna entsetzt darüber, wie bereitwillig er ihre Identität preisgegeben und sie einem schrecklichen Schicksal überantwortet hätte. Ohne zu zögern hätte er die eigene Tochter in einen grausamen Tod geschickt. Hätte ihn nicht plötzlich der Schlag getroffen, hätte er Johanna zweifellos verraten.

Doch als sich nun die schwere, dunkle Erde auf dem Sarg

häufte, verspürte Johanna eine seltsame und unerwartete Melancholie. Sie konnte sich an keine Zeit in ihrem Leben erinnern, da sie ihren Vater nicht gefürchtet, verabscheut, ja, gehaßt hatte. Trotzdem verspürte sie nun ein eigenartiges Gefühl des Verlusts. Matthias, Johannes, Mama – sie alle gab es nicht mehr. Ihr Vater war Johannas letztes Bindeglied an zu Hause gewesen – und an das kleine Mädchen, das sie einst gewesen war. Jetzt gab es keine Johanna von Ingelheim mehr; jetzt gab es nur noch Johannes Anglicus, Priester und Mönch im Benediktinerkloster zu Fulda.

17. DAS SCHLACHTFELD VON FONTENOY, 841

Die Wiese schimmerte im trüben grauen Licht der frühen Morgendämmerung; sie wurde von einem silberglänzenden Bach durchschnitten, der sich in anmutigen Windungen durch das hohe Gras schlängelte. *Eine Szenerie, die so gar nicht zu einer Schlacht paßt,* dachte Gerold bedrückt, als er den Blick über die malerische Landschaft schweifen ließ.

Kaiser Ludwig der Fromme war noch nicht einmal seit einem Jahr tot, doch die schwelende Feindschaft zwischen seinen drei Söhnen hatte sich bereits zu einem verheerenden Bürgerkrieg ausgeweitet. Der älteste, Lothar, hatte den Kaisertitel geerbt; doch die Ländereien des Kaiserreichs wurden zwischen Lothar und seinen beiden jüngeren Brüdern Karl und Ludwig aufgeteilt – eine unkluge und gefährliche Regelung, die bei den drei Söhnen für Unzufriedenheit gesorgt hatte. Dennoch hätte der Krieg vermieden werden können, wäre Lothar ein besserer Diplomat gewesen. Doch er war von Natur aus gebieterisch und herrschsüchtig und behandelte seine jüngeren Brüder mit einer solchen Herablassung, daß diese sich verbündet und offen gegen Lothar erhoben hatten. Und hier, in Fontenoy, war nun der vorläufige Schlußpunkt erreicht. Die drei Brüder aus königlichem Geblüt waren entschlossen, ihren erbitterten Streit mit Blut und Schmerzen zu beenden.

Nach eingehender Gewissensprüfung hatte Gerold beschlossen, sein Schicksal mit dem Kaiser Lothars zu verknüpfen. Natürlich kannte er Lothars Fehler und Charakterschwächen nur zu gut, doch als der gesalbte Kaiser war Lothar die einzige Hoffnung auf ein geeintes fränkisches Reich. Die Teilungen, durch die das Land im vergangenen Jahr zerstückelt worden war, hatten einen schrecklichen Tribut gefordert: Die Normannen hatten sich die Schwächung des Frankenreiches zunutze gemacht, die durch den inneren Zwist und den Bruderstreit noch verstärkt worden war; ihre Raubzüge an der fränkischen Küste wurden immer häufiger und gewalttätiger und hatten furchtbare Zerstörungen zur Folge. Falls Lothar hier, in Fontenoy, einen entscheidenden Sieg davontrug, hatten seine Brüder keine andere Wahl, als sich ihm zu unterwerfen und ihn zu unterstützen. Und ein Frankenreich, das von einem Despoten regiert wurde, war immer noch besser als gar kein Frankenreich; denn die Herrscher wechselten, das Reich aber blieb.

Die Trommeln wurden geschlagen und riefen die Männer zusammen. Lothar hatte eine Frühmesse befohlen, um seine Truppen vor der Schlacht zu ermutigen. Gerold verließ seinen einsamen Ort der Meditation und kehrte ins Lager zurück.

In Gewänder aus Gold gekleidet, stand der Bischof von Auxerre auf einem hohen, schweren Transportwagen, so daß alle ihn sehen konnten. »*Libera me, Domine, de morte aeterna*«, betete er in einem volltönenden, lauten Bariton, während Dutzende von Meßgehilfen zwischen den Männern umhergingen und die Hostien verteilten. Viele Soldaten waren *coloni* und Bauern ohne jede Erfahrung im Waffenkampf; zu normalen Zeiten hätte man sie aus dem kaiserlichen *bannum* ausgeschlossen, für das ein abgeleisteter militärischer Dienst die Voraussetzung war. Doch die Zeiten waren nicht normal. Viele Männer hatte man so hastig aus ihrem gewohnten Leben herausgerissen, daß ihnen kaum eine Stunde geblieben war, ihre Angelegenheiten zu regeln und sich von ihren Lieben zu verabschieden. Diese Männer nahmen die Hostie ängstlich und zerstreut entgegen. Sie wußten, daß sie kaum eine Chance hatten, die Schlacht zu überleben; aber sie waren noch nicht bereit zu sterben. Ihre Gedanken, Sehnsüchte und Wünsche waren noch immer fest auf die Dinge der *diesseitigen* Welt gerichtet – auf ihre Felder und das Vieh, auf die Freunde und Nachbarn, auf die kleinen Sorgen und Freuden des Alltags, auf das Leben mit ihren Frauen und Kindern – ein Leben, aus dem man diese Männer brutal herausgerissen hatte. Verwirrt und verängstigt, vermochten sie die schreckliche Tragweite ihres Schicksals noch immer nicht zu begreifen; sie konnten nicht fassen, daß sie auf diesem fremden Boden kämpfen und sterben sollten – für einen Kaiser, dessen Name bis vor wenigen Tagen nur ein fernes Echo in ihrem Leben gewesen war. Wie viele von diesen Unschuldigen, fragte sich Gerold, würden am heutigen Tag den Sonnenuntergang erleben?

»O Herr der Heerscharen«, betete der Bischof zum Abschluß der Messe, »der du alle Gegner bezwingst, der du stets den Sieg davonträgst, gib uns den Schutz und den Schild deiner Hilfe, o Herr, und gewähre uns das Schwert deines Ruhmes, auf daß unsere Feinde vernichtet werden. Amen.«

»Amen.« Die Luft erbebte beim Klang tausender Stimmen. Einen Augenblick später schob sich das erste, winzige Stück der aufgehenden Sonnenscheibe über den Horizont, verströmte sein Licht über das Feld und ließ die Spitzen der Speere und Pfeile wie kostbare Geschmeide tiefrot funkeln. Ein donnernder Jubelschrei stieg aus rauhen Männerkehlen.

Der Bischof streifte sein Schultertuch ab und reichte es einem der Meßgehilfen. Dann löste er sein Meßgewand und ließ es zu Boden fallen. Darunter kam die Panzerrüstung eines Soldaten zum Vorschein: die *brunia* – die dicke, mit geschmolzenem Wachs getränkte Jacke aus Leder, an die kleine Platten aus Eisen genäht waren, sowie die *bauga*, die Beinschienen aus Metall.

Der Bischof will also mitkämpfen, dachte Gerold.

Genaugenommen untersagte es das Bischofsamt, das Blut eines anderen Menschen zu vergießen, doch in der Praxis wurde dieses fromme Ideal oft ignoriert: Bischöfe und Priester kämpften Seite an Seite mit ihren Königen, wie jeder andere Gefolgsmann auch.

Einer der Meßgehilfen reichte dem Bischof ein Schwert, in das ein Kreuz graviert war. Der Bischof reckte die Waffe in die Höhe, so daß deren goldenes Kreuz im Licht der aufgehenden Sonne schimmerte. »Gelobet sei Gott der Herr!« rief er. »Und nun vorwärts, ihr braven Christenmenschen! Auf in die Schlacht!«

Gerold befehligte den linken Flügel. Er hatte auf der Kuppe eines langgezogenen Hügels Stellung bezogen, der das südliche Ende des Schlachtfelds bildete. Auf der gegenüberliegenden Seite des Höhenzuges lagen die Truppen, über die Lothars Neffe Pippin das Kommando führte – ein riesiges, gut bewaffnetes Kontingent aus Aquitaniern. Die Mitte der Streitmacht, die von Lothar selbst befehligt wurde, hatte unmittelbar hinter den Bäumen Stellung bezogen, die den östlichen Rand des Schlachtfelds bildeten; diese Truppenteile standen der feindlichen Streitmacht direkt gegenüber.

Gerolds rotbrauner Hengst warf den Kopf in den Nacken und wieherte ungeduldig. Sein Reiter beugte sich vor, rieb mit der Hand kräftig über den rostfarbenen Hals und besänftigte den Hengst, um die geballte Kraft des Tieres für den Angriff zu bewahren, der bald erfolgen mußte. »Nicht mehr lange, mein Junge«, murmelte Gerold beruhigend, »nicht mehr lange.«

Er warf einen prüfenden Blick zum Himmel. Es ging auf sechs Uhr, die erste Morgenstunde. Die Sonne, noch tief am Horizont, schien den Feinden genau in die Augen. *Gut,* dachte Gerold. *Das ist schon mal ein Vorteil, den wir nutzen können*. Ungeduldig schaute er zu Lothar hinüber und wartete auf das Zeichen zum Angriff. Doch eine Viertelstunde verging, und das Zeichen blieb aus. Die feindlichen Armeen standen sich zu beiden Seiten des Feldes gegenüber und hielten einander über die riesige grüne Grasfläche hinweg wachsam im Auge. Eine weitere Viertelstunde verging. Dann noch eine. Und noch eine.

Gerold trieb seinen Hengst an und ritt den Hügel hinunter bis zu den vordersten Linien der Vorhut. Dort, unter einem Himmel aus flatternden Bannern, saß Lothar auf seinem Streitroß.

»Warum zögert Ihr, Majestät? Die Männer werden unruhig. Sie wollen endlich angreifen.«

Verärgert spähte Lothar seine lange Nase entlang zum Feind hinüber. »*Ich* bin der Kaiser. Es ziemt sich nicht, daß ich zu meinen Feinden gehe. Sie sollen gefälligst zu mir kommen!« Der Kaiser mochte Gerold nicht; für Lothars Empfinden besaß der Markgraf einen zu eigenständigen und unabhängigen Geist – zweifellos eine Folgeerscheinung der vielen Jahre, die Gerold unter den Heiden und Barbaren im hohen Norden des Reiches verbracht hatte.

»Aber, mein König! Wir müssen die tiefstehende Sonne nutzen. Noch ist dieser Vorteil auf unserer Seite. In einer Stunde haben wir ihn nicht mehr.«

»Vertraut auf Gott, Graf Gerold«, erwiderte Lothar hochmütig. »Ich bin der vom Herrn gesalbte König; der Allmächtige wird mir den Sieg nicht verwehren.«

Lothars Stimme hatte einen Beiklang von Endgültigkeit, und Gerold erkannte, daß weitere Diskussionen überflüssig waren. Er verbeugte sich steif, wendete sein Pferd und ritt zurück auf den Hügelkamm.

Vielleicht hatte Lothar recht, und Gott hatte tatsächlich die Absicht, ihnen den Sieg zuzusprechen. Aber durfte Gott nicht auch ein kleines bißchen Hilfe von den Menschen erwarten?

Es ging auf zehn Uhr am Vormittag; die Sonne stand hoch am Himmel. *Verdammt,* fluchte Gerold in sich hinein. *Was, um Himmels willen, denkt Lothar sich eigentlich?* Sie warteten jetzt seit beinahe vier Stunden. Die Sonne brannte nun erbarmungslos auf die eisernen Panzer und Helme hinunter und heizte das Metall so sehr auf, daß die Männer sich vor Unbehagen wanden, während der Schweiß ihnen über die Körper lief. Wer sich erleichtern mußte, der mußte es an Ort und Stelle tun; denn niemand durfte die Formation verlassen. Schwer lag der Geruch nach Exkrementen und Schweiß in der drückenden, von keinem Windhauch bewegten Luft.

In Anbetracht dieser beschwerlichen Lage beobachtete Gerold voller Erleichterung das Eintreffen eines Trupps aus Dienern, die Weinfässer auf die Hügelkuppe brachten. Gerolds Männern war heiß, und sie wurden von brennendem Durst gequält, so daß ein Becher kräftiger Wein jetzt genau das richtige war, um ihre zunehmend gedrückte Stimmung zu heben. Laute Jubelrufe ertönten, als die Diener durch die Reihen gingen und jedem Soldaten einen Becher mit schwerem fränkischem Wein reichten. Auch Gerold trank einen Becher und fühlte sich gleich sehr viel besser. Doch er gestattete weder sich selbst noch seinen Soldaten mehr als einen Becher: Ein kräftiger Schluck Wein konnte den Mut eines Mannes heben; zu viel Wein jedoch machte ihn leichtsinnig und unbesonnen, so daß er zu einer Gefahr für sich selbst und seine Kameraden wurde.

Lothar jedoch zeigte keine solchen Bedenken. Großmütig ermunterte er die Männer seiner Vorhut, weiter zu trinken. Bald darauf ertönten grölende Rufe, derbe Scherze und wildes Gelächter. Die Männer der Vorhut prahlten mit ihrer Waffenkunst, während sie versuchten, sich in eine gute Position zu bringen. Beim Kampf um die Ehre, in vorderster Reihe stehen zu dürfen, stolperten die Männer übereinander, schubsten und stießen sich wie ungeratene Jungen – und genau das waren sie im Grunde auch; denn abgesehen von einer Handvoll erfahrener Veteranen zählten die meisten Soldaten nicht mehr als achtzehn Jahre.

»Sie kommen! Sie kommen!«

Der Ruf durchraste die Reihen. Das feindliche Heer rückte vor, zuerst noch langsam und bedächtig, damit die Fußsoldaten und Bogenschützen sich möglichst nahe bei den Berittenen halten konnten, die dicht vor ihnen gegen den Feind zogen. Es war ein majestätischer, feierlicher Anblick, der eher an eine religiöse Prozession erinnerte als an den Beginn einer Schlacht.

In Lothars Vorhut herrschte derweil ein wildes, hektisches Durcheinander. Männer krochen umher oder stießen und schubsten einander, um an ihre verstreut am Boden liegenden Speere und Schwerter, Schilde und Helme zu gelangen. Kaum hatten sie halbwegs Ordnung in ihre Reihen gebracht, ging die Reiterei des Feindes zum Angriff über und kam mit erschreckender Geschwindigkeit näher; der Boden erbebte unter den trommelnden Hufen, und ohrenbetäubender Donner brandete über das Feld.

Die Banner der kaiserlichen Vorhut hoben und senkten sich, gaben das Zeichen zum Gegenangriff. Lothars Reiterei sprengte voran; die Hufe der Pferde zerfetzten den samtenen grünen Wiesenboden und wirbelten Erde und Grassoden in die Höhe, während die Tiere mit vorgerecktem Hals dahinpreschten.

Gerolds Rotbrauner zerrte nervös an den Zügeln, und nur mit Mühe konnte er das Tier zurückhalten. »Noch nicht, mein Junge!« rief er. Gerold und seine Männer mußten noch warten; der linke Flügel sollte zuletzt in die Schlacht eingreifen – erst, wenn Lothars und Pippins Heeresteile die Schlacht aufgenommen hatten.

Wie zwei riesige Wogen bewegten die feindlichen Armeen sich aufeinander zu, beide etwa vierzigtausend Mann stark – der Stolz des fränkischen Adels ritt Knie an Knie in dicht geschlossenen Formationen von knapp tausend Meter Breite und ungefähr gleicher Tiefe.

Plötzlich brach mit wildem Geschrei eine Reitergruppe aus der kaiserlichen Formation aus. Die Männer spornten ihre Pferde zu einem ungeordneten Angriff an. Jeder wollte der vorderste Reiter sein, der den Feind vor den Augen des Kaisers als erster in den Kampf verwickelte.

Gerold beobachtete das Geschehen voller Zorn und Bedauern. Falls die Männer ihren Angriff fortführten, würden sie den Bach, der das Schlachtfeld durchschnitt, zu früh erreichen. Dann mußten sie die Pferde durch das Wasser treiben, während der Feind sie vom festen Untergrund des gegenüberliegenden Ufers aus angreifen konnte.

Leichtsinnig vom vielen Wein und von jugendlichem Draufgängertum erfüllt, ritten die Männer geradewegs auf den Bach zu und prallten mit furchtbarer Wucht auf die Reihen des Feindes. Obwohl in erheblichem Nachteil, kämpften die kaiserlichen Soldaten mit verwegenem Mut. Sie mußten ihre Schläge und Stiche von unten führen, aus dem Bach heraus zum Ufer hoch, und noch dazu auf schwankendem Boden; denn ihre Pferde glitten auf den glatten Steinen im Bachbett immer wieder aus. Diejenigen, die der Feind aus dem Sattel holte, stürzten ins Wasser; viele wurden von den eigenen, panikerfüllten Pferden zu Tode getrampelt, da es den Männern nicht gelang, im Schlamm – und noch dazu in ihren schweren Rüstungen – wieder auf die Beine zu kommen.

Die Soldaten in den nachrückenden Reihen sahen, was vor ihnen geschah, doch sie stürmten zu schnell vor, als daß sie den Angriff noch hätten abbrechen können, ohne von den Kameraden hinter ihnen niedergeritten zu werden. So waren sie gezwungen, die schlammige Uferböschung hinunter ins schäumende Wasser zu springen, das nun rot von Blut wurde, wobei die Nachrückenden die Überlebenden der ersten Angriffswelle an das gegenüberliegende Ufer drückten, wo die Feinde sie von oben mit Speerstichen und Schwerthieben töteten.

Nur die Nachhut der Reiterei, in der sich nun auch Lothar befand, konnte rechtzeitig haltmachen; die Männer rissen ihre Pferde herum und flüchteten in Gegenrichtung über das Schlachtfeld – in wildem, undiszipliniertem Galopp, so daß sie in die Reihen der eigenen Fußsoldaten preschten, die hinter ihnen heranmarschiert kamen und sofort in wirre Unordnung gerieten; die Männer schleuderten ihre Waffen weg und warfen sich zur Seite, um nicht unter die wirbelnden Hufe der Pferde zu geraten.

Es war eine katastrophale Niederlage. Die einzige Hoffnung waren jetzt die beiden Flügel, die von Gerold und Pippin geführt wurden. Von den Höhenzügen aus konnten sie ihren Angriff *hinter* den Bach führen und sofort gegen Ludwigs Truppen im Zentrum des feindlichen Heeres losschlagen. Doch als

Gerold zum gegenüberliegenden Höhenzug schaute, sah er, daß Pippin und seine Aquitanier sich umgewandt hatten und mit dem Rücken zum Schlachtfeld kämpften. Offenbar hatte König Karl den Höhenzug auf der rechten Seite umrundet und Pippin von hinten attackiert.

Der rechte Flügel war verloren.

Verzweifelt schaute Gerold wieder nach vorn aufs Schlachtfeld. Die meisten von Ludwigs Soldaten hatten inzwischen den Bach durchquert und die Verfolgung Lothars und seiner flüchtenden Truppenreste aufgenommen. Dabei hatte Ludwig seine Reihen jedoch weit auseinandergezogen, so daß der König selbst für den Augenblick fast ungeschützt war. Die Chance stand eins zu tausend, doch eine noch so kleine Chance war besser als gar keine.

Gerold erhob sich in den Steigbügeln und reckte seine Lanze empor. »Vorwärts!« brüllte er. »Im Namen des Kaisers!«

»Es lebe der Kaiser!« Der Ruf erhob sich wie ein Donnerhall, als Gerold mit den Männern des linken Flügels den Hang hinunterstürmte – ein riesiger Keil, dessen Spitze genau auf den Punkt zielte, an dem König Ludwigs Standarte blutrot und blau im sommerlichen Sonnenlicht erstrahlte.

Der Trupp Soldaten, der in der Nähe des Königs geblieben war, strömte hastig zusammen, um einen Schutzwall zu bilden, doch Gerolds Angriffskeil sprengte die Mauer aus Leibern und schlug eine Bresche durch die feindlichen Reihen.

Gerold richtete die Lanze auf den ersten Gegner, einen Berittenen, und durchbohrte ihm mit einem so wuchtigen Stoß die Brust, daß der Schaft der Lanze zersplitterte. Der Mann stürzte kopfüber aus dem Sattel und riß die zerschmetterte Lanze mit zu Boden. Nur mit dem Schwert bewaffnet, stürzte Gerold sich voller wilder Entschlossenheit voran, hieb mit wuchtigen, weit ausholenden Schlägen nach links und rechts, stach und hackte sich den Weg frei in Richtung der flatternden Standarten des feindlichen Königs. Gerolds Männer griffen derweil von den Seiten und von hinten an und verbreiterten die Schneise, die zu Ludwig führte.

Langsam, Meter um Meter, wichen Ludwigs Wachen vor der Attacke zurück; Mann um Mann fiel unter den Streichen der Angreifer. Dann, von einem Augenblick zum anderen, war der Weg frei. Unmittelbar vor Gerold erhob sich die königliche Standarte: sechs rote Rosen auf blauem Untergrund. Davor saß König Ludwig auf einem Schimmel. Gerold trieb seinen Braunen darauf zu.

»Ergebt Euch!« rief er, um den Kampfeslärm zu übertönen. »Ergebt Euch, und Ihr bleibt am Leben!«

Als Antwort schlug Ludwig mit dem Schwert zu. Gerold wehrte den Hieb ab, und verbissen kämpften sie Mann gegen Mann – ein Gefecht zweier Gegner, die sich an Kraft und Waffenkunst gleichwertig waren. Plötzlich stürzte in der Nähe ein Pferd zu Boden, von einem Pfeil getroffen, so daß Gerolds Brauner mit schrillem Wiehern scheute. Sofort nutzte Ludwig den kurzzeitigen Vorteil, indem er einen genau gezielten Hieb auf Gerolds Hals führte. Doch Gerold duckte sich und attackierte seinerseits: Unter dem vorgereckten Schwertarm Ludwigs hindurch stieß er dem Gegner die Klinge zwischen die Rippen.

Ludwig hustete; ein Schwall Blut schoß ihm aus dem Mund. Langsam kippte er zur Seite, rutschte aus dem Sattel und schlug dumpf auf den zerwühlten Boden, wobei sein rechter Fuß im Steigbügel hängenblieb.

»Der König ist tot!« riefen Gerolds Männer jubelnd. »Ludwig ist tot!« Der Ruf pflanzte sich fort, von Mann zu Mann, von Reihe zu Reihe.

Ludwigs Pferd stieg auf die Hinterläufe und ließ die Vorderhufe durch die Luft wirbeln. Dann preschte das Tier los und schleifte den Leichnam des Königs über den aufgerissenen Grasboden. Der runde fränkische Helm mit dem flachen Nasenschutz löste sich vom Kopf des Leichnams. Ein im Tod verzerrtes, breites, vollkommen unbekanntes Gesicht kam zum Vorschein.

Gerold fluchte. Es war der Trick eines Feiglings, eines Königs unwürdig: Der Tote war nicht Ludwig, sondern ein Doppelgänger, der wie der König selbst gerüstet und gekleidet war, um die Feinde zu täuschen.

Doch es blieb keine Zeit, mit dem Schicksal zu hadern, denn augenblicklich waren der überraschte Gerold und seine Männer von Ludwigs Truppen umringt. Indem sie einander die Flanken deckten, versuchten Gerold und seine Leute, durch einen massiven Gegenangriff den Ausbruch zu schaffen. Mit wilder Entschlossenheit kämpften sie sich bis zum äußeren Rand des Ringes vor.

Für einen winzigen Moment sah Gerold das Grün der Wiese, atmete die frische, würzig duftende Luft. Sie hatten den Durchbruch fast geschafft! Nur noch wenige Meter, und das offene Feld und ein freier Fluchtweg lagen vor ihnen.

Plötzlich sprang ein feindlicher Soldat Gerold in den Weg und stellte sich ihm entschlossen entgegen. Mit raschem Blick schätzte Gerold den Gegner ab – ein großer Mann, massig, mit breiten Schultern und gewaltigen Armen, der unerschütterlich wie eine Eiche dastand und einen Streitkolben schwang, eine Waffe, deren Einsatz vor allem Kraft erforderte, aber nur wenig Geschick. Gerold täuschte mit dem Schwert einen Schlag auf die linke Körperseite an; als der Mann nach rechts auswich und den Streitkolben zum Gegenangriff hob, führte Gerold einen blitzschnellen Hieb auf den anderen Arm des Gegners und fügte ihm eine klaffende Wunde zu. Der Mann fluchte und wechselte den Streitkolben hastig in die linke Hand.

Von hinten erklang ein lautes, rauschendes Geräusch, wie das Schlagen von Vogelschwingen. Gerold spürte einen plötzlichen, betäubenden Schmerz im Rücken. Er blickte über die Schulter und sah den Schaft eines Pfeiles, der sich tief in seine rechte Schulter gebohrt hatte. Voller hilflosen Entsetzens beobachtete er, wie das Schwert ihm aus der Hand glitt, die mit einemmal kraftlos geworden war.

Der riesige Mann vor ihm hob den schweren Streitkolben zum Schlag. Gerold versuchte noch, dem Hieb zu entgehen, erkannte aber, daß es zu spät war.

Irgend etwas schien im Innern seines Kopfes zu explodieren, als der fürchterliche Hieb seinen Helm traf. Dann ließ undurchdringliche Schwärze die Welt um ihn herum versinken.

Die Sterne strahlten in erhabener Schönheit über dem dunklen, zerwühlten Schlachtfeld, das mit den Körpern der Gefallenen übersät war. Zwanzigtausend Mann, die am Morgen dieses Tages erwacht waren, lagen tot oder sterbend in der dunklen Nacht – Adelige, Gefolgsleute, Bauern, Handwerker, Ehemänner, Väter, Söhne, Brüder: Der einstige Stolz eines Kaiserreichs und die zerstörte Hoffnung auf seine Zukunft lagen in ihrem Blut.

Gerold bewegte sich und schlug die Augen auf. Für einen Moment lag er da und blickte zu den Sternen empor. Er konnte sich nicht erinnern, wo er sich befand oder was geschehen war. Ein süßlicher Geruch stieg ihm ihn die Nase, Übelkeit erregend und auf eine schreckliche Weise vertraut.

Blut.

Gerold setzte sich auf. Die plötzliche Bewegung ließ grellen Schmerz in seinem Kopf explodieren, und dieser Schmerz brachte die Erinnerung zurück. Um ihn herum lagen die Leichen von Kriegern, tote Pferde, Schwerter, zerschlagene Schilde, abgetrennte Gliedmaßen, zerfetzte Banner – die gräßlichen Überreste einer Schlacht.

Von der Kuppe des Hügels, auf dem Karl und Ludwig ihre Lager bezogen hatten, drangen die Geräusche einer Siegesfeier herunter: trunkenes Grölen und rauhes Gelächter, die geisterhaft über die tiefe Stille des Schlachtfelds wehten. Das Licht der Fackeln, die die Sieger entzündet hatten, flackerte am Nachthimmel und erleuchtete das Feld von Fontenoy mit einem gespenstischen, fahlen Schein. Vom kaiserlichen Lager Lothars auf dem gegenüberliegenden Hügel kam kein einziger Laut, und kein Feuer brannte dort oben; finster und still lag der Hügel in der Nacht.

Lothar war geschlagen. Seine Truppen – oder was noch davon übrig war – hatten sich in kleinen Gruppen in die umliegenden Wälder geflüchtet und jede Deckung genutzt, die sie vor den feindlichen Verfolgern schützte.

Gerold erhob sich und kämpfte eine Woge der Übelkeit nieder. Einige Meter entfernt fand er seinen braunen Hengst. Das Tier hatte eine fürchterliche Wunde davongetragen; die Hinterläufe zuckten. Der Hengst hatte von unten einen Speerstoß in den Leib erhalten; die Eingeweide quollen aus der klaffenden Wunde hervor. Als Gerold sich dem Hengst näherte, schreckte er eine kleine dunkle Gestalt auf: ein räudiger, halbverhungerter Hund, der auf das Schlachtfeld gekommen war, um ein nächtliches Festmahl zu halten. Drohend wedelte Gerold mit den Armen, und der Hund wich knurrend und widerwillig zurück.

Gerold ließ sich neben dem Hengst auf die Knie nieder, streichelte seinen Hals und redete leise auf ihn ein. Bei der vertrauten Berührung ließ das gequälte Zucken der Hinterläufe nach, doch in den Augen des Tieres lagen Schmerz und Todesangst. Gerold zog sein Messer unter dem Gürtel hervor. Er drückte fest zu, um sicherzugehen, daß er die Ader durchtrennte, als er die Klinge über den Hals des Tieres zog. Dann hielt er den Kopf des Hengstes und sagte ihm leise, besänftigende Worte ins Ohr, bis das Zucken der Hinterläufe endete und die verkrampften Muskeln unter dem glatten Fell sich im Tod unter Gerolds Händen entspannten.

Irgendwo hinter Gerold erklang Stimmengemurmel.

»He! Sieh mal! Der Helm hier müßte mindestens einen *solidus* bringen.«

»Laß ihn liegen«, sagte eine andere Stimme, tiefer und bestimmender. »Der ist nichts wert. Der hintere Teil ist gespalten. Siehst du das denn nicht, Dummkopf? Hier entlang, Leute. Sieht so aus, als wär' da vorne mehr zu holen.«

Leichenfledderer. Die Schlacht hatte Diebe, Wegelagerer und anderes Lumpenpack von den Straßen und Wegen herbeigelockt, die ihre gewohnten Jagdgründe waren; denn die Toten waren eine leichtere Beute als die Lebenden. In der Dunkelheit huschten die Strolche wie Ratten über das Schlachtfeld und raubten den Gefallenen die Kleidung, die Rüstungen, die Waffen, die Ringe – alles, was von Wert war.

In Gerolds Nähe sagte eine Stimme: »Hier lebt noch einer!«

Das dumpfe Geräusch eines Schlages ertönte – und dann ein Schrei, der abrupt verstummte.

»Falls es noch mehr Überlebende gibt«, sagte eine andere Stimme, »dann macht es mit denen genauso. Wir können keine Zeugen gebrauchen, die uns hinterherschnüffeln, wenn sie am Leben bleiben.«

In wenigen Augenblicken würden die Plünderer Gerold erreicht haben. Für einen Moment stand er schwankend da; dann flüchtete er so leise er konnte in die Dunkelheit des Waldes, wobei er sich stets in den tiefen Schatten hielt.

18.

Die Mönche im Kloster zu Fulda blieben von den Folgen des kriegerischen Streits der königlichen Brüder weitgehend verschont. Wie ein schwerer Stein, den man in einen Teich schleudert, warf die Schlacht von Fontenoy hohe Wellen in den Machtzentren des Kaiserreiches. Doch hier, in den östlichen Grenzmarken, erregte sie nur ein leichtes Kräuseln an der Oberfläche. Natürlich hatten einige der großen Grundbesitzer dieser Region sich König Ludwigs Heer angeschlossen; nach dem Gesetz mußte jeder Freie, der mehr als vier Hufen Land besaß, dem Ruf zum Waffendienst folgen. Doch Ludwigs rascher und deutlicher Sieg hatte zur Folge, daß nur zwei Männer aus der Gegend um Fulda auf dem Schlachtfeld von Fontenoy blieben; die anderen kehrten sicher und wohlbehalten nach Hause zurück.

Die Tage zogen ins Land wie zuvor; einer nach dem anderen verging in steter Gleichförmigkeit, verwoben mit dem stillen, unveränderlichen und friedlichen Klosterleben. Mehrere aufeinanderfolgende, ertragreiche Ernten hatten Jahre des unerwarteten Überflusses zur Folge. Die Kornspeicher des Klosters waren bis zum Bersten gefüllt; selbst die mageren, sehnigen austrasischen Schweine wurden fett vom guten und reichlichen Futter.

Dann, urplötzlich, brach die Katastrophe herein. Wochenlang anhaltender Regen vernichtete die Frühjahrssaat. Der Boden war zu naß, als daß man die kleinen Furchen hätte graben können, die für das Anpflanzen erforderlich waren; das Saatgut verrottete in der Erde. Das schlimmste aber war, daß die durchdringende Feuchtigkeit auch das Getreide in den Speichern faulen ließ und die Vorräte verdarb, die man in den fetten Jahren gesammelt hatte.

Die Hungersnot im darauffolgenden Winter war die schrecklichste seit Menschengedenken. Zum Entsetzen der Kirche gab es sogar Fälle von Kannibalismus. Die Straßen und Wege wurden gefährlicher als je zuvor; denn Reisende wurden nicht nur ihrer Besitztümer wegen ermordet, sondern auch wegen des Fleisches, das ihre Körper lieferten. Nach einer öffentlichen Hinrichtung in Lorsch riß der hungernde Pöbel sogar die Galgen nieder und prügelte sich um die noch warmen Leichen der Gehängten.

Vom Hunger geschwächt, wurden die Menschen zur leichten Beute von Krankheiten. Tausende fielen der Lungenpest zum Opfer. Die Symptome waren stets die gleichen; vor allem das wütende Fieber, das diese Krankheit begleitete, raffte die Menschen wie die Fliegen dahin. Für die Erkrankten konnte man nur wenig tun; man konnte ihnen allenfalls Linderung verschaffen, indem man sie entkleidete und in kalte Tücher wickelte, um die Körpertemperatur niedrig zu halten. Falls die Kranken das Fieber überstanden, hatten sie eine Chance, wieder gesund zu werden. Doch nur wenige überlebten das Fieber.

Ebensowenig vermochten die Klostermauern den Mönchen Schutz vor der Pest zu bieten. Der erste Bruder, der erkrankte, war Samuel, der *hospitarius,* dessen Amt häufige Kontakte zur Außenwelt mit sich brachte. Binnen zweier Tage war er tot. Abt Rabanus führte Samuels Schicksal auf seine weltliche Gesinnung und seine übertriebene Vorliebe für Scherze und Späße zurück; fleischliche Beschwerden, versicherte Rabanus, seien nichts anderes als äußerliche Manifestationen moralischen und geistigen Verfalls. Dann erkrankte Bruder Aldoardus, der von allen als die Verkörperung mönchischer Tugenden und Frömmigkeit betrachtet wurde; die nächsten waren Bruder Hildwin, der Sakristan, und mehrere andere.

Zum Erstaunen der Bruderschaft verkündete Abt Rabanus, er wolle das Kloster verlassen und eine Pilgerreise zum Grab des heiligen Martin unternehmen, um den Beistand des Märtyrers zu erbitten, die Pest von den Menschen abzuwenden.

»Prior Joseph wird mich während meiner Abwesenheit in allen Belangen vertreten«, erklärte Rabanus. »Gehorcht ihm ohne Widerspruch, denn sein Wort gilt gleich viel wie das meine.«

Rabanus' unerwartet plötzlicher Entschluß und seine beinahe überstürzte Abreise sorgten für einige Spekulationen unter den Mönchen. Einige Brüder priesen den Abt, daß er zu ihrer aller Wohl eine so beschwerliche und gefahrvolle Reise auf sich nahm. Andere tuschelten hinter vorgehaltener Hand, daß Rabanus nur deshalb so hastig abreise, um sich vor der Pest in Sicherheit zu bringen.

Johanna hatte keine Zeit, sich mit solchen Angelegenheiten zu beschäftigen. Sie war vom ersten Morgengrauen bis in den späten Abend damit beschäftigt, die Messen zu lesen, die Beichten abzunehmen und wegen der rasch um sich greifenden Krankheit immer öfter die Sterbesakramente zu erteilen.

Eines morgens fiel ihr auf, daß Bruder Benjamin bei den Vigilien nicht an seinem Platz saß. In Johanna stieg eine düstere Ahnung auf, denn Benjamin, diese fromme Seele, hatte noch nie eine der Messen verpaßt. Kaum war der Gottesdienst zu Ende, eilte Johanna ins Spital. Als sie die lange, rechteckige Krankenstation betrat, stieg ihr der stechende Geruch von Knöterich und Senf in die Nase, beides bewährte Heilmittel bei Erkrankungen der Lunge.

Das Spital war hoffnungslos überfüllt; die Betten und Pritschen, allesamt von Kranken belegt, standen Seite an Seite und ließen den Helfern kaum noch Bewegungsfreiheit. Die Brüder, die ihr *opus manuum,* die Handarbeit, im Spital verrichten mußten, gingen von einem Lager zum anderen, strichen die Decken glatt, boten den Kranken Wasser an und beteten leise an den Betten derjenigen, für die keine Hoffnung mehr bestand.

In einem der Betten saß Benjamin und erklärte Bruder Deodatus, einem der jüngeren Mönche, wie man ein Senfpflaster anbrachte. Als Johanna dem alten Arzt zuhörte, mußte sie an jenen längst vergangenen Tag denken, da Benjamin sie dieselbe Fertigkeit gelehrt hatte.

Johanna lächelte wehmütig, als sie sich daran erinnerte. Zugleich fiel ihr ein Stein vom Herzen. Solange Bruder Benjamin Anweisungen erteilen konnte, was die Behandlung der Kranken im Spital betraf, konnte es nicht so schlecht um ihn bestellt sein.

Ein plötzlicher Hustenanfall unterbrach den Wortschwall, mit dem Benjamin den jungen Deodatus überschüttete. Johanna eilte an das Bett des alten Mannes. Sie tauchte ein Tuch in eine Schüssel Wasser, die neben dem Krankenlager stand, und wischte damit sanft Benjamins Stirn ab. Seine Haut fühlte sich unglaublich heiß an.

Benedicte! Wie konnte er mit so hohem Fieber noch so lebhaft und klar bei Verstand sein?

Schließlich endete der Hustenanfall, und Benjamin lag mit geschlossenen Augen da und atmete rasselnd. Sein ergrauender Haarkranz lag wie ein verblaßter Heiligenschein um seinen Kopf. Seine Hände – diese breiten, kräftigen Hände eines Bauern, die eine so unglaubliche Geschicklichkeit und Sanftheit besaßen – lagen jetzt so schlaff und hilflos wie die eines kleinen Kindes auf der Decke. Der Anblick gab Johanna einen Stich ins Herz.

Bruder Benjamin schlug die Augen auf, sah Johanna und lächelte.

»Du bist gekommen«, sagte er mit heiserer Stimme. »Gut. Wie du siehst, brauche ich deine Dienste.«

»Ja, gewiß«, erwiderte Johanna fröhlicher, als ihr zumute war. »Die richtige Medizin, und Ihr seid bald wieder gesund.«

Benjamin schüttelte den Kopf. »Ich brauche deine Dienste als Priester, nicht als Arzt. Du mußt mir helfen, in die andere Welt hinüberzugehen, kleiner Bruder, denn in dieser Welt ist meine Arbeit getan.«

Johanna nahm seine Hand. »Ohne Kampf werde ich Euch nicht gehen lassen.«

»Du hast alles gelernt, was ich dich lehren konnte. Jetzt mußt du auch lernen, dich ins Unabänderliche zu fügen.«

»Ich werde es nicht hinnehmen, Euch zu verlieren!« erwiderte Johanna heftig. Seit jenem Tag vor zwölf Jahren, als Benjamin sie unter seine Fittiche genommen hatte, war er ihr Freund und Mentor gewesen. Selbst als die priesterlichen Pflichten es Johanna zeitlich nicht mehr erlaubt hatten, das Spital zu besuchen, hatte Benjamin ihr weiterhin geholfen, hatte sie ermutigt und unterstützt. Er war wie ein wahrer Vater für sie gewesen.

In den nächsten zwei Tagen kämpfte Johanna entschlossen um Benjamins Leben. Sie setzte all ihr Können ein, gebrauchte all das Wissen, das der alte Arzt sie gelehrt hatte, benutzte jedes Mittel, das Hoffnung auf Heilung versprach. Doch das Fieber wütete weiter. Benjamins großer und kräftiger Körper wurde immer schwächer und schrumpfte wie die leere Hülle eines Kokons, nachdem die Motte daraus geschlüpft war. Unter der vom Fieber geröteten Haut erschien ein unheilverkündender grauer Schimmer.

»Erteile mir die Absolution«, bat er Johanna. »Ich möchte bei klarem Verstand sein, wenn ich das Sakrament empfange.«

Johanna konnte es ihm nicht länger verweigern.

»*Quid me advocasti?*« begann sie, der Liturgie gemäß. »Was wünschst du von mir?«

»*Ut mihi unctionis trados*«, erwiderte er. »Daß du mir die Letzte Ölung erteilst.«

Johanna tauchte die Spitze des Daumens in das Gemisch aus Asche und Wasser und malte damit das Kreuzzeichen auf Bruder Benjamins Brust; dann legte sie ein Stück Sackleinen – das Symbol der Buße – auf das Kreuz.

Benjamin wurde von einem heftigen Hustenanfall geschüttelt. Als er vorüber war, sah Johanna, daß der alte Mann Blut gespuckt hatte. Plötzlich verängstigt, beeilte sie sich, die sieben Bußpsalmen zu sprechen und die rituelle Salbung von Augen, Ohren, Nase, Mund, Händen und Füßen zu vollziehen. Es kam ihr schrecklich lange vor. Als sie schließlich fertig war, lag Benjamin mit geschlossenen Augen und vollkommen regungslos da. Sie konnte nicht erkennen, ob er noch bei Bewußtsein war.

Schließlich kam der Augenblick, das Viatikum zu reichen, die Eucharistie bei der Letzten Ölung. Johanna hielt Benjamin die Hostie hin, doch er reagierte nicht mehr. *Es ist zu spät,* dachte sie verzweifelt. *Ich habe versagt.*

Johanna führte die Hostie an Bruder Benjamins Lippen. Zu ihrer unendlichen Erleichterung öffnete er bei der Berührung die Augen und nahm die Hostie in den Mund. Johanna schlug das Kreuzzeichen über seinem ausgemergelten Körper. Ihre Stimme schwankte, als sie das sakramentale Gebet sprach: »*Corpus et sanguis Domini nostri Jesu Christi in vitam aeternam te perducat ...*«

Er starb im ersten Morgengrauen, als die lieblichen Lobgesänge der *laudes* erklangen.

Johanna war zutiefst erschöpft. Von ihrer Trauer um den väterlichen Freund abgesehen, war Benjamins Tod ein großer Verlust für die Klostergemeinschaft. Niemand wußte so viel über die Heilkräfte der verschiedenen Kräuter und Pflanzen, die im Klostergarten wuchsen. Sein Tod war ein so herber Verlust, als wäre eine große Bibliothek niedergebrannt.

Da Johanna im Gebet keinen Trost fand, stürzte sie sich in die Arbeit. Die tägliche Messe, die sie las, hatte mehr Zulauf als je zuvor, denn das Schreckgespenst des Todes trieb so viele Gläubige in die Kirche wie noch nie.

Eines Tages, als Johanna bei der Kommunion einen älteren Mann am Kelch nippen ließ, fielen ihr die tränenden Augen, die triefende Nase, die wunden Stellen um den Mund und die fiebrige Röte seiner Wangen auf. Sie ging zur nächsten Person in der Reihe, einer schlanken jungen Mutter, die ein süßes kleines Mädchen in den Armen hielt. Die Frau hob das Kind in die Höhe, damit es das Sakrament empfangen konnte. Das Mädchen öffnete den Mund, doch bevor seine rosigen Lippen den Kelch genau an jener Stelle berühren konnten, an der zuvor der Mund des alten Mannes gewesen war, zog Johanna den Kelch rasch fort.

Statt dessen nahm sie ein Stück Brot, tunkte es in den Wein und reichte es dem kleinen Mädchen. Verwundert schaute das Kind seine Mutter an, die ihm ermunternd zunickte; es war zwar eine Abweichung vom gewohnten kirchlichen Ritual, doch der Priester aus dem Kloster würde schon wissen, was er tat. Johanna schritt weiter die Reihe entlang und tauchte das Brot in den Wein, statt den Leuten den Becher zu reichen, bis sämtliche Gläubigen die heilige Kommunion empfangen hatten.

Sofort nach Ende der Messe ließ Prior Joseph, der Stellvertreter des Abtes, Johanna zu sich rufen. Sie war froh, daß sie Joseph und nicht Rabanus Rede und Antwort stehen mußte, denn Joseph gehörte nicht zu den Menschen, die um jeden Preis am Althergebrachten festhielten – jedenfalls dann nicht, wenn es einen triftigen Grund dafür gab, von den Traditionen abzuweichen.

»Du hast heute bei der Messe eine Änderung vorgenommen«, sagte Joseph.

»Ja, Vater.«

»Warum?« Die Frage war nicht herausfordernd oder vorwurfsvoll, nur neugierig.

Johanna erklärte es ihm.

»Ein kranker alter Mann und ein gesundes kleines Kind«, wiederholte Joseph nachdenklich. »Ein abstoßender Mißklang; da muß ich dir zustimmen.«

»Mehr als ein Mißklang«, erwiderte Johanna. »Ich könnte mir vorstellen, daß auf diese Weise die Krankheit übertragen wird.«

Joseph blickte sie erstaunt an. »Wie sollte das vor sich gehen? Wo doch die verderblichen Geister und Dämonen überall sind?«

»Wahrscheinlich sind es nicht die verderblichen Geister, die diese Krankheit verursachen – jedenfalls nicht sie allein. Möglicherweise wird die Krankheit durch den körperlichen Kontakt mit ihren Opfern übertragen, oder auch durch Gegenstände, die von den Kranken berührt worden sind.«

Es war zwar ein neuer, aber kein radikaler Gedanke. Daß bestimmte Krankheiten ansteckend waren, wußte man bereits; das war schließlich der Grund dafür, daß Aussätzige streng aus der menschlichen Gemeinschaft abgesondert wurden. Zudem stand außer Frage, daß Krankheiten oft ganze Familien erfaßten; sämtliche Mitglieder erkrankten binnen weniger Tage, ja, Stunden, und wurden mitunter allesamt hinweggerafft. Doch die Ursache für dieses Phänomen kannte man nicht.

»Die Krankheit wird durch körperlichen Kontakt übertragen? Auf welche Weise?«

»Das weiß ich nicht«, gab Johanna zu. »Aber als ich heute den kranken Mann gesehen habe ... die wunden Stellen an seinem Mund, da habe ich gespürt ...« Sie hielt inne, zuckte die Achseln. »Ich kann es nicht erklären, Vater. Jedenfalls noch nicht. Doch bis ich mehr weiß, möchte ich darauf verzichten, bei der Messe den Kelch herumzureichen, und statt dessen das Brot in den Wein tunken.«

»Du möchtest eine solche Änderung auf eine bloße Vermutung hin vornehmen?« fragte Joseph.

»Falls ich im Irrtum bin, entsteht dadurch kein Schaden; denn die Gläubigen werden nach wie vor des Leibes und des Blutes Jesu Christi teilhaftig«, erwiderte Johanna. »Doch sollte meine ... Ahnung sich als zutreffend erweisen, werden wir viele Menschenleben retten.«

Joseph überlegte einen Moment. Eine Änderung im Ablauf der Messe war eine schwerwiegende Angelegenheit. Andererseits war Johannes Anglicus ein Gelehrter, der für seine Heilkünste wohlbekannt war. Joseph erinnerte sich noch gut an die aussätzige Frau, die Johannes von ihrer Krankheit befreit hatte. Damals wie heute hatte man sich praktisch nur auf Johannes Anglicus' »Intuition« stützen können, weil das erforderliche Wissen fehlte. Solche Intuitionen, ging es Joseph nun durch den Kopf, darf man nicht als Hirngespinste abtun, denn sie sind gottgegeben.

»Vorerst darfst du es in der Messe so handhaben«, sagte er. »Doch sobald Abt Rabanus zurückkommt, liegt die letzte Entscheidung natürlich bei ihm.«

»Danke, Vater.« Johanna verbeugte sich und verließ schnell das Zimmer, bevor Prior Joseph seine Meinung ändern konnte.

Intinctio nannten sie das Eintauchen der Hostie in den Wein. Von einigen älteren Brüdern abgesehen, die nicht mehr von den Traditionen lassen konnten, wurde diese neue Praxis vom Großteil der Brüder unterstützt, denn sie entsprach sowohl der Ästhetik der heiligen Messe als auch den Erfordernissen der Hygiene und Sauberkeit. Ein Mönch aus Corvey, der auf dem Heimweg zu seinem Kloster war, zeigte sich dermaßen beeindruckt, daß er seinem Abt vom *intinctio* berichtete, der es daraufhin übernahm.

In der Folgezeit erkrankten merklich weniger Gläubige an der Pest, doch völlig schwand die Krankheit nicht. Johanna begann sorgfältig Buch darüber zu führen, wann und wo neue Krankheitsfälle auftraten, und studierte dann ihre Aufzeichnungen, um die Ursache für die Ansteckungen herauszufinden.

Bei der Rückkehr Abt Rabanus' fanden ihre Bemühungen ein jähes Ende. Schon kurz nach seiner Ankunft ließ er Johanna in seine Unterkünfte rufen, wo er ihr mit strenger Mißbilligung begegnete.

»Der Meßkanon ist heilig. Wie kannst du es wagen, daran herumzupfuschen!«

»Die Änderung betrifft doch nur die äußere Form, Vater Abt, nicht das Wesen. Außerdem glaube ich, daß wir dadurch Menschenleben retten.«

Johanna wollte ihm erklären, was sie festgestellt hatte, doch Rabanus schnitt ihr das Wort ab. »Solche Beobachtungen sind nutzlos, denn sie entspringen nicht dem Glauben, sondern den Sinnen des menschlichen Körpers – und denen darf man nicht trauen. Sie sind Werkzeuge des Bösen, mit denen der Teufel die Menschen von Gott fort und in Trugbilder lockt, die der Verstand uns vorgaukelt.«

»Hätte Gott etwas dagegen, daß wir die stoffliche Welt beobachten«, erwiderte Johanna, »warum hat er uns dann Augen gegeben, zu sehen, und Ohren, zu hören, und eine Nase, zu riechen? Es ist gewiß keine Sünde, uns dieser Geschenke zu bedienen, die Gott selbst uns gemacht hat.«

»Besinne dich der Worte des heiligen Augustinus: ›Zu glauben, was man *nicht* sieht, ist wahrer Glaube!‹«

»Augustinus hat aber auch gesagt, daß der Mensch an *gar nichts* glauben könnte, hätte Gott ihm nicht die Fähigkeit zu vernunftmäßigem Denken gegeben«, konterte Johanna.

Abt Rabanus blickte sie düster an. Sein Verstand war zwar scharf, doch abgestumpft durch Dogmen und Doktrinen, phantasielos und unbeweglich. Deshalb haßte er logische Dispute dieser Art. Er zog es vor, sich auf dem sicheren Boden der Autorität zu bewegen.

»Nimm den Rat deines Vaters entgegen, und richte dich danach«, zitierte er aus der Ordensregel. »Wende dich wieder Gott zu, indem du den schwierigen Weg des Gehorsams beschreitest; denn du hast diesen Weg verlassen, indem du deinem eigenen Willen gefolgt bist.«

»Aber, Vater ...«

»Still jetzt, sage ich!« fuhr Rabanus sie an. Sein Gesicht war wutverzerrt. »Mit sofortiger Wirkung bist du, Johannes Anglicus, von deinen Pflichten als Priester entbunden. Und statt eitler Wissenschaft wirst du die Demut studieren, indem du ins Spital zurückkehrst. Dort wirst du Bruder Odilo zur Hand gehen und ihm gehorsam und respektvoll dienen.«

Johanna setzte zum Widerspruch an, überlegte es sich dann aber anders. Rabanus war bis zum Äußersten gereizt; jeder weitere Protest konnte die schlimmsten Gefahren heraufbeschwören.

Mit größter Willensanstrengung senkte Johanna demütig den Kopf. »Wie Ihr befehlt, Vater Abt.«

Als Johanna später darüber nachdachte, was geschehen war, erkannte sie, daß Rabanus recht hatte. Sie war hochmütig und ungehorsam gewesen. Doch was nützte der Gehorsam, wenn andere dafür leiden mußten? Das Eintauchen des Brotes in den Wein bei der Messe *rettete* Menschenleben; da war Johanna sicher. Aber wie konnte sie Rabanus davon überzeugen? Auf weitere Diskussionen würde er sich nicht einlassen, und einen neuerlichen Widerspruch würde er nicht dulden.

Doch vielleicht ließ er sich vom Gewicht der anerkannten Autoritäten überzeugen. Also verbrachte Johanna die wenige freie Zeit, die ihr der *opus dei* und ihre Pflichten im Spital ließen, in der Bibliothek, wo sie die Schriften des Hippokrates, Oribasius und Alexander von Tralles auf Textstellen durchsah, die ihre Theorie stützen konnten. Sie arbeitete ununterbrochen, schlief jede Nacht nur zwei oder drei Stunden und trieb sich an den Rand der völligen Erschöpfung.

Eines Tages, als Johanna über einem Text des Oribasius saß, entdeckte sie, was sie suchte. Sie kopierte die entscheidende Passage und übersetzte sie dabei gleich, als ihr das Schreiben plötzlich unerklärliche Mühe bereitete; ihr schmerzte der Kopf, und die Schrift verschwamm ihr vor den Augen. Johanna tat die Symptome als normale Folgeerscheinungen von zu wenig Schlaf ab und arbeitete weiter. Dann rutschte die Schreibfeder ihr unerklärlicherweise aus den Fingern und rollte über die Seite, wobei sie dunkle Tintenflecke auf dem sauberen Vellum hinterließ und die Worte unkenntlich machte. *Verflixt noch einmal!* schimpfte Johanna im stillen. *Jetzt mußt du die Seite sauber kratzen und wieder ganz von vorn anfangen.* Sie versuchte, die Schreibfeder aufzunehmen, doch ihre Finger zitterten so heftig, daß sie die Feder nicht ergreifen konnte.

Sie erhob sich und stützte sich auf die Kante des Schreibpults, als ein plötzlicher Schwindelanfall sie überkam und eine Woge der Übelkeit in ihr aufstieg. Sie taumelte zur Tür und war kaum hindurch, als ein wütender Schmerz ihren Körper durchraste; sie krümmte sich und stürzte schwer zu Boden. Auf Hände und Knie gestützt, übergab sie sich würgend.

Irgendwie schaffte sie es, sich zum Spital zu schleppen. Bruder Odilo legte sie in eins der Betten und tastete ihr mit der Hand die Stirn ab. Seine Finger kamen Johanna so kalt wie Eis vor.

Sie blinzelte erstaunt.»Hast du dir gerade die Hände gewaschen?« fragte sie.

Bruder Odilo schüttelte den Kopf. »Meine Hände sind nicht kalt, Bruder Johannes. Du brennst vor Fieber.« Er blickte sie traurig an.»Ich fürchte, du hast die Pest bekommen.«

Die Pest! dachte Johanna benommen. *Nein, das kann nicht sein. Ich bin müde, das ist der Grund. Wenn ich mich erst ein bißchen ausgeruht habe ...*

Bruder Odilo legte ihr einen Streifen Leinentuch auf die Stirn, den er in kaltes Rosenwasser getaucht hatte. »Lieg jetzt still. Ich muß rasch frisches Leinen besorgen. Es dauert nicht lange.«

Seine Stimme schien aus weiter Ferne zu kommen. Johanna schloß die Augen. Das Leinentuch fühlte sich kalt und glatt auf ihrer Haut an, und es tat so gut, still zu liegen, den Duft des Rosenwassers in sich aufzunehmen und friedlich in willkommener Dunkelheit zu versinken.

Plötzlich riß sie die Augen auf. Odilo würde ihren Körper in ein feuchtes Leinentuch hüllen, um das Fieber zu drücken. Und zu diesem Zweck mußte er sie entkleiden ...

Sie mußte Odilo daran hindern! Dann aber erkannte Johanna, daß es zwecklos war. In ihrer derzeitigen Verfassung war sie viel zu schwach, um körperliche Gegenwehr zu leisten. Außerdem würde man ihre Proteste auf Fieberwahn zurückführen.

Johanna setzte sich auf und schwang die Beine aus dem Bett. Augenblicklich kehrte der rasende Kopfschmerz zurück, hämmernd und bohrend. Mit schwankenden Schritten ging Johanna zur Tür. Der Raum drehte sich in einem Übelkeit erregenden Wirbel um sie herum, doch irgendwie gelang es ihr, weiter zu gehen und den Krankensaal zu verlassen. Rasch wandte sie sich in Richtung Außenhof. Als sie sich dem Tor näherte, holte sie tief Atem und zwang sich mit eiserner Willenskraft, aufrecht und mit festen Schritten an Bruder Grimwald, dem Pförtner, vorüberzugehen. Grimwald betrachtete Johanna mit neugierigen Blicken, machte aber keine Anstalten, sie aufzuhalten. Als Johanna durchs Tor war, schlug sie die Richtung zum Fluß ein.

Benedicte! Da lag das kleine Fischerboot des Klosters, mit einem Seil am überhängenden Ast eines Baumes vertäut. Johanna band das Seil los, stieg in den kleinen Nachen und stemmte die Hand ans grasbewachsene Ufer, um sich abzustoßen. Kaum schwenkte das Boot vom Ufer ab, brach Johanna entkräftet zusammen.

Für einige Augenblicke trieb das Fischerboot bewegungslos im Wasser. Dann wurde es von der Strömung erfaßt und herumgeschwenkt, bevor es den Fluß hinunterschwamm und dabei rasch an Geschwindigkeit gewann.

Der Himmel drehte sich langsam im Kreis und verzerrte die hohen weißen Wolken zu seltsamen Mustern. Eine dunkelrote Sonne berührte den Horizont; ihre Strahlen brannten heißer als Flammen und versengten Johannas Gesicht, stachen ihr wie glühende Nadeln in die Augen. Doch sie ignorierte den Schmerz und beobachtete fasziniert, wie der Rand der Sonnenkugel schimmerte, verschwamm und allmählich die Umrisse einer menschlichen Gestalt annahm.

Das Gesicht ihres Vaters schwebte langsam auf sie zu und verwandelte sich dabei in einen gräßlichen, grinsenden Totenschädel. Der lippenlose Mund öffnete sich. »*Mulier!*« rief er; doch es war nicht die Stimme ihres Vaters, sondern die der Mutter. Die Kiefer öffneten sich weiter, und Johanna sah, daß es gar kein Mund war, sondern ein scheußliches, gähnendes Tor, das in eine undurchdringliche Schwärze führte. Am Ende dieser unermeßlichen dunklen Höhle brannten Feuer; in gewaltigen, blauroten Säulen schossen die Flammen empor. Menschen waren in diesen Feuerzungen; ihre Körper wanden und krümmten sich in der grotesken Pantomime unsäglichen Schmerzes. Einer von ihnen schaute zu Johanna hinüber. Voller Entsetzen sah sie die klaren blauen Augen und das weißgoldene Haar einer hochgewachsenen, schlanken Frau. Gudrun rief nach ihr, streckte ihr die Arme entgegen. Johanna bewegte sich auf die Mutter zu; doch plötzlich verlor sie den Boden unter den Füßen, und sie stürzte und stürzte, genau auf das klaffende Tor zu, den Mund des Totenschädels. »Maaamaaa!« schrie Johanna, als sie in die Flammen fiel ...

Sie lag auf einem schneebedeckten Feld. In der Ferne schimmerten die Gebäude von Villaris, auf deren Dächern die Sonne den Schnee schmolz und deren Strahlen die Wassertropfen wie Tausende winziger Edelsteine funkeln ließ. Johanna hörte das Trommeln von Pferdehufen, drehte sich um und sah Gerold, der auf Pistis, seinem Hengst, auf sie zugeritten kam. Sie sprang auf und rannte ihm über das schneebedeckte Feld entgegen, und er zügelte das Pferd neben ihr, beugte sich im Sattel zur Seite, hob sie hoch und setzte sie vor sich auf den Pferderücken. Sie lehnte sich zurück, gab sich ganz dem wundervollen Gefühl hin, in seinen starken Armen zu liegen. Sie war in Sicherheit. Jetzt konnte ihr nichts mehr geschehen; Gerold würde sie beschützen. Gemeinsam ritten sie auf die schimmernden Türme von Villaris zu, und die

Schritte des Pferdes wurden raumgreifender, und sie schaukelten sanft im Sattel, schaukelten sanft wie auf Wogen ...

Plötzlich endete die Bewegung. Johanna schlug die Augen auf. Über dem Bootsrand sah sie Baumwipfel, die sich schwarz und unbewegt gegen einen dämmrigen Himmel abzeichneten. Das Boot war zum Stehen gekommen.

Irgendwo über ihr erklang Stimmengemurmel, doch Johanna konnte die Worte nicht verstehen. Hände wurden ins Boot gestreckt und packten sie, hoben sie in die Höhe und ans Ufer. Verschwommen erinnerte Johanna sich: Sie durfte nicht zulassen, daß die Leute sich ihrer annahmen – nicht, solange sie krank war. Und die Fremden durften sie auf keinen Fall zurück nach Fulda bringen! Wild schlug Johanna um sich, strampelte, wand sich. Sie spürte, wie ihre Faust jemanden traf. Wie aus weiter Ferne hörte sie einen Fluch. Dann fühlte sie einen kurzen, scharfen Schmerz am Kiefer – und dann nichts mehr.

Langsam stieg Johanna aus einem Meer aus Schwärze empor. In ihrem Kopf war ein hämmernder Schmerz, und ihre Kehle war so trocken, als wäre das Fleisch roh und wund. Sie fuhr sich mit der Zunge über die spröden Lippen und leckte die Blutstropfen auf, die aus der aufgeplatzten Haut drangen. In ihrem Unterkiefer wühlte ein dumpfer Schmerz. Sie stöhnte leise auf, als ihre Finger eine schmerzhafte Schwellung am Kinn ertasteten. *Woher habe ich das?* fragte sie sich benommen.

Dann, drängender: *Wo bin ich?*

Sie lag auf einer weichen Federmatratze in einem Zimmer, das sie nie zuvor gesehen hatte. Der Zahl und Beschaffenheit der Möbel nach zu urteilen, mußte der Besitzer des Hauses wohlhabend sein. Da war nicht nur das große, weiche Bett, in dem Johanna lag – sie erblickte auch gepolsterte Sitzbänke; einen Stuhl mit hoher Lehne, auf dem Kissen lagen; einen langen Eßtisch; ein Schreibpult sowie mehrere Schränke, Truhen und Vitrinen, die mit kunstvollen Schnitzereien verziert waren. In der Nähe brannte ein Herdfeuer. Zwei frische Scheite waren erst vor kurzem auf die Glut gelegt worden; ihr würziger Duft breitete sich im Zimmer aus.

Ein paar Meter entfernt stand eine rundliche junge Frau. Sie hatte Johanna den Rücken zugewandt und knetete Teig. Als sie fertig war, wischte sie sich an ihrer Tunika das Mehl von den Händen; dann fiel ihr Blick auf Johanna. Rasch ging sie zur Tür und rief: »Mein Gemahl! Mein Gemahl! Komm schnell. Unser Gast ist erwacht!«

Ein großer, schlaksiger junger Mann mit gesunder roter Gesichtsfarbe kam ins Zimmer gestürmt. »Wie geht es ihr? Was macht sie?« fragte er.

Sie? Johanna zuckte zusammen, als sie dieses Wort hörte. Sie schaute an sich hinunter und stellte fest, daß ihre Mönchskleidung verschwunden war; statt dessen trug sie eine Frauentunika aus weichem blauem Leinen.

Sie wissen Bescheid.

Johanna mühte sich, aus dem Bett zu steigen, doch ihre Glieder waren zu schwach; sie kamen ihr schwer wie Blei vor.

»Ihr dürft Euch nicht anstrengen.« Sanft legte der junge Mann ihr die Hand auf die Schulter und drückte sie behutsam auf das Bett zurück. Er hatte ein freundliches, ehrliches Gesicht, und die Pupillen seiner großen runden Augen waren blau wie Kornblumen.

Wer ist der Mann? fragte sich Johanna. *Ob er Abt Rabanus und den anderen erzählt, daß ich eine Frau bin? Oder hat er es schon getan? Bin ich wirklich sein Gast, oder bin ich eine Gefangene?*

»Ich ... habe Durst«, sagte sie mit krächzender Stimme.

Der junge Mann tauchte einen Becher in einen Holzeimer, der neben dem Bett stand, füllte ihn randvoll mit Wasser, hielt ihn Johanna an die Lippen und achtete darauf, daß sie langsam und in kleinen Schlucken trank, doch Johanna packte den Becher und kippte ihn so, daß sie tiefe Züge nehmen konnte. Die kühle Flüssigkeit schmeckte köstlicher als alles, was sie jemals getrunken hatte.

»Ihr dürft nicht so schnell trinken«, ermahnte der junge Mann sie. »Es ist gut eine Woche her, seit es uns gelungen ist, Euch ein paar Löffel Suppe einzuflößen.«

Über eine Woche! War sie schon so lange hier? Sie konnte sich an nichts mehr erinnern ... nur noch daran, wie sie in das kleine Fischerboot geklettert war.

»Wo ... wo bin ich?« fragte sie stockend.

»Auf dem Anwesen des Grafen Riculf, fünfzig Meilen stromab von Fulda. Wir haben Euch in einem Fischerboot gefunden, das sich in einem Strauch am Ufer verfangen hatte. Ihr wart vom Fieber halb bewußtlos und habt wie eine Wilde um Euch geschlagen, als wir Euch aus dem Boot herausheben wollten.«

Johanna betastete die Schwellung an ihrem Kinn.

Der junge Mann grinste. »Tut mir leid. Als wir Euch fanden, wart Ihr keinen vernünftigen Argumenten zugänglich. Aber Ihr könnt Euch mit dem Gedanken trösten, daß Ihr beinahe soviel ausgeteilt habt, wie Ihr einstecken mußtet.« Er zog den Ärmel hoch und zeigte Johanna einen großen, häßlichen blauen Fleck an seinem rechten Oberarm.

»Ihr habt mir das Leben gerettet«, sagte Johanna leise. »Dafür möchte ich Euch danken.«

»Das war doch selbstverständlich. Ich bin froh, daß ich an Euch ein wenig von dem gutmachen konnte, das Ihr für mich und die Meinen getan habt.«

»Müßte ... müßte ich Euch kennen?« fragte Johanna verwundert.

Der junge Mann lächelte. »Ich nehme an, ich habe mich ziemlich verändert, seit wir uns das letzte Mal gesehen haben. Damals war ich zwölf Jahre alt, ging auf die dreizehn zu. Moment mal ...« Er zählte an den Fingern ab – die klassische Rechenmethode des großen Beda Venerabilis. »Das war vor ungefähr sechs Jahren. Sechs Jahre mal dreihundertfünfundsechzig Tage ... hm, das macht ... zweitausendeinhundertundneunzig Tage!«

Johannas Augen weiteten sich, als sie den jungen Mann wiedererkannte. »Arn!« rief sie und fand sich Augenblicke später in seiner liebevollen, überschwenglichen Umarmung wieder.

An diesem Tag unterhielten sie sich nicht länger, denn Johanna war immer noch sehr schwach, und Arn ließ nicht zu, daß sie sich weiter verausgabte. Nachdem Johanna ein paar Löffel Fleischbrühe zu sich genommen hatte, schlief sie sofort ein.

Als sie tags darauf erwachte, fühlte sie sich schon kräftiger. Das beste Zeichen aber war, daß sie einen Bärenhunger hatte. Als sie gemeinsam mit Arn einen Teller Brot und Käse zum Frühstück aß, hörte sie ihm gespannt zu, als er ihr erzählte, was alles geschehen war, seit sie sich das letzte Mal gesehen hatten.

»Wie Ihr vorhergesagt hattet, war der Vater Abt so zufrieden mit unserem Käse, daß er uns zu *prebendarii* ernannte und uns versprach, daß wir ein gutes Auskommen hätten, wenn wir dem Kloster jedes Jahr hundert Pfund Käse lieferten. Aber das wißt Ihr ja selbst.«

Johanna nickte. Der außergewöhnliche, blaugeäderte Käse, der so abstoßend aussah und so wunderbar schmeckte, war zu einem festen Bestandteil der Mahlzeiten im Refektorium des Klosters Fulda geworden. Gäste des Klosters – sowohl Laien als auch Geistliche – waren von der Qualität dieses Käses so angetan, daß bald in der ganzen Gegend eine rege Nachfrage herrschte.

»Wie geht es deiner Mutter?« fragte Johanna.

»Sehr gut. Sie hat wieder geheiratet – einen netten Mann, einen Bauern mit eigener Rinderherde. Aus der Milch stellen sie Mutters Käse her. Die Geschäfte gehen immer besser, und beide sind glücklich und wohlhabend.«

»Was offenbar auch für dich gilt«, sagte Johanna und wies mit einem Schwenk des Armes durch das große und gepflegte Zimmer.

»All mein Glück verdanke ich Euch«, sagte Arn, »denn auf der Abteischule habe ich lesen, schreiben und den Umgang mit Zahlen gelernt – Fertigkeiten, die gerade recht kamen, als Mutters Geschäfte besser gingen, so daß es erforderlich wurde, sorgfältig Buch zu führen. Als Graf Riculf dann von meinen Fertigkeiten erfuhr, hat er mich als Verwalter auf seinem Gut eingestellt. Außerdem bewache ich seine Ländereien vor Wilderern – die Wälder, die Wiesen und den Fluß. Deshalb habe ich Euch am Ufer gefunden.«

Johanna schüttelte staunend den Kopf und rief sich in Erinnerung, wie es Arn und seiner Mutter vor sechs Jahren ergangen war, als sie in der schäbigen, von Ungeziefer wimmelnden Hütte gehaust hatten, so jämmerlich wie *coloni*. Damals hatte es den Anschein gehabt, als wären sie zu einem Leben in schrecklicher Armut und Hunger verdammt. Nun aber war Madalgis wieder verheiratet und eine wohlhabende Geschäftsfrau, und ihr Sohn hatte es zum Verwalter eines mächtigen Grafen gebracht. *Vitam regit fortuna,* dachte Johanna. Wahrhaftig, das Glück ist der Herrscher des Lebens. Das galt für sie selbst ebenso wie für jeden anderen Menschen.

»Und hier«, sagte Arn stolz, »sind meine Frau Bona und Arnalda, unser Töchterchen.« Bona, eine dralle, hübsche junge Frau mit fröhlichen Augen und einem strahlenden Lächeln, war sogar noch jünger als ihr Mann, höchstens achtzehn Winter. Sie war bereits Mutter, doch ihr schwellender Leib ließ erkennen, daß sie ihr zweites Kind erwartete. Arnalda sah wie ein Engel aus; sie hatte ein süßes Gesicht mit großen blauen Augen, lockiges blondes Haar und rote Wangen. Sie lächelte Johanna strahlend an und zeigte dabei ein Paar bezaubernder Grübchen.

»Ihr seid eine wundervolle Familie« sagte Johanna.

Arn strahlte und winkte Frau und Tochter zu sich. »Kommt her, und sagt Bruder ...« Er zögerte. »Wie soll ich Euch anreden? ›Bruder Johannes‹ kommt mir doch reichlich seltsam vor, nachdem wir jetzt wissen ... *was* wir wissen.«

»Johanna.« Der Name klang vertraut und fremd zugleich in ihren Ohren. »Sag Johanna zu mir; denn das ist mein richtiger Name.«

»Johanna«, wiederholte Arn, der sich sichtlich darüber freute, daß ihm soviel Vertrauen entgegengebracht wurde. »Wenn Ihr möchtet, dann erzählt uns doch, wie es gekommen ist, daß Ihr unter den Benediktinern im Kloster Fulda gelebt habt. Man möchte kaum glauben, daß so etwas möglich ist. Wie, in Gottes Namen, habt Ihr das geschafft? Und was hat Euch dazu gebracht? Wußte jemand von Eurem Geheimnis? Hat niemand Verdacht geschöpft?«

Johanna lachte. »Die Zeit hat deiner Neugier nicht geschadet, wie ich sehe.«

Es gab keinen Grund zur Täuschung. Johanna erzählte Arn alles, angefangen von ihrer unorthodoxen Ausbildung an der Domschule in Dorstadt bis hin zu den Jahren im Kloster zu Fulda und zu ihrer Berufung ins Priesteramt.

»Demnach wissen die Brüder immer noch nicht, daß Ihr eine Frau seid«, sagte Arn nachdenklich, als Johanna geendet hatte. »Wir dachten schon, daß man Eure wahre Identität entdeckt hat und daß Ihr deshalb fliehen mußtet. – Möchtet Ihr denn ins Kloster zurück? Ich würde Euch diese Möglichkeit niemals versperren. Eher würde ich auf der Folterbank sterben, als daß jemand auch nur ein Wort über Euer Geheimnis aus mir herausbekommt!«

Johanna lächelte. Arns männlichem Erscheinungsbild zum Trotz hatte er noch sehr viel von dem kleinen Jungen, als den sie ihn gekannt hatte.

»Zum Glück«, sagte sie, »gibt es keinen Grund für ein solches Opfer. Ich bin rechtzeitig entkommen, und die Bruderschaft hat keinen Grund, mich zu verdächtigen. Aber ... ich weiß nicht, ob ich ins Kloster zurückkehren *möchte.*«

»Was möchtet Ihr dann?«

»Eine gute Frage«, sagte Johanna. »Eine sehr gute Frage. Aber bis jetzt weiß ich noch nicht die Antwort darauf.«

Arn und Bona hegten und pflegten Johanna wie zwei überängstliche Mutterhennen und bestanden darauf, daß sie noch ein paar Tage im Bett verbrachte. »Ihr seid noch nicht kräftig genug«, beharrten die beiden. Johanna blieb keine Wahl, als diese liebevolle Fürsorge über sich ergehen zu lassen, und sie vertrieb sich die langen Stunden damit, die kleine Arnalda zu unterrichten. So jung sie noch war, legte sie bereits den wachen Verstand ihres Vaters an den Tag; sie lernte mit Feuereifer und war begeistert, eine so unterhaltsame und kluge Freundin zu haben.

Wenn Arnalda am Ende eines jeden Tages ins Bett gebracht worden war, lag Johanna noch lange Zeit wach und dachte über ihre Zukunft nach. Sollte sie nach Fulda zurückkehren? Sie hatte fast zwölf Jahre im Kloster verbracht; sie war in seinen Mauern praktisch aufgewachsen, und es fiel ihr schwer, sich vorzustellen, anderswo zu leben. Aber sie mußte sich nun einmal den Tatsachen stellen: Sie war jetzt siebenundzwanzig und hatte die besten Jahre bereits hinter sich. Im Kloster zu Fulda wurden die Mönche aufgrund des rauhen Klimas, des asketischen Lebens, des spartanischen Essens und der ungeheizten Räume selten älter als vierzig Jahre; Bruder Deodatus war mit seinen vierundfünfzig Wintern derzeit der Senior der Klostergemeinschaft. Wie lange konnte sie sich gegen die Unbilden des Alters zur Wehr setzen? Wie lange würde es dauern, bis sie wieder erkrankte und erneut das Risiko auf sich nehmen mußte, als Frau enttarnt zu werden, was ihren Tod bedeuten würde?

Außerdem war da noch Abt Rabanus. Er war ihr entschiedener Gegner, und er gehörte nicht zu den Menschen, die rasch ihre Meinung änderten. Er hatte ihr schon Probleme genug bereitet – und Gott allein wußte, welche Schwierigkeiten und Strafen sie noch erwarteten, falls sie ins Fuldaer Kloster zurückkehrte.

Außerdem drängte es Johanna nach Veränderung, nach neuen Ufern. In der Klosterbibliothek zu Fulda gab es kein Buch, das sie nicht schon gelesen hatte. Sie kannte jeden noch so kleinen Riß in der Wand des Schlafsaals. Und es lag Jahre zurück, daß sie morgens mit dem herrlichen Gefühl gespannter Erwartung erwacht war, daß irgend etwas Neues und Interessantes geschah. Sie sehnte sich danach, eine größere, weitere Welt zu erforschen.

Wohin konnte sie gehen? Zurück nach Ingelheim? Nein. Jetzt, da Mutter tot war, zog sie nichts mehr dorthin. Nach Dorstadt? Was hoffte sie dort zu finden? Gerold, der noch immer auf sie wartete, der seine Liebe zu ihr all die Jahre im Herzen getragen hatte? Schon der Gedanke war lächerlich. Bestimmt war Gerold wieder verheiratet, und da wäre ihm ihr plötzliches Wiederauftauchen alles andere als willkommen. Außerdem hatte sie vor langer Zeit ein anderes Leben für sich selbst gewählt – ein Leben, in dem für die Liebe eines Mannes kein Platz war.

Nein, sagte sie sich. Gerold und Fulda gehören der Vergangenheit an. Jetzt mußt du entschlossen in die Zukunft blicken – wie immer sie aussehen mag.

»Bona und ich haben beschlossen«, sagte Arn, »daß Ihr bei uns bleiben sollt. Es wäre schön, wenn wir noch eine Frau im Haus hätten, die Bona Gesellschaft leisten und ihr beim Kochen und Nähen helfen könnte – besonders jetzt, wo sie ihr zweites Kind erwartet.«

Arns Angebot war zwar unbeholfen vorgebracht, aber freundlich gemeint; deshalb erwiderte Johanna lächelnd: »Ich fürchte, das wäre ein schlechtes Geschäft für dich. Ich konnte nie gut mit Nadel und Faden umgehen, und was die Küchenarbeit betrifft, wäre ich wohl auch keine große Hilfe.«

»Es wäre Bona eine Freude, Euch das Kochen und Nähen beizubringen, und ...«

»Um ehrlich zu sein«, unterbrach Johanna ihn, »ich habe so lange wie ein Mann gelebt, daß ich wohl nie eine tüchtige Hausfrau werde – die ich ohnehin niemals gewesen bin. Nein, Arn«, sie winkte ab, als er widersprechen wollte, »das Leben eines Mannes paßt besser zu mir. Und mir gefallen die vielen Vorteile zu gut, als daß ich darauf verzichten möchte.«

Arn dachte darüber nach. »Dann tragt Eure Verkleidung doch einfach weiter und lebt wie ein Mann«, sagte er. »Uns macht es nichts aus. Ihr könntet im Garten helfen ... oder Arnalda unterrichten. Mit Euren Spielen und Unterrichtsstunden habt Ihr sie schon ganz verzaubert – so, wie Ihr damals mich verzaubert hattet.«

Es war ein großzügiges Angebot. In dieser glücklichen und wohlhabenden Familie konnte sie so gefahrlos wie nirgendwo sonst Schutz und Sicherheit finden. Doch diese Welt, so behaglich sie auch sein mochte, war viel zu klein für Johannas wiedererwachte Abenteuerlust. Sie war nicht aus Fulda geflohen, um nun die Klostermauern gegen andere Mauern einzutauschen.

»Gott segne dich, Arn. Du hast ein gutes Herz. Aber ich habe andere Pläne.«

»Und welche?«

»Ich werde auf eine Pilgerreise gehen.«

»Nach Tours? Zum Grab des heiligen Martin?«

»Nein«, sagte Johanna, »nach Rom.«

»Rom!« stieß Arn fassungslos hervor. »Habt Ihr den Verstand verloren? Das ist viel zu gefährlich!«

»Jetzt, wo der Krieg vorbei ist, werden auch andere diese Pilgerreise unternehmen.«

Arn schüttelte den Kopf. »Mein Herr, der Graf Riculf, hat mir gesagt, daß Lothar trotz seiner Niederlage bei Fontenoy seine Krone nicht aufgegeben hat. Er ist zurück zum Kaiserpalast nach Aachen geflüchtet und sucht nun Männer, um die gelichteten Reihen seines Heeres wieder zu füllen. Graf Riculf sagt, Lothar habe sogar den Sachsen Angebote gemacht, um sie auf seine Seite zu ziehen. Er will ihnen erlauben, wieder zu ihren alten heidnischen Göttern zu beten, falls sie für ihn kämpfen.«

Wie sehr hätte Mutter über diese *unerwartete Wendung der Dinge gelacht,* dachte Johanna. *Ein christlicher Kaiser macht das Angebot, die alten heidnischen Götter wiedereinzusetzen.* Sie konnte sich vorstellen, was Gudrun dazu gesagt hätte: Der sanfte Märtyrer-Gott der Christen mag zwar für gewöhnliche Dinge taugen; aber wenn es darum geht, in Schlachten zu siegen, muß man schon Thor und Odin und all die anderen schrecklichen Kriegsgötter meines Volkes anrufen.

»So, wie die Dinge stehen, dürft Ihr diese lange Reise nicht unternehmen«, sagte Arn. »Es ist zu gefährlich.«

Natürlich hatte er recht. Der kriegerische Streit zwischen den königlichen Brüdern hatte zu einem vollständigen Zusammenbruch der staatlichen Ordnung geführt. Die offenen und unbewachten Straßen waren zu gefahrlosen Tummelplätzen für umherstreifende Banden von Briganten, Mördern und Gesetzlosen aller Art geworden.

Doch Johanna ließ sich davon nicht abschrecken. »Mir wird schon nichts passieren«, sagte sie. »Jeder Halunke weiß, daß es bei einem schlichten Priester auf Pilgerfahrt nichts zu holen gibt.«

»Aber einige von diesen Teufeln töten Reisende schon der Sachen wegen, die sie am Leibe tragen!« rief Arn. »Ich verbiete Euch, allein zu gehen!« In seiner Stimme lag eine Autorität, die er sich einem Mann gegenüber nie herausgenommen hätte. Aber er wußte ja, daß er eine Frau vor sich hatte.

»Ich bin mein eigener Herr, Arn«, erwiderte Johanna mit Schärfe in der Stimme. »Ich gehe, wohin ich will.«

Arn, der seinen Fehler erkannte, wurde sofort kleinlaut. »Dann wartet wenigstens noch drei Monate«, bat er. »Dann kommen die Gewürzhändler durch diese Gegend. Sie reisen unter schwerer Bewachung, denn wegen ihrer kostbaren Fracht wollen sie kein Risiko eingehen. Sie könnten Euch den ganzen Weg bis Langres Schutz gewähren.«

»Langres? Das ist bestimmt nicht der kürzeste Weg nach Rom, oder?«

»Nicht der kürzeste«, gab Arn zu, »aber der sicherste. In Langres gibt es eine Herberge für Pilger, die nach Süden wollen; Ihr werdet keine Schwierigkeiten haben, dort eine Reisegruppe zu finden, der Ihr Euch anschließen könnt und die Euch Schutz gewährt.«

Johanna ließ sich seinen Vorschlag durch den Kopf gehen. »Wahrscheinlich hast du recht.«

»Mein Herr, der Graf Riculf, hat diese Pilgerfahrt vor einigen Jahren selbst unternommen. Er hat immer noch die Karte, auf der er seine Reiseroute eingezeichnet hat. Ich habe sie hier im Haus.« Er öffnete eine verschlossene Truhe und nahm eine Pergamentrolle heraus.

Die Ränder der Karte waren angedunkelt und mit den Jahren ausgefranst, aber die Tinte war noch nicht verblaßt; deutlich waren die kräftigen dunklen Linien auf dem vergilbenden Pergament zu erkennen – Linien, die den Weg nach Rom markierten.

»Danke, Arn«, sagte Johanna. »Ich werde deinen Vorschlag beherzigen. Drei Monate Aufschub sind keine sehr lange Zeit. Und dann kann ich mich noch länger um Arnalda kümmern. Sie ist ein kluges Mädchen und kommt beim Lernen sehr schnell voran.«

»Dann ist es also abgemacht.« Arn rollte das Pergament zusammen.

»Wenn es möglich ist, würde ich mir die Karte gern noch ein bißchen anschauen, Arn.«

»Nehmt Euch soviel Zeit, wie Ihr wollt. Sollte irgend etwas sein – ich bin draußen bei den Ställen und beaufsichtige die Schafschur.« Arn lächelte sie an und ging davon, sichtlich zufrieden, wenigstens diesen Teilerfolg erzielt zu haben.

Johanna atmete tief durch, füllte ihre Lungen mit dem lieblichen Duft des beginnenden Frühlings. Zu dieser Stunde versammelte sich die Bruderschaft zu Fulda im dunklen Innern des Kapitelsaales; die Mönche saßen dicht an dicht auf den kalten, harten Bänken aus Stein und lauschten dem Bruder Zellerar, der über die Lebensmittelvorräte des Klosters Bericht erstattete. Doch sie war jetzt hier, frei und ungebunden, und vor ihr lag das wahrscheinlich größte Abenteuer ihres Erwachsenenlebens.

Als Johanna die Karte betrachtete, stieg eine Woge der Erregung in ihr auf. Es gab eine große, breite Straße von hier nach Langres. Von Langres aus führte diese Straße nach Süden, durch Besançon und Orbe, dann am Genfer See vorbei und hinauf bis nach Le Valais. Dort, am Fuße der Alpen, gab es eine klösterliche Herberge, in der die Pilger Rast einlegen und sich mit Proviant versorgen konnten. Dann führte der Weg weiter durch die Berge, über den großen Sankt Bernhard, den bequemsten und meistbereisten Paß der Alpen. Hinter dem Paß ging es dann geradewegs die Via Francigena hinunter, die durch Aosta, Pavia und Bologna bis in die Toskana führte. Und von dort aus in die Heilige Stadt.

Nach Rom.

Rom. Die größten Geister der Menschheit waren in dieser uralten Stadt versammelt, in deren Kirchen es Schätze von unermeßlichem Wert gab, in der sich die heiligen Gräber der Apostel befanden, und deren Bibliotheken das gesammelte Wissen von Jahrhunderten bargen. In Rom würde Johanna finden, was sie suchte, und ihre wahre Bestimmung erfahren.

Sie befestigte die Satteltasche auf dem Rücken des Maultiers, die Arn ihr für die Reise mitgegeben hatte, als die kleine Arnalda aus dem Haus gerannt kam. Ihr blondes Haar war noch vom Schlaf zerzaust, und auf ihrem kleinen Gesicht lag ein verängstigter Ausdruck.

»Wo gehst du hin?«

Johanna kniete nieder, so daß sie dem kleinen Mädchen in die Augen blicken konnte. »Nach Rom«, sagte sie, »in die Stadt der Wunder, wo der Papst zu Hause ist.«

»Hast du den Papst lieber als mich?«

»Ich habe ihn noch nie getroffen. Aber es gibt keinen Menschen, den ich so lieb habe wie dich, kleine Wachtel.« Sie streichelte das weiche Haar des Kindes.

»Dann geh doch nicht.« Arnalda warf Johanna die Ärmchen um den Hals. »Ich möchte nicht, daß du weggehst.«

Johanna umarmte sie. Der kleine Kinderkörper drängte sich liebevoll an sie, füllte ihre Arme und ihr Herz. *Auch ich hätte ein kleines Mädchen wie dieses haben können, hätte ich einen anderen Weg eingeschlagen. Ein kleines Mädchen, dem ich meine Liebe geben kann – und das ich lehren kann.* Sie erinnerte sich an das Gefühl der Verlassenheit, als Aeskulapius damals fortgegangen war. Er hatte ihr ein Buch geschenkt, damit sie weiterlernen konnte. Sie aber war aus einem Kloster geflohen und besaß nichts als die Kleider, die sie am Leibe trug. Sie konnte dem kleinen Mädchen nicht einmal ein Abschiedsgeschenk machen.

Außer ...

Johanna griff in ihre Tunika und zog das Medaillon hervor, das sie seit jenem Tage trug, als Matthias es ihr um den Hals gehängt hatte. »Das ist die heilige Katharina. Sie war sehr klug und sehr stark, genau wie du.« Mit wenigen Worten erzählte Johanna dem Mädchen die Geschichte der Heiligen.

Vor Staunen wurden Arnaldas Augen groß und rund. »Obwohl sie ein Mädchen gewesen ist, war sie klüger als die vielen Männer?«

»Ja. Und das kannst du auch sein, wenn du weiterhin fleißig lernst.« Johanna nahm sich das Medaillon ab und legte es Arnalda um den Hals. »Katharina gehört jetzt dir. Jetzt mußt du an meiner Stelle auf sie aufpassen.«

Arnalda drückte sich das Medaillon an die Brust. In ihrem kleinen Gesicht zuckte es, als sie tapfer gegen die Tränen kämpfte.

Johanna sagte Arn und Bona Lebewohl. Bona reichte ihr einen mit Bier gefüllten Ziegenlederschlauch und ein Eßpaket. »Hier habt Ihr Butter, Käse und getrocknetes Fleisch. Es wird für vierzehn Tage reichen. In dieser Zeit müßtet Ihr es bis zum Hospiz geschafft haben.«

»Danke«, sagte Johanna lächelnd. »Ich werde nie vergessen, wie freundlich ihr zu mir wart.«

»Denkt daran, Johanna«, Arns Stimme klang heiser, »daß Ihr stets willkommen bei uns seid. Hier ist Euer Zuhause.«

Johanna umarmte ihn.»Lehre das Mädchen«, sagte sie. »Arnalda ist klug und genauso wißbegierig, wie ihr Vater es früher gewesen ist.«

Sie stieg aufs Maultier. Die kleine Familie stand um sie herum und blickte sie traurig an. Es schien Johannas Schicksal zu sein, immer wieder von jenen Menschen Abschied nehmen zu müssen, die sie liebte. Aber das war nun einmal der Preis für das seltsame Leben, für das sie sich entschieden hatte. Sie hatte diesen Weg mit offenen Augen beschritten und war sich der Folgen bewußt gewesen; es brachte ihr nur unnötigen Schmerz, diesen Schritt jetzt zu bedauern.

Johanna trat dem Maultier die Hacken in die Weichen, und es trottete los. Nach einem letzten Winken über die Schulter wandte sie den Blick nach vorn, zu der Straße, die nach Süden führte – nach Rom.

19.
ROM
im Jahre des Herrn 844

Anastasius legte die Schreibfeder nieder und spreizte die Finger, um die Verkrampfung zu lösen. Stolz schaute er auf die Seite, die er soeben geschrieben hatte. Es war der vorerst letzte Eintrag in seinem Meisterstück, dem *Liber Pontificalis* – dem Buch der Päpste, einer ausführlichen Schilderung des Lebens und Wirkens aller Männer, die das höchste Kirchenamt innegehabt hatten.

Liebevoll strich Anastasius mit der Hand über das reine weiße Vellum, das vor ihm lag. Auf diesen noch unbeschriebenen Seiten würden eines Tages die Erfolge, Triumphe und der Ruhm seines eigenen Pontifikats verzeichnet sein.

Wie stolz sein Vater Arsenius dann auf ihn sein würde! Wenngleich Anastasius' Familie im Laufe der Jahre viele Titel und Ehren angehäuft hatte, war ihr die höchste aller Würden – das Papstamt – versagt geblieben. Einmal hatte es fast so ausgesehen, als könne Arsenius den Papstthron erobern; dann aber hatten die Zeit und die Umstände sich gegen ihn verschworen, und die Chance war ungenutzt verstrichen.

Jetzt lag es an Anastasius. Er mußte und er *würde* das Vertrauen seines Vaters rechtfertigen, indem er der neue Papst und Bischof der Stadt Rom wurde.

Nicht sofort, versteht sich. Mochte Anastasius' Ehrgeiz noch so groß sein – natürlich wußte er, daß seine Zeit noch nicht gekommen war. Mit seinen dreißig Jahren hatte er gerade erst das Mindestalter für die Priesterwürde erreicht. Und sein Amt als päpstlicher *nomenclator* brachte ihm zwar eine außerordentliche Machtfülle, doch es war ein zu weltlicher Posten, als daß Anastasius von dort aus sofort den Sprung auf den Papstthron hätte tun können.

Doch seine Lage würde sich bald schon ändern. Papst Gregor lag auf dem Sterbebett. Sobald die übliche Trauerzeit vorüber war, würde man den neuen Papst wählen – eine Wahl, deren Ausgang Arsenius durch eine geschickte Verbindung von Diplomatie, Bestechung und Drohung bereits vorherbestimmt hatte. Sergius, Kardinal und Priester an der Kirche Sankt Martin, würde zum neuen Papst gewählt werden – der schwache und korrupte Abkömmling einer adeligen römischen Familie. Im Unterschied zu Gregor wußte Sergius seinen Dank gegenüber jenen Menschen auszudrücken, die ihm zu seinem Amt verholfen hatten: Schon bald nach der Papstwahl würde Anastasius zum Bischof von Castellum ernannt werden – eine ideale Ausgangsposition für den Aufstieg auf den Papstthron, wenn Sergius' Amtszeit erst geendet hatte.

Es war ein rundum schönes und harmonisches Bild, das nur einen Fehler hatte: Gregor lebte noch. Wie ein alternder Weinstock, der seine Wurzeln immer tiefer ins Erdreich gräbt, um an die letzten Tropfen Feuchtigkeit im ausgetrockneten Boden heranzukommen, klammerte der alte Mann sich hartnäckig an das Leben. Klug und umsichtig, beschaulich und vorsichtig im Privatleben wie auch im Amt des Papstes, beschritt Gregor nun auch das letzte Stück seines irdischen Weges mit einer Bedächtigkeit, die Anastasius und seinen Vater zur Weißglut brachte.

Gregor hatte siebzehn Jahre regiert, länger als jeder Papst seit Leo dem Dritten, seligen Angedenkens. Er war ein frommer, bescheidener, sanftmütiger und braver Mann, der von den Römern geliebt wurde; stets war er ein besorgter Schutzherr der Einwohner der heiligen Stadt gewesen; er hatte den Massen verarmter Pilger zahllose Unterkünfte zur Verfügung gestellt, und er hatte Flüchtlingen Schutz gewährt und darauf geachtet, daß die Almosen an allen Festtagen und bei den Prozessionen großzügig unters Volk gebracht wurden.

Anastasius betrachtete Gregor mit einer Mischung aus verschiedenen Gefühlen: Respekt, Neid und – zu gleichen Teilen – Staunen und Verachtung. Staunen über die Aufrichtigkeit des Glaubens und die Frömmigkeit dieses Mannes; Verachtung für seinen schlichten, langsam arbeitenden Verstand und seine Naivität, die ihn zu einem leicht zu beeinflussenden Menschen gemacht hatten, der Täuschungen und Verstellungen rasch zum Opfer fiel. Auch Anastasius hatte sich die Leichtgläubigkeit des Papstes oft zunutze gemacht; am erfolgreichsten damals, auf dem Feld der Lügen, als er die Friedensverhandlungen zwischen Gregor und dem fränkischen Kaiser

Ludwig verraten hatte. Diese kleine Kriegslist hatte sich bezahlt gemacht: Der Nutznießer des Verrats, Ludwigs Sohn Lothar, hatte seinen Dank in klingender Münze entrichtet. Seither war Anastasius ein sehr reicher Mann. Und was noch wichtiger war: Er hatte sich das Vertrauen und die Unterstützung Lothars erworben – ein Bündnis, das sich nun, da Lothar seine Brüder aus dem Feld geschlagen und den Kaiserthron erobert hatte, als höchst gewinnbringend erweisen würde.

Glockengeläut riß Anastasius aus seinen Gedanken. Die Glocken läuteten einmal, zweimal – und ein drittes Mal. Triumphierend schlug Anastasius sich auf die Schenkel. Endlich!

Er hatte bereits den Trauerumhang angelegt, als das erwartete Klopfen an der Tür ertönte. Mit leisen Schritten kam ein päpstlicher Sekretär ins Zimmer. »Gott hat den Heiligen Vater zu sich gerufen«, sagte er. »Nun ist Eure Anwesenheit im päpstlichen Schlafgemach erforderlich, *nomenclator.*«

Schweigend, Seite an Seite, schritten die Männer durch das Labyrinth der Flure und Hallen des Lateranpalastes, um zu den päpstlichen Gemächern zu gelangen.

Schließlich brach der Sekretär das Schweigen. »Papst Gregor war ein gottesfürchtiger Mann«, sagte er. »Ein Friedensstifter. Ein Heiliger.«

»Ein Heiliger, in der Tat«, erwiderte Anastasius und fügte in Gedanken hinzu: Und wo könnte er da besser aufgehoben sein als im Himmel?

»Wann mögen wir wieder einen solchen Papst bekommen?« Die Stimme des Sekretärs schwankte vor Bewegung.

Anastasius sah, daß der Mann weinte. Der Anblick aufrichtiger Gefühle faszinierte ihn. Er selbst war viel zu überlegt, als daß er sich *lacrimae rerum* hingegeben hätte. Nur zu gut kannte er die Wirkung, die seine Worte und sein Tun auf andere Menschen hatten. Dennoch gemahnte ihn die Reaktion des Sekretärs, vor den kirchlichen Würdenträgern ein angemessenes Maß an Trauer zu heucheln. Bevor er die Tür zum päpstlichen Schlafgemach erreichte, holte Anastasius tief Luft, hielt den Atem an und verzog das Gesicht, bis er einen Stich hinter den Augen verspürte. Auf diese Weise konnte er Tränen hervorbringen, wann immer er es wollte. Er benutzte diesen Trick nur selten, doch er verfehlte seine Wirkung nie.

Im Schlafgemach hatte sich eine immer noch wachsende

Zahl von Trauernden eingefunden. Gregor lag auf dem großen Federbett, die Augen geschlossen, die Arme übereinandergeschlagen, und die Hände um ein goldenes Kreuz gelegt. Die anderen *optimates*, die hohen Würdenträger des päpstlichen Palasts, hatten sich bereits am Totenbett eingefunden: Anastasius sah den *vicedominus* Arighis, den Haushofmeister; den *primicerius* Compulus, den Leiter der päpstlichen Verwaltung, sowie den *vestiarius* Stephan, den Vorsteher der Kleiderkammer.

»Der *nomenclator* Anastasius«, verkündete der Sekretär, als Anastasius das Zimmer betrat. Die anderen blickten auf und sahen, daß der junge Mann von tiefer Trauer ergriffen war. Auf seinem Gesicht lag ein Ausdruck des Schmerzes, und seine Wangen schimmerten naß vom nicht versiegenden Tränenstrom.

Johanna hob den Kopf und ließ sich die warme römische Sonne ins Gesicht strahlen. Sie hatte sich noch immer nicht an ein so angenehmes, mildes Wetter im Wintarmanoth gewöhnt – oder im Januar, wie der Monat in diesem südlichen Teil des Kaiserreiches genannt wurde, in dem römische Sitten und Gebräuche herrschten, keine fränkischen.

Rom war anders, als Johanna es sich vorgestellt hatte. Sie hatte erwartet, eine prunkvolle Stadt vorzufinden, schimmernd von Gold und Marmor, in der Hunderte von Kirchen sich in einen strahlend blauen Himmel erhoben – als erhabenes Zeugnis der Existenz einer wahren *civitas dei,* einer Gemeinschaft Gottes auf Erden. Doch die Wahrheit sah ganz anders aus: Rom war wildwuchernd, schmutzig und wimmelnd von Menschen, und die schmalen, unebenen Straßen schienen eher in der Hölle als im Himmel entstanden zu sein. Diejenigen antiken Monumente, die man nicht zu christlichen Kirchen umgebaut oder als Steinbrüche benutzt hatte, lagen in Trümmern. Tempel, Amphitheater, Paläste und Bäder waren ihres Goldes und Silbers beraubt worden; dann hatte man sie achtlos den Elementen preisgegeben. Wilder Wein rankte sich um die Stümpfe der umgestürzten Säulen; Jasmin und Akanthus wuchsen auf den Mauertrümmern; Schweine, Ziegen und Ochsen mit riesigen Hörnern grasten in den verfallenden Innenhöfen.

Rom war eine Stadt uralter und scheinbar unvereinbarer

Widersprüche: das Staunen der Welt und zugleich ein verfallender, schmutziger Hinterhof; eine der bedeutendsten christlichen Pilgerstätten, deren größte Kunstwerke jedoch zu Ehren heidnischer Götter entstanden waren; eine Hochburg des Lehrens und der Wissenschaften, deren Einwohnerschaft indes von Unwissenheit und Aberglaube geprägt wurde.

Trotz dieser Widersprüche – oder vielleicht gerade deswegen – liebte Johanna die Stadt. Das laute, wimmelnde Durcheinander auf den Straßen faszinierte sie; hier trafen Ströme von Waren und Menschen aus den entferntesten Winkeln der Erde zusammen und vermischten sich zu einem schäumenden Strudel: Römer, Langobarden, Germanen, Byzantiner und Moslems drängten sich auf den Straßen und Plätzen in einem bunten und erregenden Gemisch verschiedenster Kleidungen, Sitten und Sprachen. Vergangenheit und Gegenwart, Heidentum und Christentum waren ineinander verwoben und bildeten einen prachtvollen, farbenfrohen Wandteppich. In diesen uralten Mauern hatten sich das Beste und das Schlechteste, das Schönste und Häßlichste aus aller Herren Länder vereint. In Rom fand Johanna jene Welt voller Abenteuer und neuer Möglichkeiten, nach der sie so lange gesucht hatte.

Die meiste Zeit verbrachte sie in Borgo, wo sich die verschiedenen *scolae* und Wohnviertel der Ausländer befanden. Sofort nach ihrem Eintreffen in Rom hatte Johanna sich zuerst zur Scola Francorum begeben, jedoch keinen Zutritt erhalten; denn es wimmelte in diesem Viertel von Pilgern und fränkischen Einwanderern. Deshalb begab Johanna sich zur Scola Anglorum; ihr angenommener Nachname »Anglicus« sowie die Tatsache, daß sie väterlicherseits von englischen Ahnen abstammte, sorgten dafür, daß ihr ein freundlicher Empfang bereitet wurde.

Die Tiefe und Breite ihrer Ausbildung brachten ihr bald den Ruf eines hervorragenden Gelehrten ein. Aus ganz Rom kamen Theologen zur *scola*, um wissenschaftliche Gespräche mit ihr zu führen; sie alle wurden von ehrfürchtiger Scheu erfüllt, was den Umfang ihres Wissens, die Schärfe und Klarheit ihres Verstandes und ihre unbestechliche Logik bei gelehrten Disputen betraf. *Wie bestürzt diese Männer gewesen wären, hätten sie gewußt, daß sie von einer Frau übertrumpft worden sind!* dachte Johanna mit einem stillen Lächeln.

Zu ihren regelmäßigen Pflichten gehörte die Teilnahme als

Hilfspriester an der täglichen Messe in der Kirche Sankt Michael, einer kleinen Kapelle, die der *scola* angeschlossen war. Nach dem Mittagsmahl und einem kurzen Nickerchen (denn es war im Süden üblich, während der heißesten Stunden des Mittags zu ruhen) begab Johanna sich ins Hospital, wo sie den Rest des Tages damit verbrachte, sich um die Kranken zu kümmern. Ihr Wissen um die Heilkunst, das sie von Bruder Benjamin erworben hatte, kam ihr jetzt hervorragend zustatten, zumal die medizinische Wissenschaft nirgendwo sonst auf der Welt so weit fortgeschritten war wie im Frankenreich. Die Römer wußten nur wenig über die Heilkräfte von Kräutern und anderen Pflanzen; und Methoden wie das Betrachten des Urins beispielsweise, um Krankheiten zu bestimmen und zu behandeln, waren ihnen gänzlich unbekannt. Johannas Heilerfolge bewirkten, daß sie zu einem der begehrtesten und meistbeschäftigten Ärzte der Stadt wurde.

Es war ein reges und ausgefülltes Leben, das perfekt auf Johanna zugeschnitten war; denn es bot ihr die Möglichkeit, ein klösterliches Leben zu führen, ohne dessen Nachteile in Kauf nehmen zu müssen: Sie konnte ihre Intelligenz gebrauchen, ohne Mißtrauen zu erregen oder Einschränkungen befürchten zu müssen; sie hatte Zugang zur Bibliothek der *scola* – einer kleinen, aber feinen Sammlung von mehr als fünfzig Bänden –, ohne daß jemand ihr über die Schulter blickte, um sich davon zu überzeugen, daß sie nicht statt Augustinus die Schriften Ciceros oder Suetons las; sie konnte kommen und gehen, wann sie wollte, ohne jemanden um Erlaubnis bitten zu müssen. Sie war in ihrem Denken völlig frei und konnte sich zu den verschiedensten Themen äußern, ohne befürchten zu müssen, sich verdächtig zu machen oder gar ausgepeitscht zu werden. Die Tage waren ausgefüllt mit interessanter und sinnvoller Arbeit, und die Zeit ging rasch vorüber.

Vielleicht wäre Johannas Leben so still und friedlich geblieben, wäre Sergius, der neu gewählte Papst, nicht erkrankt.

Seit Septuagesima, dem dritten Vorfastensonntag, hatte der Papst unter verschiedenen unbestimmbaren, jedoch besorgniserregenden Krankheitssymptomen gelitten: Verdauungsstörungen; Schlaflosigkeit; geschwollene, kraftlose Gliedmaßen. Kurz vor Ostern kamen heftige, beinahe unerträgliche Schmerzen hinzu. Nacht für Nacht wurden sämtliche Bewohner des Lateranpalastes von Sergius' Schreien am Schlaf gehindert.

Die *scola* der römischen Ärzte schickte eine Abordnung ihrer fähigsten Mitglieder in den Lateranpalast, um sich des erkrankten Papstes anzunehmen. Sie versuchten mit den verschiedensten Mitteln und Methoden, eine Heilung zu erzielen: Sie brachten ein Bruchstück des Schädelknochens vom heiligen Polykarp an Sergius' Krankenbett, damit der Papst ihn berührte; sie massierten seine geschwollenen Glieder mit Öl, das aus einer Lampe stammte, die eine ganze Nacht lang am Grab des heiligen Petrus gebrannt hatte – ein Mittel, das bekanntermaßen die schlimmsten Krankheiten besiegte, hier jedoch versagte -; sie ließen ihn mehrmals zur Ader und entschlackten seinen Körper mit derart starken Brechmitteln, daß er von wilden Krämpfen geschüttelt wurde. Als dies alles keinen Erfolg zeitigte, versuchten die Ärzte, Sergius' Schmerz durch ein Gegenreizmittel zu vertreiben, indem sie ihm Streifen aus brennendem Flachs auf die Beinvenen legten.

Nichts half. Als der Zustand des Papstes sich weiter verschlechterte, wurden die Bewohner Roms von Furcht gepackt: Falls Sergius so kurze Zeit nach seinem Vorgänger starb, so daß der Thron des heiligen Petrus schon wieder vakant wurde, konnte es geschehen, daß der fränkische Kaiser Lothar die Gelegenheit beim Schopf packte, über die Stadt herfiel und die Römer seiner kaiserlichen Macht unterwarf.

Auch Sergius' Bruder Benedikt hatte Sorgen, die sich allerdings nicht auf irgendwelche geschwisterlichen Gefühle gründeten; sie waren vielmehr auf die Bedrohungen zurückzuführen, die Benedikts eigenen Interessen durch die Erkrankung des Bruders entstanden. Nachdem er Sergius davon überzeugen konnte, ihn mit der hohen Stellung eines päpstlichen *missus* zu betrauen, hatte Benedikt dieses Amt geschickt dazu benutzt, nach und nach die gesamte päpstliche Macht an sich zu reißen – mit dem Ergebnis, daß Sergius nach den ersten fünf Monaten auf dem Heiligen Stuhl nurmehr dem Namen nach Papst war; die tatsächliche Macht in Rom hielt Benedikt in Händen – was unter anderem eine erhebliche Zunahme seines Privatvermögens zur Folge hatte.

Benedikt hätte es jedoch vorgezogen, auch faktisch den Titel und das Amt des Papstes innezuhaben; doch er hatte immer schon gewußt, daß er nicht zum Nachfolger des heiligen

Petrus geeignet war. Weder besaß er die erforderliche Bildung, noch hatte er den nötigen Schliff für ein so hohes Amt. Benedikt war ein zweitgeborener Sohn, und in Rom war es nicht üblich, den Besitz, die Titel und die Ämter unter den Erben aufzuteilen, so, wie man es im Frankenreich hielt. Als Erstgeborenem waren Sergius das Vermögen und sämtliche Privilegien der Familie übertragen worden; dazu hatten auch die Privatlehrer gezählt, so daß Sergius im Unterschied zu seinem Bruder Benedikt ein Mann von hoher Bildung war. Es war schrecklich ungerecht; aber man konnte nun mal nichts dagegen unternehmen. Nach einiger Zeit hatte Benedikt denn auch zu schmollen aufgehört und Trost in eher weltlichen Vergnügungen gesucht, an denen es in Rom nicht mangelte, wie er rasch feststellte. Seine Mutter hatte sich zwar verärgert über die Ausschweifungen des jüngeren Sohnes gezeigt, hatte aber keinen Versuch unternommen, sie zu unterbinden; ihre Hoffnungen und Wünsche hatten immer schon auf Sergius geruht.

Jetzt aber waren die langen Jahre endlich vorbei, da Benedikt um des Bruders willen hatte zurückstecken müssen. Die Ernennung zum päpstlichen *missus* zu erwirken, war kein Problem gewesen, zumal Sergius ohnehin ein schlechtes Gewissen hatte, dem jüngeren Bruder vorgezogen worden zu sein. Alles andere war kein Problem gewesen. Benedikt wußte, daß sein Bruder schwach war; doch daß es *so* leicht sein würde, Sergius zu bestechen, hatte nicht einmal Benedikt erwartet. Nach den vielen Jahren des harten Studiums und des mönchischen, asketischen Lebens war Sergius nur zu begierig darauf gewesen, auch einmal die Sonnenseiten des Lebens zu genießen. Benedikt versuchte jedoch gar nicht erst, seinen Bruder mit Frauen vom Pfad der Tugend zu locken, denn Sergius hielt standhaft am Ideal der priesterlichen Keuschheit fest. Seine Einstellung, was die Enthaltsamkeit betraf, konnte man beinahe schon als Besessenheit bezeichnen, so daß Benedikt höllisch hatte aufpassen müssen, seine eigenen sexuellen Ausschweifungen vor dem Bruder geheimzuhalten, um die Wahl zum päpstlichen *missus* und seine weiteren Pläne nicht zu gefährden.

Doch Sergius hatte eine andere Schwäche: einen unstillbaren Appetit auf gutes Essen und Trinken. Dieses Wissen nutzte Benedikt geschickt aus, indem er seine eigene Machtbasis festigte, während er die Aufmerksamkeit des Bruders durch eine nicht abreißende Flut von Gaumenfreuden ablenkte. Es war ungeheuerlich, welche Essensmengen Sergius vertilgen und wieviel Wein er in sich hineinschütten konnte. Bei einer einzigen Mahlzeit hatte er einmal fünf Forellen, zwei Brathähnchen, ein Dutzend Fleischpasteten und eine Rehkeule verschlungen. Nach dieser Freßorgie war er am nächsten Tag dermaßen aufgebläht und vollgestopft zur Morgenmesse erschienen, daß er zum Entsetzen der versammelten Glaubensgemeinschaft die geheiligte Hostie auf den Altar erbrochen hatte.

Dieser zutiefst beschämende Vorfall hatte den Heiligen Vater zum Umdenken veranlaßt. Sergius hatte beschlossen, zur schlichten Ernährungsweise seiner Lehr- und Jugendjahre zurückzukehren: Brot und Grüngemüse. Diese spartanische Diät tat ihm so gut, daß er sich sogar wieder seinen Amtsgeschäften zuwandte – was seinem Bruder Benedikt natürlich ganz und gar nicht behagte; denn es war seinen ehrgeizigen Plänen im Wege. So wartete Benedikt den richtigen Zeitpunkt ab. Als er der Meinung war, daß Sergius genug fromme Selbstverleugnung getrieben hatte, begann er wieder, ihn mit außergewöhnlichen Geschenken zu locken: wundervolle exotische Leckerbissen, Pasteten, Gemüsesuppen, gegrillte Schweine und Fässer mit schwerem toskanischem Wein. Für Sergius begann eine neuerliche Zeit der Völlerei.

Diesmal aber trieb er es mit den Gelagen zu weit. Er wurde krank, schwer krank. Benedikt hatte kein Mitleid mit seinem älteren Bruder, doch seinen Tod wollte er nicht. Denn wenn Sergius starb, würde dies auch das Ende von Benedikts Macht bedeuten.

Also mußte irgend etwas unternommen werden. Die Ärzte, die sich um Sergius kümmerten, waren ein unfähiger Haufen, der die Krankheit des Papstes auf das Wirken mächtiger Dämonen zurückführte, gegen deren boshafte Kraft nur Gebete etwas ausrichten konnten. So umgaben sie Sergius mit einer Unzahl von Priestern und Mönchen, die sich Tag und Nacht an seinem Bett aufhielten, klagten und beteten und die Stimmen flehend zum Himmel erhoben. Doch es half nichts: Sergius' Zustand verschlechterte sich weiter.

Aber Benedikt hatte nicht die Absicht, sein Schicksal an einen so dünnen Faden zu hängen, wie Gebete es waren. *Ich muß etwas unternehmen,* sagte er sich. *Aber was?*

»Ehrwürdiger Herr.«

Benedikt wurde von der dünnen, zögernden Stimme Celestinus', eines der päpstlichen Kammerdiener, aus seinen Gedanken gerissen. Wie die meisten seiner Amtskollegen war Celestinus der Sproß einer reichen, vornehmen römischen Familie, die ein hübsches Sümmchen für die Ehre bezahlt hatte, daß der Junge dem Papst als *cubicularius* dienen durfte. Benedikt konnte Celestinus nicht leiden. Was wußte dieser verhätschelte Weichling schon vom Leben und dem harten Los, sich aus Armut und Dunkelheit nach oben kämpfen zu müssen?

»Was ist?«

»Der edle Anastasius ersucht um eine Audienz, Herr.«

»Anastasius?« Benedikt konnte mit dem Namen nichts anfangen.

»Der Bischof von Castellum«, half Celestinus ihm auf die Sprünge.

»Du wagst es, mich zu belehren?« Wutentbrannt gab Benedikt dem jungen Burschen eine schallende Ohrfeige. »Ich hoffe, das wird dir Respekt beibringen! Und jetzt mach dich auf den Weg, und schaffe mir den Bischof hierher.«

Celestinus eilte davon und preßte die Hand auf die Wange. Tränen liefen ihm übers Gesicht. Benedikt dagegen juckte es schon wieder in den Fingern. Am liebsten hätte er dem Jungen noch eine Ohrfeige verpaßt, denn so gut wie jetzt hatte er sich seit Tagen nicht gefühlt.

Augenblicke später kam Anastasius hoheitsvoll durch die Tür geschritten. Hochgewachsen, schlank und kultiviert, war er das Urbild aristokratischer Eleganz, und er war sich seiner Wirkung auf andere durchaus bewußt.

»Paxis vobiscius«, begrüßte Benedikt den Besucher in schrecklichem Latein.

Anastasius rümpfte die Nase angesichts dieser sprachlichen Barbarei, achtete aber darauf, sich seine Verachtung nicht allzu deutlich anmerken zu lassen. *»Et cum spiritu tuo«,* erwiderte er mit leiser Herablassung. »Wie geht es Seiner Heiligkeit dem Papst?«

»Schlecht, sehr schlecht.«

»Tut mir leid, das zu hören.« Diese Bemerkung war mehr als eine höfliche Floskel; Anastasius war tatsächlich besorgt. Die Zeit war noch nicht reif für Sergius' Tod. Es dauerte noch mehr als ein Jahr, bis Anastasius fünfunddreißig wurde und damit das Mindestalter für das Papstamt erreicht hatte. Falls Sergius jetzt schon starb, konnte es sein, daß man einen jüngeren Mann zu seinem Nachfolger wählte, und dann mochten zwanzig oder mehr Jahre vergehen, bevor der Papstthron wieder frei wurde. Anastasius hatte nicht die Absicht, so lange zu warten, um sein Lebensziel zu verwirklichen.

»Ich hoffe, Euer Bruder ist in guten ärztlichen Händen.«

»Er ist Tag und Nacht von Männern umgeben, die für seine Genesung beten.«

»Aha«, sagte Anastasius; dann trat eine Pause ein. Beide Männer waren skeptisch, was die Wirksamkeit einer solchen Maßnahme betraf, doch keiner wollte seine Zweifel offen zeigen.

»Es gibt da jemanden an der Scola Anglorum«, sagte Anastasius schließlich. »Einen Priester, dem man erstaunliche Heilkünste nachsagt.«

»Ach?«

»Soviel ich weiß, nennt man ihn Johannes Anglicus. Ein Ausländer. Offenbar ist er ein hochgelehrter Mann. Die Leute behaupten sogar, er könne Wunderheilungen vollbringen.«

»Vielleicht sollte ich nach ihm schicken lassen«, sagte Benedikt.

»Vielleicht«, erwiderte Anastasius; dann ließ er das Thema fallen. Er spürte, daß Benedikt ein Mann war, den man zu nichts drängen durfte. Behutsam wandte Anastasius das Gespräch anderen Dingen zu. Als er der Meinung war, lange genug geblieben zu sein, wandte er sich zum Gehen. »*Dominus tecum, Benedictus.*«

»Et deus vobiscus.« Wieder tat Benedikt der lateinischen Sprache Gewalt an.

Du ungebildeter Trampel, dachte Anastasius. Daß ein Mann wie Benedikt in eine so hohe Machtposition aufsteigen konnte, war beschämend, ein Makel für den Ruf der Kirche. Nach einer eleganten Verbeugung wandte Anastasius sich um und ging.

Benedikt beobachtete, wie er den Flur hinunterschritt. *Kein übler Kerl für einen Adeligen,* dachte er. *Ich werde diesen Heiler-Priester kommen lassen, diesen Johannes Anglicus.* Wahrscheinlich würde es böses Blut geben, jemanden ans Krankenbett des Papstes zu bestellen, der nicht der römischen Ärztegemeinschaft angehörte; aber das spielte keine Rolle. Er, Benedikt, würde schon eine Möglichkeit finden. Wenn man wußte, was man wollte, gab es immer eine Möglichkeit.

Drei Dutzend Kerzen brannten am Fuße des großen Bettes, in dem Sergius lag. Hinter den Kerzen kniete eine Gruppe von Mönchen in schwarzen Gewändern; mit tiefen, monotonen Stimmen sprachen sie Litaneien.

Ennodius, der oberste Arzt der Stadt Rom, hob seine eiserne Lanzette, zog sie geschickt über Sergius' linken Unterarm und schlitzte die Hauptschlagader auf. Blut strömte aus der Wunde und lief in eine silberne Schüssel, die Ennodius' Gehilfe hielt. Der Arzt schüttelte den Kopf, als er das Blut in der Schüssel betrachtete. Es war dick und dunkel; die üblen, verderblichen Säfte, die für die Krankheit des Papstes verantwortlich waren, wollten einfach nicht aus dem Körper weichen. Ennodius ließ die Wunde noch eine Zeitlang offen, so daß das Blut länger floß als üblich. Er würde Sergius jetzt einige Tage lang nicht zur Ader lassen können; denn der Mond wechselte in das Zeichen der Zwillinge, ein für den Aderlaß ungünstiges Sternzeichen.

»Wie sieht es aus?« fragte Florus, ein Arztkollege.

»Schlecht. Sehr schlecht.«

»Laßt uns kurz nach draußen gehen«, sagte Florus. »Ich muß mit Euch reden.«

Ennodius stillte die Blutung, drückte die Hautlappen zusammen und übte mit der Hand Druck aus. Die Wunde mit Blättern der Gartenraute zu verbinden, die mit Fett bestrichen und in Leinen gewickelt waren, überließ er seinem Gehilfen. Er wischte sich das Blut von den Händen und folgte Florus auf den Flur.

»Man hat nach jemand anderem geschickt«, sagte Florus drängend, kaum, daß sie unter sich waren. »Nach einem Heiler von der Scola Anglorum.«

»Was?« stieß Ennodius fassungslos hervor. Die Ausübung des Arztberufs innerhalb der Stadt mußte streng auf die Mitglieder der römischen Ärztegemeinschaft beschränkt bleiben – wenngleich in Wahrheit ein kleines Heer von Quacksalbern und Amateur-Heilkundigen, die keine offizielle Anerkennung als Ärzte besaßen, in der Stadt ihr fragwürdiges Handwerk ausübten. Doch man duldete diese Laien, solange sie anonym unter den Armen der Stadt arbeiteten. Aber eine offizielle Anerkennung eines dieser Kurpfuscher – vor allem, wenn der Betreffende direkt aus dem Papstpalast kam – stellte eine Gefährdung der römischen Ärzteschaft dar.

»Der Mann wird Johannes Anglicus genannt«, fuhr Florus fort. »Gerüchte besagen, daß er von außerordentlichen Kräften beseelt ist. Die Leute behaupten, er könne eine Diagnose stellen, indem er sich bloß den Urin eines Patienten anschaut!«

»Lächerlich. Ein Scharlatan.«

»Offensichtlich. Aber einige von diesen Möchtegern-Ärzten sind ziemlich geschickt. Falls dieser Johannes Anglicus auch nur den Anschein erwecken kann, etwas von ärztlicher Kunst zu verstehen, könnte das verheerende Folgen für uns haben.«

Florus hatte recht. In einem Beruf wie dem ihren, bei dem die Ergebnisse oft enttäuschend und stets unvorhersehbar waren, war der Ruf wichtiger als alles andere. Falls dieser Außenseiter den Erfolg hatte, der ihnen versagt geblieben war ...

Ennodius dachte einen Augenblick nach. »Dieser Anglicus studiert den Urin zur Diagnose, sagt Ihr? Nun, dann werden wir ihm eine Probe liefern.«

»Wollt Ihr diesem Außenseiter etwa helfen? Das halte ich für einen großen Fehler!«

Ennodius lächelte. »Ich sagte, wir liefern ihm eine Probe, Florus. Ich habe aber nicht gesagt, von *wem*.«

Von einer Eskorte päpstlicher Wachen begleitet, ging Johanna zum Patriarchum, dem riesigen Palast, der die päpstliche Residenz sowie die Vielzahl der Verwaltungs- und Amtsstuben beherbergte, in denen die römische Regierung untergebracht war. An der großen Konstantinbasilika mit der prächtigen Reihe rundbogiger Fenster vorbei gingen Johanna und die Wächter sofort ins Patriarchum. Drinnen stiegen sie eine kurze Treppe hinauf, die zum *triclinium maior* führte, der Großen Halle des Palastes, deren Errichtung von Papst Leo, seligen Angedenkens, in Auftrag gegeben worden war.

Der Fußboden der Halle war mit marmornen Platten ausgelegt und mit einer Vielzahl von Mosaiken verziert, die mit solcher Kunstfertigkeit gearbeitet waren, daß es Johanna den Atem verschlug. Nie zuvor hatte sie so leuchtende Farben und derart lebensechte Gestalten gesehen. Niemand im Frankenreich – kein Bischof, kein Abt, kein Fürst, ja, nicht einmal der Kaiser selbst waren von einer solchen Pracht umgeben.

Eine große Gruppe Männer hatte sich in der Mitte des *triclinium* versammelt. Einer kam zu Johanna herüber, um sie zu begrüßen. Er besaß einen dunklen Teint, schmale, verschwollene Augen und einen verschlagenen Gesichtsausdruck.

»Seid Ihr der Priester Johannes Anglicus?« fragte er.

»Ja.«

»Ich bin Benedikt, päpstlicher *missus* und Bruder des Sergius, unseres Heiligen Vaters. Ich habe Euch herkommen lassen, auf daß Ihr die Gesundheit Seiner Heiligkeit wiederherstellt.«

»Ich werde tun, was ich kann«, versprach Johanna.

Benedikt ließ seine Stimme zu einem verschwörerischen Flüstern herabsinken. »Da drüben sind die Herrschaften, die es Euch neiden würden, falls Ihr Erfolg habt.«

Das glaubte Johanna ihm unbesehen. Viele der dort versammelten Männer waren Mitglieder der erlesenen und exklusiven ärztlichen Gesellschaft von Rom. Sie würden einen Außenseiter nicht willkommen heißen.

Ein weiterer Mann kam zu ihnen herüber – hochgewachsen, dünn, mit stechenden, durchdringenden Augen und gekrümmter Adlernase. Benedikt stellte ihn als Ennodius vor, den Vorsitzenden der ärztlichen Gesellschaft Roms.

Ennodius begrüßte Johanna mit einem kaum wahrnehmbaren Kopfnicken. »Falls Ihr über die erforderlichen Fähigkeiten verfügt, werdet Ihr feststellen, daß Seine Heiligkeit sich in den Klauen von Dämonen befindet, deren gefährlicher Griff sich durch keine Arznei lösen wird, sondern nur durch Glaube, Hoffnung und Beten.«

Johanna erwiderte nichts. Sie gab nicht viel auf solche Theorien. Weshalb sollte man sich auf das Übernatürliche berufen, wenn es so viele körperliche und damit *erkennbare* Ursachen für Krankheiten gab?

Ennodius hielt ihr ein Fläschchen mit einer gelben Flüssigkeit hin. »Diese Urinprobe wurde Seiner Heiligkeit vor nicht ganz einer Stunde entnommen. Wir alle sind sehr gespannt, was Ihr daraus lesen könnt.«

Aha, dachte Johanna. *Ich soll auf die Probe gestellt werden. Na ja, ich würde sagen, das hier ist ein ebenso guter Anfang wie jeder andere.*

Johanna nahm das Fläschchen und hielt es gegen das Licht. Die Gruppe der Ärzte kam herbei und bildete einen Halbkreis um sie. Ennodius' Hakennase zuckte, als er Johanna aus schmalen Augen mit einem seltsamen Ausdruck gespannter Erwartung beobachtete.

Johanna drehte das Fläschchen in die verschiedensten Richtungen ins Licht, damit die besondere Beschaffenheit des Inhalts deutlich zu sehen war. *Seltsam,* dachte sie, nahm den Verschluß ab und roch am Fläschchen; dann noch einmal. Sie tauchte einen Finger in die Flüssigkeit und legte ihn sich auf die Zunge, kostete sorgfältig. Die Spannung in der Gruppe um sie herum war beinahe körperlich zu spüren.

Noch einmal roch sie am Fläschchen und kostete den Inhalt. Es gab keinen Zweifel.

Ein gerissener Trick, ihr den Urin einer schwangeren Frau als den des Papstes unterzuschieben. Auf diese Weise hatten die Ärzte Johanna in eine absolute Zwangslage gebracht. Als einfacher Priester – noch dazu als Ausländer – konnte sie es nicht wagen, eine so erlauchte Versammlung der arglistigen Täuschung zu bezichtigen. Andererseits *mußte* sie die wahre Herkunft des Urins offenbaren, sonst würde man sie als Betrüger hinstellen.

Die Falle war geschickt gestellt. Wie konnte sie ihr entkommen?

Johanna dachte nach.

Dann wandte sie sich der Versammlung zu und verkündete mit ehrfurchtsvoller Stimme:»Hier sind keine Dämonen am Werk, sondern der Herrgott selbst. Er tut ein Wunder. In spätestens einem Monat wird der Heilige Vater Mutter.«

Benedikt schüttelte sich vor Lachen, als er mit Johanna die Große Halle verließ. »Wie diese alten Männer geguckt haben! Ich konnte mich nur mit Mühe zurückhalten, laut loszulachen!« Es schien ihn sehr zu erheitern, wie Johanna mit den Ärzten umgesprungen war. »Ihr habt Euer Können bewiesen und die Täuschung ohne ein Wort des Vorwurfs enthüllt. Das war großartig!«

Als sie sich dem päpstlichen Schlafgemach näherten, hörten sie heisere Rufe hinter der Tür.

»Halsabschneider! Blutsauger! *Noch* bin ich nicht tot!« Ein lautes Krachen und Klirren ertönte, als irgend etwas geworfen wurde.

Benedikt öffnete die Tür. Sergius saß im Bett; sein Gesicht

war dunkelrot vor Zorn. Zwischen Tür und Bett lag eine zerbrochene Tonschüssel vor einer Gruppe eingeschüchterter Priester und schaukelte auf dem Fußboden heftig auf und ab. Sergius schnappte sich einen goldenen Becher und holte aus, ihn nach den glücklosen geistlichen Würdenträgern zu werfen.

Benedikt eilte zum Bett und packte Sergius' Hand. »Aber, aber, Bruder. Du weißt doch, was die Ärzte gesagt haben. Du bist krank; du darfst dich nicht so aufregen.« Mit einiger Mühe zerrte er Sergius den Becher aus der Hand und stellte ihn zurück auf den Tisch.

Sergius sagte anklagend: »Ich bin aufgewacht, und was sehe ich da?« Er zeigte auf die Geistlichen. »Diese Bande reibt mich mit Öl ein! Sie wollten mir die *unctio extremis* erteilen.«

Die Prälaten schwiegen und strichen sich mit angeknackster Würde die Roben glatt. Es schien sich um wichtige Männer zu handeln; einer, der das Pallium eines Erzbischofs trug, sagte: »In Anbetracht des sich verschlechternden Gesundheitszustands Seiner Heiligkeit hielten wir es für angeraten, ihm vorsichtshalber die Letzte Ölung ...«

»Raus mit Euch«, wurde er von Benedikt unterbrochen.

Johanna staunte. Benedikt mußte tatsächlich ein sehr mächtiger Mann sein, daß er so mit einem Erzbischof umsprang.

»Überlegt, was Ihr tut, Benedikt«, warnte der Erzbischof. »Wollt Ihr die unsterbliche Seele Eures Bruders in Gefahr bringen?«

»Hinaus!« Benedikt wedelte mit den Armen, als wollte er einen Schwarm Amseln verscheuchen. »Alle!«

Die Würdenträger zogen sich zurück und verließen schmollend in einmütiger Entrüstung das Zimmer.

Kraftlos ließ Sergius sich zurück in die Kissen sinken. »Der Schmerz, Benedikt«, jammerte er. »Ich kann den Schmerz nicht mehr ertragen!«

Aus einem Krug neben dem Bett goß Benedikt Wein in den goldenen Becher und hielt ihn Sergius an die Lippen. »Trink«, sagte er, »dann wird's dir besser gehen.«

Sergius trank mit gierigen Schlucken. »Mehr«, verlangte er, kaum daß er den Becher geleert hatte. Benedikt schenkte ihm noch einmal ein; dann füllte er den Becher ein drittes Mal. Der Wein lief Sergius aus den Mundwinkeln. Er war ein kleiner, aber ungemein dicker Mann, dessen Gesicht nur aus mehreren Kugeln, Halbkugeln und Kreisen bestand: Der runde Kopf saß auf einem runden Kinn, und runde Augen blickten aus zwei dicken Fleischringen hervor.

»Schau nur«, sagte Benedikt, nachdem Sergius' Durst gestillt war, »was ich für dich getan habe, Bruder. Ich habe jemanden mitgebracht, der dir helfen kann. Es ist Johannes Anglicus, ein Heiler von hohem Ansehen.«

»Schon wieder ein Arzt?« sagte Sergius mißtrauisch.

Doch der Papst erhob keinen Widerspruch, als Johanna die Decken zurückschlug, um ihn zu untersuchen. Sie war über seinen Zustand entsetzt. Sergius' Beine waren bedrohlich angeschwollen; die gerötete Haut spannte sich so sehr, daß sie an einigen Stellen bereits aufgeplatzt war. Außerdem hatte der Papst sich ernste Gelenkentzündungen zugezogen; Johanna glaubte die Ursache zu kennen, mußte aber sichergehen, bevor sie ein endgültiges Urteil fällen konnte. Sie untersuchte Sergius' Ohren – und da waren sie, deutlich zu sehen: die verräterischen Tophi, kleine, kreidige Auswüchse, die Krebsaugen ähnelten und deren Vorhandensein nur eins bedeuten konnte: Sergius litt an einem akuten Gichtanfall.

Und *das* hatten die gelehrten Doktoren nicht erkannt?

Behutsam strich Johanna mit den Fingerspitzen über die rote, durchscheinende Haut und ertastete schließlich die Entzündungsquelle.

»Wenigstens hat der hier nicht die Hände eines Fuhrknechts«, räumte Sergius mit einem Blick auf Johanna ein. Es war erstaunlich, daß er immer noch zu Scherzen aufgelegt war, denn er brannte regelrecht vor Fieber. Johanna fühlte seinen Puls; dabei fielen ihr die vielen Schnittwunden an seinem Arm auf, die von den Aderlässen stammten. Sergius' Herz schlug nur schwach, und nun, da sein Zornesausbruch verebbt war, besaß seine Haut eine kränkliche, bläulich-weiße Farbe.

Benedicte! dachte Johanna. Kein Wunder, daß er so großen Durst hat. Die Ärzte hatten ihn so oft zur Ader gelassen, daß er beinahe verblutet wäre.

Sie wandte sich an den Kammerdiener. »Hol mir Wasser. Mach schnell.«

Das wichtigste war jetzt erst einmal, die Schwellungen zu beseitigen, bevor sie Sergius umbrachten. Gott sei Dank hatte Johanna das Pulver einer Colchicumknolle dabei. Sie griff in ihren Ranzen, holte ein kleines Stück gewachstes Pergament hervor und faltete es behutsam auseinander, damit nichts von dem kostbaren Pulver verlorenging. Der Kammerdiener kam mit einem Krug Wasser zurück. Johanna goß einen Becher voll und gab die empfohlene Dosis von zwei Dam – knapp zehn Gramm – Wurzelpulver hinein. Dann fügte sie reinen Honig hinzu, um den bitteren Geschmack zu überdecken, sowie eine kleine Dosis Bilsenkraut, um Sergius einschlafen zu lassen; denn Schlaf war das beste Mittel gegen Schmerz, und die Ruhe war die größte Hoffnung auf Genesung.

Sie reichte Sergius den Becher, der ihn gierig leerte. »Bäh!« Er spuckte aus. »Das ist ja Wasser!«

»Trinkt«, sagte Johanna mit Nachdruck.

Zu ihrem Erstaunen gehorchte Sergius. »Und jetzt?« fragte er, als er den Becher geleert hatte. »Werdet Ihr mich zur Ader lassen, stimmt's?«

»Ich würde sagen, von diesen Torturen habt Ihr schon genug über Euch ergehen lassen.«

»Soll das heißen ... *das* war alles?« mischte Benedikt sich verwundert ein. »Ein Becher Wasser und fertig?«

Johanna seufzte. Solchen Reaktionen war sie schon häufig begegnet. Bei der Kunst des Heilens mußte es bombastisch, dramatisch zugehen; Mäßigung und Sachlichkeit wurden nicht geschätzt. Der asketische Geist dieser Zeit verlangte möglichst spektakuläre Eingriffe. Je ernster die Krankheit war, desto drastischere Behandlungsmethoden wurden erwartet.

»Seine Heiligkeit leidet unter der Gicht. Ich habe ihm Colchicum gegeben, ein bekanntermaßen wirksames Mittel gegen diese Krankheit. Gleich wird er schlafen, und wenn es Gottes Wille ist, sind die Schwellungen und der Schmerz, die ihm so sehr zu schaffen machen, in wenigen Tagen verschwunden.«

Als wollte er beweisen, daß Johanna die Wahrheit sagte, wurde Sergius' rasselnder Atem leiser; sein Körper entspannte sich, und friedlich schloß er die Augen, als er einschlief.

Mit einem Knall flog die Tür auf. Ein kleiner, sichtlich angespannter Mann mit einer Miene wie ein kampfbereiter Zwerghahn kam ins Zimmer gestürmt. Er fuchtelte Benedikt mit einer Pergamentrolle unter der Nase herum. »Da! Hier sind die Papiere. Jetzt fehlt nur noch die Unterschrift.« Seiner Kleidung und seiner Redeweise nach zu urteilen, schien es sich um einen Kaufmann zu handeln.

»Jetzt nicht, Aio«, sagte Benedikt.

Aio schüttelte heftig den Kopf. »Nein, Benedikt, ich lasse mich nicht schon wieder vertrösten. Ganz Rom weiß, daß der Papst an einer sehr ernsten Krankheit leidet. Was ist, wenn er heute nacht das Zeitliche segnet?«

Johanna warf einen besorgten Blick auf Sergius; aber der hatte nichts gehört. Er war in einen Dämmerschlaf gesunken.

Der Fremde klingelte mit einem großen Beutel Münzen und hielt ihn dabei vor Benedikts Augen. »Eintausend *mancusos,* wie vereinbart. Unterschreibt die Urkunde, und das hier ...« – er hob einen zweiten, kleineren Geldbeutel in die Höhe – »... gehört Euch noch dazu.«

Benedikt grapschte sich das Pergament, ging damit zum Bett und rollte es auf den Laken aus. »Sergius?«

»Er schläft!« protestierte Johanna. »Ihr dürft ihn nicht wecken!«

Benedikt beachtete sie nicht. »He! Sergius!« Er packte seinen Bruder bei den Schultern und schüttelte ihn grob.

Sergius schlug die Augen auf und blinzelte. Benedikt nahm eine Schreibfeder vom Tisch neben dem Bett, tauchte sie in ein Tintenfäßchen und legte Sergius' schlaffe Finger um die Feder. »Unterschreib«, befahl er.

Benommen drückte Sergius die Feder auf das Schriftstück. Seine Hand zitterte, und er verspritzte die Tinte über das Pergament. Benedikt legte seine Hand auf die des Bruders, und gemeinsam setzten sie die Unterschrift des Papstes unter das Schriftstück.

Von dort aus, wo Johanna stand, konnte sie den Inhalt der Urkunde deutlich lesen. Es war ein Dokument, mit dem Aio zum Bischof von Alatri ernannt wurde. Bei dem Kuhhandel, der so schamlos vor Johannas Augen abgeschlossen wurde, kaufte sich dieser Aio ein Bischofsamt!

»Schlaf jetzt, Bruder«, sagte Benedikt. Er war zufrieden, daß er nun hatte, was er wollte. An Johanna gewandt, sagte er: »Ihr bleibt bei ihm.«

Johanna nickte und beobachtete, wie Benedikt und Aio das Zimmer verließen. Dann zog sie Sergius wieder die Laken über und strich sie glatt. Ihr Kinn war in einer für sie typischen Geste der Entschlossenheit vorgereckt. Offensichtlich lag im päpstlichen Palast sehr vieles im argen. Und es sah nicht danach aus, als würde eine Besserung eintreten, solange Sergius krank im Bett lag und in Wahrheit sein bestechlicher Bruder das Amt des Papstes ausübte. Johannas Aufgabe war klar und deutlich: Sie mußte den Papst heilen, und zwar so schnell wie möglich.

Während der nächsten zwei Tage blieb Sergius' Zustand ernst. Die ständigen Gesänge und Gebete der Priester hielten ihn vom ruhigen Schlaf ab, bis diese priesterliche Krankenwache auf Johannas beharrliches Drängen endlich abgeschafft wurde. Von zwei, drei kurzen Ausflügen zur Scola Anglorum abgesehen, die Johanna zwecks Beschaffung weiterer Heilmittel unternahm, wich sie nicht von Sergius' Seite. Ständig beobachtete und überwachte sie seinen Zustand; nachts schlief sie auf einem Stapel Kissen neben dem Bett.

Am dritten Tag begannen die Schwellungen nachzulassen, und die Haut der gedunsenen Glieder schälte sich. Am Abend erwachte Johanna aus einem unruhigen Schlaf und stellte fest, daß der Papst nicht mehr schwitzte. *Dem Himmel sei Dank,* dachte sie. *Das Fieber läßt nach.*

Am nächsten Morgen erwachte Sergius.

»Wie fühlt Ihr Euch?« fragte Johanna.

»Ich ... weiß nicht«, erwiderte er erschöpft. »Besser, glaube ich.«

»Auf jeden Fall seht Ihr schon sehr viel besser aus.« In der Tat waren der ermattete Gesichtsausdruck und der kränkliche, bläuliche-graue Schimmer der Haut verschwunden.

»Meine Beine ...«, Sergius schob die Arme unter die Laken und kratzte sich, »... sie jucken schrecklich!«

»Das ist ein gutes Zeichen. Es beweist, daß das Leben in die Beine zurückkehrt«, sagte Johanna. »Aber die Haut darf sich nicht entzünden; denn es besteht immer noch die Gefahr einer Infektion. Also laßt bitte die Kratzerei.«

Sergius zog die Hände unter den Laken hervor – um sie im nächsten Augenblick wieder zurückzuschieben und sich weiter an den Beinen zu kratzen. Der Juckreiz war übermächtig. Johanna verabreichte ihm eine Dosis Bilsenkraut, um ihn ruhigzustellen, und er schlief ein. Als er am nächsten Tag die Augen aufschlug, war er bei vollkommen klarem Verstand und sich seiner Umgebung deutlich bewußt.

»Der Schmerz – er ist verschwunden!« Sergius schaute auf seine Beine. »Und die Schwellungen ebenfalls!« Diese Feststellung verlieh ihm frischen Schwung, und er zog sich in eine Sitzposition empor, blickte zum Kammerdiener, der an der Tür stand, und sagte: »Ich hab' Hunger. Bring mir Brot, Speck, Käse und einen großen Krug Wein.«

»Nichts da! Einen kleinen Teller Grüngemüse und einen Becher Wasser«, wandte Johanna sich an den Kammerdiener, der sich schleunigst auf den Weg machte, bevor der Papst protestieren konnte.

Sergius' Brauen hoben sich vor Verwunderung. »Wer seid Ihr?«

»Ich heiße Johannes Anglicus.«

»Ihr seid kein Römer.«

»Ich bin im Frankenreich geboren.«

»Das Land im Norden!« Sergius' Blick wurde mißtrauisch. »Seid ihr dort droben wirklich so schreckliche Barbaren, wie man behauptet?«

Johanna lächelte. »Es gibt dort nicht so viele Kirchen, falls Ihr das meint.«

»Wenn Ihr im Frankenreich geboren seid, weshalb nennt man Euch dann ›Anglicus‹?« fragte Sergius. In Anbetracht der gerade erst durchstandenen Krankheit war er schon wieder erstaunlich rege.

»Mein Vater stammte aus England«, erklärte Johanna. »Er ist aufs Festland gekommen, um den Sachsen das Wort Gottes zu verkünden.«

»Die Sachsen.« Sergius machte ein finsteres Gesicht. »Ein gottloses Volk.«

Mutter. In Johanna stieg die altvertraute Woge aus Liebe, Zärtlichkeit und Trauer auf. »Die meisten Sachsen sind jetzt Christen«, sagte sie herb, »jedenfalls, soweit man Menschen mit Feuer und Schwert vom wahren Glauben überzeugen kann.«

Sergius betrachtete sie mit scharfem Blick. »Seid Ihr etwa nicht der Meinung, daß die Kirche den Auftrag hat, die Heiden zu bekehren?«

»Welchen Wert hat ein Versprechen, wenn es unter Zwang gegeben wurde? Wenn ein Mensch gefoltert wird, kann es sein, daß er alles sagt, was seine Peiniger hören wollen, nur um den Qualen ein Ende zu machen.«

»Das ändert nichts daran, daß unser Herr Jesus uns geboten hat, in Frieden hinzugehen, allen Völkern im Namen des Vaters, des Sohnes und des Heiligen Geistes die frohe Botschaft zu verkünden und die Menschen zu taufen.«

»Das stimmt«, räumte Johanna ein. »Aber ...« Sie hielt inne. *Du tust es schon wieder!* schalt sie sich. Wieder einmal ließ sie sich in ein unvernünftiges, unter Umständen gefährliches Streitgespräch verwickeln. Und diesmal mit keinem geringerem als dem Papst.

»Ja?« sagte Sergius. »Nur weiter.«

»Verzeiht mir, Heiligkeit. Eure Gesundheit ist noch angeschlagen.«

»Nicht so sehr, daß ich keinen vernünftigen Gedanken fassen könnte«, erwiderte Sergius ungeduldig. »Sprecht weiter.«

»Na ja«, Johanna wählte ihre Worte mit Bedacht, »bedenkt einmal die Reihenfolge des Gebots, das Jesus erteilt hat. Zuerst die Völker lehren und *dann* taufen. Christus hat uns nicht dazu ermahnt, das Sakrament der Taufe zu spenden, *bevor* der Glaube wahrhaftig in den Herzen der Menschen ist. Und bei Jesus ist von Feuer und Schwert als Instrumenten der Bekehrung und Mission nicht die Rede.«

Sergius betrachtete Johanna interessiert. »Ihr argumentiert geschickt. Wo habt Ihr studiert?«

»Ein Grieche namens Aeskulapius, ein Mann von hoher Bildung, hat mich unterrichtet, als ich noch ein kleines Kind war. Später wurde ich auf die Domschule in Dorstadt geschickt und anschließend auf das Kloster zu Fulda.«

»Ah, Fulda! Ich habe erst vor kurzem einen Prachtband von Rabanus Maurus geschenkt bekommen, dem dortigen Abt. Das Buch ist herrlich bebildert und enthält sogar ein Gedicht über das Heilige Kreuz Christi aus Rabanus' eigener Feder. Wenn ich ihm meinen Dankesbrief schreibe, werde ich ihm von den Diensten berichten, die Ihr mir erwiesen habt.«

Johanna hatte geglaubt, Abt Rabanus ein für allemal hinter sich gelassen zu haben; doch wie es aussah, war das ein Irrtum gewesen. Würde der tyrannische Haß dieses Mannes ihr sogar bis hierher folgen und ihr das neue Leben verderben, das sie in Rom begonnen hatte? »Ich fürchte, aus Fulda werdet Ihr nichts Gutes über mich hören«, sagte sie.

»Wieso?«

»Der Abt betrachtet den Gehorsam als wichtigstes aller Gelübde. Und mit dem Gehorsam hat es bei mir ein bißchen ... gehapert.«

»Und die anderen Gelübde?« fragte Sergius streng. »Wie steht es damit?«

»Was die Armut betrifft – ich bin in Armut geboren und daran gewöhnt. Und was die Keuschheit angeht ...«, Johanna mühte sich, jeden Hauch von Ironie aus ihrer Stimme fernzuhalten, »... so habe ich stets allen Verlockungen des Weibes widerstanden.«

Sergius' Miene wurde weicher. »Das freut mich zu hören. Denn was diese Frage betrifft, sind Abt Rabanus und ich verschiedener Meinung. Von allen priesterlichen Gelübden ist die Keuschheit fraglos das höchste, edelste und gottgefälligste.«

Johanna staunte, daß Sergius diese Meinung vertrat. Gerade in Rom war man weit davon entfernt, allgemein das Ideal der priesterlichen Keuschheit zu befolgen. Für den römischen Geistlichen war es ganz und gar nicht ungewöhnlich, eine Frau zu haben; denn auch verheirateten Männern stand der Zugang zum Priesteramt offen, vorausgesetzt, sie erklärten sich einverstanden, für alle Zukunft dem geschlechtlichen Verkehr mit ihren Frauen zu entsagen – eine Bestimmung, an die sich in der Praxis jedoch kaum jemand hielt, wie nicht anders zu erwarten.

Zudem erhoben Frauen nur selten Einspruch, wenn ihr Gatte den Beruf des Geistlichen anstrebte, konnten sie sich doch im priesterlichen Glanz des Gemahls sonnen: »Priesterin«, wurden die Frauen der Geistlichen denn auch genannt, oder »Diakonissin«, falls es sich um die Gattin eines Diakons handelte. Sogar Papst Leo III. war verheiratet gewesen, als er den päpstlichen Thron bestieg, und niemand in Rom hätte deshalb schlecht über ihn gedacht.

Der Kammerdiener kam mit einem silbernen Teller zurück, der mit Brot und Grüngemüse gedeckt war. Er stellte den Teller vor Sergius hin, der ein Stück Brot abbrach und hungrig hineinbiß. »Und nun«, sagte er, »erzählt mir alles über Euch und Rabanus Maurus.«

20.

Johanna erkannte bald, daß zwei Seelen in Sergius' Brust wohnten – die eines zügellosen, vulgären und gemeinen Flegels und die eines kultivierten, intelligenten und freundlichen Mannes. Johanna hatte bei Celsus von solchen Fällen gelesen; *animae dualae* nannte er sie, »gespaltene Geister«.

Sergius zählte zu diesen gespaltenen Geistern. Doch in seinem Fall war es der Wein, der die Spaltung und Verwandlung hervorrief. In nüchternem Zustand war der Heilige Vater sanft und freundlich; hatte er jedoch getrunken, wurde er zu einem wahren Teufel. Die Diener im Lateranpalast – eine sehr schwatzhafte Gemeinschaft – erzählten Johanna, daß Sergius einmal befohlen habe, einen der ihren hinzurichten, nur weil er dem Papst nicht rechtzeitig das Abendessen gebracht hatte. Gott sei Dank war Sergius rechtzeitig nüchtern geworden, um den Hinrichtungsbefehl zu widerrufen; doch man hatte den Unglücklichen in der Zwischenzeit schon verprügelt und an den Pranger gestellt.

Sergius' Ärzte hatten doch nicht so ganz unrecht gehabt, erkannte Johanna: Der Papst *war* besessen, wenngleich die Dämonen in seinem Innern nicht vom Teufel geschaffen wurden, sondern von ihm selbst.

Nachdem sie einen flüchtigen Eindruck von seinen besseren Seiten gewonnen hatte, machte Johanna es sich zur Aufgabe, Sergius' Gesundheit wieder vollkommen herzustellen. Sie verordnete ihm eine strenge Diät – Gemüse und Wasser, mit Zitronen- oder Orangensaft versetzt. Sergius schmollte, gab aber klein bei, weil er Angst hatte, der Schmerz könnte wiederkehren.

Als sich seine körperliche Verfassung besserte, stellte Johanna für Sergius einen wohlausgewogenen Plan täglicher Spaziergänge im Garten des Lateranpalastes auf. Zu Anfang mußte Sergius noch auf einem Sessel nach draußen getragen werden, wobei drei Bedienstete unter dem Gewicht des Heiligen Vaters ächzten. Am ersten Tag gelangen ihm nur ein paar tapsige Schritte, bevor er sich wieder schwerfällig in seinen Sessel plumpsen ließ. Doch dank Johannas beharrlicher Ermunterung schaffte er am Ende des Monats bereits eine vollständige Runde um den Garten. Die letzten Schwellungen an den Gelenken verschwanden; die verschwollenen, trüben Schweinsäuglein wurden wieder groß und klar; die Haut bekam ihre gesunde rosige Farbe zurück, und das gedunsene Gesicht wurde fester und schmaler, so daß die Konturen wieder zum Vorschein kamen. Johanna erkannte, daß Sergius sehr viel jünger war, als sie zuerst angenommen hatte; er war nicht älter als fünfundvierzig, höchstens fünfzig Jahre.

»Ich fühle mich wie neugeboren«, sagte Sergius eines Tages, als er mit Johanna einen seiner regelmäßigen Spaziergänge unternahm. Es war Frühlingsanfang; der Spanische Flieder blühte bereits und erfüllte den Garten mit seinem Duft.

»Keine Benommenheit? Kein Schwächegefühl? Keine Schmerzen?« fragte Johanna.

»Nichts von alledem. Wahrlich, Gott hat ein Wunder gewirkt.«

»Das mag schon sein, Heiligkeit«, sagte Johanna mit einem verschmitzten Lächeln und einem Seitenblick auf Sergius. »Aber bedenkt, in welcher Verfassung Ihr gewesen seid, als noch Gott allein Euer Leibarzt war.«

In gespieltem Tadel zwickte Sergius Johanna ins Ohr. »Gott hat dich zu mir geschickt, mein Sohn, auf daß du für ihn seine Wunder wirkst.«

Die beiden lächelten sich an. Sie mochten einander.

Jetzt ist der richtige Augenblick! sagte sich Johanna. »Falls Ihr Euch wirklich so wohlfühlt, Heiligkeit, dann könntet Ihr endlich ...« Sie vollendete den Satz nicht, sondern ließ ihn verlockend ausklingen.

»Ja?«

»Ich dachte gerade daran, daß ... der päpstliche Hof hält doch heute seine Versammlung ab, und Euer Bruder Benedikt führt wie gewöhnlich in Eurem Namen den Vorsitz. Aber wenn Ihr Euch kräftig genug fühlt, dann könntet doch Ihr selbst ...«

Unschlüssig erwiderte Sergius: »Benedikt ist es gewöhnt, den Vorsitz zu führen ... es besteht gewiß keine Veranlassung, daß ich ...«

»Die Menschen haben aber nicht Benedikt zu ihrem Oberhirten gewählt. Sie brauchen Euch, Heiligkeit.«

Sergius runzelte die Stirn. Für längere Zeit schwiegen beide.

Ich habe ihn zu schnell darauf angesprochen, dachte Johanna, *und zu direkt.*

Plötzlich sagte Sergius: »Du hast recht. Ich habe derlei Angelegenheiten viel zu lange vernachlässigt.« Die Traurigkeit in seinen Augen verlieh seinem Gesicht den Ausdruck ernster Würde und Weisheit.

Johanna erwiderte leise: »Nur wer handelt, Heiligkeit, kann etwas bewirken.«

Sergius ließ sich diese Bemerkung durch den Kopf gehen. Dann machte er abrupt kehrt und ging in Richtung Gartentor. »Na los, komm!« rief er Johanna zu. »Worauf wartest du noch?«

Johanna eilte ihm nach.

Zwei Wächter lehnten lässig an der Wand vor dem Versammlungssaal und schwatzten müßig miteinander. Als sie Sergius sahen, nahmen sie hastig Haltung an und zogen die Türflügel auf.

»Seine Heiligkeit Papst Sergius, Bischof und Metropolit von Rom!« verkündete einer der Wächter mit lauter Stimme.

Sergius und Johanna betraten den Saal. Für einen Augenblick herrschte verwundertes Schweigen, gefolgt von einem lauten Scharren der Bänke, als die Versammelten sich respektvoll erhoben. Alle bis auf Benedikt, der offenen Mundes im päpstlichen Sessel sitzen blieb und Sergius anstarrte.

»Mach den Mund zu, Bruder, sonst sausen dir Fliegen hinein«, sagte Sergius.

Benedikts Kiefer klappte zu. »Heiligkeit! Haltet Ihr das für klug? Ihr solltet Eure Gesundheit wirklich nicht aufs Spiel setzen, nur um diese Versammlung zu verfolgen.«

»Danke, Bruder, aber ich fühle mich schon wieder ziemlich gut«, sagte Sergius. »Und ich bin nicht gekommen, um die Versammlung zu verfolgen, sondern sie zu leiten.«

Nach einem Augenblick tiefer Stille erhob sich Benedikt. »Wie ganz Rom bin auch ich erfreut, dies zu hören.« Doch seine Stimme klang alles andere als erfreut.

Sergius ließ sich behaglich in den gepolsterten Sessel sinken, den Benedikt geräumt hatte. »Nun denn, was liegt an?«

Rasch umriß der päpstliche Notar die Einzelheiten. Mamertus, ein wohlhabender Kaufmann, bat um die Erlaubnis, das Orphanotrophium wieder eröffnen zu dürfen – eine Schule und ein Waisenhaus –, das sich in einem heruntergekommenen Gebäude in unmittelbarer Nähe des Lateran befand. Mamertus wollte das Gebäude von Grund auf renovieren lassen und es zu einer Herberge für Pilger umfunktionieren.

»Das Orphanotrophium«, sagte Sergius nachdenklich. »Ich kenne es gut. Ich habe dort selbst eine Zeitlang verbracht, nachdem meine Mutter gestorben war.«

»Heiligkeit, das Bauwerk ist zu einer Ruine verfallen«, meldete Mamertus sich zu Wort. »Es ist ein Schandfleck, eine häßliche Warze im Gesicht unserer wunderschönen Stadt. Wird mein Vorschlag jedoch befolgt, wird es sich in einen Palast verwandeln!«

»Was soll aus den Waisen werden?« fragte Sergius.

Mamertus zuckte die Achseln. »Sie müssen sich woanders nach Mildtätigkeit umschauen. Sie können ja in Armenhäusern unterkommen.«

»Es ist schlimm, aus seinem Heim vertrieben zu werden.«

»Aber die neue Pilger-Unterkunft würde zum Stolz Roms, Heiligkeit! Jeder Graf, jeder Herzog, ja, selbst Kaiser und Könige würden dort mit Freuden schlafen!«

»Waisenkinder sind Gott genauso lieb wie Könige. Schließlich hat Christus gesagt: ›Selig, die arm sind vor Gott, denn ihnen gehört das Himmelreich.‹«

»Bitte, überlegt es Euch, Heiligkeit. Denkt doch einmal daran, was eine Unterkunft, wie ich sie bauen möchte, für Rom bewirken kann!«

Sergius schüttelte den Kopf. »Ich werde nicht zulassen, daß die Heimstatt dieser Kinder zerstört wird. Die Bitte ist abgewiesen.«

»Ich protestiere!« rief Mamertus hitzig. »Euer Bruder und ich hatten uns in dieser Sache bereits geeinigt! Wir haben ein Abkommen getroffen, und die Bezahlung ist schon erfolgt!«

»Bezahlung?« Sergius hob eine Braue.

Benedikt schaute Mamertus an und schüttelte als Zeichen der dringenden Warnung den Kopf.

»Ich ... ich ...« Mamertus blickte an die Decke und suchte nach Worten »... ich habe der Mutter Kirche eine Spende gemacht, eine sehr großzügige Spende, um den Erfolg meines geplanten Unternehmens zu beschleunigen ...«

»Dann seid Ihr gesegnet«, sagte Sergius. »Solche Mildtätigkeit hat ihren besonderen Lohn. ›Selig die Barmherzigen, denn sie werden Erbarmen finden‹, sprach Jesus.«

»Aber ...«

»Unser aller Dank ist Euch gewiß, Mamertus, daß Ihr uns auf den bejammernswerten Zustand des Orphanotrophiums aufmerksam gemacht habt. Wir werden uns unverzüglich um die Wiederherstellung dieses Gebäudes kümmern, und da kommt uns Eure Spende gerade recht.«

Mamertus schnappte nach Luft wie ein Fisch auf dem Trockenen. Er warf Benedikt einen vernichtenden Blick zu und stürmte aus dem Saal.

Sergius zwinkerte Johanna zu, die lächelnd diese Geste erwiderte.

Benedikt bemerkte diesen stummen Austausch. *Aha,* dachte er. *Daher weht der Wind!* Er hätte sich ohrfeigen können, daß es ihm nicht schon eher aufgefallen war. Doch die arbeitsreiche Sitzungsperiode des päpstlichen Hofes lag hinter Benedikt, und diese Zeit war für ihn stets die einträglichste des ganzen Jahres. Es hatte sich so eingehend mit Streitfällen und Bittschriften beschäftigen müssen, daß er diesem kleinen ausländischen Priester, der offenbar großen Einfluß auf Sergius besaß, nicht die nötige Aufmerksamkeit geschenkt hatte.

Egal, sagte sich Benedikt. *Was geschehen ist, kann auch wieder ungeschehen gemacht werden. Jeder Mensch hat seine Schwächen. Man muß nur herausfinden, wo diese Schwächen liegen ...*

Auf dem Weg in die Große Halle eilte Johanna über die Flure. Als Sergius' Leibarzt erwartete man von ihr, daß sie an seinen Mahlzeiten teilnahm – ein Privileg, das es ihr ermöglichte, genau darauf zu achten, was Sergius zu sich nahm. Sein Gesundheitszustand war immer noch angegriffen; übermäßiges Essen und Trinken konnten leicht zu einem neuerlichen Gichtanfall führen.

»Johannes Anglicus!«

Sie drehte sich um und sah den *vicedominus* Arighis näher kommen, den Haushofmeister des päpstlichen Palastes.

»In Trastevere ist eine vornehme Dame ernsthaft erkrankt. Man hat Euch zu ihr gerufen.«

Johanna seufzte. Es war jetzt das dritte Mal in dieser Woche, daß man sie aus dem päpstlichen Palast rief. Die Nachricht, daß der fremde Priester den Papst geheilt hatte, hatte sich in Rom wie ein Lauffeuer verbreitet. Zum größten Unwillen der Mitglieder der Ärztevereinigung waren Johannas Dienste in den gehobenen Kreisen plötzlich sehr gefragt.

»Warum schickt man keinen Arzt von der *scola* zu der Patientin?« wollte Johanna wissen.

Arighis blickte sie düster an. Er war es nicht gewöhnt, daß seine Anweisungen in Frage gestellt wurden; als Haushofmeister hatte er das Recht und die Pflicht, über alle Angelegenheiten zu wachen, die den päpstlichen Haushalt und dessen Mitarbeiter betrafen. Doch dieser dreiste junge Ausländer schien das einfach nicht begreifen zu wollen. »Ich habe Euer Erscheinen bereits angekündigt«, erklärte er.

Angesichts dieser Anmaßung von Autorität ballte Johanna vor Zorn die Fäuste. Als Sergius' Leibarzt unterstand sie Arighis genau genommen gar nicht. Doch die Sache war es nicht wert, einen Streit vom Zaun zu brechen. Außerdem mußte ein dringender Hilferuf beantwortet werden, ganz gleich, ob er zeitlich ungelegen kam oder nicht.

»Also gut«, sagte Johanna, »ich hole rasch meine Tasche mit den Heilmitteln.«

In Trastevere fand Johanna sich vor einer riesigen Residenz wieder, die im Stil einer antiken römischen Villa errichtet war. Ein Diener führte sie über eine Reihe miteinander verbundener Höfe und durch einen Garten in ein Zimmer, das mit einem wilden Durcheinander aus Mosaiken in leuchtenden Farben, Gipsfiguren und Wandgemälden verziert war; letztere täuschten das Auge des Betrachters und schufen die Illusion ferner Landschaften und Zimmer. Dieser phantastisch anmutende Raum war von einem süßlich-fruchtigen Geruch durchdrungen, der an den Duft reifer Äpfel erinnerte. Auf der entfernten Seite des Zimmers stand ein großes Federbett; um das Bett herum waren brennende Kerzen aufgestellt, so daß es wie ein Altar aussah. Und auf dem Bett lag eine Frau in verführerischer Haltung.

Es war die schönste Frau, die Johanna je gesehen hatte – schöner als Richild, schöner sogar als ihre Mutter Gudrun, die Johanna bis zu diesem Augenblick als die lieblichste Frau der Schöpfung betrachtet hatte.

»Ich bin Marioza.« Die Stimme der Frau war wie flüssiger Honig.

»Ed ... edle Dame«, stammelte Johanna, der es angesichts dieser makellosen Schönheit beinahe die Sprache verschlug. »Ich ... bin Johannes Anglicus. Ich wurde hierherbestellt, Euch zu ... heilen.«

Marioza lächelte, zufrieden über die Wirkung, die sie erzielte. »Kommt näher, Johannes Anglicus«, drängte ihre honigsüße Stimme. »Oder wollt Ihr mich aus der Ferne untersuchen?

In der Nähe des Bettes war der fruchtige Geruch nach Äpfeln noch stärker. Johanna glaubte, diesen Duft zu kennen, wußte im Augenblick aber nicht zu sagen, wo sie ihn schon einmal wahrgenommen hatte.

Marioza hielt Johanna einen Becher Wein hin. »Möchtet Ihr nicht auf meine Gesundheit trinken?«

Höflich nahm Johanna den Becher und leerte ihn, wie es den Gepflogenheiten entsprach. Aus der Nähe betrachtet, war Marioza noch schöner: Ihre makellos reine Haut besaß die Farbe von altem Elfenbein; ihre Augen waren wunderschön und ausdrucksvoll, mit langen Wimpern und ebenholzschwarzen, großen Pupillen.

Zu groß, wie Johanna plötzlich erkannte. Eine derartige Erweiterung der Pupillen war eindeutig anormal. Diese klinische Feststellung brach den Zauber von Mariozas Schönheit.

»Sagt mir, edle Dame«, Johanna stellte den Becher ab, »was fehlt Euch?«

»So hübsch«, sie seufzte, »und so geschäftsmäßig?«

»Ich möchte Euch helfen, Marioza. Also – welches Leiden hat Euch veranlaßt, mich zu Euch zu bestellen?«

»Wenn Ihr darauf besteht.« Marioza zog einen Schmollmund. »Mein Herz macht mir zu schaffen.«

Eine ungewöhnliche Beschwerde für eine Frau ihres Alters, dachte Johanna. Marioza konnte höchstens zweiundzwanzig sein. Na ja, solche Fälle waren schon öfters aufgetreten – Kinder, die unter einem unheilbringenden Stern mit einem Herzfehler geboren waren und für die jeder Atemzug ihres kurzen Lebens Anstrengung und Qual bedeutete. Doch wer unter einer solchen Krankheit litt, sah nicht wie Marioza aus, deren gesamtes Äußeres – von den seltsam geweiteten Pupillen abgesehen – von guter Gesundheit kündete.

Johanna nahm Mariozas Hand, fühlte den Puls und stellte fest, daß er kräftig und gleichmäßig ging. Sie untersuchte Mariozas Hände: Sie besaßen ein frisches Aussehen, und das Fleisch unter den Nägeln hatte eine rosige, gesunde Farbe. Bei der Berührung federte die Haut zurück, ohne an der Druckstelle ein Mal oder eine Verfärbung zu zeigen. Johanna untersuchte die Beine und Füße Mariozas mit der gleichen Sorgfalt, entdeckte aber wieder keine Anzeichen einer Nekrose; Mariozas Herz und der Kreislauf schienen stark und gesund zu sein.

Marioza ließ sich zurück in die Kissen sinken und betrachtete Johanna aus halbgeschlossenen Lidern. »Sucht Ihr nach meinem Herzen?« neckte sie. »Dort, wo Ihr nachgeschaut habt, werdet Ihr's nicht finden, Johannes Anglicus.« Sie öffnete ihr seidenes Schlafgewand und enthüllte ihre makellosen, wohlgeformten Brüste.

Benedicte! schoß es Johanna durch den Kopf. *Versucht sie etwa, mich zu verführen?* Angesichts der Verrücktheit dieses Gedankens mußte Johanna lächeln.

Marioza, die dieses Lächeln falsch auffaßte, fühlte sich ermutigt. Es würde nicht so schwer sein, diesen Priester zu verführen, wie Benedikt hatte durchblicken lassen, als er Mariozas Dienste zu diesem Zweck in Anspruch nahm. Priester oder nicht – Johannes Anglicus war ein Mann, und der Mann, der ihr widerstehen konnte, mußte erst noch geboren werden.

Mit betontem Desinteresse an Mariozas Brüsten konzentrierte Johanna sich auf die Fortführung der Untersuchung. Sie tastete den Oberkörper ab, um festzustellen, ob Rippen verletzt waren, denn der Schmerz einer solchen Verletzung wurde oft irrtümlich mit Herzbeschwerden verwechselt. Marioza jammerte jedoch nicht und ließ auch kein anderes Zeichen des Unbehagens erkennen.

»Was für schöne weiche Hände Ihr habt«, gurrte sie und legte sich so aufs Bett, daß die reizvollen Kurven ihres Körpers am besten zur Geltung kamen. »Was für männliche, starke Hände.«

Urplötzlich richtete Johanna sich auf. »Satansapfel!« stieß sie hervor.

Wie typisch für einen Priester, dachte Marioza, *in einem solchen Augenblick so hochmütig über die Sünde zu reden.* Na ja, auch Priester waren ihr nicht fremd; Marioza wußte, wie sie Gottesmännern über diese allerletzte Gewissensschwelle hinweghelfen konnte.

»Unterdrücke deine Gefühle nicht, Johannes«, sagte sie, »denn sie sind ganz natürlich und von Gott gegeben. Steht nicht in der Bibel: ›Mögen die beiden sich zu einem Fleische vereinigen‹?« Oder so ähnlich; Marioza war sich nicht sicher, ob diese Worte tatsächlich in der Heiligen Schrift standen; sie hielt es aber für wahrscheinlich, denn ein Erzbischof hatte sie ihr unter ganz ähnlichen Umständen wie diesen ins Ohr geflüstert. »Außerdem«, fügte sie hinzu, »wird nie jemand erfahren, was zwischen uns gewesen ist. Das bleibt unser kleines Geheimnis. Und so häßlich sind meine Brüste ja nun auch wieder nicht, oder?«

Johanna schüttelte heftig den Kopf. »Die habe ich doch gar nicht gemeint. Der Geruch in diesem Zimmer ... Satansapfel ... manchmal auch Stechapfel oder Maiapfel genannt.« Die gelbe Frucht war ein Rauschmittel, wodurch sich Mariozas geweitete Pupillen erklärten. »Aber wo ist die Quelle dieses Geruchs?« Johanna schnüffelte an einer der Kerzen neben dem Bett. »Wie habt Ihr das gemacht? Habt Ihr den Saft der Pflanze mit dem Kerzenwachs vermischt?«

Marioza seufzte. Ähnliche Reaktionen hatte sie zuvor schon bei mehreren jungfräulichen Prälaten erlebt. Verlegen und unsicher, wie sie nun mal waren, versuchten sie, das Gespräch auf derartige Dinge zu lenken. »Nun komm schon«, drängte sie, »und hör auf, von irgendwelchen Zaubermitteln zu reden. Ich weiß, wie wir die Zeit viel schöner verbringen können.« Sie strich mit der Hand vorn über die Tunika des Johannes Anglicus und tastete nach seiner Männlichkeit.

Johanna, die Mariozas Absicht spürte, sprang zurück. Sie pustete die Kerzen aus, die auf dieser Seite des Bettes standen, nahm Mariozas Hand und hielt sie mit festem Griff. »Hört zu, Marioza«, sagte sie. »Die Mandragore ... Ihr benutzt diese Pflanze, weil sie ein Aphrodisiakum ist; das weiß ich. Aber ihr müßt damit aufhören, denn die Dämpfe sind giftig.«

Marioza machte ein finsteres Gesicht. Das alles lief ganz und gar nicht nach Plan! Irgendwie mußte sie Johannes Anglicus dazu bringen, endlich mit diesem Herumdoktern aufzuhören.

Plötzlich hörte sie Schritte auf dem Flur. Es blieb keine Zeit mehr für die Feinheiten der Verführungskünste. Marioza packte den Kragen ihres Nachtgewandes und zerrte es mit einem kräftigen Ruck weit aus. »Oh!« stieß sie keuchend hervor. »Mein Herz! Es tut so weh! Hört mal!« Sie packte Johannas Kopf, zog ihn zu sich herunter und drückte ihr Gesicht auf ihre bloßen Brüste.

Johanna versuchte, sich zu befreien, doch Marioza hielt sie fest. »Oh, Johannes!« rief sie verzückt. »Ich kann der Kraft deiner Leidenschaft nicht widerstehen!«

Die Tür flog auf. Mehrere Männer, in die Uniformen der päpstlichen Garde gekleidet, stürmten ins Zimmer, packten Johanna mit groben Händen und rissen sie vom Bett fort.

»Na, na, Vater!« sagte der Anführer des Trupps kichernd. »Das ist aber eine seltsame Methode, die Kommunion zu spenden.«

»Diese Frau ist krank«, protestierte Johanna. »Ich wurde hierhergerufen, um sie zu behandeln.«

»Aber bestimmt nicht *so*«, sagte der Mann. »Es sei denn, Ihr hattet die Absicht, der Dame ein Mittel zu verabreichen, das erst in neun Monaten wirkt.«

Die anderen Wachen lachten rauh. »Ihr wißt die Wahrheit«, wandte Johanna sich an Marioza. »Bitte, sagt es diesen Männern.«

Marioza zuckte die Achseln, so daß ihr die Fetzen des Nachtgewandes von den Schultern rutschten. »Sie haben deine flammende Leidenschaft gesehen, Johannes. Da hilft kein Leugnen mehr.«

»Willkommen in der Legion, Priester!« rief einer der Wächter höhnisch. »Wenn das so weitergeht, kann man mit Mariozas Geliebten bald das Colosseum füllen.«

Wieder ließ rauhes Lachen das Zimmer erbeben. Marioza saß auf dem Bett und kicherte in die vorgehaltene Hand.

Benedicte! dachte Johanna. Das muß *die* Marioza sein, die gefeiertste Kurtisane Roms, die beinahe schon sagenhafte *hetaera*. Es hieß, daß einige der mächtigsten Männer der Heiligen Stadt zu ihren Kunden zählten.

»Kommt jetzt, Vater.« Der Anführer des Trupps packte Johannas Arm und schubste sie zur Tür.

»Wohin bringt ihr mich?« fragte Johanna, obwohl sie die Antwort schon kannte.

»In den Lateran. Ihr werdet dem Papst in dieser Sache Rede und Antwort stehen.«

Johanna riß sich aus dem Griff des Mannes los, drehte sich zu Marioza um und sagte: »Ich weiß nicht, weshalb Ihr das tut oder für wen, aber ich gebe Euch einen guten Rat, Marioza: Macht Euer Glück nicht von der Gefälligkeit der Männer abhängig, denn sie werden sich als so flüchtig erweisen wie Eure Schönheit.«

Marioza gefror das Grinsen auf den Lippen. »Barbar!« spie sie verächtlich aus.

Von einer Woge aus Gelächter wurde Johanna aus dem Zimmer getragen.

Dunkelheit senkte sich über Rom. Flankiert von den Soldaten der päpstlichen Garde, ging Johanna schweigend durch die Straßen in Richtung Lateranpalast. Obwohl sie allen Grund gehabt hätte, konnte sie Marioza nicht hassen. Hätte das Schicksal sie selbst nicht auf einen anderen Weg geführt, wäreauch sie vielleicht zur Prostituierten geworden. In den Straßen Roms wimmelte es von Frauen, die ihren Körper für den Preis einer Mahlzeit anboten. Viele waren ursprünglich als fromme Pilgerinnen oder sogar als Nonnen in die Stadt gekommen, standen dann aber plötzlich ohne Unterkunft da und hatten nicht die finanziellen Mittel für die Reise zurück in die Heimat. Deshalb hatten sie, der Not gehorchend, zur schnellsten und einfachsten Möglichkeit des Broterwerbs gegriffen.

Von der Sicherheit der Kanzel aus wetterte der Klerus gegen diese »Handlangerinnen des Teufels«. Es sei besser, keusch zu sterben, erklärten die Priester, als in Sünde zu leben. Aber diese Leute, sagte sich Johanna, hatten nie am eigenen Leibe erfahren, was Hunger ist.

Nein, man konnte Marioza keine Schuld geben; sie war nur ein Werkzeug. *Aber in wessen Händen?* fragte sich Johanna. *Wer hat einen Vorteil davon, mich in Verruf zu bringen?*

Ennodius, zum Beispiel, und die anderen Mitglieder der Ärztegemeinschaft. Sie waren solcher Machenschaften durchaus fähig. Aber sie hätten mit Sicherheit eher darauf abgezielt, Johannas ärztliche Fähigkeiten in Mißkredit zu bringen.

Wenn nicht die Ärzte, wer war es dann?

Johanna gab sich die Antwort sofort selbst: *Benedikt.* Seit der Geschichte mit dem Orphanotrophium hatte er nichts unversucht gelassen, Johanna entgegen zu arbeiten; offenbar war er seines Bruders wegen eifersüchtig. Diese Erkenntnis gab Johanna neuen Mut; wenn man den Feind kannte, war er nur noch halb so gefährlich. Und Johanna hatte nicht die Absicht, Benedikt ungeschoren davonkommen zu lassen. Gewiß, er war Sergius' Bruder; aber sie war der Arzt und Freund des Papstes, und sie würde dafür sorgen, daß er die Wahrheit erfuhr.

Als Johanna im Lateranpalast eintraf, führten die Wachen sie zu ihrem Entsetzen an der Großen Halle vorbei, in der Sergius mit den *optimates* und anderen Würdenträgern des päpstlichen Hofes beim Essen saß. Die Männer zerrten Johanna den Gang hinunter bis zu Benedikts Zimmer.

»Sieh an, sieh an! Was haben wir denn da?« sagte Benedikt spöttisch, als die Männer Johanna ins Zimmer führten. »Johannes Anglicus, von den päpstlichen Wachen umringt wie ein gemeiner Dieb?« Er wandte sich an den Kommandeur der Wachtmannschaft. »Sprich, Tarasius, und erzähl mir, welchen Vergehens dieser Priester sich schuldig gemacht hat.«

»Wir haben ihn in den Gemächern der Hure Marioza aufgegriffen, Herr.«

»Marioza!« Benedikt brachte einen gekonnten Blick tiefster Verachtung zustande.

»Wir haben ihn im Bett dieser Dirne entdeckt – in intimer Umarmung«, fügte Tarasius hinzu.

»Ich wurde unter dem falschen Vorwand zu ihr bestellt, daß sie erkrankt sei«, wehrte Johanna sich.»Man hat mich hereingelegt. Marioza wußte, daß die Wachen kommen. Sie hat mich zu sich aufs Bett gezogen, kurz bevor die Männer ins Zimmer stürmten.«

»Soll ich Euch etwa glauben, daß eine Frau Euch überwältigt hat? Schande über Euch, Ihr schamloser Priester!«

»*Ihr* habt Schande auf Euch geladen, Benedikt. Ihr habt die ganze Geschichte eingefädelt, um mich in Verruf zu bringen. Ihr habt dafür gesorgt, daß Marioza mich zu sich bestellte – unter dem Vorwand, krank zu sein. Dann habt Ihr mir die Wachen hinterhergeschickt, wohl wissend, daß diese Männer Marioza und mich zusammen antreffen würden.«

»Ich will es gar nicht erst leugnen.«

Johanna blickte ihn fassungslos an. »Ihr ... gebt Euren Betrug zu?«

Benedikt nahm einen Becher Wein von einem Tisch, nippte daran und ließ den Rebensaft auf der Zunge kreisen. »Da ich wußte, daß Ihr unkeusch seid, und da Ihr so schamlos das Vertrauen meines Bruders mißbraucht, habe ich versucht, Eure Verderbtheit zu beweisen – was mir ja auch gelungen ist.«

»Ich bin nicht unkeusch. Und Ihr habt keinen Grund, so von mir zu denken.«

»Nicht unkeusch?« erwiderte Benedikt höhnisch. »Erzähl mir noch einmal, in welcher Situation du ihn angetroffen hast, Tarasius.«

»Er lag mit der Hure im Bett, Herr. Nackt lag diese Schlange in seinen Armen!«

»Ts, ts«, machte Benedikt. »Stellt Euch einmal vor, wie erschüttert mein keuscher Bruder sein wird, wenn ihm diese scheußliche Sache zu Ohren kommt – um so mehr, als er so großes Vertrauen in Euch gesetzt hat!«

Zum erstenmal wurde Johanna klar, in was für einer ernsten Lage sie sich befand. »Tut das nicht!« flehte sie Benedikt an. »Euer Bruder braucht mich! Er ist noch nicht außer Gefahr! Ohne die richtige ärztliche Behandlung könnte er einen Rückfall erleiden – und das könnte seinen Tod bedeuten.«

»Ab sofort wird Ennodius die Behandlung meines Bruders übernehmen«, erklärte Benedikt kurz angebunden. »Eure sündigen Hände haben schon genug Unheil angerichtet.«

»Ich habe Eurem Bruder kein Leid getan!« rief Johanna, plötzlich von wildem Zorn erfüllt. »Ausgerechnet *Ihr* wagt es, mir einen solchen Vorwurf zu machen? Ihr, der Ihr den eigenen Bruder Eurer Eifersucht, Eurem Neid und Eurer Geldgier geopfert habt?«

Irgend etwas Nasses klatschte Johanna ins Gesicht. Benedikt hatte den Inhalt des Bechers nach ihr geschleudert. Der kräftige Wein brannte Johanna in den Augen, so daß ihr die Tränen über die Wangen liefen; hustend und keuchend rang sie nach Atem.

»Bringt ihn in den Kerker«, befahl Benedikt.

»Nein!« Mit einem schrillen Schrei riß Johanna sich von den Wächtern los. Sie mußte zu Sergius, mußte ihm alles erklären, bevor Benedikt das Herz des Papstes mit seinen Lügen vergiften und ihn gegen sie einnehmen konnte. So schnell sie es vermochte, rannte Johanna aus dem Zimmer und den Gang hinunter in Richtung der Großen Halle.

»Haltet ihn auf!« rief Benedikt.

Die Schritte der Wächter erklangen hinter ihr. Johanna bog um eine Ecke und stürmte auf die hellen Lichter in der Großen Halle zu.

Sie hatte nur noch wenige Meter vor sich, als sie von hinten gepackt und zu Boden geschleudert wurde. Verzweifelt versuchte sie, aufzustehen, doch die Wächter hielten sie umklammert und drückten sie mit Armen und Beinen an den Boden. Einer legte ihr die Hand auf den Mund. Hilflos wurde sie hochgehoben und in die andere Richtung den Flur hinuntergetragen.

Die Wächter schleppten sie über Korridore, die sie nie zuvor gesehen hatte, und Treppen hinunter, die so steil und lang waren, daß Johanna sich fragte, ob sie niemals endeten. Schließlich blieben die Männer vor einem dicken Tor aus Eichenbrettern stehen, die mit Eisen beschlagen waren. Sie hoben den Balken und drückten das schwere Tor auf; dann stellten sie Johanna auf die Füße und stießen sie grob voran. Sie taumelte nach vorn, hinein in eine trübe Dunkelheit, und landete mit den Füßen in knöcheltiefem Wasser. Mit schrecklichem Gleichklang wurde im selben Moment die Tür hinter ihr zugeworfen, und die Finsternis wurde undurchdringlich.

Als die Schritte der Wächter sich draußen entfernten und leiser wurden, tastete Johanna sich mit ausgestreckten Armen durch die Dunkelheit. Sie griff nach ihrem Ranzen mit den Arzneimitteln. Gott sei Dank war er noch da; die Wächter hatten es nicht der Mühe Wert erachtet, Johanna den Ranzen fortzunehmen. Sie öffnete ihn und tastete nach den Fläschchen und Päckchen, von denen sie jedes allein an der Form und Größe erkennen konnte. Endlich fand Johanna, was sie suchte: die Schachtel, in der sich der Feuerstein, der Zunder sowie der kleine Kerzenstummel befanden, den sie zum Erwärmen bestimmter Heiltränke benutzte. Sie nahm den Feuerstein und schlug ihn kräftig an die Seiten der eisernen Schachtel, so daß Funken auf den trockenen Zunder sprühten, der augenblicklich Feuer fing. Johanna hielt den Kerzenstummel an die winzige Flamme, bis der Docht ruhig brannte und seinen gelben Schein in einer Kugel aus sanftem Licht um sie herum warf.

Das winzige Flämmchen leuchtete beinahe zögerlich in der tiefen Finsternis und ließ unbestimmbare Gestalten und Umrisse erkennen. Das Verlies war riesig; etwa zehn Meter lang und sechs, sieben Meter breit. Die Wände waren aus schweren Steinen gemauert, die mit den Jahren in der klammen Luft einen schmierigen, dunklen Bewuchs bekommen hatten. In

Anbetracht der Schlüpfrigkeit des Bodens unter ihren Füßen vermutete Johanna, daß auch er aus Stein war, wenngleich sie sich unmöglich sicher sein konnte, denn der Boden war zentimeterhoch von schleimigem, übelriechendem Wasser bedeckt.

Johanna hob die Kerze höher, so daß die Flamme weiter leuchtete. In der entfernten Ecke des Verlieses schimmerte umrißhaft eine bleiche Gestalt – eine menschliche Gestalt, fahl und unstofflich wie die eines Gespenstes.

Ich bin nicht allein. Erleichterung durchflutete Johanna – der augenblicklich Beklommenheit folgte. Schließlich befand sie sich hier in einem Kerker. War diese seltsame Erscheinung ein Verrückter? Oder ein Mörder? Oder beides ...?

»Dominus tecum«, sagte Johanna zögernd.

Der Mann erwiderte nichts. Johanna wiederholte den Gruß, diesmal in der Sprache des gemeinen Volkes, und fügte hinzu: »Ich bin Johannes Anglicus, Priester und Heiler. Kann ich irgend etwas für dich tun, Bruder?« Der Mann saß zusammengesunken an der Wand; die Arme hingen schlaff herunter, und die Beine waren weit gespreizt. Johanna ging näher heran. Das Licht der Kerze fiel auf das Gesicht des Mannes – nur, daß es kein Gesicht mehr war, sondern ein Schädel, eine gräßliche Totenfratze, an der noch Reste von Haar und verwesendem Fleisch hafteten.

Mit einem Schrei warf Johanna sich herum und rannte zur Tür, wobei ihre Füße durchs Wasser platschten. Sie hämmerte gegen die dicken Eichenbohlen, bis ihr die Knöchel bluteten. Niemand hörte sie. Niemand kam. Man würde sie hier unten in der Finsternis sterben lassen, einsam und allein ...

Johanna schlug die Arme um den Oberkörper, als würde sie frieren, und versuchte, ihr Zittern zu unterbinden. Allmählich verebbten die Wogen des Grauens und der Verzweiflung, die ihren Körper durchliefen, und eine andere Empfindung stieg in ihr auf – eine trotzige, wilde Entschlossenheit, zu überleben und gegen das Unrecht zu kämpfen, das sie hierher in diesen Kerker gebracht hatte. Ihr Verstand, der zeitweilig vom Schock und vor panischer Angst betäubt gewesen war, begann wieder scharf und präzise zu arbeiten.

Ich darf die Hoffnung nicht aufgeben, sagte sie sich entschlossen. *Sergius wird mich nicht ewig in diesem Kerker schmachten lassen. Zuerst wird er zornig reagieren, wenn er Benedikts Lügengeschichte über den Vorfall mit Marioza hört, doch in ein paar Tagen wird er sich beruhigen und nach mir schicken lassen. Ich brauche nur bis dahin durchzuhalten.*

Johanna nahm eine vorsichtige Umrundung des Verlieses in Angriff. Sie kam an den Überresten dreier weiterer Gefangener vorbei; aber diesmal war sie auf den Anblick gefaßt; außerdem sahen die Leichen nicht so scheußlich wie die erste aus. Sie mußten schon lange Zeit hier unten liegen, denn an den bleichen, blanken Knochen befanden sich weder Haut noch Haar. Johannas Erkundungsrunde führte außerdem zu einer wichtigen Entdeckung: Eine Seite des Verlieses war höher als die andere, und auf dieser erhöhten Seite reichte das schleimige, faulige Wasser nicht bis an die Wand, so daß es hier einen langen Streifen trockenen Fußbodens gab. An der Wand lag ein achtlos fortgeworfener, alter Umhang aus Wolle, schmutzig und voller Löcher, doch als Schutz gegen die durchdringende Feuchtigkeit in dieser unterirdischen Kammer immer noch zu gebrauchen.

In einer anderen Ecke des Verlieses machte Johanna einen weiteren Fund: Eine Pritsche aus Stroh trieb auf dem Wasser. Die Matratze war dick, ordentlich gefertigt und so dicht verwoben, daß die Oberseite trocken geblieben war. Johanna zog die Pritsche zur erhöhten Seite des Verlieses hinüber, setzte sich darauf und stellte die Kerze neben sich ab. Dann öffnete sie wieder ihren Ranzen, nahm reichlich Nieswurz heraus und verstreute das giftige schwarze Pulver in einem großen Kreis um sich herum; es war eine Abschreckungslinie gegen Ratten und anderes Ungeziefer.

Schließlich holte sie ein Päckchen mit zerstampfter Eichenrinde hervor, dann ein weiteres, in dem sich getrockneter Salbei befand; sie riß beide Päckchen auf und gab ihren Inhalt in ein kleines Fläschchen, in dem sich mit Honig vermischter Wein befand. Behutsam setzte Johanna das Fläschchen mit der kostbaren Flüssigkeit an die Lippen und nahm einen tiefen Schluck, um sich gegen die Fäulnis und die verderblichen Säfte und Dämpfe in dem Verlies zu schützen, die tödliche Entzündungen hervorrufen konnten. Schließlich legte sie sich auf die Pritsche, blies die Kerze aus und zog sich den zerrissenen Wollumhang als behelfsmäßige Decke über den Körper.

Still lag sie in der Dunkelheit. Fürs erste hatte sie alles getan, was in ihrer Macht stand. Jetzt mußte sie erst einmal ausruhen und ihre Kräfte schonen, bis Papst Sergius nach ihr schicken ließ.

21.

Es war das Fest der Heimsuchung Mariä; der Feiertagsgottesdienst fand in der Titularkirche von Santa Prassede statt. Obwohl die Sonne gerade erst aufgegangen war, füllten die Straßen vor dem Patriarchum sich bereits mit Zuschauern, die aufgeregt auf das Erscheinen Papst Sergius' warteten. Als der Himmel heller wurde, waren die Straßen von Leben und Treiben, Farben und Geräuschen erfüllt.

Schließlich wurden die großen Bronzetüren des Patriarchums geöffnet. Zuerst erschienen die Akoluthen und andere Kleriker niederen Ranges, die demutsvoll zu Fuß gingen. Ihnen folgte eine Gruppe berittener Soldaten der päpstlichen Garde, die ihre scharfen Blicke über die Menge schweifen ließen und nach möglichen Unruhestiftern Ausschau hielten. Hinter ihnen kamen, ebenfalls zu Pferde, die Diakone und Notare aus den sieben Stadtteilen Roms; jedem schritt ein Priester voran, der eine Fahne mit dem *signum* des betreffenden Kirchengebietes trug. Dann kamen der Erzpriester und der Erzdiakon, beide gefolgt von weiteren Priestern und Meßgehilfen. Schließlich erschien Sergius selbst, in eine prächtige, goldene und silberne Robe gekleidet. Er ritt auf einem großen braunen Roß, das eine verzierte Decke aus weißer Seide trug. Unmittelbar hinter dem Papst ritten die *optimates* in der Rangfolge ihrer Bedeutung; zuerst kam Arighis, der *vicedominus*; dann folgten der *vestiarius*, der *sacellarius*, der *arcarius* und der *nomenclator*.

Die lange Prozession zog über den ausgedehnten Hof des Lateran, zuerst an der großen, berühmten Bronzestatue der Wölfin vorbei, der *mater romanorum* oder »Mutter der Römer«, die der Sage nach die Gründer der Stadt, die Brüder Romulus und Remus, gesäugt hatte. Die Statue hatte heftige Kontroversen ausgelöst: Auf der einen Seite gab es jene, die das Standbild als Gotteslästerung und als Gegenstand heidnischer Götzenverehrung betrachteten – der zudem praktisch vor den Mauern des päpstlichen Palastes stand –; doch andere hatten die Statue mit gleicher Leidenschaft verteidigt und ihre Schönheit und die einzigartige technische und künstlerische Ausführung gepriesen.

Gleich hinter dem Standbild der Wölfin verließ die Prozession den Platz vor dem Lateran und bewegte sich mit gemessener Würde in nördliche Richtung durch die Straßen der Stadt. Die Gläubigen zogen unter dem riesigen Bogen der Aqua Claudia hindurch, des claudischen Aquädukts, mit seinem hohen, wunderschön proportionierten Backsteinmauerwerk, und bogen dann auf die antike Via Sacra ein, die heilige Straße, über die schon seit Jahrhunderten die Päpste gezogen waren.

Sergius blinzelte in die Strahlen der tiefstehenden Sonne. Er hatte Kopfschmerzen, und das rhythmische Schaukeln seines Pferdes machte ihn benommen; er packte die Zügel fester und straffte sich. *Das ist die Strafe, die ich für meine Völlerei bezahlen muß,* dachte er reumütig. Er hatte wieder gesündigt und sich den Bauch mit reichlich gutem Essen und Wein vollgeschlagen. Sergius verachtete sich selbst seiner Schwäche wegen und nahm sich mindestens zum zwanzigstenmal in dieser Woche fest vor, sich zu bessern.

Mit einem Stich des Bedauerns dachte er an Johannes Anglicus. Er hatte sich so viel besser gefühlt, als dieser kleine ausländische Arzt ihn behandelt hatte. Doch nach Johannes' schändlichem Vergehen mit Marioza war es damit natürlich vorbei. Johannes Anglicus war ein verachtenswerter Sünder, ein Priester, der gegen das heiligste aller Gelübde verstoßen hatte.

»Gott segne unseren Heiligen Vater!« Die Jubelrufe lenkten Sergius' Gedanken wieder auf das Hier und Jetzt. Er schlug das Kreuzzeichen und segnete die Menge, wobei er gegen einen Anfall von Übelkeit kämpfte, während die Prozession sich langsam die schmale Via Sacra hinunter bewegte.

Sie waren soeben am Kloster des Honorius vorbeigekommen, als die Menge plötzlich aufgeregt auseinanderlief, um einen herangaloppierenden Mann hindurchzulassen. Pferd und Reiter waren sichtlich erschöpft; das Tier hatte Schaum vor dem Maul, sein Fell glänzte vor Schweiß, und seine Flanken bebten. Die Kleidung des Reiters war zerrissen, und sein

Gesicht war vom Staub und Schlamm der Straße schwarz wie das eines Sarazenen. Er zerrte an den Zügeln und brachte sein Pferd vor den kirchlichen Würdenträgern zum Stehen.

»Wie könnt Ihr es wagen, diese geheiligte Prozession zu stören!« rief Eustathius, der Erzdiakon, entrüstet. »Wächter, ergreift diesen Mann und peitscht ihn aus. Fünfzig Schläge werden ihn lehren, in Zukunft mehr Achtung vor uns zu haben!«

»Er ... kommt ...« Der Mann war so sehr außer Atem, daß die Worte kaum zu verstehen waren.

»Halt!« rief Sergius die Wächter zurück, die den Mann packen wollten. »Wer kommt?«

»Lothar«, stieß der Reiter keuchend hervor.

»Der Kaiser?« fragte Sergius fassungslos.

Der Reiter, der langsam zu Atem kam, nickte. »An der Spitze eines riesigen fränkischen Heeres. Heiligkeit, er hat Euch und dieser Stadt für die Kränkung, die ihm angetan wurde, blutige Rache geschworen!«

»Kränkung?« Für einen Augenblick konnte Sergius sich nicht vorstellen, was der Mann damit meinte. Dann fiel es ihm ein. »Die Papstweihe!«

Als Sergius dieses Wort rief, erhob sich ängstliches, bestürztes Gemurmel in der Menge. Nach der Wahl Sergius' zum Oberhaupt der christlichen Kirche hatte die Stadt Rom ihn sofort feierlich zum Papst geweiht, ohne das erforderliche Einverständnis des Kaisers einzuholen. Dies aber war ein Bruch eines seit dem Jahre 824 bestehenden Abkommens, welches Lothar das Recht des kaiserlichen *jussio* gewährte – dem Einverständnis mit der Wahl des Papstes *vor* dessen Weihe. Dennoch war Sergius' »eigenmächtige« Papstweihe weithin begrüßt worden; man betrachtete diesen Schritt als stolze Wiederbehauptung römischer Unabhängigkeit gegenüber der fernen fränkischen Krone. Andererseits war es ein eindeutiger und absichtlicher Affront Lothar gegenüber, wenngleich das *jussio* einen eher symbolischen denn faktischen Charakter besaß: Noch nie hatte der Kaiser einer Papstwahl seine Zustimmung verweigert, und niemand hätte je damit gerechnet, daß Lothar nun so nachdrücklich auf dieses Recht pochen würde.

»Wo ist der Kaiser zur Zeit?« Sergius' Stimme war ein heiseres Flüstern.

»In Viterbo, Heiligkeit.«

Diese Nachricht wurde von der Menge mit Entsetzensschreien aufgenommen. Viterbo lag in der römischen Ebene und war nur sechs Tagesmärsche von der Stadt entfernt.

»Er ist eine Geißel, Heiligkeit, eine wahre Heimsuchung«, sagte der Reiter. »Seine Soldaten morden und plündern, brennen die Bauernhöfe nieder, treiben das Vieh davon und reißen die Weinreben aus der Erde. Sie nehmen sich, was sie wollen – und was sie nicht wollen, das verbrennen sie. Wer ihnen in die Hände fällt, wird ohne Gnade getötet – Frauen, alte Männer, Säuglinge in den Armen ihrer Mütter – keiner bleibt verschont. Dieses Grauen ...«, seine Stimme brach, »... man kann sich dieses Grauen nicht vorstellen ...«

Von Schrecken erfüllt, ratlos und hilfesuchend, schauten die Menschen ihren Papst an. Doch es war kein Trost, den sie bei seinem Anblick fanden: Vor den entsetzten Blicken der Römer wurde Sergius' Gesicht plötzlich schlaff; er verdrehte die Augen und kippte bewußtlos nach vorn auf den Rücken seines Pferdes.

»Mein Gott, der Papst ist tot!« durchbrach ein Schrei die Stille und wurde von Dutzenden anderer Zungen aufgenommen. Rasch umringten die Männer der päpstlichen Garde Sergius, hoben ihn vom Pferd und trugen ihn ins Patriarchum. Der Rest der Prozession folgte dichtauf.

Die verängstigte Menge drängte auf den Hof. Eine gefährliche Panik drohte auszubrechen. Inmitten der verzweifelten Menschen ritten die Männer der päpstlichen Garde mit gezogenen Schwertern und schlagbereiten Peitschen umher. Sie trieben die Menge vom Hof auf die schmalen dunklen Straßen und zurück in die Einsamkeit ihrer Häuser.

Angst und Schrecken nahmen zu, als Flüchtlinge aus der umliegenden Ebene durch die Tore in die Stadt strömten – aus Farfa und Narni, Lauretum und Civitaveccia. Die Menschen kamen in hellen Scharen; sie hatten sich ihre spärlichen Habseligkeiten auf den Rücken geschnallt und ihre Toten auf Karren geladen. Alle erzählten ähnliche Geschichten über die Greuel und Grausamkeiten der Franken. Diese erschreckenden Berichte spornten die Römer dazu an, ihre Verteidigungsanlagen zu verstärken; Tag und Nacht arbeiteten die Bürger entschlossen daran, die Müll- und Schuttschichten abzutragen, die sich im Laufe der Jahrhunderte an den Stadtmauern angesammelt hatten, so daß es für einen Feind ein leichtes war, die Mauern zu erstürmen.

Auch die Priester Roms waren von Tagesanbruch bis tief in die Nacht beschäftigt; sie lasen Messen und nahmen Beichten ab. Die Kirchen waren zum Bersten gefüllt; in den Reihen der Gläubigen befand sich eine Vielzahl bislang unbekannter Gesichter, denn die Furcht hatte viele Gleichgültige und Wankelmütige zu neuem Glauben geführt. Fromm entzündeten sie Kerzen und erhoben ihre Stimmen beim Gebet für die Sicherheit ihrer Familien und Häuser – und für die Genesung des kränkelnden Sergius, auf dem all ihre Hoffnungen ruhten. Möge die Kraft des Herrn unseren Heiligen Vater erfüllen, beteten die Menschen; denn gewiß wird er große Tapferkeit und Stärke brauchen, um Rom vor dem Teufel Lothar zu retten.

Sergius' Stimme stieg und fiel, als er die liebliche Melodie des römischen Liedes sang, schöner und inbrünstiger als die anderen Jungen auf der *scola cantorum*. Der Gesangslehrer lächelte Sergius beifällig an. Ermutigt sang er noch lauter; in freudiger Verzückung stieg seine junge Sopranstimme höher und höher, bis sie mit dem Himmel zu verschmelzen schien ...

Der Traum verblaßte, und Sergius kehrte in die rauhe, beängstigende Wirklichkeit zurück. Eine unbestimmte und unerklärliche Furcht nagte in seinem Innern, bestürmte seinen Geist und ließ sein Herz rasend schnell schlagen, noch bevor er wußte, worauf diese Angst sich gründete.

Dann fiel es ihm ein, und es schnürte ihm die Kehle zu.

Lothar.

Sergius setzte sich ruckartig auf. Ihm dröhnte der Schädel, und ein widerlicher Geschmack lag ihm auf der Zunge. »Celestinus!« Seine Stimme knarrte und quietschte wie eine rostige Türangel.

»Heiligkeit?« Schläfrig erhob Celestinus sich vom Fußboden. Mit seinen weichen, rosigen Wangen, den runden Kinderaugen und dem zerzausten blonden Haar sah er wie ein Posaunenengel aus. Gerade erst zehn Jahre alt, war Celestinus der jüngste aller *cubicularii* – jener jungen Männer aus vornehmen römischen Familien, die man für das begehrte Amt des päpstlichen Kammerdieners ausgewählt hatte. Celestinus' Vater besaß großen Einfluß in der Stadt; deshalb war der Junge noch eher als die anderen in den Lateranpalast gekommen.

Aber, dachte Sergius bei sich, *er ist nicht jünger, als ich es gewesen bin, als man mich damals aus dem Elternhaus fortholte.*

»Hol Benedikt her«, befahl Sergius. »Ich möchte mit ihm reden.«

Celestinus nickte und eilte davon, wobei er ein Gähnen unterdrückte.

Mit einem Servierbrett voller Brot und Speck trat einer der Küchendiener ins Zimmer. Eigentlich hätte Sergius erst etwas zu sich nehmen dürfen, wenn er die Messe gelesen hatte; denn eine Hand, die die Hostie berührte, durfte nicht von weltlichen Dingen befleckt sein. Doch im privaten Bereich wurden solche unbedeutenden Förmlichkeiten häufig mißachtet – besonders, wenn der betreffende Priester ein Mann mit übermäßigem Appetit war, wie Sergius.

An diesem Morgen aber ließ der Duft des Specks Übelkeit in Sergius aufsteigen, und er winkte dem Diener, das Tablett wieder fortzubringen.

Ein päpstlicher Notar kam ins Zimmer und verkündete förmlich: »Seine Gnaden, der Erzpriester, erwartet Euch im *triclinium.*«

»Laßt ihn warten«, erwiderte Sergius knapp. »Zuerst spreche ich mit meinem Bruder.«

Schon in so mancher Krisensituation hatte sich Benedikts nüchterner Verstand als unschätzbar wertvoll erwiesen. Es war seine Idee gewesen, Geld aus der päpstlichen Schatzkammer zur Beschwichtigung Lothars zu verwenden. 50 000 *solidi* in Gold sollten den verletzten Stolz des Kaisers beschwichtigen.

Celestinus kehrte zurück. Doch er wurde nicht von Benedikt, sondern vom Haushofmeister Arighis begleitet.

»Wo ist mein Bruder?« fragte Sergius.

»Fort, Heiligkeit«, antwortete Arighis.

»Fort?«

»Ivo, der Pförtner, hat ihn kurz vor Tagesanbruch mit ungefähr einem Dutzend Begleiter wegreiten sehen. Wir dachten, Ihr wißt bereits davon.«

Bittere Galle stieg Sergius in die Kehle. »Und das Geld?«

»Benedikt hat es vergangene Nacht holen lassen. Es waren insgesamt elf Truhen. Er hat sie mitgenommen.«

»Unmöglich!« Doch Sergius kannte die Wahrheit, auch wenn er sie vor sich selbst zu verleugnen versuchte: Benedikt hatte ihn betrogen.

Sergius war hilflos. Nun würden Lothars Heere in Rom einmarschieren, und er konnte nichts, aber gar nichts tun, um den Kaiser aufzuhalten.

Eine Woge der Übelkeit überschwemmte ihn. Er beugte sich zur Seite aus dem Bett und erbrach seinen säuerlichen Mageninhalt auf den Fußboden. Dann versuchte er, aufzustehen, schaffte es aber nicht; ein stechender Schmerz durchfuhr seine Beine und machte sie unbeweglich. Celestinus und Arighis eilten Sergius zur Hilfe und hoben ihn zurück, betteten ihn auf die Kissen. Sergius drehte den Kopf zur Seite und ließ den Tränen freien Lauf, weinte ungehemmt wie ein Kind.

»Bleib bei ihm«, sagte Arighis zu Celestinus. »Ich muß zum Kerker hinunter.«

Johanna starrte auf die Essenschüssel, die vor ihr stand. Es gab ein kleines Stück schimmeliges Brot, dazu eine Scheibe grauen, sehnigen Fleisches von unbestimmbarer Herkunft, von dem ein Übelkeit erregender Geruch ausging. Johanna hatte seit mehreren Tagen nichts gegessen, zumal ihr die Wächter – sei es aus Vergeßlichkeit oder mit Absicht – nicht jeden Tag etwas gebracht hatten. Sie starrte auf das Fleisch; der Hunger kämpfte mit der Abscheu. Schließlich schob Johanna die Schüssel zur Seite, nahm nur das Brot, biß ein kleines Stück ab und kaute bedächtig.

Wie lange war sie jetzt schon hier unten? Zwei Wochen? Drei? Der ständigen Dunkelheit wegen hatte sie längst das Zeitgefühl verloren. Mit der Kerze war sie sehr sparsam umgegangen; sie hatte sie nur angezündet, wenn es etwas zu essen gab, oder um sich ein Heilmittel aus den Kräutern und Pulvern in ihrem Ranzen zu bereiten. Trotzdem war die Kerze zu einem Stummel heruntergebrannt, der vielleicht noch für ein, zwei Stunden kostbares Licht spendete.

Noch schrecklicher als die Dunkelheit aber war das Alleinsein. Die vollkommene, ununterbrochene Stille war nervtötend. Um sich zu beschäftigen, dabei aber ihre Kräfte zu schonen, hatte Johanna sich mit einer Reihe geistiger Aufgaben befaßt und im Kopf die vollständige Benediktinerregel, die einhundertundfünfzig Psalmen und die gesamte Apostelgeschichte zitiert. Aber diese Gedächtnisübungen wurden bald zu eintönig, als daß sie Johanna hätten ablenken können.

Sie mußte daran denken, wie der große Theologe Boethius

unter ähnlich schrecklichen Bedingungen Trost und Kraft im Gebet gefunden hatte. Stundenlang kniete sie auf dem kalten Steinboden des Verlieses und versuchte zu beten. Doch in ihrem tiefsten Innern war nur Leere. Der Same des Glaubens, den die Mutter ihr in der Kindheit eingepflanzt hatte, war aufgegangen und hatte tiefe Wurzeln in ihrer Seele geschlagen. Johanna versuchte, sie auszureißen, sich empor in das tröstende Licht der göttlichen Gnade zu erheben – doch sie konnte es nicht. Hörte Gott ihr zu? War er überhaupt da? Als die Tage vergingen, ohne daß sie ein Wort von Sergius hörte, verlor Johanna nach und nach die Hoffnung.

Das laute Klirren von Metall, als draußen an der Tür der Riegel gehoben wurde, riß Johanna aus ihrem Dämmer. Augenblicke später schwang die Tür weit auf, und blendendes Licht fiel in die Schwärze des Verlieses. Johanna beschirmte die Augen gegen die Grelle und schaute blinzelnd zum Türeingang. Vor dem hellen Hintergrund zeichnete sich umrißhaft die Gestalt eines Mannes ab.

»Johannes Anglicus?« rief der Mann unsicher in die Finsternis.

Johanna erkannte die Stimme augenblicklich. »Arighis!« Sie erhob sich. Die plötzliche, ungewohnte Bewegung ließ sie vor Schwindel taumeln. Mit schwankenden Schritten ging sie durch das verpestete Wasser zur Tür. »Hat Sergius Euch geschickt?«

Der päpstliche Haushofmeister schüttelte den Kopf. »Seine Heiligkeit will Euch nicht sehen.«

»Aber wieso ...?«

»Er ist schwer krank, so wie damals. Ihr habt ihm damals ein Mittel gegeben, das ihm geholfen hat. Habt Ihr etwas von der Medizin bei Euch?«

»Ja.« Johanna griff in ihren Ranzen und nahm ein kleines Päckchen Colchicumpulver heraus. Arighis wollte es nehmen, doch Johanna zog rasch die Hand zurück.

»Was denn?« sagte Arighis verwundert. »Haßt Ihr ihn so sehr? Gebt acht, Johannes Anglicus! Falls Ihr Christi Stellvertreter auf Erden die Hilfe verweigert, ist Eure unsterbliche Seele in größter Gefahr.«

»Ich hasse ihn nicht«, sagte Johanna wahrheitsgemäß. Sergius war kein schlechter Mensch; das wußte sie. Er war nur schwach und seinem korrupten Bruder gegenüber zu vertrauensselig. »Aber ich werde dieses Mittel nur in kundige Hände geben, denn es besitzt gewaltige Kraft. Eine falsche Dosierung kann tödliche Folgen haben.« Das stimmte nicht ganz; eine so starke Wirkung, wie Johanna vorgab, besaß die pulverisierte Wurzel nun auch wieder nicht. Man mußte schon eine sehr große Dosis verabreichen, um einem Menschen ernsten Schaden zuzufügen. Aber dies war ihre Chance, die Freiheit wiederzuerlangen; falls die Kerkertür sich noch einmal vor ihr schloß, war ihr der Weg hinaus vielleicht für immer versperrt. »Außerdem«, fügte sie hinzu, »muß ich Seine Heiligkeit sehen, um ihn heilen zu können. Woher soll ich wissen, daß er an der gleichen Krankheit leidet wie damals?«

Arighis zögerte. Einen Gefangenen freizulassen, wäre eine Insubordination und zudem ein Befehl, der dem des Papstes widersprach. Doch jetzt, da der fränkische Kaiser vor den Toren der Stadt stand, waren das Papsttum und Rom möglicherweise verloren, falls Sergius starb.

»Also gut«, sagte er kurz entschlossen. »Kommt. Ich bringe Euch zu Seiner Heiligkeit.«

Sergius lag auf den weichen Seidenkissen des päpstlichen Bettes. Der schlimmste Schmerz war verebbt, hatte Sergius aber so viel Kraft gekostet, daß er sich erschöpft und geschwächt wie ein neugeborenes Kätzchen fühlte.

Die Tür des Zimmers wurde geöffnet, und Arighis trat ein, gefolgt von Johannes Anglicus.

Sergius fuhr heftig zusammen. »Was hat dieser Sünder hier zu suchen?«

»Er bringt Euch ein starkes Mittel, Heiligkeit«, sagte Arighis, »das Euch wieder gesund macht.«

Sergius schüttelte den Kopf. »Ein Arzt ist nur das Instrument Gottes. Der Herr wird nicht zulassen, daß mir seine Gnade durch die unreinen Hände dieses Sünders zuteil wird.«

»Meine Hände sind nicht unrein«, protestierte Johanna. »Benedikt hat Euch belogen, Heiligkeit.«

»Ihr wart im Bett dieser Hure«, entgegnete Sergius anklagend. »Die Wachen haben es mit eigenen Augen gesehen.«

»Was die Männer gesehen haben, wußten sie schon vorher, und was sie berichtet haben, wurde ihnen aufgetragen«, erwiderte Johanna. Mit knappen Worten erklärte sie dem Papst, wie Benedikt sie in die Falle gelockt hatte. »Ich wollte nicht zu dieser Frau gehen«, endete sie, »aber Arighis hat darauf bestanden.«

»Das stimmt, Heiligkeit«, gab der Haushofmeister zu. »Johannes Anglicus hat mich gefragt, ob ich nicht einen der anderen Ärzte schicken könne. Aber Benedikt hat unbedingt gewollt, daß Johannes diesen Krankenbesuch macht.«

Sergius schwieg für längere Zeit. Schließlich sagte er mit schwankender Stimme zu Johanna: »Wenn das stimmt, ist Euch bitteres Unrecht geschehen.« Verzweifelt wandte er den Blick ab. »Daß Lothar gegen Rom zieht, ist Gottes gerechte Strafe für all meine Sünden!«

»Würde Gott Euch bestrafen wollen, könnte er es sich einfacher machen«, sagte Johanna. »Warum sollte er das Leben tausender Unschuldiger opfern, wo er Euch mit einem Schlag zerschmettern könnte?«

Sergius blickte sie erstaunt an. Wie bei vielen Mächtigen, war ihm angesichts der maßlosen Überschätzung der eigenen Bedeutung dieser Gedanke offenbar noch gar nicht gekommen.

»Außerdem ist Lothars Kommen keine Strafe«, fuhr Johanna fort, »sondern eine Probe – eine Probe Eures Glaubens. Ihr müßt die Menschen durch die Kraft Eures Beispiels führen, Heiligkeit.«

»Ich bin krank am Körper und am Herzen. Laßt mich sterben.«

»Falls das geschieht, wird der Wille der Menschen mit Euch sterben. Um ihretwillen *müßt* Ihr stark sein.«

»Was macht es schon aus, ob ich stark bin oder nicht?« sagte Sergius hoffnungslos. »Wir können Lothars Heer nicht standhalten. Da müßte schon ein Wunder geschehen.«

»Dann«, sagte Johanna geheimnisvoll, »laßt uns dieses Wunder bewirken.«

Am Pfingstmontag – jenem Tag, an dem man mit Lothars Erscheinen rechnete – füllte der Platz vor dem Petersdom sich mit Angehörigen der verschiedenen *scolae* der Stadt, die in ihre prächtigsten Gewänder gekleidet waren. Lothar hatte weder der Stadt Rom noch dem Papst seine Feindschaft auf irgendeine förmliche Weise erklärt; deshalb hatte man den Plan gefaßt, ihm einen festlichen Empfang zu bereiten, wie er einer Persönlichkeit von so außerordentlichem Rang zustand; sämtliche Würdenträger der Stadt sollten dem Kaiser ihre Reverenz erweisen. Vielleicht entwaffnete diese für Lothar unerwartete Begrüßung den Kaiser lange genug, so daß der zweite Teil von Johannas Plan wirksam werden konnte.

Am Vormittag war alles bereit. Sergius gab das Zeichen, und die erste der Gruppen, die *judices*, ritten los; die gelben Banner mit ihren *signae* flatterten über ihnen. Hinter ihnen ritten die *defensores* und die Diakone; dann folgten zu Fuß die verschiedenen Gemeinden der in Rom lebenden Ausländer: Friesen, Franken, Sachsen, Langobarden und Griechen. Tapfer riefen sie einander Ermunterungen zu, als sie die Via Triumphalis hinunterzogen, an den verfallenden Skeletten heidnischer Tempel vorüber, die diese antike Straße säumten.

Gebe Gott, daß sie nicht in den Tod marschieren, dachte Johanna bei sich. Dann wandte sie ihre Aufmerksamkeit Sergius zu. In den vergangenen Tagen hatte er gute gesundheitliche Fortschritte gemacht; aber er war noch längst nicht der alte. Würde er stark genug sein, die gewaltigen Anstrengungen dieses Tages zu ertragen? Johanna sprach zu einem der Kammerdiener, der einen Sessel holte. Dankbar ließ Sergius sich hineinsinken. Johanna reichte ihm zur Stärkung einen Becher Wasser, mit Zitronensaft und Honig vermischt.

Etwa fünfzig der mächtigsten Männer Roms hatten sich derweil auf der breiten Vortreppe vor den Türen des Domes versammelt: sämtliche *optimates*, die höchsten Verwaltungsbeamten des Lateran; eine ausgewählte Gruppe von Kardinälen; mehrere Herzöge und Prinzen der Stadt sowie eine wahre Heerschar von Kammerdienern und anderen Bediensteten. Der Erzpriester Eustathius sprach ein kurzes Gebet; dann standen alle schweigend da. Jetzt konnten sie nur noch warten.

Mit angespannten Gesichtern schauten die Versammelten den Platz vor dem Dom hinunter und hielten die Blicke auf jenen Punkt gerichtet, wo die Straße eine Kurve machte und hinter den grünen Sträuchern und Wiesen des *Campus Santa Petri* verschwand.

Unerträglich dehnte sich die Zeit. Die Sonne stieg langsam an einem wolkenlosen Himmel empor. Die frühmorgendliche Brise legte sich, so daß die Banner und Flaggen schlaff von den Stäben und Masten hingen. Fliegenschwärme kreisten träge über der Versammlung; ihr nervtötendes Summen klang überlaut in der gespannten Stille.

Mehr als zwei Stunden waren vergangen, seit die Prozession losgezogen war. Sie müßten doch längst schon zurück sein!

Plötzlich erklang ein kaum hörbares Geräusch. Die Versammelten lauschten mit gespitzten Ohren. Wieder ertönte das Geräusch, gedämpft, aber unverkennbar – der Klang von Stimmen, die in der Ferne ein Lied sangen.

»*Deo gratias!*« Eustathius atmete auf, als die Banner der *judices* wieder in Sicht kamen; sie flatterten am grünen Horizont wie gelbe Segel auf einem See. Augenblicke später waren die ersten Reiter zu sehen, gefolgt von unberittenen Mitgliedern der verschiedenen *scolae*. Hinter ihnen marschierte eine schwarze Masse, die sich so weit erstreckte, wie das Auge reichte: Lothars Heer. Johanna holte tief Luft. Eine so riesige Menschenmenge hatte sie nie zuvor gesehen.

Sergius stand auf und stützte sich auf seinen Bischofsstab. Die Spitze der gewaltigen Prozession zog bis zu den Treppen des Domes und fächerte sich auf dem Petersplatz auf, bildete in der Mitte eine Gasse, durch die Lothar hindurch konnte.

Und dann kam er, auf dem Rücken eines prächtigen Pferdes. Als Johanna sein düsteres Äußeres betrachtete, fiel es ihr leichter, die Geschichten über die barbarischen Grausamkeiten zu glauben, die diesem Mann vorausgeeilt waren: Der Kaiser hatte einen fleischigen, untersetzten Körper, auf dem ein dicker Hals mit einem massigen Kopf saßen; sein breites, flaches Gesicht und die schmalen Augen besaßen einen Ausdruck boshafter, verschlagener Intelligenz.

Die beiden Gruppen standen einander gegenüber – die eine dunkel, rußgeschwärzt und schmutzig vom Staub der Straße, die andere makellos und strahlend in ihren weißen, priesterlichen Roben. Hinter Sergius erhob sich, weißglühend im Licht der Vormittagssonne, der Petersdom, das geistige Herz der Kirche, das Leuchtfeuer der Welt, das größte Heiligtum der Christenheit. Vor der heiligen, erhabenen Würde dieses Bauwerks hatten sich selbst Kaiser und Könige verbeugt.

Lothar stieg aus dem Sattel, kniete aber nicht nieder, um die übliche Geste der Ehrerbietung zu vollziehen und die Treppe zu küssen, die hinauf zum Dom führte. Statt dessen stieg er mit forschen Schritten die Stufen hinauf, gefolgt von einer Gruppe Bewaffneter. Erschreckt versammelten die Prälaten sich vor den geöffneten Türen des Domes, und die Männer der päpstlichen Garde, die Hände an den Schwertern, umringten Sergius wie ein schützender Wall.

Plötzlich bewegten die Türen des Petersdomes sich wie von Geisterhand. Lothar sprang erschreckt zurück. Seine Männer zogen ihre Schwerter und verharrten angriffsbereit, ließen die Blicke umherschweifen. Doch in der näheren Umgebung war niemand zu sehen. Langsam schwangen die Türen an den Angeln nach innen, als würden sie von übernatürlichen Kräften bewegt, bis sie mit dumpfem, endgültig klingendem Knall zufielen.

Jetzt! Johanna versuchte, Sergius durch schiere Willenskraft zum Handeln zu bewegen. Als hätte er ihren stummen Befehl gehört, reckte er sich und streckte in einer dramatischen Geste die Arme aus. Mit einemmal gab es den schwächlichen, kränklichen und unentschlossenen Mann nicht mehr, der Sergius in den letzten Tagen gewesen war; statt dessen sah er in seinem weißen *camelaucum* und den goldenen Umhängen hoheitsvoll und ehrfurchtgebietend aus.

Sergius sprach fränkisch, um sicherzugehen, daß Lothars Soldaten ihn verstanden. »Hütet euch vor der Hand Gottes«, rief er mit Donnerstimme, »die euch den Weg zum heiligsten aller Altare versperrt hat!«

Ängstlich schrien Lothars Männer auf und wichen zurück. Der Kaiser aber verharrte, wachsam und mißtrauisch.

Sergius wechselte zur lateinischen Sprache über. »*Si pura mente et pro salute rei publicae huc adventisi* ... Falls ihr euch reinen Geistes und guten Willens diesem Gemeinwesen nähert, so kommt und seid willkommen; falls nicht, wird keine Macht auf Erden euch diese Tore öffnen.«

Lothar zögerte, noch immer mißtrauisch. Hatte Sergius ein Wunder beschworen? Lothar bezweifelte es. Sicher konnte er aber nicht sein; die Wege des Herrn waren unerforschlich. Außerdem war seine Position mit einemmal erheblich geschwächt; denn seine Soldaten fielen auf die Knie und ließen vor Schreck und Ehrfurcht ihre Schwerter aus den Händen gleiten.

Mit gezwungenem Lächeln breitete Lothar die Arme aus, trat auf Sergius zu, zog ihn an sich und umarmte ihn. Die Lippen der Männer berührten sich bei einem förmlichen Friedenskuß. »*Benedictus qui venit in nomine Domini*«, erhoben sich die freudigen Stimmen des Chores.»Gesegnet ist der, der da kommt im Namen des Herrn.«

Wieder bewegten sich die Türen des Domes. Ehrfürchtig beobachteten aller Augen, wie die silberbeschlagenen Türblätter nach außen schwangen, bis sie wieder weit offenstanden. Arm in Arm, umbrandet von Jubelrufen, Gebeten und Gesängen, schritten Sergius und Lothar durch das Atrium ins Innere des Domes, um gemeinsam vor dem Grab des heiligen Petrus zu beten.

Die Schwierigkeiten mit Lothar waren indes noch nicht ausgeräumt – Erklärungen mußten abgegeben und Entschuldigungen vorgebracht werden; man mußte Zugeständnisse machen und möglichst günstige Bedingungen aushandeln. Doch die unmittelbare Gefahr war gebannt.

Johanna dachte an Gerold, und wie sehr er darüber gelacht hätte, daß sie sich seinen Trick mit der hydraulischen Vorrichtung zum Öffnen der Türen zunutze gemacht hatte. Sie sah ihn vor ihrem inneren Auge – wie seine indigoblauen Augen vor Fröhlichkeit funkelten und wie er bei seinem herzhaften Lachen den Kopf in den Nacken warf.

Wie seltsam die Liebe sein kann, ging es Johanna durch den Kopf. Da sah man einen Menschen viele Jahre nicht; man gewöhnte sich an den Gedanken, ihn verloren zu haben, und versöhnte sich mit dem Schicksal – und dann, in einem einzigen unbewachten Augenblick, stiegen die Erinnerungen wieder auf und der Schmerz kehrte zurück, so rauh und scharf wie eine frische Wunde.

22.

Gerold atmete erleichtert auf, als er und seine Männer den letzten Steilhang des Mont Cenis bewältigt hatten. Lagen die Alpen erst einmal hinter ihnen, war der schwierigste Teil der Strecke geschafft. Die Via Francigena erstreckte sich vor ihnen, herrlich eben und in gutem Zustand; denn die Straße besaß noch immer ihre antike Decke aus Pflastersteinen, die vor Jahrhunderten von den Römern gelegt worden war.

Gerold trieb sein Pferd in einen leichten Galopp. Vielleicht konnten sie jetzt die in den Bergen verlorene Zeit wettmachen. Ungewöhnlich später Schneefall hatte die schmalen und steilen Alpenpässe äußerst gefährlich gemacht; zwei von Gerolds Männern waren in den Tod gestürzt, als ihre Pferde auf Eis und Schnee ins Rutschen geraten waren. Schließlich mußte Gerold sogar einen Halt befehlen, bis die Verhältnisse sich gebessert hatten; diese Verzögerung ließ seine Truppe noch weiter hinter die Hauptstreitmacht der kaiserlichen Armee zurückfallen, die sich mittlerweile bereits Rom nähern mußte.

Egal. Lothar würde ihn, Gerold, wohl kaum vermissen. Seine Einheit, die zur Nachhut der kaiserlichen Armee zählte, war nur zweihundert Mann stark und setzte sich aus niederen Landadeligen und kleinen Grundbesitzern zusammen. Für einen Mann von Gerolds Rang war es ein beschämendes Kommando.

In den nunmehr drei Jahren, die seit der Schlacht von Fontenoy vergangen waren, hatte Gerolds Verhältnis zu Kaiser Lothar sich zunehmend verschlechtert. Lothar hatte mit seinen rebellischen Brüdern schließlich eine Einigung erzielt: 842 war der Vertrag von Verdun geschlossen worden, ein bemerkenswertes Beispiel für politische Taschenspielertricks, die es Lothar erlaubt hatten, trotz seiner vernichtenden Niederlage bei

Fontenoy sowohl seine Herrschaftsgebiete als auch seine Krone zu behalten.

Dieserart von der lästigen Notwendigkeit befreit, Verbündete und Helfer zu gewinnen und zu umwerben, war Lothar tyrannischer als je zuvor geworden; er hatte sich mit Speichelleckern und Jasagern umgeben, die jeden seiner politischen Schritte begeistert bejubelten, mochten sie noch so verrückt sein. *Fideles* wie Gerold, die nach wie vor ehrlich ihre eigene Meinung vertraten, waren vom Kaiser nicht mehr gelitten. So hatte Lothar den Ratschlag Gerolds und anderer Gefolgsleute in den Wind geschlagen, den militärisch unsinnigen Feldzug gegen Rom zu unterlassen.

»Unsere Truppen werden dringend an der friesischen Küste gebraucht«, hatte Gerold erklärt, »zum Schutz gegen die Normannen. Ihre Raubzüge werden immer häufiger und zerstörerischer.«

Das stimmte. Im Jahr zuvor hatten die Normannen St. Wandrille und Utrecht angegriffen; im zurückliegenden Frühjahr waren sie sogar die Seine hinuntergesegelt und hatten Paris niedergebrannt. Dieser Raubzug hatte eine Schockwelle der Furcht über das Land hinweggejagt: Wenn eine so große Stadt wie Paris, die noch dazu im Herzen Europas lag, vor diesen Barbaren nicht sicher war, dann waren es kein Ort und kein Landstrich.

Doch Lothars Interesse blieb stur auf Rom gerichtet; denn diese Stadt hatte die Dreistigkeit besessen, Papst Sergius zu weihen, ohne vorher die Zustimmung des Kaisers einzuholen – eine Unterlassung, die Lothar als persönliche Beleidigung betrachtete.

»Schickt eine Abordnung zu Sergius und laßt ihn wissen, daß Euch sein Schritt mißfällt«, riet Gerold dem Kaiser. »Bestraft die Römer, indem Ihr ihnen das Lehensgeld vorenthaltet. Aber laßt die waffenfähigen Männer hier, wo sie wirklich gebraucht werden.«

Angesichts dieser Herausforderung seiner kaiserlichen Macht hatte Lothar äußerst wütend reagiert und Gerold zur Strafe den Befehl über diese unbedeutende kaiserliche Einheit der Nachhut übertragen.

Auf der gepflasterten Straße kamen die Männer gut voran und legten fast dreißig Kilometer zurück, bevor die Dämmerung hereinbrach. Doch auf der ganzen Strecke kamen sie an keiner einzigen Stadt oder einem Dorf vorbei. Gerold hatte sich schon damit abgefunden, daß er und seine Leute eine weitere ruhelose Nacht am Straßenrand verbringen mußten, als er plötzlich eine Rauchspirale entdeckte, die sich träge über einer Baumreihe drehte.

Deo gratias! Vor ihnen lag ein Dorf, zumindest irgendeine Art von Ansiedlung. Also konnten Gerold und seine Männer sicher sein, daß eine Nacht mit ruhigem, wohltuendem Schlaf auf sie wartete. Noch hatten sie nicht die Grenze zum päpstlichen Machtbereich überquert; das langobardische Königreich, durch das sie ritten, war kaiserliches Hoheitsgebiet, und die Gesetze der Gastfreundschaft verlangten, daß Fremde höflich aufgenommen wurden.

Und wenn schon eine Übernachtung in Häusern nicht möglich ist, dachte Gerold, *so doch bestimmt auf weichen Strohlagern in trockenen, warmen Ställen oder Scheunen.*

Als sie um eine Biegung der Straße kamen, sahen die Männer, daß der Rauch nicht von einladenden Herdfeuern stammte, sondern von den schwelenden Überresten niedergebrannter Häuser aufstieg. Einst mußte hier eine blühende Ansiedlung gestanden haben; denn Gerold zählte die geschwärzten Ruinen von etwa fünfzehn Gebäuden. Der Brand war vermutlich durch eine Unachtsamkeit entstanden – durch eine umgestürzte Öllampe vielleicht oder durch Funkenflug aus einem Herd; solche Unglücksfälle waren nicht ungewöhnlich in Ansiedlungen, in denen die Häuser aus Holz und Reet errichtet waren.

Als er an den glimmenden, verkohlten Balken vorbeiritt, wurde Gerold an Villaris erinnert. Es hatte fast genauso ausgesehen an jenem längst vergangenen Tag, als er heimgekehrt war und sein Anwesen von den Normannen niedergebrannt aufgefunden hatte. Er mußte daran denken, wie er die Trümmer durchwühlt hatte – auf der Suche nach Johanna und zugleich von der Angst erfüllt, sie zu finden. Seltsam. Es war siebzehn Jahre her, seit er sie das letzte Mal gesehen hatte, doch ihr Bild stand ihm noch so deutlich vor Augen, als wäre es erst gestern gewesen: das gelockte weißgoldene Haar; die verführerische, melodische dunkle Stimme; die tiefliegenden graugrünen Augen, die um so vieles klüger blickten, als Johanna an Jahren zählte.

Gerold verscheuchte ihr Bild aus seinen Gedanken. Manche Dinge schmerzten zu sehr, als daß man sich daran erinnern sollte.

Anderthalb Kilometer hinter der zerstörten Ansiedlung, an dem hohen Wegkreuz, das die Stelle bezeichnete, an der sich zwei Straßen trafen, bettelten eine Frau und fünf zerlumpte Kinder um Almosen. Als Gerold und seine Männer näher kamen, zog die kleine Familie sich ängstlich zurück.

»Habt keine Furcht«, sagte Gerold zu der Frau. »Wir tun euch kein Leid.«

»Habt Ihr etwas zu essen, Herr?« fragte sie. »Für die Kinder?«

Vier von den Kleinen rannten zu Gerold und streckten ihm in stummem Flehen die Hände entgegen; ihre kleinen Gesichter waren schmutzig und vom Hunger ausgezehrt. Das fünfte Kind – ein schwarzhaariges, gertenschlankes, hübsches Mädchen von etwa dreizehn Jahren – blieb zurück und klammerte sich an die Mutter.

Gerold nahm den Lederbeutel aus seiner Satteltasche, in dem sich seine Lebensmittelration für den nächsten Tag befand. Der Beutel enthielt einen halben Laib Brot, eine dicke Scheibe Käse sowie ein getrocknetes und gesalzenes Stück Rehkeule. Gerold wollte das Brot schon in zwei Hälften zerbrechen, als er sah, wie die Kinder ihn beobachteten.

Ach, egal, sagte er sich und gab ihnen den gesamten Inhalt des Beutels. *Es sind nur noch wenige Tagesreisen, dann sind wir in Rom. Bis dahin kann ich mich von dem Zwieback ernähren, den wir auf dem Mannschaftswagen mitführen.*

Die Kinder jubelten und fielen wie ein Schwarm halbverhungerter Vögel über die Lebensmittel her.

»Kommt Ihr aus dem Dorf?« fragte Gerold die Frau und zeigte auf die geschwärzten Ruinen weit hinter ihnen.

Die Frau nickte. »Mein Mann ist dort der Müller.«

Gerold ließ sich sein Erstaunen nicht anmerken. Die zerlumpte Gestalt vor ihm sah weiß Gott nicht so aus wie die Frau eines Müllers, der meist zu den wohlhabendsten Bewohnern eines Dorfes zählte. »Was ist geschehen?«

»Vor fünf Tagen, kurz nach der Frühjahrsaussaat, sind Soldaten gekommen. Die Männer des Kaisers. Sie sagten, wir müßten ihnen unsere Treue zu Lothar schwören, oder wir würden auf der Stelle durch das Schwert sterben. Da haben wir natürlich den Schwur geleistet.«

Gerold nickte. Lothars Zweifel an der Treue der Bewohner dieses Teils der Lombardei waren nicht ganz unbegründet, denn das Gebiet gehörte erst seit verhältnismäßig kurzer Zeit zum Imperium; Karl der Große, Lothars Großvater, hatte das einstige Langobardenreich erobert.

»Aber wenn ihr den Treueid geleistet habt, weshalb wurde das Dorf dann zerstört?« fragte Gerold.

»Weil die Männer uns nicht glaubten. Sie haben uns als Lügner bezeichnet und brennende Fackeln auf die Dächer unserer Häuser geworfen. Als wir versuchten, die Flammen zu löschen, hielten sie uns mit ihren Schwertern zurück. Unsere Getreidespeicher haben die Männer ebenfalls in Brand gesetzt, obwohl wir sie angefleht haben, es um der Kinder willen nicht zu tun. Aber die Soldaten haben nur gelacht und die Kinder als die Brut von Verrätern bezeichnet, die den Tod verdient hätte.«

»Diese Verbrecher!« rief Gerold wütend. Viele Male hatte er versucht, Lothar davon zu überzeugen, daß er seine Untertanen nicht durch Gewalt für sich gewinnen könne, sondern durch gerechte Behandlung und die Einhaltung der Gesetze. Wie üblich, waren seine Worte auf taube Ohren gestoßen.

»Die Soldaten haben alle Männer mitgenommen«, fuhr die Frau fort, »bis auf die sehr jungen und die ganz alten. Die Soldaten haben gesagt, daß der Kaiser gegen Rom marschiert und noch Krieger für seine Fußtruppen braucht.« Die Frau brach in Tränen aus. »Sie haben meinen Mann und zwei meiner Söhne mitgenommen. Der Jüngere ist erst elf!«

Gerold machte ein finsteres Gesicht. Es war weit gekommen, wenn Lothar sich schon dazu herabließ, seine Schlachten von Kindern schlagen zu lassen.

»Was hat das zu bedeuten, Herr?« fragte die Frau verzweifelt. »Will der Kaiser Krieg gegen die heilige Stadt führen?«

»Ich weiß es nicht.« Bis zu diesem Augenblick war Gerold in dem Glauben gewesen, Lothar wolle Papst Sergius und die Römer durch eine Demonstration militärischer Stärke lediglich einschüchtern. Doch die Zerstörung dieses Dorfes war ein unheilvolles Vorzeichen. Wenn Lothar sich in einer so rachsüchtigen Stimmung befand, war er zu allem fähig.

»Kommt, gute Mutter«, sagte Gerold, »wir bringen Euch zur nächsten Stadt. Hier ist kein sicherer Ort für Euch und Eure Kinder.«

Die Frau schüttelte heftig den Kopf. »Ich gehe nicht von hier fort. Wie sollen mein Mann und meine Söhne uns finden, wenn sie heimkehren?«

Falls sie heimkehren, dachte Gerold finster, versuchte aber, sich diesen Gedanken nicht anmerken zu lassen. Er wandte sich an das junge Mädchen, das neben der Frau stand. »Sag deiner Mutter, daß sie mit uns kommen soll – zum Wohle der Kleinen.«

Das Mädchen blickte Gerold stumm an.

»Sie möchte nicht unhöflich sein, Herr«, entschuldigte sich die Mutter an des Mädchens Stelle. »Sie würde Euch antworten, wenn sie könnte; aber sie kann nicht sprechen.«

»Sie kann nicht sprechen?« Gerold war erstaunt. Das Mädchen sah gesund aus, und es waren keinerlei Anzeichen für eine Geistesschwäche zu erkennen.

»Man hat ihr die Zunge herausgeschnitten.«

»Großer Gott!« Das Abschneiden der Zunge war die übliche Strafe für Diebe und andere Schurken, die nicht schnell genug waren, sich dem Zugriff der harten Gesetze zu entziehen. Aber dieses unschuldige junge Mädchen hatte sich bestimmt keines schweren Verbrechens schuldig gemacht. »Wer hat das getan?« fragt er. »Doch nicht etwa ...«

Die Frau nickte voller Erbitterung. »Lothars Soldaten haben ihr Gewalt angetan. Dann haben sie ihr die Zunge herausgeschnitten, damit sie die Männer dieses Verbrechens nicht anklagen konnte.«

Gerold schüttelte fassungslos den Kopf. Derartige Greueltaten konnte man von den heidnischen Normannen erwarten oder von den Sarazenen – aber doch nicht von den Soldaten des Kaisers, den Verteidigern christlichen Rechts und Gesetzes!

Mit barscher Stimme erteilte Gerold Befehle. Seine Männer gingen zu den Wagen, nahmen einen Sack Zwieback sowie ein Fäßchen Wein herunter und legten beides vor der kleinen Familie auf die Straße.

»Gott segne Euch«, sagte die Frau des Müllers gerührt.

»Und Euch, gute Mutter«, erwiderte Gerold.

Die Männer kamen durch weitere niedergebrannte und verlassene Siedlungen entlang des Weges. Lothar hatte eine Fährte aus Blut, Leid und Zerstörung durch das Land gezogen.

Fidelis adiutor. Als *fidelus,* der dem Kaiser Gefolgstreue geschworen hatte, war Gerold durch seinen Eid daran gebunden, Lothar ehrenvoll zu dienen. Doch worin lag die Ehre, Diener eines *solchen* Kaisers zu sein? So, wie Lothar das Gesetz und die Menschenwürde mit Füßen trat, war es gewiß kein Treuebruch, sich von seinen Verpflichtungen loszusagen.

Gerold beschloß, seine Nachhuteinheit der kaiserlichen Armee bis nach Rom zu führen, so, wie er es versprochen hatte. Anschließend aber wollte er dem Tyrannen Lothar seinen Dienst für immer aufkündigen.

Hinter Napi wurde die Reise zunehmend beschwerlicher. Die gut befestigte Straße verwandelte sich in einen schmalen, verwahrlosten Pfad, der von tückischen Spalten und Rinnen durchzogen war. Der Pflastersteinbelag aus der antiken Römerzeit war verschwunden; die meisten der uralten Steine waren aus dem Boden gerissen und davongekarrt worden, um sie für den Bau von Häusern zu verwenden, denn so gutes und festes Baumaterial war in diesen finsteren Zeiten eine Seltenheit. In der dunklen Erde las Gerold die Spuren, die Lothars Heer hinterlassen hatte; der Boden war von den unzähligen Hufen, Wagenrädern und Stiefeln tief aufgewühlt. Gerold und seine Männer mußten mit den Pferden besonders vorsichtig sein, denn schon ein unglücklicher Schritt genügte, und eins der Reittiere lahmte oder brach sich gar ein Bein. Während der Nacht verwandelten schwere Regenfälle die Straße in einen unpassierbaren, riesigen See aus Schlamm. Gerold beschloß, über das offene Land weiterzuziehen, statt einen nochmaligen Halt zu befehlen, und sich in Richtung Via Palestrina zu wenden, die ihn und seine Männer durch das östliche Tor von Sankt Johannes nach Rom hineinführen würde.

Sie ritten in zügigem Tempo über erblühende, duftige Wiesen voller Enzian und durch Wälder, an denen bereits die goldgrünen Blätter des Frühlings sprießten. Als die Männer aus einem ausgedehnten Stück Heideland hervorkamen, das mit dichtem Gesträuch bewachsen war, stießen sie auf eine Reitergruppe, die einen schweren Wagen eskortierte, der von vier kräftigen Zugpferden gezogen wurde.

»Ich grüße Euch«, sagte Gerold zu dem Mann, der den Zug zu führen schien, ein dunkelhäutiger Bursche mit schmalen, verschwollenen Augen.»Könnt Ihr uns sagen, ob wir auf dem richtigen Weg zur Via Palestrina sind?«

»Das seid Ihr«, erwiderte der Mann kurz angebunden.

»Falls Ihr zur Via Flaminia unterwegs seid«, sagte Gerold, »dann laßt es Euch lieber noch einmal durch den Kopf gehen. Die Straße ist vollkommen aufgeweicht. Euer Wagen wird bis zu den Achsen einsinken, bevor Ihr auch nur zehn Meter weit gekommen seid.«

»Dorthin wollen wir nicht«, erwiderte der Mann knapp.

Seltsam, ging es Gerold durch den Kopf. Von der Straße abgesehen, befand sich in der Richtung, die diese Fremden eingeschlagen hatten, nur wildes, unbewohntes Land. »Wohin wollt Ihr denn?« fragte er.

»Ich habe Euch alles gesagt, was Ihr wissen müßt«, antwortete der Fremde schroff und trieb sein Pferd voran.»Reitet weiter, und laßt einen ehrbaren Händler in Ruhe seinen Geschäften nachgehen.«

Kein gewöhnlicher Händler würde einen adeligen Herrn dermaßen hochmütig behandeln. Gerold wurde mißtrauisch.

»Womit handelt Ihr denn?« Er ritt zum Wagen. »Vielleicht könnte ich etwas gebrauchen, und ...«

»Finger weg!« brüllte der Mann.

Doch Gerold schlug bereits die Plane zurück, so daß die Ladung des Wagens zum Vorschein kam: ein Dutzend bronzener Truhen mit schweren Eisenschlössern daran. Und jede Truhe trug unübersehbar das päpstliche Wappen.

Die Männer des Papstes, dachte Gerold bei sich. *Man muß sie aus der Stadt geschickt haben, um den päpstlichen Schatz vor Lothar in Sicherheit zu bringen.*

Gerold spielte mit dem Gedanken, den Schatz zu übernehmen und ihn Lothar zu bringen. Dann aber sagte er sich: *Nein. Sollen die Römer soviel an Schätzen fortschaffen, wie sie nur können.* Papst Sergius hatte gewiß eine bessere Verwendung für das Geld als Lothar, der es nur dazu benutzen würde, noch brutalere und blutigere Feldzüge zu führen.

Gerold wollte seinen Männern gerade den Befehl zum Weiterritt erteilen, als einer der Römer vom Pferd sprang und sich flehend zu Boden warf. »Gnade, Herr!« rief er. »Verschont uns! Wenn wir mit der Last eines so schweren Verbrechens auf der Seele sterben, ist uns die ewige Verdammnis gewiß!«

»Verbrechen?« fragte Gerold.

»Halt dein Maul, du Narr!« Der Führer des Wagenzuges wollte sein Pferd anspornen und den Mann von den Hufen des Tieres zertrampeln lassen, doch Gerold hielt ihn mit gezücktem Schwert zurück. Auch seine Männer zogen die Waffen und umringten die kleine Gruppe von Römern, die klugerweise die Hände von den Schwertern ließen, als sie erkannten, wie hoffnungslos unterlegen sie waren.

»Ihm dort müßt Ihr die Schuld geben!« Der Mann, der sich zu Boden geworfen hatte, zeigte zornig auf den Anführer. »Es war Benedikts Idee, das Geld zu stehlen, nicht unsere!«

Das Geld stehlen?

Der Mann, der angeblich Benedikt hieß, wandte sich beschwichtigend an Gerold. »Ich habe keinen Streit mit Euch, Herr, und der nichtige kleine Hader zwischen mir und meinen Leuten interessiert Euch gewiß nicht. Laßt uns in Frieden weiterziehen, und nehmt Euch als Zeichen unserer Dankbarkeit eine der Truhen.« Er lächelte Gerold verschwörerisch zu. »Es ist genug Gold darin, Euch zu einem reichen Mann zu machen.«

Das Angebot – wie auch die Art und Weise, in der es unterbreitet worden war – ließ alle Zweifel schwinden. »Fesselt den Kerl«, befahl Gerold.»Und die anderen. Wir werden die Männer und diese Truhen mit nach Rom nehmen.«

Der Große Saal im Patriarchum erstrahlte im Licht von hundert Fackeln. Eine Phalanx von Dienern stand hinter dem riesigen Tisch, an dem Papst Sergius saß, flankiert von den hohen Würdenträgern der Stadt: Die Diakone aus den sieben Stadtteilen Roms saßen zu seiner Rechten; ihre weltlichen Gegenstücke, die sieben *defensores,* zu seiner Linken. Im rechten Winkel zum Tisch des Papstes stand ein zweiter, ebenso groß und schwer, an dem der Kaiser und sein Gefolge die Ehrenplätze eingenommen hatten. Der Rest der Gesellschaft, insgesamt etwa zweihundert Männer, saß auf harten Holzbänken an langen Tischen in der Mitte des Großen Saales. Das Mahl war bereits aufgetragen, und die Tische bogen sich unter der Last der köstlichen Speisen.

Da es weder ein Samstag noch ein Mittwoch noch sonst ein Fastentag war, bestand die Mahlzeit nicht bloß aus Brot und Fisch, sondern auch aus Fleisch und Wurst und anderen Delikatessen. Selbst für die Tafel eines Papstes war es ein opulentes Mahl: Es gab Platten mit Kapaun, der in weißer Sauce schwamm und mit Granatäpfeln und anderen Süßigkeiten garniert war; Schüsseln mit zartem Wild: Hasen und Rehen, Waldschnepfen und Wachteln, das mit würzig duftender, fetter Creme übergossen war; Lachs und Langusten, in Aspik eingelegt; ganze Schweine, am Spieß geröstet und vor Fett triefend, sowie Platten mit den verschiedensten Fleischsorten: Rind und Lamm, Taube und Gans. Mitten auf Lothars Tisch war ein gekochter Schwan so hergerichtet, daß er den Eindruck erweckte, er würde noch leben; sein Schnabel war vergoldet, und der versilberte Körper ruhte auf einem Bett aus Gemüse, das so kunstvoll arrangiert war, daß es wie die wogende Oberfläche eines Sees aussah.

An einem der Tische in der Mitte des Saales saß Johanna und ließ sorgenvolle Blicke über die Köstlichkeiten schweifen, die Sergius leicht dazu verleiten konnten, wieder in gefährliche Völlerei zu verfallen.

»Einen Trinkspruch!« Der Graf von Macon erhob sich von seinem Platz neben Lothar und reckte seinen Weinbecher in die Höhe. »Auf den Frieden und die Freundschaft zwischen unseren beiden christlichen Völkern!«

»Friede und Freundschaft!« riefen alle Versammelten im Chor und leerten ihre Becher. Sofort eilten Diener herbei, um sie nachzufüllen.

Eine Vielzahl weiterer Trinksprüche folgte; dann wurde das Festmahl eröffnet.

Entsetzt beobachtete Johanna, daß Sergius wieder mit hemmungsloser Hingabe aß und trank. Bald traten ihm die Augen aus den Höhlen, die Zunge wurde ihm schwer, und seine Haut nahm eine unheilverkündende dunkle Farbe an. Johanna erkannte, daß sie dem Papst an diesem Abend eine sehr starke Dosis Colchicum würde verabreichen müssen, um einem neuerlichen schweren Gichtanfall vorzubeugen.

Plötzlich wurden die Türen des *triclinium* geöffnet, und ein Trupp päpstlicher Gardisten kam hereinmarschiert. Die Männer schlängelten sich zwischen den Tischen und der Schar der geschäftig umhereilenden Diener hindurch und näherten sich dem Tisch des Papstes. Tiefe Stille breitete sich aus, als die Gäste ihre Gespräche unterbrachen. Alle reckten die Hälse, um den Grund für diese ungewöhnliche Störung zu erfahren. Plötzlich durchlief lautes Murmeln den Saal, als die Versammelten den Mann erkannten, der mit gefesselten Händen und gesenktem Blick in der Mitte der Wachtposten ging.

Benedikt.

Das fröhliche, gedunsene Gesicht Sergius' schrumpfte wie eine angestochene Schweinsblase, als er seinen Bruder erblickte. »*Du!*« rief er.

Tarasius, der Kommandeur der Garde, erklärte: »Ein fränkischer Trupp hat ihn in der Campagna aufgegriffen, Heiligkeit. Er hatte den Schatz dabei.«

Auf dem Rückweg nach Rom war Benedikt reichlich Zeit geblieben, zu überlegen, was er tun sollte. Daß er versucht hatte, den Schatz zu rauben, konnte er nicht leugnen; schließlich war er auf frischer Tat ertappt worden. Und wenngleich er sich das Hirn zermartert hatte – eine plausible Erklärung für seine Tat war ihm nicht eingefallen. Schließlich war er zu der Ansicht gelangt, daß es das Beste sei, sich der Gnade seines Bruders zu unterwerfen. Sergius war ein durch und durch sanftmütiger Mensch – eine Schwäche, die Benedikt verachtete. Nun aber hoffte er, sie zu seinem Vorteil nutzen zu können.

Er ließ sich auf die Knie fallen und streckte dem Bruder in einer flehenden Geste die gefesselten Hände entgegen. »Vergib mir, Sergius. Ich habe gesündigt, und ich bereue aufrichtig und demütig meine Untat.«

Doch Benedikt hatte nicht einkalkuliert, welche Wirkung der Wein auf den Charakter seines Bruders hatte. Sergius' Gesicht lief dunkelrot an, als er von einem unerwarteten Zornesausbruch gepackt wurde. »Verräter!« rief er. »Gauner! Dieb!« Er untermalte jedes Wort mit einem donnernden Faustschlag auf die Tischplatte, so daß die Teller und Becher tanzten und klirrten.

Benedikt erbleichte. »Bruder, ich flehe dich an ...«

»Schafft ihn mir aus den Augen!« befahl Sergius.

»Wohin sollen wir ihn bringen, Heiligkeit?« fragte Tarasius.

Sergius drehte sich der Kopf; es fiel ihm schwer, einen klaren Gedanken zu fassen. Er wußte nur, daß man ihn verraten hatte, und er wollte zurückschlagen, um zu verletzen, so, wie man ihn verletzt hatte. »Er ist ein Dieb!« sagte er voller Bitterkeit. »Also soll er auch wie ein Dieb bestraft werden!«

»Nein!« brüllte Benedikt, als die Wächter ihn packten. »Sergius! *Bruder!*« Das letzte Worte hallte noch immer nach, als er aus dem Saal gezerrt wurde.

Plötzlich verlor Sergius' Gesicht alle Farbe, und er fiel

schwer in den Stuhl. Er verdrehte die Augen; sein Kopf ruckte nach hinten, und seine Arme und Beine begannen unkontrolliert zu zittern.

»Es ist der böse Blick!« rief jemand. »Benedikt hat ihn verhext!« Die anderen Gäste schrien vor Entsetzen auf und bekreuzigten sich zum Schutz gegen die boshaften Umtriebe des Teufels.

Johanna rannte zwischen den vollbesetzten Tischen und den schreckensstarren Dienern hindurch, bis sie an Sergius' Seite gelangte. Sein Gesicht lief blau an. Johanna packte seinen Kopf und zerrte seine zusammengepreßten Kiefer auseinander. Die schlaffe Zunge war Sergius nach hinten in den Rachen gefallen und verstopfte die Luftröhre. Hastig nahm Johanna ein Messer vom Tisch, steckte Sergius das stumpfe Ende in den Mund, schob es hinter die nach innen gerollte Zunge und zog. Es gab ein saugendes Geräusch; dann löste sich die Zunge und schnellte vor. Keuchend holte Sergius Luft und begann wieder zu atmen. Johanna drückte das Messer behutsam auf die Zunge, damit die Luftröhre freiblieb. Nach kurzer Zeit ließ der Krampf nach. Sergius gab ein dumpfes Stöhnen von sich und wurde schlaff.

»Bringt ihn ins Bett«, befahl Johanna. Mehrere Diener hoben Sergius aus dem Stuhl und trugen ihn zur Tür, während die Sitzenden sich neugierig nach vorn beugten und den Weg versperrten. »Macht Platz! Macht Platz!« rief Johanna, als der besinnungslose Papst aus dem Saal getragen wurde.

Als sie das päpstliche Schlafgemach erreichten, war Sergius wieder bei Bewußtsein. Johanna flößte ihm Essig ein, mit schwarzem Senf vermischt, so daß er sich erbrach. Anschließend fühlte er sich erheblich besser. Johanna gab ihm sicherheitshalber eine starke Dosis Colchicum, das sie mit Mohnsaft vermischte, so daß er in einen tiefen Schlaf fiel.

»Er wird bis morgen schlafen«, sagte sie zu Arighis.

Der Haushofmeister nickte. »Ihr seht erschöpft aus.«

»Ich *bin* ziemlich erschöpft«, gab Johanna zu. Es war ein langer Tag gewesen, und sie hatte sich immer noch nicht von den zwei Wochen Kerkerhaft erholt.

»Ennodius und die anderen Mitglieder der ärztlichen Gesellschaft warten draußen. Sie möchten Euch wegen des erneuten Zusammenbruchs seiner Heiligkeit befragen.«

Johanna seufzte. Sie fühlte sich der Aufgabe, einen Hagel feindseliger Fragen abwehren zu müssen, nicht gewachsen, doch es ließ sich offenbar nicht vermeiden. Mit schweren Schritten ging sie zur Tür.

»Einen Augenblick.« Arighis winkte sie zu sich. Er ging auf die andere Seite des Zimmers und hob einen der Bildteppiche an; dann drückte er auf die hölzerne Wand darunter. Sie glitt zur Seite, und eine Öffnung von etwa einem Meter Breite kam zum Vorschein.

»Was, um alles in der Welt, ist das?« stieß Johanna verwundert hervor.

»Ein Geheimgang«, erklärte Arighis. »Zu Zeiten der heidnischen Kaiser erbaut – für den Fall, daß sie rasch vor ihren Feinden fliehen mußten. Jetzt verbindet dieser Gang das päpstliche Schlafgemach mit der Privatkapelle. So kann Seine Heiligkeit Tag und Nacht dorthin gehen und ungestört beten. Folgt mir.« Arighis nahm eine Kerze und betrat den Geheimgang. »Auf diese Weise könnt Ihr dem Rudel Schakale dort draußen entrinnen ... zumindest heute abend.«

Es rührte Johanna, daß Arighis sie in das Geheimnis dieses Ganges einweihte; es war ein Zeichen wachsenden Vertrauens und zunehmender gegenseitiger Achtung. Die beiden stiegen eine kurze Treppe hinunter, die spiralförmig und steil in die Tiefe führte und vor einer Wand endete, an der sich ein Hebel aus Holz befand. Arighis betätigte diesen Hebel, und wieder glitt die Wand zur Seite, und ein weiterer Gang tat sich vor ihnen auf. Johanna schlüpfte hinein, und noch einmal drückte Arighis den Hebel. Die Öffnung verschwand; nichts ließ erkennen, daß hinter dieser Wand der Geheimgang lag.

Johanna befand sich nun im rückwärtigen Teil der Privatkapelle des Papstes, der *Sancta Sanctorum.* Sie stand hinter einer der marmornen Säulen. In der Nähe des Altars waren Stimmen zu hören. Johanna erschrak. Wer hielt sich zu dieser Stunde in der päpstlichen Privatkapelle auf?

»Es ist lange her, Anastasius«, sagte eine schroffe Stimme mit schwerem Akzent, die Johanna als die Lothars erkannte. Anastasius, hatte der Kaiser die andere Person angesprochen; es mußte sich um den Bischof von Castellum handeln. Bischof und Kaiser hatten sich offensichtlich vom Festmahl zurückgezogen, um hier, in der Privatkapelle, ungestört reden zu können. Es würde ihnen ganz und gar nicht gefallen, wenn sie den Eindringling entdeckten.

Was soll ich tun? fragte sich Johanna. Falls sie versuchte, leise durch die Tür der Kapelle zu schlüpfen, bestand die Gefahr, von den Männern gesehen zu werden. Doch der Weg zurück in die Schlafkammer des Papstes war ihr ebenfalls versperrt; denn der Hebel, mit dem die Geheimtür betätigt wurde, befand sich auf der anderen Seite der Wand. Es blieb nur die Möglichkeit, sich versteckt zu halten, bis das Treffen endete und die Männer die Kapelle verließen. Anschließend konnte Johanna unbemerkt ins Freie schlüpfen.

»Dieser Anfall, den Seine Heiligkeit heute abend erlitten hat, war höchst besorgniserregend«, sagte Lothar soeben.

»Der Heilige Vater ist sehr krank«, erwiderte Anastasius. »Kann sein, daß er dieses Jahr nicht überlebt.«

»Das wäre eine schlimme Tragödie für die Kirche.«

»Sehr schlimm«, entgegnete Anastasius kühl.

Dieser Austausch waren leere Höflichkeiten, die nur dazu dienen sollten, den Weg zu den *wirklich* bedeutsamen Angelegenheiten zu ebnen, die diese beiden Männer besprechen wollten.

»Sergius' Nachfolger muß ein Mann mit Stärke und Weitsicht sein«, sagte Lothar, »ein Mann, der das historisch gewachsene ... Verständnis zwischen unseren beiden Völkern besser zu schätzen weiß.«

»So ist es. Ihr müßt all Euren Einfluß geltend machen, Euer Gnaden, daß der nächste Papst ein solcher Mann ist.«

»Ein Mann wie Ihr?«

Anastasius lächelte. »Hättet Ihr Grund, an mir zu zweifeln? Ich finde, die Dienste, die ich Euch in Colmar geleistet habe, dürften meine Loyalität hinreichend bewiesen haben.«

»Mag sein«, erwiderte Lothar unverbindlich. »Aber die Zeiten ändern sich, und die Menschen auch. Zuerst einmal, mein lieber Bischof, muß Eure Loyalität noch einmal auf die Probe gestellt werden. – Werdet Ihr den Treueid unterstützen oder nicht?«

»In Anbetracht der Verwüstungen, die Eure Armeen auf dem Weg nach Rom angerichtet haben, Euer Gnaden, werden die Leute sich sträuben, Euch den Treueid zu schwören.«

»Eure Familie hat die Macht, dies zu ändern«, entgegnete Lothar. »Wenn Ihr und Euer Vater Arsenius den Treueid ablegen, werden andere Euch folgen.«

»Ihr verlangt sehr viel von mir. In diesem Fall müßte ich eine entsprechende Gegenleistung verlangen.«

»Ich weiß.«

»Ein Eid ... das sind bloß Worte. Die Menschen brauchen einen Papst, der sie davon überzeugen kann, daß die alten Zeiten die besseren Zeiten waren. Er müßte sie dorthin zurückführen ... zurück ins fränkische Kaiserreich und zurück zu Euch, Euer Gnaden.«

»Ich wüßte niemanden, der das besser könnte als Ihr, Anastasius. Ich werde alles in meiner Macht Stehende tun, daß Ihr der nächste Papst werdet.«

Eine Pause trat ein. Dann sagte Anastasius: »Die Leute werden Euch den Treueid leisten, Euer Gnaden. Ich werde dafür sorgen.«

Johanna spürte, wie eine Woge der Furcht in ihr aufstieg. Lothar und Anastasius hatten soeben einen regelrechten Kuhhandel über das Papstamt abgeschlossen, so, wie zwei Händler auf dem Viehmarkt. Als Gegenleistung für die Privilegien der Macht hatte Anastasius sich einverstanden erklärt, die Römer der Kontrolle durch den fränkischen Kaiser auszuliefern.

Jemand klopfte an die Tür, und der Diener Lothars kam in die Kapelle.

»Der Markgraf ist soeben eingetroffen, Euer Gnaden.«

»Führe ihn her. Der Bischof und ich haben unsere ... Probleme bereinigt.«

Ein Mann trat ein, in die *brunia* eines Soldaten gekleidet. Er war hochgewachsen und sah blendend aus; sein langes Haar war rot, und seine Augen strahlten indigoblau.

Gerold.

23.

Ein fassungsloser Schrei kam über Johannas Lippen.

»Wer ist da?« rief Lothar mit scharfer Stimme.

Langsam trat Johanna hinter der Säule hervor. Lothar und Anastasius blickten sie verwundert an.

»Wer seid Ihr?« wollte Lothar wissen.

»Johannes Anglicus, Euer Gnaden. Priester und Leibarzt Seiner Heiligkeit Papst Sergius'.«

Lothar fragte mißtrauisch: »Wie lange seid Ihr schon hier unten?«

Johanna dachte rasch nach. »Seit mehreren Stunden, Hoheit. Ich bin hierhergekommen, um für die Gesundheit des Heiligen Vaters zu beten. Doch meine Müdigkeit war offenbar größer, als ich dachte, denn ich bin eingeschlafen und gerade erst erwacht.«

Lothar musterte Johanna mißbilligend. Wahrscheinlicher war, daß dieser kleine Priester in der Kapelle gefangen wurde, als er und Anastasius hereingekommen waren. Hier gab es keinen Platz, an den er sich hätte flüchten oder wo er sich hätte verstecken können. Aber im Grunde spielte es keine Rolle. Denn wieviel hatte dieser Priester schon hören und – was noch wichtiger war – begreifen können? Sehr wenig. Nein, dieser Mann stellte keine Gefahr dar; offensichtlich war er nur ein kleiner, unbedeutender Geistlicher. Es war am besten, ihn nicht weiter zu beachten.

Anastasius dagegen war zu einem anderen Schluß gelangt. Offensichtlich hatte dieser Johannes Anglicus gelauscht. Aber warum? War er ein Spitzel? Nicht für Sergius, soviel stand fest. Dem Papst mangelte es an Verschlagenheit, Spitzel einzusetzen. Aber wenn der Mann nicht für Sergius spionierte, für wen dann? Und weshalb? Anastasius beschloß, diesen kleinen ausländischen Priester von nun an scharf beobachten zu lassen.

Auch Gerold betrachtete Johanna verwundert. »Ihr kommt mir bekannt vor, Vater«, sagte er. »Haben wir uns schon einmal gesehen?« Angestrengt musterte er sie im trüben Licht. Plötzlich veränderte sich sein Gesichtsausdruck; er starrte Johanna an wie jemand, der soeben ein Gespenst gesehen hatte. »Mein Gott«, sagte er mit heiserer Stimme. »Das kann doch nicht wahr sein ...«

»Kennt Ihr Euch?« fragte Anastasius.

»Wir haben uns einmal in Dorstadt getroffen«, sagte Johanna rasch. »Ich habe dort einige Jahre an der Domschule studiert. Meine *Schwester* ...«, sie betonte das Wort kaum merklich, »... hat während dieser Zeit bei Markgraf Gerold und seiner Familie gewohnt.«

Ihre Augen blitzten Gerold eine stumme Warnung zu: *Sag nichts.*

Sofort hatte Gerold sich wieder in der Gewalt. »Ja, natürlich«, sagte er. »Ich kann mich noch gut an Eure Schwester erinnern. Aber ...«

»Genug jetzt«, unterbrach Lothar ihn ungeduldig. »Was habt Ihr mir zu berichten, Graf?«

»Meine Botschaft ist nur für Eure Ohren bestimmt, Euer Gnaden.«

Lothar nickte. »Also gut. Die anderen können gehen. Wir reden später weiter, Anastasius.«

Als Johanna sich zum Gehen wandte, berührte Gerold sie am Arm. »Wartet auf mich. Ich würde gern mehr über ... Eure Schwester erfahren.«

Vor der Kapelle angelangt, ging Anastasius sofort seiner Wege. Johanna wartete nervös auf dem Flur, unter den neugierigen Blicken von Lothars Diener. Die Situation war äußerst gefährlich. Ein unbedachtes Wort, und Johannas wahre Identität war enthüllt. *Ich sollte fortgehen, bevor Gerold aus der Kapelle kommt,* sagte sie sich, sehnte sich aber viel zu sehr danach, ihn zu sehen. Also blieb sie, wo sie war, von einer Mischung aus Furcht und freudiger Erwartung erfüllt.

Dann wurde die Tür der Kapelle geöffnet, und Gerold erschien. »Bist du es *wirklich?*« fragte er. »Aber wie ...?«

Lothars Diener beobachtete sie neugierig.

»Nicht hier«, sagte Johanna. Sie führte Gerold zu dem kleinen Zimmer, in dem sie ihre Kräuter und Arzneien aufbewahrte. Drinnen zündete sie die Öllampe an; flackernd erwachte die Flamme zum Leben und umschloß die beiden Menschen mit einem sanften, gelben Kreis aus Licht.

Dann blickten sie einander schweigend an, noch immer von tiefem Staunen erfüllt, sich nach so langer Zeit wiederzubegegnen. Siebzehn Jahre waren vergangen, seit sie sich das letzte Mal gesehen hatten, und Gerold hatte sich verändert: Sein dichtes rotes Haar wies die ersten grauen Strähnen auf, und um seine blauen Augen und den breiten, sinnlichen Mund lagen neue Falten, doch er war immer noch der schönste Mann, den Johanna je gesehen hatte. Sein Anblick ließ ihr Herz schneller schlagen.

Gerold trat einen Schritt auf sie zu, und dann lagen sie sich in den Armen und hielten einander so fest, daß Johanna durch den dicken Stoff ihres Priestergewands das harte Metall von Gerolds Kettenpanzer spürte.

»Johanna«, flüsterte er bewegt und streichelte ihr übers Haar. »Mein Schatz. Ich hätte nie gedacht, dich noch einmal wiederzusehen.«

»Gerold.« Das Wort füllte ihr Inneres vollkommen mit Gefühlen aus und verdrängte alle anderen Gedanken.

Behutsam fuhr er mit dem Finger über die dünne Narbe auf ihrer linken Wange. »Die Normannen?«

»Ja.«

Er beugte sich nieder und küßte die Narbe sanft; seine Lippen waren warm auf ihrer Wange. »Dann haben sie damals auch dich entführt? Dich und ... Gisla?«

Gisla. Gerold durfte es nie erfahren. Sie durfte ihm niemals erzählen, welch schreckliches Schicksal seiner ältesten Tochter im Innern des Domes von Dorstadt widerfahren war.

»Die Normannen haben nur Gisla entführt. Ich ... konnte entkommen.«

Er blickte sie erstaunt an. »Aber wie? Und wohin? Meine Männer und ich haben die ganze Gegend nach dir abgesucht, ohne eine einzige Spur zu finden.«

Mit knappen Worten erzählte Johanna ihm, was geschehen war – so viel, wie sie ihm in der Kürze der Zeit und unter diesen schwierigen Umständen berichten konnte: von ihrer Flucht nach Fulda und ihrer Aufnahme in die Bruderschaft, als Johannes Anglicus; von der Beinahe-Aufdeckung ihrer Identität und dem knappen Entkommen aus dem Kloster; von ihrer Pilgerreise nach Rom und ihrem Aufstieg zum Leibarzt des Papstes.

»Und in der ganzen Zeit«, sagte Gerold langsam, nachdem

Johanna geendet hatte, »hast du nie daran gedacht, mir eine Botschaft zukommen zu lassen?«

Johanna hörte den Schmerz und die tiefe Verwunderung in seiner Stimme. »Ich ... ich dachte, du wolltest mich nicht. Richild sagte mir, es wäre deine Idee gewesen, mich mit dem Sohn des Hufschmieds zu verheiraten, und daß du sie gebeten hättest, sich um die Sache zu kümmern.«

»Und das hast du ihr geglaubt?« Abrupt ließ er sie los. »Großer Gott, Johanna, hast du mich wirklich nicht besser gekannt?«

»Ich ... ich wußte nicht, was ich davon halten sollte. Du warst fort ... und ich konnte mir nicht sicher sein, weshalb. Und Richild ... sie wußte Bescheid über uns. Sie wußte, was am Flußufer geschehen war. Wie aber hätte sie davon wissen können, wenn du es ihr nicht gesagt hättest?«

»Ich habe keine Ahnung. Ich weiß nur, daß ich nie einen Menschen so sehr geliebt habe wie dich.« Seine Stimme schwankte. »Ich hätte mein Pferd damals beinahe zuschanden geritten, um nach Villaris zu gelangen. Denn ich wußte ja, dort warst *du*, und ich konnte es vor Ungeduld kaum ertragen, dich wiederzusehen ... dich zu fragen, ob du meine Frau werden willst.«

»Deine Frau?« fragte Johanna benommen. »Aber ... Richild ...?«

»Während ich fort war, ist irgend etwas geschehen – etwas, das mir geholfen hat, zu erkennen, wie trist und leer die Ehe für Richild und mich gewesen ist und wie wichtig du für mein Glück warst. Ich war heimgekehrt, um mich von Richild scheiden zu lassen und dich zu heiraten, wenn du mich wolltest.«

Johanna schüttelte den Kopf. »So viele Mißverständnisse«, sagte sie traurig. »So viel Leid. So viel versäumtes Glück.«

»So viel«, sagte Gerold, »das wir noch nachholen können.« Er zog sie an sich und küßte sie. Es war so, als würde man eine Schreibtafel aus Wachs über ein Feuer halten: Was die Jahre geschrieben hatten, wurde aufgelöst und schmolz dahin, und sie beide standen wieder im Frühlingssonnenschein am Ufer des Flusses unterhalb des Hügels von Villaris, jung, übermütig und glücklich über ihre neu entdeckte Liebe.

Nach langer Zeit löste Gerold sich von Johanna. »Hör zu, mein Schatz«, sagte er heiser, »ich trete aus Lothars Diensten aus. Ich habe es ihm schon gesagt, gerade eben, in der Kapelle.«

»Und er war einverstanden? Er wird dich gehen lassen?« fragte Johanna skeptisch. Lothar war kein Mann, der ohne weiteres auf Verpflichtungen ihm gegenüber verzichtete.

»Zuerst hat er sich geweigert, aber schließlich konnte ich ihn doch überzeugen. Meine Freiheit hat allerdings ihren Preis. Ich mußte Lothar Villaris und alle meine Ländereien übergeben. Jetzt bin ich kein reicher Mann mehr, Johanna. Aber ich habe zwei kräftige Arme und gute Freunde, die mir helfen werden. Einer von ihnen ist Siconulf, der Prinz von Benevento. Ich habe mich mit ihm angefreundet, als wir gemeinsam am Feldzug des Kaisers gegen die Obodriten teilgenommen haben. Siconulf braucht jetzt treue und verläßliche Männer; denn er wird von seinem Rivalen Radelchis hart bedrängt. Wirst du mich begleiten, Johanna? Willst du meine Frau werden?«

Beim Geräusch von Schritten auf dem Flur trennten sie sich hastig. Augenblicke später flog die Tür auf, und ein Mann steckte den Kopf ins Zimmer. Es war Florintinus, einer der päpstlichen Notare.

»Ah!« sagte er. »Da seid Ihr ja, Johannes Anglicus! Ich habe schon überall nach Euch gesucht.« Er blickte scharf von Johanna zu Gerold und wieder zurück. »Habe ich Euch bei irgend etwas ... gestört?«

»Aber nein«, sagte Johanna rasch. »Was kann ich für Euch tun, Florintinus?«

»Ich habe schreckliche Kopfschmerzen«, erwiderte er. »Da habe ich mich gefragt, ob Ihr mir eines Eurer Mittel geben könntet.«

»Sehr gern, selbstverständlich«, erwiderte Johanna höflich.

Florintinus blieb in der Tür stehen und unterhielt sich mit Gerold über Belanglosigkeiten, während Johanna rasch eine Mischung aus Lavendel und Gurkenkraut bereitete und sie in Maulbeerensaft abkochte. Dann gab sie Florintinus das Mittel. Der Notar bedankte sich und ging.

»Hier können wir uns nicht unterhalten«, sagte Johanna zu Gerold, als sie wieder allein waren. »Es ist zu gefährlich.«

»Wann sehe ich dich wieder?« fragte er drängend.

Johanna dachte nach. »Es gibt da einen vestalischen Tempel an der Via Appia, gleich vor der Stadt. Dort treffen wir uns morgen früh nach der Terz, ja?«

Er nahm sie in die Arme und küßte sie noch einmal – zuerst zärtlich, dann mit einer Leidenschaft, die Johanna mit heftigem Verlangen erfüllte. »Bis morgen«, flüsterte Gerold, und dann war er aus der Tür und ließ Johanna zurück, der mit einer schwindelerregenden Mischung aus Gefühlen der Kopf schwirrte.

Arighis spähte in das Dämmerlicht des beginnenden Morgens und ließ den Blick über den Hof des Laterans schweifen, um sich zu vergewissern, daß alles in Ordnung war. Man hatte ein brennendes Kohlenbecken auf den Hof gebracht und neben der großen Bronzestatue der Wölfin abgestellt. Ein Paar kurze Schüreisen waren in das brennende Becken gesteckt worden; die Spitzen wurden allmählich rotglühend von der Hitze der Flammen. Neben dem Becken stand der Scharfrichter, auf sein Schwert gestützt.

Die ersten Sonnenstrahlen stachen über den Horizont. Es war eine ungewöhnliche Zeit für eine öffentliche Bestrafung dieser Art; üblicherweise wurden Hinrichtungen oder Verstümmelungen erst nach der Morgenmesse vollzogen. Trotz der frühen Stunde hatte sich bereits eine Zuschauermenge eingefunden – die sensationslüsternen Gaffer kamen stets sehr zeitig, damit sie die besten Aussichtsplätze bekamen, so daß sie ja nichts verpaßten. Viele hatten ihre Kinder mitgebracht, die nun aufgeregt über den Hof tollten und das bevorstehende Spektakel mit Spannung erwarteten.

Arighis hat mit Absicht eine so frühe Stunde für Benedikts Bestrafung gewählt: Sergius schlief noch, und der Haushofmeister wollte verhindern, daß der Papst erwachte und es sich noch einmal anders überlegte. Mochte man ihn, Arighis, später auch der übertriebenen Eile bezichtigen – es machte ihm nichts aus. Er wußte genau, was er tat und warum.

Arighis hatte das Amt des *vicedominus* nun seit mehr als zwanzig Jahren inne. Sein ganzes Erwachsenenleben hatte er in päpstlichen Diensten verbracht, und stets hatte er dafür zu sorgen versucht, daß in der römischen Regierung, diesem riesigen Bienenstock aus administrativen und kirchlichen Ämtern, alles glatt und reibungslos vonstatten ging. Mit den Jahren war Arighis zu der Ansicht gelangt, daß man den päpstlichen Hof tatsächlich als eine Art gewaltiges Lebewesen betrachten konnte, als uraltes Geschöpf, dessen zukünftiges Wohlergehen allein in seiner, Arighis' Verantwortung lag.

Und dieses Wohlergehen war bedroht. In weniger als einem Jahr hatte Benedikt den päpstlichen Hof in ein Zentrum der Korruption, des Machthandels und des Ämterkaufs verwandelt. Habgierig, durchtrieben und rücksichtslos, war Benedikt zu einer bösartigen Geschwulst im Leib der Kirche geworden, und die einzige Möglichkeit, den Patienten zu retten, bestand darin, diese Geschwulst zu entfernen. Benedikt mußte sterben.

Sergius war nicht hart und entschlossen genug, den Hinrichtungsbefehl zu erteilen; deshalb fiel es Arighis zu, diese Last auf seine Schultern zu nehmen – was er ohne Zögern tat, wußte er doch, daß er im Interesse der heiligen Mutter Kirche handelte.

Alles war bereit. »Holt den Gefangenen«, befahl Arighis den Wachen.

Benedikt wurde auf den Hof geführt. Seine prächtige Kleidung war schmutzig und zerknittert, sein Gesicht müde und ausgezehrt von einer schlaflosen Nacht im Kerker. Er ließ den Blick über den Hof schweifen. »Wo ist Sergius?« fragte er scharf. »Wo ist mein Bruder?«

»Seine Heiligkeit darf nicht gestört werden«, sagte Arighis.

Benedikt fuhr zu ihm herum. »Was glaubt Ihr, was Ihr tut, Arighis? Ihr habt meinen Bruder gestern abend doch gesehen! Er war betrunken; er wußte nicht mehr, was er sagte. Laßt mich mit ihm reden, und Ihr werdet sehen, daß er das Urteil gegen mich zurücknimmt.«

»Fangt an«, befahl Arighis den Wachen.

Die Männer zerrten Benedikt in die Mitte des Hofes und zwangen ihn auf die Knie. Dann packten sie seine Arme und drückten sie auf den Sockel des Bronzestandbilds der Wölfin, so daß die gefesselten Hände des Delinquenten nebeneinander auf der steinernen Oberfläche ruhten.

Ein Ausdruck des Entsetzens legte sich auf Benedikts Gesicht. »Nein! Hört auf!« schrie er; dann starrte er hinauf zu den Fenstern des Patriarchums und begann zu rufen: »Sergius! Sergius! Ser- ...«

Das Schwert fuhr hernieder. Benedikt kreischte, als seine abgetrennten Hände zu Boden fielen und Blut verspritzten.

Die Menge schrie und jubelte. Der Scharfrichter nagelte Benedikts Hände auf ein Brett, das er an der Flanke der Wölfin festband. Dort würde es, der uralten Gewohnheit entsprechend, einen Monat hängen bleiben, als Warnung für alle, sich nicht zu der Sünde des Diebstahls verleiten zu lassen.

Ennodius, der Arzt, trat vor. Er zog die beiden rotglühenden Schürhaken aus dem Kohlenbecken und drückte sie fest auf Benedikts blutende Armstümpfe. Der beißende, Übelkeit erregende Geruch von verbranntem Fleisch breitete sich aus. Wieder schrie Benedikt markerschütternd; dann sank er bewußtlos zusammen. Ennodius kniete neben ihm nieder, sich um die Wunden zu kümmern.

Gespannt beugte Arighis sich vor. Die meisten Männer starben nach einer solchen Verletzung – wenn nicht auf der Stelle, vom Schock und dem Schmerz, so doch kurz darauf an der Entzündung und dem Blutverlust. Aber einige der Stärksten überlebten. Mitunter sah man einen von ihnen durch die Straßen Roms streifen; die gräßlichen Verstümmelungen verrieten die Art des Verbrechens: abgetrennte Lippen bei jenen, die unter Eid gelogen hatten; abgehackte Füße bei Sklaven, die versucht hatten, ihrem Herrn zu entfliehen; ausgestochene Augen bei jenen, die es nach den Frauen oder Töchtern ihrer Herren gelüstet hatte.

Die erschreckende Möglichkeit, daß auch Benedikt überleben könnte, hatte Arighis veranlaßt, Ennodius zu bitten, sich um den Verurteilten zu kümmern. Auf Johannes Anglicus' Dienst hatte Arighis wohlweislich verzichtet; der fränkische Arzt besaß so große Fähigkeiten, daß er Benedikt vielleicht gerettet hätte.

Ennodius erhob sich. »Das Urteil Gottes ist vollzogen«, verkündete er ernst. »Benedikt ist tot.«

Gelobt sei Jesus Christus, dachte Arighis bei sich. *Das Papsttum ist gerettet.*

Johanna stand in der Schlange im *lavatorium* und wartete darauf, daß sie die rituelle Handwaschung vor der Messe vollziehen konnte. Vom Schlafmangel waren ihre Lider schwer und die Augen gerötet; die ganze Nacht hatte sie sich im Bett unruhig hin und her gewälzt, während ihre Gedanken bei Gerold gewesen waren. Gestern nacht waren längst vergessen geglaubte Empfindungen wiedererwacht – mit einer Kraft, die Johanna gleichermaßen erstaunte wie verängstigte.

Gerolds Rückkehr hatte das beunruhigende Verlangen ihrer Jugend wieder zum Leben erweckt. Wie mag es wohl sein, wieder als Frau zu leben? fragte sich Johanna. Sie war es gewöhnt, eigenverantwortlich zu handeln; sie hatte die unumschränkte Gewalt über ihr eigenes Schicksal. Doch von Rechts wegen mußte eine Frau ihr Leben vollkommen in die Hände ihres Gatten legen. Konnte sie jemandem so sehr vertrauen, und sei es Gerold?

Gib dich nie einem Mann hin. – Die Worte ihrer Mutter erklangen wie warnende Glockenschläge in ihrem Innern.

Sie brauchte Zeit, mit dem Aufruhr fertig zu werden, den die widerstreitenden Gefühle in ihrem Herzen ausgelöst hatten. Doch Zeit gehörte zu jenen Dingen, die sie nicht besaß.

Arighis erschien neben ihr. »Kommt«, sagte er drängend und zog sie aus der Schlange der Wartenden. »Seine Heiligkeit braucht Euch.«

»Geht es ihm *so* schlecht?« fragte Johanna besorgt, während sie Arighis den Gang hinunter folgte, der zum Schlafgemach des Papstes führte. Johanna runzelte die Stirn. Sie hatte Sergius gestern abend ein Brechmittel gegeben; die fetten Speisen und der Wein waren längst aus seinem Körper, und die hohe Dosis Colchicum hätte normalerweise jeden neuerlichen Gichtanfall verhindern müssen.

»Es geht ihm in der Tat schlecht«, beantwortete Arighis Johannas Frage. »Es macht ihm schwer zu schaffen.«

»*Was* macht ihm schwer zu schaffen?«

»Benedikt ist tot.«

»Was!«

»Das Urteil wurde heute morgen vollstreckt. Er war sofort tot.«

»Großer Gott!« Johanna schritt schneller aus. Sie konnte sich vorstellen, welche Wirkung diese Nachricht auf Sergius hatte.

Dennoch war sie entsetzt, als sie ihn zu Gesicht bekam. Sergius war kaum wiederzuerkennen. Sein Haar war wirr; die Augen rot und geschwollen vom Weinen, und er hatte sich die Wangen blutig gekratzt. Er kniete neben dem Bett, schaukelte vor und zurück und wimmerte wie ein kleines Kind.

»Heiligkeit!« sagte Johanna ihm mit scharfer Stimme ins Ohr. »Sergius!«

Er schaukelte weiter, blind und taub vor Kummer. Es war offensichtlich, daß man in seinem derzeitigen Zustand nicht mit ihm reden konnte. Johanna nahm ein Fläschchen Bilsenkrauttinktur aus ihrem Ranzen, tröpfelte eine bestimmte Menge auf einen Löffel und hielt ihn Sergius an die Lippen. Geistesabwesend schluckte er das Mittel.

Nach einer Weile wurden seine Bewegungen langsamer; dann hielt er ganz inne und blickte Johanna an, als hätte er sie nie zuvor gesehen.

»Weine um mich, Johannes. Meine Seele ist verdammt bis in alle Ewigkeit.«

»Unsinn«, erwiderte Johanna mit fester Stimme. »Ihr habt genau das getan, was das Gesetz verlangt.«

Sergius schüttelte den Kopf. »›Du sollst nicht sein wie Kain; denn in ihm war das Böse, und er tötete seinen Bruder‹«, zitierte er.

»Und weshalb hat er ihn getötet? Weil Kains Taten böse waren, die seines Bruders dagegen rechtschaffen«, antwortete Johanna. »Benedikt aber war nicht rechtschaffen, Heiligkeit. Er hat Euch und Rom verraten.«

»Und jetzt ist er tot, weil ich es so befohlen habe! O Gott!« Er schlug sich klagend an die Brust und jammerte vor Seelenqual.

Johanna mußte einen Weg finden, Sergius von seinem Kummer abzubringen, oder er würde sich in einen neuerlichen Anfall hineinsteigern. Sie packte ihn fest bei den Schultern und sagte: »Ihr müßt die Ohrenbeichte ablegen.«

Diese Form des Sakraments der Buße und Versöhnung – der Betreffende legte eine vertrauliche und ordentliche Beichte *ad auriculum* ab, »für das Ohr« eines Priesters –, war im fränkischen Reich weit verbreitet. Doch in Rom hielt man immer noch starr am Althergebrachten fest: Die Beichte wurde öffentlich abgelegt, wie auch die Buße öffentlich verhängt wurde, und zwar nur einmal im Leben.

Sergius ließ sich Johannas Vorschlag durch den Kopf gehen; dann sagte er: »Ja. Ja, ich werde beichten.«

»Dann werde ich einen der Kardinäle zu Euch bitten«, erwiderte Johanna. »Soll ich jemand Bestimmten schicken?«

»Ich werde meine Beichte vor dir ablegen.«

»Vor mir?« Einem einfachen Priester und obendrein einem Ausländer? Johanna war eine unpassende Kandidatin, dem Papst als Beichtvater – oder besser, als Beichtmutter – zu dienen. »Seid Ihr sicher?«

»Ich möchte keinen anderen.«

»Also gut.« Johanna schaute Arighis an. »Laßt uns bitte allein.«

Bevor er das Zimmer verließ, bedachte der Haushofmeister Johanna mit einem dankbaren Blick.

Sergius begann, und Johanna lauschte mit stummem Mitgefühl dem langen Gefühlserguß aus Leid und Trauer, Bedauern und Reue. Angesichts einer derart gepeinigten, belasteten Seele war es kein Wunder, daß Sergius Ruhe und Vergessen zu finden versuchte, indem er sich so oft betrank.

Die Beichte hatte jene Wirkung, die Johanna sich erhofft hatte; nach und nach fiel die wilde Verzweiflung von Sergius ab und wich einer tiefen Erschöpfung und Müdigkeit. Jetzt stellte er für sich und andere keine Gefahr mehr dar.

Doch nun kam der knifflige Teil: das Auferlegen der Buße, die der Vergebung der Sünden vorausgehen mußte. Gewiß erwartete Sergius, eine sehr strenge Buße auferlegt zu bekommen – eine öffentliche Kasteiung beispielsweise auf den Stufen des Petersdomes. Doch eine derartige Buße würde nur bewirken, daß in Lothars Augen die Stellung Sergius' und des Papsttums geschwächt wurde, und das mußte um jeden Preis vermieden werden. Andererseits durfte die Buße, die Johanna Sergius auferlegte, nicht *zu* leicht sein, oder er würde sie zurückweisen.

Plötzlich kam ihr eine Idee.»Zum Zeichen der Buße«, sagte sie, »werdet Ihr auf den Wein und das Fleisch aller vierbeinigen Tiere verzichten, von dieser Stunde an bis zur Stunde Eures Todes.«

Das Fasten war eine übliche Form der Buße; doch für gewöhnlich mußte der Sünder nur für einige Monate auf bestimmte Genüsse verzichten, allenfalls für ein Jahr. Lebenslange Abstinenz war eine sehr strenge Strafe – besonders für Sergius, der so gern in Tafelfreuden schwelgte. Doch die Buße hätte den zusätzlichen Vorteil, daß Sergius nie wieder in betrunkenem Zustand zu einem ganz anderen, grausamen und widerwärtigen Menschen würde.

Sergius senkte demütig den Kopf. »Bete mit mir, Johannes.«

Sie kniete neben ihm nieder. In vielerlei Hinsicht war Sergius wie ein Kind – schwach, sprunghaft und fordernd. Doch Johanna wußte, daß er im Grunde seines Herzens ein guter Mensch war. Und in diesem Augenblick war er alles, was zwischen Anastasius und dem Thron des heiligen Petrus stand.

Nachdem sie gebetet hatten, erhoben sie sich. Sergius packte Johanna, hielt sie fest.»Geh nicht«, bettelte er. »Ich möchte nicht allein sein.«

Johanna bedeckte Sergius' Hand mit der ihren. »Ich werde Euch nicht allein lassen«, versprach sie feierlich.

Als Gerold durch das verfallende Portal die Ruine des vestalischen Tempels betrat, sah er voller Enttäuschung, daß Johanna noch nicht eingetroffen war. *Nur Geduld,* sagte er sich, *es ist noch früh.* Er setzte sich mit dem Rücken an eine der schlanken Säulen aus Granit, um zu warten.

Wie die meisten heidnischen Monumente in Rom, war auch dieser Tempel aller kostbaren Metalle beraubt worden: Die vergoldeten Rosetten, die einst die Deckenfelder der Kuppel verziert hatten, waren ebenso verschwunden wie die goldenen, erhabenen Reliefs, mit denen das Giebeldreieck des *pronaos* geschmückt gewesen war. Die Nischen an den Wänden waren leer; die Marmorstatuen hatte man zu den Kalkbrennöfen gekarrt, um Baumaterial für die Wände der christlichen Kirchen daraus zu gewinnen. Seltsamerweise hatte das Standbild der Göttin selbst die Stürme der Zeit überstanden: Es befand sich noch in seinem Schrein unter der Kuppel. Eine Hand der Figur war abgebrochen, und die Falten des Gewands waren im Laufe der Jahrhunderte von Wind und Wetter aufgerauht, die Konturen verwischt worden. Dennoch besaß das Standbild noch immer eine bemerkenswerte Ausdruckskraft und Anmut – uralte Zeugnisse der Kunstfertigkeit eines heidnischen Bildhauers.

Vesta, die römische Göttin von Heim und Herd. Sie symbolisierte alles, was Johanna für Gerold bedeutete: Leben, Liebe, ein wiedererwachtes Gefühl der Hoffnung. Er atmete tief durch und nahm die duftende, frische feuchte Luft des Morgens in sich auf. Er fühlte sich so gut wie seit Jahren nicht mehr. In letzter Zeit war Gerold bedrückt gewesen und der Eintönigkeit seines Lebens müde geworden, ohne sich dagegen zu wehren; er hatte diese Monotonie und Lustlosigkeit als unvermeidliche Auswirkungen seiner Jahre betrachtet, denn er wurde bald dreiundvierzig – ein alter Mann.

Jetzt wußte er, daß er sich geirrt hatte. Er war weit davon

entfernt, des Lebens müde zu sein – er war hungrig darauf. Er fühlte sich vital und voller Leben, als hätte er aus dem sagenhaften Jungbrunnen getrunken. Die Jahre, die noch vor ihm lagen, waren nicht mehr grau, sondern strahlten in leuchtenden Farben und waren voller Versprechen. Er würde Johanna heiraten, und dann würden sie nach Benevento ziehen und dort in Frieden und Liebe zusammenleben. Vielleicht waren ihnen sogar Kinder vergönnt – noch war es nicht zu spät dafür. So, wie Gerold sich im Augenblick fühlte, erschien ihm nichts unmöglich.

Er fuhr zusammen, als Johanna plötzlich durchs Portal geeilt kam. Ihr Priesterumhang bauschte sich hinter ihr, und ihre Wangen waren vom schnellen Laufen vor Anstrengung gerötet; ihr kurzgeschnittenes, weißgoldenes Haar fiel ihr lockig in die Stirn und betonte die tiefliegenden Augen; es waren Augen, die Gerold wie Seen aus Licht in einem dunklen Heiligtum anzogen. Wie, um alles in der Welt, hatte sie sich so lange unentdeckt als Mann verkleiden können? In seinen wissenden Augen sah sie sehr weiblich und sehr begehrenswert aus.

»Johanna.« So, wie er das Wort aussprach, war es einerseits ein Name, andererseits ein Flehen.

Johanna hielt vorsichtigen Abstand zwischen ihnen beiden. Sie wußte, daß ihr letzter Widerstand schmelzen würde, wenn sie sich in Gerolds Umarmung verlor.

»Ich habe ein Pferd für dich mitgebracht«, sagte er. »Wenn wir sofort losreiten, können wir in drei Tagen in Benevento sein.«

Sie holte tief Luft.»Ich gehe nicht mit dir.«

»Aber ... wieso?«

»Ich kann Sergius nicht allein lassen.«

Für einen Moment war er zu betroffen, als daß er irgend etwas hätte erwidern können. Dann brachte er mühsam hervor: »Warum nicht?«

»Er braucht mich. Er ist ... schwach.«

»Er ist der *Papst*, Johanna, und kein Kind, das bemuttert werden muß.«

»Ich bemuttere ihn nicht; ich kümmere mich um seine Gesundheit. Die Ärzte von der *scola* wissen nichts über die Krankheit, an der er leidet.«

»Und welche Krankheit ist das?«

»Falls ich ihn jetzt allein lasse«, erwiderte Johanna, »wird Sergius sich binnen eines halben Jahres zu Tode trinken.«

»Dann laß ihn doch. Es ist sein Leben«, sagte Gerold grob. »Was hat das mit uns beiden zu tun?«

Sie blickte ihn schockiert an. »Wie kannst du so etwas sagen?«

»Großer Gott, haben wir nicht schon genug geopfert? Der Frühling unseres Lebens liegt bereits hinter uns. Laß uns jetzt nicht die Zeit verschwenden, die uns noch bleibt!«

Johanna wandte sich ab, damit er nicht sehen konnte, wie tief seine Worte sie getroffen hatten. Gerold trat zu ihr und packte ihr Handgelenk.

»Ich liebe dich, Johanna. Komm mit mir – jetzt, wo noch Zeit ist.«

Die Berührung seiner Hand prickelte ihr auf der Haut und entfachte ihr Verlangen. Sie hatte den gefährlichen Wunsch, ihn zu umarmen, seine Lippen auf den ihren zu spüren. Dann aber – peinlich berührt von ihrer Schwäche und ihren schändlichen Gefühlen – überkam sie ein plötzlicher, unerklärlicher Zorn auf Gerold. »Was erwartest du eigentlich von mir?« rief sie. »Daß ich mit dir durchbrenne wie ein verliebtes junges Mädchen, wenn du bloß mit dem kleinen Finger winkst? Ich habe mir hier ein Leben aufgebaut – ein schönes Leben. Ich bin unabhängig, frei im Handeln und Denken. Ich werde geachtet und gebraucht. Ich habe hier Möglichkeiten, von denen andere Frauen nicht einmal träumen können. Warum sollte ich das alles aufgeben? Wofür? Um den Rest meines Lebens in irgendeiner dunklen, beengten Wohnung mit Kochen und Nähen zu verbringen?«

»Wenn ich von einer Frau nicht mehr erwarten würde«, sagte Gerold leise, »wäre ich längst wieder verheiratet.«

»Dann heirate doch!« erwiderte Johanna heftig. »Ich werde dich nicht aufhalten!«

Gerold schüttelte langsam den Kopf. Mit ruhiger Stimme fragte er: »Was ist geschehen, Johanna? Mit dir stimmt doch etwas nicht.«

»Ich habe mich verändert, das ist alles. Ich bin nicht mehr das naive und liebeskranke Mädchen, das ich in Dorstadt gewesen bin. Ich bin jetzt mein eigener Herr. Und das werde ich nicht aufgeben – nicht für dich, und nicht für sonst einen Mann!«

»Habe ich dich darum gebeten?« entgegnete Gerold mit ruhiger Stimme.

Doch Johanna war jetzt keinen sachlichen Argumenten mehr zugänglich. Gerolds Nähe, seine Freundlichkeit, sein Verständnis, seine starke körperliche Anziehungskraft waren eine Qual für sie; es war, als würde eine Schlange sich um ihren freien Willen winden, zudrücken und ihn ersticken. Verzweifelt versuchte Johanna, diese Umklammerung zu sprengen. »Du kannst es einfach nicht hinnehmen, stimmt's? Du kannst den Gedanken nicht ertragen, daß ich nicht bereit bin, um deinetwillen mein jetziges Leben aufzugeben, nicht wahr? Daß es eine Frau gibt, die deinem berühmten männlichen Charme widerstehen kann?«

Sie hatte ihn verletzen wollen, und es war ihr gelungen.

Gerold schaute sie an, als hätte er eine vollkommen Fremde vor sich. »Ich dachte, du liebst mich«, sagte er steif. »Offensichtlich war das ein Irrtum. Verzeih mir; ich werde dich nie mehr belästigen.« Er ging zum Portal des Tempels, zögerte, drehte sich dann noch einmal um. »Das bedeutet, daß wir uns nie wieder sehen. Möchtest du das wirklich?«

Nein! Johanna hätte es am liebsten laut hinausgeschrien. *Das möchte ich nicht! Lieber möchte ich sterben!* Doch ein anderer Teil ihres Selbst gemahnte sie, diese Worte unausgesprochen zu lassen. »Ja, das möchte ich wirklich«, sagte sie statt dessen. Ihre Stimme hörte sich an, als käme sie aus weiter Ferne.

Hätte er nur ein einziges weiteres Wort über die Liebe und die Sehnsucht gesagt, wäre sie ihm in die Arme gefallen. Doch er drehte sich abrupt um und ging durchs Portal. Johanna hörte, wie er die Stufen des Tempels hinunterrannte.

Noch einen Augenblick, und er würde für immer aus ihrem Leben verschwunden sein.

Plötzlich schlug Johanna das Herz bis zum Hals; die Mauern, die sie in ihrem Innern errichtet hatte, stürzten ein, und die aufgestauten Gefühle brachen sich gewaltsam Bahn.

Sie rannte zum Portal. Gerold ritt im Galopp die Straße hinunter. Einen Augenblick später bog er um eine Gebäudeecke und war verschwunden.

Tage später, als die Wogen ihrer aufgewühlten Gefühle sich allmählich glätteten, konnte Johanna ruhiger und besonnener darüber nachdenken, was geschehen war. Sie war schrecklich ungerecht gewesen; das war ihr klar. Welche verzweifelte Regung hatte sie dazu getrieben, Gerold so schreckliche Dinge zu sagen? Als Johanna an ihr Gespräch im vestalischen Tempel dachte, kam sie sich in den eigenen Augen wie eine Fremde vor. *Das* war nicht sie selbst gewesen.

Aegra amans, dachte sie. Vergil hatte nur allzu recht: Die Liebe *war* eine Art Krankheit. Sie veränderte den Menschen und bewirkte, daß er sich eigenartig und unvernünftig benahm. Johanna war froh, daß dieses Thema endgültig für sie abgeschlossen war. Es hatte schrecklich weh getan, sich auf diese Weise von Gerold zu trennen; nun aber sah sie ein, daß es so auf jeden Fall am besten war.

Natürlich war es so am besten.

Aber warum verspürte sie dann diese schreckliche, schmerzliche innere Leere?

24.

Der römische Sommer kam mit aller Macht. Die Sonne brannte erbarmungslos vom Himmel; gegen Mittag waren die Pflastersteine auf den Straßen so heiß, daß sie einem die Füße verbrannten. Der Gestank von verrottendem Müll und verfaulenden Exkrementen, der durch die Hitze verstärkt wurde, stieg in die unbewegte Luft und lag als erstickende Dunstglocke über der Stadt. Seuchen und Fieberepidemien wüteten unter den Armen, die in den klammen, verfallenden Häusern wohnten, die sich am Ufer des Tiber reihten.

Aus Angst vor Ansteckung hatte Lothar mit seinem Heer die Stadt verlassen. Die Römer jubelten über diesen Abzug, denn die Verköstigung einer so gewaltigen Armee hatte die Kräfte wie auch die Vorräte der Stadt nahezu erschöpft.

Sergius wurde als Held gefeiert. Die Bewunderung der Menschen half ihm, mit der Trauer über Benedikts Tod fertig zu werden. Die wiedergewonnene Gesundheit und Energie, die er zum größten Teil der spartanischen Diät verdankte, die Johanna ihm verordnet hatte, gaben ihm neuen Auftrieb, ja, sie machten einen anderen Menschen aus ihm. Wie er es versprochen hatte, ließ er den Wiederaufbau des Orphanotrophiums in Angriff nehmen. Die verfallenden Wände wurden verstärkt und ein neues Dach errichtet. Vom heidnischen Tempel der Minerva wurden die Ziegel, die aus feinstem Travertinmarmor bestanden, abgerissen und als Fußbodenfliesen für die Große Halle des Patriarchums benutzt. Eine neue Kapelle wurde gebaut und dem heiligen Stephan geweiht.

War Sergius früher oft zu müde oder zu krank gewesen, um die heilige Messe zu lesen, so feierte er nun jeden Morgen den Gottesdienst. Überdies sah man ihn oft in seiner Privatkapelle beim Gebet. Wieder von tiefem christlichem Glauben beseelt, stürzte er sich mit der gleichen Begeisterung in seine Arbeit, mit der er einst die Freuden der Tafel genossen hatte. Im Guten wie im Schlechten war Sergius kein Mann, der halbe Sachen machte.

Zwei aufeinanderfolgende Jahre mit milden Wintern und reichen Ernten hatten eine Zeit des allgemeinen Wohlstands zur Folge. Selbst die Heerscharen der Armen, die die Straßen der Stadt bevölkerten, sahen nicht mehr ganz so erbarmungswürdig aus: Das Geld saß lockerer in den Taschen der wohlhabenden Mitmenschen, und die Almosen strömten reichlicher. Vor den Altären ihrer Kirchen sprachen die Römer Dankgebete, daß sich das Schicksal ihrer Stadt und ihres Heiligen Vaters zum Guten gewendet hatte.

Die Menschen ahnten nichts von der Katastrophe, die über sie hereinbrechen würde.

Wie sollten sie auch?

Bei einem der regelmäßigen Treffen Sergius' mit den römischen Prinzen war Johanna zugegen, als plötzlich ein Bote unangekündigt in den Versammlungssaal stürmte.

»Was soll das?« erkundigte Sergius sich streng.

»Heiligkeit«, der Bote ließ sich in respektvoller Huldigung auf die Knie fallen. »Ich bringe aus Siena eine Nachricht von größter Wichtigkeit. In Afrika hat eine riesige Flotte sarazenischer Schiffe Segel gesetzt, und sie haben direkten Kurs auf Rom genommen.«

»Auf Rom?« fragte einer der Prinzen ungläubig. »Das kann nicht sein. Die Meldung ist gewiß ein Irrtum.«

»Es ist kein Irrtum«, entgegnete der Bote. »Die Sarazenen werden binnen zweier Wochen hier sein.«

Für einen Moment herrschte Schweigen, als die Versammelten diese erschreckende Nachricht in sich aufnahmen.

Schließlich meldete sich ein anderer Prinz zu Wort. »In diesem Fall wäre es gewiß anzuraten, die heiligen Relikte an einen sicheren Ort zu bringen«, sagte er und bezog sich damit auf die Überreste des Apostels Petrus, die heiligsten Relikte der Christenheit, die im Petersdom lagen, der sich jedoch vor den schützenden Stadtmauern befand.

Romuald, der ranghöchste der anwesenden Prinzen, warf den Kopf in den Nacken und lachte. »Ihr glaubt doch nicht im Ernst, diese Ungläubigen würden den Petersdom angreifen?«

»Was sollte sie davon abhalten?« fragte Johanna.

»Sie mögen Barbaren sein, aber sie sind keine Dummköpfe«, erwiderte Romuald. »Sie wissen, daß die Hand Gottes sie in dem Augenblick zerschmettern würde, da sie versuchen, in das Heilige Grabmal einzudringen!«

»Sie haben ihren eigenen Glauben«, erklärte Johanna, »und fürchten die Hand des christlichen Gottes nicht.«

Romualds Lächeln erstarb. »Was soll diese heidnische Blasphemie?«

Johanna ließ sich nicht beirren. »Die Peterskirche bietet sich als Ziel für Plünderungen an, und sei es nur der Schätze wegen, die sich darin befinden. Aus Gründen der Sicherheit sollten wir diese Gegenstände sowie den Sarkophag des heiligen Petrus ins Innere der Stadtmauern bringen.«

Sergius blickte sie zweifelnd an. »Wir haben schon des öfteren solche Warnungen erhalten, und keine hat sich als begründet erwiesen.«

»In der Tat«, sagte Romuald spöttisch. »Würden wir die Reliquien beim Anblick eines jeden sarazenischen Schiffes in die Stadt bringen lassen, um sie wieder zum Petersdom zurückzuschaffen, sobald das Schiff fort ist, hätten wir nichts anderes mehr zu tun, als die heiligen Gebeine hin und her zu transportieren.«

Beifälliges Lachen erhob sich, wurde jedoch abrupt unterbrochen, als der Papst mit strenger Miene in die Runde blickte.

»Gott schützt die Seinen«, sagte Sergius. »Der heilige Apostel bleibt, wo er ist.«

»Dann laßt uns wenigstens Boten in die umliegenden Städte und Dörfer schicken, um Männer zur Verteidigung Roms zusammenzurufen«, drängte Johanna.

»Die Leute sind zur Zeit damit beschäftigt, die Reben zu beschneiden«, sagte Sergius. »Jeder gesunde Mann wird in den Weinbergen gebraucht. Da keine unmittelbare Gefahr besteht, sehe ich keinen Grund, die Ernte zu gefährden, von der unser aller Wohlstand abhängt.«

»Aber, Heiligkeit ...«

Sergius schnitt ihr das Wort ab. »Vertraue auf Gott, Johannes Anglicus. Es gibt keine stärkere Rüstung als das Gebet und den christlichen Glauben.«

In respektvoller Unterwerfung senkte Johanna den Kopf. Doch in ihrem Innern dachte sie aufsässig: *Wenn die Sarazenen erst vor den Toren Roms stehen, werden alle Gebete der Welt nicht halb soviel helfen wie eine einzige Division waffenfähiger Männer.*

Gerold und seine Leute hatten unmittelbar vor der Stadt Benevento ihr Lager aufgeschlagen. Er hatte den Männern als Lohn für ihren überwältigenden Sieg vom Vortag erlaubt, am Abend zu feiern und mehrere Fässer Wein zu leeren; nun schliefen sie tief und fest in ihren Zelten.

In den vergangenen zwei Jahren hatte Gerold die Armeen Prinz Siconulfs befehligt und dafür gekämpft, Siconulfs Thron gegen den ehrgeizigen Mitbewerber Racheldis zu sichern. Dieser war ein tüchtiger Feldherr, der seine Männer gründlich in Disziplin und Waffenkampf ausbilden ließ, um ihnen dann in der Schlacht großen eigenen Ermessensspielraum zu lassen. Dennoch hatte Gerold den gegnerischen Truppen Niederlage um Niederlage beigebracht. Der gestrige Sieg war so überwältigend gewesen, daß er den Ansprüchen Racheldis' auf den Thron von Benevento vermutlich ein für allemal ein Ende gemacht hatte.

Wenngleich rings um das Lager bewaffnete Posten aufgestellt waren, schliefen Gerold und seine Männer neben ihren Schwertern und Schilden, so daß sie stets griffbereit waren. Gerold ging kein Risiko ein; denn selbst nach einer Niederlage konnte ein Feind noch gefährlich werden. Zu oft schon hatten blinde Wut und Rachsucht Männer zu überstürzten, verzweifelten Taten getrieben. Gerold kannte viele Fälle, in denen Lager wie dieses durch einen Überraschungsangriff eingenommen worden waren; die Männer wurden niedergemetzelt, noch bevor sie aus dem Schlaf erwachten.

In diesem Augenblick aber waren Gerolds Gedanken ganz woanders. Er lag auf dem Rücken, die verschränkten Hände hinter dem Kopf, die Beine lang ausgestreckt. Die Frau neben ihm, die sich mit seinem Umhang zugedeckt hatte, atmete in weinseligem Schlaf – ein rhythmisches Geräusch, das nur von gelegentlichen Schnarchern unterbrochen wurde.

Im Licht der anbrechenden Morgendämmerung bedauerte Gerold den kurzzeitigen Anflug von Leidenschaft, der ihn veranlaßt hatte, die Frau in sein Bett zu holen. In den zurückliegenden Jahren hatte es ähnliche flüchtige Erlebnisse mit anderen Frauen gegeben, doch sie waren von Mal zu Mal unbefriedigender und belangloser geworden. Denn immer noch trug Gerold die Erinnerung an eine Liebe im Herzen, die nicht flüchtig, sondern unvergänglich war, die weder befriedigt, noch vergessen werden konnte – die Liebe zu einer Frau, bei der Geist und Körper zu perfekter Harmonie vereint waren.

Unwillig schüttelte er den Kopf. Es war sinnlos, in der Vergangenheit zu verweilen. Johanna hatte seine Gefühle nicht erwidert, sonst hätte sie ihn niemals gehen lassen.

Die Frau drehte sich auf die Seite. Gerold berührte sie an der Schulter, und sie erwachte und schlug die hübschen braunen Augen auf, die ihn ohne wahre Gefühle und ohne jedes stumme Wort der Zärtlichkeit betrachteten.

»Der Morgen bricht an«, sagte Gerold. Er holte ein paar Münzen aus seinem Ranzen und reichte sie der Frau.

Sie lächelte zufrieden. »Soll ich heute abend wiederkommen?«

»Nein, das wird nicht nötig sein.«

»Bist du nicht zufrieden mit mir?« fragte sie und schaute ihn enttäuscht an.

»Doch, doch, natürlich. Aber meine Männer und ich brechen heute abend das Lager ab.«

Für kurze Zeit beobachtete Gerold, wie die Frau über die Wiese ging; die Sohlen ihrer Sandalen klatschten gedämpft auf dem trockenen Gras. Der bewölkte Himmel hellte sich auf und wurde zu einem trüben, tristen Grau.

Bald brach ein weiterer Tag an.

Siconulf und seine wichtigsten *fideles* hatten sich bereits in der großen Halle versammelt, als Gerold hereinkam. Siconulf überraschte alle Anwesenden, als er auf die üblichen Höflichkeiten verzichtete und ohne Umschweife erklärte: »Ich habe soeben Nachricht aus Korsika bekommen. Dreiundsiebzig sarazenische Schiffe haben vor kurzem von der afrikanischen Küste abgelegt. Sie haben etwa fünftausend Mann und zweihundert Pferde an Bord.«

Erstauntes Schweigen senkte sich über die Versammlung. Eine so große Flotte konnte man sich ja kaum vorstellen!

Eburis, einer von Siconulfs Gefolgsleuten, stieß einen leisen Pfiff aus. »Was sie auch vorhaben mögen, es ist eine größere Sache als einer ihrer üblichen Raubzüge an unseren Küsten.«

»Sie haben Kurs auf Rom genommen«, sagte Siconulf.

»Rom? Bestimmt nicht«, erwiderte ein anderer Gefolgsmann.

»Das ist absurd!» rief ein dritter. »Das würden sie niemals wagen!«

Gerold hörte den anderen kaum zu. Seine Gedanken rasten.

»Papst Sergius wird unsere Hilfe brauchen«, sagte er schließlich mit angespannter Stimme.

Doch er dachte dabei nicht an Sergius. Die Nachricht von der herannahenden Sarazenen-Flotte hatte allen Schmerz, alle Fehler, alle Mißverständnisse der letzten zwei Jahre auf einen Streich hinweggefegt. Für Gerold zählte jetzt nur noch eins – Johanna rechtzeitig zu erreichen und alles in seiner Macht Stehende zu tun, um sie zu schützen.

»Was schlagt Ihr vor, Gerold?« fragte Siconulf.

»Laßt mich unsere Truppen zu Roms Verteidigung führen, mein Prinz.«

Siconulf runzelte die Stirn. »Ich gehe davon aus, daß die heilige Stadt ihre eigenen Verteidiger hat.«

»Nur die *familia Sancta Petri* – eine kleine, undisziplinierte Truppe der päpstlichen Miliz. Diese Männer werden vor den Schwertern der Sarazenen fallen wie Sommerweizen vor der Sense des Schnitters.«

»Was ist mit der aurelianischen Mauer? Die Sarazenen können sie bestimmt nicht durchbrechen.«

»Die Mauer selbst dürfte stark genug sein«, räumte Gerold ein. »Aber einige der Tore sind nur schwach befestigt. Einem anhaltenden Angriff könnten sie nicht standhalten. Und das Grab des heiligen Petrus ist vollkommen ungeschützt; denn die Peterskirche liegt außerhalb der Stadtmauern.«

Siconulf dachte darüber nach. Es widerstrebte ihm, seine Truppen für eine andere Sache als die eigene in die Schlacht zu schicken. Doch er war ein frommer, christlicher Prinz, der dem Papst, der heiligen Stadt und ihren geheiligten Orten tiefe Ehrerbietung entgegenbrachte. Der bloße Gedanke, barbarische Ungläubige könnten das Grab des Apostels schänden, war ihm unerträglich. Außerdem wurde ihm klar, daß es ihm persönliche Vorteile einbringen konnte, wenn er Soldaten zu Roms Verteidigung schickte. Sobald alles vorüber war, konnte es gut sein, daß der dankbare Sergius ihn mit einem der reichen päpstlichen Kirchengüter belohnte, die an Siconulfs Hoheitsgebiet grenzten.

»Ich unterstelle Euch drei Divisionen, die Ihr nach Rom führen könnt«, sagte er zu Gerold. »Wie lange braucht Ihr, bis die Männer abmarschbereit sind?«

»Die Truppen sind kampferprobt und erfahren. Wir könnten noch heute losmarschieren. Falls das Wetter hält, sind wir in zehn Tagen in Rom.«

»Laßt uns beten, daß es für Rom früh genug ist. Gott sei mit Euch, Gerold.«

In Rom breitete sich eine seltsame Ruhe aus. Seit der ersten Warnung aus Siena zwei Wochen zuvor hatte man kein Wort mehr über die sarazenische Flotte gehört. Allmählich fiel die Spannung von den Römern ab; ihre erhöhte Wachsamkeit ließ nach, und sie redeten sich ein, daß die Berichte über die feindliche Flotte doch nicht gestimmt hatten.

Der Morgen des 23. August war strahlend schön und versprach einen herrlichen Sommertag. Die Messe wurde in der Kathedrale *Sancta Maria ad Martyres* gelesen, die aus dem Pantheon entstanden war, dem einstigen heidnischen Tempel. Sie war eine der anmutigsten Kirchen Roms, und es war ein besonders feierlicher und schöner Gottesdienst; die Sonnenstrahlen fielen durch die runde Öffnung in der gewaltigen Kuppel der Kirche und zauberten einen goldenen Schimmer auf die Versammlung der Gläubigen. Als die Prozession nach der Messe zurück zum Patriarchum zog, sang der Chor voller Freude *Gloria in Excelsis Deo.*

Die Worte blieben den Sängern auf den Lippen kleben, als sie auf den sonnenüberfluteten Innenhof des Laterans gelangten und die Menschenmenge sahen, die sich ängstlich um einen erschöpften, schlammbespritzten berittenen Boten drängte.

»Die Flotte der Ungläubigen hat angelegt«, verkündete der Bote voller hilfloser Wut. »Die Stadt Portio ist gefallen; die Bewohner wurden niedergemetzelt, die Kirchen geschändet.«

»Gott steh uns bei!« rief jemand.

»Was soll aus uns werden?« jammerte ein anderer.

»Sie werden uns alle töten!« schrie ein dritter hysterisch.

Für einen Augenblick bestand die Gefahr, daß die Menge in eine gefährliche Panik ausbrach.

»Ruhe!« Sergius' befehlende Stimme übertönte wie Donnergrollen den Tumult. »Was für ein unwürdiges Schauspiel ihr bietet!«

Die Menge verstummte; bleiche Gesichter wandten sich dem Papst zu.

»Seid ihr Schafe, daß ihr so blökt? Seid ihr wehrlose kleine Kinder, daß ihr so jammert? Nein! Ihr seid Römer! Und dies ist Rom, die heilige Stadt, Schutzgebiet des Sankt Peter, der die Schlüssel zum himmlischen Königreich in den Händen hält! ›Du bist Petrus‹, hat Jesus gesagt, ›und auf diesen Felsen will ich meine Kirche bauen.‹ Was fürchtet ihr euch? Glaubt ihr, Gott läßt es zu, daß sein heiliger Altar geschändet wird?«

Mit einemmal kam Bewegung in die Menge. Vereinzelte Stimmen erhoben sich und antworteten:»Hört auf den Heiligen Vater! Sergius hat recht!«

»Haben wir nicht unsere päpstliche Garde und unsere Miliz?« Mit einer umfassenden Armbewegung zeigte Sergius auf die Soldaten der Garde; die Männer reagierten, indem sie Haltung annahmen, ihre Speere hoben und sie drohend schüttelten. »Das Blut unserer Ahnen strömt durch ihre Adern; sie besitzen die Kraft des allmächtigen Gottes! Wer sollte gegen sie bestehen?«

Die Menge stieß wilde Jubelschreie aus. Roms heroische Vergangenheit war noch immer eine Quelle des Stolzes, und die militärischen Triumphe des Cäsar, des Pompejus und des Augustus kannte jeder Bürger der Stadt.

Johanna betrachtete Sergius voller Staunen. War dieser heldenhafte Mann tatsächlich der kranke, schwächliche, entmutigte und übellaunige Greis, dem sie vor Jahren zum erstenmal begegnet war?

»Laßt die Ungläubigen nur kommen!« rief Sergius. »Laßt sie ihre Waffen gegen diese heilige Feste erheben! Ihr Mut wird an den Mauern unserer Stadt zerbrechen, die vom Allmächtigen selbst bewacht werden!«

Johanna spürte, wie sich eine Woge der Begeisterung erhob, um dann mit einem gischtenden Aufruhr von Emotionen über die Menge hinwegzutosen. Sie selbst war keine Römerin und stand mit beiden Beinen ohnehin zu fest auf der Erde, als daß auch sie von dieser Woge mitgerissen werden konnte, doch die Menge reckte die Fäuste empor; die Köpfe hoch erhoben, riefen die Menschen mit funkelnden Augen und donnernden Stimmen im Gleichtakt:»Sergius! Sergius! Sergius!«

Auf Befehl des Papstes verbrachten die Bewohner Roms die nächsten beiden Tage mit Fasten und Beten. Die Altäre sämtlicher Kirchen erstrahlten in hellem Glanz, von einem Meer von Opferkerzen erleuchtet. Überall wurde von Wundern berichtet. Die goldene Statue in der Kapelle des heiligen Cosmas hatte angeblich die Augen bewegt und eine Litanei gesungen, und der Heiland am Kreuz über dem Altar der Kirche Sankt Hadrian hatte Tränen aus Blut vergossen. Diese und andere Wunder wurden als Zeichen des göttlichen Segens und der Gunst des Allmächtigen gedeutet. Tag und Nacht erklang das *Hosianna* aus Kirchen und Klöstern, als der Klerus der Stadt dem Aufruf des Papstes folgte und sich darauf vorbereitete, dem Feind mit der unbezwingbaren Kraft ihres christlichen Glaubens zu begegnen.

Am 26. August, kurz nach Anbruch der Dämmerung, hallte der Ruf von den Mauern. »Sie kommen! Sie kommen!«

Die entsetzten Schreie der Menschen drangen sogar durch die dicken steinernen Wände des Patriarchums.

»Ich muß hinaus auf die Brustwehr«, verkündete Sergius. »Wenn die Leute mich sehen, dann wissen sie, daß sie nichts zu befürchten haben.«

Arighis und die anderen *optimates* erhoben Widerspruch und erklärten, daß es viel zu gefährlich sei, doch Sergius blieb eisern entschlossen. Widerstrebend führten die anderen ihn zur Stadtmauer und suchten sorgsam eine Stelle aus, an der die Mauer ein Stück höher aufragte und besseren Schutz bot.

Die Menschen jubelten, als Sergius die Stufen hinaufstieg. Dann wandten aller Augen sich nach Westen. Eine gewaltige Staubwolke schimmerte in der Luft, aus der die Sarazenen in wildem Galopp zum Vorschein kamen; ihre weite Kleidung flatterte im Reitwind hinter ihnen wie die Flügel riesiger Raubvögel. Ein schrecklicher Kriegsschrei erhob sich – ein langes, schrilles Heulen, das die Luft erbeben ließ und allen, die es vernahmen, einen Entsetzensschauer über den Rücken jagte.

»Deo, juva nos«, stieß einer der Priester mit zitternder Stimme hervor.

Sergius hob ein kleines, mit Edelsteinen besetztes Kruzifix in die Höhe und rief: »Christus ist unser Heiland und unser Schild!«

Die Stadttore wurden geöffnet, und die päpstliche Miliz marschierte tapfer hinaus, um dem Feind entgegenzutreten.

»Tod den Ungläubigen!« brüllten die Männer und reckten ihre Schwerter und Speere empor.

Die feindlichen Heere trafen mit einem ohrenbetäubenden Geräusch von klirrendem Stahl aufeinander, lauter als der Lärm aus tausend Schmiedewerkstätten. Binnen weniger Minuten wurde deutlich, daß die Kräfte in der Schlacht hoffnungslos ungleich verteilt waren. Die sarazenische Kavallerie ritt rücksichtslos über die vorderen Linien der römischen Fußsoldaten hinweg, und die Angreifer hieben und stachen mit ihren Krummsäbeln auf die Gegner ein.

Die römischen Milizionäre in den hinteren Reihen des Heeres sahen nichts von dem Gemetzel, das sich vorn abspielte. Noch immer siegessicher drängten sie sich gegenseitig voran, voller Kampfeslust und Ungeduld. Reihe um Reihe der römischen Miliz wurde nach vorn getrieben und fiel unter den Schwertern der Sarazenen. Bald türmten sich die Leichen der gefallenen Römer und bildeten eine tückische Stolperfalle für die Nachrückenden.

Es war ein Massaker. Geschlagen und von Entsetzen gepackt, wich die Miliz bald darauf in wirrer Unordnung zurück. »Lauft!« riefen die Soldaten, als ihr zersprengtes Heer über das Feld getrieben wurde wie Spreu im Wind. »Lauft um euer Leben!«

Die Sarazenen machten sich gar nicht erst die Mühe, den Feind zu verfolgen, denn ihr Sieg hatte ihnen einen viel kostbareren Preis eingebracht: die ungeschützte Peterskirche. Wie ein dunkler Schwarm schlossen sie einen Ring um das Gotteshaus. Sie stiegen nicht aus den Sätteln, sondern trieben ihre Pferde geradewegs die Stufen der Treppe hinauf und fuhren wie ein Keil durch die Türen ins Innere des Domes.

Atemlos beobachteten die Römer von den Mauern aus das Geschehen. Eine Minute verging. Dann noch eine. Kein Donnerschlag ließ die Erde erbeben, kein Meer aus Flammen ergoß sich vom Himmel. Statt dessen drangen die unverkennbaren Geräusche von splitterndem Holz und dröhnendem Metall aus dem Innern des Domes. Die Sarazenen plünderten den Altar.

»Das kann nicht sein«, flüsterte Sergius. »Das kann nicht sein.«

Eine Gruppe Sarazenen kam aus dem Dom zum Vorschein. Sie reckten das goldene Kreuz des Konstantin in die Höhe.

Menschen hatten ihr Leben gelassen, hieß es, nur um dieses Kreuz berühren zu dürfen. Doch nun warfen die Sarazenen es sich übermütig einander zu und lachten, als sie es in einer obszönen, abscheulichen Parodie zwischen ihren Beinen auf und ab bewegten.

Mit dumpfem Stöhnen sank Sergius auf die Knie und ließ das kleine Kruzifix fallen.

»Heiligkeit!« Johanna eilte zu ihm.

Er verzog vor Schmerz das Gesicht und drückte sich eine Hand auf die Brust.

»Bringt ihn von hier fort«, befahl Johanna. Arighis und mehrere Wächter kamen herbei und hoben Sergius auf, hielten ihn in den Armen wie ein Kind und trugen ihn die Mauer hinunter ins nächste Haus, wo sie ihn auf ein Lager aus dickem Stroh betteten.

Sergius atmete schwer und unregelmäßig. Johanna gab ihm ein Mittel, das ihm zu helfen schien, denn in sein blasses Gesicht kehrte ein wenig Farbe zurück, und sein Atem ging leichter.

»Sie sind an den Toren!« schrien draußen Stimmen. »Herrgott, hilf uns! Sie sind an den Toren!«

Sergius versuchte, sich vom Lager zu erheben.

Johanna drückte ihn sanft zurück. »Ihr dürft Euch nicht bewegen.«

Seine Bemühungen hatten Sergius Kraft gekostet; fest preßte er die Lippen zusammen. »Sprich du an meiner Stelle«, bat er. »Wende ihre Herzen und Gedanken dem Herrgott zu ... hilf ihnen ... bereite sie darauf vor, daß ...« Sein Mund bewegte sich qualvoll, doch er brachte keinen Laut mehr hervor.

»Ja, ja«, versprach Johanna, denn es war offensichtlich, daß Sergius nur durch eine Zustimmung zu beruhigen war. »Ich werde tun, was Ihr sagt. Aber jetzt müßt Ihr ruhen.«

Er nickte und legte sich zurück. Seine Lider flatterten und schlossen sich, als Johannas Mittel seine Wirkung entfaltete. Sie konnte jetzt nichts mehr für ihn tun; sie mußte auf die heilsame Wirkung des Schlafs und ihrer Arznei hoffen.

Johanna ließ Sergius bei dem besorgten Arighis zurück und trat hinaus auf die Straße.

Ein berstendes Geräusch, laut wie ein Donnerschlag, ertönte ganz in der Nähe und ließ Johanna vor Angst zusammenzucken.

»Was ist geschehen?« fragte sie einen Trupp Gardesoldaten, der ins Stadtinnere flüchtete.

»Diese heidnischen Hunde beschießen das Tor!« rief einer der Männer ihr über die Schulter zu.

Johanna kehrte zum Platz zurück. Todesfurcht hatte die Menge in Panik versetzt. Männer schlugen sich klagend an die Brust oder rauften sich das Haar; Frauen kreischten hysterisch und rissen sich mit den Fingernägeln die Wangen auf, bis das Blut strömte. Die Mönche des Klosters San Giovanni knieten in einer dichten Gruppe beieinander; die schwarzen Kapuzen waren ihnen von den Köpfen gerutscht, und sie hatten die Arme gen Himmel erhoben. Einige von ihnen rissen sich die Kutten vom Leib und fügten sich mit großen Holzsplittern tiefe Wunden zu; es war der verzweifelte Versuch, den offenkundigen Zorn Gottes zu besänftigen. Von diesem erschreckenden Anblick verängstigt, fingen Kinder zu weinen und zu schreien an; ihre schrillen Stimmen erhoben sich über den gespenstischen Chor aus Klagen, Beten und Stöhnen.

Hilf ihnen, hatte Sergius Johanna gebeten. *Bereite sie vor.*

Aber wie?

Johanna stieg die Stufen der Mauer hinauf. Sie nahm das kleine Kruzifix, das Sergius hatte fallen lassen, und reckte es hoch empor. Das Sonnenlicht wurde von den Edelsteinen gebrochen, und das Kreuz funkelte in einem goldenen Regenbogen.

»Hosanna in excelsis«, begann Johanna mit lauter Stimme, und die Worte des heiligen Lobgesanges klangen über die Menge hinweg, stark und fest und überzeugt. Diejenigen, die der Mauer am nächsten standen, wandten die tränenüberströmten Gesichter dem vertrauten Klang zu. Priester und Mönche knieten sich auf das Kopfsteinpflaster, zwischen Steinmetzen und Näherinnen und Kaufleute; sie erhoben die Stimmen und fielen ein.*»Christus qui venit nomine Domini ...«*

Wieder ertönte ein lautes Krachen, gefolgt vom Geräusch splitternden Holzes. Unter den Stößen des Rammbocks wölbten die Torflügel sich immer weiter nach innen. Licht fiel durch die Ritzen, die sich im Holz gebildet hatten.

Großer Gott, dachte Johanna. *Wenn sie nun durchbrechen?* Bis zu diesem Augenblick war ihr eine solche Möglichkeit undenkbar erschienen.

Erinnerungen durchfluteten Johanna. Sie sah, wie die Normannen durch die Türen der Kathedrale zu Dorstadt stürmten und ihre Äxte schwangen ... Sie hörte die schrecklichen Schreie der Sterbenden ... Sie sah ihren Bruder Johannes mit eingeschlagenem Schädel tot am Boden liegen ... und Gisla ... Gisla ...

Ihre Stimme schwankte; dann verstummte sie. Die Menschen schauten voller Panik zu ihr hinauf. *Mach weiter,* ermahnte sie sich. *Mach weiter!* Doch ihr Verstand war wie gelähmt; sie konnte sich nicht an die Worte erinnern.

»*Hosanna in excelsis.*« Ein tiefer Bariton erklang hinter Johanna. Es war die Stimme von Kardinal Leo von Santi Quattro Coronati, der neben Johanna zur Mauerkrone hinaufgestiegen war. Beim Klang seiner festen Stimme fiel alle Furcht von ihr ab, und gemeinsam sprachen sie den Lobgesang.

»Für Gott und Sankt Peter!« Ein donnernder Ruf erklang aus dem Osten.

Die Wachen auf den Mauern fielen sich jubelnd in die Arme. »Gelobet sei der Herr! Wir sind gerettet!«

Johanna blickte über die Mauer hinweg. Eine gewaltige Armee näherte sich der Stadt; auf den flatternden Bannern der Berittenen waren die Wappen von Sankt Peter und das Kreuz Christi zu sehen.

Die Sarazenen ließen die Rammböcke fallen und stürmten zu ihren Pferden.

Johanna schaute blinzelnd gegen die Sonne. Als die fremden Truppen näher rückten, stieß sie einen plötzlichen, scharfen Schrei aus.

An der Spitze der Vorhut – groß, gewaltig und in martialischer Pracht, wie einer der alten sächsischen Kriegsgötter –, ritt Gerold, die Lanze zum Angriff gesenkt.

Die entbrennende Schlacht war wild und grausam. Doch schließlich gelang es den Beneventanern, die Sarazenen von den Stadtmauern zu vertreiben; die Flüchtenden wurden über die gesamte Campagna hinweg bis ans Meer verfolgt. An der Küste angelangt, warfen die Sarazenen die geraubten Schätze an Bord ihrer Schiffe und setzten eiligst Segel. Ihr Aufbruch war so hastig, daß sie eine Vielzahl kleinerer Einheiten zurückließen. In den darauffolgenden Wochen ritten Gerold und seine Männer die Küste hinauf und hinunter und machten Jagd auf diese verstreuten Banden von Plünderern.

Rom war gerettet. Die Bewohner der Stadt waren zwischen

Freude und Verzweiflung hin und her gerissen – Freude über ihre Befreiung, Verzweiflung ob der Zerstörung von Sankt Peter; denn der Dom war dermaßen rücksichtslos geplündert worden, daß man ihn nicht mehr wiedererkannte. Das alte goldene Kreuz über dem Grab des Apostels war verschwunden, wie auch der prächtige silberne Tisch mit dem Relief der Stadt Byzanz, ein Geschenk Karls des Großen. Die Ungläubigen hatten die Silberverkleidungen von den Türen und die goldenen Fliesen vom Fußboden gerissen. Sie hatten sogar – möge Gott sie mit Blindheit schlagen! – den gesamten Hochaltar fortgeschafft. Da es ihnen nicht gelungen war, den bronzenen Sarg zu transportieren, in dem der heilige Petrus ruhte, hatten sie ihn aufgebrochen und die Gebeine des Apostels entweiht und über den Boden verstreut.

Die gesamte Christenheit trauerte. Zum erstenmal war diese älteste und bedeutendste christliche Kirche geschändet worden, und unersetzliche Kostbarkeiten waren für immer verloren. Hier, in Sankt Peter, hatten ungezählte Generationen von Pilgern demütig niedergekniet, darunter die mächtigsten Männer der Erde. Hier war die letzte Ruhestätte vieler Päpste. Die abendländische Welt kannte keinen heiligeren Ort. Und nun war dieses Heiligtum des wahren Glaubens, das weder die Goten noch die Vandalen, weder die Griechen noch die Langobarden zu entweihen gewagt hatten, einer Horde Briganten aus Nordafrika zum Opfer gefallen.

Sergius gab sich die Schuld an der Katastrophe. Er zog sich in seine Gemächer zurück und weigerte sich, irgend jemanden zu empfangen; nur Johanna und einige enge Ratgeber ließ er zu sich vor. Und er fing wieder mit dem Trinken an, leerte Becher um Becher toskanischen Weins, bis sein Verstand in gnädiges Vergessen versank.

Die Auswirkungen dieses Rückfalls waren vorherzusehen: Mit aller Macht kehrte die Gicht wieder. Um seine Schmerzen zu lindern, trank Sergius immer mehr. Er schlief schlecht. Nacht für Nacht erwachte er schreiend, von schrecklichen Träumen geplagt, in denen er vom rachsüchtigen Geist des toten Benedikt heimgesucht wurde. Johanna hatte Angst, daß Sergius' ohnehin geschwächtes Herz diese Belastungen nicht mehr lange durchhalten konnte.

»Denkt an die Buße, die ich Euch auferlegt habe!« sagte Johanna. »Keinen Wein!«

»Das spielt jetzt keine Rolle mehr«, erwiderte Sergius niedergeschlagen. »Ich habe die Hoffnung auf das Himmelreich aufgegeben. Gott hat mich verstoßen.«

»Gott verstößt niemanden. Und Ihr dürft Euch nicht die Schuld daran geben, was geschehen ist. Gewisse Dinge liegen außerhalb aller menschlichen Macht. Man kann nichts dagegen tun.«

Sergius schüttelte den Kopf. »Die Seele meines ermordeten Bruders klagt mich an! Ich habe gesündigt, und das ist nun meine Strafe.«

»Kommt endlich zur Besinnung«, sagte Johanna streng. »Denkt an die Menschen! Sie brauchen jetzt mehr als je zuvor Euren Trost und Eure Führung.«

Sie hatte diese Worte gesagt, um dem Papst Mut zu machen; aber die Wahrheit sah anders aus. Die Menschen hatten sich gegen Sergius gewandt. Es habe genug Warnzeichen gegeben, was den Überfall durch die Sarazenen betraf, sagten die Leute, und der Papst habe Zeit genug gehabt, den heiligen Sarkophag und die anderen Schätze aus Sankt Peter in die Sicherheit der Stadtmauern bringen zu lassen. Sergius' Glaube an die göttliche Errettung, den man zuvor noch auf dem ganzen Erdkreis gepriesen hatte, wurde nun von allen Menschen als Folge seines sündigen und auf katastrophale Weise fehlgeleiteten Hochmuts verdammt.

»Mea culpa«, sagte Sergius leise und unter Tränen. *»Mea maxima culpa.«*

Johanna redete auf ihn ein, machte ihm Mut, schimpfte ihn aus, doch ohne Erfolg. Sergius hatte darauf vertraut, daß der Glaube allein genügte; er hatte mit der ganzen Kraft seines Innern daran geglaubt, daß Gott selbst den Petersdom verteidigen würde. Daß es anders gekommen war, faßte Sergius als persönliches Urteil gegen sich selbst auf. Seine Gesundheit verfiel beängstigend schnell. Johanna tat für ihn, was sie konnte, doch es war sinnlos. Sergius wünschte sich den Tod.

Doch sein Sterben dauerte lange. Als Sergius längst schon den klaren Verstand verloren hatte und in einen Dämmerzustand versunken war, weigerte sein Körper sich immer noch, den letzten Funken des Lebens verlöschen zu lassen.

Dann, an einem sonnenlosen, dunklen Morgen, starb er. Sein Tod war so still und friedlich gekommen, daß man es erst Stunden später bemerkte.

Johanna betrauerte Sergius aufrichtig. Er war weder ein so guter Mensch noch ein so guter Papst gewesen, wie er es hätte sein sollen, doch Johanna wußte besser als jeder andere, welcher Dämonen Sergius sich hatte erwehren müssen, und wie schwer sein Kampf gewesen war, sich von diesen bösen Geistern zu befreien. Daß er am Ende unterlegen war, machte seinen Kampf nicht weniger ehrenvoll.

Sergius wurde im verwüsteten Petersdom neben seinen Vorgängern beigesetzt. Die Trauerfeierlichkeiten waren so jämmerlich, daß es an einen Skandal grenzte, und die erforderlichen Trauertage wurden nur widerwillig eingehalten; denn die Römer hatten sich bereits voller Ungeduld der Zukunft zugewandt – und der Wahl eines neuen Papstes.

Anastasius trat aus den stürmischen Januarwinden in die wohltuende Wärme des alten und vornehmen Palasts seiner Familie. Es war die prunkvollste Residenz in ganz Rom – vom Lateran natürlich abgesehen –, und Anastasius war zu Recht stolz darauf. Die gewölbte Decke der Empfangshalle ragte zwei Stockwerke in die Höhe, und sie war aus rein weißem Ravenna-Marmor errichtet. Die Wände waren mit farbenprächtigen Fresken verziert; die Gemälde zeigten Szenen aus dem Leben der berühmtesten Vorfahren Anastasius'. Auf einem Bild war ein römischer Konsul zu sehen, der eine Rede vor dem Senat hielt; ein anderes Gemälde zeigte einen Feldherrn, der auf einem schwarzen Streitroß saß und den Blick über seine Truppen schweifen ließ; wieder ein anderes Bild zeigte einen Kardinal, der aus der Hand Papst Hadrians sein Pallium – das Schulterband – entgegennahm. An der vorderen Wand der Eingangshalle war eine Nische für ein weiteres Bild frei gelassen worden – für den von der Familie seit langer Zeit herbeigesehnten Tag, da einer ihrer Söhne die höchste aller Würden erringen würde: die Krönung zum Papst.

Normalerweise herrschte in der Halle reges Leben und Treiben. Heute war sie leer, vom Haushofmeister der Familie abgesehen. Anastasius nickte knapp, um die unterwürfige Begrüßung durch den Mann zu erwidern – an Untergebene verschwendete er niemals Zeit –, und begab sich geradewegs zum Zimmer seines Vaters. Üblicherweise wäre Arsenius um diese Zeit in der großen Halle gewesen und hätte mit den Honoratioren der Stadt über die gleichermaßen komplizierte wie lohnenswerte Machtpolitik verhandelt. Doch letzten Monat war Arsenius an einem hartnäckigen Fieber erkrankt, das seine gewaltigen Energien aufgezehrt und ihn dazu gezwungen hatte, auf seinem Zimmer zu bleiben.

»Mein Sohn.« Arsenius erhob sich von der Liege, als Anastasius ins Zimmer kam. Die Krankheit hatte ihren Tribut gefordert; Arsenius wirkte grau und zerbrechlich. Anastasius dagegen verspürte eine seltsame erregende Woge der Kraft in sich aufsteigen; seine Jugend und Energie wirkten in dem Maße stärker, als beides bei seinem Vater schwand.

»Vater.« Mit ausgebreiteten Händen ging Anastasius zu ihm, und sie umarmten sich voller Wärme.

»Was gibt es Neues?« fragte Arsenius.

»Die Wahl ist für morgen angesetzt.«

»Gott sei gepriesen!« rief Arsenius, doch es war ein bloßer Ausdruck der Freude. Wenngleich er den erhabenen Titel des Bischofs von Orte trug, hatte Arsenius niemals die Priesterweihen empfangen; er war nicht einmal ein religiöser Mensch. Seine Ernennung zum Bischof war die politische Anerkennung der gewaltigen Macht gewesen, die Arsenius in der Stadt ausübte. »Der Tag, an dem einer meiner Söhne auf dem Thron des heiligen Petrus sitzt, kann gar nicht schnell genug kommen.«

»Daß es überhaupt so kommt, ist nicht mehr so sicher, wie wir einmal geglaubt haben, Vater.«

»Was meinst du damit?« fragte Arsenius scharf.

»Vielleicht genügt es nicht, daß Lothar meine Kandidatur unterstützt. Nun wird ihm nämlich angekreidet, daß er es damals versäumt hat, Rom gegen die Sarazenen zu verteidigen. Die Leute fragen sich, weshalb sie einem Kaiser huldigen sollen, der sie nicht beschützt hat. Es mehren sich die Stimmen, daß Rom seine Unabhängigkeit vom fränkischen Thron sichern sollte.«

Arsenius dachte längere Zeit über diese Worte nach. Dann sagte er: »Du mußt Lothar denunzieren.«

Anastasius war entsetzt. Der stets so messerscharfe analytische Verstand seines Vaters ließ offenbar nach.

»Würde ich Lothar anschwärzen«, erwiderte er, »so würde ich die Unterstützung der kaiserlichen Partei verlieren, auf die sich all unsere Hoffnungen gründen!«

»Nein. Denn du wirst zu ihnen gehen und erklären, daß du

lediglich aus politischer Notwendigkeit handelst. Versichere ihnen, daß es keine Rolle spielt, was du vielleicht zu sagen *gezwungen* bist. Erkläre Lothar und seinen Leuten, du wärst dem Kaiser treu ergeben und du würdest diese Treue nach der Wahl durch kostbare Geschenke und Vergünstigungen beweisen.«

»Lothar wird toben vor Wut!«

»Bis dahin spielt das keine Rolle mehr. Nach der Wahl werden wir unverzüglich die Papstweihe vornehmen, ohne auf den kaiserlichen *jussio* zu warten. Unter diesen Umständen wird niemand protestieren; denn angesichts der andauernden Bedrohung durch die Sarazenen darf Rom nicht einen Tag länger als nötig führerlos bleiben. Wenn Lothar erfährt, was geschehen ist, bist du bereits Bischof von Rom und sitzt auf dem Papstthron – und der Kaiser kann nichts, aber auch gar nichts dagegen unternehmen.«

Anastasius schüttelte bewundernd den Kopf. Sein Vater hatte die komplizierte Lage mit einem einzigen Blick erfaßt! Dieser alte Fuchs mochte vielleicht grau werden – von seiner Schläue und Gerissenheit hatte er kein bißchen eingebüßt.

Arsenius hielt dem Sohn einen langen eisernen Schlüssel hin. »Geh in die Schatzkammer und nimm dir an Gold, soviel du brauchst, um die Leute bei der Wahl auf deine Seite zu bringen. – Verflucht!« rief er. »Hätte ich nicht dieses gottverdammte Fieber, würde ich das alles selbst in die Hand nehmen.«

Der Schlüssel lag kalt und hart in Anastasius' Hand und vermittelte ihm ein beruhigendes Gefühl der Macht. »Ruhe dich aus, Vater. Ich schaffe das schon allein.«

Arsenius legte ihm die Hand auf die Schulter. »Sei auf der Hut, mein Sohn. Du spielst ein gefährliches Spiel. Oder hast du schon vergessen, was damals deinem Onkel Theodorus passiert ist?«

Vergessen! Die Ermordung seines Onkels im Lateranpalast war der schrecklichste Augenblick in Anastasius' Kindheit gewesen. Der Ausdruck auf Theodorus' Gesicht, als die päpstlichen Wachen ihm die Augen ausgestochen hatten, würde ihn bis zum letzten Tag seines Lebens verfolgen.

»Ich werde vorsichtig sein, Vater«, sagte er. »Überlaß alles mir.«

»Genau das«, erwiderte Arsenius, »habe ich vor.«

»*Domine labia mea aperies ...*«, betete Johanna, die auf dem kalten Steinfußboden der Kapelle des Patriarchums kniete. Doch wie innig sie auch betete – es gelang ihr nicht, ins reine Licht der göttlichen Gnade emporzusteigen; die starke Anziehungskraft einer menschlichen Bindung war zu tief verwurzelt und hielt sie auf Erden fest.

Sie liebte Gerold. Es hatte keinen Sinn mehr, diese schlichte Wahrheit zu verleugnen oder den Versuch zu machen, sich dieser Einsicht zu verschließen. Als Johanna ihn an der Spitze der Beneventanischen Truppen auf die Stadt hatte zureiten sehen, hatte sie gespürt, wie ihr ganzes Selbst mit der überwältigenden Kraft tiefer Liebe zu ihm hingezogen wurde.

Sie war jetzt dreiunddreißig Jahre alt. Doch sie hatte niemanden, zu dem sie wirklich gehörte, niemanden, mit dem sie durch eine tiefe menschliche Beziehung verbunden war. Die Notwendigkeit, sich fast ihr ganzes bisheriges Erwachsenenleben als Mann auszugeben, hatte ihr enge menschliche Beziehungen unmöglich gemacht. Sie hatte ein Leben der Täuschung geführt und die Wahrheit, wer sie wirklich war, verleugnet.

War das der Grund dafür, daß Gott ihr nun seine Gnade vorenthielt? Wollte er, daß sie ihre Verkleidung ablegte und das Leben einer Frau führte, als die Gott sie erschaffen hatte?

Sergius' Tod hatte sie von jeder Verpflichtung in Rom entbunden. Anastasius wurde der neue Papst, und bei ihm gab es keinen Platz mehr für sie.

Johanna hatte ihre Gefühle für Gerold lange Zeit unterdrückt. Jetzt kam es ihr so vor, daß es richtig wäre, sich diesen Gefühlen endlich hinzugeben und dem Diktat des Herzens zu folgen, nicht dem des Verstandes.

Aber wie wird es sein, wenn Gerold und ich uns wiedersehen? fragte sie sich. Sie lächelte leicht, als sie sich die Freude dieses Augenblicks vorstellte.

Alles war jetzt möglich. Alles konnte geschehen.

Am Tag der Papstwahl hatte sich bereits gegen Mittag eine riesige Menschenmenge auf dem großen freien Platz im Südwesten des Lateranpalastes versammelt. Dem uralten Brauch gemäß – der in der Verfassung von 824 gesetzlich verankert worden war – nahmen alle Römer, Geistliche und Laien, an der Wahl eines neuen Papstes teil.

Johanna stand auf den Zehenspitzen und versuchte, über das Meer aus wogenden Köpfen und Armen hinwegzuspähen. Wo war Gerold? Gerüchte besagten, er wäre von seinem wochenlangen Feldzug gegen die sarazenischen Banden zurückgekehrt. Falls das zutraf, hätte er normalerweise hier sein müssen. Johanna wurde von plötzlicher Furcht gepackt. War Gerold zurück nach Benevento gezogen, ohne daß sie beide sich begegnet waren?

Respektvoll bildete die Menge eine Gasse, als der Erzpriester Eustathius, der Erzdiakon Desiderius und der *primicerius* Paschal auf den Marktplatz kamen. Diese Männer waren das Triumvirat, das die Stadt traditionsgemäß *sede vacante* regierte – in der Zeit zwischen dem Tod des alten und der Wahl des neuen Papstes.

Eustathius sprach mit lauter Stimme ein kurzes Gebet. »Himmlischer Vater, leite uns bei unserem heutigen Tun, auf daß wir ehrenvoll und wohlüberlegt handeln; auf daß der Haß nicht die Vernunft besiege und auf daß die Lüge sich nicht mit der Wahrheit vermische. Im Namen der Heiligen und untrennbaren Dreifaltigkeit des Vaters, des Sohnes und des Heiligen Geistes. Amen.«

Als nächster ergriff Paschal das Wort. »Seine Heiligkeit Papst Sergius ist zu Gott berufen worden, und nun fällt es uns zu, seinen Nachfolger zu bestimmen. Jeder Römer, der hier anwesend ist, mag seine Stimme erheben und erklären, welchen Namen Gott ihm eingegeben hat, auf daß die Allgemeinheit darüber urteile.«

»Ehrenwerter *primicerius.*« Tassilo, Führer der kaiserlichen Partei und einer der Spitzel Lothars, meldete sich umgehend zu Wort. »Ein Name empfiehlt sich von selbst und steht über allen anderen. Ich rede von Anastasius, Bischof von Castellum, Sohn des erlauchten Arsenius. Alle Eigenschaften dieses Mannes, ja, sein ganzes Wesen empfehlen ihn für den Thron – seine edle Herkunft, seine außergewöhnliche Gelehrsamkeit, seine unbestreitbare Frömmigkeit. Mit Anastasius werden wir einen Verteidiger nicht nur unseres christlichen Glaubens bekommen, sondern auch unseres materiellen Wohlstands.«

»*Deines* Wohlstands, willst du wohl sagen!« rief eine spöttische Stimme aus der Menge. Gelächter erhob sich.

»Ganz und gar nicht!« rief Tassilo zurück. »Anastasius'

Großzügigkeit und sein großes Herz werden ihn zu einem wahren Vater für euch alle machen!«

»Er ist der Mann des Kaisers!« meldete der Zwischenrufer sich wieder zu Wort. »Wir wollen kein Werkzeug des fränkischen Kaisers als Papst!«

»Das stimmt!« –»Jawohl!« –»Da hast du recht!« Mehrere andere Zuhörer stimmten dem ersten Rufer stürmisch zu.

Anastasius stieg auf die Plattform. In einer dramatischen Geste hob er die Arme, um die Menge zu beruhigen. »Römer!« rief er. »Ihr schätzt mich falsch ein. Der Stolz und die Ehre meiner edlen römischen Ahnen fließen so kräftig in meinen Adern wie in den euren. Niemals beuge ich das Knie vor einem fränkischen Herrn!«

»Hört, hört!« jubelten seine Anhänger begeistert.

»Wo war Lothar denn, als die Ungläubigen vor unseren Toren standen?« fuhr Anastasius fort. »Statt uns in der Not zu Hilfe zu eilen, hat er das Recht verwirkt, sich ›Beschützer der Länder des heiligen Petrus‹ zu nennen! Weil Lothar von herausragendem Rang ist, schulde ich ihm Achtung; weil er ein christlicher Mitbruder ist, schulde ich ihm Höflichkeit, doch meine Lehnstreue gilt immer und zuerst der Mutter Rom!«

Er hatte gut gesprochen. Wieder jubelten seine Anhänger, und diesmal fielen andere aus der Menge ein. Die Flutwelle der Meinung hob sich zugunsten Anastasius'.

»Das ist eine Lüge!« rief Johanna. Überall um sie herum wandten die Leute ihr verdutzt die Gesichter zu.

»Wer hat das gesagt?« Paschal ließ den Blick über die Menge schweifen. »Wer diese Klage vorgebracht hat – er möge vortreten!«

Johanna zögerte. Sie hatte die Worte gerufen, ohne groß darüber nachzudenken; Anastasius' Heuchelei hatte ihren Zorn entflammt. Nun aber gab es kein Zurück mehr. Tapfer stieg Johanna auf die Plattform.

»He, das ist Johannes Anglicus!« rief jemand. Ein Murmeln des Erkennens durchlief die Menge nach diesen Worten; jeder hatte schon von Johannas Gebet auf den Mauern der Stadt gehört, als die Sarazenen Rom angegriffen hatten und die Lage aussichtslos erschienen war.

Anastasius trat ihr in den Weg. »Ihr habt nicht das Recht, Euch an diese Versammlung zu wenden«, sagte er. »Ihr seid kein römischer Bürger.«

»Laßt ihn reden!« rief eine Stimme. Andere nahmen den Ruf auf, bis Anastasius schließlich gezwungen war, zur Seite zu treten.

»Sprecht Eure Anschuldigung offen aus, Johannes Anglicus«, verlangte Paschal.

Johanna straffte die Schultern und sagte: »Bischof Anastasius hat ein Abkommen mit dem Kaiser getroffen. Durch Zufall habe ich mitgehört, wie Anastasius versprochen hat, die Römer zurück zum fränkischen Thron zu führen.«

»Falscher Priester!« –»Lügner!« –»Schurke!« brüllten die Mitglieder der kaiserlichen Partei bei dem Versuch, Johanna niederzuschreien.

Doch sie erhob die Stimme über die Widersacher und schilderte der Menge, wie sie mitgehört hatte, als Lothar um Anastasius' Hilfe bat, die Römer zum Treueid auf den Kaiser zu bewegen – und wie Anastasius zugestimmt hatte, um sich als Gegenleistung Lothars Hilfe bei der Papstwahl zu versichern.

»Das ist eine schwere Anschuldigung«, sagte Paschal, als Johanna geendet hatte. »Was habt Ihr dazu zu sagen, Anastasius?«

»Ich schwöre vor Gott, daß dieser Priester lügt«, antwortete Anastasius. »Aber meine Landsleute werden dem Wort eines Ausländers gewiß nicht mehr Glauben schenken als dem eines Römers!«

»Aber Ihr *wart* der erste, der Lothars Wunsch nach dem Treueschwur unterstützt hat!« rief jemand.

»Na und?« brüllte jemand anders. »Das beweist gar nichts!«

Ein lautstarkes Wortgefecht entbrannte. Das Streitgespräch wurde zunehmend hitziger; das Stimmungspendel in der Menge schwang zuerst auf die eine, dann auf die andere Seite, nachdem Sprecher um Sprecher sich zu Wort gemeldet und Anastasius' Kandidatur entweder befürwortet oder sich dagegen ausgesprochen hatte.

»Edler *primicerius!*« Arighis, der bislang geschwiegen hatte, trat vor.

»*Vicedominus*«, redete Paschal den päpstlichen Haushofmeister respektvoll, wenngleich ein wenig erstaunt, mit seinem Titel an. Als ergebener und treuer Diener des päpstlichen Thrones hatte Arighis sich noch nie in Dinge eingemischt, die außerhalb der Mauern des Laterans von Bedeutung waren. »Möchtet auch Ihr etwas zur Debatte beitragen?«

»So ist es.« Arighis wandte sich der Menge zu. »Bürger von Rom, wir sind nicht frei von Gefahr. Es könnte sein, daß die Sarazenen im Frühling einen weiteren Angriff auf die Stadt unternehmen. Dieser Bedrohung müssen wir uns gemeinsam stellen. Es darf nichts Trennendes zwischen uns geben! Wen wir auch zum neuen Papst wählen – es muß jemand sein, bei dem wir uns alle einig sind.«

Zustimmendes Murmeln durchlief die Menge.

»Gibt es einen solchen Mann?« fragte Paschal.

»Es gibt ihn«, erwiderte Arighis. »Einen Mann mit Kraft und Weitsicht. Ein Mann, der Gelehrsamkeit und Frömmigkeit in sich vereint: Kardinal Leo von der Kirche Santi Quattro Coronati!«

Der Vorschlag wurde mit tiefem Schweigen aufgenommen. Alle hatten so hitzig über die Vor- und Nachteile der Kandidatur Anastasius' diskutiert, daß sie gar keinen anderen Bewerber mehr in Betracht gezogen hatten.

»Leo ist von ebenso edler Herkunft wie Anastasius«, fuhr Arighis fort. »Sein Vater ist ein angesehenes Mitglied des Senats, und Leo hat seine Pflichten als Geistlicher und als Kardinal stets vorbildlich erfüllt.« Die höchste Trumpfkarte bewahrte Arighis sich bis zum Schluß auf: »Wird einer von uns je vergessen, wie Leo während des Angriffs der Sarazenen unerschütterlich auf der Stadtmauer gestanden und unser aller Mut entfacht hat? Wie er uns allen durch sein Beispiel Kraft gab? Er ist ein Löwe Gottes! Ein neuer heiliger Sylvester! Ein Mann, der uns vor den Ungläubigen beschützen kann und *wird!*«

Die Dringlichkeit dieses entscheidenden Moments hatte Arighis zu einer für ihn untypischen Beredsamkeit getrieben. Dann brachen mit einem Male viele Zuhörer in spontanen Jubel aus.

Die päpstliche Partei spürte die Gunst des Augenblicks und fiel in den Ruf ein.»Leo! Leo!« skandierten sie. »Leo soll unser neuer Papst werden!«

Mit dem Mute der Verzweiflung versuchten Anastasius' Anhänger noch einmal, die Vorzüge ihres Kandidaten anzupreisen, doch die überwältigende Mehrheit hatte sich längst anders entschieden. Als die Kaiserlichen die Aussichtslosigkeit ihrer Bemühungen erkannten, schlossen sie sich der päpstlichen Partei an und unterstützten Leos Kandidatur. Einstimmig wurde der Kardinal von Santi Quattro Coronati zum neuen Papst gewählt.

Wie auf einer gewaltigen Woge wurde Leo auf den Schultern seiner Landsleute nach vorn getragen und stieg auf die Plattform. Er war ein kleiner, aber gutgebauter Mann, noch immer in der Blüte seiner Jahre, mit einem kräftigen Römergesicht, lockigem braunem Haar und einem Ausdruck, der Intelligenz und Humor verriet. Paschal spürte die Erhabenheit des Augenblicks, kniete vor Leo nieder und küßte ihm die Füße. Eustathius und Desiderius folgten seinem Beispiel.

Aller Blicke richteten sich auf Anastasius. Für einige Sekunden zögerte er. Dann zwang er sich mit aller Kraft, ebenfalls niederzuknien, sich lang auf dem Boden auszustrecken und dem neuen Papst die Füße zu küssen.

»Erhebt Euch, edler Anastasius.« Leo bot ihm die Hand dar und half ihm auf. »Vom heutigen Tag an seid Ihr Kardinal von Sankt Marcellus.« Es war eine großzügige Geste; Sankt Marcellus zählte zu den ältesten und ehrwürdigsten Kirchen der Stadt: Leo hatte Anastasius soeben eine der angesehensten Pfründe Roms verliehen.

Die Menge jubelte begeistert.

Anastasius verzog die Lippen zu einem Lächeln, obwohl sich der bittere Geschmack der Niederlage wie trockene Asche in seinem Mund ausbreitete.

»Magnificat, anima mea Dominum«, sang der Chor bei der feierlichen Papstweihe. Da die Peterskirche in Trümmern lag, wurde die Zeremonie in der Lateranbasilika abgehalten.

»Benedictus.« Die Klänge des Responsoriums drangen gedämpft durch das Fenster des kleinen Zimmers, in dem Johanna ihre Arzneien aufbewahrte. Normalerweise hätte sie mit den anderen Geistlichen in der Kirche sein müssen, um der prunkvollen Krönung des neuen Papstes beizuwohnen. Doch sie hatte hier zu tun, in diesem kleinen Zimmer: Frisch gepflückte Kräuterblätter mußten zum Trocknen aufgehängt werden; Heiltränke und Lösungen mußten neu gemischt und in die entsprechenden Flaschen und Gefäße nachgefüllt werden. Als Johanna fertig war, ließ sie den Blick über die Regale schweifen, in denen sie, ordentlich aufgereiht, die Kräuter, Tränke und Pulver lagerte – sichtbares Zeugnis ihres gewaltigen Wissens um die Heilkunst. Mit einem Stich des Bedau-

erns wurde ihr klar, daß sie ihr kleines Labor sehr vermissen würde.

»Ich habe mir schon gedacht, daß ich dich hier finde«, erklang Gerolds Stimme hinter ihr. Johanna drehte sich um, und ihre Blicke trafen sich.

»Johanna ...«, sagte er leise.

»Gerold.«

Sie schauten sich mit der Wärme ihrer wiedergewonnenen Liebe an.

»Seltsam«, sagte Gerold schließlich. »Ich hatte es beinahe schon vergessen.«

»Was vergessen?«

»Jedesmal, wenn ich dich sehe ... entdecke ich dich vollkommen neu.«

Johanna ging zu ihm, und sie hielten sich in den Armen, sanft und zärtlich.

»Was ich dir damals gesagt habe, in dem vestalischen Tempel ...«, murmelte sie, »es war dumm von mir. Ich wollte nicht ...«

Gerold legte ihr einen Finger auf die Lippen. »Laß mich zuerst reden. Was geschehen ist, war meine Schuld. Es war verkehrt, dich zu bitten, mit mir aus Rom fortzugehen; das habe ich jetzt erkannt. Ich wußte damals nicht, was du dir hier aufgebaut hast, was aus dir geworden ist. Du hattest recht, Johanna – ich kann dir nichts bieten, das sich auch nur annähernd damit vergleichen ließe.«

Außer deiner Liebe, dachte Johanna, sprach es aber nicht aus. Statt dessen sagte sie schlicht: »Ich möchte dich nicht wieder verlieren.«

»Das wird nicht geschehen«, antwortete Gerold. »Ich kehre nicht nach Benevento zurück. Leo hat mich gebeten, in Rom zu bleiben – als *superista.*«

Superista – der Befehlshaber der päpstlichen Garde! Es war eine außergewöhnliche Ehre, das höchste militärische Amt in Rom.

»Es gibt hier Arbeit zu tun – wichtige Arbeit. Der Schatz, den die Sarazenen in der Peterskirche erbeutet haben, wird sie dazu ermuntern, es noch einmal zu versuchen.«

»Du glaubst, sie greifen Rom wieder an?«

»Ja.« Jeder anderen Frau hätte Gerold die Unwahrheit gesagt, um sie zu beruhigen. Aber Johanna war nicht irgendeine

Frau. »Leo wird unsere Hilfe brauchen, Johanna – deine und meine.«

»Meine? Ich wüßte nicht, was ich tun kann.«

Gerold fragte verwundert: »Soll das heißen, dir hat noch keiner Bescheid gesagt?«

»Was meinst du damit?«

»Daß du zum *nomenclator* ernannt worden bist.«

»*Was?*« Johanna glaubte, ihren Ohren nicht trauen zu können. Der *nomenclator* war einer der *optimates*, der höchsten Beamten Roms: der für die Wohlfahrt zuständige Minister und der besondere Beschützer der Mündel, Witwen und Waisen.

»Aber ... ich bin Ausländerin!«

»Das spielt für Leo keine Rolle.«

Johanna wußte, daß sie die Chance ihres Lebens bekam. Doch wenn sie das Amt übernahm, bedeutete dies das Ende aller Hoffnungen, mit Gerold zusammensein zu können. Ihr schwirrte der Kopf. Alles kam ganz anders, als sie es erwartet hatte.

Gerold deutete ihr Schweigen falsch. »Ich werde dir nicht wieder den Vorschlag machen, mich zu heiraten«, sagte er. »Ich weiß, daß wir niemals wie Mann und Frau zusammensein können. Aber wir würden uns oft sehen, und wir könnten zusammen arbeiten, wie wir es schon einmal getan haben. Wir waren immer ein gutes Gespann, nicht wahr?«

Johannas Stimme war nurmehr ein Flüstern. »Ja. Das waren wir.«

»*Sanctus, sanctus, sanctus.*« Die Worte des letzten Lobgesanges wehten durch das offene Fenster in die kleine Kammer. Die Weihezeremonie näherte sich ihrem Ende.

»Komm.« Gerold hielt Johanna die Hand hin. »Gehen wir unseren neuen Papst begrüßen.«

25.

Der neue Papst nahm seine Pflichten mit so viel jugendlichem Elan in Angriff, daß alle Welt nur so staunte. Scheinbar über Nacht verwandelte sich das Patriarchum von einem verstaubten, klösterlichen Ort in einen wimmelnden Bienenstock hektischer Betriebsamkeit. Notare und Schreiber eilten über die Flure, beladen mit Pergamentrollen, auf denen Pläne und Karten, Satzungen, Schenkungen und Urkundenregister verzeichnet waren.

Eine der ersten Anweisungen Leos lautete, die Befestigungen der Stadt zu verstärken. Auf Geheiß des neuen Papstes nahm Gerold eine sorgfältige Überprüfung der gesamten Stadtmauer vor, wobei er jede Schwachstelle genau verzeichnete. Nach seinen Vorschlägen wurden anschließend Pläne erarbeitet, und man nahm die Instandsetzung und Verstärkung der Stadtmauer und der Tore in Angriff. Drei Tore und fünfzehn Mauertürme mußten vollständig neu errichtet werden. Zwei weitere neue Türme wurden an den gegenüberliegenden Ufern des Tiber erbaut – dort, wo der Fluß am portischen Tor auf das Stadtgebiet gelangte. Zwischen diesen Türmen wurden schwere Ketten aus gehärtetem Eisen über den Fluß gespannt, die mittels zweier Winden in die Höhe gezogen werden konnten, so daß sie jedem Schiff die Weiterfahrt versperrten. Auf *diese Weise* zumindest würden die Sarazenen nicht noch einmal in die Stadt eindringen können.

Doch es blieb noch die schwierige Frage offen, wie man Sankt Peter schützen konnte; denn die Kirche lag ja außerhalb der Stadtmauern. Um das Problem zu erörtern, berief Leo ein Treffen ein, an dem die hohen kirchlichen Würdenträger sowie die *optimates* teilnahmen, darunter Johanna und Gerold.

Verschiedene Vorschläge wurden unterbreitet – darunter die Errichtung einer ständigen Garnison der päpstlichen Garde, welche die offene Säulenhalle des Domes umschließen sollte, sowie die Befestigung der Türen und Fenster des Gotteshauses durch Eisenstangen.

Leo reagierte skeptisch auf diesen Vorschlag. »Derartige Maßnahmen würden nur dazu dienen, ein gewaltsames Eindringen zu verzögern und nicht, es zu verhindern.«

»Mit allem Respekt, Heiligkeit«, sagte Anastasius, »aber die Verzögerung *ist* unsere beste Verteidigung. Wenn wir die Barbaren so lange zurückdrängen können, bis die kaiserlichen Truppen eintreffen ...«

»*Falls* sie eintreffen ...«, unterbrach Gerold ihn trocken.

»Ihr müßt auf Gott vertrauen, *superista*«, wies Anastasius ihn zurecht.

»Das tue ich. Aber wenn es nach Eurem Vorschlag ginge, müßte ich auf Lothar vertrauen. Und das tue ich *nicht.*«

»Verzeiht, *superista*«, sagte Anastasius mit übertriebener Höflichkeit, »daß ich Euch auf das Offensichtliche hinweisen muß, aber derzeit haben wir *keine* andere Möglichkeit, da Sankt Peter nun einmal außerhalb der Stadtmauer liegt, wie Ihr vielleicht schon bemerkt habt.«

Johanna sagte: »Aber wir könnten die Kirche ins Innere der Mauer bringen.«

Anastasius' dunkle Brauen hoben sich spöttisch. »Was schlagt Ihr denn vor, Johannes? Das ganze Gebäude Stein um Stein in die Stadt zu schaffen?«

»Nein«, erwiderte Johanna. »Ich schlage vor, die Stadtmauern um Sankt Peter herum zu erweitern.«

»Eine neue Mauer!« sagte Leo, dessen Interesse geweckt war.

»Das ist ganz unmöglich!« erregte sich Anastasius. »Ein so gewaltiges Projekt wurde seit den Tagen des römischen Imperiums nicht mehr in Angriff genommen.«

»Dann wird es höchste Zeit, es wieder zu tun«, entgegnete Leo.

»Uns fehlen die Mittel!« protestierte der *arcarius* Gratius, der päpstliche Schatzmeister. »Wir könnten die gesamte Staatskasse leeren, und die Arbeit wäre nicht einmal zur Hälfte getan!«

Leo ließ sich diesen Einwurf durch den Kopf gehen. »Wir werden neue Steuern erheben. Schließlich ist es nur recht und billig, daß eine Stadtmauer, die zum Schutze aller dient, auch mit Hilfe aller gebaut wird, die dafür zu bezahlen imstande sind.«

Gerold dachte bereits einen Schritt weiter. »Wir könnten hier mit dem Bau anfangen«, sagte er und zeigte auf einen Stadtplan. »Am Kastell Sankt Angelus. Von dort aus nach dieser Seite und den vatikanischen Hügel hinauf«, mit der Fingerspitze zog er eine imaginäre Linie, »dann um Sankt Peter herum, und von da aus in gerader Richtung zum Tiber.«

Die hufeisenförmige Linie, die Gerold gezeichnet hatte, umschloß nicht nur den Petersdom sowie die umliegenden Klöster und Wohnhäuser, sondern den gesamten Stadtteil Borgo, in dem sich die übervölkerten Siedlungen der Sachsen, Friesen, Franken und Langobarden befanden.

»Das ist ja eine Stadt für sich!« rief Leo.

»Civitas Leonina ...«, sagte Johanna.»Leostadt.«

Anastasius und die anderen blickten verärgert drein, während Leo, Gerold und Johanna sich fröhlich und verschwörerisch zulächelten.

Der Entwurf für die Mauer wurde nach wochenlangen Beratungen mit den Baumeistern der Stadt fertiggestellt. Es war ein ehrgeiziges Vorhaben. Die Mauer sollte aus mehreren Lagen Kalktuff- und Ziegelsteinen bestehen und gut zwölf Meter hoch und vier Meter dick sein. Nicht weniger als vierundvierzig Türme sollten zur Verteidigung dienen – eine Barriere, die selbst der entschlossensten Belagerung standhalten konnte.

Auf Leos Aufruf hin strömten aus sämtlichen Gegenden des Kirchenstaates Arbeiter in die Stadt. In drangvoller Enge quartierten sie sich in den heißen, von Menschen wimmelnden Mietskasernen von Borgo ein und nahmen alle Möglichkeiten der Stadt, ihre neuen, zusätzlichen Bewohner mit Nahrung, Wasser und Wohnraum zu versorgen, bis an die Grenzen in Anspruch. Und so fleißig und loyal diese Arbeiter auch waren, mangelte es ihnen an Ausbildung und der nötigen Erfahrung auf einer so riesigen Baustelle, so daß es sich als schwierig erwies, ihre Arbeit zu koordinieren. Tag für Tag mußten sie angewiesen werden, was, wie und wo sie zu arbeiten hatten. Im Juli, am Vorabend des Festes Johannes des Täufers, brach plötzlich ein Teilstück der Mauer ein; mehrere Arbeiter wurden von herabfallenden Steinen erschlagen.

Der Klerus, der von den Kardinälen der Stadt angeführt wurde, bat den Papst, das Vorhaben aufzugeben und argumentierte, daß der Zusammenbruch des Mauerstücks ein eindeutiger Beweis für Gottes Mißbilligung des Bauvorhabens sei. Die ganze Idee sei ohnehin verrückt, erklärten sie; ein derart hohes Bauwerk könne nie und nimmer stehenbleiben. Und selbst wenn: Man könne die Mauer niemals rechtzeitig fertigstellen, daß sie als Schutzwall gegen die Sarazenen zu dienen vermochte. Es wäre viel besser, alle Kräfte der Menschen auf frommes Beten und Fasten zu lenken, um den Zorn Gottes von Rom abzuwehren.

»Wir werden beten, als käme es allein auf Gott an – und wir werden arbeiten, als käme es allein auf *uns* an«, entgegnete Leo den Kardinälen dickköpfig. Jeden Tag ritt er zur Mauer, um sich vom Fortgang der Arbeit zu überzeugen und die Handwerker anzutreiben. Nichts konnte den Papst in seiner Entschlossenheit wankend machen, das Bauwerk fertigzustellen.

Johanna bewunderte Leos störrischen Trotz gegenüber den Skeptikern und Kritikern. Was den Charakter und das Temperament betraf, war Leo ganz anders als Sergius, seligen Angedenkens. Der neue Papst war ein wahrer geistiger Führer, ein Mann voller Schwung und Energie und mit gewaltiger Willenskraft.

Doch Johannas Bewunderung für Leo wurde nicht von jedermann geteilt. Die Meinung in der Stadt war geteilt zwischen denen, die das Bauwerk befürworteten und denen, die es ablehnten. Bald wurde deutlich, daß Leos Macht als Papst, in bildlichem Sinne gesprochen, mit der Mauer stand und fiel.

Anastasius war sich dieser Tatsache und der Möglichkeiten, die sich daraus ergaben, sehr wohl bewußt. Leos Besessenheit, was die Stadtmauer betraf, machte ihn verletzbar. Falls das Projekt fehlschlug, konnte die Woge der öffentlichen Abneigung, die sich dabei bilden würde, Anastasius genau jene Chance verschaffen, die er brauchte. Dann konnten seine Anhänger in der kaiserlichen Partei zum Lateranpalast marschieren, den in Ungnade gefallenen Papst aus seinem Amt entfernen und ihren eigenen Kandidaten auf den Thron Petri erheben.

Und wenn er erst einmal Papst war, würde Anastasius den heiligen Dom von Sankt Peter dadurch schützen, indem er die Bindungen zwischen Rom und dem fränkischen Thron erneuerte und stärkte. Lothars Armeen würden sich als weitaus besserer Schutz gegen die Horden der Ungläubigen erweisen als Leos verrückte Stadtmauer.

Aber du mußt vorsichtig sein! ermahnte sich Anastasius. Erst einmal war es am besten, sich nicht öffentlich gegen Leo zu stellen; jedenfalls solange nicht, wie die Leute noch die Ergebnisse der waghalsigen Unternehmung des Papstes abwarteten.

Die klügste Strategie bestand darin, Leo öffentlich zu unterstützen, dabei aber zugleich alles zu tun, um das Bauvorhaben zu erschweren. Zu diesem Zweck hatte Anastasius bereits für den Einsturz des Mauerstücks gesorgt, bei dem mehrere Arbeiter den Tod gefunden hatten. Es war nicht weiter schwierig gewesen; einige seiner vertrauenswürdigsten Leute hatten sich in der Nacht hinausgeschlichen und durch heimliche Grabungen am Fuße der Mauer das Fundament unterhöhlt. Doch der Einsturz hatte sich nur als geringfügiger Rückschlag erwiesen. Es mußte mehr geschehen, schlimmeres – eine Katastrophe, deren Ausmaß groß genug war, daß diesem lächerlichen Projekt ein für allemal ein Ende bereitet wurde.

Anastasius zermarterte sich das Hirn, als er nach einer Möglichkeit suchte, seinen Sabotageplan in die Tat umzusetzen. Doch immer wieder endeten seine Gedanken in einer Sackgasse, und er mußte eine aufkeimende Hoffnungslosigkeit niederkämpfen. Könnte er doch mit der Hand eines Riesen nach der Mauer packen, sie aus der Erde reißen und mit einem gewaltigen Wurf in die Flammen der Hölle schleudern!

Die Flammen der Hölle ...

Anastasius setzte sich ruckartig auf, als eine plötzliche Idee ihn durchfuhr.

Johanna erwachte nur langsam. Für einen Moment lag sie verwirrt da und starrte auf die ihr unbekannte Balkenkonstruktion an der Zimmerdecke. Dann fiel es ihr wieder ein: Sie befand sich nicht im Schlafsaal, sondern in ihren eigenen Gemächern – eins der Privilegien ihres hohen Amtes als *nomenclator.* Auch Gerold hatte man Privatzimmer im Patriarchum zur Verfügung gestellt, doch er hatte seit mehreren Wochen nicht mehr dort geschlafen; statt dessen nächtigte er in der Scola Francorum in Borgo, um schneller an der Stadtmauer sein zu können, an deren Fertigstellung noch immer gearbeitet wurde.

Johanna hatte ihn aus der Ferne beobachtet, wie er an der Baustelle vorbeiritt und die Arbeiter ermunterte oder sich über einen Tisch beugte, um mit den Baumeistern Pläne und Entwürfe zu besprechen. Johanna und Gerold hatten allenfalls Gelegenheit, einen flüchtigen Blick oder einen kurzen Gruß auszutauschen. Doch jedesmal, wenn Johanna ihn sah, schlug ihr Herz schneller. *Mein Frauenkörper,* dachte sie mit wehmütigem Lächeln, *ist wirklich ein Verräter.*

Es kostete sie ziemliche Mühe, ihre Aufmerksamkeit auf die Arbeit zu richten, die an diesem Tag anstand und auf die Pflichten, die sie erfüllen mußte.

Das Licht der Morgendämmerung sickerte bereits durchs Fenster. Erschrocken wurde ihr plötzlich klar, daß sie verschlafen hatte. Wenn sie sich nicht beeilte, kam sie zu spät zu den Laudes, dem Morgengebet.

Doch als sie sich aus dem Bett schwang, erkannte sie, daß nicht das Licht der Dämmerung in ihr Zimmer fiel. Das war gar nicht möglich, denn das Fenster lag nach Westen.

Sie rannte durchs Zimmer, blickte hinaus in die Nacht. Hinter der dunklen Silhouette des palatinischen Hügels, an der gegenüberliegenden Seite der Stadt, züngelten lange Bänder aus rotem und orangefarbenem Licht in den mondlosen Himmel.

Flammen. Und sie loderten in Borgo auf.

Ohne stehenzubleiben, um in ihre Schuhe zu schlüpfen, die neben dem Bett standen, eilte Johanna barfuß über die Flure. »Feuer!« rief sie. »Feuer! Feuer!«

In den Zimmern erklangen gedämpfte Stimmen und Geräusche, als die Bewohner sich aus den Betten schwangen. Dann wurden mehrere Türen aufgestoßen, und die Leute strömten aufgeregt auf die Flure. Auch Arighis kam herbeigeeilt und rieb sich den Schlaf aus den Augen.

»Was hat das zu bedeuten?« fragte er streng.

»Borgo steht in Flammen!«

»Deo, juva nos!« Arighis bekreuzigte sich. »Ich werde Seine Heiligkeit wecken.« Er eilte zum päpstlichen Schlafgemach.

Johanna stürmte die Treppe hinunter und durch die Tür ins Freie. Von hier aus war das Feuer nicht so gut zu sehen; denn die zahlreichen Kirchen und Kapellen, Klöster und die Wohnhäuser von Priestern, die das Patriarchum umgaben, versperrten die Sicht. Dennoch konnte man erkennen, daß die

Flammen sich ausgebreitet hatten, denn inzwischen wurde der ganze Nachthimmel von grellem Licht erhellt.

Andere folgten Johanna hinaus auf den Säulengang. Sie ließen sich auf die Knie fallen, weinten und riefen mit lauten Stimmen Gott und den heiligen Petrus an. Dann erschien Leo, barhäuptig und in einer schlichten Tunika; er hatte sich nicht die Zeit genommen, seine Amtsroben anzulegen.

»Hol die Wache«, befahl er dem am nächsten stehenden Kammerdiener. »Und wecke die Stallburschen. Sie sollen jedes verfügbare Pferd satteln und jeden Wagen bereitmachen.« Der Junge rannte davon, um den Befehlen nachzukommen.

Dann wurden die Pferde herbeigeführt; sie waren störrisch und gereizt, daß man sie mitten in der Nacht aus der Behaglichkeit ihrer Ställe geholt hatte. Leo stieg auf das vorderste Pferd, einen Fuchshengst.

»Ihr wollt doch nicht etwa dorthin reiten, Heiligkeit?« stieß Arighis entsetzt hervor.

»O doch«, erwiderte Leo und nahm die Zügel auf.

»Aber ... das geht doch nicht, Heiligkeit! Das ist zu gefährlich! Es wäre gewiß viel angebrachter, Ihr würdet hier bleiben und eine Messe lesen, auf daß Borgo errettet wird.«

»Außerhalb der Wände einer Kirche kann ich genausogut beten wie innerhalb«, sagte Leo. »Geht zur Seite, Arighis.«

Widerwillig gehorchte der Haushofmeister. Leo trat dem Hengst die Hacken in die Weichen und galoppierte die Straße hinunter. Johanna und mehrere Dutzend päpstlicher Wachen schwangen sich in die Sättel und folgten dichtauf.

Mit düsterer Miene blickte Arighis ihnen nach. Er war kein guter Reiter. Aber sein Platz war an der Seite des Papstes; falls Leo an seinem närrischen Plan festhielt, war es Arighis' Pflicht, ihn zu begleiten. Unbeholfen stieg er auf ein Pferd und folgte den anderen.

Sie ritten im Galopp; gespenstisch warfen ihre Fackeln flackerndes Licht an die Wände der Häuser, und die Schatten der Reiter schienen einander die dunklen Straßen hinunter zu jagen wie eine Horde wilder Geister. Als sie sich Borgo näherten, stieg ihnen der stechende Geruch von Rauch in die Nasen, und sie hörten ein gewaltiges Brüllen, als würden tausend wilde Bestien gleichzeitig heulen, jaulen und kläffen. Schließlich bogen sie um eine Ecke und sahen das Feuer unmittelbar vor sich.

Es war ein Bild wie aus der Hölle. Das gesamte Viertel stand in Flammen; alles war in einen dichten Mantel aus Feuer gehüllt. Durch den wabernden roten Nebel sahen sie, wie die Holzgebäude sich im glühenden Griff der Flammen wanden und drehten, bis sie verzehrt wurden. Als scharfe schwarze Schattenrisse hoben sich die Gestalten von Menschen vor der Feuerwand ab; sie huschten umher wie winzige schwarze Teufel, welche die Seelen der Verdammten peinigten.

Die Pferde wieherten, scheuten zurück und warfen die Köpfe in den Nacken. Mit wankenden Schritten kam ein Priester durch den wabernden Rauch zu den Reitern hinübergerannt; sein schweißnasses Gesicht war rußverschmiert.

»Heiligkeit! Ihr seid gekommen! Gelobet sei Gott der Herr!« Dem Akzent und der Kleidung nach zu urteilen hielt Johanna den Mann für einen Franken.

»Ist es so schlimm, wie es aussieht?« fragte Leo knapp.

»Genau so schlimm – und schlimmer«, erwiderte der Priester. »Das Hadrianium ist zerstört, und auch das Hospiz Sankt Peregrinus. Die ausländischen Gemeinden gibt es ebenfalls nicht mehr – die Scola Saxorum und ihre Kirche sind völlig niedergebrannt. Auch die Gebäude der Scola Francorum stehen in Flammen. Ich konnte nur mit knapper Not mein Leben retten.«

»Habt Ihr Markgraf Gerold gesehen?« fragte Johanna drängend.

»Den *superista?*« Der Priester schüttelte den Kopf. »Er hat in einem der oberen Stockwerke bei den Steinmetzen geschlafen; ich bezweifle, daß einer von ihnen noch ins Freie gekommen ist. Das Feuer und der Rauch haben sich zu schnell ausgebreitet.«

»Was ist mit den Überlebenden?« wollte Leo wissen. »Wo sind sie?«

»Die meisten haben in Sankt Peter Zuflucht gesucht. Aber das Feuer ist überall. Wenn wir es nicht löschen können, besteht die Gefahr, daß auch die Peterskirche ein Raub der Flammen wird!«

Leo streckte die Hand aus. »Kommt mit uns. Wir reiten sofort dorthin.« Der Priester schwang sich hinter Leo aufs Pferd, und die Gefährten galoppierten in Richtung Peterskirche.

Johanna folgte den anderen nicht. Sie hatte nur ein Ziel: zu Gerold zu gelangen.

Vor ihr breitete sich der äußere Rand der Feuersbrunst aus;

dort gab es kein Durchkommen. Johanna umritt die Flammen, bis sie an eine Reihe geschwärzter, zerstörter Straßen gelangte, über die das Feuer bereits hinweggefegt war. Sie bog in eine dieser Straßen ab, von der sie wußte, daß sie zur Scola Francorum führte, der fränkischen Gemeinde.

Noch immer brannten vereinzelte Feuer auf beiden Seiten der Straße, und der Rauch wurde dichter. Die Angst schnürte Johanna die Kehle zu, doch sie zwang sich weiterzureiten. Der Rotschimmel jedoch scheute und wehrte sich; er wollte nicht weiter, doch Johanna rief ihm aufmunternd zu und trat ihm in die Seiten, bis er unruhig vorantänzelte. Johanna kam durch eine Landschaft des Grauens – von der Hitze geschrumpfte Baumstümpfe; verkrümmte Skelette von Gebäuden; verkohlte und geschwärzte Körper jener Menschen, die auf der Flucht in eine Falle geraten waren. Johanna gab es einen Stich ins Herz: Diesem Inferno war mit Sicherheit kein lebendes Wesen entronnen.

Plötzlich und unerwartet ragten die Mauern eines Gebäudes vor ihr auf. Die fränkische Gemeinde! Die Kirche und die umliegenden Häuser waren zu Asche verbrannt, doch wie ein Wunder stand das Hauptgebäude der *scola* noch immer.

In Johanna regte sich neue Hoffnung; das Herz schlug ihr bis zum Hals. Vielleicht war Gerold der Flammenhölle *doch* entkommen! Oder er war noch im Innern des Gebäudes. Vielleicht war er verletzt und brauchte Hilfe ...

Der Rotschimmel blieb wie angewurzelt stehen und weigerte sich, auch nur einen weiteren Schritt zu tun. Wieder trat Johanna ihm die Hacken in die Seiten; diesmal aber bäumte das Tier sich trotzig auf und warf die Reiterin ab. Dann preschte es in wildem Galopp davon.

Benommen lag Johanna am Boden. Der Aufprall hatte ihr den Atem geraubt. Neben ihr lag die Leiche eines Menschen, schwarz und glänzend wie geschmolzener Obsidian; der Rücken war im Todeskampf durchgebogen. Würgend und keuchend erhob sich Johanna und rannte zur *scola* hinüber. Sie mußte Gerold finden; alles andere zählte nicht.

Überall waren brennende Aschestücke: auf dem Boden, auf ihrer Kleidung, in ihrem Haar, und in einer heißen, erstickenden Wolke um sie herum in der Luft. Heiße Glut versengte ihr die Füße. Jetzt bedauerte sie, die Schuhe nicht angezogen zu haben, aber nun war es zu spät.

Die Eingangstür der *scola* schälte sich vor ihr aus dem Rauch. Noch ein paar Meter, und sie war dort. »Gerold!« rief sie. »Wo bist du?«

Plötzlich – so heftig und unberechenbar wie der Wind, der sie voranpeitschte – drehten die Flammen in eine andere Richtung und wirbelten einen Schauer brennender Splitter auf das schindelgedeckte Dach des Hauptgebäudes, das von der Hitze bereits so trocken wie Zunder war. Die Holzschindeln leuchteten dunkelrot auf; dann fingen sie Feuer. Augenblicke später stand das ganze Gebäude in Flammen.

Johanna spürte, wie die Hitze ihr das Haar versengte; schmerzhaft brannte ihr die Kopfhaut. Wie mit glühenden Zungen leckte das Feuer nach ihr.

»Gerold!« rief sie noch einmal gegen das Tosen der Glut; dann wurde sie von den näher rückenden Flammen zurückgetrieben.

Gerold war bis spät in die Nacht aufgeblieben und hatte über seinen Plänen für die Stadtmauer gesessen. Als er schließlich die Kerze ausblies, war er dermaßen erschöpft, daß er sofort in einen tiefen, traumlosen Schlaf fiel.

Der Geruch von Rauch weckte ihn. *Da muß sich eine Lampe entzündet haben,* dachte er und schwang sich aus dem Bett, um die Flamme zu löschen. Schon der erste Atemzug schien ihm die Lungen zu verbrennen; vor Schmerz sank er auf die Knie und rang nach Atem. *Feuer! Aber woher kommt es?* Der dichte Rauch machte es unmöglich, mehr als nur ein paar Meter weit zu blicken.

Irgendwo in der Nähe erklangen die entsetzten Schreie von Kindern. Hustend und keuchend tastete Gerold sich in die ungefähre Richtung. Dann erschienen zwei verängstigte Gesichter in der Dunkelheit. Es waren ein Junge und ein Mädchen, dem Aussehen nach nicht älter als vier oder fünf. Sie rannten zu Gerold, klammerten sich an ihn, weinten und jammerten kläglich.

»Es wird alles wieder gut.« Er gab eine Zuversicht vor, die er gar nicht besaß. »Bald sind wir hier heraus. Habt ihr schon mal Pferd und Reiter gespielt?«

Die Kinder schauten ihn mit großen Augen an und nickten.

»Gut.« Gerold hob sich das Mädchen auf den Rücken, dann den Jungen. »Haltet euch fest. Wir reiten jetzt hinaus.«

Mit dem zusätzlichen Gewicht der Kinder auf dem Rücken bewegte er sich schwerfällig. Der Rauch war noch dichter geworden; die Kinder keuchten und husteten in der erstickenden Luft. Gerold kämpfte eine aufsteigende Furcht nieder. Viele Opfer eines Feuers hatte man ohne äußere Zeichen der Todesursache gefunden; in der Hitze und dem Rauch hatte einfach ihre Atmung ausgesetzt.

Plötzlich stellte Gerold fest, daß er die Orientierung verloren hatte. Er versuchte, mit den Blicken die Dunkelheit zu durchdringen, doch der Rauch wurde immer dichter, und er konnte die Tür nicht mehr sehen.

»Gerold!« rief eine Stimme durch die erstickende Düsternis.

Schwankend erhob er sich und tastete sich blind voran in die ungefähre Richtung des Geräusches.

Vor den Mauern von Sankt Peter wurde eine offene Schlacht gegen das herannahende Feuer geschlagen. Um den bedrohten Dom zu schützen, hatte sich eine Menschenmenge eingefunden – Mönche in schwarzen Roben aus dem benachbarten Kloster Sankt Johannes sowie ihre Kapuzen tragenden Gegenstücke aus dem griechischen Kloster Sankt Cyril; Diakone; Priester und Meßdiener; Huren und Bettler; Männer, Frauen und Kinder aus den ausländischen *scolae* in Borgo – Sachsen, Langobarden, Friesen und Franken. Da es keine zentrale Befehlsstelle gab, waren die Bemühungen dieser verstreuten Gruppen weitgehend nutzlos. Sie unternahmen den verzweifelten, ungeordneten Versuch, Krüge, Eimer und andere Gefäße zu den Brunnen und Zisternen in der Nähe zu tragen, um Löschwasser herbeizuschaffen – mit dem Erfolg, daß der eine Brunnen hoffnungslos umlagert war, während der andere vollkommen verlassen dalag. Die Leute riefen sich etwas in einer verwirrenden Vielzahl von Sprachen zu; sie stießen und schubsten sich, um ihre Eimer zu füllen; im Eifer des Gefechts prallten Krüge gegeneinander und zerbrachen, so daß das kostbare Wasser im Boden versickerte. Während dieser ungeordneten Schlacht gegen das Feuer wurde die Winde an einem der Brunnen zerbrochen; um an das Wasser zu gelangen, mußten mehrere Leute den Brunnenschacht hinunterklettern und den Eimer von einem zum anderen nach oben reichen – eine Vorgehensweise, die so zeitraubend und kräftezehrend war, daß man sie bald aufgab.

»Zum Fluß! Zum Fluß!« riefen die Leute und eilten den Hügel hinunter zum Tiber. In ihrer Angst und Verwirrung rannten einige mit leeren Händen los und erkannten erst, als sie am Flußufer standen, daß sie gar kein Gefäß dabei hatten, um Löschwasser zur Peterskirche hinauf zu tragen. Andere wiederum schleppten riesige Gefäße herbei, die sich als zu schwer für sie erwiesen, nachdem sie gefüllt waren; die halbe Strecke den Hügel hinauf, ließen sie die Gefäße fallen und weinten vor Kummer und hilfloser Verzweiflung.

Inmitten dieses Chaos stand Leo, im Gebet versunken, vor den Türen von Sankt Peter – so fest und unverrückbar wie die Steine der riesigen Kathedrale. Daß der Papst bei ihnen war, gab den Menschen Kraft. Solange Leo ausharrte, bestand noch Hoffnung, war noch nicht alles verloren. Und so kämpften die Menschen weiter gegen die Flammen, die jedoch so unaufhaltsam näher kamen wie das Wasser bei Flut; unerbittlich trieb das Feuer die Reihen der Verteidiger zurück.

Zur Rechten des Petersdomes stand die Bibliothek des Klosters Sankt Martin bereits in Flammen; brennende Pergamentfetzen wirbelten aus den geborstenen Fenstern, wurden vom Wind erfaßt und auf das Dach der Kathedrale getragen.

Arighis zupfte Leo am Ärmel. »Ihr müßt fort von hier, Heiligkeit, solange noch Zeit ist!«

Leo beachtete ihn nicht und betete weiter.

Ich rufe die Wachen, dachte Arighis verzweifelt. *Ich werde ihn gewaltsam von hier fortbringen lassen.* Als Haushofmeister besaß er die nötigen Machtbefugnisse. Dennoch verharrte er in quälender Unentschlossenheit. Brachte er es fertig, sich dem heiligen Vater zu widersetzen – und sei es, um ihn zu retten?

Arighis entdeckte die plötzliche Gefahr als erster. Ein großes Stück eines seidenen Altartuchs wurde zwischen den brennenden Mauern des Klosters von der wabernden Luft emporgewirbelt. Der heftige Wind packte es, straffte es zu einem lodernden Pfeil und schleuderte es durch die Luft, genau auf Leo zu.

Arighis sprang schützend vor den Papst und stieß ihn zur Seite. Einen Augenblick später traf das brennende Altartuch Arighis im Gesicht, versengte ihm die Augen und wickelte sich wie eine flammende Kutte um seinen Kopf und seinen Körper. Binnen Sekunden standen sein Haar und seine Kleidung in Flammen.

Blind und taub vor Schmerz, rannte er in großen Sprüngen die Treppe vor der Kathedrale hinunter, bis die Beine unter ihm nachgaben, so daß er zu Boden stürzte. In den letzten schrecklichen Augenblicken, als sein toter Körper brannte, während sein Hirn noch lebte und arbeitete, erkannte Arighis mit plötzlicher Klarheit, daß dies seine Bestimmung war; dies war der Augenblick des Opfers, auf den sein ganzes Leben gezielt hatte.

»Jesus Christus!« schrie er, als unsäglicher Schmerz ihm das Herz zerriß.

Die Rauchwolke lichtete sich ein wenig, so daß Gerold die offene Tür vor sich sah. Dahinter stand Johannas Gestalt, wabernd in der hitzeflirrenden Luft; ihr weißgoldenes Haar erstrahlte im Licht der Flammen wie ein Heiligenschein. Mit letzter Kraft richtete Gerold sich auf, schleppte sich und die beiden Kinder in Richtung der Tür und taumelte hustend hindurch.

Johanna sah ihn aus Rauch und Dunst auftauchen und rannte zu ihm. Sie nahm ihm die schluchzenden Kinder aus den Armen und drückte sie fest an sich, während ihr Blick auf Gerold haftenblieb, der schwankend dastand, zu Tode erschöpft, und kein Wort hervorbrachte.

»Gott sei Dank«, sagte Johanna schlicht.

Doch die Botschaft in ihren Augen sagte unendlich viel mehr.

Sie ließen die Kinder in der Obhut einer Gruppe von Nonnen zurück und eilten zur Kathedrale, wo Gerold mit einem Blick erkannte, daß die kleine Armee, die sich gegen das Feuer wehrte, an den falschen Stellen postiert war. Sie bekämpften die Flammen aus zu geringer Entfernung und mußten angesichts ihres gnadenlosen Vormarsches immer weiter zurückweichen.

Gerold übernahm das Kommando und befahl den Männern, auf sicheren Abstand zurückzuweichen und eine Feuerschneise zu legen, indem sie die Sträucher aus dem Boden und die Äste von den Bäumen rissen und alles Brennbare fortschafften. Zum Schluß gruben sie die Grasnarbe um und wässerten den so entstandenen kahlen Streifen Boden.

Als Johanna den Funkenregen sah, der auf die Peterskirche

niederregnete, riß sie einem vorübereilenden Mönch den Eimer Wasser aus der Hand und kletterte aufs Kirchendach. Andere folgten ihr: erst zwei, dann vier, dann zehn. Die Menschen bildeten eine Kette und reichten gefüllte Wassereimer von einem zum anderen; nachdem die Eimer ausgegossen waren, wanderten sie von Hand zu Hand wieder in Gegenrichtung zurück zu den Brunnen und Zisternen. Weiterreichen, leeren, zurückreichen, füllen, weiterreichen – in stetem Rhythmus arbeiteten die Leute Seite an Seite; bald schmerzten ihnen die Arme vor Anstrengung; die Gesichter und die Kleidung waren rußverschmiert, und offene Münder rangen in der rauchgeschwängerten Luft nach Atem.

Unter ihnen, am Fuße des Hügels, kroch das Feuer zwar langsamer heran, doch die Gefahr war noch nicht gebannt. Gerold und seine Helfer arbeiteten mit verzweifelter Eile daran, die Feuerschneise zu verbreitern.

Auf den Stufen der Kathedrale schlug Leo das Kreuzzeichen; sein Gesicht war flehend zum Himmel gewandt. »Allmächtiger Gott«, betete er, »erhöre unsere Bitten und hilf uns in der Not.«

Dann erreichte der näher rückende Brand die Feuerschneise. Die Flammen schienen anzuschwellen, so, als würden sie Kraft sammeln, um über den kahlen Streifen Boden hinwegzuspringen. Gerold und seine Leute griffen das Feuer mit weiteren Kübeln und Eimern voller Wasser an. Die Flammen schienen zu zögern; dann zogen sie sich zischend und mit wütendem Prasseln zurück und begannen, sich selbst zu verzehren.

Die Kirche war gerettet.

Johanna spürte Tränen der Freude auf ihrem erhitzten Gesicht.

In den ersten Tagen nach dem Brand waren die Leute damit beschäftigt, die Toten zu bergen – jene, deren Leichen noch aufzufinden waren. Die gewaltige Hitze des Feuers hatte viele seiner Opfer zu Asche und verstreuten Knochen verbrannt.

Arighis wurde mit feierlicher Zeremonie beigesetzt, wie es seinem hohen Rang entsprach. Nach der Totenmesse im Lateran wurden seine sterblichen Überreste in der Krypta einer kleinen Kapelle bestattet, in der Nähe der Gräber der beiden Päpste Gregor und Sergius.

Johanna betrauerte diesen Verlust tief. Sie und Arighis hatten zwar so manchen Streit ausgefochten, besonders zu Anfang, doch sie hatten einander zu respektieren gelernt. Sie würde Arighis' ruhige, besonnene Art vermissen, sein beinahe unerschöpfliches Wissen über jedes noch so kleine Rädchen der gewaltigen, komplizierten Maschinerie des Patriarchums, ja, sogar den unnahbaren, hochmütigen Stolz, mit dem er die Pflichten erfüllt hatte, die sein Amt ihm auferlegte. Es war nur recht und billig, daß er nun für alle Ewigkeit in Ehren neben jenen beiden Päpsten ruhte, denen er so treu gedient hatte.

Nachdem die Trauertage vorüber waren, wandte man sich der schrecklichen Aufgabe zu, die genauen Schäden der Brandkatastrophe zu ermitteln. Die Leoninische Mauer, an der das Feuer offenbar begonnen hatte, war nur leicht beschädigt worden, doch etwa drei Viertel Borgos waren völlig von den Flammen zerstört worden. Von den ausländischen Gemeinden und ihren Kirchen waren kaum mehr als geschwärzte Trümmer geblieben.

Daß die Peterskirche das Inferno überstanden hatte, war wirklich ein reines Wunder – und genau so wurde es binnen kurzer Zeit auch allgemein betrachtet. Papst Leo habe das Feuer gebannt, erzählten sich die Leute, indem er im Angesicht der herannahenden Flammenmauer das Kreuzzeichen gemacht hatte. Diese Version der Ereignisse wurde von den Römern begeistert aufgenommen; denn sie brauchten dringend ein Zeichen dafür, daß Gott sich nicht gegen sie gewandt hatte.

Und nun wurden ihre Hoffnungen erfüllt: Sie entdeckten dieses Zeichen des göttlichen Wohlwollens in dem Wunder, das Leo gewirkt hatte – was jeder, der dabeigewesen war, bereitwilligst bestätigte. Ja, die Zahl der Augenzeugen stieg von Tag zu Tag, bis es den Anschein hatte, als wäre ganz Rom an jenem schicksalhaften Morgen vor dem Petersdom versammelt gewesen.

Alle Kritik an Leo war auf einen Schlag vergessen. Papst Leo war ein Held, ein Prophet, ein Heiliger, eine lebendige Verkörperung des Geistes von Sankt Peter. Die Menschen bejubelten ihn; denn ein Papst, der ein solches Wunder zu wirken vermochte, konnte die Stadt auch vor den sarazenischen Ungläubigen schützen.

Doch der Papst wurde nicht überall bejubelt. Als die Nachricht von seinem Wunder zur Kirche Sankt Marcellus gelangte, wurden die Türen sofort geschlossen und verriegelt. Sämtliche Taufen wurden verschoben; alle Termine abrupt abgesagt. Wer nachfragte, erhielt die Auskunft, daß niemand zu Kardinal Anastasius vorgelassen werden könne, weil Seine Eminenz plötzlich leicht erkrankt sei.

Johanna arbeitete Tag und Nacht. Sie verteilte Kleidung, Nahrungsmittel, Arzneimittel und anderes an die Hospize und Wohltätigkeitseinrichtungen der Stadt. Die Hospitäler waren überfüllt mit den Opfern der Feuersbrunst, und es gab zu wenige Ärzte, als daß sie sich um alle Verletzten hätten kümmern können; deshalb half Johanna aus, wann immer sie Zeit erübrigen konnte. Einige Menschen hatten so schwere Brandwunden davongetragen, daß ihnen nicht mehr zu helfen war; man konnte kaum mehr für sie tun, als ihnen ein Schmerzmittel aus Mohn, Alraune und Bilsenkraut zu verabreichen, um ihre Todesqualen zu lindern. Andere hatten entstellende Verbrennungen erlitten, die sich zu entzünden drohten; diesen Patienten legte Johanna Umschläge mit Honig und Aloe auf, ein altbewährtes Mittel gegen Brandwunden. Wieder andere, deren Körper weitgehend von den Flammen verschont geblieben waren, hatten zuviel Rauch in die Lungen bekommen und kämpften mit jedem qualvollen, flachen Atemzug verzweifelt ums Überleben.

Erschöpft und erschüttert angesichts von soviel Leid, Schrecken und Tod, wurde Johanna erneut von einer Glaubenskrise befallen. Wie konnte ein guter und wohlmeinender Gott so etwas geschehen lassen? Wie konnte er zulassen, daß seinen Geschöpfen so schreckliche Wunden zugefügt wurden, selbst unschuldigen Kindern und Säuglingen, die noch keine Sünde auf sich geladen haben konnten?

Das Herz wurde Johanna schwer, als die Schatten ihrer alten Zweifel wieder über sie fielen.

Eines Morgens traf sie sich mit Leo, um über die päpstlichen Vorrats- und Lagerhäuser zu reden, die den Opfern der Brandkatastrophe geöffnet werden sollten, als Waldipert, der neue *vicedominus,* unerwartet ins Zimmer kam. Er war ein großer, knochiger Mann, dessen blasse Haut und das blonde Haar seine lombardische Abstammung erkennen ließen. Johanna kam es seltsam vor, diesen Fremden in Arighis' Amtskleidung zu sehen.

»Heiligkeit«, sagte Waldipert mit respektvoller Ehrerbietung, »draußen sind zwei Bürger, die dringend um eine sofortige Audienz ersuchen.«

»Sie müssen sich noch gedulden«, erwiderte Leo. »Sie können mir ihr Anliegen später vorbringen.«

»Verzeiht, Heiligkeit.« Waldipert blieb hartnäckig. »Aber ich glaube, Ihr solltet Euch sofort anhören, was sie zu sagen haben.«

Leo hob eine Augenbraue. Hätte Arighis diese Bemerkung gemacht, wäre Leo seiner Aufforderung ungefragt nachgekommen; denn auf Arighis' scharfes Urteilsvermögen hatte man sich stets verlassen können. Doch Waldipert war neu im Amt und unerfahren; er wußte noch nicht, wo die Grenzen seiner Befugnisse lagen, so daß es durchaus sein konnte, daß er seine Bedeutung viel zu hoch einschätzte.

Leo zögerte; dann beschloß er, zugunsten des unerfahrenen Waldipert zu urteilen. »Also gut. Führt sie herein.«

Waldipert verbeugte sich und ging. Augenblicke später kam er in Begleitung eines Priesters und eines Jungen ins Zimmer zurück. Der Geistliche war untersetzt und hatte eine dunkle Haut. Johanna schätzte ihn sofort als unerschütterlichen, aufrechten Anhänger des Glaubens ein; als einen jener vielen Priester, die in ärmlicher Verborgenheit und unter schwierigsten Verhältnissen in den weniger bedeutenden Kirchen Roms ihrem geistlichen Amt nachgingen. Der Junge war seiner Kleidung nach Altardiener oder Meßgehilfe. Er war ein hübscher junger Bursche, vielleicht fünfzehn oder sechzehn Jahre, kräftig und gut gebaut, mit großen, schönen Augen, die den Eindruck erweckten, als würden sie für gewöhnlich voller Zuversicht und Frohsinn in die Welt blicken. Jetzt aber waren sie von Trauer und Verzweiflung umwölkt.

Demütig legten die Ankömmlinge sich vor dem Papst zu Boden.

»Erhebt euch«, forderte Leo sie auf. »Sagt uns, in welcher Angelegenheit ihr gekommen seid.«

Der Priester meldete sich als erster zu Wort. »Ich bin Paul, Heiligkeit, von Gottes und Euer Gnaden Priester an der Kirche Sankt Lorenzo in Damaso. Dieser Junge hier, Dominik, kam gestern zu mir in die Kapelle und hat mich gebeten, ihm die

Ohrenbeichte abzunehmen, was ich ihm natürlich gewährt habe. Was er mir erzählt hat, war so entsetzlich, daß ich ihn hierhergebracht habe, auf daß er es Euch selbst sagt.«

Leo runzelte die Stirn. »Du weißt, mein Sohn, daß das Beichtgeheimnis nicht verletzt werden darf.«

»Der Junge ist aus freien Stücken gekommen, Heiligkeit. Er leidet unter schrecklichen seelischen und spirituellen Qualen.«

Leo wandte sich an Dominik. »Stimmt das? Sag die Wahrheit; es ist keine Schande, wenn du für dich behalten willst, was du gebeichtet hast.«

»Ich möchte es Euch aber sagen, Heiliger Vater«, erwiderte der Junge mit zittriger Stimme. »Ich *muß* es Euch sagen, um meiner Seele willen!«

»Dann sprich, mein Sohn.«

Dominiks Augen schwammen in Tränen. »Ich habe es nicht gewußt, Heiliger Vater!« stieß er hervor. »Ich schwöre bei den Reliquien aller Heiligen, daß ich nicht wußte, was geschehen würde. Sonst hätte ich es nie und nimmer getan!«

»Was getan, mein Sohn?« fragte Leo sanft.

»Das Feuer gelegt«, erwiderte der Junge, und sein ganzer Körper wurde von wilden Schluchzern geschüttelt.

Für längere Zeit herrschte fassungslose Stille; nur Dominiks Weinen war zu vernehmen.

»*Du* hast das Feuer gelegt?« fragte Leo dann leise.

»Ja! Möge Gott mir vergeben!«

»Was hat dich zu dieser Tat getrieben?«

Der Junge kämpfte die Tränen nieder und riß sich zusammen. »Er hat mir gesagt, der Bau der Stadtmauer wäre ein großes Übel ... wegen des vielen Geldes, der Zeit und der Arbeitskraft, die darauf verwendet werden. Er sagte, wir sollten diese Mittel lieber dazu benutzen, die Kirchen instand zu setzen und die Not der Armen zu lindern.«

»Er?« fragte Leo. »Hat jemand dir die Anweisung erteilt, das Feuer zu legen?«

Der Junge nickte.

»*Wer?*«

»Kardinal Anastasius, an dessen Kirche ich Altargehilfe bin. Er muß mit der Zunge des Teufels geredet haben, Heiliger Vater, denn er hat so überzeugend gesprochen, daß es mir gut und richtig erschien, was er gesagt hat.«

Nach einer weiteren langen Pause des Schweigens sagte Leo: »Beantworte mir die nächste Frage ehrlich, mein Sohn. Bist du ganz sicher, daß Anastasius dir diesen Befehl erteilt hat? Schwörst du es vor Gott?«

»Ja, Heiliger Vater. Es sollte nur ein kleines Feuer sein«, antwortete Dominik mit erstickter Stimme, »gerade groß genug, um das Baugerüst an der Mauer zu verbrennen. Bei Gott, es war ganz einfach – ich habe ein paar Lappen mit Lampenöl getränkt, sie unter eine Ecke des Baugerüsts geklemmt und angezündet. Eine Zeitlang brannte wirklich nur das Gerüst, genau so, wie mein Herr, der Kardinal, es vorhergesagt hatte. Aber dann kam der Wind auf und hat die Flammen angefacht, und dann ... dann ...« Er ließ sich schwer auf die Knie fallen. »Oh, Gott!« rief er voller abgrundtiefer Verzweiflung. »Das unschuldige Blut! Ich würde es nie wieder tun, und würden tausend Kardinäle mir den Befehl dazu erteilen!«

Der Junge warf sich Leo zu Füßen. »Helft mir, Heiliger Vater! Helft mir«, rief er und hob ihm sein gequältes Gesicht entgegen. »Ich kann nicht leben mit dem, was ich getan habe! Legt mir eine Buße auf! Bestraft mich! Ich werde jeden Tod erleiden, wie schrecklich er auch sein mag; denn meine Seele wäre wieder rein!«

Starr vor Entsetzen und Mitleid, betrachtete Johanna den Jungen. Der Liste von Anastasius' Verbrechen mußte nun die Anstiftung zu dieser schrecklichen Tat hinzugefügt werden – wie auch die Verführung dieses Jungen, das Umkehren seines guten Charakters zum Schlechten. Mit seinem aufrichtigen, schlichten Geist hätte Dominik ein so abscheuliches Verbrechen nie und nimmer von selbst begangen, noch hätte sein Gewissen die Last einer solchen Schuld tragen können.

Leo legte dem Jungen die Hand auf den Kopf. »Es hat schon Tod genug gegeben. Welchen Nutzen hätte es für die Welt, wenn der deine auch noch hinzukäme? Nein, Dominik, die Buße, die ich dir auferlege, ist nicht der Tod, sondern das Leben – ein Leben in Sühne und Reue. Von heute an bist du aus Rom verbannt. Du wirst die Pilgerstraße nach Jerusalem gehen, und dort wirst du vor dem Heiligen Grab um die Vergebung Gottes beten.«

Der Junge hob verwundert den Blick. »Und das ist alles?«

»Die Straße der Buße ist niemals leicht zu beschreiten, mein Sohn. Du wirst erkennen, wie beschwerlich deine Reise ist.«

Das stimmt, ging es Johanna durch den Kopf, die an ihre eigene Pilgerreise aus dem Frankenland nach Rom denken mußte. Der Weg war viel härter, als der junge Dominik es sich vorstellen konnte. Er mußte sich von der Familie und den Freunden trennen, von allem, das er gekannt hatte, und den Rest seiner Tage fern der Heimat verbringen, in einem fremden, unbekannten Land. Und auf dem Weg nach Jerusalem würde er vielen Gefahren trotzen müssen – steilen Bergen und tückischen Schluchten; Straßen, die mit Räubern und Dieben verseucht waren; Hunger und Durst und tausend anderen Gefahren.

»Verbringe dein Leben in selbstlosem Dienst für deinen Nächsten«, fuhr Leo fort. »Verhalte dich in allen Dingen so, daß eines Tages das Gewicht deiner vielen guten Taten größer sein wird als die Last dieser einen schweren Sünde.«

Dominik warf sich zu Boden und küßte den Saum von Leos Umhang. Dann erhob er sich, blaß, aber entschlossen. Sein Gesicht war von den seelischen Todesqualen gereinigt, als hätte ein heftiger Regen sie fortgespült. »Ich werde Euch mit Freuden gehorchen, Heiliger Vater. Ich werde alles genau so tun, wie Ihr es befohlen habt. Ich schwöre es beim heiligen Körper und dem Blute Christi, unseres Heilands.«

Leo segnete den Jungen mit dem Kreuzzeichen. »Gehe in Frieden, mein Sohn.«

Dominik und der Priester verließen das Zimmer.

Leo sagte ernst: »Kardinal Anastasius stammt aus einer mächtigen Familie. Alles, was wir tun, muß in strenger Übereinstimmung mit Recht und Gesetz geschehen. Ich werde ein Schreiben abfassen, auf dem ich die Anklagen gegen Anastasius genau ausführe. Komm mit mir, Johannes; vielleicht brauche ich deine Hilfe. Und Ihr, Waldipert ...«

»Ja, Heiligkeit?«

Leo nickte ihm beifällig zu. »Gut gemacht.«

»Es war klug von Euch, mir diese Neuigkeit zu bringen, *vicedominus*«, sagte Arsenius. Er befand sich in einem abgeschiedenen Zimmer seines Palasts zusammen mit Waldipert, der soeben seinen Bericht über die Einzelheiten des Gesprächs zwischen Papst Leo und dem Jungen Dominik beendet hatte. »Gestattet mir, meine Dankbarkeit für Eure Hilfe zum Ausdruck zu bringen.«

Arsenius schloß eine kleine Bronzeschatulle auf, die auf seinem Schreibpult stand, nahm zwanzig goldene *solidi* heraus und reichte sie Waldipert, der die Münzen rasch in seiner Tasche verschwinden ließ.

»Es war mir eine Ehre, Euch zu Diensten zu sein, bischöfliche Gnaden«, sagte Waldipert, verbeugte sich kurz, wandte sich um und ging.

Arsenius war über den ungebührlich knappen Abschied des *vicedominus* nicht erzürnt; Waldipert *mußte* wieder im Patriarchum sein, bevor jemandem seine Abwesenheit auffiel.

Arsenius beglückwünschte sich zu seiner Weitsicht: Bereits vor vielen Jahren hatte er in Waldipert – damals war er bloß päpstlicher Kammerdiener gewesen – einen jungen Mann mit Zukunft erkannt. Es war ein teurer Spaß gewesen, sich über all die Jahre hinweg die Loyalität dieses Mannes zu erkaufen. Nun aber, da Waldipert Haushofmeister geworden war, würde Arsenius' Investition sich bezahlt machen.

Arsenius klingelte nach seinem Diener und befahl ihm: »Geh zur Kirche Sankt Marcellus und richte meinem Sohn aus, er möge sofort zu mir kommen.«

Als er die Neuigkeit hörte, ließ Anastasius sich schwer in den Sessel gegenüber dem seines Vaters fallen. Im stillen verfluchte er sich; es demütigte ihn, daß Arsenius erfuhr, wie schrecklich er die Sache verpfuscht hatte.

»Woher hätte ich denn wissen sollen, daß der Junge redet?« sagte Anastasius zu seiner Verteidigung. »Um mich zu verraten, mußte er sich selbst verurteilen.«

»Es war ein Fehler, ihn am Leben zu lassen«, erwiderte Arsenius beiläufig. »Du hättest ihm in dem Augenblick die Kehle durchschneiden sollen, als die Tat vollbracht war. Tja, jetzt läßt es sich nicht mehr ändern. Jetzt müssen wir in die Zukunft blicken.«

»Zukunft?« entgegnete Anastasius mit dumpfer Stimme. »Welche Zukunft?«

»Nur die Schwachen geben sich der Verzweiflung hin, mein Sohn; nicht Menschen wie du und ich.«

»Aber was soll ich denn tun? Die Lage ist aussichtslos.«

»Du mußt Rom verlassen. Jetzt. Noch heute abend.«

»O Gott!« Anastasius barg das Gesicht in den Händen. Die Welt stürzte für ihn zusammen.

»Denk daran, wer du bist und was du bist«, sagte Arsenius streng.

Anastasius setzte sich gerade auf und mühte sich, seine Selbstbeherrschung wiederzuerlangen.

»Du wirst nach Aachen gehen«, sagte Arsenius, »an den Hof des Kaisers.«

Anastasius blickte den Vater entsetzt an. Panische Furcht breitete sich in seinem Innern aus, so daß er zu keinem klaren Gedanken mehr fähig war. »Aber ... Lothar weiß, daß ich ihn bei der Papstwahl denunziert habe.«

»Ja, und er weiß ebensogut, weshalb du dazu gezwungen warst. Er ist ein Mann, der politische Notwendigkeiten versteht – wie sonst, glaubst du, hätte er es geschafft, seinem Vater und den Brüdern den Thron zu entreißen? Außerdem braucht er Geld.« Arsenius nahm einen Lederbeutel von seinem Schreibpult und reichte ihn Anastasius. »Falls das kaiserliche Gefieder noch immer vor Zorn gesträubt ist, wird der Inhalt dieses Geldbeutels dazu beitragen, es wieder zu glätten.«

Benommen starrte Anastasius auf den schweren Beutel voller Münzen. *Muß ich Rom wirklich verlassen?* Der Gedanke, den Rest seiner Tage bei irgendeinem Volksstamm der barbarischen Franken verbringen zu müssen, erfüllte ihn mit Schrecken. *Vielleicht wäre es besser, auf der Stelle zu sterben und damit aller Not ein Ende zu machen.*

»Du mußt es als eine Gelegenheit betrachten«, sagte sein Vater. »Eine Gelegenheit, sich am kaiserlichen Hof mächtige Freunde zu machen. Du wirst diese Freunde brauchen, wenn du erst Papst bist.«

Wenn du erst Papst bist. Die Worte durchdrangen den dichten Nebel von Anastasius' Verzweiflung. Er sollte also nicht für den Rest seines Lebens fortgeschickt werden!

»Um deine Angelegenheiten hier in Rom werde ich mich schon kümmern, keine Sorge«, sagte Arsenius. »Die Sympathie der Allgemeinheit wird nicht ewig Leo gelten. Irgendwann wird sie ihren Gipfelpunkt erreichen und dann verebben. Sobald ich der Meinung bin, die Zeit ist reif, werde ich nach dir schicken lassen.«

Die Übelkeit, die Anastasius befallen hatte, ließ allmählich nach. Sein Vater hatte die Hoffnung noch nicht aufgegeben; deshalb konnte auch er selbst noch hoffen.

»Für eine Eskorte nach Aachen habe ich bereits gesorgt«, riß Arsenius' Stimme ihn aus seinen Gedanken. »Zwölf meiner besten Leute. Komm, ich begleite dich zu den Ställen.«

Die zwölf Wachen hatten bereits aufgesessen und waren aufbruchbereit; mit Schwert und Pike und Streitkolben waren sie bis an die Zähne bewaffnet, so daß Anastasius auf den gefährlichen Straßen geschützt war. Sein Pferd stand in der Nähe und schlenkerte ungeduldig mit dem Kopf. Es war ein kräftiger, lebhafter Brauner – das Lieblingspferd seines Vaters, wie Anastasius erkannte.

»Ihr habt noch zwei, drei Stunden Tageslicht«, sagte Arsenius, »Zeit genug, um einen guten Vorsprung herauszureiten. Heute werden sie die Jagd auf dich nicht mehr eröffnen, denn sie können ja nicht wissen, daß du gewarnt bist. Außerdem wird Leo vorsichtshalber einen offiziellen Befehl für deine Verhaftung ausstellen. Leos Männer werden sich nicht vor morgen früh auf den Weg machen, und ich bin sicher, sie werden zuerst in der Kirche von Sankt Marcellus nach dir suchen. Bis sie auf den Gedanken kommen, es hier zu versuchen, bist du ein gutes Stück fort.«

Von plötzlicher Sorge befallen, fragte Anastasius: »Und was ist mit dir, Vater?«

»Sie haben keinen Grund, mich zu verdächtigen. Falls sie versuchen, mich über deinen Aufenthaltsort auszufragen, werden sie feststellen, daß sie einen Wolf beim Schwanz gepackt haben.«

Vater und Sohn umarmten sich.

Kann das alles wirklich wahr sein? fragte sich Anastasius. Alles geschah so schnell, daß man es gar nicht richtig fassen konnte.

»Gott sei mit dir, mein Sohn«, sagte Arsenius.

»Und mit dir, Vater.« Anastasius schwang sich in den Sattel und riß das Pferd so rasch herum, daß sein Vater nicht sehen konnte, wie ihm die Tränen in die Augen traten. Unmittelbar hinter dem Tor warf Anastasius einen letzten Blick zurück. Die blutrote Sonne näherte sich dem Horizont und warf lange Schatten über die sanften Hügel Roms, bemalte die majestätischen Skelette des Forum Romanum und des Kolosseums mit rotgoldenen Farbtönen.

Rom. All seine Arbeit, all sein Ehrgeiz, alles, was ihm jemals etwas bedeutet hatte, befand sich in den heiligen Mauern dieser Stadt.

Anastasius' letzter Blick galt dem Gesicht seines Vaters – schmerzerfüllt, aber entschlossen und so fest und unerschütterlich wie der Fels von Sankt Peter.

»Excommunicatio te in eternum per Deum vivum, per Deum verum ...«

In der kalten Dunkelheit der Lateranbasilika lauschte Johanna, wie Leo die gleichermaßen feierlichen wie schrecklichen Worte sprach, die Anastasius für immer aus der heiligen Mutter Kirche ausschlossen. Ihr fiel auf, daß Leo sich für das *excommunicatio minor* entschieden hatte, die weniger strenge Form der Exkommunikation: Dem Bestraften wurde zwar das Recht aberkannt, die Sakramente zu spenden oder zu empfangen (von der Letzten Ölung abgesehen, die keinem Menschen verweigert werden konnte); doch wurde ihm nicht jeglicher Umgang mit anderen Christenmenschen untersagt. Leo hat wirklich ein gütiges Herz, dachte Johanna bei sich.

Der gesamte römische Klerus, einschließlich der höchsten kirchlichen Würdenträger, hatte sich versammelt, um der feierlichen Zeremonie beizuwohnen; sogar Arsenius war gekommen, denn er wollte sein Amt als Bischof von Horta nicht durch sinnlosen öffentlichen Protest gefährden. Natürlich hatte Leo den Verdacht, daß Arsenius bei der Flucht seines Sohnes vor dem Gesetz die Hände im Spiel gehabt hatte; doch es gab keinen Beweis, der eine solche Anklage hätte erhärten können, und irgendeinen anderen Vorwurf konnte man gegen Arsenius nicht erheben. Der Vater eines Mannes wie Anastasius zu sein war ihm schwerlich als Verbrechen anzukreiden.

Als die Kerze, die Anastasius' unsterbliche Seele symbolisierte, umgedreht und die Flamme im Schmutz ausgedrückt wurde, überkam Johanna ein unerwarteter Anflug des Bedauerns. *Was für eine tragische Verschwendung,* dachte sie. Ein so intelligenter Mann wie Anastasius hätte sehr viel Gutes bewirken können, wäre sein Herz nicht von blindem Ehrgeiz zerfressen gewesen.

26.

Der Bau der Leoninischen Mauer, wie sie nun allgemein genannt wurde, machte rasche Fortschritte. Das Feuer hatte ihr nur wenig Schaden zufügen können; das hölzerne Baugerüst, das von den Arbeitern benutzt wurde, war niedergebrannt, und eine der Brustwehren im Westen hatte schwere Schäden davongetragen; aber das war auch schon alles. Allmählich verschwanden auch die technischen Probleme, die das Bauvorhaben zu Anfang erschwert hatten. Außerdem setzte eine ausgedehnte Schönwetterperiode ein – lange, kühle und sonnige Tage, an denen kein Tropfen Regen fiel. Aus den Steinbrüchen kam ein unablässiger Strom an Baumaterial von guter Qualität, und die Arbeiter wurden zunehmend geübter, arbeiteten Seite an Seite, besser aufeinander eingespielt.

Unter diesen günstigen Bedingungen wuchs die Mauer stetig. Zu Pfingsten war die oberste Reihe der Steine mannshoch. Jetzt gab es niemanden mehr, der das Vorhaben als närrisch bezeichnete, und niemand beklagte sich über die Zeit, das Geld und die Arbeitskraft, die für den Bau der Mauer verwendet wurden. Statt dessen wuchs in den Römern Stolz auf ihr Werk heran, das sich an Größe mit den Monumenten des versunkenen Imperiums messen konnte, als derartige Bauwerke keine Seltenheit, sondern beinahe alltäglich gewesen waren. Wenn die Mauer fertig war, würde sie gewaltig sein, monumental – eine riesige Barriere, die nicht einmal die Sarazenen durchbrechen oder erklettern konnten.

Doch die Zeit wurde knapp. An den Kalenden des Juli trafen Boten mit erschreckenden Nachrichten in der Stadt ein: Eine sarazenische Flotte sammelte sich bei Totarium, einer kleinen Insel vor der Ostküste Sardiniens, um einen weiteren Angriff auf Rom vorzubereiten.

Anders als Sergius, der auf die Kraft des Gebets vertraut

hatte, um die Stadt zu schützen, schlug Leo eine aggressivere Taktik ein. Sofort schickte er Boten in die mächtige Hafenstadt Neapel und bat die dortigen Herrscher, eine Flotte bewaffneter Schiffe loszuschicken, um den Feind bereits auf See anzugreifen.

Der Plan war kühn – und riskant, denn offiziell war Neapel noch immer Byzanz zur Bündnistreue verpflichtet, wenngleich es in Wahrheit seit Jahren unabhängig war. Würden die Mächtigen von Neapel den Römern in der Stunde der Not beistehen, oder würden sie die Gelegenheit nutzen und ihre Streitkräfte mit denen der Sarazenen vereinen, um zugunsten ihres offiziellen Verbündeten Byzanz einen Schlag gegen den Apostolischen Stuhl zu führen? Leos Plan steckte voller Gefahren. Doch welche Alternative gab es?

Zehn Tage wartete die Stadt voller Anspannung, was geschehen würde. Als die neapolitanische Flotte schließlich in Porto an der Mündung des Tiber eintraf, zog Leo unter dem Schutz einer großen Eskorte schwerbewaffneter päpstlicher Gardisten, die von Gerold befehligt wurden, wachsam aus der Stadt, um sich mit den Heerführern aus Neapel zu treffen.

Die Ängste der Römer verflüchtigten sich, als Caesarius, der Kommandeur der neapolitanischen Flotte, vor Leo auf die Knie fiel und dem Papst demütig die Füße küßte. Leo – der sich das volle Ausmaß seiner Erleichterung vorsichtshalber nicht anmerken ließ – segnete Caesarius und stellte die geheiligten Körper der Apostel Petrus und Paulus feierlich unter den Schutz des Neapolitaners.

Rom hatte die erste Würfelrunde des Schicksals glücklich überstanden; vom nächsten Wurf hing ihrer aller Zukunft, ja, ihr Leben ab.

Am Morgen darauf erschien die sarazenische Flotte. Die breiten Lateinsegel der Schiffe erstreckten sich wie die geöffneten Krallen eines Ungeheuers, die nach Rom packen wollten, am Horizont. Verängstigt zählte Johanna die Segel – fünfzig, dreiundfünfzig, siebenundfünfzig – immer mehr erschienen – achtzig, fünfundachtzig, neunzig – gab es überhaupt so viele Schiffe auf der Welt? – einhundert, einhundertzehn, einhundertzwanzig! *Deo, juva nos!* Die neapolitanische Flotte war nur einundsechzig Schiffe stark; nahm man die sechs römischen

Biremen hinzu, die noch seetüchtig waren, ergab sich eine Gesamtzahl von siebenundsechzig Schiffen, so daß der Gegner knapp zwei zu eins überlegen war.

Leo stand auf der Treppe der Kirche Santa Aurea in Porto und betete den verängstigten Einwohnern des Ortes vor: »O Herr, der du Petrus davor bewahrt hast, im Wasser zu versinken, als er über die Wellen schritt, der du Paulus davor bewahrt hast, vom Meer verschlungen zu werden, erhöre uns. Verleihe deinen Streitern Kraft, die deine gläubigen Diener sind und die Feinde deiner Kirche bekämpfen, auf daß durch ihren Sieg dein geheiligter Name auf dem ganzen Erdkreis gepriesen werde.«

Das inbrünstige »Amen« der Gläubigen, die sich vor der Kirche versammelt hatten, ließ die Luft erzittern.

Vom Deck des vorderen Schiffes aus erteilte Caesarius mit Donnerstimme seine Befehle. Die Neapolitaner legten sich in die Riemen; die Muskeln der Männer spannten sich. Für einen Augenblick standen die schweren Biremen bewegungslos im Wasser. Dann, mit einem lauten Ächzen und Stöhnen der Planken, trieben sie majestätisch von der Küste fort. Die Ruder, die zu beiden Seiten aus den Schiffsrümpfen ragten, bewegten sich in stetem Rhythmus auf und ab, auf und ab, und funkelten, als wären sie mit Edelsteinen besetzt. Dann erfaßte der Wind die Segel und blähte sie, und die riesigen Biremen gewannen an Geschwindigkeit; ihre eisenbeschlagenen Rümpfe zerschnitten das türkisfarbene Wasser und zogen mächtige, gischtende Fährten.

Die sarazenischen Schiffe drehten bei, um sich dem Feind zu stellen. Doch bevor die gegnerischen Flotten aufeinandertreffen konnten, kündete ein plötzliches, ohrenbetäubendes Krachen und Donnern von einem nahenden Unwetter. Der Himmel verdunkelte sich, als schwarze Wolken aus Richtung des Meeres von einem Sturmwind herangepeitscht wurden. Den schweren neapolitanischen Zweiruder-Schiffen gelang es, in die Sicherheit des Hafens zurückzueilen. Die kleineren sarazenischen Schiffe jedoch, die um der Schnelligkeit und Wendigkeit in der Schlacht wegen eine niedrige Freibordhöhe besaßen, waren zu leicht gebaut, als daß sie dem Unwetter hätten entfliehen können. Sie wurden von den riesigen Wogen emporgeschleudert und hilflos hin und her geworfen wie Blätter auf einem sturmgepeitschten See. Die eisernen Rammen an den Bügen prallten gegen die Schwesterschiffe und rissen ihnen die Rümpfe auf.

Viele sarazenische Schiffe versuchten, den feindlichen Hafen anzusteuern. Doch kaum erreichten sie die Küste, stürmten die Römer die Schiffe, und die Besatzungen wurden mit jenem gewalttätigen und wilden Zorn, der aus dem Entsetzen geboren wird, gnadenlos niedergemacht oder von den Schiffen gezerrt und an hastig am Ufer errichteten Galgen erhängt. Als sie das Schicksal ihrer Kameraden sahen, flüchteten die Besatzungen der übrigen sarazenischen Schiffe voller Panik aufs offene Meer, wo sie von den sturmgepeitschten Wogen verschlungen wurden.

Im Augenblick dieses unerwarteten Sieges beobachtete Johanna den Papst. Leo stand auf den Stufen der Kirchentreppe, die Arme erhoben und die Augen voller Dank zum Himmel gerichtet. Er sah ätherisch aus, himmlisch und übernatürlich, so, als wäre er von einer göttlichen Wesenheit berührt worden.

Vielleicht kann er tatsächlich *Wunder wirken,* dachte Johanna, als sie vor Leo hin trat und sich verbeugte.

»Sieg! Sieg in Ostia!« Die Neuigkeit verbreitete sich wie ein Lauffeuer durch die Stadt. Jubelnd stürmten die Römer auf die Straßen; die päpstlichen Lagerhäuser wurden geöffnet, und kostenlos floß der Wein in Strömen; drei Tage lang gab die Stadt sich ausgelassenen Feiern hin.

Vor den Augen johlender, feindseliger Menschenmengen wurden fünfhundert gefangene Sarazenen in die Stadt getrieben. Viele wurden schon auf den Straßen gesteinigt, erschlagen oder erstochen. Die Überlebenden, etwa dreihundert an der Zahl, brachte man in Ketten in ein Lager auf der Neronischen Ebene, wo sie gefangengehalten wurden und unter strenger Bewachung an der Leoninischen Mauer mitarbeiten mußten.

Dank dieser zusätzlichen dreihundert Arbeitskräfte wuchs die Mauer noch schneller als zuvor. Nach dreijähriger Bauzeit war sie schließlich fertiggestellt – ein Meisterwerk der Architektur; das außergewöhnlichste Bauwerk, das die Stadt seit Hunderten von Jahren gesehen hatte. Das gesamte vatikanische Territorium – die Leostadt – war nun von einem Schutzwall umschlossen, der vier Meter dick und mehr als zwölf Meter hoch war und von vierundvierzig gewaltigen Türmen bewacht wurde. Durch drei Tore gelangte man in die Stadt: das Posterula Sant' Angeli, das Posterula Saxonum – so genannt, weil es in die sächsische Gemeinde führte – und das Posterula San Peregrinus, das Haupttor, durch das künftige Generationen von Königen und Prinzen ziehen sollten, um vor dem Grab des heiligen Petrus zu beten.

Doch so bemerkenswert die Mauer auch war – sie war erst der Anfang der ehrgeizigen Baupläne Leos für die Stadt Rom. Der »Wiedererrichtung aller Plätze der Heiligen« gewidmet, begann der Papst mit einem gewaltigen Restaurierungsprogramm. Das Klingen von Ambossen schallte Tag und Nacht durch die Stadt, als an einer Kirche Roms nach der anderen die Arbeit aufgenommen wurde. Die niedergebrannte Basilika der sächsischen Gemeinde wurde ebenso wieder aufgebaut wie die friesische Kirche Sankt Michael und die Quattro Coronati, an der Leo einst Kardinal gewesen war.

Doch das bedeutendste Vorhaben Papst Leos war der Wiederaufbau der Peterskirche. Der verbrannte und geschwärzte Säulengang wurde vollkommen neu errichtet; die Türen, von den Sarazenen ihres kostbaren Metalls beraubt, wurden mit neuen, schimmernden Platten aus Silber versehen, in die mit erstaunlicher Kunstfertigkeit Abbildungen aus ungezählten Heiligengeschichten eingraviert waren. Die Schätze, die von den Sarazenen geraubt worden waren, wurden ersetzt. So erhielt der Hochaltar eine neue Verkleidung aus Gold- und Silberplatten; außerdem wurde er durch ein Kruzifix aus massivem Gold verziert, das mit kostbaren Perlen, Smaragden und Brillanten besetzt war; über diesem Kreuz wurde ein großes silbernes Tabernakel von mehr als einer Tonne Gewicht auf vier riesige Säulen aus feinstem Travertinmarmor aufgesetzt, die mit goldenen Lilien verziert waren. Der Altar wurde von Lampen beleuchtet, die an Ketten aus Silber hingen und mit Kugeln aus Gold verziert waren; ihr flackerndes Licht erleuchtete eine wahre Schatztruhe aus edelsteinbesetzten Kelchen, geschmiedeten silbernen Chorpulten, prächtigen Bildteppichen und feinsten Wandbehängen aus Seide. Die Kirche erstrahlte in einem neuen Glanz, der selbst die frühere, von den Sarazenen zerstörte Pracht in den Schatten stellte.

Als Johanna beobachtete, welche ungeheueren Geldsummen für den Wiederaufbau aus der päpstlichen Schatzkammer strömten, stieg Unbehagen in ihr auf. Es war nicht zu leugnen, daß Leo ein neues Heiligtum von ehrfurchtgebietender Schönheit hatte errichten lassen. Doch die Mehrheit der Römer, die in der Nähe dieser funkelnden Pracht wohnten, mußten ihr Leben in jämmerlicher, erniedrigender Armut verbringen. Nur eine einzige von den massiven silbernen Platten an den Türen von Sankt Peter, in Münzen gegossen, hätte die gesamte Einwohnerschaft des Stadtteils Campus Martius ein Jahr lang ernähren können. Erforderte die Verehrung Gottes wirklich so große Opfer?

Es gab nur einen Menschen auf Erden, dem Johanna eine solche Frage anzuvertrauen wagte. Gerold dachte lange und gründlich darüber nach, bevor er antwortete.

»Ich habe mal irgendwo gelesen«, sagte er, »daß die Schönheit eines heiligen Schreines dem Gläubigen eine andere Form von Nahrung gibt – nicht für den Körper, sondern für die Seele.«

»Es ist schwer, die Stimme Gottes zu hören, wenn einem der Magen knurrt.«

Gerold blickte Johanna liebevoll an und schüttelte den Kopf. »Du hast dich nicht verändert. Kannst du dich noch daran erinnern, wie du Odo gefragt hast, weshalb man sicher sein könne, daß Christus auferstanden sei, wo es doch niemand gesehen hat?«

»Ja.« Reumütig spreizte Johanna die Hände. »Ich kann mich auch erinnern, auf welche Weise Odo geantwortet hat.«

»Als ich die Wunden auf deinen Handflächen sah«, sagte Gerold, »hätte ich ihn am liebsten erschlagen – und ich hätte es getan, wäre ich mir nicht im klaren darüber gewesen, daß dadurch alles nur noch schwerer für dich geworden wäre.«

Johanna lächelte ihn an. »Du warst immer schon mein Beschützer.«

»Und du«, sagte er grinsend, »hattest immer schon die Seele einer Ketzerin.«

So wie jetzt – frei von allem Mißtrauen, allen Einschränkungen und allen Ängsten – hatten sie schon immer miteinander reden können, solange sie sich kannten. Es war ein Teil jener besonderen Vertrautheit, die sie füreinander empfanden und die sie von Anfang an gespürt hatten. Gerold schaute Johanna voller Liebe und Wärme an, und sie fühlte seine Blicke beinahe körperlich, so, als würde er ihre nackte Haut berühren. Doch inzwischen war sie sehr erfahren, wenn es darum ging, ihre Gefühle zu verbergen.

Sie zeigte auf einen Stapel Bittschriften, der vor ihnen auf dem Tisch lag. »Ich muß jetzt gehen und mir diese Bittsteller anhören.«

»Ist das nicht Papst Leos Sache?« fragte Gerold.

»Er hat mich gebeten, daß ich mich darum kümmere.«

In letzter Zeit hatte Leo immer mehr von seinen alltäglichen Aufgaben an Mitarbeiter übertragen, so daß er sich um so eingehender mit seinen Plänen für den Wiederaufbau der römischen Kirchen beschäftigen konnte. Johanna war zu einer Art Botschafterin Leos für die Römer geworden; mittlerweile war sie ein vertrauter Anblick, wenn sie in den verschiedenen Stadtteilen ihren wohltätigen Aufgaben nachging, so daß die Leute sie den »kleinen Papst« nannten und sie mit einem gut Teil jener Zuneigung und Achtung begrüßten, die eigentlich Leo zustanden.

Als Johanna den Arm nach dem Stapel Bittschriften ausstreckte, streifte Gerolds Hand die ihre. Hastig zog sie den Arm zurück, als hätte sie sich verbrannt. »Ich ... ich sollte jetzt besser gehen«, sagte sie unbeholfen.

Sie war unendlich erleichtert – und ein bißchen enttäuscht –, daß Gerold ihr nicht folgte.

Wegen des erfolgreichen Baues der Leoninischen Mauer und der Wiedererrichtung der Peterskirche stieg Leos Beliebtheit zu neuen Höhen. *Restaurator Urbis* nannten die Leute ihn – den Mann, der Rom wiederaufbaute. Er wurde als »neuer Hadrian« bezeichnet, oder als »zweiter Aurelius«. Ganz Rom hallte wider von den Lobgesängen auf den Papst; überall jubelten die Menschen ihm zu, bewunderten ihn, verehrten ihn.

Überall – nur nicht im Palast auf dem palatinischen Hügel, in dem Bischof Arsenius mit wachsender Ungeduld auf jenen Tag wartete, an dem er Anastasius nach Hause rufen konnte.

Die Dinge hatten sich anders entwickelt als erwartet. Es gab keine Möglichkeit, Leo vom Papstthron zu stoßen, wie Arsenius ursprünglich gehofft hatte – und noch weniger Hoffnung bestand darauf, daß dieser Thron durch den glücklichen Umstand frei wurde, daß Leo starb: Gesund und voller Energie erweckte dieser Mann den Anschein, ewig zu leben.

Und nun hatte Arsenius' Familie einen weiteren Schicksalsschlag hinnehmen müssen. Letzte Woche war Arsenius' zweiter Sohn Eleutheris gestorben. Er war die Via Recta hinuntergeritten, als plötzlich ein Schwein zwischen die Beine seines Pferdes gestürmt war; das Pferd hatte sich aufgebäumt, und Eleutheris war aus dem Sattel zu Boden gestürzt, wobei er sich eine Schnittwunde an der Hüfte zuzog. Zuerst hatte niemand sich Sorgen gemacht; es war nur eine leichte Verletzung.

Doch ein Unglück kommt bekanntlich selten allein. Die Wunde hatte sich entzündet. Arsenius hatte Ennodius rufen lassen; der hatte Eleutheris zwar reichlich zur Ader gelassen, aber nichts damit erreicht. Nach nur zwei Tagen war der junge Mann gestorben. Arsenius hatte unverzüglich Nachforschungen darüber anstellen lassen, wem das Schwein gehörte, das dem Pferd seines Sohnes zwischen die Beine gerannt war; als man den Eigentümer ermittelt hatte, ließ Bischof Arsenius ihm die Kehle von einem Ohr bis zum anderen aufschlitzen. Aber die Rache bescherte ihm nur wenig Trost, denn sie brachte ihm Eleutheris nicht zurück.

Nicht, daß eine tiefe Liebe zwischen Vater und Sohn bestanden hätte: Eleutheris war das genaue Gegenteil seines Bruders Anastasius – schon als Kind weich, träge und undiszipliniert, hatte er verächtlich das Angebot des Vaters ausgeschlagen, eine kirchliche Ausbildung zu durchlaufen; statt dessen entschied er sich für die handfesteren Vorzüge des Lotterlebens: Frauen, Wein, Glücksspiel und andere Formen der Ausschweifungen.

Nein, Arsenius betrauerte bei Eleutheris' Tod nicht den Menschen, der er gewesen war oder noch hätte werden können, wäre ihm genug Zeit geblieben – er trauerte um das, wofür Eleutheris gestanden hatte: einen anderen Zweig des Familienbaumes – ein Zweig, der vielleicht irgendwann einmal vielversprechende Früchte getragen hätte.

Jahrhundertelang waren sie die führende Familie Roms gewesen. Stolz konnte Arsenius seine Herkunft in direkter Linie bis auf den großen Kaiser Augustus zurückführen. Doch seine edle Abstammung hatte durch Versagen und Versäumnisse an Glanz verloren, denn keiner der adeligen Söhne hatte je den höchsten aller Siegespreise errungen: den Thron des heiligen Petrus. Wie viele Männer niederer Herkunft haben schon auf diesem Thron gesessen! dachte Arsenius voller Bitterkeit. Und mit welch tragischem Ergebnis! Rom – das mächtige Rom, einst der Beherrscher der Welt –, war zu einer Stadt des ruinösen und beschämenden Verfalls herabgesunken. Die Byzantiner machten sich offen über die Stadt lustig und wiesen stolz auf den prunkvollen Glanz ihres Konstantinopel hin. Doch wer aus Arsenius' Familie, dieser Erben des Cäsar Augustus, konnte die Stadt wieder zu alter Größe führen?

Nun war Eleutheris tot, und Anastasius war der letzte in der Reihe, die einzige verbliebene Chance für die Familie, ihre Ehre zu retten – und Rom.

Und Anastasius war ins Frankenreich verbannt.

Arsenius spürte, wie schwarze Verzweiflung von ihm Besitz ergreifen wollte. Entschlossen schüttelte er sie ab, wie einen schlecht sitzenden Umhang. Wahre Größe wartete nicht auf die passenden Umstände, sich zu entfalten, sie schuf sich diese Umstände selbst. Und die Regierenden mußten bereit sein, den Preis für die Macht zu entrichten, wie hoch er auch sein mochte.

Während der Messe am heiligen Fest Johannes des Täufers bemerkte Johanna zum erstenmal, daß mit Leo irgend etwas nicht stimmte. Seine Hände zitterten, als er die Hostien verteilte, und mit ungewohnt stockender Stimme betete er das Responsorium.

Als Johanna ihn nach der Messe darauf ansprach, tat er die Symptome als harmlose Magenverstimmung ab.

Am nächsten Tag war keine Besserung eingetreten; auch nicht am übernächsten und auch nicht am Tag danach. Leo litt unter ständigem Kopfweh und klagte über brennende Schmerzen in den Händen und Füßen. Jeden Tag wurde er schwächer; jeden Tag kostete das Aufstehen ihn größere Mühe. Johannas Ängste wuchsen. Sie benutzte alle Heilmittel, die sie kannte. Nichts half. Die Krankheit, die Leos Körper auszehrte, ließ sich nicht aufhalten. Unaufhaltsam sank er dem Tod entgegen.

Laut erhoben sich die Stimmen des Chores beim *Te Deum,* dem abschließenden Lobgesang der Messe. Anastasius versuchte, bei den disharmonischen Klängen nicht das Gesicht zu verziehen, und behielt seine ausdruckslose Miene bei. Er hatte sich nie an diesen fränkischen Gesang gewöhnen können, dessen rauhe Töne ihm wie das Krächzen von Raben in den Ohren kratzte. Als Anastasius an die lieblichen, harmonischen Gesänge in den römischen Kirchen dachte, verspürte er einen schmerzhaften Stich des Heimwehs.

Nicht, daß die Zeit in Aachen verschwendet gewesen wäre: Den Anweisungen seines Vaters gemäß, hatte Anastasius entschlossen daran gearbeitet, die Unterstützung des Kaisers zu gewinnen. Er umwarb Lothars Freunde und Vertraute; er hegte ein freundschaftliches Verhältnis zu Lothars Frau Ermengard; er umschmeichelte eifrig die fränkischen Adeligen und beeindruckte sie mit seinem Bibelwissen und besonders mit seinen Griechischkenntnissen – eine seltene Fertigkeit. Ermengard und ihre Freundinnen verwendeten sich beim Kaiser für Anastasius, und der in Ungnade gefallene Kardinal erwarb sich wieder Lothars Sympathien. Der Groll, den der Kaiser ihm gegenüber gehegt haben mochte, verflog ebenso wie die Zweifel an Anastasius' Loyalität. Bald konnte der Kardinal sich wieder des Vertrauens und der Unterstützung Lothars erfreuen.

Ich habe alle Wünsche meines Vaters erfüllt – und mehr. Aber wann werde ich meinen Lohn bekommen? Es gab Zeiten – so wie jetzt –, da Anastasius befürchtete, er müsse vielleicht für immer in diesen kalten, barbarischen Landen im Norden bleiben.

Als er nach der Messe auf seine Gemächer zurückkehrte, entdeckte er einen Brief, der während seiner Abwesenheit eingetroffen sein mußte. Als er die Handschrift seines Vaters erkannte, nahm Anastasius ein Messer und schnitt hastig das Siegel durch. Nachdem er die ersten Zeilen gelesen hatte, stieß er einen Freudenschrei aus.

Die Zeit ist reif, hatte sein Vater geschrieben. *Komm und mache deinen Anspruch geltend.*

Leo lag auf der Seite im Bett. Er hatte die Knie an den Leib gezogen, so schlimm wütete der Schmerz in seinem Magen. Johanna bereitete ein Linderungsmittel aus Eiweiß, das in gesüßte Milch geschlagen war, in die sie als Mittel gegen Blähungen ein wenig Fenchel gegeben hatte. Sie beobachtete, wie Leo den Trank zu sich nahm.

»Das hat gut getan«, sagte er.

Johanna wartete, ob Leo das Mittel im Magen behielt. Zu ihrer Erleichterung war das der Fall. Dann schlief Leo so ruhig wie seit Wochen nicht mehr, und als er Stunden später erwachte, fühlte er sich besser.

Johanna beschloß, ihm eine strenge Diät aus Heiltränken zu verabreichen; alle anderen Speisen und Getränke waren vorerst gestrichen.

Waldipert protestierte. »Er ist viel zu schwach! Er braucht vernünftiges Essen, um wieder zu Kräften zu kommen.«

Johanna erwiderte fest: »Die Behandlung hilft ihm. Vorerst braucht er keine andere Nahrung als die Heiltränke.«

Als er den entschlossenen Ausdruck in Johannas Augen sah, gab Waldipert klein bei. »Wie Ihr wünscht, *nomenclator.*«

Eine Woche lang besserte sich Leos Gesundheitszustand. Die Schmerzen verschwanden, und sein Gesicht bekam wieder Farbe, ja, er schien sogar ein wenig von seiner alten Energie zurückzuerlangen. Als Johanna ihm eines Abends seinen Heiltrank brachte, betrachtete Leo die milchig-trübe Mixtur mit leichtem Widerwillen.

»Wie wär's statt dessen mit einer Fleischpastete?«

»Ah, Ihr bekommt wieder Appetit. Das ist ein gutes Zeichen. Aber es ist besser, nichts zu überstürzen. Nehmt jetzt bitte Euren Trank; ich schaue morgen früh wieder nach Euch. Falls Ihr dann immer noch hungrig seid, werde ich Euch eine leichte Gemüsesuppe kochen.«

»Tyrann!« schimpfte er. »Henkersknecht!«

Johanna lächelte zuversichtlich. Leo war offensichtlich auf dem Wege der Besserung.

Doch als sie früh am nächsten Morgen nach ihm schaute, hatte er einen Rückfall erlitten. Stöhnend lag er im Bett; seine Schmerzen waren so schlimm, daß er nicht einmal auf Johannas Fragen antworten konnte.

Rasch bereitete sie ein frisches Schmerzmittel. Während sie noch damit beschäftigt war, fiel ihr Blick auf einen leeren Teller, auf dem Essensreste zu sehen waren und der auf dem Tisch neben dem Bett stand.

»Was ist das?« fragte sie Renatus, Leos persönlichen Kammerdiener.

»Wieso fragt Ihr?« entgegnete der Junge verwundert. »Ich habe Seiner Heiligkeit die Fleischpastete gebracht, wie Ihr es angeordnet hattet.«

»Ich habe nichts dergleichen angeordnet!«

Renatus blickte verwirrt drein. »Aber ... aber mein Herr, der *vicedominus,* hat gesagt, Ihr hättet es ausdrücklich befohlen.«

Johanna betrachtete Leo, der sich vor Schmerzen krümmte, und ein schrecklicher Verdacht stieg in ihr auf.

»Lauf!« befahl sie Renatus. »Hol den *superista* und die Wachen! Und sorge dafür, daß Waldipert den Palast nicht verläßt!«

Der Junge zögerte nur einen Augenblick; dann stürmte er aus dem Schlafgemach.

Mit zitternden Händen bereitete Johanna ein starkes Brechmittel aus Senf und Essig; dann flößte sie Leo die gelbe Mixtur löffelweise ein. Nach wenigen Augenblicken überkam ihn der reinigende Krampf; sein ganzer Körper bäumte sich konvulsivisch auf, doch er erbrach lediglich dünne grüne Galle.

Zu spät. Das Gift ist schon aus seinem Magen und im Körper. Voller Entsetzen beobachtete Johanna, daß es bereits seine todbringende Arbeit aufgenommen hatte: Es spannte die Muskeln an Leos Kiefer und der Kehle und erwürgte ihn.

Fieberhaft überlegte Johanna, was sie noch tun konnte.

Gerold erteilte den Befehl, jedes Zimmer im Palast zu durchsuchen. Waldipert war nirgends zu finden. Sofort wurde der *vicedominus* zum flüchtigen Verbrecher erklärt und in allen Stadtteilen eine intensive Suche eingeleitet, die bis in die umliegenden Landstriche hinein geführt wurde. Doch die Jagd nach dem Attentäter war erfolglos; Waldipert war wie vom Erdboden verschluckt.

Als die Männer ihre Suche schon aufgeben wollten, wurde Waldipert gefunden. Er trieb im Tiber; seine Kehle war von einem Ohr bis zum anderen aufgeschlitzt, und auf seinem starren Gesicht lag noch immer ein Ausdruck der Verwunderung.

Der Klerus und die hohen Beamten Roms hatten sich im päpstlichen Schlafgemach versammelt. Dichtgedrängt standen sie am Fuße des Bettes, als wollten sie einander durch die körperliche Nähe Trost spenden.

Die Flammen der Öllampen brannten niedrig in ihren silbernen Feuerschalen. Beim ersten Licht des neuen Tages kam der oberste Kammerdiener aufs Zimmer, um die Lampen zu löschen. Johanna beobachtete, wie der alte Mann die Stricke in den Wandhalterungen löste und die Lampen mit äußerster Vorsicht herunterließ, um nichts von dem kostbaren Öl zu vergießen. Diese schlichte, alltägliche Geste erschien Johanna in der gefühlsgeladenen Atmosphäre des Schlafgemachs seltsam fehl am Platze.

Johanna hatte nicht damit gerechnet, daß Leo diese Nacht überlebte. Seit langer Zeit schon reagierte er nicht mehr auf Worte oder auf Berührungen, und seit Stunden war seine Atmung dem gleichen unveränderlichen Ablauf gefolgt: Zuerst wurde sie immer lauter, ging immer schneller und keuchender, bis sie zu einem beängstigenden Crescendo angestiegen war – um dann abrupt auszusetzen. Immer dann verharrten alle Anwesenden und erwarteten das Ende; doch bis jetzt hatte der schreckliche Kreislauf jedesmal von neuem begonnen.

Eine plötzliche Bewegung erregte Johannas Aufmerksamkeit. Auf der anderen Seite des Zimmers war der Erzpriester Eustathius in Tränen ausgebrochen; er hatte sich den Ärmel seines Umhangs vor den Mund geschlagen, um seine Schluchzer zu dämpfen.

Wieder stieß Leo mit einem lang anhaltenden, rasselnden Laut den Atem aus; dann verstummte er aufs neue. Diesmal zog die Stille sich schier endlos dahin. Johanna trat vor. Das Leben war aus Leos Gesicht gewichen. Sie drückte ihm die Augen zu und ließ sich neben dem Bett auf die Knie fallen.

Eustathius schrie vor Kummer laut auf. Die Bischöfe und *optimates* knieten zum Gebet nieder. Paschal, der *primicerius,* bekreuzigte sich; dann verließ er das Schlafgemach, um denen, die draußen warteten, die traurige Botschaft zu überbringen.

Papst Leo, Bischof von Rom, Statthalter Jesu Christi, Nachfolger der Apostelfürsten, *Summus pontifex* der gesamten Kirche, Patriarch des Abendlandes, Erzbischof und Metropolit der römischen Kirchenprovinz, Souverän des Staates der Vatikanstadt, war tot.

Draußen vor dem Patriarchum begann das Jammern und Klagen.

Leo wurde in der Peterskirche beigesetzt, vor dem Altar eines neuen Oratoriums, das ihm geweiht war. Zu dieser Jahreszeit wurden Bestattungen rasch vorgenommen, wobei die Person des Verstorbenen keine Rolle spielte; denn in der römischen Julihitze setzte der Verwesungsprozeß sehr schnell ein.

Kurz nach der Beisetzung Leos verkündete das Interimstriumvirat für die »papstlose« Zeit – Erzdiakon Desiderius, Erzpriester Eustathius und *primicerius* Paschal –, daß die Wahl des neues Papstes in drei Tagen stattfände. Mit Lothar im Norden, den Sarazenen im Süden und den Langobarden und Byzantinern dazwischen, war Roms Lage zu gefährlich, als daß der Thron des heiligen Petrus länger hätte unbesetzt bleiben dürfen.

Es geht zu schnell, dachte Arsenius voller Zorn, als er die Neuigkeit erfuhr. *Die Wahl findet zu früh statt! Bis dahin kann Anastasius noch nicht hier sein.* Waldipert, dieser stümperhafte Dummkopf, hatte alles verpfuscht. Dabei hatte dieser Narr genaue Anweisungen erhalten, wie er das Gift nach und nach verabreichen mußte, in kleinen Dosen; auf diese Weise hätte Leo mindestens einen Monat lang kränkeln müssen – und sein Tod hätte keinen Verdacht erregt.

Doch Waldipert hatte die Nerven verloren; er hatte Leo eine zu starke Dosis verabreicht und ihn dadurch binnen weniger Stunden getötet. Und dann hatte dieser Versager auch noch die Frechheit besessen, zu Arsenius zu kriechen und ihn um Schutz anzuflehen! *Tja, das Gesetz kann Waldipert jetzt wirklich nichts mehr anhaben; diesen Gefallen habe ich ihm getan,* dachte Arsenius, *wenn auch auf andere Weise, als er es sich vorgestellt hatte.*

Arsenius hatte nicht zum erstenmal den Befehl erteilt, einen Menschen zu töten; das war der Preis, den man für die Macht entrichten mußte, und nur die Schwachen schreckten davor zurück, ihn zu bezahlen. Doch nie zuvor hatte Arsenius jemanden ermorden lassen, den er so gut gekannt hatte wie Waldipert. Aber so widerwärtig diese Sache auch gewesen sein mochte – sie war unumgänglich. Denn hätten die Leute des Papstes Waldipert gefaßt, hätte er unter der Folter geredet und alles gestanden, was er wußte. Arsenius hatte lediglich getan, was getan werden mußte, um sich und seine Familie zu schützen. Er hätte *jeden* vernichtet, der die Sicherheit seiner Familie gefährdete; er hätte ihn zerquetscht, wie man einen Floh zerdrückt, der einen zwischen den Fingern gebissen hat.

Dennoch hatte Waldiperts Tod in Arsenius' Innerem ein Gefühl der Trauer und des Unbehagens hinterlassen. Derartige Gewalttaten, und mochten sie noch so notwendig sein, forderten nun einmal einen hohen Tribut.

Arsenius schob diese Gedanken von sich und wandte sich dringlicheren Angelegenheiten zu. Daß sein Sohn nicht in der Stadt war, machte die Dinge komplizierter; dafür zu sorgen, daß man Anastasius zum neuen Papst wählte, würde jetzt noch schwieriger werden, war aber nicht unmöglich. Zuerst einmal mußte Arsenius den Erzpriester Eustathius aufsuchen, um die Exkommunikation gegen Anastasius aufheben zu lassen. Um dieses Problem zu bewältigen, war kompliziertes politisches Taktieren erforderlich. Arsenius nahm eine edelsteinbesetzte Klingel von seinem Pult und läutete nach seinem Schreiber. Es gab sehr viel zu tun und nur sehr wenig Zeit.

In ihrem kleinen Labor im Patriarchum stand Johanna am Arbeitstisch und zerstampfte in ihrem Mörser getrockneten Ysop zu feinem Pulver. Mahlen und stampfen, mahlen und stampfen – die gewohnten Bewegungen der Hände und Handgelenke mit dem Stößel waren lindernder Balsam für den Schmerz und die Trauer in ihrem Innern.

Leo war tot. Es schien unfaßbar, unmöglich. Er war so voller Energie gewesen, so kraftvoll – schon zu Lebzeiten eine beinahe überlebensgroße Gestalt. Wäre es diesem Mann gelungen, Rom endgültig aus dem Sumpf des Verfalls und der Armut zu ziehen, in dem die Stadt seit Jahrhunderten steckte? Sein Herz war groß genug dafür gewesen, und seine Willenskraft hätte genügt. Aber die Zeit war ihm nicht vergönnt gewesen.

Die Tür wurde geöffnet, und Gerold trat ins Zimmer. Ihre Blicke trafen sich; Johanna spürte seine Präsenz so klar und deutlich, als hätte er sie berührt.

»Ich habe gerade die Nachricht erhalten«, sagte er knapp, »daß Anastasius aus Aachen abgereist ist.«

»Du glaubst doch nicht etwa, er kommt hierher?«

»Doch. Warum sonst hätte er den kaiserlichen Hof so schnell verlassen sollen? Er kommt nach Rom, um Anspruch auf den Thron zu erheben, der ihm vor sechs Jahren verweigert wurde.«

»Aber er *kann* nicht zum Papst gewählt werden. Er ist exkommuniziert.«

»Arsenius arbeitet schon eifrig daran, die Exkommunikation aufheben zu lassen. Er hat sich bereits an den Erzpriester gewandt.«

»Großer Gott!« Das waren in der Tat schlechte Nachrichten. Nach sechs Jahren Exil am kaiserlichen Hof in Aachen war Anastasius gewiß mehr als je zuvor Lothars Marionette. Falls man ihn zum Papst wählte, würde Lothars Macht sich über Rom und alle seine Territorien ausbreiten.

»Anastasius wird nicht vergessen haben, daß du dich bei der Wahl Leos gegen ihn ausgesprochen hast. Falls man ihn zum Papst wählt, wird es gefährlich für dich, in Rom zu bleiben. Anastasius ist ein Mann, der niemals vergißt.«

Als sich zu dem Leid über Leos Tod nun auch noch Gerolds Worte gesellten, brach Johanna in Tränen aus.

»Nicht weinen, mein Schatz,« sagte Gerold und nahm sie in seine starken, tröstenden Arme. Seine Lippen berührten ihre Schläfen, ihre Wangen, und erweckten in Johanna den Wunsch, diese Zärtlichkeiten zu erwidern. »Du hast genug getan, weiß Gott«, fuhr er fort, »und genug Opfer gebracht. Laß uns zusammen fortgehen, und dann leben wir so, wie wir es längst hätten tun sollen – als Mann und Frau.«

Durch einen Schleier von Tränen sah Johanna sein Gesicht dicht vor dem ihren, und dann küßte er sie sanft.

»Sag ja«, bat er sie. »Sag ja.«

Johanna hatte das Gefühl, als würde sie unter die Oberfläche der bewußten Wahrnehmung hinabgezogen, von einem gewaltigen Strom des Verlangens erfaßt und davongerissen. »Ja«, flüsterte sie, bevor ihr klar wurde, was sie sagte. »Ja.«

Sie hatte ohne bewußten Willen gesprochen und impulsiv auf die Kraft seiner Leidenschaft reagiert. Kaum hatte sie die Worte ausgesprochen, spürte sie, wie tiefe Ruhe sich über sie senkte. Die Entscheidung war gefallen, und sie schien richtig und unvermeidlich zugleich zu sein.

Wieder beugte Gerold sich zu Johanna hinunter und küßte sie. In diesem Moment läutete die Glocke und rief zum Mittagsmahl. Augenblicke später erklangen Stimmen und eilige Schritte vor der Tür.

Mit gemurmelten Zärtlichkeiten lösten sie ihre Umarmung

und versprachen einander, sich vor der Papstwahl wiederzutreffen.

Am Tag der Wahl betete Johanna in Sankt Michael, der kleinen fränkischen Kirche, an der sie als Hilfspriester gewirkt hatte, nachdem sie nach Rom gekommen war.

Beim großen Feuer bis auf die Grundmauern niedergebrannt, war auch die Sankt Michael mit Baumaterial wiedererrichtet worden, das man aus antiken römischen Tempeln und Monumenten herangeschafft hatte. Als Johanna nun vor dem Hochaltar kniete, bemerkte sie, daß der marmorne Sockel das Symbol der *Magna Mater* trug, der uralten Erdgöttin, die in grauer Vorzeit von heidnischen Stämmen verehrt worden war. Unter dem primitiven Symbol war die lateinische Inschrift eingemeißelt: »Der Weihrauch, der auf diesem Marmor brennt, soll dir, Göttin, ein Opfer sein.« Als der gewaltige Marmorblock hierher geschafft worden war, hatte offensichtlich niemand das Symbol deuten oder die alte Inschrift lesen können. Aber das war nicht weiter verwunderlich; viele römische Priester waren des Lesens und Schreibens nicht mächtig. Auch in diesem Fall hatten sie die uralte Inschrift nicht entziffern können, geschweige denn, ihre Bedeutung verstanden.

Der eigentümliche Kontrast zwischen dem christlichen Altar und seinem heidnischen Sockel erschien Johanna wie ein vollkommenes Abbild ihrer selbst: Obwohl christlicher Priester, träumte sie noch immer von den heidnischen Göttern ihrer Mutter; in den Augen der Welt ein Mann, mußte sie ihr Frausein und ihre weiblichen Gefühle vor eben dieser Welt verbergen; auf der Suche nach dem wahren Glauben, wurde sie hin und her gerissen zwischen dem Verlangen, Gott zu schauen und der Angst, er könne nicht existieren.

Herz und Verstand, Glaube und Zweifel, Wille und Verlangen: Würden diese schmerzlichen Widersprüche ihrer Natur sich niemals miteinander vereinen lassen?

Sie liebte Gerold. Aber könnte sie ihm jemals eine Frau sein? Könnte sie so spät im Leben noch damit beginnen, als Frau zu leben, wo sie es nie getan hatte?

»Hilf mir, Herr«, betete Johanna und hob den Blick zu dem silbernen Kruzifix über dem Altar. »Zeig mir den rechten Weg. Sag mir, was ich tun soll. Heb mich empor in dein helles Licht.«

Doch sie empfand nur Unsicherheit, Unschlüssigkeit, Ratlosigkeit ...

Hinter ihr öffnete sich knarrend eine Tür. Von ihrem Platz vor dem Altar schaute Johanna über die Schulter. Sie sah, wie jemand den Kopf in die Eingangstür steckte und ihn dann hastig wieder zurückzog.

»Er ist dort drinnen!« rief eine Stimme. »Ich habe ihn gefunden!«

Vor Angst schlug Johanna das Herz bis zum Hals. War es möglich, daß Anastasius so schnell zum Schlag gegen sie ausgeholt hatte? Johanna erhob sich.

Die Türen schwangen auf, und sieben *proceres* kamen feierlich in die Kirche; Akoluthen trugen die Banner mit den Insignien ihrer Ämter. Ihnen folgten Bischöfe und Kardinäle, dann die sieben *optimates* der Stadt. Doch erst als Johanna Gerold sah, wußte sie, daß man sie nicht festnehmen würde.

In langsamer, würdevoller Prozession kam die Abordnung den Mittelgang hinunter und blieb vor Johanna stehen.

»Johannes Anglicus«, sprach Paschal, der *primicerius,* sie in förmlichem Tonfall an. »Durch den Willen des allmächtigen Gottes und des römischen Volkes seid Ihr zum neuen Papst und Bischof von Rom erwählt.«

Dann warf er sich vor ihr auf den Boden und küßte ihr die Füße.

Johanna blickte fassungslos auf ihn hinunter. War das eine Art unbedachter Scherz? Oder eine Falle, um sie dazu zu verleiten, ihrer Illoyalität gegenüber dem neuen Papst Ausdruck zu verleihen? Sie schaute Gerold an. Sein Gesicht war angespannt und von tiefem Ernst erfüllt, als er sich vor ihr auf die Knie fallen ließ.

Der Ausgang der Wahl überraschte ganz Rom. Die kaiserliche Partei, die von Arsenius geführt wurde, hatte sich standhaft für Anastasius eingesetzt. Die päpstliche Partei hatte darauf reagiert, indem sie Hadrian als Kandidaten aufstellte, Priester an der Kirche Sankt Calixtus. Doch Hadrian gehörte nicht zu jenen Kirchenmännern, die über Charisma verfügten. Sein Gesicht war von Pockennarben verunstaltet, und er war klein und dick, mit hängenden Schultern, so, als würde das Gewicht der Verantwortungen, die man ihm auferlegt hatte, zu schwer darauf lasten. Zwar war Hadrian ein frommer Mann und ein guter Priester, doch nur wenige hätten ihn zum geistlichen Führer der ganzen Welt gewählt.

Offenbar stimmte Hadrian mit der öffentlichen Meinung überein, denn er zog unerwartet seine Kandidatur zurück und erklärte seinen Befürwortern, er habe nach vielen Gebeten und eingehender Gewissensprüfung beschlossen, die große Ehre zurückzuweisen, die sie ihm auferlegen wollten.

Diese Erklärung erregte unter den Mitgliedern der päpstlichen Partei, die über Hadrians Entschluß im voraus nicht in Kenntnis gesetzt worden waren, einen ziemlichen Aufruhr. Von den Anhängern des Kaisers dagegen wurde Hadrians Schritt mit Jubel aufgenommen. Jetzt schien Anastasius' Sieg nichts mehr im Wege zu stehen.

Dann aber erhob sich Lärm in den hinteren Reihen der Versammlung, dort, wo die niederen Ränge der Laien standen. »Johannes Anglicus!« riefen sie. »Johannes Anglicus!« Paschal, der *primicerius,* hatte Gardisten losgeschickt, um die Rufer zum Schweigen zu bringen, doch es erwies sich als unmöglich. Die Leute kannten ihre Rechte und wußten, daß die Verfassung aus dem Jahre 824 allen Römern, ob Laie oder Kleriker, ob hohen oder niederen Ranges, bei einer Papstwahl das Stimmrecht gewährte.

Arsenius versuchte, dieses unerwartete Problem dadurch zu lösen, daß er den maßgeblichen Leuten offen das Angebot machte, ihre Loyalität zu kaufen; seine Spitzel bewegten sich rasch durch die Menge und versuchten, die Wähler mit Wein, Frauen und Geld zu bestechen. Doch selbst diese Verlockungen fruchteten nichts; die Leute waren fest gegen Anastasius eingenommen, den ihr geliebter verstorbener Papst Leo exkommuniziert hatte. Lautstark sprachen sie sich für den »kleinen Papst« aus, Leos Freund und Gefährten Johannes Anglicus, und von diesem Entschluß konnte nichts und niemand sie abbringen.

Trotzdem hätten Johannas Fürsprecher den Sieg vielleicht doch nicht davongetragen; denn der herrschende Adel hätte nicht zugelassen, von einer Horde gemeiner Bürger überstimmt zu werden – ob Verfassung oder nicht. Doch die päpstliche Partei, die in diesem »Volksaufstand« eine unerwartete Möglichkeit sah, Anastasius den Weg zum Papstthron zu versperren, vereinte ihre Stimmen mit denen der Laien. Damit war die Wahl entschieden. Johanna war der neue Papst.

Anastasius und seine Eskorte hatten ihr Lager dicht vor Perugia aufgeschlagen, ungefähr hundertfünfzig Kilometer von Rom entfernt, als ein Kurier mit der Nachricht eintraf. Anastasius stieß einen schmerzerfüllten Schrei aus, noch bevor er die Botschaft zu Ende gelesen hatte. Dann, ohne ein Wort an seine verdutzten Männer zu richten, wandte er sich um, verschwand wieder in seinem Zelt und verschloß den Eingang, so daß niemand ihm folgen konnte.

Aus dem Innern des Zeltes hörten die Männer seiner Eskorte ein wildes, ungehemmtes Schluchzen, das sich nach einiger Zeit in ein lautes Jammern und Klagen verwandelte, das den größten Teil der Nacht anhielt.

27.

In einen golddurchwirkten, scharlachroten Seidenumhang gehüllt und auf einem weißen Zelter, der ebenfalls einen Umhang sowie goldenes Zaumzeug trug, ritt Johanna in feierlichem Zug zu ihrer Weihe- und Krönungszeremonie in der Peterskirche. Aus jeder Tür, jedem Fenster entlang der Via Sacra hingen Flaggen und Banner und flatterten in einem Meer aus Farben, und der Boden war mit duftender Myrte bestreut. Dichtgedrängt säumten die jubelnden Menschen die Straßen und stießen und schubsten sich, um einen Blick auf den neuen Papst zu erhaschen.

Tief in Gedanken und Erinnerungen versunken, nahm Johanna den Lärm der Menge kaum wahr. Sie dachte an Matthias und an ihren alten Lehrer Aeskulapius und an Bruder Benjamin. Diese Menschen hatten an sie geglaubt, hatten sie ermutigt – doch einen Tag wie diesen hätte sich wohl keiner von ihnen auch nur erträumt. Johanna konnte es selbst kaum glauben.

Als sie das erste Mal in die Rolle eines Mannes geschlüpft war – damals, bevor sie in die Bruderschaft des Klosters Fulda aufgenommen wurde –, hatte Gott nicht die Hand gegen sie erhoben. Aber würde er ihr erlauben, heute auf den Thron des heiligen Petrus zu steigen? Diese Frage ließ sie nicht los, und sie fand keine Antwort darauf.

Die päpstliche Garde, von Gerold geführt, eskortierte Johanna zu Pferde. Wachsam hielt Gerold den Blick auf die Menschenmengen gerichtet, welche die Straßen säumten. Hin und wieder durchbrach jemand den Wall aus Leibern, den die Wachen bildeten, und jedesmal glitt Gerolds Hand zum Schwert an seiner Hüfte, bereit, Johannas Leben zu verteidigen. Doch er hatte keinen Grund, das Schwert aus der Scheide zu ziehen; denn die Leute wollten nur den Saum von Johannas Umhang küssen und ihren Segen empfangen.

Dieserart immer wieder unterbrochen, bewegte die lange

Prozession sich nur langsam und schwerfällig durch die gewundenen Straßen zur Leostadt. Als sie schließlich vor der Peterskirche hielt, hatte die Sonne ihren höchsten Punkt am Himmel erreicht. Die Kardinäle, Bischöfe und Diakone nahmen hinter Johanna Aufstellung, als sie vom Pferd stieg und zur Kathedrale ging. Langsam stieg sie die Treppe hinauf und betrat das funkelnde Innere des Domes.

Das uralte und komplizierte Ritual der Krönungszeremonie, die *ordo coronatis,* dauerte mehrere Stunden. Zwei Bischöfe führten Johanna zum Oratorium des heiligen Gregor, wo ihr feierlich Meßgewand, Stola und Pallium überreicht wurden, bevor sie zum Hochaltar schritt, wo anschließend das langwierige Zeremoniell der Weihe oder Salbung stattfand. Dann folgte die eigentliche Messe; der vielen Gebete und Anrufungen wegen, die aufgrund der überragenden Bedeutung dieses Gottesdienstes stattfanden, dauerte die Messe um einiges länger als üblich.

Die ganze Zeit stand Johanna aufrecht und in würdevoller Haltung da, wenngleich das Gewicht der schweren Priesterumhänge – die von Gold und Juwelen so steif und fest waren wie die eines byzantinischen Fürsten – auf ihren Schultern lastete. Doch ungeachtet ihres prachtvollen und ehrfurchtgebietenden Äußeren, kam Johanna sich angesichts der riesigen Verantwortung, die ihr auferlegt wurde, klein und schwach vor. Sie versuchte sich einzureden, daß all jene, die vor ihr hier gestanden hatten, auch gezweifelt und gezittert haben mußten. Und dennoch hatten sie irgendwie die Kraft gefunden, ihre gewaltigen Aufgaben anzugehen.

Aber sie alle waren Männer gewesen.

Eustathius, der Erzpriester, begann die letzte Anrufung: »Wir bitten dich, allmächtiger Gott, segne deinen Diener Johannes Anglicus und schenke ihm deine Gnade ...«

Wird Gott mich tatsächlich *segnen?* fragte sich Johanna. *Oder wird sein Zorn mich in dem Augenblick zerschmettern, da mir die päpstliche Krone aufgesetzt wird?*

Der Bischof von Ostia trat vor; er trug ein Kissen aus weißer Seide in den Händen, auf dem die Tiara lag. Johanna stockte der Atem, als die Krone über sie erhoben wurde. Dann spürte sie, wie das Gewicht des goldenen Kleinods sich auf ihren Kopf senkte.

Nichts geschah.

»Es lebe unser erhabener Papst Johannes Anglicus, durch Gottes Wille und mit seinem Segen unser höchster Bischof und Oberhirte der Christenheit!« rief Eustathius.

Der Chor sang *laudes,* als Johanna sich der Versammlung zuwandte.

Der donnernde Jubel der Menschenmassen begrüßte Johanna, als sie auf den Stufen der Peterskirche erschien. Tausende von Gläubigen hatten seit Stunden in der glühenden Sonne ausgeharrt, um ihren neu gekrönten Papst zu begrüßen. Es war der Wille *dieser* Menschen gewesen, daß Johanna die Tiara tragen sollte, und dieser Wunsch äußerte sich nun in einem gewaltigen Chor überschwenglicher und freudiger Jubelrufe: »Papst Johannes! Papst Johannes! Papst Johannes!«

Johanna begrüßte die Menschen lächelnd und mit erhobenen Armen. Sie spürte, wie ein Glücksgefühl in ihr aufstieg. Gott hatte tatsächlich erlaubt, daß dies alles geschah; also konnte es nicht gegen seinen Willen verstoßen. Alle Zweifel und Ängste Johannas verflogen und wichen einer wunderschönen und strahlenden Gewißheit: *Dies ist meine Bestimmung, und dies sind die mir von Gott anvertrauten Menschen.*

Sie wurde geheiligt durch die Liebe, die sie für diese Menschen empfand, denen sie an jedem Tag ihres Lebens im Namen Gottes dienen würde.

Und vielleicht würde der Allmächtige ihr am Ende vergeben.

Gerold stand in der Nähe auf der Treppe des Domes und beobachtete Johanna mit tiefem Erstaunen. Sie strahlte vor Glück und innerer Heiterkeit. Eine Freude, für die es keine Worte gab, hatte ihr Innerstes verwandelt und ihr Gesicht mit beinahe überirdischem Glanz erfüllt. Nur Gerold, der Johanna so gut kannte, konnte erahnen, was jetzt in ihr vorgehen mochte: Eine wahrhaftige Segnung des Geistes, die ungleich bedeutsamer, inniger und tiefer war als die vorausgegangene förmliche Zeremonie.

In diesen Augenblicken sprach Gott aus ihr.

Gerold sah, wie Johanna den Jubel der Menge entgegennahm, und sein Herz wurde von der schmerzlichen Einsicht erfüllt, daß er diese Frau für immer verloren hatte – und daß er sie zugleich mehr liebte als je zuvor.

Johannas erste Amtshandlung als Papst war ein Fußmarsch durch die Stadt. Von einer Abordnung *optimates* und päpstlichen Gardisten begleitet, besuchte sie nacheinander jeden der sieben Kirchenbezirke, sprach mit den Bewohnern und hörte sich ihren Kummer und ihre Nöte an.

Als ihr Fußmarsch sich dem Ende näherte, führte Desiderius, der Erzdiakon, Johanna fort vom Fluß und die Via Lata hinauf.

»Was ist mit dem Campus Martius?« fragte sie.

Die Mitglieder des päpstlichen Gefolges schauten einander verwundert an. Der Campus Martius – das Marsfeld – war eine sumpfige, schwüle, tief gelegene Gegend, die an die Ufer des Tiber grenzte; es war der ärmste Teil der Stadt. In den großen Tagen der römischen Republik hatte der Campus Martius der Anbetung des heidnischen Gottes Mars gedient; dort war der Exerzierplatz der Stadt gewesen. Jetzt durchstreiften verwilderte Hunde, zerlumpte Bettler, Diebe und andere Halunken die einst so stolzen Straßen.

»Wir können es nicht riskieren, uns dorthin zu begeben, Heiligkeit«, sagte Desiderius. »Das Viertel ist von Typhus und Cholera verseucht.«

Doch Johanna ging bereits in Richtung Fluß, flankiert von Gerold und den päpstlichen Gardisten. Desiderius und dem Rest des Gefolges blieb keine andere Wahl, als ihnen zu folgen.

Reihen von *insulae* – die beengten, heruntergekommenen Mietskasernen, in denen die Armen hausten – standen dicht an dicht zu beiden Seiten der schmutzigen Straßen, die sich entlang des Flußufers hinzogen; die verrottenden Bretter und Balken bogen sich wie die Rücken uralter, geschundener Arbeitspferde. Einige *insulae* waren zusammengebrochen; die Trümmerhaufen aus verfaulenden Balken lagen dort, wo sie zu Boden gestürzt waren, und versperrten die schmalen Straßen, über die sich die Bögen der verfallenden Aqua Marcia spannten; dieses Aquädukt hatte einst zu den größten architektonischen Wundern der Welt gehört. Jetzt aber tröpfelte trübes Wasser aus seinen eingestürzten Mauern, das sich in faulig riechenden, schwarzen Pfützen auf den Straßen sammelte: Brutplätze für Krankheiten.

Gruppen von Bettlern kauerten um Töpfe herum, in denen übelriechendes Essen über kleinen Feuern aus Zweigen und getrocknetem Dung kochte. Die Straßen waren von einer dunklen, öligen Schicht überzogen, die der Tiber bei Hochwassern hinterlassen hatte. Müll und Exkremente verstopften die Abflüsse; in der Sommerhitze stieg der Gestank schier unerträglich in die unbewegte Luft und zog Schwärme von Fliegen, Ratten und anderes Ungeziefer an.

»Gütiger Himmel«, hörte Johanna Gerold murmeln, der neben ihr ging. »Dieses Viertel ist eine Pesthöhle!«

Johanna kannte das Gesicht der Armut, doch nie zuvor hatte sie einen Ort gesehen, an dem dermaßen erbärmliche Zustände und eine so bittere Armut herrschten.

Zwei kleine Kinder kauerten vor einem Kochfeuer. Ihre Tuniken waren so fadenscheinig, daß Johanna die weiße Haut der Kinder hindurchschimmern sehen konnte; ihre nackten Füße waren mit schmutzigen Lumpen umwickelt. Das eine Kind, ein kleiner Junge, litt offensichtlich an Fieber; trotz der Sommerhitze zitterte sein Körper unkontrolliert. Johanna zog ihren leinenen Chormantel aus und legte ihn dem Jungen behutsam um. Das Kind rieb die Wange an dem Stoff, der weicher war als alles, was es in seinem bisherigen Leben gespürt hatte.

Johanna bemerkte, wie jemand an ihrem Umhang zupfte. Das kleinere der beiden Kinder, ein rundäugiges, pausbäckiges Mädchen, blickte fragend zu ihr auf. »Bist du ein Engel?« fragte es mit piepsiger Stimme.

Sanft umfaßte Johanna das schmutzige runde Kinn. »Du bist der Engel, meine Kleine.«

In dem Topf, den die Kinder erhitzten, färbte sich ein Stück graues, sehniges Fleisch, dessen Herkunft nicht zu bestimmen war, allmählich braun. Eine junge Frau mit strähnigem gelbem Haar kam mit müden Schritten vom Flußufer zur Straße hinauf und schleppte einen Eimer Wasser mit sich. *Ist sie die Mutter der beiden Kinder?* fragte sich Johanna. Die Frau war selbst kaum mehr als ein Mädchen – bestimmt nicht älter als sechzehn Jahre.

In ihren Augen leuchtete Hoffnung auf, als sie Johanna und die anderen Prälaten erblickte. »Habt Ihr ein Almosen, guter Vater?« fragte sie und streckte eine schmutzige Hand aus. »Eine Münze für meine beiden Kleinen?«

Johanna nickte Viktor zu, dem *sacellarius,* der einen Silberdenar auf die Handfläche der jungen Frau legte. Mit einem glücklichen Lächeln stellte sie den Wassereimer ab, um sich die Münze in die Tasche zu stecken.

Johanna sah, daß Schmutzteile in dem trüben, übelriechenden Wasser trieben.

Benedicte! dachte sie. Zweifellos war dieser Schmutz für die Fieberkrankheit des kleinen Jungen verantwortlich. Doch da das Aquädukt in Trümmern lag, hatten die Bewohner dieses Viertels keine andere Möglichkeit, sich Wasser zu beschaffen. Sie mußten die verpestete Brühe aus dem Tiber zum Kochen, Waschen und Trinken benutzen.

Inzwischen hatten weitere Bewohner des Viertels Johanna und ihre Begleitung erkannt. Die Menschen drängten sich um die hohen Besucher; jeder wollte dem neuen Papst die Ehre erweisen. Johanna streckte die Arme aus, berührte so viele Leute wie möglich und erteilte ihnen den Segen. Doch als die Menge wuchs und wuchs, drängten die Menschen sich bald so dicht um Johanna, daß sie sich kaum mehr bewegen konnte. Gerold erteilte Befehle; die Wachtsoldaten trieben die Menge zurück und machten eine Gasse frei, und die päpstliche Abordnung zog sich über die Via Lata in den Sonnenschein und die frische, gesunde Luft des kapitolinischen Hügels zurück.

»Wir müssen das Marcianische Aquädukt wiederaufbauen«, sagte Johanna, als sie am nächsten Morgen mit den *optimates* zu einer Besprechung zusammentraf.

Paschal, der *primicerius,* hob erstaunt die Brauen. »Der Wiederaufbau oder die Errichtung eines christlichen Bauwerks wäre ein angemessenerer Beginn Eures Pontifikats.«

»Was brauchen die Armen noch mehr Kirchen?« entgegnete Johanna. »In Rom gibt es Kirchen im Überfluß. Aber ein Aquädukt wiederaufzubauen könnte unzählige Leben retten.«

»Dieses Vorhaben ist riskant«, sagte Viktor, der *sacellarius.* »Und es könnte gut sein, daß es gar nicht durchführbar ist.«

Viktor hatte recht; Johanna konnte es nicht leugnen. Das Aquädukt wiederaufzubauen, wäre eine gewaltige Aufgabe, ein vielleicht sogar unmögliches Unterfangen, legte man die spärlichen architektonischen Kenntnisse der Zeit zugrunde. Die Bücher, die das gesammelte Wissen der antiken Baumeister enthielten, die derart komplizierte Konstruktionen wie das Aquädukt geschaffen hatten, waren schon Jahrhunderte zuvor verlorengegangen oder vernichtet worden; man hatte die pergamentenen Seiten mit den unersetzlichen Bauplänen sauber geschabt, um christliche Predigten und Geschichten aus dem Leben der Heiligen und Märtyrer darauf zu schreiben.

»Wir müssen es versuchen«, sagte Johanna entschlossen. »Wir dürfen nicht zulassen, daß Menschen weiterhin in so schrecklichen Verhältnissen leben.«

Die anderen schwiegen – nicht, weil sie mit Johanna einer Meinung waren, sondern weil es unhöflich gewesen wäre, dem Heiligen Vater noch länger zu widersprechen, wo sein Herz so offenkundig an diesem Plan hing.

Nach einer kurzen Pause des Schweigens fragte Paschal: »Und wer soll beim Wiederaufbau des Aquädukts die Aufsicht führen, Heiligkeit?«

»Gerold«, erwiderte Johanna schlicht. »Ich gehe davon aus, daß der *superista* sich beim Bau der Leoninischen Mauer umfassende Kenntnisse über die Architektur erworben hat. Außerdem können wir uns an den funktionstüchtigen Aquädukten ein Beispiel nehmen und überdies wieder jene Arbeiter verpflichten, die schon einmal unter Gerold gearbeitet haben. – Seid Ihr mit dem Vorschlag einverstanden, die Aufsicht über dieses Bauvorhaben zu übernehmen, Gerold? Ich wüßte keinen Menschen, der befähigter dazu wäre als Ihr.«

Sie schaute ihn erwartungsvoll an, und er nickte ihr lächelnd zu.

»Dann bezweifle ich nicht, daß uns Erfolg beschieden sein wird«, sagte Johanna.

Nach und nach erkannte Johanna in vollem Umfang, was es bedeutete, Papst zu sein. Nominell eine der höchsten Machtstellungen auf Erden, war dieses Amt in Wahrheit mit umfassenden priesterlichen Aufgaben verbunden. Johannas Zeit wurde von einer Vielzahl mühseliger liturgischer Pflichten vollkommen in Anspruch genommen. Am Palmsonntag segnete und verteilte sie vor der Peterskirche Palmwedel. Am Gründonnerstag wusch sie den Armen die Füße und trug ihnen eigenhändig eine Mahlzeit auf. Am Fest des heiligen Antonius stand sie vor der Kirche Santa Maria Maggiore und besprenkelte die Ochsen, Pferde und Maultiere, die von ihren Besitzern herbeigetrieben worden waren, mit Weihwasser. Am dritten Sonntag nach Advent segnete sie durch Handauflegen die Anwärter auf das Amt des Priesters, des Diakons oder des Bischofs.

Jeden Tag mußte sie die Messe lesen. Außerdem fanden die sogenannten Stationen statt, die Gottesdienste des Papstes an besonderen Tagen, wobei riesige Prozessionen langsam durch die Stadt zu den Titularkirchen zogen, in denen dann die Messe gefeiert wurde; unterwegs wurde immer wieder haltgemacht, so daß Johanna sich Bittsteller anhören und den Segen spenden konnte. Diese Prozessionen sowie die Gottesdienste nahmen den größten Teil eines Tages in Anspruch – und es gab nicht weniger als neunzig solcher Stationsmessen, einschließlich der Marienfeste, der Quatemberfasten, der Christmette, der Septuagesima- und Sexagesimasonntage sowie die meisten Sonn- und Feiertage während der Fastenzeit.

Dann gab es die Feiertage zu Ehren der Heiligen Petrus, Paulus, Laurentius, Agnes, Johannes, Thomas, Lukas, Andreas und Antonius sowie das Fest Mariä Geburt, Mariä Empfängnis, Mariä Verkündigung und Mariä Himmelfahrt. Dies waren die festen oder unbeweglichen Feiertage, die jedes Jahr auf den gleichen Tag fielen, so, wie Weihnachten und Epiphanias. Das Fest des Stuhles Petri, die Beschneidung Christi, die Geburt Johannes des Täufers, der Michaelistag, Allerseelen und die Kreuzeserhöhung waren ebenfalls feste Feiertage. Ostern, das höchste Fest des christlichen Jahres, war ein beweglicher Feiertag; sein Platz im Kalender richtete sich nach dem kirchlichen Vollmond, ebenso wie der Fastnachtsdienstag, der Aschermittwoch, Christi Himmelfahrt und Pfingsten.

Jeder dieser christlichen Festtage wurde mit mindestens viertägigen Feiern begangen: Es gab die Vigil oder den Vortag des Festes, dann den Festtag selbst, dann den Tag nach dem Fest und schließlich die Oktav, den achten Tag beziehungsweise die Woche nach dem Festtag. Alles in allem gab es mehr als einhundertfünfundsiebzig christliche Festtage, an denen zeitraubende, bis ins kleinste festgelegte Feierlichkeiten stattfanden.

Aus diesem Grund blieb Johanna nur sehr wenig Zeit, tatsächlich zu *regieren* oder sich um Dinge zu kümmern, die ihr wirklich am Herzen lagen: das Los der Armen wie auch die Ausbildung des Klerus zu verbessern.

Im August wurde der beschwerliche und eintönige liturgische Alltag durch eine Bischofskonferenz unterbrochen. Siebenundsechzig Prälaten nahmen daran teil, darunter sämtliche

Provinzialbischöfe, die *suburbicarii,* sowie die vier fränkischen Bischöfe, die von Kaiser Lothar geschickt worden waren.

Zwei der Themen, die auf der Synode behandelt wurden, lagen Johanna besonders am Herzen. Das erste war die Diskussion des *intinctio,* das auf Johanna selbst zurückging und bei dem das Abendmahlsbrot bei der Kommunion in den Weinbecher getaucht und dann an die Gläubigen verteilt wurde. In den zwölf Jahren, die vergangen waren, seit Johanna das *intinctio* in Fulda eingeführt hatte, um die Ausbreitung ansteckender Krankheiten zu verhindern, hatte diese Praxis sich so weit verbreitet, daß sie im Frankenreich inzwischen fast allgemein üblich war. Der römische Klerus jedoch – der natürlich nichts von Johannas Verbindung mit dem *intinctio* wußte –, betrachtete diese neue Vorgehensweise mit Argwohn.

»Es ist ein Verstoß gegen das Gesetz Gottes«, erklärte der Bischof von Castrum empört. »Aus der Heiligen Schrift geht eindeutig hervor, daß Christus sein Fleisch und sein Blut *getrennt* seinen Jüngern reichte.«

Der Bischof erntete allgemeines zustimmendes Kopfnicken.

»Ich schließe mich der Meinung meines Amtskollegen an«, sagte Pothos, der Bischof von Trevi. »In den Schriften der Kirchenväter ist nirgends die Rede davon, daß das Brot in den Wein getaucht wird. Schon deshalb muß eine solche Vorgehensweise abgelehnt werden.«

»Sollen wir eine Idee nur deshalb ablehnen, weil sie neu ist?« fragte Johanna.

»Wir sollten uns in allen Dingen von der Weisheit der Alten leiten lassen«, erwiderte Pothos gewichtig. »Und wir können uns nur einer einzigen Wahrheit sicher sein – nämlich jener, die uns in der Vergangenheit gewährt worden ist.«

»Alles, was alt ist, war irgendwann neu«, entgegnete Johanna, »und stets geht das Neue dem Alten voraus. Ist es da nicht dumm und widersinnig, auf der einen Seite alles zu verdammen, was zuerst kommt, und auf der anderen Seite alles in den Himmel zu heben, was aus zuerst Gekommenem entstanden ist?«

Pothos furchte die Brauen, als er diesen Darlegungen zu folgen versuchte. Wie die meisten seiner Amtskollegen hatte er keine Übung in gelehrten Disputen und Rededuellen; er fühlte sich nur wohl in seiner Haut, wenn er Autoritäten zitieren konnte.

Während der langwierigen Diskussion, die nun entbrannte, setzte Johannas logisch geschulter Verstand sich schließlich durch. Die Bischöfe willigten ein, daß das *intinctio* im Frankenreich beibehalten wurde – vorerst jedenfalls.

Der nächste Punkt, der diskutiert wurde, war für Johanna von großem persönlichem Interesse, denn er betraf ihren alten Freund Gottschalk, den einstigen Fuldaer Mönch, dem sie vor vielen Jahren geholfen hatte, die Freiheit zu erlangen. Gottschalk war zunächst dem Kloster Orbais in der Erzdiözese Reims beigetreten, hatte dann die Priesterweihe empfangen und sich als Wanderprediger betätigt. Wie die fränkischen Bischöfe berichteten, steckte er nun wieder einmal in großen Schwierigkeiten – eine Nachricht, die Johanna betrübte, aber nicht besonders verwunderte: Gottschalk war ein Mann, der das Unglück so leidenschaftlich verfolgte, wie ein Liebhaber seine Geliebte umwarb.

Diesmal wurde er des schweren Verbrechens der Ketzerei beschuldigt. Rabanus Maurus, der einstige Abt des Fuldaer Klosters, der inzwischen zum Erzbischof von Mainz aufgestiegen war, hatte von einigen radikalen Thesen Gottschalks über die Prädestinationslehre Wind bekommen. Daraufhin hatte der Erzbischof die Gelegenheit beim Schopf gepackt und den Befehl erteilt, Gottschalk in den Kerker zu werfen, nachdem seine Häscher ihn zuvor halbtot geschlagen hatten.

Johanna machte ein düsteres Gesicht. Die Grausamkeiten, die vorgeblich fromme Männer wie Rabanus Maurus ihren Mitchristen antun ließen, verwunderten sie immer wieder. Die Greueltaten heidnischer Normannen erregten bei Menschen wie Rabanus weniger Zorn als ein christlicher Gläubiger, der auch nur den kleinsten Schritt von dem Weg abwich, den die strengen kirchlichen Doktrinen ihm vorschrieben.

Warum hegen wir den schrecklichsten Haß stets gegen unsere Mitchristen? fragte sich Johanna.

»Was sind die Besonderheiten dieser ketzerischen Theorien?« wandte sie sich an Wulfram, den Führer der fränkischen Bischöfe.

»Erstens«, antwortete Wulfram, »behauptet der Mönch Gottschalk, daß Gott alle Menschen entweder zur Errettung oder zur ewigen Verdammnis vorherbestimmt. Zweitens behauptet er, daß Christus nicht für alle Menschen am Kreuz gestorben ist, sondern nur für die zur Errettung Erwählten. Und drittens sagt dieser Ketzer, daß Menschen, die für die Verdammnis bestimmt sind, auch durch gute Werke nicht bewirken können, zu den Erwählten zu gehören.«

Das hört sich allerdings sehr nach Gottschalk an, ging es Johanna durch den Kopf. Ein überzeugter Pessimist wie er, ständig unglücklich und von Seelenqualen gepeinigt, mußte sich von Natur aus zu einer solchen Theorie hingezogen fühlen, die einen Teil der Menschen als von vornherein zum Untergang verurteilt deklarierte – wobei Gottschalk sich höchstwahrscheinlich selbst dazu zählte. Andererseits waren diese Gedanken ganz und gar nicht neu und erst recht nicht ketzerisch: Der heilige Augustinus hatte in seinen beiden großen Werken, *Über den Gottesstaat* und *Über die Liebe zu Gott,* ganz ähnliche Ansichten vertreten: »Alle Gnade«, hatte er geschrieben, »ist unverdiente Gnade.«

Doch niemand im Saal schien dies zu erkennen. Obwohl alle den Namen Augustinus nannten, hatte sich offensichtlich keiner die Mühe gemacht, alle Schriften des Heiligen zu lesen.

Nirgotius, der Bischof von Anagni, erhob sich, um das Wort zu ergreifen. »Dies ist ein verwerflicher und sündhafter Abfall vom Glauben«, sagte er. »Denn es ist wohlbekannt, daß Gottes Wille die Auserwählten vorherbestimmt, nicht aber die Verdammten.«

Diese Argumentation ließ arg zu wünschen übrig; denn wenn Gott für den einen Teil der Menschen irgend etwas vorherbestimmte, galt dies zwangsläufig auch für den anderen Teil. Doch Johanna wies den Bischof nicht darauf hin, denn Gottschalks Lehren bereiteten ihr in der Tat einigen Kummer. Es war gefährlich, die Menschen zu lehren, daß ein Teil von ihnen der Verdammnis anheimfiel, mochten sie noch so viele gute Taten vollbringen und ein noch so frommes Leben führen. Denn falls dies zutraf – warum sollte sich dann überhaupt noch jemand die Mühe machen, sich nach den Geboten zu richten oder gute Werke zu tun, da Gott die Würfel ja bereits geworfen hatte?

»Ich stimme mit Nirgotius überein«, sagte Johanna. »Die Gnade Gottes ist keine Wahl, bei der vorherbestimmt wird, wer das Himmelreich schauen und wer im Höllenfeuer brennen soll. Die Gnade Gottes ist vielmehr die überfließende Kraft seiner Liebe, die alle Dinge im Himmel und auf Erden umfaßt.«

Die Bischöfe nahmen diese Erklärung freudig auf, denn in ihrer Unverfänglichkeit deckte sie sich mit ihren eigenen Ansichten. Einstimmig sprachen sie sich dafür aus, Gottschalks Thesen zu verdammen. Doch auf Johannas Drängen beschlossen sie außerdem, Erzbischof Rabanus seiner »harten und unchristlichen Behandlung eines irrigen Mönchs« wegen zu tadeln.

Auf der Synode wurden zweiundvierzig Regeln beschlossen; die meisten behandelten die Reform der kirchlichen Disziplin und Erziehung. Am Ende der Woche wurde die Bischofskonferenz beendet. Alle Teilnehmer stimmten darin überein, daß es eine sehr erfolgreiche Versammlung gewesen sei, die Papst Johannes mit außergewöhnlicher Klugheit geleitet habe. Die Römer waren besonders stolz, von einem so gebildeten und geistig überlegenen spirituellen Führer vertreten worden zu sein.

Die Sympathie, die Johanna sich auf der Synode erworben hatte, hielt nicht lange vor. Schon im nächsten Monat wurde die gesamte christliche Welt bis in die Grundfesten erschüttert, als Johanna die Absicht verkündete, eine Schule für Frauen zu gründen. Selbst jene Mitglieder der päpstlichen Partei, die Johannas Kandidatur bei der Wahl unterstützt hatten, waren entsetzt. Was für einen Papst hatten sie denn da gewählt?

Beim wöchentlichen Treffen der *optimates* konfrontierte Jordanes, der *secundicerius,* Johanna offen mit dieser Problematik.

»Heiligkeit«, sagte er, »Ihr begeht ein großes Unrecht, wenn Ihr den Frauen Unterricht erteilen laßt.«

»Wieso?« fragte Johanna.

»Wie Euch gewiß bekannt ist, Heiligkeit, verhalten sich das Gehirn eines Weibes und der Uterus umgekehrt proportional. Mit anderen Worten: Je mehr ein Mädchen lernt, desto geringer ist die Wahrscheinlichkeit, daß es als Frau jemals Kinder bekommen wird.«

Gütiger Gott, dachte Johanna. *Lieber einen unfruchtbaren Körper als einen unfruchtbaren Verstand, der einen solchen Schwachsinn hervorbringt.* Sie mühte sich, nicht laut vor Lachen herauszuplatzen.

»Wo habt Ihr denn *das* gelesen?« fragte sie statt dessen.

»Das ist Allgemeinwissen, Heiligkeit.«

»Offensichtlich so allgemein, daß niemand sich die Mühe gemacht hat, es niederzuschreiben, auf daß alle Menschen in den Genuß dieser wundervollen Erkenntnis kommen.«

»Was allen offensichtlich ist, braucht man nicht zu lernen. Niemand hat je niedergeschrieben, daß die Wolle von den Schafen kommt, und dennoch weiß es ein jeder.«

Lächeln lag auf den Gesichtern ringsum. Jordanes strahlte selbstgefällig angesichts der Brillanz seines Arguments.

Johanna dachte einen Augenblick nach. »Falls es stimmt, was Ihr über das weibliche Gehirn sagt – wie erklärt Ihr Euch dann die außerordentliche Fruchtbarkeit gelehrter Frauen wie der Learta, die mit Geronimus in Briefwechsel stand und von fünfzehn gesunden Kindern entbunden wurde, wie der Heilige berichtet hat?«

»Eine Anomalie. Eine seltene Abweichung von der Regel.«

»Falls ich mich recht entsinne, Jordanes, kann Eure Schwester Julia lesen und schreiben.«

Jordanes schluckte schwer. »Aber nur ein kleines bißchen, Heiligkeit. Es reicht gerade, um über den Haushalt Buch zu führen.«

»Aber nach Eurer Theorie müßte schon dieses bißchen genügen, um eine schwächende Wirkung auf die Fruchtbarkeit einer Frau zu haben. Wie viele Kinder hat Julia zur Welt gebracht?«

Jordanes errötete. »Zwölf.«

»*Noch eine* Anomalie?«

Eine Pause langen und verlegenen Schweigens trat ein.

»Wie mir scheint, Heiligkeit«, sagte Jordanes schließlich steif, »kennt Ihr Euch auf diesem Gebiet sehr gut aus. Deshalb werde ich zu diesem Thema nichts mehr sagen.«

Und das tat er auch nicht. Jedenfalls nicht vor dieser Versammlung.

»Es war unklug, Jordanes öffentlich in Verlegenheit zu bringen«, sagte Gerold später. »Es könnte sein, daß du ihn Arsenius und den Kaiserlichen in die Arme getrieben hast.«

»Aber er war im Irrtum, Gerold«, erwiderte Johanna. »Frauen sind geistig ebenso leistungsfähig wie Männer. Bin ich nicht der beste Beweis dafür?«

»Natürlich. Aber du mußt den Menschen Zeit lassen. Die Welt kann nicht an einem einzigen Tag neu erschaffen werden.«

»Die Welt wird nie mehr neu erschaffen. Man kann nur versuchen, sie zum Besseren zu verändern. Und irgendwo muß man schließlich anfangen.«

»Das stimmt«, gab Gerold ihr recht. »Aber nicht jetzt, nicht hier ... und nicht durch dich.«

»Warum nicht?«

Weil ich dich liebe, wollte er antworten, *und weil ich Angst um dich habe.*

Statt dessen sagte er: »Du kannst es dir nicht leisten, dir Feinde zu machen. Hast du vergessen, wer und was du bist? Ich kann dich vor vielen Gefahren beschützen, Johanna – aber nicht vor dir selbst.«

»Ach, komm. Ist es denn *so* weltbewegend, was ich vorhabe? Wird die Erde untergehen, nur weil ein paar Frauen das Lesen und Schreiben lernen?«

»Dein alter Lehrer ... Aeskulapius, nicht wahr? ... hatte dir doch mal einen wichtigen Ratschlag erteilt. Wie lautete er noch?«

»Manche Gedanken sind gefährlich.«

»Genau.«

Beide schwiegen längere Zeit.

»Also gut«, gab Johanna schließlich nach. »Ich werde mit Jordanes reden und tun, was ich kann, um sein gesträubtes Gefieder zu glätten. Und ich verspreche dir, in Zukunft diplomatischer zu sein. Aber die Schule für Frauen ist mir zu wichtig. Von diesem Plan lasse ich mich nicht abbringen.«

»Das hatte ich auch nicht anders erwartet«, erwiderte Gerold mit einem Lächeln.

Im September wurde die Schule für Frauen feierlich eingeweiht. Johanna gab ihr den Namen Sankt-Katharinen-Schule, zum Angedenken an ihren Bruder Matthias, der sie als erster mit dem Leben und Wirken der Heiligen bekannt gemacht hatte. Jedesmal, wenn Johanna an dem kleinen Gebäude in der Via Merulana vorüberkam und die weiblichen Stimmen laut irgend etwas lesen hörte, hatte sie das Gefühl, ihr Herz müsse vor Freude zerspringen.

Und Gerold gegenüber hielt sie Wort. Sie war höflich und diplomatisch zu Jordanes und den anderen *optimates.* Sie schaffte es sogar, ihre Zunge im Zaum zu halten, als sie Kardinal Citonatus darüber predigen hörte, daß nach dem Tag des

Jüngsten Gerichts die »Mängel« der Frauen behoben seien, da alle Menschen ja sowieso als Männer wiedergeboren würden. Johanna ließ Citonatus zu sich bestellen und erklärte ihm – als »wohlgemeinter und hilfreicher Vorschlag« verschleiert –, daß es vielleicht besser sei, die Zeile über die Männer aus seiner »zutiefst bewegenden Predigt« zu streichen, um eine »bessere Wirkung« bei den weiblichen Mitgliedern der Gemeinde zu erzielen. Auf so diplomatische Weise vorgebracht, fiel Johannas Vorschlag auf fruchtbaren Boden, zumal Citonatus sich ob der Aufmerksamkeit des Papstes geschmeichelt fühlte. Von nun an jedenfalls tauchten die rein männlichen Auferstandenen in seiner Predigt nicht mehr auf.

Geduldig und ohne zu klagen ertrug Johanna das tägliche Einerlei der Audienzen, Messen, Segnungen und Ordinationen. Auf diese Weise zogen die langen kalten Tage des Herbstes ohne weitere Zwischenfälle friedlich vorüber; die Wogen, welche die Schule für Frauen geschlagen hatte, glätteten sich, und alles ging seinen geregelten Gang.

An den Iden des November verdunkelte sich der Himmel, und es fing an zu regnen. Zehn Tage lang goß es wie aus Kübeln; die Regentropfen trommelten unablässig auf die Schindeldächer der Häuser, so daß die Bewohner sich ob des andauernden, nervtötenden Geräusches die Ohren zustopfen mußten. Bald konnten die uralten Abwasserkanäle der Stadt die Regenmengen nicht mehr bewältigen; auf den Straßen sammelte sich das Wasser in immer größeren Pfützen, die anwuchsen, sich zu Strömen vereinten, rauschend und gurgelnd über die Straßen flossen und das Basaltsteinpflaster in einen tückischen, glatten Belag verwandelten.

Und der Regen hielt an. Das Wasser des Tiber stieg gefährlich hoch und trat schließlich auf der gesamten Länge des Flusses von der Stadt bis zum Meer über die Ufer; der Tiber überflutete die Felder der Campagna, zerstörte die Ernte und ertränkte das Vieh auf den Weiden.

Innerhalb der Stadtmauern wurde der tief gelegene Campus Martius, das dichtbesiedelte Wohnviertel der Armen, als erstes überschwemmt. Einige Bewohner flüchteten auf höheres Gelände, als die Wasser des Tiber zu steigen begannen, doch viele blieben, da sie ihre Wohnungen und ihre jämmerlichen Habseligkeiten nicht zurücklassen wollten, wobei sie sich der Konsequenzen einer solchen Verzögerung nicht bewußt waren.

Und dann war es zu spät. Das Wasser stieg über Mannshöhe und vereitelte jeden weiteren Fluchtversuch. In den *insulae* wurden Hunderte von Menschen gefangen; falls die Fluten weiter anschwollen, würden die Leute ertrinken.

In solchen Fällen zog der Papst sich für gewöhnlich in die Kathedrale des Laterans zurück, las dort eine feierliche Litanei, warf sich vor dem Altar zu Boden und betete für die Erlösung Roms. Zum Erstaunen – und zur Bestürzung – des Klerus beschritt Johanna einen ganz anderen Weg und ließ statt dessen Gerold zu sich rufen, um Pläne zur Rettung der Bürger zu besprechen.

»Was können wir tun?« fragte sie. »Es muß doch eine Möglichkeit geben, alle diese Menschen in Sicherheit zu bringen.«

»Die Straßen um den Campus Martius sind völlig überflutet«, erwiderte Gerold. »Es gibt nur noch die Möglichkeit, die Leute mit Booten dort fortzuholen.«

»Was ist mit den Booten in Ripa Grande?«

»Das sind nur leichte Fischerboote. Wahrscheinlich sind sie zu zerbrechlich für den reißenden Fluß.«

»Es ist einen Versuch wert«, sagte Johanna drängend. »Wir können schließlich nicht tatenlos zusehen, wie die Menschen ertrinken!«

Gerold schaute sie mit einem Blick an, aus dem Liebe und Bewunderung zugleich sprachen. Weder Gregor noch Sergius, ja, nicht einmal Leo hätten sich so für die verarmten Einwohner des Campus Martius eingesetzt. Johanna war anders; sie machte keinen Unterschied zwischen arm und reich, und dementsprechend handelte sie auch. In ihren Augen verdienten alle Menschen die gleiche Aufmerksamkeit und Zuwendung.

»Ich lasse sofort die Miliz zusammenrufen«, sagte Gerold.

Sie marschierten zu den Anlegestellen in Ripa Grande, wo Johanna ihre Befehlsgewalt einsetzte und jedes brauchbare Wasserfahrzeug für die Rettungsaktion requirierte. Gerold und seine Männer stiegen in die Boote, und Johanna sprach rasch einige Segensworte, wobei sie die Stimme erheben mußte, um das Rauschen des Regens zu übertönen. Dann überraschte sie alle Anwesenden, indem sie zu Gerold ins Boot stieg.

»Was tut Ihr, Heiligkeit?« stieß er entsetzt hervor und benutzte die förmliche Anrede – wie stets, wenn sie nicht unter vier Augen waren.

»Was glaubt Ihr wohl?«

»Ihr wollt doch nicht etwa mit uns kommen?«

»Warum nicht?«

Gerold blickte sie an, als hätte er eine Verrückte vor sich. »Das ist viel zu gefährlich!«

Eustathius, der Erzpriester, warf Johanna vom Kai aus einen tadelnden Blick zu. »Denkt an die Würde Eures Amtes, Heiligkeit! Ihr seid der Papst und der Bischof von Rom. Wollt Ihr da Euer Leben für ein paar zerlumpte Bettler aufs Spiel setzen?«

»Sie sind um nichts weniger die Kinder Gottes als Ihr und ich, Eustathius.«

»Aber wer soll uns bei der Litanei vorbeten?« fragte er klagend.

»Das werdet Ihr übernehmen, Eustathius. Macht Eure Sache gut; denn in dieser Notlage brauchen wir Eure Gebete dringend.« Ungeduldig wandte sie sich an Gerold. »Was ist, *superista?* Werdet Ihr nun rudern, oder muß ich es tun?«

Als er den Ausdruck unerschütterlicher Entschlossenheit in Johannas graugrünen Augen sah, packte Gerold die Ruder. Es war keine Zeit mehr für Diskussionen, denn das Wasser stieg immer schneller. Gerold setzte sich auf die Ruderbank und legte sich kräftig in die Riemen, und das Boot entfernte sich von der Anlegestelle.

Eustathius rief ihnen irgend etwas nach, doch seine Worte waren im Prasseln des Regens und dem Heulen des Windes nicht mehr zu verstehen.

Die behelfsmäßige Flottille schlug einen nordöstlichen Kurs in Richtung Campus Martius ein. Das Hochwasser war weiter gestiegen. Der Tiber strömte so schnell durch diesen tiefer gelegenen Teil der Stadt, als würde er durch einen Kanal dahinjagen. Von der Porta Septimania am Fuße des kapitolinischen Hügels an waren sämtliche Kirchen und Wohnhäuser überflutet. Die Säule des Marcus Aurelius stand zur Hälfte unter Wasser, und die Wellen schwappten gegen den oberen Rand der Türschwellen des Pantheon.

Als sie sich dem Campus Martius näherten, sahen sie die ersten Anzeichen der schrecklichen Schäden, die das Hochwasser verursacht hatte. Holztrümmer – die Überreste eingestürzter *insulae* – schossen an den Booten vorüber; Leichen trieben auf der Wasseroberfläche; sie schaukelten und drehten sich in der Strömung. Die entsetzten Bewohner der verbliebenen Mietskasernen hatten sich in die oberen Etagen geflüchtet. Mit ausgestreckten Armen beugten sie sich aus den Fenstern und riefen mit kläglichen Stimmen um Hilfe.

Die Boote fächerten aus; je eines oder zwei fuhren zu einem der Wohnhäuser. Die Strömung und der Wellengang machten es schwer, die Boote ruhig im Wasser zu halten. Einige Bewohner der *insulae* wurden von Panik erfaßt, sprangen zu früh aus den Fenstern und verfehlten die schaukelnden und schwankenden Wasserfahrzeuge. Andere stürzten vor oder neben den Booten in den Fluß; wieder andere klammerten sich an den Bootsrändern fest und brachten die Fahrzeuge zum Kentern. Ein heilloses Durcheinander herrschte im Fluß, als jene, die nicht schwimmen konnten, sich verzweifelt an den Schwimmern festhielten, während die Ruderer im Kreise fuhren und zu verhindern versuchten, daß ihre kleinen, leichten Boote von der Strömung fortgetrieben wurden.

Schließlich aber waren alle Boote mit Menschen belegt, und die Ruderer fuhren los, wobei sie einer Route zum kapitolinischen Hügel folgten, wo alle Geretteten an Land gesetzt wurden. Von dieser Stelle aus war es ein leichter Aufstieg, um bis auf trockenes Gelände und in Sicherheit zu gelangen. Dann legte die Flotte wieder ab, um weitere Bewohner vom Campus Martius zu bergen.

Fahrt um Fahrt wurde unternommen. Die Retter waren bis auf die Haut durchnäßt; die Kleidung klebte ihnen am Körper, und die Muskeln schmerzten vor Anstrengung und Müdigkeit. Dann, endlich, schienen sämtliche Bewohner des überfluteten Viertels in Sicherheit zu sein. Die Boote waren wieder unterwegs zum kapitolinischen Hügel, als Johanna plötzlich eine Kinderstimme um Hilfe schreien hörte. Sie drehte sich um und sah die Gestalt eines kleinen Jungen im Fenster einer *insula*. Vielleicht hatte er sich jetzt erst in das oberste Stockwerk vorgearbeitet, oder er war zu verängstigt gewesen, als daß er sich ans Fenster gewagt hätte.

Johanna und Gerold schauten sich an. Ohne ein Wort wendete er das Boot, ruderte zu der Mietskaserne zurück und brachte das Gefährt unter dem Fenster zum Stehen, aus dem der kleine Junge sich nun hinauslehnte. Gerold ruderte gegen die Strömung an, um das Boot auf der Stelle zu halten.

Johanna erhob sich und streckte die Arme aus.»Spring!« rief sie. »Los, spring! Ich fange dich auf!«

Doch der Junge blieb, wo er war. Mit weit aufgerissenen Augen, in denen nacktes Entsetzen stand, starrte er auf das schwankende Boot hinunter.

Johanna blickte den Jungen zwingend an, winkte ihm mit den erhobenen Händen. »Nun spring endlich!« befahl sie.

Zaghaft setzte der Junge einen Fuß auf den Fenstersims.

Johanna griff nach ihm.

In diesem Augenblick ertönte ein ohrenbetäubendes Donnern. Das antike Posterula Sankt Agatha, das nördlichste Tor der Aurelianischen Mauer, war unter dem Druck der immer noch steigenden Wassermassen eingestürzt. Mit einer Flutwelle von verheerender Kraft brach der Tiber in die Stadt hinein.

Johanna sah das vom Fenster umrahmte Gesicht des Jungen; sein Mund formte ein winziges O des Entsetzens, als die gesamte *insula* in sich zusammenstürzte. Im selben Augenblick spürte Johanna, wie das Boot unter ihr sich hob und erzitterte, bevor es von der heranrasenden Flutwelle gepackt und wild umhergeschleudert wurde.

Johanna schrie und hielt sich verzweifelt an den Seiten des zerbrechlichen Bootes fest, als es die Stromschnellen hinunter raste und jeden Augenblick zu kentern drohte. Gischtend schoß das Wasser am Bootsrand in die Höhe und überspülte die Insassen; Johanna hob den Kopf, rang keuchend nach Atem und erhaschte einen kurzen Blick auf Gerold, der am Bug kauerte.

Dann gab es einen fürchterlichen Ruck, als das Boot urplötzlich zum Stehen kam, wobei Johanna unsanft zu Boden geschleudert wurde.

Eine Zeitlang lag sie benommen da und wußte gar nicht, was geschehen war. Als sie schließlich den Blick hob, sah sie Wände, einen Tisch und Stühle.

Sie befand sich im Innern eines Gebäudes. Die gewaltige Kraft der Flutwelle hatte das kleine Boot geradewegs durch eines der oberen Fenster einer *insula* ins dahinterliegende Zimmer geschleudert.

Johanna sah Gerold vor dem Boot liegen, das Gesicht im knöcheltiefen Wasser, das den Fußboden überschwemmt hatte. Sie kroch zu ihm.

Als sie ihn auf den Rücken drehte, zeigte er keine Reaktion. Sein Körper war schlaff, und er atmete nicht mehr. Johanna rollte ihn auf den Bauch und begann, ihm auf den Rücken zu drücken, um das Wasser aus seinen Lungen zu pressen. Drücken, nachlassen – drücken, nachlassen. *Er darf nicht sterben,* dachte sie verzweifelt. *Er darf nicht sterben!* So grausam konnte Gott doch nicht sein! Dann aber dachte sie an den todgeweihten Jungen in der *insula* und sagte sich: Gott ist zu allem fähig.

Drücken, nachlassen. Drücken, nachlassen.

Plötzlich hustete Gerold und spie einen großen Schwall Wasser aus.

Benedicte! Er atmete wieder. Johanna untersuchte ihn sorgfältig. Keine offenen Wunden, keine gebrochenen Knochen. Doch dicht unter dem Haaransatz, wo er einen wuchtigen Hieb an den Kopf erhalten hatte, befand sich eine große, schwarzblau verfärbte Schwellung. Dieser Schlag mußte seine Ohnmacht hervorgerufen haben.

Jetzt müßte er das Bewußtsein bald wiedererlangen, ging es Johanna durch den Kopf, während sie ihn betrachtete, doch Gerold blieb in tiefer Ohnmacht versunken. Seine Haut war blaß und kalt; sein Atem ging flach, sein Puls war kaum zu spüren und ging dennoch gefährlich schnell. *Was ist mit ihm?* fragte Johanna sich besorgt. *Was kann ich für ihn tun?*

»Der Schock einer gewaltsamen Verletzung kann einen Menschen töten, weil er einen alles durchdringenden Kälteschauer hervorruft, der sich aus dem Innern des Körpers ausbreitet ...«

Diese Worte des Hippokrates, die Gottschalk einst das Leben gerettet hatten, fielen ihr wieder ein.

Sie mußte Gerold wärmen, und zwar schnell.

Das Boot hatte ein klaffendes Loch in die Holzwand der *insula* gerissen, durch das nun der Wind jagte und den Regen vor sich her peitschte. Johanna erhob sich und begann, das Innere der winzigen Mietskaserne zu durchsuchen. Hinter dem vorderen Zimmer, das zum Tiber hinaus lag, befand sich ein zweiter, kleinerer Raum, der keine Fenster besaß und in dem es deshalb wärmer und trockener war. Und – *Deo gratias!* – in der Mitte dieses Zimmers befand sich ein kleines eisernes Kohlenbecken, auf dem ein paar Holzstücke lagen. Auf einem Regal in der Nähe entdeckte Johanna einen Feuerstein und eine Schachtel Anzündmaterial. In einer Kiste in einer Ecke des Zimmers fand sie eine dicke Wolldecke, die zwar schon ziemlich verschlissen, aber Gott sei Dank noch trocken war.

Johanna kehrte in das vordere Zimmer zurück und packte Gerold unter den Schultern. Halb trug, halb schleifte sie ihn ins Hinterzimmer und legte ihn neben dem Kohlenbecken behutsam zu Boden. Dann nahm sie die Schachtel mit dem Anzündmaterial und schlug mit dem Feuerstein an das Eisen. Ihre Hände zitterten so heftig, daß sie es mehrmals versuchen mußte, bis Funken sprühten. Schließlich aber gelang es ihr, den kleinen Strohhaufen zu entfachen. Rasch legte sie das brennende Anzündmaterial auf den Kohlenherd, bis die Flammen in die Höhe schlugen und nach den Holzscheiten leckten. Das feuchte Holz zischte und spuckte; es wollte kein Feuer fangen. Dann aber erschien ein winziger roter Glühpunkt auf einem der Scheite. Johanna pustete behutsam darauf und nährte das Flämmchen mit viel Übung und Geschick. Doch in dem Augenblick, als das Feuer aufloderte, fuhr ein Windstoß durchs Zimmer und blies es aus.

Verzweifelt betrachtete Johanna die kalten Holzscheite. Das Anzündmaterial war aufgebraucht; es gab keine Möglichkeit mehr, das Feuer noch einmal zu entfachen. Gerold lag noch immer bewußtlos am Boden. Sein Gesicht hatte einen beängstigenden, bläulich-weißen Farbton angenommen, und die Augen waren tief in die Höhlen eingesunken.

Es blieb nur noch eine Möglichkeit. Rasch zog Johanna ihm die nassen Sachen aus und entblößte seinen straffen, muskulösen Körper, der hier und da von verblassenden Narben aus Kämpfen und Schlachten gezeichnet war. Dann legte sie ihm die Decke über.

Sie erhob sich und begann, in der kalten Luft im Zimmer ihre eigenen durchnäßten Sachen auszuziehen: zuerst das Priestergewand und die Tunika; dann die Unterkleidung, die Albe – das weiße liturgische Untergewand –, das Humerale – das Schultertuch –, und das Cingulum, den Gürtel des Priestergewands. Als sie bis auf die Haut entkleidet war, kroch sie unter die Decke und kuschelte sich an Gerold.

Sie drückte ihn an sich, wärmte seinen Körper mit dem ihren und versuchte, durch die bloße Kraft des Willens ihre Stärke und Lebensenergie in ihn einfließen zu lassen.

Kämpfe, Gerold, mein Liebster. Kämpfe!

Sie schloß die Augen und konzentrierte sich darauf, die Verbindung zwischen ihnen beiden herzustellen. Alles andere war vergessen. Das kleine Zimmer; das erloschene Feuer; das Boot; der Sturm und der Regen, die draußen tobten – nichts mehr war real. Es gab nur noch sie beide. Sie würden gemeinsam überleben oder sterben.

Gerolds Lider zuckten. Reflexhaft bewegten sich seine Hände, als wollten sie einen unsichtbaren Schleier zur Seite zerren. Im gleichen Moment sah Johanna ein lockendes Licht in der Finsternis und eilte mit Gerold darauf zu. An einem fernen Ort tauchten sie gemeinsam aus der Dunkelheit auf.

Und Gerold erwachte. Seine indigoblauen Augen betrachteten Johanna ohne jedes Erstaunen; er wußte, daß sie bei ihm gewesen war.

»Mein Schatz«, flüsterte er.

Lange Zeit lagen sie schweigend da – in einem Gespräch vereint, für das man keine Worte brauchte. Dann hob er einen Arm, um Johanna näher zu sich heranzuziehen; seine Finger berührten die wulstigen Narben auf ihrem Rücken.

»Stammt das von einem Rohrstock?« fragte er leise.

Sie errötete. »Ja.«

»Wer hat dir das angetan?«

Langsam und stockend erzählte sie ihm von den Prügeln, die der Vater ihr einst verabreicht hatte, als sie sich an jenem längst vergangenen Tag geweigert hatte, Aeskulapius' Buch zu vernichten.

Gerold sagte nichts, doch die Muskeln an seinem Kiefer spannten sich. Er beugte sich zu Johanna hinüber und küßte jede der gezackten Narben.

Im Laufe der Jahre hatte Johanna sich selbst gelehrt, ihre Gefühle jederzeit zu beherrschen, sich Schmerzen zu verbeißen und nicht zu weinen. Nun aber strömten ihr die lange aufgestauten Tränen über die Wangen.

Gerold hielt sie fest und murmelte ihr zärtliche Worte ins Ohr, bis der Tränenstrom versiegte. Dann spürte Johanna seine Lippen auf den ihren; sie bewegten sich so sanft und behutsam, daß ihr Inneres von Wärme und aufkeimender Leidenschaft erfüllt wurde. Sie erwiderte seine Umarmung und schloß die Augen, genoß den süßen, berauschenden dunklen Wein ihrer Sinne und ließ sich bereitwillig von ihrem Verlangen fortreißen.

Lieber Gott! dachte sie benommen. *Ich weiß es nicht, ich weiß es nicht!* War sie all die Jahre *davor* geflüchtet? Hatte ihre Mutter sie einst *davor* gewarnt? Aber das war kein Sich-Aufgeben, sondern eine wundersame und wunderschöne Erweiterung des Selbst – ein Gebet, das nicht mit Worten, sondern mit den Augen und den Händen, mit den Lippen und der Haut gesprochen wurde.

»Ich liebe dich!« rief Johanna im Augenblick der Ekstase, und die Worte waren keine Entweihung, sondern ein Sakrament.

In der Großen Halle des Patriarchums wartete Arsenius mit den *optimates* und den Mitgliedern des hohen Klerus von Rom auf Neuigkeiten. Zuerst hatte Arsenius kaum glauben wollen, was er über Papst Johannes erfahren hatte. Aber was konnte man schon von einem Ausländer anderes erwarten – noch dazu von einem Menschen niederen Standes?

Raduin, der stellvertretende Befehlshaber der päpstlichen Garde, kam in die Halle.

»Was gibt es Neues?« fragte *primicerius* Paschal ihn ungeduldig.

»Es ist uns gelungen, eine große Anzahl von Einwohnern zu retten«, berichtete Raduin. »Aber ich fürchte, Seine Heiligkeit ist verloren.«

»Verloren?« wiederholte Paschal stirnrunzelnd. »Was meint Ihr damit?«

»Er war zusammen mit dem *superista* auf einem der Boote. Wir dachten, sie würden uns folgen, aber sie müssen noch einmal umgedreht haben, um einen weiteren Überlebenden zu retten. Kurz darauf stürzte das Tor von Sankt Agatha ein, und eine riesige Flutwelle ist mit schrecklicher Wucht über die Gegend hinweggetobt.«

Diese Nachricht wurde von den Würdenträgern mit Schreien des Entsetzens aufgenommen. Einige Prälaten bekreuzigten sich.

»Besteht die Möglichkeit, daß sie überlebt haben?« fragte Arsenius.

»Nein«, erwiderte Raduin. »Die Flutwelle war so gewaltig, daß sie in weitem Umkreis alles verschlungen hat.«

»Gott sei ihren Seelen gnädig«, sagte Arsenius ernst und mußte alle Kraft aufbieten, sich das Hochgefühl nicht anmerken zu lassen, das sich in seinem Innern ausbreitete.

»Soll ich den Befehl erteilen, die Trauerglocken zu läuten?« fragte Eustathius, der Erzpriester.

»Nein«, entgegnete *primicerius* Paschal. »Wir dürfen nichts überstürzen. Schließlich ist Papst Johannes der Stellvertreter Christi auf Erden. Gott könnte ein Wunder gewirkt haben, um ihn zu retten.«

»Sollten wir dann nicht umkehren und nach ihm suchen?« schlug Arsenius vor. Natürlich hatte er nicht das geringste Interesse daran, daß Johannes gerettet wurde; aber er wollte sich Gewißheit verschaffen, ob der Papstthron tatsächlich wieder frei geworden war.

»Der Einsturz des nördlichen Tores hat die ganze Gegend unzugänglich gemacht«, erwiderte Raduin. »Wir können erst wieder etwas unternehmen, wenn das Hochwasser gefallen ist.«

»Dann laßt uns beten«, sagte Paschal. *»Deus misereator ...«*

Die anderen senkten die Köpfe und fielen ein.

Arsenius sprach die Worte rein mechanisch; seine Gedanken beschäftigten sich mit ganz anderen Dingen. Falls Johannes tatsächlich ertrunken war – und alles sprach dafür –, hatte Anastasius eine zweite Chance auf den Papstthron. Aber diesmal, dachte Arsenius entschlossen, darf bei der Wahl nichts schiefgehen. Diesmal werde ich all meine Macht einsetzen, um dafür zu sorgen, daß mein Sohn der neue Papst wird.

»... et dominus. Amen.«

»Amen«, murmelte Arsenius. Er konnte es kaum erwarten, welche Neuigkeiten der nächste Tag bringen würde.

Johanna erwachte am frühen Morgen. Sie lächelte, als sie Gerold neben sich schlafen sah, und ließ den Blick auf seinem schmalen, markanten Gesicht verweilen. Es besaß noch immer dieselbe männliche Schönheit wie an dem Tag, als sie dieses Gesicht zum erstenmal gesehen hatte – hinter dem Bankettisch in einem Bischofspalast, vor achtundzwanzig Jahren.

Wußte ich es damals schon, fragte sie sich, *schon in diesem allerersten Augenblick? Wußte ich, daß ich ihn liebe? Ich glaube, ja.*

Endlich hatte sie akzeptiert, wogegen sie sich so lange Zeit gewehrt hatte: Gerold war ein Teil von ihr; auf eine unergründliche Art und Weise, die Johanna nicht erklären, aber auch nicht leugnen konnte, *war* er sie selbst. Sie waren Zwillingsseelen, für immer und untrennbar verbunden; zwei Hälften eines vollkommenen Ganzen, das ohne den anderen nie mehr vollständig sein würde.

Johanna erlaubte sich nicht, zu lange bei der gewaltigen Bedeutungsvielfalt dieser wundersamen Entdeckung zu verweilen. Es genügte, für den Augenblick zu leben, für *diesen* Augenblick – für das vollkommene Glück, hier und jetzt mit Gerold zusammensein zu können. Die Zukunft existierte jetzt nicht.

Er lag auf der Seite, den Kopf nahe dem ihren, die Lippen leicht geöffnet, das lange rote Haar zerzaust in der Stirn. Im Schlaf sah er verletzlich und jung aus, beinahe jungenhaft. Von einem Gefühl unaussprechlicher Zärtlichkeit erfüllt, streckte Johanna die Hand aus und strich ihm sanft eine gelockte Haarsträhne von der Wange.

Gerold schlug die Augen auf und schaute Johanna mit einem Ausdruck so tiefer Liebe und so glühenden Verlangens an, daß es ihr den Atem verschlug. Wortlos streckte er die Hände nach ihr aus, und bereitwillig gab sie sich seiner Umarmung hin.

Johanna erwachte schlagartig, als sie ein fremdes Geräusch vernahm. Regungslos blieb sie in Gerolds Armen liegen und lauschte angespannt. Alles war still. Dann wurde ihr klar, daß sie nicht von einem Geräusch geweckt worden war, sondern von der Stille – vom plötzlichen *Fehlen* der Geräusche des trommelnden Regens und des heulenden Windes.

Das Unwetter war vorüber.

Johanna erhob sich und ging zum Fenster. Der Himmel war grau und bewölkt, doch zum erstenmal seit mehr als zehn Tagen zeigten sich Flecken blauen Himmels am Horizont, und Speere aus Sonnenlicht stachen durch die dichten Wolken.

Gelobt sei Gott der Herr, dachte Johanna. *Jetzt haben Flut und Hochwasser bald ein Ende.*

Gerold erschien hinter ihr und legte die Arme um sie. Sie lehnte sich zurück an seine Brust. Wärme und Liebe durchströmten ihr Inneres.

»Wird man bald nach uns suchen? Was meinst du?« fragte sie.

»Sehr bald – jetzt, wo der Regen aufgehört hat.«

»Ach, Gerold.« Sie barg den Kopf an seiner Schulter. »Ich bin nie im Leben so glücklich gewesen – und so unglücklich.«

»Ich weiß, mein Schatz.«

»Wir können nie wieder zusammensein. Jedenfalls nicht ... so.«

Er streichelte ihr helles Haar. »Wir bräuchten nicht wieder zurück, weißt du.«

Sie schaute ihn erstaunt an. »Wie meinst du das?«

»Niemand weiß, daß wir hier sind. Falls wir den Rettungsbooten kein Zeichen geben, sobald sie erscheinen, werden sie wieder fortrudern. In zwei, drei Tagen, wenn das Hochwasser zurückgegangen ist, könnten wir uns bei Nacht unbemerkt aus der Stadt schleichen. Niemand wird uns folgen, denn alle werden davon ausgehen, daß wir in der Flutwelle ertrunken sind. Wir würden frei und ungebunden sein ... und wir wären zusammen.«

Johanna antwortete nicht; statt dessen schaute sie wieder aus dem Fenster.

Er wußte, daß er nie wieder größere Macht über sie haben würde als in diesem Augenblick. Falls er diese Macht einsetzte, falls er Johanna in die Arme nahm und sie küßte, würde sie vermutlich zustimmen und mit ihm fortgehen. Aber das wäre ihr gegenüber nicht recht gewesen. Selbst wenn sie einwilligte, wäre ihre gemeinsame Zukunft wahrscheinlich nicht von Dauer. Und Gerold wollte sie nicht zu etwas drängen, das sie hinterher vielleicht bereute. Sie mußte aus freien Stücken mit ihm kommen – oder gar nicht.

Er wartete auf ihre Entscheidung, und sein Leben, sein Glück hingen in der Schwebe.

Nach einer Zeit, die Gerold wie eine Ewigkeit vorkam, drehte Johanna sich wieder zu ihm um. Und als er in die Tiefen ihrer graugrünen Augen schaute, aus denen unendliche Traurigkeit sprach, wußte Gerold, daß er verloren hatte.

Leise sagte sie: »Ich liebe dich. Aber ich kann mich nicht vor der großen Verantwortung, die Gott und die Menschen mir auferlegt haben, wie ein Dieb in der Nacht fortschleichen. Die Leute glauben an mich; ich kann sie nicht im Stich lassen. Würde ich das tun, dann würde ich mich in jemand anderen verwandeln. Ich wäre nicht mehr der Mensch, den du liebst.«

»Ich verstehe«, sagte Gerold. »Und ich werde dich nicht mehr bedrängen. Aber eines sollst du wissen. Und ich werde es nur einmal sagen, hier und jetzt, und dann nie mehr wieder. Du bist mein wahres Leben auf Erden, und ich bin dein wahrer Gatte. Egal was geschieht, egal, welches Schicksal uns erwartet – nichts und niemand kann je etwas daran ändern.«

Sie zogen sich an, um bereit zu sein, sobald die Retter kamen. Und so saßen sie beieinander und blickten sich an, in gleichermaßen liebevolle wie wehmütige Gedanken an den anderen versunken, als die Boote eintrafen.

Als man sie zurück zum Patriarchum ruderte, hielt Johanna den Kopf wie im Gebet gesenkt. Sie war sich der wachsamen Blicke der päpstlichen Gardesoldaten bewußt und wagte es nicht, Gerold anzuschauen; denn sie hatte ihre aufgewühlten Gefühle immer noch nicht unter Kontrolle.

Als sie am Kai anlegten, waren sie in Windeseile von einer jubelnden, begeisterten Menschenmenge umringt. Es blieb ihnen nur noch Zeit für einen letzten Blick zurück, bevor sie im Triumphzug zu ihren getrennten Unterkünften geleitet wurden.

28.

Papa populi nannten die Leute sie, »Papst des Volkes«. Wieder und wieder erzählte man sich die Geschichte, wie der Papst am schlimmsten Tag des Hochwassers seinen Palast verlassen und sein Leben aufs Spiel gesetzt hatte, um seine Schutzbefohlenen zu retten. Wann immer Johanna in die Stadt kam, wurde ihr ein stürmischer Empfang bereitet. Ihr Weg wurde mit duftenden Akanthusblüten bestreut, und aus allen Fenstern riefen die Leute ihr Segenswünsche zu. Johanna bezog Kraft und Trost aus der Liebe der Menschen, und sie widmete sich ihnen mit neu gewonnenem Eifer.

Auf der anderen Seite waren die *optimates* und der hohe Klerus empört über Johannas Verhalten am Tag der Flut. Der Bischof von Rom, das Oberhaupt der Christenheit, das in einem Rettungsboot den Menschen zu Hilfe eilt, war eine absurde, lächerliche Vorstellung – eine Peinlichkeit für die Kirche und ein Schlag gegen die Würde des päpstlichen Amtes.

Die Würdenträger betrachteten Johanna mit wachsender Entfremdung, was durch die gravierenden Unterschiede noch verstärkt wurde, die sich daraus ergaben, daß dieser Papst ein Ausländer von obskurer Herkunft war, während die meisten hohen Amtsträger aus vornehmen römischen Familien stammten. Zudem glaubte Papst Johannes an die Kraft der Logik und die Stichhaltigkeit von Beobachtungen; der hohe Klerus dagegen glaubte allein an die Kraft heiliger Reliquien und göttlicher Wunder. Der Papst war vorausschauend und fortschrittlich, die Würdenträger konservativ und durch Gewohnheit an Traditionen gebunden.

Die meisten *optimates* und Kleriker waren bereits im Kindesalter in kirchliche Dienste getreten, so daß sie bei Eintritt ins Erwachsenenalter tief in der lateranischen Tradition verwurzelt und kaum mehr zum Umdenken fähig waren. In ihrer Verständniswelt konnte man beim Handeln und Denken nur einen richtigen oder einen falschen Weg beschreiten – und bislang war stets der richtige Weg gewählt worden.

Verständlicherweise war der Klerus aus diesem Grunde besorgt, was Johannas Stil der Amtsführung betraf. Sobald sie ein Problem sah – beispielsweise die Notwendigkeit, ein Hospital zu errichten oder die Ungerechtigkeit eines bestechlichen Beamten zu bestrafen oder Engpässe bei der Nahrungsmittelversorgung zu beseitigen –, versuchte sie stets, dieses Problem so schnell wie möglich aus der Welt zu schaffen. Oft wurde ihr von der päpstlichen Bürokratie ein Strich durch die Rechnung gemacht, denn dieser riesige, träge Verwaltungsapparat hatte über die Jahrhunderte hinweg die verwirrende Kompliziertheit eines Labyrinths angenommen. Es gab Hunderte verschiedener Abteilungen, jede mit ihrer eigenen Hierarchie und ihren eifersüchtig gehüteten Verantwortlichkeiten.

Ungeduldig auf schnelleres und wirkungsvolleres Arbeiten bedacht, suchte Johanna nach Möglichkeiten, die Unzulänglichkeiten dieses Systems zu beseitigen. Als Gerold für die Weiterführung der Restaurierungsarbeiten am Aquädukt das Geld ausging, ließ Johanna die erforderliche Summe kurz entschlossen aus der päpstlichen Schatzkammer heranschaffen, wobei sie den üblichen Weg umging, zuvor eine entsprechende Anfrage an die Kanzlei Viktors, des *sacellarius,* zu richten.

Arsenius, der wie stets auf eine günstige Gelegenheit lauerte, versuchte alles, Kapital daraus zu schlagen. Er begab sich zu Viktor und brachte das Thema mit diplomatischem Geschick zur Sprache.

»Ich fürchte, Seiner Heiligkeit mangelt es an der erforderlichen Wertschätzung unserer römischen Wesensart.«

»Das mag sein«, erwiderte Viktor unverfänglich, »aber bedenkt, daß er Ausländer ist.« Viktor war ein vorsichtiger Mann, der seine Karten erst dann auf den Tisch legen würde, wenn Arsenius es getan hatte.

»Ich war entsetzt, als mir zu Ohren kam, daß er Gelder aus der päpstlichen Schatzkammer verwendet hat, ohne vorher Euer Amt zu informieren.«

»Das war ziemlich ... unangemessen«, gab Viktor zu.

»Unangemessen!« rief Arsenius. »Ich an Eurer Stelle, mein lieber Viktor, wäre nicht so verständnisvoll.«

»Nicht?«

»Wenn ich Ihr wäre«, sagte Arsenius, »dann wäre ich auf der Hut.«

Viktor ließ die eingeübte Maske äußerer Unerschütterlichkeit fallen. »Habt Ihr irgend etwas gehört?« fragte er ängstlich. »Will Seine Heiligkeit mich durch einen anderen ersetzen?«

»Wer weiß?« erwiderte Arsenius. »Vielleicht hat er sogar die Absicht, das Amt des *sacellarius* ganz abzuschaffen. Dann kann er sich aus der Schatzkammer bedienen, wie er will, ohne daß er jemandem einen Grund dafür nennen müßte.«

»Das würde er niemals wagen!«

»Wirklich nicht?«

Viktor gab keine Antwort. Wie ein geübter Fechter wartete Arsenius auf den richtigen Augenblick; dann stieß er zu.

»Allmählich fürchte ich«, sagte er, »daß es ein Fehler war, Johannes zu wählen. Ein schwerer Fehler.«

»Der Gedanke ist mir auch schon gekommen«, gab Viktor zu. »Einige seiner Ideen ... diese Schule für Frauen, zum Beispiel ...« Viktor schüttelte den Kopf. »Die Wege des Herrn sind wahrlich unergründlich.«

»Nicht der Herr hat Johannes auf den Thron gesetzt, Viktor. Das haben *wir* getan. Und wir können ihn auch wieder vom Thron herunterholen.«

Das war zuviel. »Johannes ist der Heilige Vater!« stieß Viktor empört hervor. »Ich gebe zu, daß er manchmal ein wenig ... seltsam ist. Aber mit Gewalt gegen ihn vorgehen? Nein ... nein ... so weit ist es nun auch wieder nicht gekommen.«

»Tja, mag sein, daß Ihr recht habt.« Gekonnt ließ Arsenius das Thema fallen. Es bestand kein Grund mehr, die Sache weiter zu verfolgen. Er hatte den Samen gesät, und er wußte, daß die Früchte irgendwann reifen würden.

Seit ihrer Trennung am Tag des Hochwassers hatte Gerold Johanna nicht mehr gesehen. Die verbleibende Arbeit am Aquädukt mußte nicht in der Stadt, sondern in Tivoli vorgenommen werden, etwa fünfzehn Kilometer entfernt. Und Gerold mußte sich selbst um jede Einzelheit des Bauvorhabens kümmern: von den eigentlichen Reparaturarbeiten bis hin zur Beaufsichtigung der Arbeitsmannschaften. Oft packte er mit an und half, die schweren Steine in die Höhe zu heben und mit frischem Mörtel zu bestreichen. Die Männer waren erstaunt, daß der *superista* sich zu so niederer Arbeit herabließ, doch Gerold genoß es; denn nur durch harte körperliche Arbeit fand er vorübergehende Befreiung von dem Gefühl schmerzlicher Trauer in seinem Innern.

Es wäre besser gewesen, ging es ihm durch den Kopf, *viel besser, wir wären nie wie Mann und Frau zusammengewesen.* Wahrscheinlich hätte er dann so weitermachen können wie zuvor. Jetzt aber ...

Es war so, als hätte er die Jahre zuvor in Blindheit verbracht. Alle Straßen, die er bereist hatte, alle Risiken, die er eingegangen war, alles, was er jemals getan hatte, führte immer nur zu einem Punkt, zu einer Person: Johanna.

Sobald die Arbeit am Aquädukt abgeschlossen war, würde sie erwarten, daß er wieder sein Amt als Befehlshaber der päpstlichen Garde übernahm. Aber jeden Tag in Johannas Nähe zu sein, sie zu sehen und dabei zu wissen, daß sie in unerreichbarer Ferne war ... das wäre unerträglich.

Ich werde Rom verlassen, sagte sich Gerold, *sobald das Aquädukt fertig ist. Ich werde nach Benevento zurückkehren und wieder den Befehl über Siconulfs Heer übernehmen.* Das Soldatenleben besaß eine anziehende Schlichtheit: Die Feinde waren bestimmbar, die Ziele klar, und die Tatsachen unumstößlich.

Unermüdlich trieb Gerold sich und seine Männer an, und nach drei Monaten war die Arbeit abgeschlossen.

Das wiedererrichtete Aquädukt wurde am Fest Mariä Verkündigung förmlich eingeweiht. Angeführt von Johanna, umrundete der gesamte Klerus – Meßgehilfen, Lektoren, Exorzisten, Priester, Diakone, Bischöfe – die gewaltigen Bögen aus dunklem Tuff in feierlicher Prozession und besprenkelte das Gestein mit Weihwasser, während Gebete und Psalmen gesprochen und geistliche Lieder gesungen wurden. Dann machte die Prozession halt, und Johanna sprach ein paar feierliche Segensworte. Dabei blickte sie hinauf zu Gerold, der wartend auf dem vordersten Bogen des Aquädukts stand – schlank, langbeinig und um einen Kopf größer als die Männer um ihn herum.

Johanna nickte Gerold zu, worauf er einen Hebel betätigte und die Schleusen öffnete. Laut jubelten die Zuschauer, als das kalte, klare, gesunde Wasser aus den Quellen von Subiaco, die sich in ungefähr fünfzig Kilometer Entfernung von der Stadtmauer befanden, nach mehr als dreihundert Jahren wieder zum Campus Martius hinein strömten.

Der Papstthron war im kaiserlichen Stil gefertigt: ein schwerer, mit reichen Schnitzereien verzierter Stuhl aus massiver Eiche mit hoher Rückenlehne und mit Rubinen, Perlen, Saphiren und anderen kostbaren Juwelen besetzt – ein gleichermaßen unbequemes wie eindrucksvolles Möbelstück. Johanna saß nun seit mehr als fünf Stunden auf diesem Thron und gewährte einem nicht abreißenden Strom von Bittstellern Audienz. Doch inzwischen verlagerte sie immer wieder nervös ihre Sitzhaltung und versuchte, den wachsenden Schmerz im Rücken zu mildern.

Juvianus, der oberste Diener, kündigte den nächsten Bittsteller an. »*Magister militum* Daniel.«

Johanna seufzte leise. Der Armeekommandant Daniel war ein schwieriger Mensch, empfindlich und jähzornig. Außerdem zählte er zu den engen Verbündeten von Bischof Arsenius. Daß Daniel gekommen war, konnte nichts Gutes bedeuten.

Mit raschen Schritten näherte der Offizier sich dem Papstthron, wobei er einigen der Notare und anderen päpstlichen Beamten zunickte.

»Heiligkeit.« Er begrüßte Johanna mit einer so knappen Verbeugung, daß es fast schon unhöflich war; dann begann er ohne Umschweife und mit schroffer Stimme: »Stimmt es, daß Ihr Nicephorus bei den Weihen im März zum Bischof von Trevi ernennen wollt?«

»Allerdings.«

»Der Mann ist Grieche!« protestierte Daniel.

»Na, und? Was spielt das für eine Rolle?«

»Ein so bedeutendes Amt muß von einem Römer bekleidet werden.«

Johanna stieß einen innerlichen Stoßseufzer aus. Es stimmte, daß ihre Vorgänger das Episkopat als politisches Werkzeug benutzt und Bischofsämter – wie auch andere heißbegehrte Posten – unter den vornehmen römischen Familien verteilt hatten. Johanna hatte mit dieser Tradition gebrochen; denn sie hatte dazu geführt, daß es eine große Zahl von *episcopi agraphici* gab – Bischöfe, die weder lesen noch schreiben konnten und die Unwissenheit und alle Arten von Aberglauben unter die Menschen gebracht hatten. Wie sollte ein Bischof seine Schäfchen das Wort Gottes richtig lehren, wenn er es nicht einmal lesen konnte?

»Ein so bedeutendes Amt«, erwiderte Johanna gelassen, »sollte demjenigen anvertraut werden, der am besten dafür geeignet ist. Nicephorus ist ein gelehrter und frommer Mann. Er wird ein ausgezeichneter Bischof sein.«

»Kein Wunder, daß Ihr so denkt, wo Ihr ja selbst kein Römer seid, sondern ein Barbar.« Die im Saal Versammelten sogen scharf und hörbar den Atem ein. Daniel hatte statt des neutralen Begriffs *peregrinus* absichtlich das beleidigende *barbarus* benutzt.

Johanna blickte Daniel fest in die Augen. »Das hat nichts mit Nicephorus zu tun«, sagte sie. »Ihr laßt Euch von der Selbstsucht leiten, Daniel; denn Ihr wollt Euren eigenen Sohn Peter auf dem Bischofsstuhl sehen.«

»Und was ist daran verkehrt?« erwiderte Daniel verteidigend. »Was Herkunft, Familie und Tugend anbelangt, ist Peter hervorragend für dieses Amt geeignet.«

»Aber nicht, was seine Fähigkeiten anbelangt«, sagte Johanna geradeheraus.

Fassungslos, mit offenem Mund, starrte Daniel sie an. »Ihr wagt es ... Ihr wagt es, meinen Sohn ...«

»Euer Sohn«, unterbrach Johanna ihn, »kann aus einem Lektionar, das auf dem Kopf liegt, ebensogut lesen, als wenn es richtig herum läge. Aber nicht, weil Gott ihm eine besondere Gabe verliehen hat, sondern weil er des Lateins nicht mächtig ist. Die wenigen Abschnitte aus der Heiligen Schrift, die er beherrscht, hat er auswendig gelernt. Die Leute haben etwas Besseres verdient. Und mit Nicephorus *bekommen* sie etwas Besseres!«

Daniels Körper spannte sich, und sein Gesicht lief rot an. »Merkt Euch meine Worte, Heiligkeit: In dieser Sache ist längst noch nicht das letzte Wort gesprochen!«

Damit wandte er sich um und verließ den Saal.

Er wird schnurstracks zu Arsenius gehen, dachte Johanna bei sich. *Und der wird zweifellos irgendeine Möglichkeit finden, mir zusätzlichen Ärger zu bereiten.* In einem hatte Daniel recht: In dieser Sache war längst noch nicht das letzte Wort gesprochen.

Plötzlich fühlte Johanna sich unsäglich müde. Die Luft in dem fensterlosen Saal kam ihr mit einemmal dick und zäh vor;

ihr war übel, und sie fühlte sich schwach. Sie zerrte an ihrem Pallium, dem Schultertuch, und streifte es ab.

»Der ehrenwerte *superista*«, kündigte Juvianus den nächsten Besucher an.

Gerold! Johannas Stimmung hob sich. Seit dem Tag ihrer Rettung aus dem hochwasserüberfluteten Campus Martius hatten sie nicht mehr miteinander gesprochen. Johanna hatte gehofft, daß Gerold heute kommen würde – und hatte sich gleichzeitig vor dem Wiedersehen gefürchtet. Sie versuchte, eine ausdruckslose Miene zu bewahren und sich ihre Gefühle nicht anmerken zu lassen, da sie sich der neugierigen Blicke der anderen im Saal bewußt war.

Doch als Gerold eintrat, schlug Johannas verräterisches Herz vor Freude und Erregung schneller. Das flackernde Lampenlicht tanzte auf seinem Gesicht und meißelte im Spiel von Licht und Schatten seine hohe, glatte Stirn und die schön geformten Wangenknochen hervor. Gerold erwiderte Johannas Blick; ihre Augen trafen sich in stummem Zwiegespräch, und für einen kurzen Moment waren sie trotz der vielen Beamten und Bediensteten im Saal allein und ungestört.

Gerold kniete vor dem Papstthron nieder.

»Erhebt Euch, *superista*«, sagte sie. War es nur Einbildung, oder schwankte ihre Stimme ein wenig? »Heute ist Euer Haupt mit Ruhm bekränzt. Ganz Rom steht in Eurer Schuld.«

»Ich danke Euch, Heiligkeit.«

»Wir werden Eure unschätzbare Leistung heute abend mit einem Fest feiern, und Ihr werdet an meinem Tisch den Ehrenplatz einnehmen.«

»Ich bitte um Vergebung, aber ich werde nicht an der Feier teilnehmen können. Ich verlasse Rom noch heute.«

»Ihr ... wollt Rom verlassen?« fragte Johanna fassungslos. »Aber warum?«

»Jetzt, wo das große Werk vollendet ist, mit dem Ihr mich betraut habt, lege ich mein Amt als *superista* nieder. Prinz Siconulf hat mich gebeten, nach Benevento zurückzukehren und wieder den Befehl über sein Heer zu übernehmen – und ich habe sein Angebot angenommen.«

Johanna behielt ihre würdevolle Haltung auf dem Papstthron bei, doch ihre Hände krampften sich um die Armlehnen. »Das geht nicht«, sagte sie schließlich mit entschlossener Stimme. »Ich erlaube nicht, daß Ihr Euer Amt niederlegt.«

Die versammelten Prälaten hoben die Brauen. Gewiß, es war ungewöhnlich, daß jemand ein so hohes und angesehenes Amt niederlegte, doch Gerold war ein freier Mann, ein fränkischer Markgraf, dem es offenstand, wem er seine Dienste anbot.

»Indem ich Siconulf helfe«, erwiderte Gerold mit ruhiger Stimme, »werde ich auch Rom weiterhin dienen; denn Siconulfs Herrschaftsgebiete bilden ein starkes christliches Bollwerk gegen die Langobarden und Sarazenen.«

Johanna ließ den Blick durch den Saal schweifen. »Laßt uns allein«, befahl sie allen Anwesenden.

Ganz kurz tauschten Juvianus und die anderen erstaunte Blicke; dann verließen sie mit demütigen Verbeugungen den Saal.

»War das klug?« fragte Gerold, als alle gegangen waren. »Es könnte sein, daß du jetzt ihren Verdacht erregt hast.«

»Ich mußte mit dir allein sprechen«, erwiderte Johanna drängend. »Rom verlassen? Wie, um alles in der Welt, kommst du auf diese Idee? Egal – ich werde es nicht zulassen. Siconulf muß sich einen anderen Heerführer suchen. Ich brauche dich hier, bei mir.«

»Oh, mein Schatz.« Seine Stimme war voller Zärtlichkeit. »Sieh uns doch an – wir können uns ja nicht einmal in die Augen schauen, ohne daß alle Welt genau weiß, was wir füreinander empfinden. Ein einziger unbedachter Blick, eine unvorsichtige Bemerkung, und dein Leben ist verwirkt! Ich *muß* die Stadt verlassen, verstehst du das denn nicht?«

Johanna wußte, daß er recht hatte, doch es spielte keine Rolle für sie. Die Aussicht, daß er Rom verließ, erfüllte sie mit Schrecken. Gerold war der einzige Mensch, der sie wirklich kannte – und der einzige, dem sie blind vertrauen konnte.

»Ohne dich«, sagte Johanna, »bin ich ganz allein. Ich glaube nicht, daß ich das ertragen könnte.«

»Du bist stärker, als du glaubst.«

»Nein«, erwiderte sie, erhob sich vom Thron und ging zu ihm. Plötzlich schwankte sie, als eine Woge der Benommenheit sie überkam.

Sofort war Gerold an ihrer Seite, packte sie bei den Armen und stützte sie. »Du bist krank!«

»Nein, nein. Nur ... übermüdet.«

»Du hast zu hart gearbeitet, Johanna. Du mußt dich ausruhen. Komm, ich bringe dich in deine Gemächer.«

»Versprich mir, daß du nicht aus Rom fortgehst, bevor wir nicht ausführlicher darüber gesprochen haben.«

Er lächelte. »Glaubst du etwa, ich würde einfach aus der Stadt verschwinden? Ich gehe erst, wenn du dich wieder gesund fühlst.«

In der Stille ihres Schlafgemachs lag Johanna auf dem Bett. *Bin ich wirklich krank?* fragte sie sich. *Falls ja, muß ich die Ursache herausfinden und die Krankheit rasch behandeln, bevor Ennodius und die anderen Ärzte von der* scola *Wind davon bekommen.*

Angestrengt dachte sie über mögliche Krankheiten nach und stellte sich selbst Fragen, so, als wäre sie ihr eigener Patient.

Wann haben die Symptome angefangen?

Jetzt, da Johanna genauer darüber nachdachte, wurde ihr klar, daß sie sich bereits seit mehreren Wochen nicht mehr wohl fühlte.

Was sind die Symptome?

Mattigkeit. Appetitlosigkeit. Ein Gefühl der Aufgedunsenheit. Übelkeit, besonders morgens, gleich nach dem Aufstehen ...

Plötzliches Entsetzen packte ihr Inneres wie mit eisiger Faust.

Verzweifelt dachte sie zurück und versuchte, sich in Erinnerung zu rufen, wann sie ihre letzte Monatsblutung gehabt hatte. Vor zwei Monaten. Vielleicht sogar drei. Sie hatte so viel zu tun gehabt, daß sie dem gar keine Beachtung geschenkt hatte.

Alle Symptome paßten ins Bild, doch es gab nur eine Möglichkeit, sich Gewißheit zu verschaffen. Sie beugte sich vor und nahm den Nachttopf, der neben ihrem Bett auf dem Boden stand.

Kurze Zeit später setzte sie sich wieder. Ihre Hände zitterten.

Es gab keinen Zweifel. Sie war schwanger.

Anastasius lehnte sich behaglich auf der Liege zurück. *Ein schöner Tag,* dachte er, zufrieden mit sich selbst. *Ja, heute war ein erfolgreicher Tag.* An diesem Morgen hatte er vor dem kaiserlichen Hof geglänzt und Lothar und dessen gesamtes Gefolge durch seine Klugheit und Gelehrtheit beeindruckt.

Der Kaiser hatte ihn nach seiner Meinung über *De Corpore*

et sanguine Domini gefragt, die neueste gelehrte Abhandlung, die unter den Theologen des Landes einen gewaltigen Aufruhr verursacht hatte. Die Schrift stammte von Paschasius Radbertus, Abt des Klosters Corvey; er stellte darin die unerhörte Behauptung auf, daß der Abendmahlskelch den wahren Leib und das wahre Blut Jesu Christi enthielte – nicht bloß das Sinnbild seines Fleisches, sondern sein tatsächliches, körperliches Fleisch, »das der Jungfrau Maria geboren, am Kreuze gelitten und aus dem Grabe auferstanden ist«.

»Was meint Ihr, Kardinal Anastasius?« hatte Lothar gefragt. »Ist die heilige Hostie wirklich der Körper Jesu Christi oder dessen Sinnbild?«

Anastasius hatte sofort die Antwort parat. »Die Hostie ist lediglich das Sinnbild, Euer Gnaden. Denn man kann den Beweis erbringen, daß Jesus Christus zwei verschiedene Körper besaß: Der erste wurde von der Jungfrau Maria geboren, und den zweiten hat er beim Abendmahl symbolisch verteilt. ›*Hoc est corpus meum*‹, sagte er zu seinen Jüngern, als er das Brot brach und den Wein einschenkte. ›Dies ist mein Leib.‹ Doch als Jesus dies sagte, war er *zugleich* körperlich beim letzten Abendmahl zugegen. Deshalb steht außer Zweifel, daß seine Worte in bildlichem Sinne gemeint waren.«

Es war eine so kluge und stichhaltige Argumentation, daß alle Beifall spendeten, nachdem Anastasius geendet hatte. Der Kaiser hatte ihn als »zweiten Alkuin« gepriesen; er hatte sich mehrere Barthaare ausgezupft und sie Anastasius gereicht – eine Geste der höchsten Anerkennung unter diesen seltsamen barbarischen Menschen.

Anastasius lächelte, als er diesen wonnevollen Augenblick noch einmal durchlebte. Aus einem Krug, der auf dem Tisch neben ihm stand, schenkte er sich Wein in einen silbernen Becher; dann nahm er die Pergamentrolle auf, die den letzten Brief seines Vaters enthielt. Er brach das wächserne Siegel und entrollte das feine weiße Vellum. Sein Blick wanderte über die Zeilen, als er mit gespanntem Interesse las. Bei dem Bericht über den Diebstahl der Leiche des heiligen Marcellinus vom Friedhof hielt er inne.

Es war nicht ungewöhnlich, daß die sterblichen Überreste Heiliger aus ihren Gräbern gestohlen wurden; Kirchen und Klöster auf der ganzen Welt hatten einen ständigen Bedarf an Reliquien, um möglichst viele Pilger mit dem Versprechen herbeizulocken, daß diese Reliquien Wunder bewirken könnten. Seit Jahrhunderten schlugen die praktisch veranlagten Römer Kapital aus der eigenartigen Besessenheit der Menschen, was Reliquien betraf, indem sie einen regelrechten Handel damit betrieben. Die Heerscharen von Pilgern, die in die heilige Stadt strömten, waren bereit, riesige Summen für einen Finger des heiligen Damian zu bezahlen oder für ein Schlüsselbein des Sankt Antonius oder für eine Wimper der heiligen Sabina.

Doch der Leichnam des heiligen Marcellinus war nicht verkauft worden; man hatte ihn gestohlen, hatte ihn in dunkler Nacht schmählich aus seinem Grab gezerrt und aus der Stadt geschmuggelt. *Furta sacra* – Diebstahl heiliger Gegenstände – wurden derartige Verbrechen genannt. Man mußte ihnen ein Ende bereiten; andernfalls wurde die Stadt ihrer größten Schätze beraubt.

»Nach dieser scheußlichen Untat«, schrieb Anastasius' Vater, »haben wir Papst Johannes gebeten, die Zahl der Wachtposten auf den Kirchhöfen und Friedhöfen zu verdoppeln, doch er hat sich geweigert. Er sagte, die Menschen wären sinnvoller damit beschäftigt, sich um die Lebenden statt um die Toten zu kümmern.«

Anastasius wußte, daß Johannes eine große Anzahl päpstlicher Gardesoldaten zum Bau von Schulen, Hospitälern und Armenhäusern abgestellt hatte. Der Papst verwendete seine Zeit und Aufmerksamkeit – wie auch den größten Teil der päpstlichen Gelder – auf derart weltliche Dinge, während die Kirchen der Stadt dem Verfall preisgegeben wurden. Anastasius mußte daran denken, daß seit Johannes' Amtsantritt die Bischofskirche seines Vaters nicht einmal eine goldene Lampe oder einen silbernen Kandelaber bekommen hatte.

Doch auf die zahllosen Kathedralen, Oratorien, Baptisterien und Kapellen gründete sich der Ruhm der Stadt! Falls diese Bauwerke nicht fortwährend verschönert und verbessert wurden, durfte Rom nicht darauf hoffen, mit der Pracht seiner östlichen Rivalin Konstantinopel wetteifern zu können, die sich bereits dreist als »das neue Rom« bezeichnete.

Falls – nein, verbesserte Anastasius sich selbst – *sobald* er Papst wurde, würde sich vieles ändern. Er würde Rom wieder zu alter Größe führen. Unter seiner segensreichen Schirmherrschaft würden die Kirchen der Stadt in neuem Glanz erstrahlen, großartiger und prächtiger als die schönsten Paläste von Byzanz. Das – Anastasius wußte es genau – war die Mission, mit der Gott ihn auf Erden betraut hatte.

Er wandte sich wieder dem Brief seines Vaters zu. Doch sein Interesse war nicht mehr so groß wie zuvor; denn der letzte Teil des Schreibens behandelte Themen von geringerer Bedeutung; zudem enthielt er eine Liste mit den Namen jener Männer, die im Rahmen der bevorstehenden Feiern des Osterfestes die Priester- oder Bischofsweihen erhalten sollten. Des weiteren teilte Arsenius mit, daß Cosmas, Anastasius' Vetter, wieder geheiratet habe, diesmal eine verwitwete Diakonissin. Und ein gewisser Daniel, seines Zeichens *magister militum,* sei höchst erzürnt, weil sein Sohn bei der Vergabe eines Bischofsamtes zugunsten eines Griechen übergangen worden war.

Anastasius setzte sich jäh auf. Ein Grieche sollte Bischof werden? Sein Vater schien dies lediglich als ein weiteres Beispiel für Papst Johannes' bedauerlichen Mangel an *romanita,* an Römertum zu betrachten. Konnte es sein, daß Arsenius die Möglichkeiten übersehen hatte, die sich aus dieser Bischofsernennung ergeben mochten?

Das ist die Möglichkeit, auf die ich so lange gewartet habe! dachte Anastasius mit wachsender Erregung. Schließlich und endlich hatte das Schicksal ihm *doch noch* eine Chance gegeben.

Rasch erhob er sich, setzte sich ans Schreibpult, nahm eine Feder und begann zu schreiben:

»Lieber Vater. Vergeude keine Zeit, sobald Du diesen Brief bekommen hast, und schicke den *magister militum* Daniel sofort zu mir ...«

Johanna schritt im päpstlichen Schlafgemach auf und ab. *Wie,* fragte sie sich, *hatte ich nur so blind sein können?* Der Gedanke, von der Liebesnacht mit Gerold vielleicht schwanger geworden zu sein, war ihr gar nicht erst gekommen. Schließlich war sie einundvierzig Jahre alt – weit mehr als das übliche Alter für eine Mutterschaft.

Aber Gudrun war noch älter, als sie das letzte Mal schwanger geworden war.

Und bei der Geburt des Kindes starb ...

Gib dich niemals einem Mann hin.

Angst, kalt und unerklärlich, packte wie mit eisigen Fingern nach Johannas Herz. Sie kämpfte gegen eine aufkeimende Panik an und versuchte sich mit dem Gedanken zu beruhigen, daß ihr nicht ebenfalls passieren mußte, was ihrer Mutter passiert war. Sie war stark und gesund; sie hatte die besten Aussichten, eine Geburt zu überleben. Doch selbst wenn – was dann? Im schwirrenden Bienenstock des Patriarchums konnte sie ihre Schwangerschaft und die Geburt nie und nimmer geheimhalten, und es gab keine Möglichkeiten, das Kind zu verstecken. Man würde mit Sicherheit herausfinden, daß sie eine Frau war.

Welche Strafe war einem solchen Verbrechen angemessen? Was würden die Richter entscheiden? Was es auch sein mochte – mit Sicherheit war es eine furchtbare Strafe. Vielleicht brannte man ihr mit rotglühenden Eisen die Augen aus und geißelte ihr das Fleisch von den Knochen. Oder sie wurde langsam zerstückelt und dann bei lebendigem Leibe verbrannt. Ein so schreckliches Ende war unausweichlich, wenn das Kind zur Welt kam.

Falls es zur Welt kam ...

Johanna legte beide Hände auf den Leib, spürte aber keinerlei Anzeichen einer Bewegung des Ungeborenen. Noch war der Lebensfaden des Kindes sehr dünn; es bedurfte nicht viel, ihn zu zerreißen.

Johanna ging zu der verschlossenen Truhe, in der sie ihre Arzneien aufbewahrte. Kurz nach der Papstweihe hatte sie die Kräuter und Heilmittel aus ihrem Herbarium hierherbringen lassen; hier waren sie schneller zur Hand und besser gegen Diebstahl geschützt. Hastig durchwühlte sie den Inhalt, betrachtete die Aufschriften der verschiedenen Fläschchen und Flaschen, bis sie gefunden hatte, was sie suchte. Schnell und geschickt bereitete Johanna ein Abtreibungsmittel. In geringen Dosen war das Mittel eine wirksame Arznei; bei höherer Dosierung konnte es eine Frühgeburt auslösen. Allerdings wirkte es nicht immer, und die Einnahme des Mittels war für die Frau mit ernsten Risiken verbunden.

Doch welche andere Möglichkeit hatte sie? Falls sie die Schwangerschaft nicht abbrach, würde ihr – und damit dem Kind – ein viel grausamerer Tod bevorstehen.

Johanna führte das Fläschchen zum Mund.

In diesem Augenblick kamen ihr ungewollt die Worte des Hippokrates in den Sinn. *Die Kunst der Medizin bedeutet Ver-*

antwortung und Vertrauen. Als Arzt mußt du all dein Wissen stets darauf verwenden, den Kranken zu helfen, so gut dein Können und dein Urteil es erlauben – aber niemals, unter keinen Umständen, darfst du einem Menschen Leid zufügen.

Entschlossen schob Johanna diesen Gedanken zur Seite. Ihr Leben lang war ihr weiblicher Körper eine Quelle des Kummers und des Schmerzes für sie gewesen – Behinderung und Hindernis bei allem, was sie tun oder sein wollte. Sie würde nicht zulassen, daß dieser Frauenkörper sie nun auch noch das Leben kostete.

Johanna setzte das Fläschchen an die Lippen und trank.

Niemals darfst du Leid zufügen. Niemals darfst du Leid zufügen. Niemals darfst du Leid zufügen.

Die Worte brannten in ihrem Innern und versengten ihr das Herz. Mit einem Schluchzer schleuderte sie das leere Fläschchen zu Boden. Es rollte davon, und die letzten Tropfen der Arznei hinterließen ein unregelmäßiges Muster auf den Holzdielen.

Johanna lag im Bett und wartete darauf, daß die Arznei ihre Wirkung entfaltete. Die Zeit verging, doch sie spürte nichts. *Es wirkt nicht,* ging es ihr durch den Kopf. Johanna hatte Angst – und verspürte gleichzeitig eine tiefe Erleichterung. Plötzlich, als sie sich aufsetzte, begann sie am ganzen Körper heftig und unkontrolliert zu zittern, und das Herz schlug ihr bis zum Hals. Sie legte sich den Finger aufs Handgelenk und fühlte, daß ihr Puls rasend schnell und unregelmäßig ging.

Dann durchfuhr sie ein rasender Schmerz – so schrecklich, daß er ihr den Atem raubte; sie hatte das Gefühl, jemand würde mit einem glühenden Messer ihre Innereien zerschneiden. Johanna warf den Kopf von einer Seite auf die andere und biß sich auf die Lippe, um ihre Qualen nicht laut herauszuschreien, denn sie durfte nicht das Risiko eingehen, die Aufmerksamkeit der Dienerschaft oder anderer päpstlicher Mitarbeiter zu erregen.

Die nächsten Stunden zogen in einem Nebel aus Schmerz und Benommenheit an Johanna vorüber. Immer wieder versank sie in Bewußtlosigkeit. Irgendwann hatte sie phantasiert; denn es war ihr so vorgekommen, als hätte ihre Mutter bei ihr gesessen, hätte sie zärtlich »meine kleine Wachtel« genannt, hätte ihr wie vor langer Zeit die Lieder in der alten Sprache ihres heidnischen Volkes vorgesungen und Johanna die kühlenden Hände auf die fieberglühende Stirn gelegt.

Vor Anbruch der Morgendämmerung erwachte Johanna, schwach und zittrig. Lange Zeit blieb sie regungslos liegen. Dann – langsam und behutsam – untersuchte sie sich selbst. Ihr Puls ging regelmäßig, ihr Herz schlug kräftig, und ihre Haut besaß eine gesunde Farbe. Sie hatte kein Blut verloren, und es gab auch kein Anzeichen dafür, daß sie irgendeinen bleibenden Schaden davongetragen hatte.

Sie hatte die Tortur überlebt.

Aber auch das Kind in ihrem Leib.

Es gab nur einen Menschen, dem Johanna sich jetzt anvertrauen konnte. Als sie Gerold von der Schwangerschaft erzählte, reagierte er zuerst mit fassungslosem Unglauben.

»Du lieber Himmel! Ist das möglich?«

»Offensichtlich«, erwiderte sie trocken.

Für einen Moment stand Gerold regungslos da; sein Blick war nachdenklich und nach innen gekehrt. Dann fragte er: »War das deine ... Krankheit?«

»Ja.« Johanna sagte ihm nichts von dem Abtreibungsversuch; nicht einmal von Gerold konnte sie in dieser Hinsicht Verständnis erwarten.

Er nahm sie in die Arme und drückte sie an sich, barg ihren Kopf an seiner Schulter. Lange Zeit standen sie schweigend da und teilten in stummem Verständnis, was in ihren Herzen war.

Dann fragte Gerold leise: »Kannst du dich noch erinnern, was ich am Tag des Hochwassers zu dir gesagt habe?«

»An diesem Tag haben wir einander vieles gesagt«, antwortete Johanna, doch sie spürte, wie ihr Herz schneller schlug, denn sie wußte, worauf er anspielte.

»Damals habe ich gesagt, daß du meine wahre Frau auf Erden bist, so, wie ich dein wahrer Ehemann bin.« Er drückte ihr sanft die Hand unters Kinn und hob ihren Kopf, so daß sie ihm in die Augen blickte. »Ich verstehe dich besser, als du glaubst, Johanna. Ich weiß, daß dein Inneres zerrissen ist. Aber nun hat das Schicksal uns die Entscheidung abgenommen, wie es weitergehen soll. Wir werden Rom verlassen und irgendwo in Frieden zusammenleben, wie es immer schon sein sollte.«

Sie wußte, daß er recht hatte. Es gab jetzt keine andere Möglichkeit mehr. Sämtliche Straßen, die vor ihr gelegen hatten, hatten sich zu einem einzigen schmalen Pfad verengt. Johanna war traurig und ängstlich, zugleich aber von einer freudigen Erregung erfüllt.

»Wir könnten die Stadt schon morgen verlassen«, drängte Gerold. »Sag deinen Kammerdienern, daß du sie kommende Nacht nicht brauchst. Sobald alle schlafen, dürfte es nicht schwierig für dich sein, aus einer Seitentür zu schlüpfen. Ich werde draußen mit Frauenkleidung auf dich warten. Sobald wir außerhalb der Stadtmauern sind, kannst du die Sachen wechseln.«

»Morgen!« Johanna war mit dem Vorschlag einverstanden, Rom zu verlassen, hatte aber nicht gedacht, daß es so schnell gehen mußte. »Aber ... aber man wird nach uns suchen.«

»Sicher. Doch bis die Suchtrupps losgeschickt werden, sind wir schon ein gutes Stück fort. Außerdem wird man nach zwei Männern suchen, nicht nach einem schlichten Ehepaar auf einer Pilgerreise.«

Es war ein tollkühner Plan, doch er konnte gelingen. Trotzdem sträubte Johanna sich noch immer. »Ich kann noch nicht fort. Erst möchte ich in dieser Stadt einige Dinge zu Ende bringen. Es gibt noch so viel zu tun ...«

»Ich weiß, mein Schatz«, sagte er zärtlich. »Aber wir haben keine Wahl, das mußt du doch einsehen!«

»Laß uns wenigstens bis nach Ostern warten«, bat sie ihn. »Dann gehe ich mit dir.«

»Ostern? Gütiger Himmel – das sind noch mehr als vier Wochen! Was ist, wenn bis dahin jemand herausfindet, daß du schwanger bist?«

»Ich bin erst im dritten Monat. Und unter meinen weiten Umhängen kann ich mindestens noch vier Wochen lang verbergen, daß ich ein Kind erwarte.«

Mit Nachdruck schüttelte Gerold den Kopf. »Ich kann nicht zulassen, daß du dieses Risiko eingehst. Wir müssen aus Rom verschwinden, solange noch Zeit ist!«

»Nein«, entgegnete Johanna mit der gleichen Entschlossenheit. »Ich werde die Menschen, die mir anvertraut sind, nicht am höchsten Feiertag des Jahres ohne ihren Papst lassen.«

Sie ist aufgeregt und verängstigt, sagte sich Gerold. *Deshalb kann sie nicht klar denken.* Er beschloß, sich vorerst mit ihren

Plänen einverstanden zu erklären; ihm blieb keine andere Wahl. Doch insgeheim würde er alles für eine rasche Flucht vorbereiten. Falls irgendwann Gefahr drohte, konnte er Johanna blitzschnell in Sicherheit bringen – notfalls mit Gewalt.

An *nox magna,* der »Großen Nacht« des Osterfestes, hatten sich Tausende von Menschen in und um die Lateranbasilika versammelt, um die österlichen Vigilien, die Taufe und die Messe zu feiern. Der Gottesdienst begann am Samstagabend und währte die Nacht hindurch bis in die frühen Stunden des Ostermorgens.

Draußen, vor der Kathedrale, zündete Johanna die Osterkerze an, um sie dann dem Erzdiakon Desiderius zu reichen, der die Kerze feierlich ins dunkle Kircheninnere trug. Papst und Klerus folgten ihm, wobei sie das *lumen Christi* sangen, die Hymne an das Licht des Erlösers. Dreimal blieb die Prozession im Mittelgang der Kirche stehen, während Desiderius mit der Osterkerze die Kerzen der Gläubigen anzündete. Als Johanna schließlich den Altar erreichte, wurde das riesige Kirchenschiff von Tausenden winziger Flammen erhellt, deren flackerndes Licht schwindelerregend von den spiegelnden marmornen Wänden und Säulen reflektiert wurde – ein dramatisches und zugleich erhabenes Symbol für das Licht, das Jesus Christus in die Welt gebracht hatte.

Desiderius stimmte das *Exultet* an, und der Chor fiel ein. In Johannas Ohren besaß dieses altehrwürdige Lied mit der wunderschönen Melodie eine besondere, ergreifende Wehmut.

Nie wieder werde ich vor diesem Altar stehen und diese lieblichen Klänge hören, ging es ihr durch den Kopf, und bei diesem Gedanken überkam sie das Gefühl, etwas unendlich Kostbares verloren zu haben. Hier, inmitten der erhebenden Messe zur Feier der Erlösung und Hoffnung, kam Johanna dem Erlebnis des wahren Glaubens an Gott so nahe wie nirgendwo sonst.

Am nächsten Morgen, als Johanna zum Abschluß der Messe feierlich aus der Kathedrale schritt, sah sie einen Mann in zerlumpter, verdreckter Kleidung auf den Stufen stehen. Da sie ihn für einen Bettler hielt, bedeutete sie Viktor, dem *sacellarius,* dem Fremden ein Almosen zu geben.

Doch der Mann wies die dargebotenen Münzen mit einer schroffen Handbewegung zurück. »Ich bin kein Bettler, Heiligkeit, sondern ein Bote, der Euch eine dringende Nachricht zu überbringen hat.«

»Dann sprecht«, forderte Johanna ihn auf.

»Kaiser Lothar und sein Heer ziehen durch Paterno. Falls sie ihr Marschtempo halten können, werden sie in zwei Tagen in Rom eintreffen.«

Erschrecktes Gemurmel erhob sich unter den Prälaten, die in Johannas Nähe standen.

»Kardinal Anastasius reitet mit ihnen«, fügte der Bote hinzu.

Anastasius! Daß er zum kaiserlichen Gefolge zählte, war ein sehr schlechtes Zeichen.

»Warum bezeichnet Ihr Anastasius als Kardinal?« fragte Johanna den Boten mit leisem Vorwurf. »Dieser Titel steht ihm nicht mehr zu. Anastasius ist exkommuniziert.«

»Ich bitte um Vergebung, Heiligkeit, aber ich hörte, wie der Kaiser ihn mit diesem Titel anredete.«

Das war die schlimmste Nachricht von allen. Daß der Kaiser die Exkommunikation Anastasius' durch Papst Leo nicht anerkannte, war eine direkte und unmißverständliche Mißachtung der päpstlichen Autorität. In einer solchen Stimmung war Lothar zu allem fähig.

Als Johanna die Hiobsbotschaften am Abend dieses Tages mit Gerold besprach, drängte er sie, ihr Versprechen zu halten. »Ich habe bis nach Ostern gewartet, wie du es gewünscht hast. Jetzt mußt du die Stadt verlassen, bevor Lothar erscheint!«

Johanna schüttelte den Kopf. »Falls der Papstthron bei Lothars Eintreffen leer ist, wird er all seine Macht einsetzen, daß Anastasius zum Papst gewählt wird.«

Gerold gefiel der Gedanke, daß Anastasius das neue Oberhaupt der Christenheit wurde, ebensowenig wie Johanna, doch seine größte Sorge galt ihrer Sicherheit. »Es wird immer den einen oder anderen Grund geben, der uns davon abhalten kann, Rom zu verlassen«, sagte er. »Aber wir können es nicht ewig vor uns herschieben.«

»Ich werde das Vertrauen der Menschen nicht mißbrauchen, indem ich sie in die Hände eines Mannes wie Anastasius gebe«, erwiderte sie fest entschlossen.

Gerold verspürte das beinahe unwiderstehliche Verlangen, sie einfach in die Arme zu nehmen und fortzutragen – fort von dem Netz aus Gefahr, das sich immer enger um sie zog. Als hätte sie seine Gedanken erraten, redete Johanna rasch weiter.

»Es ist nur eine Frage von wenigen Tagen«, sagte sie in versöhnlichem Tonfall. »Wir wissen zwar nicht, was Lothar vorhat, aber wir können davon ausgehen, daß er die Stadt verläßt, wenn er sein Ziel erreicht hat. Und sobald er verschwunden ist, werde ich mit dir aus Rom fortgehen.«

Für einen Augenblick überdachte Gerold ihren Vorschlag. »Und du versprichst mir, es dann nicht noch einmal aufzuschieben, weil irgend etwas dazwischen gekommen ist?«

»Ich verspreche es«, sagte Johanna.

Am nächsten Tag wartete Johanna auf den Stufen der Treppe von Sankt Peter, während Gerold aus der Stadt ritt, um Lothar zu begrüßen. Überall auf der Leoninischen Mauer wurden Posten aufgestellt, um Wache zu halten.

Kurze Zeit später ertönte der Ruf von der Mauer: »Der Kaiser ist da!« Johanna befahl, das Tor von San Peregrinus zu öffnen.

Zuerst kam Lothar in die Stadt geritten, Anastasius an seiner Seite, der dreist und trotzig das Schulterband eines Kardinals trug. Auf seinem schmalen Patriziergesicht lag ein Ausdruck hochmütigen Stolzes.

Johanna verhielt sich so, als wäre er gar nicht anwesend. Statt dessen wartete sie auf den Stufen der Peterskirche, daß der Kaiser aus dem Sattel stieg und zu ihr kam.

»Seid willkommen, Majestät, in der heiligen Stadt Rom.« Sie streckte die rechte Hand mit dem päpstlichen Ring aus, dem Symbol ihrer spirituellen Macht.

Lothar kniete nicht vor ihr nieder, sondern verbeugte sich nur steif in der Hüfte, als er den Ring küßte.

So weit, so gut, dachte Johanna.

Die vorderste Reihe der Männer Lothars teilte sich, und Johanna sah Gerold. Sein Gesicht war angespannt vor Zorn, und seine Handgelenke waren straff mit einem dünnen Seil gefesselt.

»Was hat das zu bedeuten?« fragte Johanna mit hörbarer Wut. »Weshalb ist der Kommandeur der päpstlichen Garde gefesselt?«

Lothar erwiderte knapp: »Weil er des Verrats angeklagt ist.«

»Verrat? Der *superista* ist mir ein getreuer Helfer und Untergebener. Es gibt keinen Menschen, dem ich mehr vertraue.«

Zum erstenmal meldete Anastasius sich zu Wort. »Der Verrat war nicht gegen den Thron des Papstes gerichtet, Heiligkeit, sondern gegen den des Kaisers. Gerold steht unter dem Verdacht, sich gegen Rom verschworen zu haben – mit dem Ziel, die Stadt wieder unter griechische Herrschaft zu bringen.«

»Unsinn! Wer erhebt diese lächerliche und unbegründete Anklage?«

Daniel, der *magister militum,* kam hinter Anastasius hervorgeritten und bedachte Johanna mit einem Blick, aus dem boshafter Triumph sprach. »Ich«, sagte er.

Es war eine gut geplante, durchtriebene Verschwörung, wie Johanna später, in der Ruhe und Abgeschiedenheit ihrer Gemächer, zugeben mußte. Sie selbst, als Papst, konnte nicht vor Gericht gestellt werden, wohl aber Gerold – und falls man ihn für schuldig befand, war sie mit betroffen, und ihr Thron geriet ins Wanken. Die teuflische Gerissenheit, die aus diesem Plan sprach, trug unverkennbar Anastasius' Handschrift.

Trotzig reckte Johanna das Kinn vor. Sollte dieser Kerl es nur versuchen! Er würde *nicht* über sie triumphieren! Sie war immer noch der Papst, und sie hatte ihre eigenen Machtmittel und Hilfsquellen!

29.

Das *triclinium* – die Große Halle – war ein vergleichsweise neuer Anbau des Patriarchums, doch er besaß bereits eine reiche historische Vergangenheit. Die Farbe der Gemälde an den Wänden des Großen Saales war gerade erst getrocknet gewesen, als Lothars Großvater, Karl der Große, und Papst Leo III. hier mit ihren Gefolgsleuten zusammengetroffen waren, um die folgenschwere Übereinkunft zu schließen, auf deren Grundlage Karl der Große vom König des fränkischen Reiches zum Kaiser des Heiligen Römischen Reiches erhoben worden war – eine Entscheidung, die das Antlitz der Welt für alle Zeiten verändert hatte.

Die fünfzig Jahre, die seither vergangen waren, hatten dem prunkvollen Glanz der Großen Halle indes nichts anhaben können. Wände und Böden ihrer drei riesigen Altarnischen waren mit makellosen, rein weißen Marmorplatten verkleidet und mit kunstvoll behauenen Säulen aus Porphyr verziert, in die Reliefs von wundervoller, filigraner Feinheit und Kunstfertigkeit gemeißelt waren. Über den marmornen Verkleidungen waren die Wände mit farbenprächtigen Gemälden bedeckt, die Szenen aus dem Leben des Apostels Petrus zeigten und von denen jedes einzelne mit unglaublicher Meisterschaft ausgeführt war.

Doch selbst diese Wunder wurden von dem großen Mosaik in den Schatten gestellt, das sich über dem Bogen der mittleren Apsis befand. Auf diesem Mosaik war der heilige Petrus bei seiner prunkvollen Inthronisierung zu sehen; sein Kopf war von einem runden Heiligenschein umgeben. Zu seiner Rechten kniete Papst Leo, zu seiner Linken Kaiser Karl der Große; die Köpfe der beiden Männer waren von rechteckigen Heiligenscheinen umrahmt, dem Zeichen der Lebenden – denn sie hatten noch gelebt, als das *triclinium* errichtet worden war.

Im vorderen Teil der Großen Halle ließen Johanna und Lothar sich in zwei prunkvollen, über und über mit Juwelen besetzten Stühlen nieder; sie setzten sich *sedentes pariter*: Beide nahmen mit dem gleichen Zeremoniell Platz, wobei sorgsam darauf geachtet wurde, daß Papst und König Seite an Seite saßen, damit nicht der Anschein erweckt wurde, daß der eine im Rang höher stand als der andere. Die Erzbischöfe, Kardinäle und Äbte von Rom saßen dem Papst und dem Kaiser in hochlehnigen Stühlen im byzantinischen Stil gegenüber, die mit weichem grünem Samt bezogen waren. Die anderen *sacerdotes,* die *optimates* sowie die übrigen führenden Männer des fränkischen und römischen Volkes standen in den hinteren Reihen und füllten das *triclinium* bis auf den letzten Platz.

Als alle versammelt waren, wurde Gerold von Lothars Männern in die Große Halle geführt. Noch immer waren ihm die Hände vor dem Leib gefesselt. Johanna preßte die Lippen zusammen, als sie die Schürfwunden und die blauen Flecke in seinem Gesicht und am Hals sah; offensichtlich hatte man ihn geschlagen.

»Tretet vor, *magister militum«,* wandte Lothar sich an Daniel, »und bringt Eure Anklagen vor, auf daß alle Anwesenden sie hören können.«

Mit lauter Stimme sagte Daniel: »Ich habe zufällig mit angehört, wie der *superista* zu Papst Johannes sagte, daß Rom sich mit den Griechen verbünden solle, um die Stadt von dem übermächtigen fränkischen Einfluß zu befreien.«

»Lügner!« rief Gerold und wurde auf der Stelle von einem der Wächter mit einem wuchtigen Faustschlag belohnt.

»Laß von ihm ab!« fuhr Johanna den Wächter mit scharfer Stimme an. Dann fragte sie Gerold: »Ihr weist die Anklage zurück, *superista?«*

»Ja. Denn sie gründet sich auf schändliche Lügen und Entstellungen.«

Johanna holte tief Atem, denn nun mußte sie den Sprung ins kalte Wasser wagen – jetzt oder nie. Mit lauter Stimme, so daß alle sie hören konnten, erklärte sie: »Hiermit bestätige ich die Aussage des *superista.«*

Erschrecktes Gemurmel erhob sich unter den versammelten Prälaten, denn durch dieses Bekenntnis hatte der Papst sich selbst vom Kläger zum Beklagten gemacht, so daß er jetzt praktisch zusammen mit Gerold vor Gericht stand.

Paschal, der *primicerius,* warf mit nüchterner Stimme ein: »Es ist nicht an Euch, Heiligkeit, die Anschuldigungen zu erhärten oder zurückzuweisen. Denkt an die Worte des großen Kaiser Karolus: *Judicare non audemos.* Ihr seid hier nicht angeklagt, und ohnedies könnte kein Gericht auf Erden ein Urteil gegen Euch verhängen.«

»Ich weiß, Paschal. Aber ich bin bereit, aus freiem Willen auf die Anklagen zu antworten, um den Geist eines jeden Menschen von ungerechtfertigten Verdächtigungen zu befreien.« Sie nickte Florentinus zu, dem *vestiarius,* der auf ein vorher abgesprochenes Zeichen herbeieilte und Johanna die vier Bücher des heiligen Evangeliums reichte. Sie nahm die Folianten entgegen und drückte sie ehrfürchtig an sich. Dann rief sie mit schallender Stimme: »Auf diese heiligen Bücher, in denen das Wort des Allmächtigen sich offenbart, schwöre ich vor Gott und dem heiligen Petrus, daß ein solches Gespräch zwischen mir und dem *superista* niemals stattgefunden hat. Sollte ich nicht die Wahrheit sagen, so möge Gott mich auf der Stelle zerschmettern.«

Gespanntes Schweigen folgte diesen Worten. Niemand rührte sich; niemand gab einen Laut von sich.

Nichts geschah.

Schließlich trat Anastasius vor und stellte sich neben Daniel. »Ich erbiete mich als *sacramentale* für diesen Mann«, verkündete er.

Johanna wurde bang ums Herz. Anastasius hatte auf ihren Schwur mit einem perfekten Gegenschlag pariert, indem er sich auf das Recht des *conjuratio* berufen hatte, nach dem die Schuld oder Unschuld eines Beklagten durch eine Probe bewiesen werden konnte, bei der es darauf ankam, welche der gegnerischen Parteien die größere Anzahl von *sacramentales* oder »Eideshelfern« auf ihrer Seite hatte, um die jeweilige Aussage zu untermauern.

Sofort erhob Arsenius sich aus seinem Stuhl und trat neben den Sohn. Dann kamen die übrigen langsam nach vorn, einer nach dem anderen, und gesellten sich zu ihnen, darunter Jordanes, der *secundicerius,* der sich gegen Johanna gestellt hatte, als es um die Errichtung der Schule für Frauen gegangen war. Auch der *sacellarius* Viktor schlug sich auf Anastasius' Seite.

Reumütig dachte Johanna an Gerolds wiederholte Ermahnungen, höflicher mit ihren Gegnern zu verfahren. Doch in ihrem Eifer, noch möglichst viele Dinge zu Ende zu führen, bevor sie Rom verließ, hatte sie Gerolds Ratschlag nicht die gebotene Aufmerksamkeit geschenkt. Nun bekam sie die Quittung dafür.

»Ich werde als *sacramentale* für Gerold dienen«, erhob eine Stimme sich plötzlich klar und deutlich aus dem hinteren Teil des Saales.

Johanna und die anderen beobachteten, wie Raduin, der stellvertretende Kommandeur der päpstlichen Garde, sich mit Schultern und Ellbogen einen Weg durch die Menge bahnte. Dann nahm er standhaft neben Gerold Aufstellung. Raduin wiederum ermunterte andere, seinem Beispiel zu folgen: Binnen kurzer Zeit kam Juvianus, der Kammerdiener, nach vorn, gefolgt von den Kardinälen Josef und Theodor, sechs Diözesanbischöfen sowie mehreren Dutzend Angehörigen des niederen Klerus, die ihrer größeren Nähe zum Volk wegen besser zu schätzen wußten, was Johanna für sie getan hatte. Der Rest der Versammelten hielt sich zurück; sie waren nicht bereit, sich auf die eine oder andere Seite zu schlagen.

Als alle, die sich für eine der gegnerischen Parteien entschieden hatten, nach vorn gekommen waren, wurde die Zählung vorgenommen: dreiundfünfzig Männer standen auf Gerolds Seite, vierundsiebzig auf Daniels.

Lothar räusperte sich und verkündete: »Das Urteil Gottes ist uns hiermit offenbar. Tritt vor, *superista,* und nimm dein Urteil entgegen.«

Die Wächter wollten Gerold packen, doch er schüttelte sie ab. »Die Anklage beruht auf einer Lüge, mögen noch so viele Männer einen Meineid leisten, um sie zu stützen«, sagte er. »Ein Gottesurteil soll über meine Schuld oder Unschuld entscheiden, wie es mir von Rechts wegen zusteht.«

Johanna zog scharf den Atem ein. Hier, im südlichen Teil des Kaiserreiches, wurde das Gottesurteil durch Feuer vollzogen, nicht durch Wasser. Ein Angeklagter mußte barfuß über eine fünf Meter lange Reihe aus weißglühenden Pflugscharen gehen. Falls er es bis auf die andere Seite schaffte, war seine Unschuld erwiesen. Doch nur wenige Menschen überlebten diese Folterqualen.

Durch den Saal übermittelten Gerolds indigoblaue Augen Johanna eine stumme, drängende Botschaft: *Versuche nicht, mich aufzuhalten.*

Er wollte sich für sie opfern! Falls er den Weg über die glühenden Eisen schaffte, war seine – und ihre – Unschuld bewiesen. Aber dieser Beweis würde Gerold höchstwahrscheinlich das Leben kosten.

Genau wie Hrotrud, ging es der verzweifelten Johanna durch den Kopf – und im selben Moment durchfuhr sie eine Eingebung.

Aeskulapius.

Ciceros *de inventione ...*

»Bevor wir fortfahren«, sagte sie, »möchte ich dem *magister militum* einige Fragen stellen.«

»Fragen?« Lothar runzelte die Stirn.

»Das ist vollkommen unnötig!« protestierte Anastasius. »Wenn der *superista* den Wunsch hat, sich dem Gottesurteil zu unterziehen, ist das sein gutes Recht. Oder zweifelt Ihr, Heiligkeit, an der Gültigkeit des göttlichen Richterspruches?«

Gelassen erwiderte Johanna: »Ganz und gar nicht. Ebensowenig wie ich an der Gültigkeit von Ergebnissen zweifle, die das vernunftbestimmte Denken hervorbringt – ist es doch eine Fähigkeit, die dem Menschen von *Gott* gegeben wurde. Was kann es da schaden, wenn ich dem Kläger ein paar Fragen stelle?«

»Ich ...« In Ermangelung eines stichhaltigen Gegenarguments zuckte Anastasius die Schultern und verstummte. Doch auf seinem Gesicht spiegelte sich lodernder Zorn.

Johanna furchte die Brauen, als sie sich konzentrierte und sich an Ciceros *topoi* zu erinnern versuchte – jene sechs Fragen, die man stellen mußte, um die Umstände des menschlichen Handelns eindeutig beweisbar zu bestimmen.

Quis.

»Wer«, fragte sie Daniel, »hat außer Euch das angebliche Gespräch zwischen mir und dem *superista* sonst noch mitgehört?«

»Niemand«, erwiderte Daniel. »Aber die Anzahl meiner Eideshelfer dürfte meine Aussage ja wohl hinreichend stützen.«

Johanna ging zur nächsten Frage über.

Quomodo.

»Wie kam es überhaupt, daß Ihr Zeuge eines so privaten Gesprächs geworden seid?«

Daniel zögerte nur einen Augenblick, bevor er antwortete: »Zu dem Zeitpunkt kam ich auf dem Weg zum Schlafsaal am *triclinium* vorbei. Als ich gesehen habe, daß die Tür offenstand, bin ich dorthin gegangen, um sie zu schließen. In diesem Augenblick hörte ich den *superista* reden.«

Ubi.

»Wo hat der *superista* zu diesem Zeitpunkt gestanden?«

»Vor dem Thron.«

»Also in etwa dort, wo er jetzt steht?«

»Ja.«

Quando.

»Wann habt Ihr diese Beobachtungen gemacht?«

Nervös zupfte Daniel am Kragen seiner Tunika. Die Fragen kamen so schnell, daß er kaum Zeit zum Nachdenken hatte. »Äh ... am Fest der heiligen Agatha.«

Quid.

»Was genau habt Ihr gehört?«

»Das habe ich dem Gericht bereits gesagt.«

»Waren es die genauen Worte des *superista,* oder habt Ihr das Gespräch nur im ungefähren Wortlaut wiedergegeben?«

Daniel grinste überheblich. Hielt Papst Johannes ihn für so dumm, daß er in eine so offensichtliche Falle tappte? Mit fester Stimme sagte er: »Ich habe genau das wiedergegeben, was der *superista* gesagt hat.«

Johanna beugte sich im Papstthron ein Stück vor. »Gut. Dann laßt mich einmal sehen, ob ich Euch richtig verstanden habe, Daniel. Nach Eurer Aussage habt Ihr am Tag des Festes der heiligen Agatha vor der offenen Tür des *triclinium* gestanden und jedes Wort eines Gesprächs mitgehört, in dessen Verlauf der *superista* mir angeblich gesagt hat, daß Rom ein Bündnis mit den Griechen eingehen sollte.«

»Genauso ist es«, sagte Daniel.

Johanna wandte sich Gerold zu. »Wo wart Ihr am Tag des Festes der heiligen Agatha, *superista?*« fragte sie.

»Ich war in Tivoli«, antwortete Gerold, »und habe die Arbeiten am Marcianischen Aquädukt abgeschlossen.«

»Könnt Ihr Zeugen dafür erbringen?«

»Mehrere Dutzend von meinen Männern haben von morgens bis abends mit mir zusammengearbeitet. Sie alle können bezeugen, wo ich an diesem Tag gewesen bin.«

»Wie könnt Ihr das erklären, *magister militum?*« fragte Johanna.»Ein Mensch kann nicht an zwei Orten gleichzeitig sein, meint Ihr nicht auch?«

Daniel war sichtlich blaß geworden. »Äh... ähm...«, stammelte er, als er fieberhaft nach einer Antwort suchte.

»Könnte es sein, daß Ihr Euch im Datum geirrt habt, *magister militum?*« versuchte Anastasius, ihm auf die Sprünge zu helfen. »Es ist doch gut möglich, daß Ihr nach so vielen Monaten eine so unbedeutende Einzelheit vergessen habt. Nicht wahr?«

Begierig packte Daniel die dargebotene Chance beim Schopf. »Ja, ja. Jetzt, wo ich genau daran zurückdenke ... das Gespräch hat eher stattgefunden. Am Fest des heiligen Ambrosius, nicht an Sankt Agatha. – Was für ein dummer Fehler von mir!«

»Wo ein Fehler ist, können noch weitere sein«, erklärte Johanna sanft. »Kommen wir also noch einmal auf Eure Aussage zurück. Ihr habt erklärt, jedes Wort verstanden zu haben, das gesprochen wurde, als Ihr draußen vor der Tür gestanden habt.«

»Ähm ... ja«, antwortete Daniel behutsam, denn er war jetzt mißtrauisch und vorsichtig geworden.

»Dann habt Ihr sehr scharfe Ohren, *magister militum.* Bitte, führt uns Eure außergewöhnliche Hellhörigkeit doch einmal vor, indem Ihr dieses Kunststück wiederholt.«

»Was?« Daniel war jetzt vollkommen aus der Fassung gebracht.

»Geht zur Tür hinaus und bleibt davor stehen – dort, wo Ihr damals gestanden habt. Der *superista* wird einige Worte sprechen. Dann kommt Ihr wieder herein und wiederholt vor uns allen, was er gesagt hat.«

»Herrgott noch einmal, was soll denn dieser Unsinn?« ereiferte sich der wutentbrannte Anastasius.

Auch Lothar bedachte Johanna mit einem mißbilligenden Blick. »Gewiß stimmt Ihr mir zu«, sagte er, »daß die Benutzung solcher Taschenspielertricks der Ernsthaftigkeit dieser Verhandlung nicht würdig ist, Heiligkeit.«

»Majestät«, erwiderte Johanna, »ich habe keine Taschenspielerei im Sinn, sondern eine Probe. Falls Daniel die Wahrheit sagt, dann muß es ihm möglich sein, den *superista* jetzt ebenso gut zu hören, wie er es damals vermochte.«

»Ich protestiere, Euer Gnaden!« sagte Anastasius. »Eine solche Vorgehensweise widerspricht allen üblichen Methoden der Rechtsfindung bei einer Verhandlung wie dieser!«

Lothar überdachte die Angelegenheit. Anastasius hatte recht; eine solche »Probe«, wie der Papst sie im Sinn hatte, um eine Anschuldigung zu beweisen oder zu entkräften, war unüblich – eine seltsame und neuartige Idee. Andererseits hatte Lothar keinen Grund zu der Annahme, daß Daniel log. Zweifellos würde er Papst Johannes' ungewöhnlichen »Test« bestehen, und dies würde Daniels Aussage zusätzliche Glaubwürdigkeit verleihen. Und vom Ausgang dieser Verhandlung hing zu viel ab, als daß man hinterher in Frage stellen durfte, daß es gerecht zugegangen sei.

Gebieterisch winkte Lothar mit der Hand. »Die Probe soll stattfinden.«

Widerwillig ging Daniel durch den langen Saal zur Ausgangstür und nahm auf dem Flur Aufstellung.

Johanna legte einen Finger auf die Lippen und bedeutete Gerold, zu schweigen. Dann sagte sie mit lauter, klarer Stimme: »*Ratio est justicia summa insita in lex*«, wobei sie ein Zitat Ciceros verwendete. »Beim Gesetz ist die Vernunft das höchste Recht.« Sie nickte dem Wächter neben der Tür zu. »Hol Daniel zurück.«

»Nun?« fragte sie, als der *magister militum* wieder vor ihr stand. »Was habt Ihr gehört?«

Daniels Antwort war unsicher und klang eher wie ein Frage: »Der *superista* ... hat erneut ... seine Unschuld ... bekundet ...?«

Diejenigen, die nach vorn gekommen waren, um sich Daniels Antwort anzuhören, schrien empört auf, während Anastasius sich enttäuscht abwandte. Lothars ständig düstere Miene wurde noch düsterer.

»Das waren nicht die Worte, die gesprochen wurden«, erklärte Johanna. »Außerdem habe ich selbst sie gesagt, nicht der *superista.*«

In die Enge getrieben, brach es wütend aus Daniel hervor: »Was macht es schon aus, ob ich das Gespräch tatsächlich mitgehört habe oder nicht! Euer Tun hat Eure wahre Einstellung deutlich genug bewiesen! Schließlich habt Ihr den Griechen Nicephorus zum Bischof geweiht!«

»Ah!« sagte Johanna. »Das führt uns zur letzten Frage: *cur.* Warum? Warum habt Ihr dem Kaiser gegenüber die Falschaussage gemacht, Zeuge dieses angeblichen Gesprächs gewesen zu sein? Ich will es Euch sagen, Daniel. Nicht der Wunsch nach Recht und Wahrheit war Euer Antrieb, sondern Neid –

weil nicht Eurem Sohn, sondern Nicephorus das Bischofsamt übertragen wurde!«

»Schande!« rief eine Stimme aus der Menge und wurde rasch von anderen aufgenommen. »Verräter!« – »Lügner!« – »Schurke!«

Selbst die *sacramentales* – eifrig darauf bedacht, sich nun von Daniel zu distanzieren – fielen in die Flut der Beschuldigungen ein.

Johanna hob eine Hand und gebot den Versammelten zu schweigen. Gespannt warteten alle, welches Urteil sie nun über Daniel verhängen würde. Bei einem so schweren Verbrechen mußte es eine sehr harte Strafe sein. Wahrscheinlich wurde dem Mann zuerst die Zunge herausgeschnitten, die so lügnerische und verräterische Worte geformt hatte; anschließend wurde Daniel vermutlich gefoltert und zum Schluß gevierteilt.

Doch Johanna hatte nicht die Absicht, einen so schrecklichen Preis von Daniel einzufordern. Sie hatte erreicht, was sie wollte: Gerolds Unschuld zu beweisen. Es bestand keine Veranlassung, Daniel das Leben zu nehmen; zwar war er ein widerlicher kleiner Mann, boshaft und gierig; aber er war nicht schlimmer oder verderbter als andere Menschen, die Johanna kennengelernt hatte. Es kam hinzu, daß Daniel aus väterlichem Interesse für den eigenen Sohn gehandelt hatte; außerdem war er kaum mehr als ein Spielzeug in Anastasius' Händen gewesen.

»*Magister militum* Daniel«, sagte Johanna ernst. »Von diesem Augenblick an seid Ihr aller Eurer Titel ledig, all Eurer Ländereien und aller Privilegien beraubt. Ihr werdet Rom noch heute verlassen und seid für alle Zeiten aus der heiligen Stadt verbannt.«

Angesichts der unerwarteten Milde des Urteils verstummte die Menge vor Erstaunen. Eustathius, der Erzpriester, nutzte die Gelegenheit und verkündete: »Gelobt sei Gott in der Höhe! Gelobt sei Sankt Petrus, Fürst der Apostel, durch den die Wahrheit sich nunmehr offenbart hat! Möge dem heiligen Vater, unserem Papst Johannes, ein langes Leben beschieden sein!«

»Ein langes Leben!« riefen die anderen Würdenträger. Donnernd hallten ihre Stimmen von den Wänden des *triclinium* wider, so daß die silbernen Feuerschalen an den Wänden bebten.

»Was hast du denn erwartet?« sagte Arsenius zu seinem Sohn, der auf einer der Liegen saß, und schritt erregt im Zimmer auf und ab. »Papst Johannes mag arglos und unschuldsvoll sein, aber ein Dummkopf ist er nicht. Du hast ihn unterschätzt.«

»Das stimmt«, gab Anastasius zu. »Aber es spielt keine Rolle. Ich bin wieder in Rom – und ich habe die volle Unterstützung des Kaisers und seiner Truppen.«

Arsenius unterbrach seine nervöse Wanderung. »Was willst du damit sagen?« fragte er scharf.

»Daß ich mich jetzt in einer Lage befinde, mir zu *nehmen,* was ich durch eine Wahl nicht bekommen kann, Vater.«

Arsenius starrte ihn an. »Du willst den Papstthron mit Waffengewalt erobern? *Jetzt?*«

»Warum nicht?«

»Weil du zu lange fort gewesen bist, mein Sohn. Du weißt nicht, wie die Dinge hier gestanden haben. Es stimmt – Papst Johannes hat sich viele Feinde gemacht; aber er wird auch von vielen Seiten unterstützt.«

»Was schlägst du dann vor, Vater?«

»Hab Geduld. Kehre ins Frankenreich zurück, stelle die Segel richtig und warte.«

»Worauf?«

»Daß die Winde des Schicksals die Richtung ändern.«

»Und wann wird das sein? Ich habe lange genug darauf gewartet, mir zu nehmen, was mir von Rechts wegen zusteht!«

»Es wäre gefährlich, überstürzt zu handeln. Denk daran, was mit Johannes, dem Diakon, geschehen ist.«

Johannes der Diakon war Gegenkandidat bei jener Papstwahl gewesen, aus der Sergius als Sieger hervorgegangen war. Nach der Wahl war der enttäuschte Johannes mit einer großen Heerschar bewaffneter Gefolgsleute zum Patriarchum marschiert und hatte den Papstthron mit Gewalt an sich gerissen. Doch die weltlichen Fürsten der Stadt hatten sich gegen Johannes erhoben; binnen weniger Stunden eroberten ihre vereinten Truppen das Patriarchum zurück und setzten Johannes ab. Am nächsten Tag wurde Sergius feierlich zum Papst geweiht – während Johannes' abgeschlagener Kopf auf der Spitze einer Pike steckte, die auf dem Hof des Laterans in den Boden gerammt war.

»So etwas wird mir nicht passieren, Vater«, sagte Anastasius zuversichtlich. »Ich habe mir die ganze Sache genau überlegt. Gott weiß, daß ich Zeit genug zum Nachdenken hatte, als ich all die Jahre in der finstersten Provinz dieses Barbarenlandes verbringen mußte.«

Arsenius entging nicht der unausgesprochene Vorwurf, der in den Worten seinen Sohnes mitschwang. »Und was genau schlägst du vor?« fragte er.

»Am Freitag ist Bittag. Die Stationsmesse findet in Sankt Peter statt. Papst Johannes wird die Prozession zur Kathedrale führen. Wir warten, bis er ein gutes Stück zurückgelegt hat; dann stürmen wir das Patriarchum. Es wird alles vorüber sein, bevor Johannes auch nur einen Verdacht geschöpft hat, was vor sich geht.«

»Lothar wird seinen Truppen niemals befehlen, das Patriarchum zu stürmen. Er weiß, daß ein solcher Angriff sämtliche Römer gegen ihn aufbringen würde, selbst diejenigen, die auf seiner Seite stehen.«

»Wir brauchen Lothars Soldaten nicht, um das Patriarchum zu erobern. Das schaffen unsere eigenen Leute auch allein. Und sobald der Papstthron erst einmal fest in meiner Hand ist, wird Lothar mich unterstützen; da bin ich sicher.«

»Schon möglich«, erwiderte Arsenius. »Aber es wird nicht einfach sein, den päpstlichen Palast zu erobern. Der *superista* ist ein hervorragender Kämpfer, und die Männer der päpstlichen Garde sind ihm treu ergeben.«

»Das Hauptaugenmerk des *superista* wird auf die persönliche Sicherheit des Papstes gerichtet sein. Da Lothar und sein Heer in der Stadt sind, werden Gerold und der größte Teil seiner Männer die Prozession zu Pferde begleiten und Papst Johannes bewachen.«

»Und nachher? Dir ist doch wohl klar, daß Gerold mit allen Kräften, die ihm zur Verfügung stehen, gegen dich anrücken wird?«

Anastasius lächelte. »Mach dir wegen Gerold keine Sorgen, Vater. Ich habe bereits einen Plan, wie wir ihn ausschalten können.«

Arsenius schüttelte den Kopf. »Es ist zu riskant. Falls du keinen Erfolg hast, bedeutet es das Ende deiner Familie ... das Ende all dessen, wofür wir so viele Jahre gekämpft haben.«

Er hat Angst, dachte Anastasius, und diese Erkenntnis erfüllte ihn mit heimlicher Genugtuung. Sein Leben lang hatte er sich auf die Hilfe und den Rat seines Vaters gestützt – und hatte dies zugleich aus tiefster Seele verabscheut. Jetzt, endlich einmal, erwies *er* sich als der Stärkere.

Vielleicht, ging es Anastasius durch den Kopf, während er den alten Mann mit einer Mischung aus Mitleid und Liebe betrachtete, *vielleicht war diese Angst, dieser Mangel an Willenskraft im alles entscheidenden Moment der Grund dafür, daß ihm der Weg zu wahrer Größe versperrt geblieben ist.*

Sein Vater bedachte ihn mit einem seltsamen Blick. In den Tiefen dieser vertrauten, geliebten Augen, die mit den Jahren verblaßt waren, konnte Anastasius Kummer und Besorgnis lesen – und noch etwas anderes; etwas, das er nie zuvor in diesen Augen erblickt hatte: Achtung.

Er legte Arsenius die Hand auf die Schulter. »Vertraue mir, Vater. Ich werde dich zu einem stolzen Mann machen, das verspreche ich.«

Der Bittag war ein festes, kein bewegliches Fest, das stets am 25. April gefeiert wurde. Wie viele andere unbewegliche Feiertage – darunter das Fest des Stuhles Petri, die Quatemberwochen und Weihnachten – konnte auch der Bittag bis auf heidnische Wurzeln zurückverfolgt werden. Im antiken Rom hatten am 25. April stets die Robigalia stattgefunden, die heidnischen Feste zu Ehren des Robigo, des Gottes von Frost und Eis, der gerade zu dieser Jahreszeit durch sein Erscheinen den erblühenden Früchten des Feldes verheerende Schäden zufügen konnte, sofern man ihn nicht durch Geschenke und Opfer gnädig zu stimmen versuchte.

Die Robigalia waren ein fröhliches Fest gewesen, zu dem auch ein Umzug durch die Stadt bis auf die Getreidefelder gehörte, wo feierlich Tieropfer dargebracht wurden; dann fanden auf den weiten Feldern der Campagna Wettläufe und Spiele und andere Arten von Vergnügungen statt. Statt nun diese altehrwürdige Tradition aus der antiken römischen Zeit zu beenden, hatten die frühen Päpste klugerweise beschlossen, das Fest beizubehalten; eine Abschaffung hätte lediglich dazu geführt, daß man jene Menschen vor den Kopf gestoßen hätte, die man erst noch für den wahren Glauben gewinnen wollte. Allerdings wurde dem Fest ein mehr christlicher Charakter verliehen.

Die Prozession am Bittag führte noch immer über die Getreidefelder; doch zuerst wurde an Sankt Peter haltgemacht, wo eine feierliche Messe gelesen wurde, um Gott zu preisen und – vermittels der Fürbitte durch die Heiligen – seinen Segen für die Ernte zu erflehen.

Das Wetter war dem Anlaß entsprechend: Der Himmel über Rom war tiefblau wie ein frisch gefärbtes Kleidungsstück und vollkommen wolkenlos; die Sonne warf ihr goldenes Licht auf Bäume und Häuser, und ihre willkommene Wärme vertrieb den immer noch eisigen Hauch eines Nordwindes.

Johanna ritt in der Mitte der Prozession hinter den Akoluthen und den *defensores,* die zu Fuß gingen, sowie den sieben Diakonen aus den verschiedenen Regionen Roms, die zu Pferde unterwegs waren. Hinter Johanna ritten die *optimates* und andere Würdenträger aus dem apostolischen Palast. Als der lange Zug sich mit seinen farbenfrohen Wimpeln und Bannern über den Hof des Laterans bewegte und am Bronzestandbild der *mater romanorum* vorüberzog, der römischen Wölfin, verlagerte Johanna des öfteren das Körpergewicht auf dem Rücken ihres weißen Zelters; offenbar war der Sattel nicht richtig aufgeschnallt, denn ihr tat jetzt schon der Rücken weh; der dumpfe, pochende Schmerz kam und verschwand in regelmäßigen Abständen.

Zusammen mit anderen Wachtposten ritt Gerold immer wieder zwischen der Spitze der Prozession und dem Schluß hin und her. Dann brachte er seinen Hengst auf gleiche Höhe mit Johannas Pferd und fragte besorgt: »Fühlt Ihr Euch nicht wohl? Ihr seht blaß aus.«

»Es geht mir gut.« Sie lächelte ihn an; seine Nähe gab ihr Kraft.

Die lange Prozession bog in die Via Sacra ein, und augenblicklich wurde Johanna mit donnernden Jubelrufen begrüßt. Da Lothar und sein Heer sich in der Stadt aufhielten und eine ständige Bedrohung darstellten, hatten sich so viele Menschen wie nie zuvor auf den Straßen und Gassen eingefunden, um ihrem Papst, dem mächtigsten Bollwerk gegen den Kaiser, ihre Liebe und Unterstützung zu zeigen. Die Leute drängten sich zehn Meter tief und mehr zu beiden Straßenseiten, bejubelten Johanna und riefen ihr Segenswünsche zu; viele streckten die Hände nach ihr aus, so daß die Soldaten der päpstlichen Garde gezwungen waren, die Gläubigen zurückzudrängen, damit die Prozession nicht ins Stocken geriet. Falls Lothar noch einen Beweis für Johannas Beliebtheit gebraucht hatte: hier war er.

Singend und Weihrauchgefäße schwenkend, schritten die Akoluthen dem langen Zug durch die uralte Straße voran, durch die schon seit Jahrhunderten die Päpste gezogen waren. An diesem Tag bewegte die Prozession sich noch langsamer als gewöhnlich; denn an den Straßenrändern hatten sich wie üblich ganze Heerscharen von Bittstellern postiert, so daß die Prozession häufig stehenbleiben mußte, damit Johanna sich die Anliegen und Bitten der Menschen anhören konnte. Als der Zug wieder einmal hielt, warf sich eine alte Frau mit narbigem Gesicht und grauem Haar vor Johanna zu Boden.

»Vergebt mir, Heiliger Vater«, rief die Frau flehend, »vergebt mir das Unrecht, das ich Euch angetan habe!«

»Steh auf, gute Frau, und beruhige dich«, sagte Johanna. »Ich wüßte nicht, was du mir angetan hättest.«

»Habe ich mich so sehr verändert, daß Ihr mich nicht wiedererkennt?« fragte die Frau.

Irgend etwas in dem verwüsteten Gesicht, das flehentlich Johanna zugewandt war, ließ plötzlich die Erinnerung wiederkehren.

»Marioza?« rief Johanna. Die einst so schöne Kurtisane war um mindestens dreißig Jahre gealtert, seit Johanna sie das letzte Mal gesehen hatte. »Großer Gott, was ist mit Euch geschehen?«

Reuevoll hob Marioza eine Hand zu ihrem von Narben entstellten Gesicht. »Das waren Messerwunden. Die Abschiedsgeschenke eines eifersüchtigen Liebhabers.«

»Benedicte!«

Marioza sagte voller Bitterkeit: »›Macht Euer Glück nicht von der Gefälligkeit der Männer abhängig, denn sie werden sich als so flüchtig erweisen wie Eure Schönheit‹, habt Ihr vor langer Zeit zu mir gesagt. Ihr hattet recht. Die Liebe der Männer ist mir zum Verhängnis geworden. Dies ist meine Strafe – die Strafe Gottes für das schändliche Spiel, das ich einst mit Euch getrieben habe. Vergebt mir, Heiliger Vater, auf daß ich nicht in Ewigkeit verdammt bin!«

Johanna machte das Kreuzzeichen über der gezeichneten Frau. »Ich vergebe dir gern, Marioza, mit all meiner Liebe und von ganzem Herzen.«

Marioza umklammerte Johannas Hand und küßte sie,

während die Menschen, die diese Szene beobachteten, in begeisterten Jubel ausbrachen.

Die Prozession zog weiter. Als sie an der Kirche Sankt Clemens vorüberkamen, hörte Johanna einen plötzlichen Lärm zu ihrer Linken. Eine Gruppe von Rüpeln und Störenfrieden in den hinteren Reihen der Zuschauer johlte und warf mit Steinen nach den Teilnehmern der Prozession. Einer traf Johannas Pferd am Hals; das Tier bockte wild, so daß Johanna im Sattel einen wuchtigen Stoß erhielt. Augenblicklich durchzuckte ein scharfer, schneidender Schmerz ihren Körper, der ihr den Atem raubte. Benommen klammerte sie sich am vergoldeten Zaumzeug des Pferdes fest, während die Diakone besorgt zu ihr eilten.

Gerold entdeckte die Gruppe der Störenfriede als erster. Er riß sein Pferd herum und trieb es auf die Kerle zu, kaum daß sie den ersten Hagel von Steinen nach den Teilnehmern der Prozession geschleudert hatten.

Als sie Gerold herankommen sahen, ergriffen die Schläger – etwa zwanzig Mann – die Flucht. Entschlossen trieb Gerold sein Pferd hinter ihnen her. Doch vor den Stufen der Treppe von Sankt Clemens wirbelten die Männer plötzlich herum, zogen verborgene Waffen aus den Falten ihrer Kleidung und stürmten dem Reiter entgegen.

Gerold zog sein Schwert und gab den anderen Gardisten in der Nähe ein drängendes Zeichen, ihm zu Hilfe zu kommen. Doch kein bestätigender Ruf ertönte, kein Hufschlag klang hinter ihm auf. Gerold war ganz allein, als die Männer ihn umringten und mit ihren Waffen nach ihm stachen, hackten und schlugen. Doch Gerold führte sein Schwert mit schrecklicher Kraft und Präzision; binnen weniger Augenblicke waren vier seiner Angreifer schwer verwundet, während Gerold nur einen einzigen Messerstich im Oberschenkel abbekommen hatte. Dann aber zerrten die Schläger ihn vom Pferd. Gerolds Körper erschlaffte, als er seinen Gegnern Bewußtlosigkeit vortäuschte. Doch seine Hand lag fest um den Griff seines Schwertes.

Kaum war er auf den Boden geprallt, sprang er auf, das Schwert in der Faust. Mit einem überraschten Schrei stürmte der Angreifer vor, der Gerold am nächsten stand, und stach mit dem Schwert nach ihm. Gerold wich zur Seite aus, so daß der Mann aus dem Tritt und ins Stolpern geriet. Wuchtig hieb Gerold nach dem Angreifer; der Mann stürzte zu Boden, und aus seinem abgetrennten Arm spritzte das Blut. Weitere Angreifer drangen auf Gerold ein, doch nun hörte er die Rufe der Wachtposten, die hinter ihm herbeigeeilt kamen. Er mußte der Übermacht nur noch wenige Augenblicke standhalten, dann war die Hilfe da. Das Schwert ausgestreckt vor sich, wich Gerold zurück, wobei er die Angreifer wachsam im Auge behielt, die ihm wie ein Rudel Wölfe folgten.

Der Dolch traf Gerold von hinten und glitt ihm mit lautloser Tücke zwischen die Rippen, so, wie ein Dieb in ein Heiligtum eindringt. Noch bevor ihm bewußt wurde, was geschehen war, wurden ihm die Knie weich, und er sank langsam zu Boden. Selbst jetzt noch staunte er, daß er keinen Schmerz spürte; er fühlte nur das warme Blut, das ihm über den Rücken strömte.

Über ihm hörte er wilde Rufe und das Klirren von Stahl. Die anderen Wachtposten waren endlich herangekommen und trieben die Angreifer wütend zurück. *Ich muß an ihrer Seite kämpfen,* dachte Gerold benommen und versuchte, nach dem Schwert zu greifen, das neben ihm am Boden lag, doch er konnte keine Hand mehr rühren.

Johanna hielt den Atem an, als sie beobachtete, wie Gerold sein Pferd zur Seite trieb und auf die Steinewerfer lospreschte. Sie sah, wie andere Soldaten der päpstlichen Garde ihrem Befehlshaber folgen wollten – nur um von einer Gruppe Männer aufgehalten zu werden, die sich in der Zuschauermenge befunden hatten; die Fremden schlossen sich zu einer Mauer aus Leibern zusammen und versperrten den Gardisten den Weg, als hätten sie ein unsichtbares Zeichen erhalten.

Eine Falle! durchfuhr es Johanna. Verzweifelt rief sie Gerold eine Warnung zu, doch ihre Worte wurden vom Lärm der verwirrten und erstaunten Menschenmenge übertönt. Johanna gab ihrem Pferd die Sporen, um zu Gerold zu gelangen, doch das Tier rührte sich nicht von der Stelle, denn die Diakone hielten eisern das Zaumzeug gepackt.

»Laßt los!« rief Johanna. »Laßt los!« Doch die Männer gehorchten ihr nicht; sie hatten Angst, das Pferd könnte durchgehen. Hilflos mußte Johanna zuschauen, wie die Schläger Gerold umringten; sie sah, wie die Kerle die Hände nach ihm ausstreckten, um ihn zu Boden zu reißen, wie sie nach seinem Gürtel packten, nach seiner Tunika, nach seinen Armen; dann beobachtete Johanna, wie sie ihn schließlich vom Pferd zerrten. Für einen winzigen Augenblick erblickte sie noch einmal Gerolds schimmerndes rotes Haar; dann verschwand er unter der wimmelnden Masse der Angreifer.

Johanna ließ sich vom Pferd gleiten und rannte los, stieß und schubste sich einen Weg durch die Gruppe der verwirrten und verängstigten Akoluthen. Als sie den Straßenrand erreichte, teilte die Menge sich bereits und bildete eine Gasse für die Männer der päpstlichen Garde, die auf Johanna zukamen, Gerolds schlaffen Körper in den Armen.

Sie legten ihn zu Boden, und Johanna kniete neben ihm nieder. Ein Rinnsal aus Blut lief ihm aus dem Mundwinkel, und rasch löste Johanna das lange, rechteckige Pallium von ihren Schultern, knüllte es zusammen, preßte es fest gegen die Wunde in seinem Rücken und versuchte, den Blutstrom zu stillen. Doch es war sinnlos; binnen weniger Minuten war der dicke Stoff blutdurchtränkt.

Panische Angst stieg in Johanna auf. Eine so schreckliche Furcht hatte sie nie zuvor erlebt.

Stirb nicht, Gerold. Laß mich hier nicht allein.

Gerolds Hand tastete blind umher. Johanna nahm sie sanft in die ihre, und ein schwaches Lächeln spielte um seinen Mund. »Mein Schatz«, flüsterte er.

Johanna spürte, wie er starb, noch bevor er einen letzten, tiefen Atemzug tat und sein Körper in ihren Armen schwer wurde. Sie streichelte sein Gesicht. Es war still und friedlich; die Lippen waren leicht geöffnet, und seine indigoblauen Augen starrten leer und blicklos zum Himmel.

»Er ist zu Gott gegangen«, sagte Desiderius, der Erzdiakon, der neben Johanna stand. »Kommt.« Er nahm ihren Arm. »Laßt ihn uns zur Kirche bringen.«

Benommen, wie aus weiter Ferne, hörte Johanna Desiderius' Worte. Er hatte recht. Sie mußte dafür sorgen, daß Gerold die angemessenen Ehrungen und Würdigungen zuteil wurden; mehr konnte sie nicht mehr für ihn tun.

Als Johanna sich erhob, durchfuhr sie ein so schrecklicher Schmerz, daß sie sich krümmte, zu Boden fiel und keuchend nach Atem rang. Ihr Körper wand sich in schrecklichen Krämpfen, gegen die sie sich nicht zur Wehr setzen konnte.

Sie spürte einen furchtbaren Druck auf sich lasten, so, als wäre ein riesiges Gewicht auf sie hinuntergestürzt. Der Druck wanderte im Innern ihres Körpers immer tiefer und tiefer, bis Johanna das Gefühl hatte, er würde sie förmlich auseinanderreißen.

Das Kind, durchfuhr es sie. *Es kommt.*

»Der Papst ist vom Teufel besessen!« rief Desiderius voller Erschrecken. »*Deus misereatur!*«

Die Menschen schrien und weinten; fassungslos starrten sie auf das furchtbare Geschehen.

Aurianos, der oberste Exorzist, kam nach vorn geeilt. Er besprenkelte Johanna mit Weihwasser, während er mit feierlicher Stimme intonierte: »*Exorcisizo te, creatura malis, in nomine Dei patris omnipotentis et in nomine Jesu Christi filii ejus Domini nostri ...*«

Aller Augen waren auf Johanna gerichtet; jeder erwartete, den bösen Geist aus ihrem Mund oder den Ohren entweichen zu sehen.

Johanna schrie, als mit einer letzten schrecklichen Schmerzwoge der Druck in ihrem Innern wich und ein gewaltiger Blutschwall aus ihrem Leib schoß.

Abrupt verstummte Aurianos' monotone Stimme, und fassungsloses Schweigen breitete sich aus.

Unter dem Saum der weiten weißen Roben Johannas, die nun mit ihrem Blut getränkt waren, war der winzige bläuliche Körper einer Frühgeburt zu sehen.

Desiderius gewann als erster die Fassung wieder. »Ein Wunder!« rief er und ließ sich auf die Knie fallen.

»Hexenwerk!« brüllte eine andere Stimme, und die Umstehenden bekreuzigten sich.

Mit einemmal drängten die Leute nach vorn, um sich anzuschauen, was geschehen war. Sie schubsten und stießen sich und kletterten vor Neugierde sogar übereinander hinweg, um besser sehen zu können.

»Zurück! Zurück mit euch!« riefen die Diakone und benutzten ihre Kruzifixe, um die unruhige, brodelnde Menge in Schach zu halten. An mehreren Stellen in der langen Reihe der Prozession kam es zu Schlägereien, und die Wachtposten stürmten dorthin und brüllten mit rauhen Stimmen Befehle.

Johanna hörte dies alles wie aus weiter Ferne. Als sie auf der Straße lag, in ihrem eigenen Blut, überkam sie plötzlich ein unfaßbares, erhabenes Gefühl inneren Friedens. Die Straße, die Menschen, die farbenprächtigen Banner der Prozession erstrahlten in wundervoll leuchtenden Farben vor ihrem geistigen Auge, wie die Fäden eines riesigen Wandteppichs, dessen Muster sie allein zu erkennen vermochte.

Noch einmal wuchs ihr gewaltiger Geist heran, bis er die Leere in ihrem Innern füllte. Sie wurde in ein wundervolles, strahlendes Licht gebadet. Glaube und Zweifel, Wille und Verlangen, Herz und Verstand – endlich, am Ende ihres Weges, erkannte Johanna, daß dies alles eins war und daß dieses Eine Gott war.

Das Leuchten wurde heller. Lächelnd ging sie darauf zu, während die Lichter und Laute der irdischen Welt schwächer und schwächer wurden und schließlich erloschen, wie der Mond, wenn die Morgenröte kommt.

Epilog
Zweiundvierzig Jahre später

Anastasius saß an seinem Schreibpult im Scriptorium des Lateranpalastes und schrieb einen Brief. Seine knotigen Hände, steif und arthritisch vom Alter, schmerzten bei jedem Strich mit der Feder. Doch ungeachtet des Schmerzes schrieb Anastasius weiter. Der Brief war äußerst wichtig und mußte schnellstens abgeschickt werden.

»An Seine erhabene königliche und kaiserliche Majestät Arnulf«, kritzelte er.

Kaiser Lothar war seit langer Zeit tot; schon wenige Monate nach seiner Abreise aus Rom war er im Jahre 855 gestorben. Sein Thron war zuerst an seinen Sohn Ludwig den Jüngeren übergegangen und dann, nach dessen Tod, an Lothars Neffen, Karl den Dicken. Doch beide waren schwache, mittelmäßige Herrscher gewesen. Mit dem Tod Karls des Dicken im Jahre 887 war die karolingische Linie, die mit Karl dem Großen begonnen hatte - oder Charlemagne, wie er nun weithin genannt wurde - erloschen. Arnulf von Kärnten hatte sich beim Streit um den kaiserlichen Thron 887 in Tribur gegen eine Schar von Konkurrenten durchsetzen können. Anastasius betrachtete diesen Thronwechsel als eine im großen und ganzen begrüßenswerte Entwicklung. Arnulf war klüger, gerissener und stärker als seine Vorgänger, Lothar eingeschlossen. Und darauf zählte Anastasius. Denn in Sachen Papst Stephans mußte dringend etwas unternommen werden.

Erst letzte Woche hatte Stephan einen Skandal verursacht, als er zum Entsetzen von ganz Rom befohlen hatte, die sterblichen Überreste seines Vorgängers, Papst Formosus, aus dem Grab zu zerren und ins Patriarchum zu bringen. Dort hatte Stephan die Leiche in einen Stuhl setzen lassen und bei einer makaberen, nachgestellten »Gerichtsverhandlung« den Vorsitz geführt; er hatte Formosus mit Vorwürfen und Schmähungen überhäuft und der Leiche als Strafe für »eingestandene

Verbrechen« zum Schluß gar drei Finger der rechten Hand abgetrennt – jene Finger, mit denen ein Papst den Segen erteilte.

»Ich appelliere an Eure Majestät«, schrieb Anastasius, »nach Rom zu kommen und den Exzessen dieses Papstes ein Ende zu bereiten, sind sie doch eine Schande für die gesamte Christenheit.«

Ein plötzlicher Krampf in Anastasius' Hand ließ die Schreibfeder so heftig erbeben, daß Tintentropfen über das saubere Pergament spritzten. Fluchend tupfte der alte Mann die Tintenkleckse mit einem Tuch auf; dann legte er die Feder zur Seite, streckte die Finger und rieb die Hände aneinander, um den Schmerz zu lindern.

Seltsam, dachte Anastasius mit bitterer Ironie, *daß ein Mann wie Stephan zum Papst gewählt wurde, während ich, der für dieses Amt durch meine vornehme Herkunft und hohe Bildung doch so hervorragend geeignet war, wieder einmal leer ausgegangen bin.*

Dabei war Anastasius seinem großen Ziel damals nahegekommen, so greifbar nahe! Nach dem Tod Papst Johannes' und der schockierenden Entdeckung, daß dieser Papst in Wirklichkeit eine Frau gewesen war, hatte Anastasius das Patriarchum von seinen Leuten besetzen lassen und hatte den Thron des heiligen Petrus für sich beansprucht – mit dem Segen Kaiser Lothars.

Was hätte er alles bewirken können, wäre er auf dem Papstthron geblieben! Doch es hatte nicht sollen sein. Eine kleine, aber einflußreiche Gruppe von Klerikern hatte sich vehement gegen ihn ausgesprochen. Mehrere Monate lang war die Frage, wer der neue Papst werden sollte, erbittert debattiert worden, und mal hatte die eine, mal die andere Partei wie der sichere Sieger ausgesehen.

Doch am Ende war Lothar davon überzeugt gewesen, daß eine beträchtliche Anzahl von Römern sich niemals mit Anastasius als neuem Papst abfinden würden, und er hatte daraufhin beschlossen, seinen Kurs zu ändern und seinem Schützling die Unterstützung zu versagen. Man hatte Anastasius abgesetzt und ihn in Schimpf und Schande ins Kloster von Trastevere geschickt.

Damals glaubten alle, damit wäre es aus und vorbei mit mir, ging es Anastasius nun durch den Kopf. *Aber sie haben mich unterschätzt.*

Mit Geduld, Können und Diplomatie hatte er sich wieder

nach oben gekämpft und schließlich das Vertrauen von Papst Nikolaus gewonnen. Nikolaus hatte ihn mit dem hohen Amt des päpstlichen Bibliothekars betraut – eine Stellung, die mit Macht und Privilegien verbunden war und die Anastasius seit nunmehr über dreißig Jahren innehatte.

Jetzt, im außergewöhnlich hohen Alter von fünfundachtzig Jahren, wurde Anastasius verehrt und geachtet und allgemein seiner großen Gelehrtheit wegen gerühmt. Kirchenmänner, Wissenschaftler und Gelehrte aus aller Welt kamen nach Rom, nur um mit ihm zu sprechen und sein Meisterwerk zu bewundern, das *Liber Pontificalis*, die offizielle Chronik der Päpste. Erst im vergangenen Monat hatte ein fränkischer Erzbischof namens Arnaldo um die Erlaubnis gebeten, für seine Dombibliothek eine Abschrift dieses Werkes anfertigen zu lassen, und Anastasius hatte großzügig seine Zustimmung erteilt.

Das *Liber Pontificalis* war Anastasius' Gewähr für die Unsterblichkeit und sein Nachlaß an die irdische Welt. Vor allem aber war dieses Werk Anastasius' letzte Rache an seinem verhaßten Rivalen – an jenem Menschen, der ihm im Jahre 853 den Ruhm verwehrt hatte, für den das Schicksal, da war er gewiß, ihn bestimmt hatte. Anastasius hatte Päpstin Johanna aus dem offiziellen Papstregister gestrichen; im *Liber Pontificalis* wurde nicht einmal ihr Name erwähnt.

Damit hatte Anastasius zwar nicht seinen größten und sehnlichsten Wunsch auf Erden verwirklicht, aber es war immerhin etwas. Denn der Ruhm und das Schicksal des päpstlichen Bibliothekars Anastasius und seines großen Werkes würden die Jahrhunderte überdauern, während Päpstin Johanna im Dunkel der Geschichte verloren sein würde, der ewigen Vergessenheit preisgegeben.

Der Krampf in seiner Hand war verschwunden. Anastasius nahm die Feder auf und begann wieder zu schreiben.

Im Scriptorium des Bischofspalasts zu Paris arbeitete Erzbischof Arnaldo an der letzten Seite seiner Abschrift des *Liber Pontificalis*. Die Sonne schien durch das schmale Fenster; in dem Balken aus gelbem Licht, der ins Scriptorium fiel, tanzten Myriaden von Staubteilchen. Arnaldo setzte den abschließenden, schwungvollen Schnörkel auf die letzte Seite, las sie noch einmal durch und legte dann müde die Schreibfeder auf das Pult.

Es war eine lange und beschwerliche Arbeit gewesen, das gesamte Manuskript des »Buches der Päpste« zu kopieren. Die Schreiber im Bischofspalast hatten höchst erstaunt reagiert, als der Erzbischof die Arbeit selbst übernommen hatte, statt sie einem von ihnen zu übertragen, doch Arnaldo hatte seine Gründe für diese Entscheidung. Er hatte das berühmte Manuskript nicht nur kopiert, sondern auch korrigiert: Zwischen den Abschnitten, in denen das Leben der Päpste Leo und Benedikt beschrieben wurde, gab es nun einen neuen Eintrag über Päpstin Johanna – einen Abschnitt, in dem Johannas Leben und ihre Amtszeit wieder an die ihnen zustehenden Plätze in der Geschichte gerückt wurden.

Doch Arnaldo hatte diese Aufgabe nicht nur übernommen, um die historische Wahrheit zurechtzurücken, sondern auch aus einem Gefühl der persönlichen Schuld. Wie Johanna war auch der Erzbischof nicht das, was er zu sein schien. Denn Arnaldo, geborene Arnalda, war in Wirklichkeit die Tochter des fränkischen Gutsverwalters Arn und seiner Frau Bona, bei denen Johanna nach ihrer Flucht aus dem Kloster Fulda eine Zeitlang gelebt hatte. Damals war Arnalda ein kleines Mädchen gewesen, doch sie hatte Johanna niemals vergessen – die freundlichen, klugen Augen, die sie so liebevoll betrachtet hatten; die Spannung und den Reiz ihrer täglichen gemeinsamen Unterrichtsstunden; ihrer beider Freude, als die kleine Arnalda die ersten Worte lesen und schreiben konnte. Von Johannas Beispiel ermuntert, hatte auch Arnalda als Heranwachsende beschlossen, sich als Mann auszugeben, um ihre ehrgeizigen Pläne verwirklichen zu können.

Wie viele andere von uns mag es wohl geben? fragte Arnalda sich nicht zum erstenmal. Wie viele andere Frauen hatten den kühnen Sprung getan und ihre weibliche Identität abgelegt? Wie viele Frauen hatten ein Leben aufgegeben, das mit Kindern und einer Familie hätte erfüllt und ausgefüllt sein können, um statt dessen Ziele anzustreben, die sie als Frau und auf andere Weise niemals hätten erreichen können? Wer konnte das sagen? Es mochte gut sein, daß Arnalda in einem Kloster oder einem Dom, ohne es zu wissen, einer Geschlechtsgenossin begegnet war, die sich in geheimer und bislang unaufgedeckter Schwesternschaft als Mann ausgab und einen ebenso beschwerlichen Weg gehen mußte wie Johanna und Arnalda.

Arnalda lächelte bei diesem Gedanken. Sie schob die Hand unter den Kragen ihres erzbischöflichen Umhangs und ergriff das hölzerne Medaillon mit dem verwitterten Bildnis der heiligen Katharina. Arnalda hatte es seit jenem Tag vor mehr als vierzig Jahren, da Johanna es ihr um den Hals gelegt hatte, nicht ein einziges Mal abgelegt.

Arnalda blickte auf die Abschrift des *Liber Pontificalis*. Morgen würde sie das Manuskript in Leder binden, den Einband mit goldenen Lettern prägen und das Werk in den Archiven des Domes unterbringen lassen. Dann gab es wenigstens einen Ort, an dem schriftliche Aufzeichnungen über Päpstin Johanna aufbewahrt wurden, die – wenngleich eine Frau – ein guter und gottesfürchtiger Statthalter Christi auf Erden gewesen war.

Eines Tages würde jemand diese Unterlagen finden und Johannas Geschichte erzählen.

Die Schuld ist beglichen, dachte Arnalda. *Ruhe in Frieden, Päpstin Johanna.*

ENDE

Anmerkungen der Verfasserin
Gab es Päpstin Johanna?

Päpstin Johanna zählt zu den faszinierendsten und außergewöhnlichsten Gestalten der abendländischen Geschichte – und zu denen, über die am wenigsten bekannt ist. Die meisten Leute haben noch nie von Päpstin Johanna gehört, und diejenigen, denen ihr Name geläufig ist, betrachten ihr Leben als Legende.

Doch über mehr als achthundert Jahre hinweg – von der Mitte des neunten bis ins siebzehnte Jahrhundert – war Johannas Pontifikat allgemein bekannt und wurde als historische Wahrheit akzeptiert. Im siebzehnten Jahrhundert jedoch unternahmen verschiedene Einrichtungen der katholischen Kirche, die sich wachsenden Angriffen durch den aufstrebenden Protestantismus ausgesetzt sah, einen gemeinschaftlichen Versuch, die peinlichen historischen Unterlagen über Johanna zu vernichten. Hunderte von Büchern und Manuskripten wurden vom Vatikan eingezogen. Wie wirkungsvoll diese Maßnahmen waren, wird schon dadurch ersichtlich, daß Johanna aus dem heutigen Bewußtsein praktisch verschwunden ist.

Die katholische Kirche führt derzeit zwei grundsätzliche Argumente ins Feld, die angeblich gegen Johannas Papstamt sprechen: zum einen das Fehlen jeglicher Erwähnung Johannas in zeitgenössischen Dokumenten, zum anderen der angebliche Mangel an ausreichendem zeitlichem Spielraum, um Johannas Pontifikat zwischen dem Ende der Amtszeit ihres Vorgängers, Papst Leo IV., und dem Beginn der Amtszeit ihres Nachfolgers, Papst Benedikt III., »unterzubringen«.

Diese Argumente sind jedoch alles andere als schlüssig. Es kann kaum verwundern, daß Johannas Name in keinen zeitgenössischen Dokumenten erscheint, wenn man bedenkt, wieviel Zeit der Kirche zur Verfügung stand – und wieviel Energie sie darauf verwendet hat –, jeden Hinweis auf Päpstin Johanna zu verwischen. Es kommt hinzu, daß Johanna im neunten Jahrhundert gelebt hat, einem der dunkelsten des frühen »finsteren Mittelalters«; dies hat es der Kirche mit Sicherheit leichter gemacht, alle Spuren zu beseitigen, die Johanna als Päpstin hinterlassen hat. Im neunten Jahrhundert war das Analphabetentum weit verbreitet, was durch die außerordentliche Armut an schriftlichen Quellen unterstrichen wird. Deshalb muß man sich heute bei der wissenschaftlichen Erforschung dieser Epoche zumeist auf bruchstückhafte, unvollständige, verstreute, widersprüchliche und unzuverlässige Dokumente stützen. Es gibt keine Gerichtsakten, keine Unterlagen über Landvermessungen, keine Aufstellungen über Ernteerträge, kaum Tagebücher oder Aufzeichnungen über das tägliche Leben. Von einer höchst umstrittenen Handschrift abgesehen, dem *Liber Pontificalis* (das von einigen Wissenschaftlern als »propagandistisches Dokument« bezeichnet wurde), gibt es auch keine fortlaufende Liste der Päpste des neunten Jahrhunderts (und nicht nur des neunten) – wer sie waren, wann sie regierten, was sie bewirkt haben. Johannas Nachfolger beispielsweise, Papst Benedikt III., wird praktisch nur im *Liber Pontificalis* erwähnt – und dabei war *er* nicht das Ziel eines regelrechten Vernichtungsfeldzuges.

Doch ein uraltes Exemplar des *Liber Pontificalis*, in dem auch Johannas Pontifikat verzeichnet ist, existiert noch heute. Der Eintrag über Johanna stammt offensichtlich aus späterer Zeit und wurde unbeholfen in den Hauptteil des Textes eingefügt. Aber dies bedeutet keineswegs, daß der Bericht falsch ist; ein späterer Geschichtsschreiber, der von der Richtigkeit der Aussagen politisch weniger suspekter Chronisten überzeugt gewesen sein mag, fühlte sich möglicherweise moralisch verpflichtet, die »offizielle« Akte zu korrigieren. Der protestantische Historiker Blondel, der den Text im Jahre 1647 untersuchte, gelangte zu dem Schluß, daß die Einfügung über Johanna im 14. Jahrhundert vorgenommen wurde; dabei stützte er seine Meinung jedoch ausschließlich auf die Unterschiede in Stil und Handschrift – bestenfalls subjektive Einschätzungen. Was dieses Dokument betrifft, sind also wichtige Fragen offengeblieben. Wann wurde der fragliche Absatz geschrieben? Und von wem? Eine neuerliche Untersuchung dieses Textes unter Zuhilfenahme moderner Datierungsmethoden – ein Versuch, der bislang noch nicht unternommen wurde – könnte interessante neue Erkenntnisse erbringen.

Daß Johanna in zeitgenössischen kirchlichen Dokumenten nicht erscheint, kann schwerlich verwundern. Die römischen Kleriker der damaligen Zeit hätten vor Entsetzen über die gewaltige Täuschung, der sie zum Opfer gefallen waren, zu allen Mitteln gegriffen, sämtliche schriftlichen Berichte über diese peinliche Episode zu verbergen. Sie hätten es sogar als ihre *Pflicht* betrachtet. Hinkmar beispielsweise, Erzbischof von Reims und Zeitgenosse Johannas, hat in seinen Briefen und Chroniken häufig Informationen zurückgehalten, die der Kirche Schaden hätten zufügen können. Selbst der große Theologe Alkuin schreckte nicht davor zurück, an der Wahrheit zu drehen; in einem seiner Briefe gesteht er, einen Bericht über die Unkeuschheit und den Ämterkauf durch Papst Leo III. vernichtet zu haben.

Insofern sind die schriftlichen Hinterlassenschaften von Johannas Zeitgenossen mit Vorsicht zu genießen. Dies gilt insbesondere für die römischen Prälaten, die ein starkes persönliches Interesse daran hatten, die Wahrheit zu unterdrücken. Bei den seltenen Gelegenheiten, da ein Pontifikat für ungültig erklärt wurde – wie es bei Johanna der Fall gewesen wäre, hätte man ihre weibliche Identität entdeckt –, wurden sämtliche bereits getroffenen Anordnungen, Erlasse und Entscheidungen des betreffenden Papstes automatisch null und nichtig. Sämtlichen Kardinälen, Bischöfen, Diakonen und Priestern, die von diesem Papst die Weihe empfangen hatten, wurden ihre Titel und Ämter aberkannt. Insofern kann es nicht verwundern, daß in den Dokumenten und Akten, die von diesen Männern geführt bzw. kopiert wurden, sich nirgends eine Erwähnung Johannas findet.

Um zu beobachten, auf welche Weise gut aufeinander abgestimmte Organe eines gleichermaßen rücksichtslosen wie effizienten Staatsapparates peinliche Beweise »verschwinden« lassen können, braucht man nur einen Blick auf Beispiele aus der heutigen Zeit zu werfen, etwa auf Nicaragua oder El Salvador. Erst Jahre später, nachdem die Zeit ein wenig Abstand zu den Vorfällen geschaffen hat, kommt die Wahrheit allmählich ans Licht – eine Wahrheit, die unter anderem von der unauslöschlichen mündlichen Überlieferung sowie späteren Zeitzeugen bewahrt wurde. Und in der Tat gibt es in späteren Jahrhunderten keinen Mangel an Quellenmaterial über Johannas Pontifikat. Der deutsche Historiker Friedrich Spanheim, der eine umfangreiche Studie über dieses Thema verfaßt hat, zitiert nicht weniger als *fünfhundert* alte Manuskripte, die Berichte über Johannas Amtszeit enthalten; zu den Verfassern zählen so anerkannte Autoren wie Petrarca oder Boccaccio.

Heute wird Johanna von der katholischen Kirche als »Erfindung« protestantischer Reformer betrachtet, die darauf bedacht gewesen seien, die papistische Korruption zu enthüllen. Doch Johannas Geschichte wurde bereits Jahrhunderte vor Martin Luthers Geburt niedergeschrieben. Außerdem waren die meisten Chronisten Johannas Katholiken, die hohe Ämter in der kirchlichen Hierarchie innehatten. Johannas Geschichte wurde sogar in einigen »offiziellen« Geschichtswerken über die Päpste aufgeführt. In der Kathedrale von Siena stand ihre Statue unbestritten und unangefochten neben denen anderer Päpste – bis zum Jahre 1601, als sie auf Anordnung Papst Clemens' VIII. plötzlich in ein Standbild Papst Zacharias' »umgewandelt« wurde.

Doch im Jahre 1276, nachdem man eine gründliche Durchsuchung der päpstlichen Akten und Urkunden vorgenommen hatte, änderte Papst Johannes XX. seinen Amtsnamen in Johannes *XXI.* – als offizielle Anerkennung des Pontifikats Johannas als Papst Johannes VIII. Johannas Geschichte wurde in den offiziellen kirchlichen »Reiseführer« für die Stadt Rom aufgenommen, der mehr als drei Jahrhunderte von Pilgern benutzt wurde.

Ein weiteres stichhaltiges historisches Beweisstück wurde in den Akten des ausführlich dokumentierten Prozesses gefunden, der 1413 wegen Ketzerei gegen Johannes Hus geführt wurde. Hus wurde verurteilt, weil er die häretische Lehre gepredigt hatte, der Papst sei *nicht* unfehlbar. Zu seiner Verteidigung führte Hus eine Vielzahl von Beispielen an, da Päpste gesündigt oder Verbrechen gegen die Kirche begangen hatten. Jede dieser Klagen wurde von Hus' Richtern – allesamt Kirchenmänner – in allen Einzelheiten beleuchtet, als unrichtig zurückgewiesen und als ketzerisch abgestempelt. Nur eine der Aussagen Hus' wurde akzeptiert: »Päpste sind viele Male der Sünde und dem Irrtum anheimgefallen, so zum Beispiel, als Johanna zum Papst gewählt wurde, obwohl sie eine Frau war.« Kein einziger der 28 Kardinäle, 4 Patriarchen, 30 Metropoliten, 206 Bischöfe und 440 Theologen hat Hus dieser Aussage wegen der Lüge oder Blasphemie beschuldigt.

Das zweite Hauptargument, das die Kirche gegen Johannas Papstamt anführt, stützt sich darauf, daß zwischen den Pontifikaten der Päpste Leo IV. und Benedikt III. zu wenig Zeit vergangen sei, als daß Johanna das Amt des Papstes hätte innehaben können. Aber dieses Argument ist mehr als fragwürdig. Eine sorgfältige Überprüfung der frühesten päpstlichen Dokumente enthüllt eine vielsagende Auslassung: Zwar wird als Todestag Leos IV. der 17. Juli genannt, aber die *Jahresangabe* fehlt. Diese Auslassung hätte es späteren Chronisten leicht gemacht, das Todesjahr Leos von 853 in das Jahr 855 zu verlegen – also über jene zwei Jahre hinweg, in denen Johanna ihr Papstamt innehatte –, um auf diese Weise den Eindruck zu erwecken, Papst Benedikt III. sei der unmittelbare Nachfolger Papst Leos IV. gewesen.[1]

Die Geschichte bietet viele weitere Beispiele einer derartigen vorsätzlichen Aktenfälschung. Die Bourbonisten datierten gar die Regierungszeit Ludwigs XVIII. schlicht und einfach vom Todestag seines Bruders an und »übersprangen« dabei keinen Geringeren als Napoleon Bonaparte, der sich nun wahrhaftig nicht aus sämtlichen historischen Quellen entfernen ließ; dafür gibt es viel zu viele Chroniken, Tagebücher, Briefe und Dokumente anderer Art. Aber legt man dieses beinahe schon wahnwitzige Unterfangen unserem Problem zugrunde, wird dem Leser wohl deutlicher, wie vergleichsweise einfach es gewesen sein dürfte – noch dazu für die mächtige katholische Kirche und über die vielen Jahrhunderte hinweg –, Johanna aus den schriftlichen Quellen des neunten Jahrhunderts »verschwinden« zu lassen.

1 Bei zwei der wichtigsten materiellen Beweismittel gegen Johannas Pontifikat stützt man sich auf die Annahme, daß Leo IV. im Jahre 855 gestorben ist; bei diesen Beweismitteln handelt es sich um:
1. Eine Münze, die den Namen Papst Benedikts III. auf der einen Seite und den Kaiser Lothars auf der anderen Seite trägt. Da Lothar am 28. September 855 starb und die Münze den lebenden Lothar und den lebenden Benedikt gemeinsam zeigt, kann Benedikt den Papstthron offensichtlich nicht *nach* 855 bestiegen haben.
2. Ein Dekret Papst Benedikts, das er laut Datierung auf der Urkunde am 7. Oktober 855 verfaßt hat und in dem er die Privilegien des Klosters Corvey bestätigt – was wiederum bestätigt, daß Benedikt zu diesem Zeitpunkt auf dem Papstthron saß. Aber diese »Beweise« schrumpfen zur Bedeutungslosigkeit, falls Leo IV. tatsächlich im Jahre 853 (oder sogar 854) starb; denn in beiden Fällen wäre Johanna Zeit genug geblieben, das Papstamt anzutreten und auszuüben, bis Benedikt im Jahre 855 ihr Nachfolger wurde.

Außerdem gibt es indirekte Beweise – bestimmte Gegenstände und Maßnahmen – die nur sehr schwer zu erklären sind, sollte es tatsächlich niemals einen weiblichen Papst gegeben haben. Ein Beispiel ist die sogenannte »Sesselüberprüfung«, die für mehr als sechshundert Jahre ein Bestandteil der mittelalterlichen Papstwahl und -weihe gewesen ist. Nach Johannas Pontifikat – also ab der zweiten Hälfte des neunten Jahrhunderts – mußte jeder neu gewählte Papst auf dem *sella stercoraria* Platz nehmen (wörtlich übersetzt etwa: »Dung-Sessel«), der in der Mitte eine große Öffnung ähnlich einer Toilette aufwies; auf diesem Stuhl wurden die Genitalien des Erwählten untersucht, um sich davon zu überzeugen, daß es sich tatsächlich um einen Mann handelte. Anschließend verkündete der Untersuchende (für gewöhnlich ein Diakon) den Versammelten: »*Mas nobis nominus est*« – »unser Erwählter ist ein Mann.« Erst dann wurden dem Papst die Schlüssel zu Sankt Peter ausgehändigt. Diese Zeremonie wurde bis ins sechzehnte Jahrhundert beibehalten. Sogar Alexander Borgia mußte sich dieser peinlichen Untersuchung unterziehen, obwohl seine Frau ihm zum Zeitpunkt der Wahl bereits vier Söhne geboren hatte, die er stolz als seine Kinder anerkannte.

Die katholische Kirche streitet die Existenz des *sella stercoraria* auch gar nicht ab; denn diesen Stuhl gibt es noch heute in Rom. Auch wird von kirchlicher Seite nicht bestritten, daß dieser Stuhl über Jahrhunderte hinweg bei der Zeremonie der Papstweihe benutzt wurde. Doch wird vielfach die Behauptung erhoben, daß der Stuhl nur seines »schönen und beeindruckenden Äußeren« wegen verwendet worden sei; daß die Sitzfläche ein Loch aufweist, habe »keine besondere Bedeutung«. Diese Argumentation ist, gelinde gesagt, absurd. Der Stuhl hat einstmals offensichtlich als Toilette gedient, oder vielleicht auch als Entbindungsstuhl. Kann man davon ausgehen, daß ein Gegenstand, der einstmals zu derart ordinären und »weltlichen« Zwecken benutzt wurde, als *Papstthron* gedient hat, ohne daß es einen guten Grund dafür gegeben hätte? Wohl kaum. Und falls die »Geschlechtsuntersuchung« der Päpste tatsächlich ins Reich der Phantasie gehört – wie erklärt sich dann die Vielzahl der Zoten, Scherze und Lieder, die sich auf diesen Stuhl beziehen und die beim Volk von Rom jahrhundertelang weit verbreitet gewesen sind? Zugegeben, wir reden hier von Zeiten der Unwissenheit und des Aberglaubens, doch das mittelalterliche Rom war eine eng zusammengewachsene, ja, zusammen*gedrängte* Gemeinschaft: Viele Menschen wohnten nur einen Steinwurf weit vom Papstpalast entfernt; viele ihrer Väter, Brüder, Söhne und Vettern waren Prälaten, die bei den Papstweihen dabeigewesen sind und die Wahrheit über den *sella stercoraria* gekannt haben müssen.

Es gibt sogar einen Augenzeugenbericht über eine solche »Sesselüberprüfung«: Im Jahre 1404 reiste der Waliser Adam von Usk nach Rom und blieb länger als zwei Jahre in der Stadt; während dieser Zeit führte er sorgfältig Buch über seine Beobachtungen. In seiner ausführlichen Beschreibung der Krönungs- und Weihefeierlichkeiten von Papst Innozenz VII. wird auch die »Sesselüberprüfung« geschildert.

Einen weiteren wichtigen Beweis liefert die »gemiedene Straße«. Das Patriarchum – der Papstpalast und die Bischofskirche des Papstes in seinem Amt als Bischof von Rom (die heutige San Giovianni in Laterano) – befindet sich auf der gegenüberliegenden Seite des Petersdomes; aus diesem Grunde zogen päpstliche Prozessionen oft zwischen den beiden Kirchen hindurch. Schon ein flüchtiger Blick auf eine Karte des modernen Rom zeigt, daß die Via Sacra (die heutige Via San Giovanni) die mit Abstand kürzeste und direkteste Verbindung zwischen diesen beiden Orten ist – und in der Tat wurde sie über Jahrhunderte hinweg von den Päpsten benutzt (daher der Name Via Sacra, »heilige Straße«). Die Via Sacra ist nun jene Straße, auf der Johanna der Überlieferung nach bei der Frühgeburt starb. Kurze Zeit später mieden päpstliche Prozessionen absichtlich diese Straße, und zwar »aus Abscheu ob dieses Vorfalles«.

Die katholische Kirche argumentiert, daß der Umweg später lediglich deshalb gemacht wurde, weil die Straße für Prozessionen zu schmal gewesen sei, und dies bis ins sechzehnte Jahrhundert, als sie unter Papst Sixtus V. verbreitert wurde. Aber diese Erklärung ist offensichtlich unwahr. Im Jahre 1486 beschrieb Johannes Burckhardt, Bischof von Horta und päpstlicher Zeremonienmeister unter fünf Päpsten (ein Amt, das ihm intimste Kenntnisse über den päpstlichen Hof verschafft haben dürfte), in seinem Tagebuch, was sich zugetragen hatte, als eine päpstliche Prozession mit der Gewohnheit brach und über die Via Sacra zog:

Auf dem Rückweg kam er (der Papst) am Kolosseum vorbei und (zog) die gerade Straße hinunter, auf der ... Johannes Anglicus ein Kind gebar, was der Grund dafür ist, daß die Päpste ... bei ihren Kavalkaden nie durch diese Straße ziehen; deshalb wurden dem Papst Vorhaltungen gemacht ... vom Erzbischof von Florenz, dem Bischof von Massano und Hugo de Bencii, dem apostolischen Subdiakon ...

Einhundert Jahre *vor* der Verbreiterung der Straße ist diese päpstliche Prozession also ohne Schwierigkeiten über die Via Sacra gezogen. Außerdem geht aus Burckhardts Bericht eindeutig hervor, daß zu seiner Zeit (im 15. Jahrhundert) selbst hohe Würdenträger im päpstlichen Palast gar keinen Zweifel an Johannas Pontifikat hatten.

Berücksichtigt man die Wirren der Zeit, den Mangel an Quellen und die Verschleierungsversuche, wird sich wohl nie mehr genau feststellen lassen, was an jenem schicksalhaften Tag im Jahre 855 auf der Via Sacra geschehen ist. Deshalb hatte ich beschlossen, einen Roman darüber zu schreiben, und keine historische Abhandlung. Wenngleich ich mich vielfach auf erwiesene geschichtliche Tatsachen stütze, sind die meisten Geschehnisse in *Die Päpstin* rein fiktiver Natur. Über Johannas Kinder- und Jugendjahre ist so gut wie nichts bekannt; man weiß nur, daß sie aus Ingelheim stammte, einen englischstämmigen Vater hatte und mehrere Jahre als Mönch im Kloster Fulda verbrachte. Also mußte ich notwendigerweise die fehlenden Stücke ergänzen, was diesen persönlichen Hintergrund angeht.

Doch die bedeutsamsten Ereignisse in Johannas Erwachsenenleben, wie sie in *Die Päpstin* geschildert werden, entsprechen der tatsächlichen historischen Überlieferung; gleiches gilt für den äußeren geschichtlichen Rahmen: Die Schlacht von Fontenoy fand, wie beschrieben, wirklich am 25. Juni 841 statt; der historisch höchst bedeutsame Vertrag von Verdun wurde tatsächlich geschlossen; die Sarazenen plünderten im Jahre 847 wirklich Sankt Peter; im römischen Borgo brach im Jahre 847 tatsächlich eine Feuersbrunst aus, und 854 verursachte der Tiber in der Tat eine Flutkatastrophe. Die Morde an Theodorus (im Roman Anastasius' Onkel) und Leo im Papstpalast wurden tatsächlich verübt, und auch die Verhandlung des *magister militum* Daniel gegen den päpstlichen *superista* hat wirklich stattgefunden. Ebenso gibt es schriftliche Zeugnisse über Papst Sergius' Völlerei und seine Gichtkrankheit. Anastasius, Arsenius, Gottschalk, Rabanus Maurus, Kaiser Lothar, seine Brüder Karl und Ludwig sowie die Päpste Gregor, Sergius und Leo sind allesamt historische Gestalten. Auch was die allgemeinen Lebensumstände, die Ernährungsgewohnheiten, die Kleidung, die medizinischen Behandlungsformen und anderes im neunten Jahrhundert betrifft, habe ich mich eingehend kundig gemacht, so daß meine Schilderungen weitgehend authentisch sein dürften.

Doch um einen möglichst spannenden Unterhaltungsroman erzählen zu können, habe ich einige historische Fakten so »zurechtgerückt«, daß sie in den Handlungsrahmen passen. Beispielsweise brauchte ich einen Normannenüberfall auf Dorstadt (oder Dorestad) im Jahre 824; tatsächlich stattgefunden hat dieser Raubzug aber erst 842. Ähnliches gilt für »meine« beiden Züge Kaiser Lothars gegen Rom mit dem Ziel, die Stadt und den Papst zu bestrafen. In Wahrheit hat Lothar beim zweiten Mal seinen Sohn Ludwig entsandt, den König von Italien, um diese Aufgabe an seiner Stelle zu erledigen. Der Leichnam des heiligen Marcellinus wurde tatsächlich aus seinem Grab gestohlen; allerdings nicht im Jahre 855, sondern bereits 827. Johannes der Diakon, der Gegenpapst – Sergius' Vorgänger –, wurde nach seiner Absetzung nicht hingerichtet, sondern eingekerkert und anschließend verbannt. Aber diese und andere »dichterische Freiheiten« mögen mir verziehen sein, zumal es – glaube ich – Ausnahmen sind; ich habe versucht, den historischen Rahmen des Romans möglichst präzise zu zeichnen.

Einige Dinge, die ich in *Die Päpstin* beschrieben habe, mögen aus unserer heutigen Warte schockierend anmuten; für die Menschen der damaligen Zeit waren sie es gewiß nicht. Der Verfall des römischen Kaiserreichs und der sich daraus ergebende Zusammenbruch staatlicher und gesetzlicher Ordnung führten zu einer Epoche, die von einer fast beispiellosen Barbarei und Gewalt gekennzeichnet war. Wie ein zeitgenössischer Chronist sich beklagte, war es ein »Zeitalter des Schwertes, ein Zeitalter des Windes, ein Zeitalter des Wolfes«. Die Bevölkerung Europas wurde durch eine verheerende Reihe aufeinanderfolgender Hungersnöte, Epidemien, Bürgerkriege und »barbarischer« Invasionen fast zur Hälfte vernichtet. Die durchschnittliche Lebenserwartung war sehr niedrig; weniger als ein Viertel der Bevölkerung wurde älter als fünfzig Jahre. Städte im eigentlichen Sinne gab es nicht mehr; die größten Orte hatten nicht mehr als zwei- oder dreitausend Einwohner. Die alten Römerstraßen waren verfallen; die Brücken, von denen ihre Funktionstüchtigkeit als Reise- und Fernhandelswege abhingen, waren verschwunden.

Die gesellschaftliche und wirtschaftliche Ordnung, die wir heute als Zeitalter der »Feudalherrschaft« bezeichnen, lag noch in weiter zeitlicher Ferne. Ebensowenig konnte von einem europäischen Staatenwesen die Rede sein; im modernen Sinne gab es weder ein Deutschland, noch ein Frankreich, noch ein Spanien oder Italien. Zudem hatten die verschiedenen romanischen Sprachen sich noch nicht aus ihrer Muttersprache, dem Latein, herausgebildet; es gab keine französische oder spanische oder italienische Sprache, nur unterschiedliche Formen eines umgangssprachlichen Latein, das sich immer weiter von seiner klassischen Form entfernte, sowie eine Vielzahl verschiedener regionaler Mundarten.

Kurz gesagt, war das neunte Jahrhundert eine Epoche einer sich wandelnden Gesellschaft, die von einer seit langer Zeit toten Form der sozialen und wirtschaftlichen Ordnung in eine neue Gestalt der gesellschaftlichen Ordnung hineinwuchs, die noch gar nicht geboren war – mit all den inneren Unruhen und Gärungen, die eine solche Phase des Umbruchs mit sich bringt.

Das Leben in diesen unruhigen Zeiten war für die Frauen besonders schwer. Es war ein misogynistisches Zeitalter, das unter anderem von den frauenfeindlichen Schmähschriften solcher Kirchenväter wie Sankt Paul oder Tertullian geprägt wurde:

Und weißt du nicht, daß du die Eva bist? ... Du bist das Tor des Teufels, die Schlange im Baum, die erste Abtrünnige vom göttlichen Gesetz; du bist die, welche jenen verführte, dem der Teufel sich nicht zu nähern wagte ... des Todes wegen, den du verdient hast, mußte selbst der Sohn Gottes sterben.

Die Menschen glaubten, daß Menstruationsblut den Wein sauer werden ließ, Feldfrüchte verdarb und Stahl stumpf machte, daß es Eisen rosten ließe und Hundebisse mit Gift verseuche, für das es kein Gegenmittel gab. Von wenigen Ausnahmen abgesehen, wurden Frauen als minderes und unterlegenes Geschlecht betrachtet – und entsprechend behandelt –; ein Geschlecht, dem gesetzliche Rechte ebensowenig wie ein Recht auf Eigentum zustanden. Von Rechts wegen durften Männer ihre Frauen schlagen. Vergewaltigungen wurden als eine harmlosere Form des Diebstahls betrachtet. Frauen wurden von einer schulischen Ausbildung ferngehalten; denn eine gelehrte Frau wurde nicht nur als widernatürlich, sondern auch als gefährlich betrachtet.

Deshalb kann es nicht verwundern, daß Frauen tatsächlich beschlossen haben, sich als Männer auszugeben, um einem solchen Leben zu entrinnen. Außer Johanna gibt es weitere Beispiele von Frauen, die es erfolgreich bewerkstelligt haben, ein Leben als Mann zu führen. Bereits im dritten nachchristlichen Jahrhundert trat Eugenia, die Tochter des Präfekten von Alexandria, als Mann verkleidet in ein Kloster ein und schaffte sogar den Aufstieg bis zum Abt. Ihre wahre Identität blieb unentdeckt, bis sie gezwungen war, ihr Geschlecht preiszugeben, als man ihr vorwarf, ein Mädchen entjungfert zu haben. Im 12. Jahrhundert wurde St. Hildegund unter dem Namen »Bruder Joseph« als Mönch ins Kloster Schonau aufgenommen und lebte bis zu ihrem Tod viele Jahre unentdeckt in der Bruderschaft.[2]

Die Flamme der Hoffnung, die von diesen und anderen Frauen entfacht wurde, war nur ein schwaches Flackern auf einem Meer der Dunkelheit; doch gänzlich erloschen ist diese Flamme nie. Für Frauen, die stark genug waren zu träumen, gab es Gelegenheiten. *Die Päpstin* ist die Geschichte einer Frau, die einen solchen Traum gelebt hat.

2 Es gibt noch weitere, aktuellere Beispiele von Frauen, die sich erfolgreich als Männer ausgegeben haben; darunter waren: Mary Read, die zu Beginn des 18. Jahrhunderts als Pirat lebte; Hannah Snell, »ein Soldat und Seemann« in der britischen Marine; eine Frau aus dem 19. Jahrhundert, deren wirklicher Name uns unbekannt ist, die aber unter dem Namen »James Berry« bis zum Rang eines Generalinspektors der britischen Krankenhausverwaltung aufstieg; Loreta Janeta Velaquez, die unter dem Namen »Harry Buford« im amerikanischen Bürgerkrieg in der Schlacht am Bull Run für die Südstaatenarmee kämpfte. Das jüngste Beispiel ist Teresinha Gomez aus Lissabon, die achtzehn Jahre lang erfolgreich vorgab, ein Mann zu sein; als hochdekorierter Soldat stieg sie in der portugiesischen Armee bis zum Rang eines Generals auf und wurde erst 1994 »enttarnt«, als sie aufgrund einer Anklage wegen finanziellen Betruges festgenommen wurde und sich einer Leibesvisitation durch die Polizei unterziehen lassen mußte.

70
Die Botschaft Arcimboldos

Rekonstruktion der Aufzeichnungen
des Luigi Calandrelli (23):

Ich beugte mich über die Truhe, oder vielmehr, ich versuchte es. Denn mir war, als ginge von ihrem Inneren eine merkwürdige Kraft aus, eine Art unsichtbarer Strahlung, die mich zwang, meine Augen abzuwenden. Als würde mein Wille von einer stärkeren Macht gelenkt, spürte ich einen Drang, ja geradezu einen Zwang, mich hinzuknien und meine Blicke zu Boden zu richten. Mir war, als wäre ich einer unerbittlichen Prüfung unterworfen; ich fühlte, wie etwas in mir sich einerseits auf das demütigste verneigte und eine höhere Macht um Erlaubnis zu bitten schien, andererseits dabei zunehmend leichter und stärker wurde.

Endlich war mir, als hätte mein unbekanntes Gegenüber die Prüfung beendet. Langsam, als könnte ich es selber nicht glauben, vor diesem Prüfer bestanden zu haben, hob ich die Augen und betrachtete die Truhe. Die Empfindung, daß eine intensive Strahlung von ihr ausging, bestand noch immer und war eher noch deutlicher geworden; doch schien mir, als wären meine Augen nun stärker und schärfer, und als dürfte ich erst jetzt die Lampe erheben und ins Innere der Truhe blicken.

Auch diese Truhe war mit dem ausgeklügelten Mechanismus versehen, der ihren Inhalt vor dem Zugriff Unbefugter schützen sollte. Doch war das Gitter, das uns seinerzeit die Rettung der Dokumente verwehrt hatte, diesmal zusammen mit dem Deckel nach oben geklappt. Das Innere wich nur in einer Kleinigkeit von dem der ersten Truhe ab: es war in der Mitte durch eine hölzerne Wand geteilt. In der rechten Hälfte befand sich, in dunklen Samt gehüllt, ein Gegenstand in Form einer Schale, daneben in einer Hülle einige Papiere oder Pergamente. Offenbar war es der schalenförmige Gegenstand, der jene machtvolle Strahlung aussandte. Er zog meinen Blick unwiderstehlich an, aber als ich die Hülle ein Stück entfernte, schien es mir erneut, als würden meine Augen von dem Licht, das von dem steinern wirkenden Material der Schale ausging, regelrecht geblendet. Wieder konnte ich nicht anders, als meinen Blick abzuwenden.

Die linke Hälfte der Truhe enthielt eine Anzahl Rollen, die meisten aus einem Material, das ich zuerst für dickeres Pergament hielt. Doch als ich es betastete, fühlte es sich eher an wie brüchiges altes Leder. Neben den Rollen steckte eine seidene Hülle, in der ich gleichfalls Geschriebenes vermutete, und neben dieser ein einzelnes Blatt Papier oder Pergament. Quer darüber lag ein Brief. Offenbar war er als letztes in die Truhe gelegt worden. Er trug eine Aufschrift in verschnörkelten Buchstaben, die ich aber in dem schlechten Licht nicht entziffern konnte.

Ich nahm ihn heraus und drehte ihn um: er trug ein leuchtendrotes Siegel und eine Unterschrift, in der ich ein »Mont...« zu erkennen glaubte, darunter einige Zeilen in derselben Schrift wie auf der Vorderseite. Schon wollte ich das Siegel aufbrechen, da besann ich mich eines besseren. Nein, sagte ich mir: nicht so. Wenn ich denn daran ging, in das Vermächtnis des alten Meisters einzudringen, dann nicht halb im Stehen, halb im Knien. Und obwohl es den Anschein hatte, daß der Rettungstrupp draußen im Gang in der Tat langsam näherkam, würde ich doch längere Zeit mit dem Versuch verbringen, zu lesen oder zu entschlüsseln, was mein alter Lehrmeister mir hinterlassen hatte.

Ich legte den Brief zurück und schloß den Deckel. Die Truhe schob ich in die rechte Ecke der Kammer, dabei gerade so viel Platz lassend, daß ich zwischen Wand und Truhe sitzen konnte, und so von beiden gestützt wurde. Dann holte ich mir aus der vorderen Kammer das Buch, das mir dort schon als Sitzgelegenheit gedient hatte, und noch einige Bände dazu; diese stapelte ich so auf, daß sie einen kleinen Tisch bildeten.

Noch einmal ging ich in die vordere Kammer, um meine Klopfzeichen an die Wand zu schlagen. Dann setzte ich mich in meinen vorbereiteten Lesestuhl, wie ihn das Buch als Unterlage, Wand und Truhe als rechte und linke Lehne bildeten: so würde ich auch längeres Lesen aushalten können.

Ich nahm den Brief aus der Truhe, klappte den Deckel zu und stellte die Lampe neben mich. Für einige Augenblicke schloß ich die Augen. Mühsam widerstand ich dem Verlangen, erst einmal eine Weile zu schlafen, um, wie die Stimme der Trägheit mir einreden wollte, neue Kräfte zu sammeln. Ich schlug die Augen auf und betrachtete die Aufschrift auf der Vorderseite des Briefes.

Sie war auf lateinisch geschrieben. Wie froh war ich in diesem Augenblick über den Unterricht, den Bruder Alfredo mir erteilt hatte! Ich dankte ihm innerlich für die Beharrlichkeit, mit der er mich immer wieder zu meinen Studien angehalten hatte – auch dann, wenn mir der Sinn mehr nach Ruhe oder nach Vergnügungen mit meinen Zimmergenossen stand.

Die Aufschrift lautete so:

Du, der du das Siegel brechen wirst dieses Briefes, wisse: keine Schätze erwarten dich, sondern Mühsal ohne Ende, und ein Leben voll Unfrieden unter den Menschen.

Auf der Rückseite, unterhalb des roten Siegels, stand:

Wohl dir, der du kommst auf der Suche nach der Wahrheit: dein Trachten und deine Mühsal seien gesegnet, und du wirst wandeln im Schutze des Herrn. So aber du trachtest, die Wahrheit zu verbergen um der Macht deiner selbst oder deiner Oberen willen, sollst du verflucht sein jetzt und immerdar.

Ach, meine Schwäche. Wieder überkam sie mich wie ein Schwindel, so daß mir kaum genug Kraft blieb, den Brief in meinen Händen zu halten. Oder war es etwas anderes? Vielleicht, daß ich mich danach gesehnt hätte, in diesem Augenblick in Ohnmacht zu versinken, um nur den Weg nicht weitergehen zu müssen, auf dem ich mich befand? Eine ganze Weile saß ich in Gedanken verloren, zögernd, schwankend – als erwartete ich eine höhere Eingebung. Den Ausschlag gaben einige laute Klopftöne, die mich daran erinnerten, daß die Retter auf dem Weg zu mir waren: wenn es für mich überhaupt noch etwas zu entscheiden gab, dann jetzt, in diesem Augenblick. Ich holte tief Luft, brach das Siegel und entfaltete den Bogen.

Der Brief war wie die Aufschrift auf lateinisch geschrieben, jedoch in kleineren Buchstaben. Er hatte folgenden Wortlaut:

Arcimboldo de Segurmont, seinem Freunde, Bruder und Sohn zum Gruß. Der Gott der Liebe und der Gerechtigkeit hat dich geleitet; du, der du diese Zeilen liest, bist gekommen. So wolle denn der Herr geben, daß meine Hoffnung nicht zuschanden werde, und nach all der Finsternis das Licht der Wahrheit aufs neue aufleuchten möge. Ich, Arcimboldo, bitte und ermahne dich: mögest du Zeichen und Wissen, welche ich dir übergebe, wohl bewahren und weitergeben, jedoch nicht zum Ruhme der Menschen, sondern zum Ruhme des Höchsten.

Du weißt, mein Sohn, daß der Herr seine Gemeinde hat in die Hand des Satans fallen lassen. Die Christenheit, wehe, hat es nicht vermocht, die Wölfe abzuschütteln, welche sich zu Herren der Schafe gemacht haben und daselbst Päpste heißen und Bischöfe. Kaiser und Könige und ihre Lakaien sind nur zu gerne dem Ruf des reißenden römischen Wolfes gefolgt, die treuen Gläubigen von Albi zu vernichten; und all unsere Milde und Liebe ward zuschanden an der Bosheit und Mordlust jenes Teufels, der seinen blutverschmierten Stuhl den heiligen nennt.

Er, Papst des Grauens und der Finsternis, hat unsere Gemeinde zerschmettert und dahingemordet in Strömen von unschuldigem Blut; bis ans Ende meiner Tage wird mir das Klagen derer im Ohr klingen, welche dem Blutbad des leidgeprüften Montségur entronnen. Selbst die sich zur Herrschaft bekannten des römischen Ungeheuers, wurden niedergemetzelt ohne Gnade; was aber die treuen Gläubigen betrifft, so wurden die Männer und Frauen grausam zerschlagen und gequält, bevor man sie auf die Scheiterhaufen band und verbrannte. Die unschuldigen Kinder wurden geschlachtet ohne Erbarmen; den schwangeren Weibern aber schnitt man noch im Tode den Bauch auf und riß die Ungeborenen heraus und schlug sie mit den Köpfen gegen die Mauern, daß ihr Hirn und Blut verspritzte: Blut der Ungeborenen, das selbst die Ewigkeit nicht abwaschen wird von dem römischen Tier, welches sich heilig nennt und Vater, und welches die Gläubigen des Herrn schlimmer verfolgte, als dies die übelsten der Heiden jemals getan.

Und es war im Angedenken an jenen Ort des Schreckens und des Leidens, daß ich den Namen annahm des gepeinigten Montségur, und mich auf Wanderschaft begab, zerrissen von Trauer und Schmerz, und endlich gar den Dienst suchte des Mörders aller Mörder daselbst zu Rom, vermessen wie ich war. Denn ich glaubte, ich könnte ihm das Geheimnis entreißen seiner Stärke, und ihn stechen an der Ferse seiner Macht. Aber siehe, was ich herausfand über die Mächtigen der Welt, war dies: es gibt kein Geheimnis.

Zwar fragte ich mich: hat nicht der Herr gepriesen, die da sanftmütig sind und mild wie die Lämmer? Ward uns nicht geboten, die Wange hinzuhalten dem, der uns schlägt? Warum denn sind wir, die wir sanftmütig waren und dem Herrn ergeben, zuschanden geworden vor der Macht des römischen Wolfes – jenes Teufels, der das Wort Christi im Munde führt, doch das blutige Schwert in der Faust, und im Herzen Gier und Mordlust?

Die Antwort aber, die ich fand, ist diese: Wahr ist die Verheißung des Herrn jetzt und immerdar, denn es sind nur die Sanftmütigen, die der Liebe und des Segens teilhaftig werden vor Gott und den Menschen. Und doch besiegt ja die Sanftmut der Schafe niemals die Mordlust des Wolfes: sondern sie stärkt sie. So auch bezwingt die Güte der Guten niemals die Bosheit der Bösen: sondern sie stärkt sie. Und wenig nützt es dem Guten, daß er den Umgang übt mit Lanze, Schild und Schwert: denn sein Herz liebt das Morden nicht, und so fällt er am Ende doch von der Hand dessen, der das Morden liebt.

Wohl mag vom Golde lassen, wer das Gold nicht liebt: und doch bleibt das Gold auf der Erde, und wer es liebt, der sucht es und ergreift es und wird reich und mächtig unter den Menschen. Wohl mag die Macht lassen, wer die Macht nicht liebt: und doch bleibt die Macht in den Schwertern, und wer die Macht liebt, der ergreift das Schwert und herrscht über Länder und Völker. So auch fand ich's in unserer bekümmerten Kirche. Es kann nicht auf einem Thron sitzen, wer Gott dienen will und den Menschen: denn Gott allein herrscht, und Gott allein ist heilig. Wo aber ein Thron ist in der Kirche, da ist er vom Satan gemacht, und es ist auch die Stimme des Satans, welche zu den Gläubigen spricht: sehet, es ist nicht gut, wenn alle gleich sind vor Gott dem Herrn. Sondern einer von euch soll der höchste heißen von allen, und er soll auf diesem Thron sitzen, und ein jeder soll ihm gehorchen.

Wer nun sein Seelenheil sucht, der wendet sich ab von dieser Stimme und diesem Weg; aber der Thron bleibt ja, und bleibt auch die Macht und die Stimme des Satans, die zu dem Begehrlichen spricht: Siehe, ich will deinen Stuhl den heiligen nennen und dir Macht geben über die Gläubigen des Herrn; Kaiser und Bischöfe sollen sich vor dir verneigen und deine Hand küssen, teilhaben sollst du an allen Gütern der Welt, und dein Wort soll wie ein Gesetz sein; wer aber dir ungehorsam ist, den sollst du schlagen und strafen nach deinem Belieben.

Und wer besessen ist vom Hochmut und vom Geist des Bösen, dem klingt die Stimme süß, und er setzt sich auf den Stuhl, der heilig genannt wird von den Verworfenen, und er läßt sich heilig nennen und Vater, und läßt Menschen vor sich knien und sich die Hand küssen. Und er nennt sich Mittler zwischen Gott und den Menschen, ob auch Gott ihn verachtet, und mit den Worten des Herrn im Munde wird er die Menschen knechten, und Gesetze und Gebote wird er erlassen zum Jubel Satans.

So aber jemand nicht vor ihm kniet, sondern aufsteht und zu ihm sagt, wehe dir, der du dich heilig nennst, wehe dir, denn du lästerst Gott, den wird er verfolgen mit Wort und Feuer und Schwert, und die wahren Gläubigen im Herrn wird er peinigen bis aufs Blut. Und wie die Sanftmut der Lämmer nicht den Zahn bricht des reißenden Wolfes, so wird auch die Sanftmut der Gläubigen die Macht nicht brechen des Frevlers auf seinem Thron, welcher sich heilig nennt und Vater, und welcher gewißlich ein Nachfolger ist des Apostels: jedoch nicht des Simon Petrus, sondern des Judas.

Ich aber in meiner Vermessenheit, ich, der ich geglaubt hatte, der Kirche des Herrn den rechten Weg zu weisen, wenn ich, mich selbst zum Wolf machend, dem Wolf auf dem Thron mit dem Schwerte den Leib durchbohrte: ich erkannte all dies, und weinte bitterlich. Denn wenn ich auch zehnmal denjenigen schlüge, der ein Schwert führt, so bliebe doch immer noch das Schwert, und sei es mein eigenes. Und wenn ich auch zehnmal den Frevler umbrächte auf dem unheiligen Stuhl, so bliebe doch immer noch der Thron und die Stimme des Teufels, und sei es in mir, der ich zum Mörder geworden wäre.

Es gibt keinen Weg, erkannte ich, und weinte bitterlich: auf dieser Erde gibt es keinen Weg. Der Mensch kann wählen, ob er zum Lamm wird oder zum Wolf, aber daß es keine Wölfe mehr gibt, kann er nicht wählen. Und der Mensch wird das Reißen nicht enden, er mag zum Schaf werden oder zum Wolf, er mag reißen oder sich reißen lassen, doch das Reißen wird er nicht enden. Und als ich dies sah, da beschloß ich, das Schwert niederzulegen und zum Lamm zu werden, bevor ich zum Wolf würde; und siehe, ich gewann das Vertrauen der Hohen und der Niedrigen, aber mein Herz blieb traurig, und meine Seele war nicht froh.

Dann aber, mein Sohn, geschah es, daß die Wölfe der Welt und die Wölfe des Glaubens ihre Einigkeit verloren, mit der sie gemeinsam die Schafe der Welt rissen und die Schafe des Glaubens. Einer neidete dem andern seine Beute, so daß sie übereinander herfielen, und der französische Wolf siegte über den römischen, und er befahl ihm, Rom zu verlassen zum Zeichen seiner Niederlage. Nun muß der römische Wolf nach Avignon gehen, und Angst und Schrecken sind groß unter den Hyänen des Lateran, daß ihre Lügen und Niedertracht offenbar würden unter den Menschen.

Denn nur auf Lügen gebaut ist alles in Rom. Daß vor Gott ein Mensch höher stehe als ein anderer, ist Lüge, und daß ein Mensch einem anderen unterworfen sei in Dingen des Glaubens, ist auch Lüge. Daß Gott sich Priester wünscht, die ihr Brot mit dem Sprechen der Glaubensworte verdienen, ist Lüge, und daß die Worte und Segnungen eines Bischofs mehr Kraft besäßen als jedermanns Wort und Segen, ist auch Lüge. Lüge ist, daß einer der Apostel vor Jesus höher gewesen sei als die anderen, und daß dies Petrus gewesen sei, der gewalttätige Christusverräter, ist erst recht Lüge. Daß aber Petrus, der Rom niemals sah, gerade dem römischen Bischof Gewalt gegeben habe über alle Bischöfe und Gläubigen, ist wahrlich zu dreist gelogen, als daß selbst die Dümmsten der Dummen des alleralbernsten Pöbels dies jemals hätten glauben können.

Ich muß bemerken, daß sich der Brief keineswegs so flüssig und in einem Zuge las, wie ich ihn hier niedergeschrieben habe. Das lag zum Teil an einigen lateinischen Ausdrücken, die ich nur mit Mühe oder gar nicht verstand. Außerdem war die Schrift gerade auf den ersten Seiten verziert und verschnörkelt und an vielen Stellen nur schwer zu entziffern. Oftmals mußte ich zum Anfang des Satzes zurückkehren, um den Faden des Gemeinten erneut aufzunehmen und zu verstehen. Hinzu kam das schlechte Licht der Öllampe, aber auch ein immer stärkerer Durst. Und dann war es wieder und wieder meine Schwäche, die meine Aufmerksamkeit abschweifen ließ, vor allem dann, wenn ich Geräusche oder Klopfzeichen von draußen aus dem Gang hörte. Es kam mir nämlich so vor, als klängen diese nicht nur tröstend und fordernd, sondern gelegentlich beinahe verärgert: als ob sich die Retter einerseits nur widerwillig auf mich zubewegten, andererseits ihren Unwillen darüber zum Ausdruck bringen wollten, daß ich meine Nase in Dinge steckte, die mich nichts angingen.

(Auszug aus: Die Truhen des Arcimboldo
von Hanjo Lehmann)

Hanjo Lehmann

Die Truhen des Arcimboldo

Nach den Tagebüchern
des
Heinrich Wilhelm Lehmann

Roman

699 Seiten
ISBN 3-352-00491-9

In den untersten, allergeheimsten Kellergewölben des Vatikans wird im Jahre 1848 der junge Schlosser Luigi Calandrelli verschüttet. Als er die Mauern seines Verlieses abklopft, stößt er auf eine mysteriöse Truhe mit siebenhundert Jahre alten Pergamenten – sorgsam verborgene Dokumente gegen Intoleranz und Fundamentalismus, die den Machtanspruch der römischen Kirche untergraben.

Zwanzig Jahre später vertraut er einem befreundeten preußischen Eisenbahningenieur seine Aufzeichnungen über die damaligen Ereignisse an. Von nun an gerät dieser in ein Netz von Intrigen, Machtkämpfen und lebensbedrohlichen Situationen, denn der Vatikan fürchtet im Jahr des Konzils, auf dem die Unfehlbarkeit des Papstes verkündet werden soll, nichts so sehr wie die Veröffentlichung dieser aufrührerischen Dokumente.

Ein packender historischer Roman, vorzüglich recherchiert, der in die Kultur- und Kirchengeschichte des 19. Jahrhunderts führt und zugleich eine ganz eigene Welt der Sinnlichkeit offenbart, erzählen Luigis Briefe doch auch vom genußvollen Zelebrieren sexueller Lust.

R & L

Rütten & Loening
Berlin